Isabel Allende
Das Geisterhaus

Isabel Allende

Das Geisterhaus

Roman

Deutsch
von Anneliese Botond

Aufbau-Verlag

Titel der spanischen Originalausgabe
La casa de los espíritus

von Kerstin Heim
geschenkt bekommen.

Erstes Kapitel
Rosa die Schöne

„Barrabas kam auf dem Seeweg in die Familie", trug die kleine Clara in ihrer zarten Schönschrift ein. Sie hatte schon damals die Gewohnheit, alles Wichtige aufzuschreiben, und später, als sie stumm wurde, notierte sie auch die Belanglosigkeiten, nicht ahnend, daß fünfzig Jahre später diese Hefte mir dazu dienen würden, das Gedächtnis der Vergangenheit wiederzufinden und mein eigenes Entsetzen zu überleben. Der Tag, an dem Barrabas eintraf, war ein Gründonnerstag. Er kam in einem handgeflochtenen Käfig, besudelt mit seinem Kot und Urin, und hatte den verstörten Blick eines jämmerlichen, wehrlosen Gefangenen, aber an der königlichen Kopfhaltung und den Ausmaßen seines Knochenbaus ließ sich bereits der sagenhafte Riese erraten, zu dem er später heranwachsen sollte. Es war ein langweiliger Tag im Herbst, nichts deutete auf die Ereignisse hin, die Clara aufschrieb, damit ihrer künftig gedacht werde, und die in der Pfarreikirche San Sebastián geschahen, während der Messe, der Clara mit ihrer ganzen Familie beiwohnte. Die Heiligen waren zum Zeichen der Trauer mit dem dunkelvioletten Stoff verhangen, den die Betschwestern alljährlich aus dem Kleiderschrank in der Sakristei hervorholten und entstaubten, und unter den düsteren Tüchern wirkte der himmlische Hofstaat wie wahllos herumstehende Möbel vor einem Umzug, ein kläglicher Eindruck, den auch die Kerzen, der Weihrauch oder die ächzende Orgel nicht wettmachen konnten. Wo sonst die lebensgroßen Heiligen standen, alle mit gleich verklemmten Gesichtszügen, mit ihren Perücken aus Totenhaar, den Rubinen, Perlen und Smaragden aus buntem Glas und den Kleidern vornehmer Florentiner, standen nun unförmige, drohende Gestalten. Der einzige, der durch die Verhüllung gewann, war der heilige Sebastian, der Schutzpatron der Kirche, der den Gläubigen während der Osterwoche den

Anblick seiner unanständigen Körperverrenkungen ersparte, denn mit dem halben Dutzend Pfeilen im Leib und den Strömen von Blut und Tränen, die er vergoß, sah er wie ein leidender Homosexueller aus, und seine dank dem Pinsel von Pater Restrepo wunderbarerweise immer frischen Wunden ließen Clara vor Ekel schaudern.

Es war eine lange Woche mit Bußübungen und Gottesdiensten, ohne Kartenspiel, ohne Musik, die zu Wollust oder Vergessen angeregt hätte, man beobachtete nach Möglichkeit die größte Traurigkeit und Keuschheit, obgleich der Stachel des Teufels gerade in diesen Tagen das schwache katholische Fleisch hitziger denn je in Versuchung führte. Es gab Blätterteigpasteten als Fastenspeise, leckere Gemüsesuppen, luftige Tortillas und große, vom Land hereingebrachte Käse, Gerichte, mit denen die Familien der Passion unseres Herrn gedachten, sehr besorgt, auch nicht das kleinste Stückchen Fleisch oder Fisch zu kosten, da sie widrigenfalls mit Exkommunikation bestraft werden würden, wie Pater Restrepo nachdrücklich betonte. Niemand hätte gewagt, ihm nicht zu gehorchen, denn der Priester war mit einem langen Zeigefinger ausgestattet, um damit öffentlich auf die Sünder zu deuten, und besaß eine Zunge, die im Aufrütteln der Gefühle bestens trainiert war.

„Du hast Geld aus der Kollekte gestohlen, du Dieb“, wetterte er, von der Kanzel herab auf einen Herrn deutend, der vorgab, mit einem Fussel an seinem Revers beschäftigt zu sein, um nicht aufblicken zu müssen. „Du, Schamlose, prostituierst dich auf den Molen“, beschuldigte er die von Arthritis verkrümmte Ester Trueba, eine Getreue der heiligen Jungfrau vom Karmel, die erstaunt die Augen aufriß, weil sie die Bedeutung dieses Wortes nicht kannte und nicht einmal wußte, wo die Molen lagen. „Geht in euch, Sünder, faules Aas, die ihr nicht würdig seid des Opfers, das unser Herr auf sich genommen hat. Fastet! Tut Buße!“

Wenn ihn im Eifer der Seelsorge Begeisterung hinriß, mußte sich der Priester Zwang antun, um nicht offen gegen die Anweisungen seiner Oberen zu verstoßen, die im Zuge der neuen Zeiten Büßergürtel und Geißelungen ablehnten. Er selbst war durchaus dafür, der Schwachheiten der Seele mit einer ordentlichen Tracht Prügel Herr zu werden. Er war berühmt für seine hemmungslosen Predigten. Seine Getreuen folgten ihm von Gemeinde zu Gemeinde und schwitzten, wenn er ihnen die Höllenqualen der Sünder schilderte, die ingeniösen Folterwerkzeuge, die das Fleisch zerfetzten, die ewigen Flammen, die Krallen, die sich in das Glied des Mannes einbohrten, die abscheulichen Schlangen, die in die Leibesöffnungen der Frauen krochen, und viele andere Martern, mit denen er in jeder Predigt Gottesfurcht verbreitete. Selbst den Teufel beschrieb er bis in seine intimsten Anomalien, und das alles mit dem galicischen Akzent des Priesters, dessen Aufgabe auf Erden es war, die Gewissen der trägen Kreolen aufzurütteln.

Severo del Valle war Atheist und Freimaurer, aber da er politischen Ehrgeiz besaß, konnte er sich den Luxus nicht leisten, an Sonntagen und kirchlichen Feiertagen in der meistbesuchten Messe zu fehlen, er mußte sich zeigen. Nívea, seine Frau, verständigte sich lieber ohne Mittelsmänner mit Gott, ihr Mißtrauen gegen die Soutanen reichte tief, die Beschreibungen des Himmels, des Fegefeuers und der Hölle langweilten sie, aber sie unterstützte den parlamentarischen Ehrgeiz ihres Mannes in der Hoffnung, daß, wenn er einen Sitz im Kongreß erhielte, sie das Stimmrecht der Frauen durchsetzen könnte, um das sie seit zehn Jahren kämpfte, ohne daß ihre zahlreichen Schwangerschaften ihren Elan hätten schwächen können. An diesem Gründonnerstag hatte Pater Restrepo die Zuhörer mit seinen apokalyptischen Visionen bis an die Grenze ihrer Widerstandsfähigkeit getrieben, und Nívea fühlte sich schwindlig werden. Sie fragte sich, ob sie wieder schwanger wäre. Trotz der Essigwaschungen und der mit Galle getränkten Schwämme hatte sie fünfzehn Kinder zur Welt gebracht, von denen elf noch am Leben waren, und sie hatte Grund zu der Annahme, daß sie sich allmählich der Reife näherte, denn ihre Tochter Clara, die Jüngste, war zehn Jahre alt. Der Schwung ihrer erstaunlichen Fruchtbarkeit schien endlich nachzulassen. Sie schob ihre Übelkeit auf jene Stelle der Predigt, da der Pater, auf sie deutend, von den Pharisäern gesprochen hatte, die danach trachteten, die unehelichen Kinder zu legitimieren, die standesamtliche Ehe einzuführen und den Frauen die gleiche Stellung wie dem Manne einzuräumen, in offenem Widerspruch gegen das Gesetz Gottes, das in diesem Punkt eindeutig war. Nívea und Severo nahmen mit ihren Kindern die ganze dritte Bank ein. Clara saß neben ihrer Mutter, und diese drückte ihr ungeduldig die Hand, sooft der Pfarrer sich allzu weitläufig über die Sünden des Fleisches ausließ, denn sie wußte, daß sich ihre kleine Tochter dann Verfehlungen weit jenseits aller Wirklichkeit ausmalte, wie aus den Fragen hervorging, die sie den Erwachsenen stellte und die niemand ihr beantworten konnte. Clara war frühreif und besaß eine überschäumende Phantasie, das Erbteil aller Frauen ihrer Familie mütterlicherseits. Die Hitze in der Kirche hatte zugenommen, der Weihrauch und die dichtgedrängte Menge trugen zu Níveas Schwächeanfall bei. Sie wünschte, der Gottesdienst wäre zu Ende und sie könnte in ihr kühles Haus zurückkehren, sich in den mit Farn bepflanzten Patio setzen und die Mandelmilch trinken, die die Nana an Feiertagen zubereitete. Sie blickte auf ihre Kinder: die kleineren waren müde, saßen steif in ihren Sonntagskleidern da, die größeren fingen an, sich abzulenken. Sie ließ ihren Blick auf Rosa ruhen, der ältesten ihrer lebenden Töchter, und war wie immer überwältigt. Ihre sonderbare Schönheit hatte etwas so Berückendes, daß nicht einmal sie sich ihr entziehen konnte, sie schien aus einem anderen Stoff gemacht zu sein als das Menschengeschlecht. Noch ehe sie geboren wurde, wußte Nívea, daß sie nicht von dieser Welt war, denn sie hatte sie in Träumen gesehen und war deshalb nicht überrascht, als die Hebamme bei ihrem Anblick aufschrie. Rosa war bei ihrer Geburt weiß, glatt und faltenlos wie eine Porzellanpuppe, mit grünem Haar und gelben Augen, das schönste Geschöpf, das seit dem Sündenfall auf Erden geboren wurde, wie die Hebamme, sich bekreuzigend, sagte. Nach dem ersten Bad wusch ihr die Nana das Haar mit Kamillentee, wodurch die Farbe weicher wurde, eine Schattierung wie Bronze bekam, und sie legte sie nackt in die Sonne, damit sich ihre Haut kräftigte, die an den zartesten Stellen am

Bauch und in den Achselhöhlen so durchscheinend war, daß man die Adern und das geheimnisvolle Gewebe der Muskeln sehen konnte. Doch richteten diese Zigeunertricks nicht viel aus, und bald lief das Gerücht um, ein Engel sei ihnen geboren worden. Nívea hoffte, die undankbaren Perioden des Wachstums würden ihrer Tochter ein paar Unvollkommenheiten verleihen, aber nichts dergleichen geschah, im Gegenteil, Rosa wurde auch mit achtzehn nicht dick und bekam keine Pickel, vielmehr nahm ihre Anmut noch zu. Ihre leicht bläulich schimmernde Haut und der Farbton ihres Haars, die Langsamkeit ihrer Bewegungen und ihr stiller Charakter erinnerten an einen Wasserbewohner. Sie hatte etwas von einem Fisch, und hätte sie einen Schuppenschwanz gehabt, wäre sie eindeutig eine Sirene gewesen, doch ihre zwei Beine stellten sie auf eine nicht genau definierbare Grenze zwischen menschlichem Geschöpf und mythologischem Wesen. Trotz allem war das Leben des jungen Mädchens fast normal verlaufen, sie hatte einen Bräutigam, eines Tages würde sie heiraten, und die Verantwortung für ihre Schönheit würde in andere Hände übergehen. Rosa senkte den Kopf, ein Sonnenstrahl, der durch die gotischen Kirchenfenster sickerte, legte einen Heiligenschein um ihr Profil. Einige Leute drehten sich nach ihr um und tuschelten, aber das geschah auch sonst oft, wenn sie vorüberging. Sie schien es nicht zu bemerken, sie war immun gegen die Eitelkeit, und an diesem Tag beachtete sie ihre Umwelt noch weniger als sonst, weil sie sich neue Tiere ausdachte, die sie auf ihre Tischdecke sticken wollte, halb Vögel, halb Säugetiere, mit schillernden Federn, Hörnern und Klauen, dick und mit so kurzen Flügeln, daß sie die Gesetze der Biologie und der Aerodynamik herausforderten. An ihren Bräutigam, Esteban Trueba, dachte sie selten, nicht aus Lieblosigkeit, sondern ihrer natürlichen Vergeßlichkeit wegen und weil zwei Jahre eine lange Abwesenheit sind. Er arbeitete in den Minen im Norden. Er schrieb ihr regelmäßig, und Rosa antwortete ihm ab und zu mit abgeschriebenen Versen oder mit Blumen, in Tusche auf Pergament gezeichnet. Dank dieser von Nívea sorgfältig kontrollierten Korrespondenz lernte sie das Auf und Ab im wechselvollen Schicksal eines Bergmanns kennen, die ständige Bedrohung durch den Einsturz eines Stollens, die Jagd nach eigenwilligen Erzadern, die Bitte um die Gewährung von Krediten auf künftigen Reichtum, das Vertrauen auf eine wunderbare Goldader, durch die er rasch zu Geld kommen würde und heimkehren könnte, um Rosa an seinem Arm zum Traualtar zu führen und damit, wie er am Ende jedes Briefes versicherte, der glücklichste Mensch auf dieser Welt zu werden. Doch Rosa hatte mit dem Heiraten keine Eile. Sie hatte den einzigen, beim Abschied gewechselten Kuß schon beinahe vergessen, auch an die Augenfarbe dieses hartnäckigen Bräutigams erinnerte sie sich kaum mehr. Da romantische Romane ihre einzige Lektüre waren, stellte sie sich ihn gern vor, wie er in hohen Stiefeln, die Haut von den Wüstenwinden gegerbt, die Erde nach Seeräuberschätzen, spanischen Dublonen und inkaischen Juwelen durchwühlte, und es war zwecklos, daß Nívea ihr klarzumachen versuchte, der Reichtum einer Mine liege im Gestein, denn Rosa hielt es für ausgeschlossen, daß Esteban Trueba tonnenweise Steine sammelte, in der Hoffnung, sie würden nach unheimlichen Verbrennungsprozessen ein Gramm Gold ausspucken. Inzwischen wartete sie auf ihn, ohne sich zu langweilen, unbeirrbar vertieft in die selbstauferlegte Aufgabe, die größte Tischdecke der Welt zu sticken. Mit Hunden, Katzen, Schmetterlingen hatte sie angefangen, aber bald bemächtigte sich die Phantasie ihrer Handarbeit, und unter den besorgten Blicken ihres Vaters entsprang ihrer Nadel ein Paradies unmöglicher Tiere. Severo meinte, es sei an der Zeit, daß seine Tochter ihre Trägheit abschüttele und die Füße auf den Boden stelle, sie solle den Haushalt lernen und sich auf die Ehe vorbereiten, aber Nívea teilte diese Sorge nicht. Sie zog es vor, ihre Tochter nicht mit derart irdischen Aufgaben zu quälen, ahnte sie doch, daß Rosa ein Himmelswesen und nicht dazu geschaffen war, es lange im ordinären Getriebe dieser Welt auszuhalten. Deshalb ließ sie sie in Frieden bei ihrem Stickgarn und erhob keinen Einspruch gegen den alptraumhaften Tiergarten.

Eine Stange brach in Níveas Korsett, die Spitze bohrte

sich ihr in die Rippen. Sie erstickte fast in ihrem blauen Seidenkleid mit dem hohen Spitzenkragen, den engen Ärmeln und der Taille, die so fest geschnürt war, daß ihr, wenn die Bänder gelöst wurden, eine halbe Stunde lang der Bauch weh tat, bis die Därme wieder in ihre normale Stellung zurückfanden. Sie hatte oft mit ihren Freundinnen, den Frauenrechtlerinnen, darüber diskutiert, und jedesmal waren sie zu dem Schluß gekommen, daß es gleichgültig war, ob die Frauen Medizin studieren oder das Stimmrecht ausüben durften, denn solange sie nicht ihre Röcke und ihre Haare abschnitten, würden sie doch nicht den Mut aufbringen, es zu tun, aber auch sie hatte nicht den Schneid, als erste der Mode abzuschwören. Sie stellte fest, daß die galicische Stimme nicht mehr auf ihr Gehirn einhämmerte, sondern innehielt in einer jener ausgedehnten Pausen, die der Priester in genauer Kenntnis der Wirksamkeit eines ungemütlichen Schweigens häufig einlegte. Das waren die Augenblicke, in denen seine glühenden Augen die Gemeindemitglieder eins ums andere musterten. Nívea löste ihre Hand aus der ihrer Tochter Clara und zog ein Taschentuch aus ihrem Ärmel, um sich einen Tropfen Schweiß abzuwischen, der ihr über den Hals lief. Die Stille verdichtete sich, in der Kirche schien die Zeit stillzustehen, aber niemand hätte zu husten oder die Stellung zu verändern gewagt, um nicht Pater Restrepos Aufmerksamkeit auf sich zu lenken, dessen letzte Worte noch zwischen den Säulen nachzitterten.

Und in diesem Augenblick, erinnerte sich Nívea Jahre später, inmitten der Bangigkeit und der Stille, erklang mit aller Deutlichkeit die Stimme ihrer kleinen Clara.

„Pst, Pater Restrepo! Wenn die Geschichte mit der Hölle aber nur geschwindelt ist? Dann sind wir alle angeschmiert."

Der Zeigefinger des Jesuiten, der schon in die Luft emporgereckt war, um neue Martern anzukündigen, blieb wie ein Blitzableiter über seinem Kopf stehen. Die Leute hielten den Atem an, wer eingenickt war, wachte wieder auf. Die Ehegatten del Valle, die panischen Schrecken in sich aufsteigen fühlten und sahen, wie ihre Kinder nervös auf den Bänken herumrutschten, reagierten als erste. Severo begriff, daß er handeln mußte, ehe ein allgemeines Gelächter ausbrach oder eine himmlische Katastrophe über sie hereinbrach. Er packte seine Frau am Arm und Clara am Kragen und verließ, beide hinter sich herziehend, mit großen Schritten die Kirche, gefolgt von seinen übrigen Kindern, die im Trupp zur Tür rannten. Es gelang ihnen hinauszukommen, ehe der Priester den Blitz auf sie herabbeschwor, der sie in Salzsäulen verwandeln würde, aber auf der Schwelle vernahmen sie seine Stimme, schrecklich wie die eines beleidigten Erzengels.

„Besessene! Hochmütige Besessene!"

Die Worte Pater Restrepos gruben sich der Familie wie eine schlimme Diagnose ins Gedächtnis, und in den folgenden Jahren sollte sie mehr als einmal Gelegenheit haben, sich ihrer zu erinnern. Die einzige, die nicht mehr an sie dachte, war Clara. Sie schrieb sie in ihr Tagebuch und vergaß sie dann. Ihren Eltern hingegen gingen die Worte nicht aus dem Kopf, obwohl beide meinten, Besessenheit und Hochmut seien für ein so kleines Mädchen doch allzu große Sünden. Sie fürchteten die bösen Zungen der Leute und Pater Restrepos Fanatismus. Bis zu jenem Tage hatten sie den Extravaganzen ihrer jüngsten Tochter keinen Namen gegeben, sie auch nicht mit Teufelswerk in Verbindung gebracht; sie nahmen sie hin als eine Besonderheit der Kleinen, wie das Hinken von Luis oder die Schönheit von Rosa. Claras Geisteskräfte störten niemanden und richteten keinen Schaden an, sie äußerten sich fast ausschließlich bei unwichtigen Anlässen und immer im Kreis der Familie. Manchmal, am Mittag, wenn alle im großen Eßzimmer, streng nach Rang und Würden geordnet, um den Tisch versammelt waren, begann das Salzfaß zu vibrieren und plötzlich zwischen Tellern und Gläsern über den Tisch zu wandern, ohne daß irgendeine bekannte Energiequelle oder ein Illusionistentrick im Spiel gewesen wäre. Nívea zog Clara einmal kräftig an den Zöpfen und erreichte damit, daß ihre Tochter die mondsüchtige Zerstreutheit auf- und dem Salzfaß die Normalität wiedergab, das sogleich in seine Bewegungslosigkeit zurückfand. Die

Geschwister hatten sich dahingehend abgesprochen, daß, wenn ein Gast zugegen war, der Clara zunächst Sitzende mit raschem Zugriff festhielt, was sich etwa auf dem Tisch bewegte, ehe die Außenstehenden es bemerkten und darüber erschraken. Die Familie aß kommentarlos weiter. Auch an die Voraussagen der kleinen Schwester hatten sie sich gewöhnt. Sie kündigte Erdbeben einige Zeit im voraus an, was in diesem Land der vielen Katastrophen recht praktisch war, weil man Zeit hatte, das Porzellan in Sicherheit zu bringen und die Pantoffeln in Reichweite zu legen, um nachts Hals über Kopf aus dem Haus zu rennen. Mit sechs Jahren sagte Clara voraus, daß Luis vom Pferd stürzen werde, doch der wollte nicht auf sie hören und hatte seitdem eine verrenkte Hüfte. Sein linkes Bein wurde mit der Zeit kürzer, er mußte einen Spezialschuh mit überhoher Sohle tragen, den er sich selbst schusterte. Diesmal hatte sich Nívea Sorgen gemacht, aber die Nana beruhigte sie: es gäbe viele Kinder, sagte sie, die wie Mücken fliegen könnten, die Träume deuteten und mit Geistern sprächen, das alles verginge, wenn sie die Unschuld verlören.

„In diesem Zustand wird keines erwachsen", erklärte sie. „Warten Sie nur, bis sie soweit ist, und Sie werden sehen, daß ihr die Manie, Möbel zu verrücken und Unglücke anzukündigen, vergehen wird."

Clara war der Liebling der Nana. Die Nana hatte ihr geholfen, auf die Welt zu kommen, und sie war die einzige, die die sonderbare Art des Kindes wirklich verstand. Als Clara aus dem Bauch ihrer Mutter kam, wiegte die Nana sie und wusch sie, und seit damals hegte sie eine hoffnungslose Liebe zu diesem zerbrechlichen Geschöpf mit seinen phlegmatischen Lungen, das alle Augenblicke keine Luft mehr bekam und blau zu werden begann, so daß sie es mit der Wärme ihrer großen Brüste wiederbeleben mußte, denn dies war, wie sie wußte, das einzige Mittel gegen das Asthma und viel wirksamer als die schnapshaltigen Hustensäfte des Doktor Cuevas.

An jenem Gründonnerstag ging Severo, besorgt über das Ärgernis, das seine Tochter während der Messe gegeben hatte, im Wohnzimmer auf und ab. Er kam zu dem Schluß, daß nur ein Fanatiker wie Pater Restrepo mitten im zwanzigsten Jahrhundert, diesem Jahrhundert der Aufklärung, der Wissenschaft und der Technik, in dem der Teufel sein Ansehen endgültig eingebüßt hatte, immer noch glauben konnte, es gebe Menschen, die vom Teufel besessen seien. Nívea unterbrach ihn. Nicht das sei der springende Punkt, sagte sie. Das Schlimme sei, daß, wenn ihre Tochter ihre Heldentaten erst einmal außer Haus vollbringe und der Pfarrer anfinge, der Sache auf den Grund zu gehen, alle Welt davon erfahre.

„Die Leute werden kommen und sie angaffen, als ob sie ein Ungeheuer wäre", sagte sie.

„Und die Liberale Partei geht den Bach hinunter", fügte Severo hinzu, der begriff, wie sehr es seiner politischen Karriere schaden konnte, eine Behexte in seiner Familie zu haben.

Soweit waren sie, als im Knistern ihrer gestärkten Unterröcke, auf schlappenden Pantoffeln die Nana kam und verkündete, im Patio seien ein paar Männer dabei, einen Toten abzuladen. So war es. In einem vierspännigen Wagen, so groß, daß er den ganzen ersten Hof ausfüllte, hatten sie, rücksichtslos die Kamelien zertrampelnd und das glänzende Pflaster mit Roßäpfeln verunzierend, unter Staubwirbeln, Pferdegestampf und den Flüchen der Männer, die Zeichen gegen den bösen Blick machten, ihren Einzug gehalten. Sie brachten die Leiche von Onkel Marcos und sein ganzes Gepäck. Ein kleines Männlein im schwarzen Gehrock, einen zu großen Hut auf dem Kopf, setzte gerade salbungsvoll zu einer feierlichen Rede an, um die Umstände des Todesfalls zu erklären, als er jäh von Nívea unterbrochen wurde, die sich auf den staubigen Sarg mit den sterblichen Überresten ihres Bruders warf und rief, sie sollten den Sarg öffnen, sie wolle den Toten mit eigenen Augen sehen. Dann da sie ihn bei einer früheren Gelegenheit schon einmal hatte beerdigen müssen, hoffte sie, daß sein Tod auch diesmal nicht endgültig wäre. Ihr Geschrei rief die gesamte Dienerschaft aus dem Haus, und alle Kinder liefen zusammen, als ihnen der Name ihres Onkels im Totenklageton in den Ohren schallte.

Clara hatte ihren Onkel seit Jahren nicht mehr gesehen,

aber sie erinnerte sich seiner genau. Es war das einzige vollkommen klare Bild aus ihrer Kindheit, und um es sich ins Gedächtnis zu rufen, hatte sie es nicht nötig, sich erst die Daguerreotypie im Salon anzusehen, auf der er im Kostüm eines Forschungsreisenden dastand, auf eine altmodische Doppelflinte gestützt, den rechten Fuß auf dem Hals eines malaiischen Tigers, in der gleichen Siegerpose, war ihr aufgefallen, wie die Muttergottes am Hauptaltar, die zwischen Gipswolken und bleichen Engeln den Fuß auf den besiegten Teufel setzte. Clara brauchte nur die Augen zu schließen, um ihren Onkel leibhaftig vor sich zu sehen, braungebrannt von den Unbilden aller Klimate der Erde, mager, mit einem Seeräuberschnauzbart, unter dem sein seltsames Haifischzahnlächeln hervorsah. Es konnte nicht sein, daß er in dieser schwarzen Kiste im Hof lag.

Bei jedem Besuch, den Marcos im Haus seiner Schwester Nívea machte, blieb er mehrere Monate lang, was bei seinen Nichten und Neffen, besonders bei Clara, Entzükken und im Haus einen Wirbelsturm hervorrief, in dem jegliche Ordnung Schiffbruch erlitt. Das Haus füllte sich mit Überseekoffern, einbalsamierten Tieren, Indianerlanzen, Seesäcken. Überall stolperte man über seinen exotischen Plunder, kam nie gesehenes Getier zum Vorschein, das die Reise aus fernsten Erdteilen nur überstanden hatte, um plattgedrückt unter dem unerbittlichen Besen der Nana zu enden, in welchem Winkel es versteckt sein mochte. Onkel Marcos benehme sich wie der reinste Kannibale, pflegte Severo zu sagen. Nächtelang vollführte er im Wohnzimmer unbegreifliche Bewegungen, Übungen, erfuhr man später, die dazu dienen sollten, die geistige Kontrolle über den Körper zu vervollkommnen und die Verdauung anzuregen. In der Küche unternahm er alchimistische Experimente, die das ganze Haus mit stinkenden Dunstwolken füllten und die Töpfe ruinierten, auf deren Boden sich feste, nicht mehr zu entfernende Substanzen bildeten. Während die anderen zu schlafen versuchten, schleifte er seine Koffer durch die Gänge, erzeugte auf Musikinstrumenten von Eingeborenen schrille Pfeiftöne und brachte einem Papagei aus dem Amazonasgebiet Spanisch bei. Tagsüber schlief er in einer auf dem Gang zwischen zwei Säulen ausgespannten Hängematte, nur mit einem Lendenschurz bekleidet, der Severo in übelste Laune versetzte, den Nívea aber entschuldigte, weil Marcos sie davon überzeugt hatte, daß so der Nazarener gepredigt hätte. Obwohl Clara damals noch klein war, erinnerte sie sich an das erste Mal, als Onkel Marcos von einer Reise zurückgekehrt war. Er richtete sich ein, als wollte er für immer bleiben. Aber bald wurde es ihm langweilig, bei den Kränzchen der unverheirateten Töchter klavierspielender Hausherrinnen zu erscheinen, Karten zu spielen und das Drängen seiner sämtlichen Verwandten abzuwehren, er solle endlich Vernunft annehmen und als Assistent im Rechtsanwaltsbüro Severo del Valles arbeiten. Er kaufte sich eine Drehorgel und zog mit ihr durch die Straßen, in der Absicht, seine Cousine Antonieta zu verführen und nebenbei das Publikum mit seiner Leierkastenmusik zu erfreuen. Der Apparat war nur eine verrottete Kiste auf Rädern, aber er bemalte sie mit Motiven aus der Seefahrt und setzte ihr einen falschen Dampferschornstein auf, so daß sie wie ein Küchenherd aussah. Die Drehorgel spielte abwechselnd einen Militärmarsch und einen Walzer, und während Marcos kurbelte und kurbelte, rief der Papagei, der Spanisch sprechen gelernt hatte, seinen ausländischen Akzent aber behielt, mit durchdringendem Geschrei die Neugierigen zusammen. Außerdem zog er mit dem Schnabel aus einer Schachtel Zettelchen, die jeder kaufen konnte, der Auskunft über sein künftiges Schicksal wünschte. Die rosaroten, grünen und blauen Botschaften waren so klug abgefaßt, daß sie immer die geheimsten Wünsche der Kunden trafen. Außer den Schicksalslosen verkaufte Marcos auch Sägemehlkugeln als Kinderspielzeug und Pülverchen gegen Impotenz, über die er halblaut mit den von diesem Übel heimgesuchten Passanten verhandelte. Die Idee mit der Drehorgel war sein letzter, verzweifelter Versuch, die Cousine Antonieta zu erweichen, nachdem ihm andere, konventionellere Formen der Werbung fehlgeschlagen waren. Keine Frau mit gesundem Menschenverstand, dachte er, könnte einer Drehorgel gegenüber gleichgültig bleiben, und so schritt er denn zur Tat.

Eines Abends stellte er sich unter ihr Fenster, als sie gerade mit ein paar Freundinnen Tee trank, und spielte seinen Militärmarsch und seinen Walzer. Antonieta tat, als ginge sie das nichts an. Erst als der Papagei schnarrend ihren Namen zu rufen begann, sah sie aus dem Fenster. Ihre Reaktion war nicht die von ihrem Galan erhoffte. Ihre Freundinnen sorgten dafür, daß sich die Neuigkeit in allen Salons der Stadt verbreitete, und am nächsten Tag spazierten alle Leute durch die Innenstadt, in der Hoffnung, mit eigenen Augen den Schwager Severo del Valles mit einem zerrupften Papagei auf der Schulter Drehorgel spielen und den Kindern Sägemehlkugeln verkaufen zu sehen, aus schierer Freude an der Feststellung, daß es selbst in den besten Familien Grund gab, sich zu schämen. Angesichts seiner empörten Familie mußte Marcos seine Drehorgel aufgeben und sich weniger ausgefallene Methoden ausdenken, um die Zuneigung seiner Cousine zu gewinnen. Er gab die Belagerung nicht auf, hatte zuletzt aber doch keinen Erfolg, denn das junge Mädchen heiratete von einem Tag auf den andern einen zwanzig Jahre älteren Diplomaten und zog mit ihm in ein tropisches Land, dessen Namen niemand behalten konnte, der aber nach schwarzen Völkern und Palmen klang, um dort die Erinnerung an diesen Bewerber zu verwinden, der mit seinem Militärmarsch und seinem Walzer ihre siebzehn Jahre ruiniert hatte. Marcos fiel für zwei oder drei Tage in Trübsinn, dann erklärte er, daß er niemals heiraten werde, er werde eine Reise um die Welt antreten. Er verkaufte die Drehorgel einem Blinden, und den Papagei vererbte er Clara, aber die Nana vergiftete ihn heimlich mit einer Überdosis Lebertran, weil sie seinen lüsternen Blick, seine Läuse und das Gekreisch, mit dem er Glückslose, Sägemehlkugeln und Pülverchen gegen Impotenz anpries, nicht länger ertragen konnte.

Diese war Marcos' längste Reise gewesen. Er kehrte mit einer Fracht riesiger Kisten zurück, die im hintersten Patio zwischen dem Hühnerstall und der Holzlege gestapelt wurden, bis der Winter vorbei war. Sobald das Frühjahr anbrach, ließ er sie in den Parque de los Desfiles fahren, einem großen freien Gelände, auf dem sich am Nationalfeiertag die Leute versammelten, um das Militär vorüberziehen zu sehen, im Stechschritt, den es von den Preußen übernommen hatte. Als die Kisten geöffnet wurden, sah man, daß sie Einzelteile aus Holz, Metall und gefärbter Leinwand enthielten. Zwei Wochen lang war Marcos damit beschäftigt, nach den englisch geschriebenen Anweisungen eines Handbuchs, die er mit seiner unbesiegbaren Phantasie und mit Hilfe eincs Lexikons enträtselte, die Teile zusammenzusetzen. Das fertige Werk erwies sich als ein Vogel von prähistorischen Ausmaßen, mit dem vorn aufgemalten Kopf eines wütenden Adlers, beweglichen Flügeln und einem Propeller auf dem Rücken. Es war aufregend. Die Familien der Oligarchie vergaßen die Drehorgel, Marcos wurde die Novität der Saison. Sonntags machten die Leute lange Spaziergänge, um den Vogel zu besichtigen, ambulante Verkäufer und Fotografen hatten Hochkonjunktur. Doch bald erlahmte das Interesse des Publikums. Da kündigte Marcos an, sobald das Wetter aufklare, werde er in diesem Vogel aufsteigen und mit ihm die Kordilleren überqueren. Die Nachricht verbreitete sich binnen Stunden und wurde zur meistkommentierten Sensation des Jahres. Die Maschine, die mit dem Bauch auf festem Land lag, glich mehr einer verwundeten Ente als einem jener modernen Fluggeräte, die seit neuestem in Nordamerika hergestellt wurden. Nichts an ihrer äußeren Erscheinung ließ vermuten, daß sie sich von der Stelle bewegen, und erst recht nicht, daß sie sich in schwindelnde Höhen aufschwingen und die beschneiten Gipfel der Anden überfliegen würde. Unbewegt lächelnd ließ Marcos eine Lawine von Fragen über sich ergehen und posierte für die Fotografen, ohne irgendeine technische oder wissenschaftliche Erklärung darüber abzugeben, auf welche Weise er sein Unternehmen durchführen wolle. Sogar aus der Provinz waren Leute angereist, um das Schauspiel zu sehen. Vierzig Jahre später grub sein Großneffe Nicolás, den Marcos nicht mehr kennenlernte, den Trieb zum Fliegen, der allen seinen Stammesangehörigen innewohnte, wieder aus. Sein Gedanke war es, die Fliegerei zu kommerziellen Zwecken zu nutzen, und so bastelte er eine überdimensionale, mit warmer Luft gefüllte Wurst, auf der ein Werbeslogan für ein Mineralwasser stand. Aber damals, als Marcos seinen Flug ankündigte, glaubte noch niemand, daß diese Erfindung von irgendeinem Nutzen sein könnte. Der für den Start festgesetzte Tag brach wolkenverhangen an, aber die Erwartung der Leute war so groß, daß Marcos den Flug nicht verschieben wollte. Pünktlich erschien er auf dem Paradefeld und schenkte dem Himmel, der sich mit finsteren Wolken bezog, keinen Blick. Die staunende Menge stand in allen angrenzenden Straßen, sah von den Dächern und Balkonen nahe gelegener Häuser herab und drängte sich auf dem freien Gelände. Keine politische Kundgebung hatte je so viele Menschen versammeln können, bis ein halbes Jahrhundert später der erste marxistische Politiker mit vollkommen demokratischen Mitteln die Präsidentschaft anstrebte. Clara sollte sich ihr Leben lang an diesen Festtag erinnern. Dem kalendarischen Beginn der Jahreszeit voraus, waren die Leute frühlingsmäßig gekleidet, die Männer kamen in weißem Leinen, die Damen erschienen mit den italienischen Strohschirmen, die in diesem Jahr Mode waren. Mit ihren Lehrern kamen Gruppen von Schülern anmarschiert und überbrachten dem Helden Blumen. Als Marcos sie entgegennahm, meinte er scherzend, sie sollten lieber warten, bis er abgestürzt sei, und sie zu seiner Beerdigung mitbringen. Ohne daß ihn jemand darum gebeten hatte, erschien der Bischof höchstpersönlich mit zwei Rauchfaßträgern, um den Vogel zu segnen, und der Gesangsverein der Gendarmerie sang lustige, anspruchslose Lieder im Volksgeschmack. Die Polizei, beritten und lanzenbewehrt, hatte Mühe, die Menge von der Mitte des Platzes fernzuhalten. Dort stand Marcos im Monteuranzug, vor den Augen eine große Rennfahrerbrille, in seiner Pose als Forschungsreisender. Für den Flug hatte er außerdem einen Kompaß, ein Fernrohr und ein paar seltsame Luftschiffahrtskarten, die er nach den Theorien Leonardo da Vincis und der Landeskenntnis der Inkas selbst gezeichnet hatte. Wider jede Logik erhob sich der Vogel beim zweiten Versuch unter dem Ächzen seines Gerippes und dem Dröhnen seines Motors ohne Zwischenfälle, sogar mit einer gewissen Eleganz. Flügelschlagend stieg er auf und verlor sich zwischen den Wolken, verabschiedet von lärmendem Beifallsklatschen, Pfiffen, geschwenkten Taschentüchern und Fahnen, dem musikalischen Tusch des Gesangvereins und Weihwasserspritzern. Auf der Erde zurück blieben die Kommentare der staunenden Menge und die Erörterungen erfahrenerer Männer, die dem Wunder eine vernünftige Erklärung zu geben versuchten. Clara blickte noch lange, nachdem ihr Onkel unsichtbar geworden war, in den Himmel. Zehn Minuten später glaubte sie ihn wieder zu sehen, aber es war nur eine wandernde Möwe. Drei Tage später war die Euphorie über den ersten Flug im Aeroplan verraucht, und niemand dachte mehr an die Episode, außer Clara, die unermüdlich in die Höhe spähte.

Da man nach einer Woche noch immer ohne jede Nachricht von dem fliegenden Onkel war, nahm man an, er sei so hoch geflogen, daß er sich im Sternenraum verirrt habe, und die Unwissenden verstiegen sich zu der Vermutung, er werde auf dem Mond landen. Mit einer Mischung aus Traurigkeit und Erleichterung kam Severo zu dem Schluß, sein Schwager sei mit seiner Maschine in eine Spalte der Kordilleren gestürzt, wo man ihn nie mehr finden würde. Nívea weinte trostlos und zündete dem für verlorene Gegenstände zuständigen heiligen Antonius ein paar Kerzen an. Der Idee, Messen lesen zu lassen, widersetzte sich Severo, weil er nicht glaubte, daß man sich durch dieses Mittel den Himmel verdienen, und noch weniger, daß man dadurch auf die Erde zurückkehren könne. Messen und Gelübde, wie auch der Ablaß und der Handel mit Heiligenbildchen und Skapulieren, seien ein unehrliches Geschäft, behauptete er, so daß Nívea und die Nana alle Kinder neun Tage lang den Rosenkranz heimlich beten ließen. – Inzwischen suchten Gruppen freiwilliger Andinisten Gipfel und Schluchten der Kordilleren nach ihm ab, begingen einen um den andern alle begehbaren Pfade, bis sie endlich triumphierend zurückkamen und der Familie die sterblichen Überreste in einem bescheidenen versiegelten Sarg übergaben. In einer grandiosen Trauerfeier wurde der kühne Flieger zu Grabe getragen. Durch seinen Tod war er zum Heros geworden, und tagelang stand sein Name in den Schlagzeilen der Zeitungen. Die gleiche Menge, die zusammengelaufen war an dem Tag, da der Vogel sich in die Lüfte erhob, zog nun an seinem Sarg vorüber. Die ganze Familie del Valle beweinte ihn, wie er es verdiente, ausgenommen Clara, die weiterhin mit Astronomengeduld forschend in den Himmel blickte. Eine Woche nach der Beerdigung stand Onkel Marcos leibhaftig, ein lustiges Lächeln unter seinem Seeräuberschnauzbart, auf der Schwelle des Hauses. Er selbst räumte ein, daß er nur dank den heimlichen Rosenkränzen der Frauen und der Kinder am Leben und im Besitz aller seiner Fähigkeiten sei, einschließlich der guten Laune. Trotz des erhabenen Ursprungs seiner aeronautischen Karten war der Flug mißlungen. Das Flugzeug war zu Bruch gegangen, und er selbst hatte zu Fuß zurückgehen müssen, aber alle seine Knochen waren heil und sein Abenteurergeist ungebrochen. Das festigte die Verehrung des heiligen Antonius in der Familie und wurde selbst späteren Generationen, die ihrerseits mit diversen Mitteln zu fliegen versuchten, nicht zum Gespött. Vor dem Gesetz allerdings war Marcos ein Toter. Severo del Valle mußte alle seine juristischen Kenntnisse aufbieten, um seinem Schwager das Leben und den Stand eines Staatsbürgers zurückzuholen. Als der Sarg von den zuständigen Amtspersonen geöffnet wurde, zeigte sich, daß ein Sack Sand darin beerdigt worden war. Das befleckte den bis dahin makellosen Ruf der freiwilligen Andinisten, die seit jenem Tag für kaum mehr denn als Gauner galten.

Marcos' heroische Auferstehung brachte die Geschichte mit der Drehorgel bei jedermann in Vergessenheit. Er wurde abermals in sämtliche Salons der Stadt eingeladen, sein Name stand hoch im Kurs, wenigstens eine Zeitlang. Marcos verbrachte noch ein paar Monate im Haus seiner Schwester. Eines Nachts verließ er es, ohne sich von irgend jemandem zu verabschieden und unter Zurücklassung seiner Koffer, Bücher, Stiefel und allen übrigen Krams. Severo und Nívea atmeten auf, sein letzter Besuch hatte zu lange gedauert. Aber Clara nahm es sich so zu Herzen, daß sie eine Woche lang daumenlutschend wie eine Schlafwandlerin herumging. Das Kind, damals siebenjährig, hatte in den Geschichtenbüchern des Onkels Marcos lesen gelernt und stand ihm auf Grund seiner hellseherischen Fähigkeiten näher als jedes andere Familienmitglied. Marcos behauptete, die seltene Kraft seiner Nichte könnte zu einer Einnahmequelle werden und böte überdies eine gute Gelegenheit, die eigene Sehergabe weiterzuentwickeln. Seiner Theorie nach war die Anlage dazu in allen Menschen vorhanden, ganz besonders in seiner Familie, und wenn sie sich nicht wirksamer äußere, sei das nur auf mangelndes Training zurückzuführen. Auf dem Persischen Markt kaufte er eine Glaskugel, von der er behauptete, sie stamme aus dem Orient und besitze magische Kräfte, aber später kam heraus, daß es nur der Schwimmer eines Fischerbootes war. Er stellte sie auf ein Stück schwarzen Samt und kündigte an, er werde das Schicksal voraussagen, vom bösen Blick heilen, in der Vergangenheit lesen und die Qualität der Träume verbessern, alles zusammen für fünf Centavos. Seine ersten Kunden waren Dienstmädchen aus der Nachbarschaft. Eine von ihnen war beschuldigt worden, gestohlen zu haben, weil ihre Herrin einen Ring verloren hatte. Die Glaskugel zeigte den Ort an, wo er sich befand: er war unter einen Kleiderschrank gerollt. Am nächsten Tag standen die Leute vor der Haustür Schlange. Die Kutscher, die Händler, die Milch- und die Wasserträger kamen, später erschienen diskret einige Angestellte der Stadtverwaltung und ein paar vornehme Damen, die sich vorsichtig an der Wand entlangschlichen, um nicht erkannt zu werden. Die Nana empfing die Kunden, plazierte sie auf die Stühle im Vestibül und kassierte die Honorare. Sie war damit fast den ganzen Tag so in Anspruch genommen, daß sie ihre Arbeit in der Küche vernachlässigte und die Familie sich zu beschweren begann, weil es zum Abendessen nur noch trockene Bohnen und Quittenkonfitüre gab. Marcos dekorierte die Remise mit verschlissenen Vorhängen, die früher im Salon gehangen hatten und im Lauf der Zeit zu staubigen Fetzen geworden waren. Dort empfing er mit Clara das

Publikum. Die zwei Wahrsager trugen Gewänder „in der Farbe der Lichtmenschen", wie Marcos das Gelb bezeichnete. Die Nana hatte sie im Süßspeisentopf mit Schwefelpulversud gelb gefärbt. Dazu trug Marcos einen kunstvoll um den Kopf geschlungenen Turban und am Hals ein ägyptisches Amulett. Er hatte sich den Bart und das Haupthaar wachsen lassen und war magerer denn je. Er und Clara wirkten vollkommen überzeugend, um so mehr, als die Kleine die Glaskugel gar nicht anzusehen brauchte, um zu wissen, was jeder hören wollte. Sie flüsterte dem Onkel die Botschaft ins Ohr, und dieser gab sie samt den ihm passend erscheinenden improvisierten Ratschlägen an die Kunden weiter. So verbreitete sich sein Ruf, denn wer das Beratungszimmer niedergeschlagen und traurig betrat, verließ es hoffnungsfroh, wer an unerwiderter Liebe litt, erfuhr, wie er das ungerührte Herz erweichen konnte, und die Armen nahmen unfehlbare Tricks für die Wetten bei Hunderennen mit nach Hause. Das Geschäft florierte so prächtig, daß das Vestibül ständig voll von Leuten war und die Nana vom vielen Stehen Schwindelanfälle bekam. Diesmal mußte Severo nicht eingreifen, um der unternehmerischen Initiative seines Schwagers Einhalt zu gebieten. Als sich die zwei Wahrsager darüber klar wurden, daß sie mit ihren Erfolgsrezepten Schicksale verändern konnten, weil die Kunden ihre Reden wörtlich nahmen, bekamen sie es mit der Angst zu tun und fanden, daß dies ein betrügerisches Geschäft sei. Sie gaben das Remisenorakel auf und teilten den Gewinn redlich, obgleich eigentlich nur die Nana an der materiellen Seite des Geschäfts interessiert war.

Clara war von allen Geschwistern del Valle diejenige, die sich die Geschichten des Onkels am ausdauerndsten und aufmerksamsten anhörte. Sie konnte sie alle nacherzählen, sie merkte sich eine Reihe von Dialektwörtern ausländischer Indios, sie wußte über deren Lebensgewohnheiten Bescheid und konnte ebensogut die Methoden beschreiben, mit denen sie sich kleine Holzpflöcke in Lippen und Ohrläppchen trieben, wie ihre Initiationsriten, sie kannte die Namen giftiger Schlangen samt den wirksamen Gegengiften. Ihr Onkel erzählte so gut, daß das kleine Mädchen den brennenden Biß einer Viper im eigenen Fleisch spürte, sie sah das Reptil zwischen den Beinen der Jacaranda-Konsole über den Teppich kriechen, sie hörte die Schreie der Affen in den Vorhängen des Salons. Ohne zu stocken, berichtete sie, welchen Weg Lope de Aguirre bei seiner Suche nach El Dorado genommen habe, wiederholte die unaussprechlichen Namen der Flora und Fauna, die der wunderbare Onkel gesehen und erfunden hatte, sie wußte, daß Lamas ihren Tee gesalzen und mit Yakfett trinken, und konnte in allen Einzelheiten üppige Polynesierinnen, chinesische Reisfelder oder die weißen Ebenen der Nordländer beschreiben, wo das ewige Eis Tiere und Menschen tötet, wenn sie nicht aufpassen, weil es sie andernfalls binnen weniger Minuten erstarren läßt. Marcos besaß mehrere Reisetagebücher, in denen er seine Routen und seine Eindrücke notiert hatte, und in den Koffern, die in der Rumpelkammer im hintersten Hof verstaut waren, eine Sammlung von Geschichten- und Abenteuer- und sogar Märchenbüchern. Dort kamen sie hervor, um die Träume seiner Nichten und Neffen zu bevölkern, bis sie ein halbes Jahrhundert später irrtümlicherweise auf einem niederträchtigen Scheiterhaufen verbrannten.

Von seiner letzten Reise kehrte Marcos in einem Sarg zurück. Er war an einer mysteriösen afrikanischen Pest gestorben, die ihn faltig und gelb wie Pergament machte. Als er sich krank fühlte, trat er die Heimreise an, weil er hoffte, die Pflege seiner Schwester und des Doktor Cuevas würden ihm die Gesundheit zurückgeben, aber er überstand die sechzig Tage Schiffsüberfahrt nicht, sondern starb auf der Höhe von Guayaquil, geschwächt vom Fieber und im Delirium faselnd von moschosduftenden Frauen und verborgenen Schätzen. Der Kapitän, ein Engländer namens Longfellow, war schon im Begriff, ihn in eine Fahne gewickelt über Bord zu werfen, aber Marcos hatte auf dem Transatlantikdampfer trotz seines verwilderten Aussehens und seiner Fieberdelirien so viele Freunde gewonnen und so viele Frauen in sich verliebt gemacht, daß die Passagiere es verhinderten und Longfellow ihn in der Speisekammer neben dem Gemüse des chinesischen Kochs lagern mußte, um ihn vor der tropischen Hitze und den Moskitos zu schützen, bis der Schiffsschreiner einen Behelfssarg gezimmert hatte. Im Hafen El Callao konnten sie einen richtigen Sarg kaufen, und ein paar Tage später lud ihn der Kapitän kurzerhand auf der Mole ab, wütend über die Umstände, die der Passagier der Schiffsgesellschaft und ihm persönlich gemacht hatte, und erstaunt, daß niemand kam, um nach ihm zu fragen und die zusätzlichen Kosten zu begleichen. Später erfuhr er, daß die Post in diesen Breiten nicht mit der gleichen Zuverlässigkeit wie in seinem fernen England funktionierte und seine Telegramme sich unterwegs verflüchtigt hatten. Zu seinem Glück erschien ein Rechtsanwalt vom Zoll, der die Familie del Valle kannte und sich erbot, die Sache in die Hand zu nehmen. Er lud Marcos und sein vieles Gepäck auf einen gemieteten Wagen und brachte ihn in die Hauptstadt, an den einzigen festen Wohnsitz, der sich ermitteln ließ: das Haus seiner Schwester.

Für Clara wäre dies einer der schmerzlichsten Augenblicke in ihrem Leben gewesen, wäre nicht Barrabas unter dem vielen Kram ihres Onkels mitgekommen. Ohne den im Hof herrschenden Trubel zu beachten, führte ihr Instinkt sie direkt in die Ecke, in der jemand den Käfig abgestellt hatte. Drinnen war Barrabas, ein Häuflein Knochen unter einem Fell von undefinierbarer Farbe und voll eiternder Kahlstellen, ein Auge geschlossen, das andere triefend von Augenbutter. Regungslos wie ein Kadaver lag er in seinem Unrat. Trotz seines kläglichen Äußeren identifizierte ihn das kleine Mädchen mühelos.

„Ein Hündchen“, schrie sie.

Sie übernahm das Tier. Sie hob es aus dem Käfig, sie wiegte es an ihrer Brust, mit der Umsicht einer Missionsschwester gelang es ihr, Wasser in die geschwollene, ausgetrocknete Schnauze zu träufeln. Niemand hatte es gefüttert, seit Kapitän Longfellow, der wie alle Engländer Tiere sehr viel besser behandelte als Menschen, es mitsamt dem Gepäck auf der Mole abgestellt hatte. Solange der Hund neben seinem todkranken Herrn an Bord gewesen war, hatte der Kapitän alle Sorgfalt, die er Marcos vorenthielt, auf ihn verwandt, ihn eigenhändig gefüttert und auf Deck spazierengeführt, aber sobald er an Land war, wurde er nur noch als Teil des Gepäcks betrachtet. Clara wurde dem Tier eine Mutter, ohne daß ihr jemand dieses zweifelhafte Privileg streitig gemacht hätte, und es gelang ihr, es ins Leben zurückzuholen. Ein paar Monate später, als sich der Wirbel um die Ankunft der Leiche und die Beerdigung von Onkel Marcos gelegt hatte, fiel Severo eines Tages das haarige Vieh auf, das seine Tochter auf den Armen trug.

„Was ist das?“ fragte er.

„Barrabas“, sagte Clara.

„Bring ihn dem Gärtner, damit er ihn wegschafft. Er kann eine Krankheit auf uns übertragen“, befahl er.

Aber Clara hatte ihn adoptiert.

„Er gehört mir, Papa. Wenn Sie ihn mir wegnehmen, höre ich auf zu atmen und sterbe, das schwöre ich.“

Er blieb im Haus. Bald lief er überall herum, fraß Vorhangfransen, Teppiche, Möbelbeine an. Er erholte sich ungemein schnell von seiner Agonie und fing zu wachsen an. Als er gebadet wurde, stellte sich heraus, daß er schwarz war, einen quadratischen Schädel, sehr lange Beine und kurzes Haar hatte. Die Nana schlug vor, man solle ihm den Schwanz coupieren, damit er wie ein Rassehund aussähe, aber Clara bekam einen Wutanfall, der in Asthma ausartete, und die Angelegenheit wurde nicht mehr erwähnt. Barrabas behielt seinen Schwanz ungekürzt, und dieser Schwanz wurde mit der Zeit lang wie ein Golfschläger, der mit unkontrollierbaren Bewegungen das Porzellan von den Tischen wedelte und Stehlampen umwarf. Barrabas war von unbekannter Rasse. Er hatte nichts gemein mit den Straßenkötern, noch weniger mit den reinrassigen Geschöpfen, die von einigen aristokratischen Familien aufgezogen wurden. Der Tierarzt wußte seinen Ursprung nicht anzugeben, und Clara vermutete, daß er aus China stammte, da ein großer Teil der Sachen im Gepäck des Onkels Souvenirs aus diesem fernen Land waren. Seine Fähigkeit zu wachsen war unbegrenzt. Nach sechs Monaten hatte er die Größe eines Schafs, nach einem Jahr die Ausmaße eines Fohlens. Verzweifelt fragte sich die Familie, bis wohin er noch wachsen würde, und begann zu bezweifeln, daß er tatsächlich ein Hund war. Vielleicht, spekulierte sie, handelte es sich um ein exotisches Tier, das der forschungsreisende Onkel in einer abgelegenen Weltgegend erjagt hatte und das im Naturzustand wild war. Wenn Nívea seine Krokodilsklauen und scharfen Zähne beobachtete, zitterte ihr Mutterherz bei dem Gedanken, daß die Bestie nur einmal zuzuschnappen brauchte, um einem erwachsenen Menschen den Kopf abzureißen, um so mehr jedem ihrer Kinder. Aber Barrabas gab keinerlei Anzeichen von Wildheit zu erkennen. Im Gegenteil. Er war verspielt wie eine Katze. Er schlief in Claras Armen in ihrem Bett, den Kopf auf dem Federkissen und bis zum Hals zugedeckt, weil er verfroren war, und später, als er im Bett keinen Platz mehr hatte, streckte er sich neben ihm auf den Boden, seine Pferdeschnauze auf der Hand des Kindes. Niemand hörte ihn bellen oder knurren. Er war schwarz und still wie ein Panther, hatte eine Vorliebe für Schinken und eingemachtes Obst, und jedesmal, wenn Besuch kam und man ihn einzusperren vergaß, schlich er ins Eßzimmer, strich um den Tisch und schnappte sich vorsichtig seine Lieblingsbissen von den Tellern, ohne daß ihn jemand daran zu hindern wagte. Trotz seiner mädchenhaften Sanftheit flößte Barrabas Furcht ein. Die Lieferanten rannten nur so, wenn er sich auf der Straße zeigte, und einmal löste er unter den Frauen, die am Milchwagen standen, Panik aus, das Zugpferd scheute und rannte wie aus der Pistole geschossen davon, unter dem Gepolter der umstürzenden, ihren Inhalt auf die Straße ergießenden Milchkannen. Severo, der den Schaden bezahlen mußte, befahl, den Hund künftig im Hof anzuketten, aber Clara bekam wieder ihren Tobsuchtsanfall, und der Beschluß wurde vertagt. In Unkenntnis seiner Rasse schrieb die Phantasie der Leute Barrabas die Eigenschaften eines Fabelwesens zu. Es hieß, er sei gewachsen und gewachsen und wäre so groß wie ein Kamel geworden, hätte nicht ein brutaler Metzger seinem Leben ein Ende bereitet. Die Leute hielten ihn für das Produkt einer Kreuzung von Hund und Stute, sie mutmaßten, daß er Flügel, Hörner und einen schwefligen Atem bekommen würde wie die Tiere, die Rosa in ihre endlose Tischdecke stickte. Die Nana, die es satt hatte, zerbrochenes Porzellan aufzukehren und sich das Geschwätz der Leute anzuhören, die behaupteten, daß er sich in Mondnächten in einen Wolf verwandle, wandte bei Barrabas die gleiche Methode an wie bei dem Papagei, aber statt ihn umzubringen, bewirkte die Überdosis Lebertran bei ihm nur einen vier Tage dauernden Dünnpfiff, der das Haus von oben bis unten verschmutzte, und sie selber mußte ihn wegputzen.

Es waren schwere Zeiten. Ich war damals ungefähr fünfundzwanzig Jahre alt, aber mir war, als hätte ich nur eine kurze Spanne Lebens vor mir, um mir eine Zukunft aufzubauen und die Position zu schaffen, die ich mir wünschte. Ich arbeitete wie ein Tier, und wenn ich mich unter dem Zwang eines tödlich langweiligen Sonntags einmal hinsetzte und ausruhte, hatte ich das Gefühl, daß mir kostbare Zeit verlorenging und mich jede müßig verbrachte Minute ein Jahrhundert von Rosa entfernte. Ich lebte im Bezirk der Mine in einem kleinen Holzhaus mit Zinkdach, das ich mir mit Hilfe einiger Arbeiter selbst gebaut hatte. Es hatte nur ein einziges quadratisches Zimmer, in dem ich meine Sachen verstaute, ein Fenster in jeder Wand, damit die heiße Tagesluft abzog, und Läden, die ich nachts, wenn der eisige Wind wehte, schließen konnte. Mein Mobiliar bestand aus einem Stuhl, einem Feldbett, einem ungehobelten Tisch, einer Schreibmaschine und einem schweren, auf Maultierrücken durch die Wüste transportierten Tresor. In ihm verschloß ich den Lohn für die Bergarbeiter, einige Papiere und den Rupfensack mit den kleinen, glänzenden Goldklümpchen, den Früchten so harter Arbeit. Es war nicht bequem, aber an Unbequemlichkeit war ich gewöhnt. Ich hatte nie in warmem Wasser gebadet, meine Kindheitserinnerungen waren Kälte, Einsamkeit und ein ewig leerer Bauch. Hier habe ich zwei Jahre lang gegessen, geschlafen und geschrieben, ohne eine andere Zerstreuung als einige oft gelesene Bücher, einen Packen alter Zeitungen, ein paar englische Texte, an denen ich die Grundzüge dieser herrlichen Sprache erlernte, und ein verschließbares Kästchen, in dem ich meine Korrespondenz mit Rosa aufhob. Ich hatte mir angewöhnt, ihr auf der Maschine zu schreiben und einen Durchschlag für mich zu behalten, den ich, nach dem Datum eingeordnet, zwischen die wenigen Briefe legte, die ich von ihr erhielt. Ich aß das gleiche Essen wie die Arbeiter, für die gekocht wurde, und ich hatte verboten, daß Schnaps in die Mine gebracht wurde. Auch ich hatte keinen in meinem Haus, weil ich immer der Meinung war, daß Einsamkeit und Langeweile einen Mann zum Alkoholiker machen. Kann sein, daß mich die Erinnerung an meinen Vater mit seinem offenen Hemdkragen, der lose hängenden, fleckigen Krawatte, den trüben Augen und dem schweren Atem zum Abstinenzler gemacht hat. Mein Kopf taugt nicht zum Trinken, ich werde leicht besoffen. Das habe ich mit sechzehn entdeckt und nie mehr vergessen. Meine Enkelin hat mich einmal gefragt, wie ich es ausgehalten habe, so lange allein und fern von aller Zivilisation zu leben. Ich weiß es nicht. Aber in Wirklichkeit muß es für mich leichter zu ertragen gewesen sein als für andere, weil ich kein geselliger Mensch bin, ich habe wenig Freunde und mag keine Feste und Feiern, im Gegenteil, allein fühle ich mich wohler. Es fällt mir schwer, mit anderen Menschen warm zu werden. Damals hatte ich noch nie mit einer Frau zusammengelebt, also konnte ich auch nicht vermissen, was ich nicht kannte. Ich habe mich nicht leicht verliebt, nie, ich bin von Natur aus treu, obwohl ich nur den Schatten eines Arms, den Schwung einer Hüfte, die Kniekehle einer Frau zu sehen brauche, und schon komme ich auf Gedanken, noch heute, wo ich schon so alt bin, daß ich mich kaum mehr wiedererkenne, wenn ich in den Spiegel schaue. Ich sehe wie ein krumm gewordener Baum aus. Ich will mich nicht mit dem Märchen aus meinen Jugendsünden herausreden, ich hätte den Drang des Begehrens nicht unter Kontrolle halten können, keine Rede davon. Damals war ich an den folgenlosen Umgang mit leichten Frauen gewöhnt, andere Möglichkeiten gab es nicht. Wir in meiner Generation unterscheiden zwischen den anständigen Frauen und den anderen, und auch die anständigen unterteilten wir noch in die eigene und die der anderen. An Liebe dachte ich gar nicht, ehe ich Rosa kennenlernte, und romantisches Schmachten erschien mir gefährlich und nutzlos. Wenn mir einmal ein junges Mädchen gefiel, traute ich mich nicht an sie heran, aus Angst, abgewiesen zu werden und lächerlich zu erscheinen. Ich war sehr stolz. Unter meinem Stolz habe ich mehr gelitten als andere.

Über ein halbes Jahrhundert ist inzwischen vergangen, aber der Augenblick, in dem Rosa die Schöne wie ein zerstreuter Engel in mein Leben trat und mir im Vorbeigehen die Seele stahl, ist tief in mein Gedächtnis eingegraben. Sie ging mit der Nana und einem anderen Mädchen, wahrscheinlich einer jüngeren Schwester. Ich glaube, sie trug ein fliederfarbenes Kleid, aber sicher weiß ich es nicht, weil ich für Frauenkleider kein Auge habe und weil sie so schön war, daß ich, selbst wenn sie ein Hermelincape getragen hätte, doch nur ihr Gesicht hätte anschauen können. Ich gehöre nicht zu denen, die auf der Straße nur die Frauen sehen, aber ich hätte ein Brett vorm Kopf haben müssen, um diese Erscheinung nicht zu sehen, die Aufruhr hervorrief, wo sie ging und stand, und den Verkehr blockierte mit diesem unglaublichen grünen Haar, das wie ein Phantasiehut ihr Gesicht einrahmte, und mit ihrem Feengang, dieser Art, sich zu bewegen, als ob sie schwebte. Sie ging an mir vorbei, ohne mich anzusehen, und betrat schwebend die Konditorei an der Plaza de Armas. Ich blieb wie betäubt draußen auf der Straße, während sie drinnen Anisbonbons kaufte, die sie eigenhändig aussuchte und unter Glöckchengelächter einen sich selbst, den anderen der Schwester in den Mund warf. Nicht nur ich war hypnotisiert, innerhalb weniger Minuten bildete sich ein Kreis von Männern, die durchs Schaufenster starrten. Da reagierte ich. Der Gedanke kam mir erst gar nicht, daß ich nicht im entferntesten der ideale Bewerber für dieses himmlische Mädchen war, da ich kein Vermögen hatte, nicht einmal ein hübscher Bursche war und meine Zukunft im Ungewissen lag. Und ich kannte sie nicht! Aber ich war geblendet und beschloß im selben Augenblick, daß sie als einzige würdig war, meine Gattin zu werden, und daß ich Junggeselle bleiben würde, wenn ich sie nicht bekommen konnte. Ich folgte ihr auf dem ganzen Heimweg. Ich stieg in dieselbe Trambahn und setzte mich hinter sie und konnte den Blick nicht von ihrem vollkommenen Nacken wenden, dem runden Hals, den sanften Schultern, über die einige aus der Frisur gelöste Löckchen zu streicheln schienen. Ich spürte nicht das Rattern der Trambahn, ich war wie im Traum. Plötzlich glitt sie auf den Gang, und im Vorbeigehen richtete sie für einen winzigen Moment ihre überraschend goldfarbenen Augen auf mich. Ich muß ein wenig gestorben sein. Ich konnte nicht atmen, mein Herz stand still. Als ich mich wieder gefaßt hatte, mußte ich auf die Gefahr hin, mir die Knochen zu brechen, aus der Trambahn springen und zu der Straße laufen, in die sie eingebogen war. Daran, daß ich einen fliederfarbenen Fleck in ein Portal verschwinden sah, erriet ich, wo sie wohnte. Von diesem Tag an hielt ich vor ihrem Haus Wache, wie ein herrenloser Hund schlich ich im Viertel herum, bestach den Gärtner, knüpfte mit den Dienstmädchen Gespräche an, bis ich es schaffte, mit der Nana zu reden, und sie, die heilige Frau, sich meiner erbarmte und sich bereit erklärte, Rosa die Liebesbriefe, die Blumen, die ungezählten Schachteln Anisbonbons zu überbringen, mit denen ich ihr Herz zu gewinnen versuchte. Auch Akrostichen schickte ich ihr. Ich kann keine Verse schreiben, aber ich kannte einen spanischen Buchhändler, ein wahres Reimgenie: Bei ihm bestellte ich Gedichte, Lieder, was immer, sofern nur Papier und Tinte der Rohstoff waren. Meine Schwester Férula half mir, an die Familie del Valle heranzukommen: sie war es, die eine entfernte Verwandtschaft zwischen unseren Familien entdeckte und den geeigneten Moment – nach der Messe, beim Verlassen der Kirche – zu einer ersten Begrüßung fand. An dem Tag, an dem ich ihr Haus betrat und sie in Reichweite meiner Stimme war, fiel mir nichts ein, was ich ihr hätte sagen können. Stumm stand ich da, den Hut in der Hand und mit offenem Mund, bis ihre Eltern, die das Symptom kannten, mir zu Hilfe kamen. Ich weiß nicht, was Rosa an mir fand und warum sie mich mit der

Zeit als Gatten akzeptierte. Ich wurde ihr offizieller Bräutigam, ohne irgendwelche übernatürliche Heldentaten vollbringen zu müssen, denn trotz ihrer unmenschlichen Schönheit und ihrer ungezählten Tugenden hatte Rosa keine Bewerber. Ihre Mutter gab mir die Erklärung dafür. Kein Mann, sagte sie, fühle sich stark genug, sein Leben lang Rosa gegen die Begehrlichkeit der anderen Männer zu verteidigen. Viele seien um sie herumgeschlichen und hätten ihretwegen den Verstand verloren, aber ehe ich am Horizont aufgetaucht sei, habe sich keiner entschlossen. Ihre Schönheit schüchtere ein, deshalb bewunderten die Männer sie von ferne, ohne näher zu kommen. Daran, ehrlich gesagt, hatte ich nicht gedacht. Mein Problem war, daß ich keinen Peso besaß. Aber ich hielt mich für fähig, durch die Kraft der Liebe ein reicher Mann zu werden. Ich sah mich nach einem Weg um, der mich in den Grenzen der Anständigkeit, zu der ich erzogen worden war, rasch zum Ziel führen konnte, und sah, daß ich Beziehungen, ein Fachstudium oder ein Kapital gebraucht hätte. Einen angesehenen Namen zu haben reichte nicht aus. Hätte ich das Geld für die Anfangseinsätze gehabt, hätte ich vermutlich auf Würfelspiele oder auf Pferde gewettet; da ich es nicht hatte, mußte ich an eine Arbeit denken, durch die ich rasch zu Geld kommen konnte, und sei sie noch so riskant. Gold- und Silberminen waren der Traum eines jeden Abenteurers. Sie konnten einen ins Elend stürzen, an Tuberkulose sterben lassen oder zum mächtigen Mann machen. Es war Glückssache. Auf Grund des guten Rufs, in dem der Name meiner Mutter stand, erhielt ich eine Konzession auf eine Mine im Norden, und dies wieder bewog eine Bank, mir Kredit zu geben. Ich hatte den festen Vorsatz, auch das letzte Gramm des edlen Metalls aus der Mine herauszuholen, und wenn ich den Berg mit den Händen umgraben und das Gestein mit Fußtritten zermahlen müßte. Für Rosa hätte ich das und noch mehr getan.

Ende Oktober, als die Familie bezüglich der Absichten Pater Restrepos beruhigt war, der seine Berufung zum Inquisitor hatte bezähmen müssen, nachdem der Bischof persönlich ihn ermahnt hatte, die kleine Clara del Valle ungeschoren zu lassen, und als alle sich mit dem Gedanken abgefunden hatten, daß Onkel Marcos wirklich tot war, nahmen Severos politische Pläne konkrete Gestalt an. Jahrelang hatte er auf dieses Ziel hingearbeitet. Es war ein Triumph für ihn, als sie ihn aufforderten, zu den Parlamentswahlen für die Liberale Partei zu kandidieren, als Abgeordneter einer Provinz im Süden des Landes, in der er nie gewesen war und die er auch auf der Landkarte nur mit Mühe finden konnte. Die Partei brauchte dringend Leute, und Severo war so scharf auf einen Sitz im Kongreß, daß es ihnen nicht schwerfiel, die Wähler im Süden, die einfache Leute waren, zu überreden, Severo zu ihrem Kandidaten zu ernennen. Der Antrag wurde unterstützt durch ein riesiges, rosiges gebratenes Schwein, das die Wähler der Familie del Valle ins Haus schickten. In einer Garnitur von Tomaten ruhte es auf einem großen Holzteller, duftend und glänzend, ein Petersiliensträußchen im Maul und eine Karotte im Hintern. Es hatte am Bauch eine dicke Naht, und innen war es mit Rebhühnern gefüllt, die ihrerseits wieder mit Kirschen gefüllt waren. In Begleitung des Schweins kam eine Karaffe, die eine halbe Gallone vom besten Schnaps des Landes enthielt. Der Gedanke, Abgeordneter oder, noch besser, Senator zu werden, war ein Traum, den Severo lange gehegt hatte. Um dieses Ziel zu erreichen, hatte er durch das Anknüpfen von Kontakten und Freundschaften, durch Unterredungen, diskrete, aber wirksame Auftritte in der Öffentlichkeit, durch Geld und Gunstbeweise für die geeigneten Personen im richtigen Moment gründlich vorgearbeitet. Die Provinz im Süden, wenngleich abgelegen und unbekannt, war, was er sich erhofft hatte.

Das mit dem Schwein war am Dienstag. Am Freitag, als von dem Borstentier nur noch die Haut und die Knochen übrig waren, die Barrabas im Hof abnagte, verkündete Clara, im Haus werde es abermals einen Toten geben.

„Aber es wird ein Tod aus Versehen sein."

Am Samstag schlief sie schlecht und erwachte schreiend. Die Nana gab ihr Lindenblütentee, und niemand kümmerte sich weiter um sie, weil alle mit den Vorbereitungen für die Reise des Vaters in den Süden beschäftigt waren und weil Rosa die Schöne am Morgen mit Fieber erwacht war. Nívea ordnete an, sie solle im Bett bleiben, und Doktor Cuevas sagte, es sei nichts Schlimmes, man solle ihr lauwarme, gezuckerte Limonade mit einem Schuß Likör geben, damit sie das Fieber ausschwitze. Severo sah nach seiner Tochter und fand sie mit rotem Gesicht und fiebrigen Augen tief vergraben in den butterfarbenen Spitzen der Laken. Er brachte ihr eine Ballkarte als Geschenk und ermächtigte die Nana, die Karaffe aufzumachen und Schnaps in die Limonade zu gießen. Rosa trank die Limonade aus, wickelte sich fest in ihren Wollschal und schlief neben Clara, mit der sie das Zimmer teilte, sofort ein.

Am Morgen des tragischen Sonntags stand die Nana wie immer früh am Morgen auf. Ehe sie zur Messe ging, bereitete sie in der Küche das Frühstück für die Familie vor. Der Holz- und Kohleherd war am Tag zuvor geheizt worden, so daß sie an der Glut in der noch warmen Asche Feuer machen konnte. Sie setzte Wasser und Milch auf, und bis die Milch kochte, richtete sie das Geschirr her, um es ins Eßzimmer zu tragen. Sie kochte die Haferflocken, filterte den Kaffee, röstete Brot, dann machte sie zwei Tabletts fertig, eines für Nívea, die immer im Bett frühstückte, das andere für Rosa, die als Kranke Anspruch auf dasselbe Vorrecht hatte. Das Tablett für Rosa deckte sie mit einer von den Nonnen gestickten Decke zu, damit der Kaffee nicht kalt wurde und keine Fliege hineinfiel, dann schaute sie in den Hof, um zu sehen, ob Barrabas nicht in der Nähe sei, der sie mit Vorliebe ansprang, wenn sie das Frühstückstablett trug. Da sie ihn in das Spiel mit einer Henne vertieft sah, nutzte sie den günstigen Moment, ihre lange Wanderung durch Höfe und Gänge anzutreten, von der Küche im rückwärtigen Teil des Hauses bis zum Schlafzimmer der zwei Mädchen am anderen Ende. Vor Rosas Tür zögerte sie, geschlagen von der Kraft der Vorahnung. Wie gewohnt betrat sie das Zimmer, ohne anzuklopfen, und bemerkte sofort, daß es nach Rosen roch, obwohl keine Rosenzeit war. Da wußte die Nana, daß ein irreparables Unglück geschehen war. Vorsichtig stellte sie das Tablett auf den Tisch und ging langsam zum Fenster. Sie zog die schweren Vorhänge auf, eine bleiche Morgensonne schien ins Zimmer. Beklommen drehte sie sich um und war schon nicht mehr überrascht, Rosa tot auf ihrem Bett liegen zu sehen, schöner denn je, das Haar endgültig grün, die Haut von der Farbe jungen Elfenbeins, die honigfarbenen Augen offen. Am Fußende des Betts stand die kleine Clara und beobachtete ihre Schwester. Die Nana kniete neben dem Bett nieder, ergriff Rosas Hand und begann zu beten. Sie betete, bis ein schrecklicher Klageton wie von einem Schiff in Seenot durchs ganze Haus tönte. Es war das erste und letzte Mal, daß Barrabas seine Stimme hören ließ. Den ganzen Tag über verbellte er die Tote, die Nervenkraft der Familie und der von seinem Katastrophengeheul angelockten Nachbarn aufreibend.

Doktor Cuevas brauchte nur einen Blick auf Rosas Körper zu werfen, um zu wissen, daß dieser Tod auf etwas viel Schlimmeres als ein harmloses Fieber zurückging. Er begann nach allen Seiten zu schnuppern, inspizierte die Küche, fuhr mit dem Finger über die Töpfe, öffnete Mehlsäcke, Zuckertüten, Dörrobstschachteln, schüttete alles aus und hinterließ ein Tohuwabohu wie nach einem Wirbelsturm. Er schnüffelte in Rosas Schubfächern, befragte alle Dienstmädchen einzeln, setzte der Nana mit Fragen zu, bis sie wild wurde, und schließlich führten ihn seine Nachforschungen zu der Schnapskaraffe, die er ohne weiteres beschlagnahmte. Er sprach zu niemandem von seinem Verdacht, nahm die Flasche aber in sein Laboratorium mit. Drei Stunden später kam er zurück mit einem Ausdruck des Entsetzens, der sein rötliches Faunsgesicht in eine bleiche Maske verwandelte und ihn während der ganzen schrecklichen Angelegenheit nicht mehr verließ. Er nahm Severo am Arm und zog ihn beiseite.

„In diesem Schnaps war so viel Gift, daß ein Stier daran krepiert wäre“, sagte er hinter vorgehaltener Hand. „Aber um sicher zu sein, daß dieses Gift Ihre Tochter getötet hat, muß ich eine Autopsie vornehmen.“

„Heißt das, Sie wollen sie aufschneiden?“ stöhnte Severo.

„Nicht ganz. Ihren Kopf werde ich nicht antasten, nur den Verdauungsapparat“, erklärte Doktor Cuevas.

Severo erlitt einen Schwächeanfall.

Nívea war zu dieser Stunde erschöpft vom Weinen, aber als sie erfuhr, daß ihre Tochter in den Seziersaal gebracht werden sollte, fand sie mit einem Schlag ihre Energie wieder. Sie beruhigte sich erst, als ihr die Männer schworen, Rosa würde vom Haus direkt auf den katholischen Friedhof gebracht. Da war sie bereit, das Laudanum zu nehmen, das der Doktor ihr gab. Sie schlief vierundzwanzig Stunden.

Bei Einbruch der Nacht traf Severo die Vorbereitungen. Er schickte seine Kinder zu Bett und erlaubte den Dienstboten, sich frühzeitig zurückzuziehen. Clara, die von dem Vorgefallenen tief beeindruckt war, gestattete er, diese Nacht im Zimmer einer anderen Schwester zu schlafen. Nachdem alle Lichter gelöscht waren und das Haus zur Ruhe gekommen war, traf der Assistent von Doktor Cuevas ein, ein hagerer, kurzsichtiger junger Mann, der stotterte. Sie halfen Severo, Rosas Leichnam in die Küche zu tragen, sie legten sie liebevoll auf die Marmorplatte, auf der die Nana gewöhnlich den Brotteig knetete und Gemüse putzte. Severo hatte einen starken Charakter, aber mit anzusehen, wie sie seiner Tochter das Nachthemd auszogen und ihre blendende, sirenenhafte Nacktheit erschien, konnte er nicht ertragen. Schwankend, schmerztrunken ging er hinaus und brach im Salon, wimmernd wie ein Kind, zusammen. Auch Doktor Cuevas, der Rosa bei ihrer Geburt gesehen hatte und sie wie die Innenfläche seiner Hand kannte, erschrak, als er sie ohne Kleider sah. Der junge Assistent fing noch in den folgenden Jahren jedesmal vor Aufregung zu keuchen an, wenn er sich des unglaublichen Anblicks erinnerte: Rosa, schlafend, nackt auf dem Küchentisch, mit ihrem langen Haar, das wie eine Pflanzenkaskade auf den Boden herabfiel.

Während sie ihr schauriges Werk verrichteten, warf sich die Nana, des Weinens und Betens müde und im Vorgefühl, daß im dritten Hof, ihrem Bereich, etwas Seltsames geschah, einen Schal über und verließ ihr Zimmer, um durchs Haus zu gehen. In der Küche sah sie Licht, aber

Türen und Fensterläden waren geschlossen. Sie ging weiter durch die stillen, kalten Gänge, alle drei Teile des Hauses durchquerend, bis sie an den Salon kam. Durch die halboffene Tür sah sie ihren Herrn, der mit trostloser Miene im Zimmer auf und ab ging. Das Kaminfeuer war erloschen. Die Nana trat ein.

„Wo ist Rosa?" fragte sie.

„Doktor Cuevas ist bei ihr, Nana. Bleib hier und trink einen Schluck mit mir", bat Severo.

Die Nana blieb stehen, mit gekreuzten Armen den Schal auf der Brust festhaltend. Severo deutete aufs Sofa, und schüchtern trat sie näher. Sie setzte sich neben ihn. Es war das erste Mal, seit sie in diesem Haus lebte, daß sie ihrem Herrn so nahe war. Severo goß jedem ein Glas Jerez ein und trank seines auf einen Schluck aus. Er vergrub den Kopf in seinen Fingern, raufte sich das Haar und murmelte zwischen den Zähnen eine unverständliche, traurige Litanei. Die Nana, die steif auf dem Sofarand gesessen hatte, entspannte sich, als sie ihn weinen sah. Automatisch streckte sie die Hand aus und strich mit der gleichen liebkosenden Bewegung, mit der sie zwanzig Jahre lang die Kinder getröstet hatte, über sein Haar. Er hob den Blick, sah das alterslose Gesicht, die indianischen Jochbeine, den schwarzen Haarknoten, den breiten Schoß, in dem er alle seine Nachkommen hatte schluchzen und schlafen sehen, und spürte, daß diese warme und wie die Erde großmütige Frau ihm Trost geben konnte. Er legte die Stirn auf ihren Rock, atmete den leichten Duft ihrer gestärkten Schürze und brach wie ein Kind in Schluchzen aus. Er vergoß alle Tränen, die er in seinem Leben als Mann nicht geweint hatte. Die Nana strich ihm über den Rücken, gab ihm tröstliche kleine Klapse, sprach mit jener halben Sprache zu ihm, mit der sie die Kinder einzuschläfern pflegte, und sang ihm ihre bäuerlichen Balladen vor, bis er sich beruhigte. Sie blieben sitzen, eng aneinander, tranken Jerez, weinten dazwischen und erinnerten sich der glücklichen Jahre, als Rosa noch durch den Garten lief und mit ihrer aus Wassertiefen geborenen Schönheit die Schmetterlinge erschreckte.

In der Küche legten Doktor Cuevas und sein Assistent ihre schaurigen Instrumente und übelriechenden Fläschchen zurecht, sie banden sich Wachstuchschürzen um, rollten die Ärmel hoch und durchwühlten die Eingeweide der schönen Rosa, bis sie zweifelsfrei festgestellt hatten, daß sie eine starke Dosis Rattengift zu sich genommen hatte.

„Das war für Severo bestimmt“, schloß der Doktor, als er sich im Ausguß die Hände wusch.

Der Assistent, zutiefst aufgewühlt von der Schönheit der Toten, brachte es nicht über sich, sie einfach wie einen zugenähten Sack liegenzulassen. Er schlug vor, sie ein wenig herzurichten. Also gingen beide daran, den Leib mit Salben einzureiben und mit Balsamierstoffen zu füllen. Sie arbeiteten bis vier Uhr morgens, als der Doktor sich vor Müdigkeit und Traurigkeit erschöpft erklärte und hinausging. Rosa blieb in der Küche in den Händen des Assistenten zurück, der ihr mit dem Schwamm die Blutspuren abwischte, ihr das gestickte Hemd anzog, damit die von der Kehle bis zum Geschlecht verlaufende Naht verborgen war, und ihr das Haar ordnete. Dann tilgte er die Spuren seiner Arbeit.

Im Salon traf Doktor Cuevas Severo, neben ihm die Nana, beide betäubt vom Weinen und vom Jerez.

„Wir sind fertig. Wir richten sie noch ein wenig her, damit ihre Mutter sie sehen kann.“

Er erklärte Severo, sein Verdacht habe sich als begründet erwiesen, er habe im Magen seiner Tochter die gleiche tödliche Substanz gefunden wie in dem geschenkten Schnaps. Da erinnerte sich Severo der Ankündigung Claras, und bei dem Gedanken, daß seine Tochter an seiner Stelle gestorben war, verlor er den Rest an Fassung, der ihm verblieben war. Er brach zusammen, wimmernd, daß er durch seinen Ehrgeiz, seine Prahlsucht die Schuld trage, daß niemand ihn geheißen habe, sich mit Politik zu befassen, daß es ihm viel besser gegangen sei, als er noch ein gewöhnlicher Rechtsanwalt und Familienvater gewesen war, daß er sofort und für immer auf die verfluchte Kandidatur und auf die Liberale Partei mit ihren überspannten Visionen und Werken verzichten werde, daß er hoffe, keiner seiner Nachkommen werde sich je auf die Politik einlassen, die ein Geschäft für Halsabschneider und Räuber sei, bis Doktor Cuevas sich seiner erbarmte und ihn vollends betrunken machte. Der Jerez vermochte mehr als Leid und Schuldgefühle. Die Nana und der Doktor trugen ihn ins Schlafzimmer, zogen ihn aus und legten ihn in sein Bett. Dann gingen sie in die Küche, wo der Assistent inzwischen Rosas Toilette beendet hatte.

Nívea und Severo del Valle erwachten spat am Morgen. Die Familienangehörigen hatten das Haus für die Aufbahrung hergerichtet, die Vorhänge zugezogen und mit schwarzem Krepp behängt und an den Wänden die Blumenkränze aufgereiht, die mit ihrem süßen Duft die Luft erfüllten. Sie hatten das Eßzimmer zur Totenkapelle gemacht. Auf dem großen Tisch, über den ein schwarzes, goldgefranstes Tuch gebreitet war, stand Rosas weißer, silberbeschlagener Sarg, zwölf gelbe Kerzen in Messingleuchtern warfen einen milden Schein auf das junge Mädchen. Man hatte ihr das Brautkleid angezogen und ihr den Kranz mit den wächsernen Orangenblüten aufgesetzt, der für den Tag ihrer Hochzeit bereitlag.

Gegen Mittag trafen die Verwandten, Freunde und Bekannten ein, um am Sarg vorbeizugehen, der Familie ihr Beileid auszusprechen und mit ihr zu trauern. Selbst die erbitterten Gegner Severos kamen, und er beobachtete sie scharf; in jedem Augenpaar, das er sah, versuchte er das Geheimnis des Mordes zu entdecken, aber in allen, selbst in dem des Präsidenten der Konservativen Partei, sah er das gleiche Bedauern, die gleiche Unschuld.

Während der Totenwache wandelten die Herren in den Salons und Gängen des Hauses und besprachen leise ihre Angelegenheiten und Geschäfte. Kam jemand von der Familie in ihre Nähe, verstummten sie respektvoll. Als es Zeit war, ins Eßzimmer zurückzugehen und an den Sarg zu treten, um einen letzten Blick auf Rosa zu werfen, erschraken alle, weil ihre Schönheit noch zugenommen hatte. Die Damen gingen in den Salon, wo die Stühle im Kreis aufgestellt worden waren, damit man in aller Bequemlichkeit weinen konnte, den Tod eines anderen Menschen als Vorwand benutzend, um eigenen Kummer loszuwerden. Es wurde viel geweint, aber würdig und schweigend. Einige Frauen sprachen leise Gebete. Die Dienstmädchen boten in den Salons und auf den Gängen Tee und Kognak an, den Damen frische Taschentücher, eingemachtes Obst und kleine, in Ammoniak getränkte Kompressen, falls einer von ihnen in der stickigen Luft vom Kerzengeruch und aus Kummer schwindlig wurde. Alle Töchter del Valle, von Kopf bis Fuß in strenges Schwarz gekleidet, außer Clara, die noch zu jung war, hockten wie eine Schar Raben um ihre Mutter. Nívea, die alle ihre Tränen geweint hatte, saß starr auf ihrem Stuhl, ohne einen Seufzer, ohne ein Wort und ohne das hilfreiche Ammoniak, gegen das sie allergisch war. Jeder neuankommende Besucher sprach ihr sein Beileid aus. Manche küßten sie auf beide Wangen, andere schlossen sie sekundenlang fest in die Arme, doch sie schien selbst die engsten Freunde nicht zu erkennen. Sie hatte mehrere ihrer Kinder in jungen Jahren oder bei der Geburt sterben sehen, aber bei keinem hatte sie so sehr das Gefühl eines Verlustes gehabt wie diesmal.

Jedes der Geschwister verabschiedete sich von Rosa mit einem Kuß auf die kalte Stirn, nur nicht Clara, die das Eßzimmer nicht betreten wollte. Die anderen bestanden nicht darauf, weil sie ihre Übersensibilität kannten und wußten, daß sie zum Schlafwandeln neigte, wenn ihre Vorstellungskraft überfordert war. Sie kauerte im Garten neben Barrabas und wollte weder essen noch an der Totenwache teilnehmen. Nur die Nana kümmerte sich um sie und versuchte sie zu trösten, aber Clara wies sie ab.

Trotz aller Vorkehrungen, die Severo traf, um kein Gerede aufkommen zu lassen, wurde der Tod Rosas ein öffentlicher Skandal. Doktor Cuevas gab jedem, der es hören wollte, eine vollkommen plausible Erklärung für den Tod des Mädchens, das, sagte er, an akuter Pneumonie gestorben sei, aber gerüchtweise erzählte man sich, sie sei aus Versehen anstelle des Vaters vergiftet worden. Politische Morde waren damals in Chile etwas Unbekanntes, und vor allem galt Gift als ein verächtliches Mittel, dessen sich höchstens Weiber bedienten und das seit Kolonialzeiten nicht mehr angewandt wurde. Proteste über das Attentat wurden laut, und ehe Severo es verhindern konnte, druckte eine Zeitung der Opposition einen Artikel, in dem die Schuld indirekt der Oligarchie zugeschoben wurde. Die Konservativen, schrieb der Journalist, seien dessen fähig, weil sie Severo del Valle nicht verzeihen könnten, daß er trotz seiner gesellschaftlichen Stellung zu den Liberalen gegangen war. Die Polizei versuchte die Spur der Schnapsflasche zurückzuverfolgen, konnte aber nur klarstellen, daß sie nicht aus derselben Quelle kam wie das mit Rebhühnern gefüllte Schwein und daß die Wähler im Süden mit der Sache nichts zu tun hatten. Die mysteriöse Flasche war zufällig vor dem Lieferanteneingang des Hauses del Valle gefunden worden, am selben Tag und zur selben Stunde, zu der das gebratene Schwein angekommen war. Weder die Bemühungen der Polizei noch die Ermittlungen, die Severo auf eigene Rechnung durch einen Privatdetektiv anstellen ließ, führten zur Entdeckung des Mörders. Dieser Racheakt überschattete die nachfolgenden Generationen. Es war die erste von vielen Gewalttaten, die das Schicksal der Familie markierten.

Ich erinnere mich genau. Es war ein überaus glücklicher Tag für mich gewesen, weil eine neue Goldader zum Vorschein gekommen war, die dicke, die wunderbare Ader, die ich während dieser ganzen entsagungsvollen Zeit des Fernseins und des Wartens verfolgt hatte und die mir vielleicht den ersehnten Reichtum bringen würde. Ich war sicher, daß ich in sechs Monaten genügend Geld haben würde, um zu heiraten, und daß ich mich nach einem Jahr allmählich als reichen Mann würde betrachten können. Ich hatte großes Glück, denn im Bergbau gibt es mehr Verlierer als Gewinner. Das schrieb ich an jenem Abend an Rosa, so euphorisch, so ungeduldig, daß sich meine Finger auf der Schreibmaschine verhedderten und die Wörter in ihr steckenblieben. Damit war ich beschäftigt, als ich an meiner Tür das Klopfen hörte, das meiner Inspiration für immer ein Ende setzte. Es war ein Maultiertreiber. Er brachte ein

Telegramm aus dem Dorf, das meine Schwester aufgegeben hatte und in dem sie mir den Tod Rosas mitteilte.

Ich mußte das Papier dreimal lesen, ehe ich das Ausmaß meiner Verzweiflung begriff. An alles hatte ich gedacht, nur nicht daran, daß Rosa sterblich war. Ich litt oft bei dem Gedanken, sie könnte einen anderen heiraten, weil es ihr langweilig werden würde, auf mich zu warten, oder die verdammte Goldader, die mir ein Vermögen in die Hand geben sollte, würde nie zum Vorschein kommen, oder der Stollen könnte einstürzen und mich wie einen Kakerlak zerquetschen. Alle diese Möglichkeiten und einige mehr hatte ich bedacht, aber nie, trotz meines sprichwörtlichen Pessimismus, der mich immer das Schlimmste befürchten ließ, den Tod Rosas. Ich fühlte, daß ohne Rosa mein Leben keinen Sinn mehr hatte. Ich fiel innerlich zusammen wie ein angestochener Luftballon, mein ganzer Schwung war dahin. Ich blieb auf meinem Stuhl sitzen und sah lange durchs Fenster auf die Wüste hinaus, bis allmählich die Seele in meinen Körper zurückkehrte. Meine erste Reaktion war Zorn. Ich schlug auf die schwachen Holzbretter der Baracke ein, bis meine Knöchel bluteten, ich riß die Briefe und Zeichnungen von Rosa und die Durchschläge meiner Briefe an sie in tausend Fetzen, ich warf eilig meine Kleider, meine Papiere und den Rupfensack mit dem Gold in meinen Koffer, dann suchte ich den Vorarbeiter und übergab ihm den Lohn für die Arbeiter und den Schlüssel zur Vorratskammer. Der Maultiertreiber war bereit, mich an den Zug zu begleiten. Wir mußten einen guten Teil der Nacht auf den Maultieren reiten, Pferdedecken waren unser einziger Schutz gegen den feuchten Nebel. Langsam ritten wir durch die endlose Einsamkeit, in der nur der Instinkt meines Führers mir dafür bürgte, daß wir das Ziel erreichen würden, denn es gab keinerlei Orientierungspunkte. Es war eine sternklare Nacht, ich fühlte, wie die Kälte in meine Knochen zog, meine Hände starr machte und bis in meine Seele drang. Ich dachte immerzu an Rosa, heftig und gegen jede Vernunft wünschte ich, daß ihr Tod nicht wahr wäre, voll Verzweiflung bat ich den Himmel, daß alles nur ein Irrtum wäre oder daß sie durch die

Kraft meiner Liebe wieder zum Leben erwache und wie Lazarus von ihrem Totenbett auferstünde. Ich weinte innerlich, versunken in meinen Kummer und in die schneidende Kälte der Nacht, ich murmelte gotteslästerliche Flüche gegen das Maultier, das so langsam ging, gegen Férula, die mir Unglück brachte, gegen Rosa, weil sie gestorben war, und gegen Gott, weil er es zugelassen hatte, bis sich langsam der Horizont lichtete und ich die Sterne verblassen und die erste Morgenröte aufziehen sah. Mit dem Licht kehrte mir auch ein wenig Verstand zurück. Ich begann mein Unglück anzunehmen und betete nicht mehr um Rosas Auferstehung von den Toten, sondern nur noch darum, daß ich früh genug eintraf, um sie ein letztes Mal zu sehen, bevor sie beerdigt wurde. Wir ritten schneller, und eine Stunde später verabschiedete sich der Maultiertreiber vor der winzigen Bahnstation an den schmalspurigen Gleisen, die die zivilisierte Welt mit dieser Wüste verbanden, in der ich zwei Jahre verbracht hatte.

Dreißig Stunden war ich unterwegs, ohne etwas zu essen, sogar den Durst vergaß ich, aber ich erreichte das Haus del Valle noch vor der Beerdigung. Völlig verstaubt, ohne Hut, schmutzig und unrasiert, durstig und zornig sei ich ins Haus gekommen, sagten sie, und hätte nach meiner Braut gerufen. Die kleine Clara, damals ein mageres, häßliches kleines Mädchen, kam mir über den Patio entgegen, nahm mich an der Hand und führte mich schweigend ins Eßzimmer. Da lag Rosa in der weißen gefältelten Seide in ihrem weißen Sarg, drei Tage nach ihrem Tod nicht nur nicht entstellt, sondern tausendmal schöner, als ich sie in Erinnerung hatte, denn Rosa hatte sich im Tod unmerklich in die Sirene verwandelt, die sie heimlich immer gewesen war.

„Verflucht soll sie sein! Sie ist mir entwischt!“ soll ich, während ich niederkniete, geschrien, ja gebrüllt haben, die Anwesenden schockierend, weil keiner von ihnen meine Enttäuschung begreifen konnte: Zwei Jahre lang hatte ich die Erde aufgerissen, um reich zu werden, nur mit dem einen Ziel, irgendwann dieses junge Mädchen zum Altar zu führen, und der Tod hatte sie mir weggeschnappt.

Gleich danach kam der Totenwagen, ein riesiges,

schwarz glänzendes Gefährt, von sechs Rassepferden mit Federbüschen gezogen und von livrierten Kutschern gefahren, wie es damals üblich war. Am frühen Nachmittag, unter feinem Nieselregen, fuhr er aus dem Haus, dahinter eine Prozession von Kutschen mit den Verwandten, den Freunden und den Kränzen. Nach alter Sitte nahmen die Frauen und die Kinder nicht an der Beerdigung teil, das war Sache der Männer, aber Clara brachte es fertig, sich im letzten Augenblick in den Zug einzuschmuggeln, um ihre Schwester Rosa zu begleiten. Ich fühlte ihre kleine Hand in der meinen, und während der ganzen Strecke saß sie neben mir, ein kleiner, stiller Schatten, der eine mir unbekannte Zärtlichkeit in meiner Seele erregte. Auch mir fiel damals nicht auf, daß Clara, wie schon seit zwei Tagen, kein Wort sprach, und drei Monate sollten vergehen, bis die Familie sich über ihr Stillschweigen Sorgen machte.

Severo del Valle und seine ältesten Söhne trugen Rosas weißen, silberbeschlagenen Sarg, sie selbst schoben ihn in die offene Grabnische. Sie gingen gemessen, schweigend, ohne zu weinen, wie es in diesem an die Würde des Schmerzes gewöhnten Land den Trauernormen entsprach. Nachdem die Gittertüren geschlossen und die Angehörigen, die Freunde und die Totengräber gegangen waren, blieb ich zwischen den Blumen, die der Freßlust von Barrabas entgangen und Rosa auf den Friedhof gefolgt waren, am Grab stehen. Mit meinen im Wind flatternden Rockschößen muß ich wie ein düsterer Wintervogel ausgesehen haben, groß und mager, wie ich damals war, ehe sich Férulas Fluch erfüllte und ich zu schrumpfen begann. Der Himmel war grau und kündigte Regen an, ich vermutete, daß es kalt war, aber ich glaube, daß ich es nicht spürte, weil mich die Wut innerlich auffraß. Ich konnte die Augen nicht von dem kleinen Marmorrechteck wenden, auf dem in gotischen Buchstaben Rosas Name und die Daten ihres kurzen Aufenthalts auf Erden eingraviert waren. Zwei Jahre, dachte ich, hatte ich verloren, träumend von Rosa, arbeitend für Rosa, schreibend an Rosa und Rosa begehrend, und zuletzt hatte ich nicht einmal den Trost, an ihrer Seite beerdigt zu werden. Ich dachte an die Jahre, die ich noch zu leben hatte, und kam zu dem Schluß, daß sie ohne Rosa nicht wert waren, gelebt zu werden, weil ich auf der ganzen Welt nie mehr eine Frau mit ihrem grünen Haar und ihrer aus Meerestiefen geborenen Schönheit finden würde. Wenn mir damals jemand gesagt hätte, daß ich neunzig Jahre alt werden würde, hätte ich mir eine Kugel in den Kopf geschossen.

Da ich die Schritte des Friedhofswärters nicht hörte, der von hinten zu mir trat, erschrak ich, als er mich an der Schulter berührte.

„Was fällt Ihnen ein, mich zu berühren", schrie ich ihn an. Der arme Mann fuhr erschrocken zurück. Ein paar Regentropfen waren gefallen und liefen traurig über die Blumen der Toten.

„Entschuldigen Sie, Caballero, es ist sechs Uhr, und ich muß schließen", sagte er, glaube ich.

Er versuchte mir zu erklären, daß sich laut Vorschrift niemand außer dem Dienstpersonal nach Sonnenuntergang auf dem Friedhof aufhalten dürfe, aber ich ließ ihn nicht ausreden, ich drückte ihm einen Geldschein in die Hand und schob ihn weg, damit er ging und mich in Ruhe ließ. Ich sah, wie er im Weggehen über die Schulter nach mir zurücksah. Er muß gedacht haben, ich sei ein Verrückter, einer von diesen irren Nekrophilen, die sich manchmal auf dem Friedhof herumtreiben.

Es war eine lange Nacht, vielleicht die längste in meinem Leben. Ich saß neben dem Grab, ich sprach mit Rosa, ich leistete ihr Gesellschaft auf dieser ersten Etappe ihrer Reise ins Jenseits, der schwierigsten, weil man sich von der Erde noch nicht trennen kann und die Liebe der Lebenden braucht, um wenigstens den Trost zu haben, daß man im Herzen eines anderen Menschen gesät hat. Ich sah ihr vollkommenes Gesicht vor mir und verfluchte mein Unglück. Ich warf Rosa die Jahre vor, die ich, träumend von ihr, in meinem Bergwerksstollen zugebracht hatte. Ich sagte ihr nicht, daß ich während dieser ganzen Zeit keine anderen Frauen gesehen hatte als ein paar elende, alte, verbrauchte Huren, die mehr bereitwillig als verdienstvoll das ganze Lager bedienten. Aber ich sagte ihr, daß ich unter rohen und gesetzlosen Männern, fern von der Zivilisation gelebt und Tag und Nacht an sie gedacht und ihr Bild wie eine Standarte in meiner Seele getragen habe und dieses Bild mir die Kraft gab, weiter im Berg zu hacken, auch wenn die Ader plötzlich verschwunden war, daß ich den größten Teil des Jahres magenkrank war, in den Nächten klamm vor Kälte und tagsüber halluzinierend vor Hitze, alles nur mit dem einen Ziel, sie zu heiraten, und da stirbt sie mir hin und läßt mich im Stich, ehe ich meine Träume verwirklichen kann, mit einer unheilbaren Verzweiflung läßt sie mich sitzen. Ich sagte ihr, sie hätte mich betrogen, ich warf ihr vor, daß wir nie miteinander allein gewesen waren und ich sie nur ein einziges Mal hatte küssen können. Aus Erinnerungen mußte ich mir meine Liebe weben, aus meinem heißen, unmöglich zu stillenden Begehren, aus verspäteten, schon vergilbten Briefen, die weder meine leidenschaftlichen Gefühle noch meinen Schmerz über ihre Abwesenheit widerspiegeln konnten, da ich zum Briefeschreiben keine Begabung habe und erst recht nicht über meine Gefühle schreiben kann. Ein unwiederbringlicher Verlust seien diese Jahre im Bergwerk, sagte ich ihr, und wenn ich gewußt hätte, daß sie es nur so kurz auf dieser Welt aushalten würde, hätte ich das Geld gestohlen, das ich brauchte, um sie zu heiraten und einen Palast zu bauen, geschmückt mit Schätzen vom Grund des Meeres, Korallen, Perlen, Perlmutt, in den ich sie eingeschlossen hätte, und nur ich allein hätte Zugang zu ihm gehabt. Ich hätte sie ununterbrochen geliebt, fast eine Ewigkeit, denn ich war sicher, wenn sie bei mir gewesen wäre, hätte sie nicht das für ihren Vater bestimmte Gift getrunken und hätte tausend Jahre gelebt. Ich sprach ihr von den Liebkosungen, die ich ihr vorbehalten hatte, den Geschenken, mit denen ich sie überrascht hätte, der Art, wie ich sie geliebt und glücklich gemacht hätte. Kurz, ich sagte ihr alle Torheiten, die ich ihr nie gesagt haben würde, wenn sie mich hätte hören können, und die ich keiner Frau je gesagt habe.

In dieser Nacht glaubte ich, ich hätte die Fähigkeit zu lieben für immer verloren, ich würde nie mehr lachen oder einer Illusion nachjagen können. Aber nie wieder ist eine lange Zeit. Das konnte ich in meinem langen Leben erfahren.

Ich glaubte die Wut in mir wachsen zu sehen wie ein böses Geschwür, das mir die besten Stunden meines Lebens vergällen und mich zu Zärtlichkeit und Milde unfähig machen würde. Aber jenseits aller Verwirrung und allen Zorns war das stärkste Gefühl in dieser Nacht, an das ich mich erinnere, das enttäuschte Begehren: nie würde ich das Verlangen stillen können, mit meinen Händen über Rosa zu streichen, ihre Geheimnisse zu erkunden, die grünen Kaskaden ihres Haars zu lösen und in ihre tiefsten Wasser einzutauchen. Verzweifelt rief ich mir das letzte Bild ins Gedächtnis, das ich von ihr hatte, eingerahmt von der gefältelten Seide in ihrem jungfräulichen Sarg, mit ihrer Brautkrone aus Orangenblüten auf dem Kopf und einem Rosenkranz zwischen den Fingern. Ich wußte nicht, daß ich sie viele Jahre später genau so, mit den Orangenblüten und dem Rosenkranz, für einen flüchtigen Augenblick wiedersehen sollte.

Im ersten Morgengrauen kam der Friedhofswärter zurück. Er wird wohl Mitleid gehabt haben mit dem halberfrorenen Narren, der die Nacht unter den fahlen Friedhofsgespenstern verbracht hatte. Er hielt mir seine Feldflasche hin.

„Heißer Tee. Trinken Sie, Señor“, bot er mir an.

Aber ich schob ihn weg und entfernte mich fluchend mit großen Schritten zwischen den Gräbern und den Zypressen.

In der Nacht, in der Doktor Cuevas und sein Assistent Rosas Leichnam in der Küche ausweideten, um die Todesursache festzustellen, lag Clara mit offenen Augen zitternd in der Dunkelheit im Bett. Der schreckliche Zweifel plagte sie, ob ihre Schwester gestorben war, weil sie es gesagt hatte. Sie glaubte, daß sie ebenso, wie sie durch Geisteskraft das Salzfaß bewegen konnte, auch die Ursache der Todesfälle, Erdbeben und anderer größerer Unglücksfälle sein könne. Umsonst hatte ihre Mutter ihr erklärt, daß sie diese Ereignisse nicht bewirkte, sie nur früher als andere sah. Sie war verzweifelt und fühlte sich schuldig und meinte, daß sie sich besser fühlen würde, wenn sie bei Rosa wäre. Sie stand auf. Barfuß, im Nachthemd ging sie ins Schlafzimmer, das sie mit ihrer älteren Schwester geteilt hatte, aber sie lag nicht mehr in dem Bett, in dem sie sie zuletzt gesehen hatte. Sie begann im ganzen Haus nach ihr zu suchen. Alles war dunkel und still. Ihre Mutter schlief mit dem Beruhigungsmittel, das Doktor Cuevas ihr gegeben hatte, und ihre Geschwister und die Dienstboten waren frühzeitig auf ihre Zimmer gegangen. An der Wand entlang, verängstigt, frierend lief sie durch die Wohnräume. Die schweren Möbel, die dicken drapierten Vorhänge, die Bilder an den Wänden, die Lampen, die leise an der Decke schwankten, die Tapeten mit den Blumen auf dunklem Grund und die Farnbüschel oben an den Säulen hatten etwas Drohendes. An einem hellen Streifen unter der Tür merkte sie, daß im Salon ein schwaches Licht brannte. Sie wollte schon eintreten, fürchtete aber, ihren Vater anzutreffen und von ihm wieder ins Bett geschickt zu werden. Da ging sie auf die Küche zu, weil sie dachte, daß sie an den Brüsten der Nana Trost finden würde. Sie überquerte den Haupthof zwischen den Kamelien und den Zwergorangen, danach die Wohnräume im zweiten Teil des Hauses und die dunklen Gänge, in denen die ganze Nacht über schwache Gasleuchten brannten, damit man bei einem Erdbeben rennen konnte und um die Fledermäuse und anderes Nachtgetier abzuhalten, und kam in den dritten Hof, auf den hinaus die Dienstbotenzimmer und die Küche lagen. Dort verlor das Haus seinen herrschaftlichen Anstrich und begann das Durcheinander der Hundezwinger, Hühnerställe und Dienstbotenzimmer. Weiter drüben lag der Stall für die Pferde, die Nívea immer noch benutzte, obwohl Severo als einer der ersten ein Automobil gekauft hatte. Die Türen und Fensterläden der Küche und der Speisekammer waren geschlossen. Der Instinkt sagte Clara, daß drinnen etwas Ungewöhnliches geschah, sie versuchte hineinzuschauen, reichte aber nur mit der Nase ans Fensterbrett, sie mußte eine Kiste an die Mauer schieben, sie kletterte hinauf, um durch eine Ritze zwischen dem Laden und dem von der Feuchtigkeit und der Zeit verzogenen Fensterrahmen zu schauen. Und da sah sie ins Innere.

Doktor Cuevas, dieser so gutmütige, sanfte Mann mit dem breiten Bart und dem dicken Bauch, der ihr geholfen hatte, auf die Welt zu kommen, und sie bei allen Kinderkrankheiten und ihren Asthmaanfällen kurierte, war zu einem der feisten, finsteren Vampire geworden, die in den Bilderbüchern ihres Onkels Marcos abgebildet waren. Er war über den Tisch gebückt, auf dem sonst die Nana das Essen zubereitete. Neben ihm stand ein junger Mann, den sie nicht kannte, in blutbeflecktem Kittel, bleich wie der Mond und mit liebestollen Augen. Sie sah die leuchtendweißen Beine ihrer Schwester, ihre nackten Füße. Clara begann zu zittern. In diesem Augenblick trat Doktor Cuevas zur Seite, und sie sah das Schreckliche: Rosa, auf dem Marmor ausgestreckt, den Leib bis zur Kehle aufgeschlitzt, und daneben, in einer großen Salatschüssel, die Gedärme. Rosas Gesicht war dem Fenster zugewandt, durch das Clara in die Küche spähte, ihr grünes Haar hing wie blutbefleckter Efeu vom Tisch auf den Boden. Sie hatte die Augen geschlossen, aber durch das Spiel der Schatten oder die Entfernung oder durch Einbildungskraft glaubte Clara ein Flehen und den Ausdruck tiefer Demütigung in ihnen zu sehen.

Clara stand regungslos auf ihrer Kiste und konnte bis zum Schluß den Blick nicht abwenden. Lange, frierend, ohne es zu spüren, spähte sie durch die Ritze, bis die zwei Männer Rosa ganz ausgeleert hatten, ihr eine Flüssigkeit in die Adern gespritzt hatten, sie innen und außen mit aromatischem Essig und Lavendelessenz gewaschen hatten. Sie blieb, als sie sie mit Balsamiersubstanzen füllten und mit einer gebogenen Tapeziernadel zunähten. Sie blieb, bis Doktor Cuevas sich im Ausguß die Hände wusch und sich die Tränen abwischte, während der andere Blutspritzer und Gedärme beseitigte. Sie blieb, bis der Arzt seinen schwarzen Rock anzog und mit einer todtraurigen Geste die Küche verließ. Sie blieb, bis der junge Unbekannte Rosa auf die Lippen, den Hals, die Brüste und zwischen die Beine küßte, sie mit einem Schwamm wusch, ihr das gestickte Hemd anzog und schwer atmend ihr Haar ordnete. Sie blieb, bis die Nana und Doktor Cuevas kamen und ihrer Schwester das weiße Kleid anzogen und ihr den Kranz aus Orangenblüten aufsetzten, den sie, in Seidenpapier eingewickelt, für den Tag ihrer Hochzeit aufbewahrt hatte. Sie blieb, bis der Assistent Rosa mit derselben ergreifenden Zärtlichkeit auf die Arme nahm, mit der er sie über die Schwelle seines Hauses getragen hätte, wenn sie seine Braut gewesen wäre. Sie konnte sich nicht von der Stelle bewegen, bis es hell wurde. Dann schlich sie in ihr Bett zurück. Sie fühlte in sich das Schweigen der ganzen Welt. Dieses Schweigen erfüllte sie ganz, und so sprach sie nicht wieder, bis sie, neun Jahre später, ihre Stimme erhob und verkündete, sie werde heiraten.

Zweites Kapitel
Die Drei Marien

Im Eßzimmer seines Hauses, zwischen altmodischen, abgenutzten Möbeln, die in ferner Vergangenheit einmal gute viktorianische Stücke gewesen waren, aß Esteban Trueba mit seiner Schwester Férula die gleiche fette Suppe wie alle Tage und den gleichen faden Fisch wie jeden Freitag. Bedient wurden sie von einer alten Hausangestellten, die sie in der damals noch herrschenden Tradition entlohnter Haussklaven ihr Leben lang bedient hatte. Gebückt und halb blind, aber noch energisch, kam und ging die alte Frau zwischen Küche und Eßzimmer, die Schüsseln feierlich auf- und abtragend. Doña Ester Trueba aß nicht mit ihren Kindern am Tisch. Sie verbrachte die Vormittage bewegungslos in ihrem Lehnstuhl, beobachtete durchs Fenster den Betrieb auf der Straße und sah zu, wie das Viertel, das in ihrer Jugend ein vornehmes Viertel gewesen war, im Lauf der Jahre verfiel. Nach dem Mittagessen wurde sie in ihr Schlafzimmer gebracht und halb sitzend gebettet, die einzige Stellung, die ihre Arthritis zuließ. Da blieb sie, ohne anderen Zeitvertreib als die erbauliche Lektüre ihrer frommen Heftchen über das Leben und die Wunder der Heiligen, bis zum nächsten Tag, dessen Ablauf sich routinemäßig wiederholte. Aus dem Haus kam sie nur, um an der Sonntagsmesse teilzunehmen, zu der Férula und die Angestellte sie im Rollstuhl in die zwei Straßen weiter gelegene Kirche San Sebastián fuhren.

Esteban hatte das letzte weißliche Fischfleisch aus dem Gewirr der Gräten herausgekratzt und das Besteck auf den Teller gelegt. Er saß so, wie er ging, steif, sehr aufrecht, den Kopf ein wenig nach hinten und leicht zur Seite geneigt, aus den Augenwinkeln schauend in einer Mischung aus Hochmut, Mißtrauen und Kurzsichtigkeit. Diese Haltung hätte abstoßend gewirkt, wären nicht seine Augen überraschend sanft und klar gewesen. Seine starre

Haltung hätte eher zu einem kleinen Dicken gepaßt, der größer erscheinen wollte, aber er maß einen Meter achtzig und war gertenschlank. Alle Linien seines Körpers verliefen senkrecht und aufsteigend, von der scharfen Adlernase und den spitzen Augenbrauen bis zu der hohen Stirn und der nach hinten gekämmten Löwenmähne. Er ging mit großen Schritten, bewegte sich energisch und wirkte stark, ermangelte aber nicht einer gewissen Anmut in den Bewegungen. Sein Gesicht war harmonisch, trotz der abweisenden, finsteren Züge und des häufig mißlaunigen Gesichtsausdrucks. Seine hervorstechende Eigenschaft war sein Jähzorn, die Neigung, aufzubrausen und den Kopf zu verlieren. So war er schon in seiner Kindheit gewesen: mit Schaum vor dem Mund und wie ein Besessener um sich schlagend, warf er sich auf den Boden und bekam vor Wut keine Luft mehr. Man mußte ihn mit eiskaltem Wasser begießen, damit er wieder zu sich kam. Später lernte er es, sich zu beherrschen, aber sein Leben lang blieb ihm der rasch aufsteigende Zorn, der nur des geringsten Anlasses bedurfte, um sich in fürchterlichen Ausbrüchen Luft zu machen.

„Ich gehe nicht in die Mine zurück", sagte er.

Es war der erste Satz, den er bei Tisch zu seiner Schwester sprach. Er hatte es letzte Nacht beschlossen, als ihm klar wurde, daß es sinnlos war, weiter auf der Suche nach dem raschen Reichtum das Leben eines Eremiten zu führen. Er hatte die Konzession auf die Mine zwei Jahre verlängert bekommen, Zeit genug, die wunderbare Ader, die er entdeckt hatte, auszubeuten, aber kein Grund, dachte er, sich wieder in der Wüste zu begraben, selbst wenn ihn der Vorarbeiter ein wenig bestahl oder nicht so gut arbeitete wie er selbst. Ohne Rosa hatte er das ganze Leben vor sich, um reich zu werden, wenn er es schaffte, sich zu langweilen und auf den Tod zu warten.

„Irgendwas mußt du arbeiten, Esteban", sagte Férula. „Du weißt, daß unsere Einnahmen gering sind, fast nichts, und die Medikamente für Mama sind teuer."

Esteban sah seine Schwester an. Mit ihren üppigen Formen und dem länglichen Gesicht einer römischen Madonna war sie noch immer eine schöne Frau, aber an ihrer blassen Haut mit dem pfirsichfarbenen Schimmer und an ihren schattendunklen Augen zeigte sich schon das Häßliche der Resignation. Férula hatte die Rolle der Krankenpflegerin ihrer Mutter übernommen. Sie schlief in dem Zimmerchen neben Doña Esters Schlafzimmer, immer bereit, zu ihr zu eilen, ihr eine Medizin zu geben, sie auf den Topf zu setzen, ihr die Kissen aufzuschütteln. Sie war eine verquälte Seele. Sie fand Gefallen an Selbsterniedrigung und abstoßenden Arbeiten, und weil sie glaubte, sie würde sich durch das schreckliche Mittel, Ungerechtigkeit zu erdulden, den Himmel verdienen, säuberte sie ihrer Mutter hingebungsvoll die Geschwüre an den kranken Beinen, wusch sie, versenkte sich in ihre Gerüche und ihr Elend, beroch den Nachttopf. Und so wie sie sich selbst haßte wegen dieser perversen, heimlichen Lust, haßte sie ihre Mutter, weil sie ihr als Werkzeug diente. Sie pflegte sie klaglos, doch auf subtile Weise ließ sie sie den Preis für ihr Siechtum bezahlen. Ohne daß es offen ausgesprochen wurde, stand zwischen beiden das Faktum, daß die Tochter ihr Leben geopfert hatte, um die Mutter zu pflegen, und nur aus diesem Grund ledig geblieben war. Unter dem Vorwand, ihre Mutter sei krank, hatte Férula zwei Bewerber abgewiesen. Sie sprach nicht darüber, aber jeder wußte es. Ihre Bewegungen waren brüsk und linkisch, ihr Charakter ebenso schroff wie der ihres Bruders, nur daß das Leben und ihr Stand als Frau sie zwangen, sich zu beherrschen und am Zügel zu kauen. Sie erschien so perfekt, daß sie in dem Ruf stand, eine Heilige zu sein. Sie wurde als Vorbild zitiert wegen der Hingabe, mit der sie Doña Ester pflegte, und der Art, wie sie ihren einzigen Bruder großgezogen hatte, als die Mutter krank wurde und der Vater sie in ihrem Elend sitzenließ. Férula hatte ihren Bruder Esteban vergöttert, solange er klein war. Sie schlief bei ihm, badete ihn, führte ihn spazieren; von früh bis spät nähte sie für fremde Leute, damit sie seine Schule bezahlen konnte. Sie hatte vor Wut und Ohnmacht geweint, als Esteban eines Tages eine Stelle in einem Notariat antreten mußte, weil ihr Verdienst nicht einmal mehr zum Essen reichte. Sie hatte ihn ebenso gepflegt und bedient wie jetzt ihre Mutter, und auch um ihn zog sie das unsichtbare Netz des schlechten Gewissens und der unbeglichenen Dankesschuld. Der Junge begann sich von ihr zu lösen, sobald er lange Hosen anzog. Esteban konnte sich noch genau an den Moment erinnern, in welchem ihm klar wurde, daß seine Schwester ein Schatten des Verhängnisses war. Es war, als er seinen ersten Lohn bekam. Er hattc beschlossen, fünfzig Centavos für sich zu behalten, um sich einen Traum zu verwirklichen, den er seit seinen Kindertagen mit sich herumtrug: er wollte einen Wiener Kaffee trinken. Durch die Fenster des Hotels Francés hatte er die Kellner mit den über den Köpfen balancierten Tabletts herumgehen und diese Köstlichkeiten servieren sehen: schlanke Kristallgläser mit turmhoher Schlagsahne und obendrauf eine kandierte Kirsche. Am Tag seines ersten Lohns ging er viele Male an dem Lokal vorbei, ehe er einzutreten wagte. Zuletzt betrat er schüchtern die Schwelle, die Mütze in der Hand, und ging weiter bis in den luxuriösen Speisesaal mit den Kristallüstern und den Stilmöbeln. Er hatte das Gefühl, daß alle Leute ihn ansahen, daß tausend Augen auf seinen zu engen Anzug und seine alten Schuhe starrten. Er setzte sich auf den Rand eines Stuhls, und die Ohren brannten ihm, als er mit fast unhörbarer Stimme die Bestellung aufgab. Voll Ungeduld wartete er, im Spiegel das Kommen und Gehen der Leute beobachtend, und kostete schon im voraus das Vergnügen, das er sich so oft ausgemalt hatte. Und sein Wiener Kaffee kam, viel eindrucksvoller, als er ihn sich vorgestellt hatte, großartig, köstlich, mit drei Honigplätzchen garniert. Lange betrachtete er ihn fasziniert. Endlich faßte er sich ein Herz und tauchte, seufzend vor Glück, den langstieligen Löffel in die Sahne. Das Wasser stand ihm im Mund, aber er war bereit, diesen Augenblick so lange wie möglich dauern zu lassen, ihn unendlich auszudehnen. Er begann zu rühren, er sah, wie sich die dunkle Flüssigkeit im Glas mit dem Schaum vermischte. Er rührte, rührte, rührte ... Und plötzlich stieß die Löffelspitze gegen das Glas, ein Loch entstand, durch das unter Druck der Kaffee herausschoß. Er floß auf seine Kleider. Entsetzt sah Esteban, wie sich unter den amüsierten Blicken der Gäste an den anderen Tischen der ganze Inhalt des Glases über seinen einzigen Anzug ergoß. Bleich vor Enttäuschung stand er auf und verließ das Hotel, um fünfzig Centavos leichter und hinter seinen Schritten ein Rinnsal Wiener Kaffees auf dem weichen Teppich hinterlassend. Durchnäßt, wütend, außer sich kam er zu Hause an.

Als Férula erfuhr, was geschehen war, kommentierte sie erbittert: „Das ist dir passiert, weil du das Geld für Mamas Medikamente für deine Kapricen ausgibst. Gott hat dich gestraft."

In diesem Augenblick sah Esteban mit aller Deutlichkeit die Mechanismen, deren sich seine Schwester bediente, um ihn zu beherrschen, die Art, durch die sie erreichte, daß er sich schuldig fühlte, und er begriff, daß er sich von ihr absetzen mußte. In dem Maße aber, in dem er sich aus ihrer Vormundschaft befreite, wurde er Férula unsympathisch. Die Freiheit, die er als Mann genoß, schmerzte sie wie ein Vorwurf, wie eine Ungerechtigkeit. Als er sich in Rosa verliebte und Férula ihn verzweifelt wie einen kleinen Jungen um Hilfe bitten sah, als er sie brauchte, im Haus hinter ihr herlief, um sie anzuflehen, sie solle doch den Kontakt zur Familie del Valle aufnehmen, mit Rosa sprechen, die Nana bestechen, fühlte sie, daß sie für Esteban wieder wichtig war. Eine Zeitlang schienen sie miteinander versöhnt zu sein. Aber diese Wiederannäherung war nicht von Dauer, und Férula bemerkte bald, daß sie benutzt worden war. Sie war froh, als ihr Bruder zu seiner Mine fuhr. Seit seinem fünfzehnten Jahr, als er zu arbeiten begann, unterhielt Esteban das Haus und hatte sich verpflichtet, das auch künftig immer zu tun, aber Férula genügte das nicht. Es ärgerte sie, weiter zwischen diesen nach Alter und Arzneien stinkenden Wänden eingeschlossen zu bleiben, nachts nicht schlafen zu können wegen der Klagelaute der Kranken, ständig auf die Uhr zu sehen, um ihr die Medizin zu geben, während ihr Bruder über diese Pflichten hinwegsah. Er konnte sich ein lichtes, freies, erfolgreiches Leben aufbauen. Er konnte heiraten, Kinder haben, Liebe erfahren. An dem Tag, an dem sie das Telegramm aufgab, in welchem sie ihm den Tod Rosas mitteilte, verspürte sie einen seltsamen Kitzel, beinahe Freude.

„Irgendwas mußt du arbeiten", wiederholte Férula.

„Solange ich lebe, wird es euch an nichts fehlen", sagte er.

„Das sagt sich leicht", antwortete Férula, während sie sich eine Gräte aus den Zähnen zog.

„Ich glaube, ich gehe aufs Land, auf die Drei Marien."

„Die sind heruntergewirtschaftet, Esteban. Ich habe dir schon immer gesagt, es wäre besser, das Land zu verkaufen. Aber du bist stur wie ein Maulesel."

„Land soll man nicht verkaufen. Es ist das einzige, was bleibt, wenn alles zum Teufel geht."

„Da bin ich anderer Ansicht. Das Land ist eine romantische Idee. Was die Leute reich macht, ist der gute Blick fürs Geschäft", wandte Férula ein. „Aber du hast ja schon immer gesagt, daß du eines Tages aufs Land gehst."

„Jetzt ist dieser Tag gekommen. Ich hasse die Stadt."

„Sag lieber gleich, daß du dieses Haus haßt."

„Das auch", antwortete er brutal.

„Ich wollte, ich wäre ein Mann, dann könnte ich auch gehen", sagte Férula haßerfüllt.

„Und ich bin froh, daß ich keine Frau bin", sagte er.

Schweigend aßen sie zu Ende.

Die Geschwister waren sich fremd geworden. Das einzige, was sie noch verband, war die Mutter und die verschwommene Erinnerung daran, wie sehr sie sich als Kinder geliebt hatten. Sie waren in einem verkommenen Haus aufgewachsen, hatten den moralischen und wirtschaftlichen Verfall des Vaters, dann die langsame Krankheit der Mutter miterlebt. Doña Ester litt seit jungen Jahren an Arthritis, sie wurde so steif, daß sie sich kaum mehr bewegen konnte, und zuletzt, als sie die Knie nicht mehr beugen konnte, ließ sie sich endgültig in ihrem Rollstuhl, ihrer Witwenschaft und ihrer Trostlosigkeit nieder. Esteban dachte an seine Kindheit und Jugend zurück, an seine zu engen Kleider, an den Strick des heiligen Franz von Assisi, den er tragen mußte, weil seine Mutter oder seine Schwester irgendein Gelübde abgelegt hatten, an seine sorgfältig geflickten Hemden, an seine Einsamkeit. Férula, die fünf

Jahre älter war, wusch und stärkte einen über den anderen Tag seine beiden einzigen Hemden, damit er immer gepflegt und ordentlich aussah, und erinnerte ihn daran, daß er von Mutterseite her den adligsten und vornehmsten Namen des Vizekönigtums Lima trug. Trueba sei nur ein bedauerlicher Unfall im Leben Doña Esters gewesen, der es bestimmt war, einen Mann ihrer Klasse zu heiraten, aber dann habe sie sich sterblich in diesen hergelaufenen Kerl verliebt, einen Einwanderer der ersten Generation, der binnen weniger Jahre erst ihre Mitgift und dann ihr Erbteil durchgebracht habe. Aber was nützte Esteban die blaublütige Vergangenheit, wenn es in seinem Haus an Geld fehlte, den Krämer zu bezahlen? Er erinnerte sich, daß seine Schwester ihm Brust und Rücken seines Anzugs mit Zeitungspapier ausgestopft hatte, weil er keine wollene Unterwäsche besaß und sein Mantel zu dünn war, und daß er unter der Vorstellung gelitten hatte, seine Klassenkameraden könnten wie er das Papier auf seiner Haut rascheln hören. Im Winter war ein Glutofen im Zimmer seiner Mutter die einzige Wärmequelle, um die sie alle zusammen saßen, um Kerzen und Kohlen zu sparen. Seine Kindheit waren Entbehrung, Unbequemlichkeiten, Härten, endlose nächtliche Rosenkränze, Ängste und Schuldgefühle gewesen. Von alldem waren ihm nur die Wut und sein maßloser Stolz geblieben.

Zwei Tage später fuhr Esteban aufs Land. Férula brachte ihn zum Bahnhof. Zum Abschied küßte sie ihn kalt auf die Wange und wartete, bis er mit seinen zwei Koffern einstieg, den nämlichen zwei Lederkoffern mit Messingschlössern, die er gekauft hatte, als er zur Mine fuhr, und die tatsächlich sein Leben lang hielten, wie ihm der Verkäufer versprochen hatte. Sie ermahnte ihn, auf sich aufzupassen und sie von Zeit zu Zeit zu besuchen, sie würde ihn vermissen, sagte sie, aber sie wußten beide, daß sie sich jahrelang nicht wiedersehen würden, und fühlten sich im Grunde erleichtert.

„Gib mir Bescheid, wenn es Mama schlechter geht“, rief Esteban durchs Fenster, als sich der Zug in Bewegung setzte.

„Sei unbesorgt", antwortete Férula, auf dem Bahnsteig ihr Taschentuch schwenkend.

Esteban lehnte sich in die mit rotem Samt überzogenen Polster zurück und gedachte anerkennend der Engländer und ihrer Initiative, Eisenbahnwagen erster Klasse zu bauen, in denen man wie ein Herr reisen konnte, ohne die Hühner, die Körbe, die mit Schnüren zugebundenen Pappschachteln und das Wimmern fremder Kinder ertragen zu müssen. Er beglückwünschte sich, daß er sich zum erstenmal in seinem Leben dazu durchgerungen hatte, eine teure Fahrkarte zu kaufen, und stellte fest, daß der Unterschied zwischen einem Herrn und einem Bauern in den Details lag. Deshalb leistete er sich von diesem Tag an die kleinen Bequemlichkeiten, die ihm das Gefühl gaben, reich zu sein, obwohl er schlecht bei Kasse war. Ich darf nicht wieder arm werden, beschloß er in Gedanken an die Goldader.

Durchs Fenster des Zuges sah er die Landschaft des Haupttals an sich vorüberziehen, große Felder am Fuß der Kordilleren, üppige Weingärten, Getreide, Alfalfa, Maravilla. Er verglich sie mit den unfruchtbaren Ebenen im Norden, wo er zwei Jahre lang in einem Loch inmitten einer wilden, mondhaften Natur gelebt hatte, an deren schrecklicher Schönheit er sich nicht hatte satt sehen können, fasziniert von den Farben der Wüste, den Blautönen, dem Violett, dem Gelb, den offen zutage liegenden Erzen.

„Mein Leben ändert sich", murmelte er.

Er schloß die Augen und schlief ein.

An der Haltestelle San Lucas stieg er aus. Es war ein elender Ort. Keine Menschenseele war zu dieser Stunde auf dem Bretterbahnsteig unter dem verwitterten, von Ameisen zerfressenen Dach zu sehen. Aber von hier aus konnte man durch den feinen Dunst, der nach dem nächtlichen Regen aus der feuchten Erde aufstieg, das ganze Tal überblicken. Die fernen Berge verloren sich in den Wolken eines verhangenen Himmels, nur die beschneite Spitze des Vulkans war deutlich sichtbar gegen die Landschaft abgehoben und von einer schwachen Wintersonne beschienen. Er sah sich um. In der einzigen glücklichen Zeit seiner Kindheit, an die er sich erinnern konnte, ehe sein Vater gänzlich verkam und sich dem Likör und seiner Scham überließ, war er mit ihm durch diese Gegend geritten. Er erinnerte sich, daß er in den Sommern auf den Drei Marien gespielt hatte, aber das lag so weit zurück, daß es in seinem Gedächtnis verschwamm und er den Ort nicht wiedererkennen konnte. Er suchte das Dorf San Lucas mit dem Blick, sah aber nur, ziemlich fern, einen in der Morgenfeuchtigkeit verwaschenen Weiler. Er ging durch den Bahnhof. An der Tür zu dem einzigen Dienstraum hing ein Schloß. Daneben war ein Zettel angebracht, mit Bleistift beschrieben, aber die Schrift war so verwischt, daß er sie nicht entziffern konnte. Hinter sich hörte er den Zug abfahren. Er war allein in dieser stillen Landschaft. Er nahm seine Koffer und begann den schmutzigen und steinigen Weg zum Dorf zu gehen. Er ging zehn Minuten, froh, daß es nicht regnete, da er mit den schweren Koffern nur mühsam vorankam und wußte, daß Regen diesen Weg binnen Sekunden in ein unpassierbares Schlammfeld verwandelt hätte. Als er zu den ersten Häusern kam, sah er aus mehreren Schornsteinen Rauch aufsteigen, und er seufzte erleichtert, da er zuerst den Eindruck gehabt hatte, das Dorf sei aufgegeben, so verlassen und verfallen war es.

Am Dorfeingang blieb er stehen, er sah keinen Menschen. Auf der einzigen, von ärmlichen Lehmhütten gesäumten Straße herrschte eine solche Stille, daß ihm war, als ginge er im Traum. Er trat an das erste Haus. Es hatte keine Fenster, aber die Tür stand offen. Er stellte seine Koffer auf den Gehsteig und ging laut rufend hinein. Innen war es dunkel, weil Licht nur durch die Tür einfiel, so daß er Sekunden brauchte, bis sich seine Augen an das Dämmer gewöhnten. Dann sah er auf der gestampften Erde zwei Kinder spielen, die ihn mit großen erstaunten Augen ansahen. Aus dem Hinterhof kam eine Frau, sich die Hände an der Schürze trocknend, auf ihn zu. Er grüßte sie, und sie erwiderte seinen Gruß hinter vorgehaltener Hand, damit er ihren zahnlosen Kiefer nicht sehen konnte. Trueba erklärte ihr, er brauche dringend ein Gefährt, das er mieten könne, aber sie schien ihn nicht zu verstehen, versteckte nur mit ausdruckslosem Blick ihre Kinder in den Falten ihrer Schürze. Er ging hinaus, nahm sein Gepäck und setzte seinen Weg fort.

Als er schon fast das ganze Dorf durchlaufen hatte, ohne jemanden zu sehen, und schon verzweifelte, hörte er Pferdegetrappel hinter sich. Es war ein wackliger Karren, ein Holzfäller lenkte ihn. Esteban stellte sich ihm in den Weg, so daß er halten mußte.

„Können Sie mich zu den Drei Marien fahren? Ich zahle gut", rief er.

„Was wollen Sie da, Caballero?" fragte der Mann. „Das ist herrenloses Land, eine Steinwüste, ohne Gesetz."

Aber er war bereit, ihn hinzufahren, und half ihm, sein Gepäck zwischen den Holzbündeln zu verstauen. Trueba setzte sich neben ihn auf den Bock. Aus einigen Häusern kamen Kinder und liefen hinter dem Wagen her. Trueba fühlte sich einsamer denn je.

Auf einem verwilderten, von Gestrüpp überwucherten Weg voller Löcher erschien, elf Kilometer hinter dem Dorf, San Lucas, das Holzschild mit dem Namen des Guts. Es hing an einer zerbrochenen Kette, und der Wind schlug es, dumpf wie ein Paukenschlag in einem Trauermarsch, gegen den Pfosten. Mit einem Blick begriff Esteban, daß nur ein Herkules dies alles aus der Verwahrlosung zurückholen konnte. Das Unkraut hatte den Weg verschluckt, wohin er blickte, sah er Steinfelder, Gestrüpp, Brachland: nirgends auch nur eine Andeutung von den Feldern, den Weingärten, an die er sich erinnerte, und kein Mensch kam heraus, ihn zu begrüßen. Der Wagen folgte langsam einer Furche, die Vieh und Menschen durchs Gestrüpp getreten hatten. Gleich darauf sah er das Gutshaus, das noch stand, aber wie eine Alptraumvision erschien, ringsum Schutt, abgerissener Draht vom Hühnerhof, Abfälle. Die Hälfte der Dachziegel war zerbrochen, eine wilde Kletterpflanze wuchs über die Fenster und bedeckte fast alle Wände. Um das Haus herum sah er ein paar fensterlose Lehmziegelhütten, mit Stroh gedeckt, schwarz von Ruß. Zwei Hunde rauften im Hof.

Das Knirschen der Wagenräder und das Fluchen des

Holzfällers riefen die Hintersassen hervor. Nach und nach erschienen sie, betrachteten verwundert und mißtrauisch die Ankömmlinge. Fünfzehn Jahre lang hatten sie keinen Gutsherrn zu Gesicht bekommen und daraus geschlossen, daß sie keinen mehr hatten. Den braunlockigen Knaben, der vor langer Zeit einmal in diesem Patio gespielt hatte, konnten sie in diesem hochgewachsenen, autoritären Mann nicht wiedererkennen. Esteban sah sie an, und auch er erinnerte sich an keinen von ihnen. Sie bildeten ein jämmerliches Grüppchen, darunter mehrere Frauen undefinierbaren Alters, mit trockener, aufgesprungener Haut, einige schwanger, alle in verwaschenen Lumpen und barfuß. Er überschlug, daß mindestens ein Dutzend Kinder aller Altersstufen dazwischen waren. Die kleinsten waren nackt. In den Türen erschienen noch mehr Gesichter, wagten sich aber nicht heraus. Esteban deutete eine Grußgeste an, niemand erwiderte sie. Ein paar Kinder liefen, sich hinter den Frauen zu verstecken.

Esteban sprang vom Wagen, lud seine Koffer ab und reichte dem Holzfäller ein paar Münzen.

„Wenn Sie wollen, warte ich auf Sie, Señor", sagte der Mann.

„Nein, ich bleibe hier."

Er ging zum Haus, öffnete die Tür mit einem kräftigen Stoß und trat ein. Licht war innen genug, weil die Morgensonne durch die zerbrochenen Fensterläden und die Löcher im Dach schien. Alles war mit Staub und Spinnweben bedeckt, ein Anblick totaler Verwahrlosung. Offensichtlich hatte in all den Jahren keiner der Hintersassen es gewagt, aus seiner Hütte in das große, leere Herrenhaus umzuziehen. Die Möbel waren nicht angerührt worden, es waren dieselben wie in seiner Kindheit, standen an denselben Stellen, sahen nur häßlicher, finsterer und verrotteter aus als in seiner Erinnerung. Das ganze Haus war mit einer Schicht Unkraut, Staub und dürrem Laub wie mit einem Teppich ausgelegt. Es roch nach Gruft. Ein bis aufs Skelett abgemagerter Hund bellte ihn wütend an, aber Esteban Trueba beachtete ihn nicht, und zuletzt verzog sich der Hund in eine Ecke, um sich zu flöhen. Esteban legte seine

Koffer auf einen Tisch und begann, ankämpfend gegen die Traurigkeit, die ihn befiel, durchs Haus zu gehen. Von Zimmer zu Zimmer sah er die Verwüstung, die die Zeit an allen Dingen angerichtet hatte, die Armut, den Schmutz. Er fühlte, daß dies ein weit schlimmeres Loch war als die Mine. Die Küche, ein großer und hoher Raum, war voll Unrat, die Wände schwarz von Holz- und Kohlenrauch, verschimmelt, verfallen, aber an Nägeln hingen noch Töpfe und Pfannen aus Kupfer und Eisen an der Wand, die in den fünfzehn Jahren nicht benutzt und von niemandem angerührt worden waren. In den Schlafzimmern standen die Betten und großen Spiegelschränke, die sein Vater in besseren Zeiten gekauft hatte, aber die Matratzen waren nur noch ein Haufen verfaulter Wolle und Ungeziefer, das generationenlang darin genistet hatte. Er hörte das leise Trippeln der Mäuse im Dachstuhl. Er konnte nicht feststellen, ob die Fußböden aus Holz oder mit Fliesen belegt waren, weil sie nirgends zu sehen waren und der Unrat alles zudeckte. Die graue Staubschicht verwischte die Umrisse der Möbel. In dem Raum, der einmal der Salon gewesen war, stand das deutsche Klavier mit dem zerbrochenen Bein und den vergilbten Tasten, das wie ein verstimmtes Spinett klang. In den Regalen lagen noch ein paar Bücher herum, unlesbar, die Seiten von der Feuchtigkeit aufgequollen, und auf dem Boden waren Reste uralter Zeitschriften verstreut, die der Wind durcheinandergeweht hatte. Die Federung der Polsterstühle lag offen; in dem Ohrensessel, in dem seine Mutter gestickt hatte, ehe sich ihre Hände durch die Krankheit zu Krallen verformten, hatte eine Ratte ihr Nest gebaut.

Nachdem Esteban den Rundgang beendet hatte, sah er klarer. Er wußte nun, daß ihm eine titanische Aufgabe bevorstand, denn wenn das Haus derart verwahrlost war, konnte er nicht hoffen, daß sich der Rest des Anwesens in besserem Zustand befand. Einen Augenblick lang war er versucht, seine Koffer wieder auf den Karren zu laden und dahin zurückzukehren, woher er gekommen war. Dann verwarf er diesen Gedanken und fand, wenn etwas seinen Kummer und seine Wut über den Verlust Rosas besänftigen konnte, dann dies: sich krumm zu arbeiten auf dieser verwüsteten Erde. Er zog den Mantel aus, holte tief Luft und trat auf den Hof, wo noch der Holzfäller stand und in einiger Entfernung, mit der den Landleuten eigenen Schüchternheit, die Hintersassen versammelt waren. Das freundliche Lächeln, das er den rotznäsigen Kindern, den grindigen Alten und den hoffnungslosen Frauen zu schenken versuchte, verkam ihm zur Grimasse.

„Wo sind die Männer?“ fragte er.

Der einzige junge Mann trat einen Schritt vor. Er war vermutlich gleichaltrig mit Esteban Trueba, wirkte aber älter.

„Sie sind weggegangen“, sagte er.

„Wie heißt du?“

„Pedro Segundo García, Señor“, antwortete der andere.

„Ich bin jetzt der Patron. Schluß mit dem Feiern. Wir werden arbeiten. Wem das nicht paßt, der soll gleich gehen. Wer bleibt, dem wird es an Essen nicht fehlen, aber er muß sich anstrengen. Ich will keine Faulenzer und keine Aufrührer. Habt ihr verstanden?“

Sie sahen sich erschrocken an. Sie hatten nicht die Hälfte der Ansprache verstanden, aber an seiner Stimme erkannten sie den Herrn.

„Wir haben verstanden, Patron“, sagte Pedro Segundo García.

„Wir wissen nicht, wohin wir gehen sollen, wir haben immer hier gelebt. Wir bleiben.“

Ein Kind hockte sich hin und begann zu scheißen, ein räudiger Hund lief dazu und beschnüffelte es. Angewidert befahl Esteban, das Kind heimzubringen und zu waschen und den Hund zu töten. So begann das neue Leben, bei dem er im Lauf der Zeit Rosa vergessen sollte.

Niemand wird mir ausreden, daß ich ein guter Patron gewesen bin. Jeder, der die Drei Marien in den Zeiten des Verfalls gesehen hätte und sie heute sehen würde, wo sie ein Musterbetrieb sind, würde mir recht geben. Deshalb akzeptiere ich es nicht, wenn mir meine Enkelin mit dem Märchen vom Klassenkampf kommt, denn alles in allem sind meine Bauern heute viel schlechter dran als vor fünfzig Jahren. Ich war wie ein Vater für sie. Mit der Agrarreform sind wir alle baden gegangen.

Um die Drei Marien hochzubringen, nahm ich das ganze Kapital, das ich für die Heirat gespart hatte, und alles, was mir der Vorarbeiter aus der Mine schickte, aber was dieses Land gerettet hat, war nicht das Geld, sondern die Arbeit und die Organisation. Es sprach sich herum, daß auf den Drei Marien ein neuer Patron war und daß wir mit Ochsengespannen die Steine wegräumten und die Weiden umpflügten, um zu säen. Bald kamen Männer, die sich als Tagelöhner anboten, weil ich gut zahlte und reichlich zu essen gab. Ich kaufte Vieh. Das Vieh war mir heilig und wurde nicht geschlachtet, auch wenn wir das ganze Jahr über kein Fleisch zu sehen bekamen. So wuchs der Viehbestand. Ich teilte die Männer in Trupps ein, und nachdem wir die Felder bestellt hatten, gingen wir an den Wiederaufbau des Herrenhauses. Unter den Leuten war keiner Schreiner oder Maurer, mit Hilfe von Handbüchern, die ich kaufte, mußte ich ihnen alles beibringen. Sogar Klempnerarbeiten machte ich mit ihnen, wir besserten das Dach aus, wir weißten das Haus, alles säuberten wir, bis es außen und innen nur so glänzte. Ich verteilte die Möbel an die Hintersassen, außer dem Eßtisch, der noch unversehrt war, obwohl alles sonst vom Holzwurm befallen war, und dem schmiedeeisernen Bett, in dem meine Eltern geschlafen hatten. Ich wohnte in dem leeren Haus mit diesen zwei Stücken als einzigem Mobiliar und ein paar Kisten zum Sitzen, bis Férula mir aus der Hauptstadt die Möbel schickte, die ich bestellt hatte, große, schwere, prunkvolle Möbel, solide, um viele Generationen auszuhalten, und für das Landleben geeignet, wie sich zeigte, denn es bedurfte eines Erdbebens, um sie kaputtzukriegen. Ich stellte sie mehr nach dem Gesichtspunkt der Bequemlichkeit als dem der Ästhetik auf, und als das Haus erst einmal gemütlich war, fühlte ich mich zufrieden und gewöhnte mich allmählich an den Gedanken, daß ich viele Jahre, vielleicht mein ganzes Leben auf den Drei Marien verbringen würde.

Die Frauen der Hintersassen dienten abwechselnd im Herrenhaus, und sie besorgten auch den Garten, den ich eigenhändig angelegt hatte und der mit geringen Veränderungen noch heute so besteht. Damals arbeiteten die Leute, ohne zu mucken. Ich glaube, daß meine Anwesenheit ihnen die Sicherheit zurückgab. Sie sahen, daß dieses Stück Erde nach und nach ein blühendes Land wurde. Es waren gute, einfache Leute, es gab keine Aufwiegler. Es stimmt, sie waren sehr arm und sehr unwissend. Ehe ich kam, bebauten sie nur ihre kleinen Familiengrundstücke, von denen sie gerade so viel ernteten, daß sie nicht verhungerten, vorausgesetzt, daß keine Naturkatastrophen über sie hereinbrachen, wie Dürre, Frost, Seuchen, Ameisen- oder Raupenschwärme, denn dann hatten sie es schwer. Mit mir wurde das alles anders. Wir gewannen eine nach der andern die Wiesen für den Feldbau zurück, wir bauten den Hühnerstall und die Viehställe neu auf und begannen, ein System von Bewässerungsgräben anzulegen, damit die Saaten nicht vom Klima, sondern von einem wissenschaftlichen Mechanismus abhingen. Aber das Leben war nicht einfach. Es war sehr hart. Manchmal ging ich ins Dorf und kam mit einem Tierarzt zurück, der nach den Kühen und den Hühnern sah und nebenbei auch einen Blick auf die Kranken warf. Es stimmt nicht, daß ich davon ausgegangen wäre: wenn die Kenntnisse des Veterinärs fürs Vieh reichen, langen sie auch für die Armen, wie meine Enkelin sagt, wenn sie mich in Rage bringen will. Sondern es war so, daß Ärzte in dieser gottverlassenen Gegend nicht zu bekommen waren. Die Bauern gingen zu einer indianischen Meica, zu der sie großes Vertrauen hatten. Viel mehr als zum Tierarzt. Die Schwangeren entbanden mit Hilfe ihrer Nachbarinnen, Gebeten und einer Hebamme, die selten rechtzeitig eintraf, weil sie den Weg auf dem Esel zurücklegen mußte, die aber ebensogut ein Kind zur Welt bringen konnte wie ein querliegendes Kalb. Die Schwerkranken, solche, denen kein Zauberspruch der Meica und kein Trank des Tierarztes mehr helfen konnten, brachte Pedro Segundo García oder ich selbst auf einem Wagen ins Spital der Nonnen. Die Toten wurden auf einem kleinen Gottesacker unter dem Vulkan neben der verlassenen Dorfkirche begraben, wo jetzt ein ordentlicher Friedhof ist. Ein- oder zweimal im Jahr gelang es mir, einen Pfarrer aufzutreiben, der die Brautpaare, das Vieh und die Maschinen segnete, die Kinder taufte und ein paar verspätete Gebete für die Gestorbenen sprach. Die einzige Abwechslung waren das Kastrieren der Schweine und Stiere, Hahnenkämpfe, Himmel und Hölle und die unglaublichen Geschichten von Pedro García dem Alten, er ruhe in Frieden. Er war der Vater von Pedro Segundo García, und er sagte, sein Großvater hätte in den Reihen der Patrioten gekämpft, die die Spanier aus Amerika hinauswarfen. Er brachte den Kindern bei, sich von Spinnen stechen zu lassen und den Harn schwangerer Frauen zu trinken, um immun zu werden. Er kannte fast so viele Pflanzen wie die Meica, aber wenn er über die Anwendung entscheiden sollte, verwechselte er sie und beging dadurch einige irreparable Fehler. Allerdings, das gebe ich zu, hatte er eine unübertreffliche Methode, Backenzähne zu ziehen, die ihn zu Recht in der ganzen Gegend berühmt machte: eine Kombination aus Rotwein und Vaterunser, die den Patienten in Trance versetzte. Mir hat er schmerzlos einen Backenzahn gezogen, und wenn er noch am Leben wäre, wäre er mein Zahnarzt.

Bald begann ich mich auf dem Land wohl zu fühlen. Meine nächsten Nachbarn wohnten weit entfernt, der Weg zu ihnen war auch zu Pferd lang, aber Gesellschaften interessierten mich nicht, ich mochte die Einsamkeit, und außerdem brannte mir die Arbeit unter den Händen. Ich wurde ein richtiger Wilder, ich vergaß Wörter, mein Wortschatz schrumpfte, ich sprach nur noch in Befehlen. Da ich keinen Grund hatte, mich vor irgend jemandem zu verstellen, verstärkte sich die schlechte Eigenschaft, die ich seit je hatte. Alles machte mich wütend, ich wurde wild, wenn ich Kinder durch die Küche streifen und Brot stehlen sah, wenn sich die Hühner im Patio herumtrieben, wenn die Spatzen in die Maisfelder einfielen. Wenn mir meine schlechte Laune zuviel wurde und ich mich in der eigenen Haut nicht mehr wohl fühlte, ritt ich auf die Jagd. Lange vor Tagesanbruch stand ich auf und zog los, mit meiner Jagdtasche und meinem Hühnerhund, eine Flinte über der Schulter. Ich mochte den Ritt in der Dunkelheit, die Morgenkälte, das lange Lauern im Versteck, die Stille, den Geruch von Schießpulver und Blut, es gefiel mir, an der Schulter den dumpfen Rückstoß der Waffe zu spüren und die zappelnde Beute niederstürzen zu sehen. Das beruhigte mich, und wenn ich mit vier schäbigen Kaninchen in der Jagdtasche und ein paar Rebhühnern, die so durchsiebt waren, daß man sie nicht mehr braten konnte, von der Jagd heimkehrte, schmutzig und halbtot vor Müdigkeit, fühlte ich mich erleichtert und glücklich.

Wenn ich an diese Zeiten zurückdenke, überkommt mich eine große Traurigkeit. Das Leben ist mir so schnell vergangen. Könnte ich noch einmal von vorne anfangen, würde ich einige Irrtümer nicht mehr begehen, aber im großen und ganzen bereue ich nichts. Doch, ich bin ein guter Patron gewesen, das steht außer Zweifel.

In den ersten Monaten war Esteban Trueba so damit beschäftigt, Wasser zu kanalisieren, Brunnen zu graben, Steine wegzuräumen, Wiesen umzupflügen und die Hühner- und Viehställe zu erneuern, daß er keine Zeit hatte, an irgend etwas zu denken. Erschöpft fiel er abends ins Bett, im Morgengrauen stand er auf, aß in der Küche ein mageres Frühstück und ritt fort, um die Feldarbeiten zu überwachen. Erst in der Abenddämmerung kehrte er zurück. Das war die Zeit, zu welcher er die einzige vollständige Mahlzeit zu sich nahm, allein im Eßzimmer. In den ersten Monaten nahm er sich vor, täglich vor dem Essen zu baden und sich umzuziehen, wie er es von den englischen Siedlern hatte erzählen hören, die das selbst in den abgelegensten Dörfern Asiens und Afrikas taten, um ihre Würde und ihr Herrentum nicht zu verlieren. Er zog seine besten Kleider an, rasierte sich und spielte jeden Abend dieselben Lieblings-Opernarien auf dem Grammophon. Aber mit der Zeit ließ er sich vom Landleben besiegen und fand sich damit ab, daß er keine Berufung zum Snob habe, zumal niemand da war, der seine Anstrengungen hätte würdigen können. Er rasierte sich nicht mehr, das Haar schnitt er sich erst, wenn es ihm auf die Schultern fiel, und das Baden gab er nur deshalb nicht auf, weil es eine tiefverwurzelte

Gewohnheit war, aber seine Kleider und sein Benehmen vernachlässigte er ganz. Er wurde ein Barbar. Vor dem Schlafengehen las er eine Weile, oder er spielte Schach. Er hatte die Geschicklichkeit entwickelt, gegen ein Buch zu spielen, ohne zu mogeln, und die Partie zu verlieren, ohne sich zu ärgern. Dennoch, die erschöpfende Arbeit reichte nicht aus, seine starke Sinnlichkeit zu ersticken. Er begann schlecht zu schlafen, er fand die Decken zu schwer, die Laken zu weich. Sein Pferd spielte ihm üble Streiche, das sich plötzlich in eine phantastische Frau verwandelte, einen Berg harten, wilden Fleisches, auf dem er ritt, bis seine Knochen weich wurden. Die warmen, duftenden Melonen im Gemüsegarten erschienen ihm wie übergroße Frauenbrüste, und er ertappte sich dabei, wie er das Gesicht in die Decke seines Reitpferdes vergrub, im strengen Schweißgeruch des Tiers das ferne, verbotene Aroma seiner ersten Prostituierten suchend. Nachts erregten ihn Alpträume von faulenden Meeresfrüchten, von riesigen Fleischvierteln einer geschlachteten Kuh, von Blut, von Samen, von Tränen. Angespannt wachte er auf, rabiater denn je, das Geschlecht wie ein Stück Eisen zwischen den Beinen. Um sich zu entspannen, sprang er nackt in den Fluß, tauchte bis zum Ersticken im eisigen Wasser, aber danach glaubte er unsichtbare Hände zu fühlen, die seine Beine streichelten. Besiegt ließ er sich treiben, umschlungen von der Strömung, geküßt von den Kaulquappen, gepeitscht vom Schilfrohr am Ufer. Sein dringendes Bedürfnis war nicht mehr zu übersehen, es ließ sich weder mit den abendlichen Tauchübungen im Fluß noch mit Zimttee, noch mit den unter die Matratze gelegten Feuersteinen beheben, nicht einmal mit den beschämenden Manipulationen, von denen die Knaben im Internat blöde wurden und erblindeten und der ewigen Verdammnis anheimfielen. Als er anfing, das Federvieh im Hühnerstall mit begehrlichen Blicken zu betrachten, die nackt im Obstgarten spielenden Kinder und selbst den Brotteig anzustarren, wurde ihm klar, daß sich seine Männlichkeit nicht mit Ersatz aus der Sakristei beruhigen ließ. Sein praktischer Sinn sagte ihm, daß er sich eine Frau suchen mußte, und sobald der Entschluß gefaßt war, legte sich die verzehrende Unruhe, und seine Wut schien abzuflauen. An diesem Tag erwachte er zum erstenmal seit langer Zeit mit einem Lächeln.

Pedro García der Alte sah ihn pfeifend zum Stall gehen und wiegte unruhig den Kopf.

Den ganzen Tag über war der Patron mit dem Umpflügen einer frisch gesäuberten Wiese beschäftigt, auf der er Mais anpflanzen wollte. Dann ging er mit Pedro Segundo García nach einer kalbenden Kuh sehen, deren Junges quer lag. Bis zum Ellenbogen mußte er den Arm in die Kuh stecken, um das Kalb zu wenden und den Kopf vorzuziehen. Die Kuh starb trotzdem, aber das verdroß ihn nicht. Er befahl, dem Kalb die Flasche zu geben, wusch sich in einem Zuber und stieg wieder aufs Pferd. Gewöhnlich war das seine Essenszeit, aber er hatte keinen Hunger. Er hatte auch keine Eile, denn er hatte seine Wahl bereits getroffen.

Er hatte das Mädchen oft gesehen, mit seinem rotznäsigen kleinen Brüderchen auf der Hüfte und einem Sack auf dem Rücken oder einem Krug Brunnenwasser auf dem Kopf. Er hatte sie beobachtet, wenn sie Wäsche wusch, über die Flußkiesel gebückt, die braunen Beine glatt und glänzend vom Wasser, und mit ihren plumpen Bauernhänden die farblosen Fetzen rieb. Sie war von kräftigem Knochenbau, das Gesicht hatte einen stark indianischen Einschlag, war breit und braunhäutig, der Ausdruck friedfertig und sanft. In ihrem großen fleischigen Mund standen noch alle Zähne, und wenn sie lächelte, hellte er sich auf, aber sie tat es selten. Sie besaß die Schönheit der frühen Jugend, obwohl Esteban ihr ansah, daß sie bald welken würde wie alle Frauen, die dazu bestimmt sind, viele Kinder zu gebären, unermüdlich zu arbeiten und ihre Toten zu begraben.

Als Esteban Trueba sie suchen ging, war die Nacht schon angebrochen, und es war kühler. Er ritt auf der breiten Fahrbahn zwischen den Wiesen und fragte jeden, der vorüberkam, nach ihr, bis er sie auf dem Weg zu ihrer Hütte sah. Sie ging, unter ein Reisigbündel gebückt, barfuß, den Kopf gesenkt. Vom Pferd aus betrachtete er sie und spürte augenblicklich wieder das drängende Begehren, das ihn so viele Monate umgetrieben hatte. Er ritt im Trab, bis er neben ihr war; sie hörte ihn, doch nach dem uralten Brauch aller Frauen ihres Stammes, vor dem Manne den Kopf zu senken, setzte sie ihren Weg fort, ohne aufzublikken. Esteban bückte sich und nahm ihr das Brennholz ab, das er einen Augenblick in die Luft gestemmt hielt und dann auf die Wegböschung schleuderte, er packte das Mädchen mit einem Arm um die Taille, hob sie unter bestialischem Schnauben hoch und setzte sie vor sich aufs Pferd, ohne daß sie den geringsten Widerstand leistete. Er gab dem Pferd die Sporen und galoppierte mit ihr zum Fluß. Ohne ein Wort stiegen sie ab und maßen sich mit Blicken. Esteban nahm seinen breiten Ledergürtel ab, und sie wich zurück, aber mit einem kräftigen Griff fing er sie wieder ein. Umschlungen fielen sie ins Eukalyptuslaub.

Esteban zog sich nicht aus. Roh fiel er über sie her, ohne Vorbereitung, mit unnötiger Brutalität drang er in sie ein. Zu spät merkte er an den Blutspritzern an seinen Kleidern, daß sie noch Jungfrau war, aber Panchas untergeordnete Stellung und sein Lustbedürfnis verhinderten jede Rücksichtnahme. Pancha García wehrte sich nicht, klagte nicht, schloß nicht die Augen. Sie lag auf dem Rücken, sah mit erschrockenen Augen in den Himmel, bis sie spürte, daß sich der Mann aufstöhnend neben sie fallen ließ. Da begann sie leise zu weinen. Vor ihr hatte ihre Mutter und vor ihrer Mutter ihre Großmutter dieses Schicksal einer Hündin erduldet. Esteban Trueba zog sich die Hosen hoch, schloß seinen Gürtel, half ihr auf und setzte sie auf die Kruppe seines Pferdes. So ritten sie zurück, er pfeifend, sie weinend. Ehe er sie vor ihrer Hütte absetzte, küßte er sie auf den Mund.

„Ich will, daß du von morgen an im Herrenhaus arbeitest", sagte er.

Pancha nickte, ohne aufzusehen. Auch ihre Mutter und ihre Großmutter hatten im Herrenhaus gedient.

In dieser Nacht schlief Esteban, ohne von Rosa zu träumen, wie ein Seliger. Am Morgen fühlte er sich voll Energie, größer und mächtiger. Trällernd ging er aufs Feld, und als er heimkam, stand Pancha, eifrig in einem großen Kupferkessel rührend, in der Küche. Nachts erwartete er sie mit Ungeduld, und als die häuslichen Geräusche verstummt waren und das nächtliche Treiben der Mäuse begann, fühlte er, daß sie auf der Schwelle seiner Tür stand.

„Komm, Pancha", rief er sie. Es war kein Befehl, eher eine inständige Bitte.

Diesmal nahm sich Esteban Zeit, sie mit Lust zu besitzen und ihr Lust zu geben. Er nahm sie langsam, den rauchigen Geruch ihres Körpers und der mit Asche gewaschenen und mit dem Holzkohleeisen gebügelten Kleider einatmend, er lernte die Textur ihres glatten schwarzen Haars kennen, ihre an den heimlichen Stellen weiche, sonst rauhe, schwielige Haut, ihre frischen Lippen, ihr ruhevolles Geschlecht, ihren breiten Bauch. Er liebte sie gelassen, sie einführend in die geheimste und älteste aller Wissenschaften. Wahrscheinlich war er in dieser und einigen der folgenden Nächte glücklich, wenn sie wie zwei junge Hunde in dem großen schmiedeeisernen Bett tobten, in dem der erste Trueba geschlafen hatte und das schon ziemlich wacklig war, den Liebeskämpfen aber noch standhielt.

Pancha Garcías Brüste wurden dick, ihre Hüften rundeten sich. Esteban Truebas Mißlaunigkeit besserte sich eine Zeitlang, er begann sich für seine Hintersassen zu interessieren. Er besuchte sie in ihren jämmerlichen Hütten. In einer entdeckte er im Halbdunkel eine Schachtel, in der auf Zeitungspapier ein Säugling und eine Hündin, die eben geworfen hatte, gemeinsam schliefen. In einer anderen sah er eine Frau, die seit vier Jahren vor sich hin starb und der die Knochen aus dem wundgelegenen Rücken herausstanden. In einem Hof fand er einen idiotischen Jungen, mit einem Strick um den Hals, der an einem Pfosten festgebunden war. Da saß er, geifernd, irre redend, nackt und mit einem Geschlecht, groß wie das eines Maultiers, das er unermüdlich gegen den Boden rieb. Zum erstenmal wurde ihm bewußt, daß die schlimmste Verwahrlosung nicht die der Felder und der Tiere, sondern die der Hintersassen der Drei Marien war, die seit damals, als sein Vater die Mitgift und das Erbe seiner Frau verspielte, allein auf sich gestellt waren. Er fand, es sei an der Zeit, in diesen verlassenen Winkel zwischen den Kordilleren und dem Meer ein wenig Zivilisation zu bringen.

Auf den Drei Marien brach eine fieberhafte Geschäftigkeit aus, die alle aus der Schläfrigkeit riß. Esteban Trueba ließ seine Bauern arbeiten, wie sie nie gearbeitet hatten. Jeden, der auf seinen Beinen stehen konnte, Mann, Frau, Greis, Kind, stellte der Patron an, begierig, das in vielen Jahren Versäumte in ein paar Monaten nachzuholen. Er ließ einen Kornspeicher und Vorratskammern bauen, um Nahrungsmittel für den Winter zu lagern, er ließ Pferdefleisch einsalzen und Schweinefleisch räuchern, er hielt die Frauen an, Zuckerzeug und Obstkonserven herzustellen. Er modernisierte die Molkerei, die nur ein Verschlag voller Mist und Fliegen war, und zwang die Kühe, genügend Milch zu liefern. Er begann mit dem Bau einer Schule, da er den Ehrgeiz hatte, daß alle Kinder und alle Erwachsenen auf den Drei Marien lesen, schreiben und addieren lernen sollten, obwohl er nicht der Ansicht war, daß sie darüber hinaus Kenntnisse erwerben sollten, damit sie sich nicht den Kopf mit Ideen vollstopften, die sich für ihren Stand und ihre Stellung nicht schickten. Doch da er keinen Lehrer fand, der bereit gewesen wäre, so fern von der Stadt zu arbeiten, und angesichts der Schwierigkeit, durch das Versprechen von Prügeln und Bonbons die Kinder in die Schule zu bekommen, damit er selbst ihnen das Alphabet beibrachte, gab er diesen Plan wieder auf und führte die Schule einem anderen Zweck zu. Seine Schwester Férula schickte ihm aus der Hauptstadt die Bücher, die er bestellt hatte. Es war ausnahmslos praktische Literatur. Aus ihnen lernte er, wie man sich Spritzen ins Bein geben konnte, und nach ihrer Anleitung bastelte er sich einen Kristalldetektor. Seine ersten Einkünfte verwandte er auf den Kauf rustikaler Stoffe, einer Nähmaschine, einer Schachtel homöopathischer Mittel samt dem Handbuch zu ihrer Anwendung, einer Enzyklopädie und einer Fracht Fibeln, Hefte und Bleistifte. Er trug sich mit dem Gedanken, ein Refektorium einzurichten, in dem alle Kinder täglich eine volle Mahlzeit erhalten sollten, damit sie stark und gesund würden und von klein an arbeiten konnten, aber er sah ein, daß es verrückt gewesen wäre, die Kinder wegen einer Mahlzeit von einem Ende des Guts zum andern kommen zu lassen. Also wandelte er die Schule in eine Schneiderwerkstatt um. Pancha García erhielt den Auftrag, die Geheimnisse der Nähmaschine zu ergründen. Anfangs hielt sie sie für ein mit Eigenleben begabtes Instrument des Teufels und weigerte sich, ihr nahe zu kommen, aber Esteban gab nicht nach, und schließlich wurde Pancha mit ihr fertig. Trueba organisierte einen Kramladen, ein bescheidenes Lokal, in dem die Hintersassen kaufen konnten, was sie brauchten, ohne den langen Weg nach San Lucas machen zu müssen. Der Patron kaufte die Waren im großen und verkaufte sie zum gleichen Preis an seine Arbeiter weiter. Er führte Gutscheine ein, ein System, das anfangs als eine Art Kredit funktionierte und mit der Zeit das Geld ersetzte. Mit den rosa Zettelchen wurde alles im Kramladen gekauft und auch der Lohn ausgezahlt. Zusätzlich zu den famosen rosa Zettelchen hatte jeder Arbeiter Anrecht auf ein Stück Land, das er in der Freizeit selbst bearbeiten konnte, auf sechs Hühner im Jahr, einen Teil Saatgut, einen Teil seiner Ernte für den eigenen Bedarf, Brot und Milch täglich und jährlich fünfzig Pesos, die zu Weihnachten und am Nationalfeiertag an die Männer ausgezahlt wurden. Die Frauen erhielten diese Gratifikation nicht, obwohl sie die gleiche Arbeit wie die Männer verrichteten, weil sie, Witwen ausgenommen, nicht als Familienoberhaupt angesehen wurden. Die Seife zum Waschen, die Wolle zum Weben und Hustensaft zur Kräftigung der Lungen wurden kostenlos ausgegeben, weil Esteban Trueba keine schmutzigen, erkälteten oder kranken Leute um sich haben wollte. Eines Tages las er in seiner Enzyklopädie einen Artikel über die Vorzüge einer ausgewogenen Ernährung, und damit begann seine Vitaminmanie, die ihn bis an sein Lebensende nicht mehr verließ. Er bekam Tobsuchtsanfälle, sooft er sah, daß die Bauern den Kindern nur das Brot, und die Milch und die Eier den Schweinen gaben. Er veranstaltete obligatorische Versammlungen im Schulhaus, bei denen er den Leuten von den Vitaminen sprach und ihnen nebenbei auch die Nachrichten mitteilte, die er aus dem krächzenden Kristalldetektor empfing. Bald war er es leid, die Welle mit einem Draht einzufangen, also bestellte er in der Hauptstadt ein transozeanisches Rundfunkgerät mit zwei gewaltigen Batterien. Damit konnte er im ohrenbetäubenden Gewirr der Stimmen aus Übersee ein paar zusammenhängende Botschaften auffangen. So erfuhr er, daß in Europa Krieg war. Auf einer Landkarte, die er an der Wandtafel in der Schule aufhängte, markierte er mit Stecknadeln den Vormarsch der Truppen. Die Bauern sahen ihm verdutzt zu, sie begriffen nicht im entferntesten, wozu er eine Nadel erst in die blaue und am nächsten Tag in die grüne Farbe einstach. Sie konnten sich die Welt im Maßstab eines an der Wandtafel aufgehängten Stück Papiers ebensowenig vorstellen wie auf Stecknadelköpfe reduzierte Heere. In Wirklichkeit ließen der Krieg, die Erfindungen der Wissenschaft, der Fortschritt der Industrie, der Goldpreis und die Extravaganzen der Mode sie völlig kalt. Das waren Feenmärchen, die ihre dürftige Existenz in nichts veränderten. Für dieses unerschrockene Publikum waren die Nachrichten aus dem Rundfunk fern und fremd, und der Apparat verlor rasch an Ansehen, als sich herausstellte, daß er das Wetter nicht vorhersagen konnte. Der einzige, der sich für die aus dem Äther aufgefischten Nachrichten interessierte, war Pedro Segundo García.

Esteban Trueba verbrachte viele Stunden mit ihm, erst am Kristalldetektor, dann am Batterieradio, in gemeinsamer Erwartung des Wunders, daß eine anonyme und weit entfernte Stimme sie an die Zivilisation anschloß. Das brachte sie einander jedoch nicht näher. Trueba wußte, daß dieser schlichte Bauer intelligenter war als die anderen. Er war der einzige, der lesen konnte und fähig war, ein Gespräch von mehr als drei Sätzen zu führen, aber Estebans maßloser Stolz ließ es nicht zu, daß er gute Eigenschaften, über seine Tüchtigkeit als Landarbeiter hinaus, an ihm gelten ließ. Überdies war er kein Freund von Vertraulichkeiten gegenüber Untergebenen. Pedro Segundo García seinerseits haßte ihn, wenngleich er dieses quälende Gefühl, das ihm die Seele verbrannte und ihn verwirrte, nie beim Namen nannte. Es war eine Mischung aus Furcht und grollender Bewunderung. Er wußte im voraus, daß er es nie wagen würde, ihm die Stirn zu bieten, weil er der Patron war. Er würde seine Wutanfälle, seine verächtlichen Befehle, seine Anmaßung für den Rest seines Lebens ertragen müssen. Während der Jahre, in denen die Drei Marien sich selbst überlassen waren, hatte er ganz natürlich den Oberbefehl über den kleinen Stamm auf dem vergessenen Gut übernommen. Er hatte sich daran gewöhnt, respektiert zu werden, Befehle zu erteilen, Entscheidungen zu treffen und nur den Himmel über sich zu haben. Mit der Ankunft des Patrons war das anders geworden, aber er mußte zugeben, daß sie nun besser lebten, daß sie nicht mehr hungerten und mehr Schutz und Sicherheit hatten. Ein paarmal glaubte Trueba ein mörderisches Aufblitzen in seinen Augen wahrzunehmen, aber eine Unverschämtheit konnte er ihm nie vorwerfen. Pedro Segundo García gehorchte, ohne zu mucken, arbeitete, ohne zu klagen, er war ehrlich und schien treu zu sein. Wenn er seine Schwester Pancha mit dem schweren Gang der befriedigten Frau im Gang des Herrenhauses sah, senkte er den Kopf und schwieg.

Pancha García war jung und der Patron kräftig. Das vorhersehbare Ergebnis ihrer Verbindung machte sich nach wenigen Monaten bemerkbar. An ihren Beinen erschienen die Adern wie Würmer unter der braunen Haut, ihre Bewegungen wurden langsamer, ihr Blick fern, sie verlor das Interesse an den ausgelassenen Spielen im schmiedeeisernen Bett. Ihr Bauch wurde dick, und ihre Brüste senkten sich unter dem Gewicht des neuen Lebens, das in ihr heranwuchs. Esteban brauchte lange, bis er es merkte, weil er sie fast nie ansah und sie auch nicht mehr streichelte, nachdem sich die erste Begeisterung gelegt hatte. Er benutzte sie nur noch wie eine hygienische Maßnahme, die ihm dazu verhalf, die tagsüber aufgestauten Spannungen abzubauen und nachts traumlos zu schlafen. Aber der Augenblick kam, da Panchas Schwangerschaft auch für ihn nicht mehr zu übersehen war. Pancha wurde ihm ekelhaft. Er sah in ihr nur noch ein riesiges Gefäß mit einer formlosen, gelatinösen Masse darin, die er nicht als sein Kind anerkennen konnte. Pancha zog aus dem Herrenhaus aus und kehrte in die Hütte ihrer Eltern zurück, die ihr keine Fragen stellten. Sie arbeitete weiter in der Küche des Patrons, knetete, täglich formloser durch die Mutterschaft, den Brotteig und nähte auf der Maschine. Sie bediente Esteban nicht mehr bei Tisch, und er vermied Begegnungen mit ihr, da sie nichts mehr gemeinsam hatten. Eine Woche nachdem sie sein Bett verlassen hatte, träumte er wieder von Rosa und erwachte auf feuchten Leintüchern. Er blickte durchs Fenster und sah ein schmales Mädchen, das frischgewaschene Wäsche aufhängte. Sie konnte nicht älter als dreizehn oder vierzehn sein, war aber voll entwickelt. In diesem Augenblick drehte sie sich um und sah ihn an: sie hatte den Blick einer Frau.

Pedro García sah den Patron pfeifend zum Stall gehen und wiegte unruhig den Kopf.

In den folgenden zehn Jahren wurde Esteban Trueba der angesehenste Gutsbesitzer in der ganzen Gegend, er baute Ziegelhäuser für seine Arbeiter, er bekam einen Lehrer für seine Schule, er hob auf seinem Gebiet den Lebensstandard aller. Die Drei Marien waren ein gutes Geschäft, das keiner Zuschüsse aus der Goldader bedurfte, das im Gegenteil bei der Verlängerung der Konzession auf die Mine als Garantie diente. Truebas Jähzorn wurde legendär und nahm solche Ausmaße an, daß es ihm selber lästig wurde. Niemand durfte den Mund aufmachen, er duldete keinen Widerspruch und betrachtete jede abweichende Meinung als Provokation. Auch seine Geilheit nahm zu. Kein Mädchen schaffte den Übergang von der Pubertät ins Erwachsenenalter, ohne daß sie den Wald, das Flußufer oder das schmiedeeiserne Bett zu schmecken bekam. Wenn in den Drei Marien keine Frauen verfügbar waren, verfolgte er die von andern Haciendas, vergewaltigte sie im Handumdrehen irgendwo im Feld, meistens gegen Abend. Er kümmerte sich nicht einmal darum, daß es im verborgenen geschah, da er niemanden zu fürchten hatte. Gelegentlich kam ein Bruder, ein Vater, ein Ehemann oder ein Gutsbesitzer auf die Drei Marien, um ihn zur Rechenschaft zu ziehen, aber angesichts seiner hemmungslosen Zornausbrüche wurden diese um der Gerechtigkeit oder der Rache willen unternommenen Besuche immer seltener. Unter den Machos seiner Gesellschaftsklasse löste der Ruf seiner Brutalität, der sich in der ganzen Gegend verbreitete, neidvolle Bewunderung aus. Die Bauern versteckten ihre Mädchen und ballten die Faust – vergeblich, da sie gegen ihn nicht aufkommen konnten. Esteban Trueba war der Stärkere, und er genoß Straffreiheit. Zweimal wurden die Leichen von Bauern anderer Haciendas gefunden, von Schüssen durchsiebt, und niemand zweifelte daran, daß der Schuldige auf den Drei Marien zu finden sei, aber die Landpolizei beschränkte sich darauf, in der mühsamen Schönschrift der Halbanalphabeten den Vorfall in ihr Dienstbuch zu notieren und anzufügen, die Getöteten seien beim Stehlen überrascht worden. Und das war alles. Trueba pflegte weiterhin seinen Ruf als Draufgänger, indem er die Gegend mit Bastarden bevölkerte. Er erntete Haß und häufte Schuld an, die er sich nicht zu Herzen nahm, weil er seine Seele abgehärtet hatte und sein Gewissen mit dem Fortschrittsargument zum Schweigen brachte. Vergeblich versuchten Pedro Segundo García und der alte Pfarrer aus dem Nonnenspital ihm nahezulegen, daß nicht die Ziegelhäuser und auch nicht die vielen Liter Milch den guten Gutsbesitzer oder den guten Christen machen, sondern den Leuten einen anständigen Lohn zu zahlen statt der rosa Zettelchen, eine Arbeitszeit festzusetzen, die ihnen nicht das Kreuz brach, und ihnen ein wenig Achtung und Würde zu geben. Trueba wollte von diesen Dingen nichts hören. Nach seinem Dafürhalten roch das nach Kommunismus.

„Das sind schwachsinnige Ideen“, knurrte er. „Bolschewistische Ideen, um die Hintersassen aufzuwiegeln. Ihr überseht völlig, daß diese armen Leute keine Kultur und keine Erziehung haben, sie können keine Verantwortung übernehmen, sie sind Kinder. Wie sollen sie wissen, was für sie gut ist? Ohne mich wären sie verloren, dafür ist der beste Beweis, daß alles zum Teufel geht und sie anfangen, Dummheiten zu machen, sobald ich ihnen den Rücken kehre. Sie sind völlig unwissend. Meinen Leuten geht es gut, was wollen sie mehr? Es fehlt ihnen an nichts. Wenn sie sich beklagen, ist es aus purer Undankbarkeit. Sie haben Ziegelhäuser, ich sorge dafür, daß ihre Kinder sich schneuzen und kein Ungeziefer haben, daß sie geimpft werden und lesen lernen. Gibt es hier noch ein Gut, das seine eigene Schule hat? Nein! Sooft ich kann, bringe ich ihnen den Pfarrer, damit er ihnen ein paar Messen liest, also weiß ich wirklich nicht, weshalb der Pfarrer kommt und mir von Gerechtigkeit redet. Er soll sich gefälligst nicht einmischen in das, was er nicht versteht und wofür er nicht zuständig ist. Ich möchte ihn sehen, wenn er für dieses Gut zu sorgen hätte, und wissen, ob er dann auch so zartfühlend wäre. Diese armen Teufel brauchen eine harte Hand, das ist die einzige Sprache, die sie verstehen. Wer nachgibt, den respektieren sie nicht mehr. Ich gebe zu, daß ich oft streng mit ihnen war, aber ich war immer gerecht. Alles mußte ich ihnen beibringen, selbst noch das Essen, denn wenn es nach ihnen ginge, würden sie sich bloß von Brot ernähren. Wenn ich nicht aufpasse, geben sie die Milch und die Eier den Schweinen. Sie können sich nicht einmal den Hintern wischen, und da wollen sie das Stimmrecht! Wie sollen sie etwas von Politik begreifen, wenn sie nicht einmal wissen, wo sie stehen? Die sind imstande und wählen die Kommunisten, wie die Bergarbeiter im Norden, die mit ihren Streiks ausgerechnet jetzt, wo die Erzpreise am höchsten sind, das ganze Land schädigen. Truppen in den Norden schicken und ihnen eins auf den Pelz brennen, das würde ich tun! Dann wird man ja sehen, ob sie nicht endlich was dazulernen. Unglücklicherweise sind Prügel das einzige, was in diesen Ländern funktioniert. Wir sind nicht in Europa. Was wir hier brauchen, ist eine starke Regierung, ein starker Patron. Es wäre ja schön, wenn wir alle gleich wären, aber wir sind es nicht. Das springt doch ins Auge. Der einzige, der hier arbeiten kann, bin ich, soll einer kommen und mir das Gegenteil beweisen. Ich stehe als erster auf und gehe als letzter schlafen auf diesem verfluchten Land. Wenn es nach mir ginge, würde ich alles zum Teufel schicken und wie ein Fürst in der Hauptstadt leben, aber ich muß hier sein, denn wenn ich weggehe, und sei es nur für eine Woche, bricht alles zusammen, und diese Unglücklichen fangen an zu verhungern. Denken Sie daran, wie es war, als ich vor neun oder zehn Jahren hier ankam. Eine Ruine. Eine Steinwüste mit Aasgeiern, ein Niemandsland. Alle Felder lagen brach, niemand ist auf den Gedanken gekommen, das Wasser zu kanalisieren. Sie pflanzten vier lausige Salatköpfe vor ihrem Haus, und alles übrige ließen sie verfallen. Ich mußte kommen, damit es hier Ordnung, Gesetz und Arbeit gab. Und darauf soll ich nicht stolz sein? Ich habe so gut gearbeitet, daß ich die zwei Nachbargüter aufkaufen konnte und mein Besitz jetzt der größte und reichste der ganzen Zone ist, der Neid aller, ein Vorbild, ein Mustergut. Und jetzt, wo die Straße vorbeiführt, hat sich sein Wert verdoppelt. Wenn ich es verkaufen würde, könnte ich nach Europa fahren und von meinen Zinsen leben, aber ich fahre nicht, ich bleibe hier und versauere. Das tue ich für diese Leute. Ohne mich wären sie verloren. Genaugenommen taugen sie nicht einmal dazu, Aufträge auszuführen, ich habe es immer gesagt: sie sind wie Kinder. Da ist nicht einer, der machen kann, was er machen soll, wenn ich nicht hinter ihm stehe und ihn antreibe. Und dann kommt ihr mir mit dem Märchen, wir wären alle gleich. Daß ich nicht lache . . .“

Seiner Mutter und seiner Schwester schickte er kistenweise Obst, Salzfleisch, Schinken, frische Eier, lebende und eingemachte Hühner und Säcke voll Mehl, Reis und Korn, Landkäse und soviel Geld, wie sie brauchen konnten, denn daran fehlte es ihm nicht. „Zum erstenmal, seit Gott das da auf den Planeten gestellt hat“, sagte er jedem, der es hören wollte, „produzieren die Drei Marien und die Mine so, wie sie sollen.“ Er gab Doña Ester und Férula mehr, als sie je erwartet hatten, aber sie zu besuchen, und sei es nur auf der Durchreise in den Norden, fand er in all den Jahren keine Zeit. Er war so beschäftigt auf dem Feld, auf dem neu gekauften Land und in anderen Geschäften, in die er einzusteigen begann, daß er seine Zeit nicht am Bett einer Kranken vertun konnte. Außerdem gab es die Post, durch die sie in Verbindung blieben, und den Zug, mit dem er alles, was er wollte, schicken konnte. Er mußte sie nicht sehen. Alles ließ sich in Briefen sagen, das ausgenommen, was sie nicht erfahren sollten, wie etwa die Herde von Bastarden, die wie durch magische Künste geboren wurden. Er brauchte ein Mädchen nur auf der Wiese umzulegen, schon war sie schwanger, es mußte mit dem Teufel zugehen, eine solche Fruchtbarkeit war nicht normal. Er war sicher, daß die Hälfte der Kinder nicht seine waren. Deshalb beschloß er, daß außer dem Sohn von Pancha García, der wie er Esteban hieß und dessen Mutter zweifelsfrei Jungfrau gewesen war, als er sie nahm, alle anderen seine Kinder sein konnten oder nicht sein konnten und daß es besser war, anzunehmen, sie seien es nicht. Wenn eine Frau mit einem Kind auf dem Arm in sein Haus kam und Anspruch auf den Namen des Vaters erhob oder um eine Unterstützung bat, drückte er ihr ein paar Geldscheine in die Hand, schickte sie fort und drohte ihr, wenn sie ihn noch einmal belästige, würde er sie aus dem Haus peitschen, damit ihr die Lust verginge, vor jedem Mannsbild, das sie sah, mit dem Hintern zu wackeln und dann ihn zu beschuldigen. So kam es, daß er nie die genaue Zahl seiner Kinder erfuhr, und in Wirklichkeit interessierte ihn das auch nicht. Wenn er Kinder haben wollte, dachte er, würde er sich, mit dem Segen der Kirche, eine Frau aus seiner Gesellschaftsschicht nehmen, denn die einzigen Kinder, die zählten, waren die, die den Namen des Vaters trugen, die anderen waren so, als existierten sie gar nicht. Ihm sollte man nicht kommen mit dieser Ungeheuerlichkeit, daß alle mit den gleichen Rechten und mit dem gleichen Erbanspruch geboren wurden, dann würde ja alles zum Teufel gehen, und die Zivilisation fiele in die Steinzeit zurück. Er dachte an Nívea, Rosas Mutter, die ihre eigene politische Kampagne gestartet hatte, nachdem ihr Mann unter dem Schock des vergifteten Schnapses auf die Politik verzichtet hatte. Zusammen mit anderen Damen kettete sie sich an den Gittern des Kongresses und des Obersten Gerichtshofes an, ein peinliches Schauspiel, das ihre Ehemänner der Lächerlichkeit preisgab. Er wußte, daß Nívea nachts auf die Straße ging, um Plakate der Frauenbewegung an die Hauswände zu kleben, und daß sie imstande war, im hellen Licht eines Sonntagmittags mit einem Besen in der Hand und einer Schlafhaube auf dem Kopf ins Zentrum zu gehen, um zu fordern, daß die Frauen die gleichen Rechte wie die Männer erhielten, daß sie wählen und auf die Universität gehen durften und daß alle Kinder, selbst die unehelich geborenen, unter den Schutz des Gesetzes gestellt wurden.

„Die ist im Kopf nicht ganz richtig“, sagte Trueba. „Das wäre ja wider die Natur. Die Frauen können nicht einmal zwei und zwei zusammenzählen, und da wollen sie das Skalpell zur Hand nehmen! Ihre Aufgabe ist die Mutterschaft und das Heim. Wenn sie so weitermachen, werden sie eines Tages noch Abgeordnete, Richter und sogar Präsident der Republik werden! Und unterdessen stiften sie Verwirrung und eine Unordnung, die als Katastrophe enden kann. Sie veröffentlichen anstößige Aufrufe, sie sprechen im Rundfunk, sie ketten sich auf öffentlichen Plätzen an, und die Polizei muß erst einen Schmied holen, der die Schlösser aufbricht, damit sie ins Gefängnis abgeführt werden können, wohin sie gehören. Nur schade, daß sich immer ein einflußreicher Ehemann, ein schlappschwänziger Richter oder ein Parlamentarier mit aufrührerischen Ideen findet, der sie wieder auf freien Fuß setzt. Eine harte Hand, das ist es, was es in diesem Fall braucht!“

Der Krieg in Europa war zu Ende, die Eisenbahnwaggons voll Toter waren ein fernes Gerücht, aber noch nicht vergessen. Von dort kamen die subversiven Ideen über die unkontrollierbaren Ätherwellen des Rundfunks, den Telegraphen, die Dampfer mit den Emigranten, die auf der Flucht vor dem Hunger in ihrer Heimat wie eine verschreckte Herde eintrafen, verstört noch vom Dröhnen der Bomben und den in den Ackerfurchen verfaulenden Toten. Es war das Jahr der Präsidentschaftswahlen, und es galt, einem Umsturz vorzubauen. Eine Woge der Unzufriedenheit, die das Volk aufwühlte, brach über das feste Gefüge der oligarchischen Gesellschaft herein. Auf dem Land gab es Plagen aller Art: Dürre, Schnecken, Maul- und Klauenseuche. Im Norden kam es zu Massenentlassungen, und die Hauptstadt bekam die Auswirkungen des fernen Krieges zu spüren. Es war ein Jahr der Not, und es fehlte nur noch ein Erdbeben, um das Unglück voll zu machen.

Die Oberschicht jedoch, im Besitz der Macht und des Reichtums, wurde sich der Gefahr, die das schwache Gleichgewicht ihrer Position bedrohte, nicht bewußt. Die Reichen amüsierten sich: sie tanzten Charleston und Foxtrott, die neuen Rhythmen des Jazz und ein paar herrlich unanständige Negertänze. Man nahm die Schiffsreisen nach Europa wieder auf, die während der vier Kriegsjahre ausgefallen waren, und Reisen nach Nordamerika wurden Mode. Als letzter Schrei kam das Golf, zu dem sich die beste Gesellschaft traf, um eine kleine Kugel mit dem Stock zu schlagen, wie es vor Jahrhunderten die Indios an den gleichen Stellen getan hatten. Die Damen hängten sich knielange Ketten aus falschen Perlen um und trugen Hüte wie Nachttöpfe, bis an die Augen in die Stirn gezogen, sie schnitten sich das Haar wie die Männer und schminkten sich wie Freudenmädchen, sie hatten die Korsetts ausgezogen, saßen mit übereinandergeschlagenen Beinen und rauchten. Die Herren waren geblendet von der Erfindung der nordamerikanischen Automobile, die frühmorgens in Chile eintrafen und am Abend bereits verkauft waren, obwohl sie ein kleines Vermögen kosteten und nichts als knatternde Rauchwolken und lose Schraubenmuttern waren, wenn sie in selbstmörderischer Geschwindigkeit über Straßen brausten, die für Pferde und andere natürliche Bestien angelegt worden waren, jedenfalls nicht für phantastische Maschinen. An den Spieltischen wurden die leicht verdienten Erbschaften und Vermögen aus der Nachkriegszeit verspielt, die Champagnerpfropfen knallten, und für die Raffiniertesten und Lasterhaftesten kam als letzte Neuheit das Kokain.

Auf dem Land waren die neuen Automobile eine ebenso ferne Wirklichkeit wie die kurzen Röcke. Wer von der Raupenplage und der Maul- und Klauenseuche verschont geblieben war, fand das Jahr gut. Esteban Trueba und andere Grundbesitzer der Gegend trafen sich im Volksklub, um vor den Wahlen ihre politischen Aktionen zu planen. Die Bauern lebten noch wie in Kolonialzeiten, sie hatten von Gewerkschaften, freien Sonntagen oder Mindestlöhnen noch nichts gehört, aber schon sickerten die ersten Abgesandten der neuen Linksparteien in die Güter ein, als Missionare verkleidet, unter einem Arm die Bibel, unter dem andern ihre marxistischen Pamphlete, und predigten gleichzeitig christliche Enthaltsamkeit und Tod durch die Revolution. Die Gesprächsrunden der Gutsherren am Mittagstisch endeten mit gewaltigen Besäufnissen und Hahnenkämpfen, und nachts fielen sie in den Farolito Rojo ein, wo zwölfjährige Prostituierte und Carmelo, der einzige Schwule im Bordell und im ganzen Dorf, nach den Klängen eines vorsintflutlichen Grammophons tanzten, kontrolliert von den wachsamen Blicken Sofías, die zwar selbst das Gehopse nicht mehr mitmachen konnte, aber noch energisch genug war, es mit eiserner Hand zu leiten und zu verhindern, daß sich die Polizei einmischte und aller Geduld strapazierte oder daß die Gutsbesitzer mit den Mädchen über die Stränge schlugen und Rabatz machten, ohne dafür zu bezahlen. Von allen Mädchen war Tránsito Soto diejenige, die am besten tanzte und den Handgreiflichkeiten der Betrunkenen am ehesten standhielt. Sie war unermüdlich und klagte nie, als besäße sie die tibetanische Kraft, ihr schwaches Gerippe in den Händen der Kunden zu lassen, während sie ihre Seele in ferne Regionen versetzte. Sie gefiel Esteban Trueba, weil sie sich gegen die Neuerungen in der Liebe und deren Brutalität nicht sträubte, weil sie mit einer Stimme wie ein heiserer Vogel sang und weil sie ihm einmal gesagt hatte, sie würde es noch weit bringen, was ihn sehr belustigte.

„Ich bleibe nicht mein Leben lang im Farolito Rojo, Patron. Ich gehe in die Haptstadt, denn ich will reich und berühmt werden", sagte sie.

Esteban ging ins Freudenhaus, weil es der einzige Vergnügungsort im Dorf war, aber er war kein Freund von Prostituierten. Es widerstrebte ihm, für etwas zu zahlen, was er auch mit anderen Mitteln haben konnte. Aber Tránsito Soto gefiel ihm. Sie brachte ihn zum Lachen.

Eines Tages, nachdem sie sich geliebt hatten, fühlte er sich in Spendierlaune, was kaum je vorkam. Er fragte Tránsito, ob er ihr nicht ein Geschenk machen solle.

„Leih mir fünfzig Pesos, Patron", bat sie auf der Stelle.

„Das ist viel Geld. Wozu willst du es?"

„Für eine Fahrkarte, ein rotes Kleid, ein Paar Schuhe mit hohen Absätzen, ein Fläschchen Parfüm und eine Dauerwelle. Mehr brauche ich für den Anfang nicht. Eines Tages zahl ich sie dir zurück, samt Zinsen."

Esteban gab ihr die fünfzig Pesos, weil er an diesem Tag fünf Jungstiere verkauft hatte und seine Taschen von Geldscheinen strotzten, und auch, weil ihn die Anstrengung der Lustbefriedigung ein bißchen sentimental machte.

„Ich bedaure nur, daß ich dich dann nicht mehr sehen werde, Tránsito. Ich habe mich an dich gewöhnt."

„Wir sehen uns wieder, Patron. Das Leben ist lang und macht viele Schleifen."

Die Freßorgien im Klub, die Hahnenkämpfe und die Abende im Bordell gipfelten in einem intelligenten, wenngleich nicht sonderlich originellen Plan, wie man die Bauern zum Wählen bringen konnte. Die Gutsherren gaben ihnen ein Fest mit Pasteten und viel Wein, ein paar Kühe wurden für den Bratspieß geopfert, Sänger und Gitarristen bestellt. Dazu hielten sie ihnen einige patriotische Reden und versprachen ihnen für den Fall, daß der konservative Kandidat gewann, eine Gratifikation, sollte ein anderer die Wahl gewinnen, würden sie ihre Arbeit verlieren. Außerdem kontrollierten sie die Wahlurnen und bestachen die Polizei. Nach dem Fest verfrachteten sie die Arbeiter auf Wagen und fuhren sie, gut bewacht, unter Scherzen und Gelächter zum Wahllokal. Es war die einzige Gelegenheit, bei der sie sich den Arbeitern anbiederten, Compadre hier, Compadre da, verlassen Sie sich auf mich, Patroncito, ich halte Wort, so ist es recht, wenn du als Patriot denkst, denn schau, die Liberalen und die Radikalen sind alle Schlappschwänze, und die Kommunisten sind gottlos und Hurensöhne, die fressen die kleinen Kinder.

Am Wahltag verlief alles wie vorgesehen und in tadelloser Ordnung. Die Streitkräfte gewährleisteten einen friedlichen demokratischen Ablauf, es war ein Tag im Frühling, heiterer und sonniger als andere.

„Ein Musterbeispiel für diesen Kontinent der Indianer

und Neger, die nichts als Revolutionen machen, um den einen Diktator zu stürzen und einen anderen einzusetzen! Chile ist da ganz anders. Wir sind eine echte Republik, wir haben unseren Stolz als Staatsbürger, bei uns gewinnt die Konservative Partei die Wahlen sauber, und wir brauchen keinen General, der für Ruhe und Ordnung sorgt, nicht wie in diesen kleinen Diktaturen, wo sich die Leute gegenseitig umbringen, während sich die Gringos die Rohstoffe holen", rief Trueba im Speisesaal des Klubs, das Glas in der Hand, als er die Wahlergebnisse erfuhr.

Drei Tage später, als alles zur Routine zurückgekehrt war, traf Férulas Brief auf den Drei Marien ein. Esteban Trueba hatte in der Nacht von Rosa geträumt, was ihm lange nicht mehr passiert war. Er sah sie im Traum mit ihrem wie ein Laubmantel lose über die Schultern fallenden Weidenhaar, ihre Haut war hart und kalt, von Farbe und Textur wie Alabaster. Sie war nackt und hielt ein Bündel auf den Armen, sie ging, wie man in Träumen geht, vom grünen Schimmer ihres Haars wie von einer Aureole eingehüllt. Langsam sah er sie näher kommen, und als er sie berühren wollte, warf sie das Bündel zu Boden, das vor seinen Füßen aufschlug. Er bückte sich, hob es auf und sah ein kleines Mädchen ohne Augen, das ihn Papa nannte. Angstvoll wachte er auf und war den ganzen Morgen schlechter Laune. Lange bevor er den Brief Férulas erhielt, machte der Traum ihn unruhig. Er ging in die Küche frühstücken, wie alle Tage, und sah dort eine Henne, die Brotkrumen aufpickte. Er versetzte ihr einen solchen Fußtritt, daß er ihr den Bauch aufriß und sie flügelschlagend in einer Lache aus Blut und Gedärmen liegenblieb. Das beruhigte ihn nicht, steigerte vielmehr seine Wut. Er fühlte, daß er zu ersticken begann. Er stieg aufs Pferd und ritt im Galopp auf die Weiden, um das Markieren des Viehs zu überwachen. Unterdessen kam Pedro Segundo García ins Haus, der auf dem Bahnhof San Lucas ein Paket aufgegeben und im Dorf die Post geholt hatte. Er brachte den Brief von Férula.

Den ganzen Morgen lag der Brief auf dem Tisch im Hausflur. Als Esteban zurückkam, badete er sich als erstes, weil er verschwitzt und staubig war und der unverwechselbare Geruch verschreckter Tiere ihm anhaftete. Danach setzte er sich ins Schreibzimmer über die Rechnungsbücher und ließ sich das Essen auf einem Tablett bringen. Den Brief seiner Schwester sah er erst nachts, als er durchs Haus ging, wie er es immer vor dem Schlafengehen tat, um nachzusehen, ob die Lichter gelöscht und die Türen geschlossen waren. Der Brief war wie alle anderen, die er von seiner Schwester erhielt, aber als er ihn in die Hand nahm, wußte er, noch bevor er ihn öffnete, daß sein Inhalt sein Leben verändern würde. Er hatte die gleiche Empfindung wie damals, als er das Telegramm seiner Schwester in Händen hielt, das ihm, Jahre zuvor, den Tod Rosas verkündete.

Er fühlte seine Schläfen pochen, als er ihn öffnete. Der Brief sagte in knappen Worten, daß Doña Ester Trueba im Sterben liege und daß Férula, die sie so viele Jahre wie eine Sklavin gepflegt und bedient hatte, nun erleben müsse, daß ihre Mutter sie nicht mehr anerkenne, sondern Tag und Nacht nach ihrem Sohn verlange, weil sie nicht sterben wolle, ohne ihn noch einmal gesehen zu haben. Esteban hatte seine Mutter nie wirklich geliebt, sich auch in ihrer Gegenwart nicht wohl gefühlt, aber bei dieser Nachricht zitterte er. Er begriff, daß die immer neuen Vorwände, die er sich ausdachte, um sie nicht besuchen zu müssen, ihm nicht mehr halfen, daß nun der Augenblick gekommen war, heimzufahren in die Hauptstadt und zum letztenmal vor diese Frau hinzutreten, die ihm mit ihrem ranzigen Arzneigeruch, ihrem leisen Stöhnen, ihren endlosen Gebeten in seinen Alpträumen verfolgte, diese leidende Frau, die seine Kindheit mit Verboten und Ängsten und sein Leben als Mann mit Verantwortung und Schuldgefühlen belastet hatte.

Er rief Pedro Segundo García und erklärte ihm die Situation. Er nahm ihn in seine Schreibstube mit, zeigte ihm die Rechnungsbücher des Guts und des Kramladens. Er übergab ihm einen Bund mit allen Schlüsseln, ausgenommen den zum Weinlager, und eröffnete ihm, daß er, Pedro Segundo, von diesem Augenblick an bis zu seiner Rückkehr für alles auf den Drei Marien verantwortlich sei und daß ihn jede Dummheit, die er beginge, teuer zu stehen käme. Pedro Segundo García nahm die Schlüssel entgegen, klemmte sich die Rechnungsbücher unter den Arm und lächelte lustlos.

„Man tut, was man kann, Patron, mehr nicht", sagte er achselzuckend.

Am folgenden Tag fuhr Esteban Trueba zum erstenmal nach Jahren den Weg zurück, der ihn aus dem Haus seiner Mutter aufs Land geführt hatte. Im Wagen fuhr er an den Bahnhof von San Lucas, bestieg mit seinen zwei Lederkoffern das Erste-Klasse-Abteil aus den Zeiten der Englischen Eisenbahngesellschaft und durchquerte abermals die weiten Felder am Fuß der Kordilleren.

Er schloß die Augen und versuchte zu schlafen, aber das Bild seiner Mutter hielt ihn wach.

Drittes Kapitel
Hellsichtige Clara

Clara war zehn Jahre alt, als sie fand, daß Sprechen nicht lohne, und sich in Sprachlosigkeit einschloß. Ihr Leben änderte sich beträchtlich. Der dicke, freundliche Hausarzt, Doktor Cuevas, versuchte ihre Stummheit mit selbstgedrehten Pillen, Vitaminsäften und dem Bepinseln der Kehle mit Boraxhonig zu heilen, erzielte aber kein sichtbares Ergebnis. Er sah ein, daß seine Medikamente wirkungslos waren und seine Gegenwart das Kind in Angstzustände versetzte. Sooft sie ihn sah, begann Clara zu schreien und flüchtete sich geduckt wie ein gehetztes Tier in den hintersten Winkel, so daß er die Behandlung einstellte und Severo und Nívea empfahl, sie zu einem Rumänen namens Rostipov zu bringen, der damals Aufsehen erregte. Rostipov verdiente sich seinen Lebensunterhalt mit Taschenspielertricks in Varietés und hatte die unglaubliche Tat vollbracht, vom höchsten Punkt der Kathedrale bis zur gegenüberliegenden Kuppel der Galicischen Bruderschaft einen Draht zu spannen und auf ihm in luftiger Höhe, mit einer Stange als einzigem Halt, den Platz zu überqueren. Ungeachtet dieser frivolen Seite hatte Rostipov in wissenschaftlichen Kreisen eine heftige Diskussion ausgelöst, weil er in seiner freien Zeit einige Fälle von Hysterie mit Magnetstäbchen und Hypnosesitzungen geheilt hatte. Nívea und Severo gingen mit Clara in die Praxis, die der Rumäne in seinem Hotel improvisiert hatte, Rostipov untersuchte das Kind eingehend und erklärte, daß er für diesen Fall nicht zuständig sei: die Kleine spreche nicht, weil sie keine Lust dazu habe, und nicht, weil sie nicht könne. Da aber die Eltern insistierten, stellte er aus violett gefärbtem Zukker ein paar Pillen her, die er als ein sibirisches Heilmittel gegen Taubstummheit ausgab. Die Suggestion funktionierte in diesem Fall nicht. Das zweite Glas Pillen fraß Barrabas in einem unbewachten Moment, ohne irgendwelche

Reaktionen zu zeigen. Severo und Nívea versuchten Clara mit bewährten Hausmitteln zum Sprechen zu bringen, mit Drohungen und Bitten, sogar mit Essensentzug, mal sehen, ob der Hunger sie dazu bringt, den Mund aufzumachen, aber auch das half nicht.

Die Nana kam auf die Idee, das Kind würde vielleicht durch einen tüchtigen Schrecken seine Sprache wiederfinden. Neun Jahre lang ersann sie die ausgefallensten Mittel, Clara Angst einzujagen, erreichte damit aber nur, sie gegen Überraschungen und Schreckschüsse immun zu machen. Bald fürchtete sich Clara vor nichts mehr, und weder die Erscheinung fahler, unterernährter Monstren in ihrem Schlafzimmer noch das Klopfen von Vampiren und Dämonen an ihrem Fenster konnten sie mehr erschüttern. Die Nana verkleidete sich als Seeräuber ohne Kopf, als Henker aus dem Tower von London, als Werwolf und als gehörnter Teufel, je nach ihren Augenblickseinfällen und den Anregungen aus den Heftchen mit Horrorgeschichten, die sie zu diesem Zweck kaufte, obwohl sie sie nicht lesen konnte: sie ließ sich von den Abbildungen inspirieren. Sie gewöhnte sich an, ganz still durch die Gänge zu schleichen und das Kind in der Dunkelheit zu überfallen, sie heulte hinter den Türen und versteckte lebende Tiere in ihrem Bett, doch nichts von alledem konnte dem Kind auch nur ein Wort entlocken. Manchmal riß Clara die Geduld, sie warf sich auf den Boden, strampelte und schrie, ohne jedoch irgendeinen Laut in einer bekannten Sprache zu artikulieren, oder sie schrieb auf die Schiefertafel, die sie immer bei sich trug, wüste Schimpfwörter gegen die Nana, die dann in die Küche ging und über so viel Unverständnis weinte.

„Ich tu es doch nur zu deinem Besten, mein Engelchen", schluchzte die Nana, in ein blutbeflecktes Leintuch gehüllt, das Gesicht mit angekohltem Kork geschwärzt.

Nívea untersagte ihr, ihre Tochter weiterhin zu erschrekken. Sie begriff, daß Erregungszustände ihre mentalen Kräfte steigerten und Verwirrung stifteten unter den Geistern, die um das Kind waren. Außerdem brachte der Aufmarsch schauriger Gestalten Barrabas aus seinem seelischen Gleichgewicht, dessen Geruchssinn nie besonders ausgeprägt war und der die Nana unter ihren wechselnden Verkleidungen nicht wiedererkannte. Der Hund begann im Sitzen zu pinkeln, so daß jedesmal eine riesige Lache unter ihm entstand, und knirschte häufig mit den Zähnen. Aber die Nana nutzte jede Unachtsamkeit der Mutter zu immer neuen Versuchen, Claras Sprachlosigkeit mit den gleichen Mitteln zu heilen wie den Schluckauf.

Clara wurde aus der Nonnenschule genommen, in die alle Schwestern del Valle gegangen waren. Man gab ihr Hauslehrer. Severo ließ eine Erzieherin aus England kommen, Miss Agatha, die groß und überall bernsteinfarben war und große Maurerhände hatte, aber sie konnte das Klima, das scharfe Essen und das selbsttätig über den Eßtisch wandernde Salzfaß nicht ertragen und mußte zurück nach Liverpool. Der zweiten, einer Schweizerin, erging es nicht besser, und die Französin, die Severo durch seine Beziehungen zum französischen Botschafter bekam, war so rosig, rund und süß, daß sie nach wenigen Monaten schwanger war, und bei näherer Überprüfung des Falles stellte sich heraus, daß Luis, ein älterer Bruder Claras, der Vater war. Severo verheiratete die beiden, ohne sie um ihre Meinung zu fragen, und entgegen den Vorhersagen von Nívea und ihren Freundinnen wurden sie sehr glücklich. Angesichts solcher Erfahrungen überzeugte Nívea ihren Mann, daß für ein Geschöpf mit telepathischen Eigenschaften das Erlernen von Fremdsprachen keine Bedeutung habe und daß es besser sei, ihr Klavierstunden zu geben und sie sticken lernen zu lassen.

Die kleine Clara las viel. Ihr Interesse an Büchern erstreckte sich auf alles ohne Unterschied, die Schmöker in den verwunschenen Koffern des Onkel Marcos waren ihr so lieb wie die Dokumente der Liberalen Partei, die ihr Vater in seinem Arbeitszimmer aufbewahrte. Sie füllte unzählige Hefte mit ihren persönlichen Aufzeichnungen, und ihnen ist es zu danken, daß die Ereignisse jener Zeit nicht im Nebel des Vergessens versunken sind und ich sie jetzt ins Gedächtnis zurückrufen kann.

Clara, hellsichtig, kannte die Bedeutung der Träume.

Diese Fähigkeit war bei ihr natürlich, sie bedurfte nicht der umständlichen kabbalistischen Studien, die ihr Onkel Marcos angestrengt und mit vergleichsweise geringem Erfolg anwandte. Der erste, der das feststellte, war der Gärtner Honorio. Eines Tages träumte er von Schlangen, die sich um seine Füße ringelten, und er mußte, um sie loszuwerden, auf ihnen herumtrampeln, bis er neunzehn Stück totgetreten hatte. Während er die Rosen beschnitt, erzählte er dem Kind den Traum, nur um es zu unterhalten, denn er hatte es gern, und es tat ihm weh, daß es stumm war. Clara zog die Schiefertafel aus ihrer Schürzentasche und schrieb Honorio die Deutung seines Traumes auf. Du bekommst viel Geld, du behältst es nicht lange, du kriegst es ohne Mühe, spiel die Neunzehn. Honorio konnte nicht lesen, aber Nívea las ihm die Botschaft lachend und unter Scherzen vor. Der Gärtner tat, wie ihm gesagt worden war, und gewann achtzig Pesos in einer illegalen Spielhölle hinter der Kohlenhandlung. Er kaufte sich einen neuen Anzug, das restliche Geld gab er für ein denkwürdiges Besäufnis mit seinen Freunden und eine Porzellanpuppe für Clara aus. Von da an betrieb Clara hinter dem Rücken ihrer Mutter häufig Traumdeutung, denn sobald Honorio die Geschichte weitererzählte, fragten alle, was es bedeutet, mit Schwanenflügeln einen Turm zu überfliegen; mit einem Schiff flußabwärts zu treiben, und eine Sirene singt mit der Stimme einer Witwe; oder Zwillinge werden geboren, die am Rücken zusammengewachsen sind, und jedes hat ein Schwert in der Hand. Ohne zu überlegen, schrieb Clara auf ihre Schiefertafel, der Turm ist der Tod, und wer den Turm überfliegt, kommt bei einem Unfall mit dem Leben davon; wer Schiffbruch erleidet und die Sirene hört, verliert seine Arbeit und leidet Not, aber eine Frau hilft ihm, mit der er ein Geschäft macht; die Zwillinge sind Mann und Frau, die in ein Schicksal hineingezwungen sind und sich gegenseitig mit Schwerthieben verwunden.

Clara deutete nicht nur Träume. Sie sah auch die Zukunft voraus und konnte die Absicht anderer erraten, Fähigkeiten, die sie ihr Leben lang behielt und mit der Zeit noch steigerte. Sie kündigte den Tod ihres Paten an, des

Börsenmaklers Salomon Valdés, der sich in seinem eleganten Büro an der Lampe aufhängte, weil er glaubte, bankrott zu sein. Dort fanden sie ihn auf das Drängen von Clara, genau so, wie sie es auf ihrer Schiefertafel beschrieben hatte, mit dem Aussehen eines traurigen Kalbs. Sie sagte den Leistenbruch ihres Vaters voraus, alle Erdbeben und andere Naturereignisse: so den einzigen Schneefall in der Hauptstadt, bei dem die Armen in den Elendsvierteln und die Rosen in den Gärten der Reichen erfroren, und wer der Mörder des Schulmädchens war, wußte sie, lange bevor die Polizei die zweite Leiche entdeckte, aber niemand schenkte ihr Glauben, und Severo wollte nicht, daß sich seine Tochter mit den Angelegenheiten von Verbrechern befaßte, die nicht mit der Familie verwandt waren. Clara wußte auf den ersten Blick, daß Getulio Amando ihren Vater bei dem Geschäft mit den australischen Schafen betrügen würde: sie las es in der Farbe seiner Aura. Sie schrieb es für ihren Vater auf, aber der achtete nicht darauf, und als er sich der Vorhersage seiner jüngsten Tochter erinnerte, war er die Hälfte seines Vermögens los, und sein Geschäftspartner bereiste als reicher Mann die Karibik mit einem Serail schönhintriger Negerinnen und einem eigenen Schiff, um sich zu sonnen.

Claras Geschick, Gegenstände in Bewegung zu setzen, ohne sie zu berühren, verging nicht mit der ersten Menstruation, wie die Nana vorausgesagt hatte, sondern verstärkte sich noch. Sie bekam eine solche Übung darin, daß sie die Klaviertasten bei geschlossenem Deckel anschlagen konnte. Nur, das ganze Instrument durchs Wohnzimmer zu schicken, wie es ihr Wunsch war, gelang ihr nicht. In diese Extravaganzen steckte sie den größten Teil ihrer Energie und ihrer Zeit. Sie entwickelte die Fähigkeit, einen erstaunlich hohen Prozentsatz von Spielkarten zu erraten, und erfand Unwirklichkeitsspiele als Unterhaltung für ihre Geschwister. Ihr Vater untersagte ihr, die Zukunft aus den Karten zu lesen und mutwillige Gespenster und Geister zu beschwören, weil sie die übrige Familie verunsicherten und die Dienerschaft in Angst und Schrecken versetzten, aber Nívea begriff, daß ihre Tochter um so verrückter wurde, je mehr Verbote und Schreckschüsse sie über sich ergehen lassen mußte, so daß sie beschloß, sie mit ihren spiritistischen Kunststücken, ihren Orakelspielen und ihrem Höhlenschweigen in Ruhe zu lassen und lieber zu versuchen, sie bedingungslos so anzunehmen, wie sie war. Clara wuchs wie eine wilde Pflanze auf, allen Empfehlungen des Doktors Cuevas zum Trotz, der kalte Bäder und Elektroschocks zur Behandlung Geistesgestörter als neueste Errungenschaft aus Europa mitgebracht hatte.

Barrabas begleitete das Mädchen Tag und Nacht, außer in den Zeiten, in denen er sexuell aktiv wurde. Wie ein riesiger Schatten war er immer um Clara herum, schweigend wie sie. Er legte sich zu ihren Füßen nieder, wenn sie sich setzte, und nachts schlief er neben ihr, schnaufend wie eine Lokomotive. Er paßte sich derart seiner Herrin an, daß, wenn sie nachts im Haus schlafwandelte, er ihr in gleicher Haltung folgte. Sie in Mondnächten wie zwei im bleichen Licht wallende Gespenster durch die Gänge wandeln zu sehen, war nichts Besonderes. Je älter der Hund wurde, desto zerstreuter wurde er. Nie lernte er die Durchsichtigkeit von Glas begreifen. In aufgeregten Momenten rannte er, in der unschuldigen Absicht, eine Fliege zu fangen, gegen die Fenster an und fiel unter dem Klirren zerbrochenen Glases auf der anderen Seite hinunter, erstaunt und traurig. Glas kam damals noch per Schiff aus Frankreich, und die Manie des Hundes, sich gegen die Fensterscheiben zu werfen, wurde ein Problem, bis Clara auf den Gedanken kam, Katzen auf die Scheiben zu malen. Als Barrabas erwachsen wurde, begnügte er sich nicht mehr damit, die Klavierbeine zu bespringen, wie er es in seiner Kindheit getan hatte, aber sein Fortpflanzungstrieb meldete sich nur noch, wenn eine läufige Hündin in der Nähe war. Dann konnte ihn keine Kette und keine Tür halten. Über alle Hindernisse hinweg rannte er auf die Straße und verschwand für zwei, drei Tage. Wenn er zurückkam, hing jedesmal die bedauernswerte Hündin an seinem Hinterteil, fast schwebend, durchbohrt von seinem riesigen Glied. Dann mußte man die Kinder entfernen, damit sie das entsetzliche Schauspiel nicht sahen, wenn der Gärtner die zwei Hunde mit Kübeln kalten Wassers übergoß, bis Barrabas nach vielen Güssen, Fußtritten und anderen Schändlichkeiten von seiner Liebsten loskam und sie sterbend im Hof zurückließ, wo Severo ihr den Gnadenschuß geben mußte.

Sanft wuchs Clara im großen Drei-Höfe-Haus ihrer Eltern heran, verwöhnt von ihren größeren Geschwistern, von Severo, dem sie das liebstc seiner Kinder war, von Nívea und von der Nana, die ihre schaurigen Auftritte als Popanz mit zärtlichster Fürsorge abwechselte. Fast alle ihre Geschwister hatten geheiratet oder waren fortgegangen, die einen auf Reisen, die anderen, um in der Provinz zu arbeiten, und das große Haus, das eine so zahlreiche Familie beherbergt hatte, war leer geworden und manches Zimmer abgesperrt. In der Zeit, die ihre Lehrer ihr ließen, beschäftigte Clara sich selbst, indem sie las oder Gegenstände bewegte, ohne sie zu berühren, oder Barrabas spazierenführte oder Hellsehen übte oder strickte, die einzige häusliche Kunst, die sie beherrschen lernte. Seit jenem Gründonnerstag, an dem Pater Restrepo sie beschuldigt hatte, eine Besessene zu sein, lag ein Schatten über ihrem Haupt, den die Liebe ihrer Eltern und die Verschwiegenheit ihrer Geschwister einzudämmen vermochten, aber das Gerücht von ihren absonderlichen Gewohnheiten machte bei Damengesellschaften im Flüsterton die Runde. Nívea sah recht gut, daß niemand ihre Tochter einlud und daß selbst ihre Cousinen und Vettern sie mieden. Sie setzte alles daran, den Mangel an Freunden durch die eigene Beschäftigung mit dem Kind zu ersetzen, und hatte damit Erfolg: trotz ihrer Einsamkeit und ihrer Stummheit wuchs Clara so unbeschwert auf, daß sie sich in späteren Jahren ihrer Kindheit als einer lichten Zeit erinnerte. Immer unvergeßlich blieben ihr die Nachmittage, die sie mit ihrer Mutter im Nähzimmer verbrachte, wo Nívea auf der Nähmaschine Kleider für arme Leute nähte und ihrer Tochter Familiengeschichten und Anekdoten erzählte. Sie zeigte ihr die Daguerreotypien an den Wänden und erzählte ihr die Vergangenheit.

„Siehst du diesen ernsten Herrn mit dem Seeräuberschnurrbart? Das ist Onkel Mateo, der wegen eines Smaragdgeschäfts nach Brasilien fuhr, und dort hat eine feurige Mulattin den bösen Blick auf ihn geworfen. Sein Haar ging aus, seine Nägel fielen ab, alle seine Zähne wackelten. Er mußte einen Medizinmann aufsuchen, einen Voodoo-Zauberer, der ein pechschwarzer Neger war. Der gab ihm ein Amulett, und damit wurden seine Zähne wieder fest, die Nägel wuchsen nach, und er bekam sein Haar wieder. Sieh ihn dir an, Clara, er hat dichteres Haar als ein Indio. Er ist der einzige Glatzkopf auf der Welt, dem das Haar nachgewachsen ist."

Clara lächelte wortlos, und Nívea sprach weiter, weil sie an das Schweigen ihrer Tochter gewöhnt war und andererseits immer noch hoffte, daß sie bei all den Ideen, mit denen ihr der Kopf vollgestopft wurde, früher oder später doch einmal eine Frage stellen und die Sprache wiedererlangen würde.

„Und dieser da", sagte sie, „ist Onkel Juan. Ich mochte ihn sehr. Einmal ließ er einen Furz, und das war sein Todesurteil, ein großes Unglück. Es war bei einem Essen im Grünen, an einem Tag voll Frühlingsduft. Wir, die Cousinen, in unseren Musselinkleidern und Hüten mit Blumen und Bändern, die jungen Männer in ihren besten Sonntagsanzügen. Juan zog sein weißes Jackett aus – ich sehe ihn noch vor mir! –, krempelte seine Ärmel hoch und hängte sich schneidig an den Ast eines Baumes, um sich mit seinen Turnkünsten von Constanza Andrade, der Weinkönigin, bewundern zu lassen, die ihn auf den ersten Blick um seine Ruhe gebracht hatte. Juan machte zwei tadellose Klimmzüge und einen kompletten Überschlag. Bei seinem nächsten Schwung ließ er einen vernehmlichen Wind fahren. Lach nicht, Clarita! Es war schrecklich. Alle schwiegen betreten, bis die Weinkönigin hemmungslos zu lachen anfing. Juan, völlig bleich, zog seinen Rock an und entfernte sich ohne Eile. Wir haben ihn nie wieder gesehen. Überall, selbst in der Fremdenlegion, haben sie nach ihm gesucht, bei allen Konsulaten nach ihm geforscht, aber nie hat man irgend etwas über ihn erfahren können. Ich glaube, er ist Missionar geworden und auf die Osterinseln gegangen, denn weiter kann man nicht weggehen, um zu vergessen und vergessen zu werden: die Osterinseln liegen abseits der Schiffsrouten, auf den holländischen Seekarten sind sie nicht einmal eingezeichnet. Den Leuten ist er seit damals als Juan Furz im Gedächtnis geblieben."

Nívea zog ihre Tochter ans Fenster und zeigte ihr den verdorrten Stamm einer Pappel.

„Das war einmal ein gewaltiger Baum", sagte sie. „Ich ließ ihn abhauen, ehe mein ältester Sohn geboren wurde. Er war so hoch, daß man von der Spitze aus angeblich die ganze Stadt überblicken konnte, aber der einzige, der ganz hinaufkam, hatte keine Augen, es zu sehen. Jeder Mann in unserer Familie mußte den Baum hinauf, sobald er lange Hosen trug, um seinen Mut zu beweisen. Es war wie ein Initiationsritual. Der Stamm war voll von Markierungen, ich habe es selbst gesehen, als sie ihn fällten. Von den ersten, schornsteindicken Ästen auf halber Höhe an waren die Kerben zu sehen, die die Großväter bei ihrer Besteigung angebracht hatten. An den eingeritzten Initialen konnte man ablesen, wer höher hinaufgekommen und mutiger gewesen war und wer aus Angst früher haltgemacht hatte. Eines Tages war Juan an der Reihe, der blinde Vetter. Er tastete sich an den Ästen hoch, ohne innezuhalten, weil er die Höhe nicht sehen konnte und die Leute unter sich nicht fühlte. Er erreichte den Wipfel, aber er konnte das Fest der Erstbesteigung nicht begehen, weil er wie ein Wasserstrahl kopfüber hinunterstürzte und seinem Vater und seinen Brüdern vor die Füße fiel. Er war fünfzehn Jahre alt. In ein Bettuch gewickelt, brachten sie ihn seiner Mutter. Die arme Frau spuckte allen ins Gesicht, beschimpfte sie mit Matrosenschimpfwörtern und verfluchte diese Männer, die ihren Sohn aufgestachelt hatten, den Baum zu besteigen – so lange, bis die Nonnen sie in der Zwangsjacke fortbrachten. Ich wußte, daß meine Söhne eines Tages diese barbarische Tradition würden fortsetzen müssen. Ich wollte nicht, daß Luis und die anderen Söhne im Schatten dieses Galgens aufwüchsen."

Manchmal begleitete Clara ihre Mutter, wenn sie mit zwei oder drei Frauenrechtlerinnen in eine Fabrik ging, sich auf eine Kiste stellte und unter den spöttischen und aggressiven Blicken der Vorarbeiter und der Inhaber, die sich in vorsichtiger Entfernung hielten, zu den Arbeiterinnen sprach. Trotz ihrer jungen Jahre und ihres Mangels an Weltkenntnis begriff Clara das Absurde der Situation. In ihren Heften beschrieb sie den Kontrast: ihre Mutter und deren Freundinnen, in Pelzmänteln und Wildlederstiefeln über Unterdrückung und Rechtsgleichheit sprechend zu einer Gruppe trauriger, hoffnungsloser Arbeiterinnen mit rotgefrorenen Händen und steifen Drillichschürzen. Aus den Fabriken gingen die Sufragetten in die Konditorei an der Plaza de Armas und erörterten dort die Fortschritte ihrer Kampagne bei Tee und kleinen Kuchen, ohne daß dieses frivole Vergnügen sie auch nur ein Jota von ihren hehren Idealen entfernt hätte. Andere Male nahm ihre Mutter sie in die Elendsviertel und Stadtrandsiedlungen mit, im Wagen, der vollgestopft war mit Lebensmitteln und den Kleidern, die Nívea und ihre Freundinnen für die Armen genäht hatten. Auch bei diesen Gelegenheiten bewies das kleine Mädchen eine erstaunliche Auffassungsgabe: solche karitativen Werke, schrieb sie, könnten die ungeheure Ungerechtigkeit nicht aus der Welt schaffen. Das Verhältnis zu ihrer Mutter war ungetrübt und eng, und Nívea behandelte sie, als ob sie ihre einzige Tochter wäre, obwohl sie fünfzehn Kinder hatte. Die Bindung war so stark, daß sie sich in den folgenden Generationen fortsetzte und zu einer Familientradition wurde.

Die Nana war mittlerweile eine Frau ohne Alter geworden, die sich die Kraft ihrer jungen Jahre bewahrt hatte und gelegentlich noch in den Winkeln herumsprang, um die Stummheit zu erschrecken, die aber auch einen ganzen Tag lang die brodelnde Quittenkonfitüre im Kupferkessel umrühren konnte, eine zähe, topasfarbene Flüssigkeit, die nach dem Erkalten in Formen aller Art gegossen und dann von Nívea unter die Armen verteilt wurde. Gewohnt, unter Kindern zu leben, wandte die Nana, als die meisten Söhne und Töchter del Valle groß waren und das Haus verlassen hatten, ihre ganze Zärtlichkeit Clara zu. Obwohl Clara längst über dieses Alter hinaus war, badete sie sie wie einen Säugling in der emaillierten Badewanne, parfümierte das

Wasser mit Basilikum oder Jasminessenz, rieb sie mit dem Schwamm ab, seifte sie gründlich ein, ohne einen Spalt im Ohr oder an den Füßen auszulassen, rieb sie mit Kölnischwasser ab, puderte sie mit Schwanenflaum und bürstete ihr Haar mit unermüdlicher Geduld, bis es glänzend und schmiegsam wurde wie eine Meerespflanze. Sie kleidete sie an, sie bereitete ihr das Bett, sie brachte ihr das Frühstück auf einem Tablett, gab ihr Lindenblütentee für die Nerven, Kamillentee für den Magen, Zitronensaft für durchsichtigen Teint, Raute für Gallenbeschwerden, Minze für guten Mundgeruch, bis das Kind ein schönes, engelgleiches Wesen wurde, das sich in einer Wolke von Blumenduft, dem Rascheln ihrer gestärkten Unterröcke, einer Aura von Locken und Bändern durch Höfe und Gänge bewegte.

Clara verbrachte ihre Kindheit und frühe Jugend zu Hause in einer Welt aus wunderbaren Geschichten und geruhsamer Stille, in der die Zeit nicht mit Uhren und Kalendern gemessen wurde, die Gegenstände noch ihr Eigenleben hatten, die Geister sich mit an den Tisch setzten und zu den Menschen sprachen, in der Vergangenheit und Zukunft Teil ein und derselben Sache waren und die Wirklichkeit der Gegenwart ein Kaleidoskop aus ungeordneten Spiegeln, in denen alles geschehen konnte. Sooft ich sie lese, entzücken mich die Hefte aus dieser Zeit, in denen eine magische Welt beschrieben wird, die zu Ende gegangen ist. Geschützt vor den Unbilden des Lebens, bewohnte Clara ein von ihr selbst erfundenes Universum, wo die prosaische Wahrheit der materiellen Dinge vermischt war mit der aufregenden Wahrheit der Träume, in denen die Gesetze der Physik und der Logik außer Kraft gesetzt waren. Clara war in dieser Zeit ganz mit ihrer Phantasie beschäftigt, war begleitet von den Geistern der Luft, des Wassers und der Erde und so glücklich, daß sie neun Jahre lang kein Bedürfnis verspürte zu sprechen. Längst hatten alle die Hoffnung aufgegeben, sie je wieder sprechen zu hören, als sie an ihrem neunzehnten Geburtstag, nachdem sie die Kerzen auf ihrer Schokoladentorte ausgeblasen hatte, eine Stimme aus dem Gewahrsam entließ, die nach so langer Zeit wie ein verstimmtes Instrument klang.

„Ich werde bald heiraten", sagte sie.
„Wen?" fragte Severo.
„Den Bräutigam von Rosa", antwortete sie.

Da erst merkte die Familie, daß sie zum erstenmal wieder gesprochen hatte. Das Wunder erschütterte das Haus bis in die Grundfesten. Die ganze Familie weinte. Einer rief es dem anderen zu, die Nachricht verbreitete sich durch die Stadt, Doktor Cuevas wurde konsultiert und konnte es nicht glauben, und in der Aufregung darüber, daß Clara gesprochen hatte, vergaßen alle, was sie gesagt hatte. Erst zwei Monate später erinnerten sie sich daran, als Esteban Trueba, den sie seit der Beerdigung Rosas nicht mehr gesehen hatten, im Haus erschien und um Claras Hand anhielt.

Esteban Trueba stieg am Bahnhof aus und nahm seine zwei Koffer selbst in die Hand. Die Eisenkuppel, die in Anlehnung an den Viktoriabahnhof von den Engländern konstruiert worden war, in den Zeiten, als sie noch die Konzession auf die chilenische Eisenbahn hatten, hatte sich nicht verändert, seit er das letztemal hiergewesen war, dieselben schmutzigen Glasscheiben, die schuheputzenden Kinder, die Stände mit Hefekuchen und einheimischen Schleckereien und die Lastträger in den dunklen Mützen, an denen noch die Insignien der britischen Krone prangten, weil es niemandem eingefallen war, sie gegen Hoheitszeichen in den chilenischen Farben auszutauschen. Er nahm einen Wagen und gab dem Kutscher die Adresse vom Haus seiner Mutter. Die Stadt erschien ihm bis zur Unkenntlichkeit fremd vor all den modischen Neuerungen: diese Frauen, die, o Wunder, ihre Waden zeigten, diese Männer in kurzen Jacken und Hosen mit Bügelfalten, dieser Radau von Arbeitern, die das Pflaster aufrissen und Bäume ausgruben, um Masten einzupflanzen, die Masten entfernten, um Gebäude zu errichten, die Gebäude einrissen, um Bäume zu pflanzen, dieser Andrang von fliegenden Händlern, die gebrannte Erdnüsse oder die wunderbaren Eigenschaften von Wetzsteinen oder eine tanzende Puppe anpriesen, die an keinem Draht hing – Versuchen

Sie es selbst, reichen Sie ihr die Hand! –, dieser Dunst von Abfallhaufen, Bratöl, Fabriken, diese Kutschen rammenden Automobile und diese Trambahnen mit Blutantrieb, wie man die alten Pferdebahnen nannte, dazu dieses Schnaufen der Menge, dieses Schurren von schnell laufenden Füßen, von eiligem Kommen und Gehen, von Ungeduld und festem Stundenplan. Esteban fühlte sich deprimiert. Er haßte diese Stadt mehr, als er sich erinnerte, sie je gehaßt zu haben, er dachte an die Landstraßen, an die nach Regenfällen gemessene Zeit, an die Weite und Einsamkeit seiner Weiden, an die geruhsame Kühle des Flusses und an sein stilles Haus.

„Eine Scheißstadt ist das", stellte er fest.

Die Kutsche fuhr ihn im Trab an das Haus, in dem er aufgewachsen war. Er schauderte, als er sah, wie sehr das Viertel in diesen Jahren heruntergekommen war, seit die Reichen in höheren Lagen wohnen wollten als die anderen und die Stadt sich bis an die Hänge der Kordilleren ausdehnte. Von dem Platz, auf dem er als Kind gespielt hatte, war nichts geblieben, ein wüstes Gelände, auf dem abgestellte Marktkarren herumstanden und Haufen von Abfällen lagen, in denen herrenlose Hunde scharrten. Sein Haus war verfallen. An der wackligen Haustür war unter den altmodischen, mit exotischen Vögeln gemusterten Glasscheiben ein Türklopfer aus Messing, eine weibliche Hand darstellend, die eine Kugel hielt. Er klopfte, und die Zeit, die er warten mußte, erschien ihm endlos, bis ihm endlich durch ruckhaftes Ziehen an einer Schnur, die vom Türschloß bis zum oberen Ende der Stiege verlief, geöffnet wurde. Seine Mutter wohnte im zweiten Stock, das Erdgeschoß hatte sie an eine Knopffabrik vermietet. Esteban stieg die knarrenden Stufen hoch, die seit langem nicht mehr gewachst worden waren. Eine uralte Dienerin, deren Existenz er völlig vergessen hatte, empfing ihn mit den gleichen weinerlichen Liebesbezeigungen, mit denen sie ihn als Fünfzehnjährigen empfangen hatte, wenn er aus dem Notariat heimkam, wo er Überschreibungen und Vollmachten ihm völlig unbekannter Leute kopierte, um seinen Lebensunterhalt zu verdienen. Nichts hatte sich geändert, die Möbel standen noch an den gleichen Stellen, aber alles erschien Esteban verändert: der Gang mit den ausgetretenen Brettern, ein paar zerbrochene, mit Pappkarton schlecht ausgebesserte Fensterscheiben, verstaubter, kümmernder Farn in rostigen Blechbüchsen und schartigen Blumentöpfen, ein modriger Geruch von Essen und Urin, der ihm den Magen zuschnürte. Diese Armut! dachte Esteban, der sich nicht erklären konnte, wohin all das Geld gekommen war, das er seiner Schwester geschickt hatte, damit sie anständig leben konnte.

Férula kam heraus und begrüßte ihn mit einem traurigen Zucken der Mundwinkel. Sie hatte sich sehr verändert, war nicht mehr die stattliche Frau, die er vor Jahren zurückgelassen hatte. Sie war abgemagert, die Nase erschien riesig in dem eckigen, melancholisch und düster wirkenden Gesicht. Sie strömte einen Geruch von Lavendel und abgetragenen Kleidern aus. Schweigend sahen sie sich an.

„Wie geht es Mama?“ fragte Esteban.

„Komm mit, sie erwartet dich“, sagte sie.

Sie gingen durch eine Flucht von Zimmern, alle dunkel und hoch, Sterbezimmer mit schmalen Fenstern, verblaßt die Blumen und schmachtenden Damen auf den vom Ruß und der Zeit und der Armut ruinierten Tapeten. Von fern erklang die Stimme eines Radiosprechers, der die Pillen von Doktor Ross anpries, Pillen gegen Verstopfung, Schlaflosigkeit und Mundgeruch, klein, aber wirksam. Vor der geschlossenen Tür des Schlafzimmers von Doña Ester blieben sie stehen.

„Hier ist sie“, sagte Férula.

Esteban öffnete die Tür und brauchte Sekunden, bis er in der Dunkelheit etwas sehen konnte. Ein Geruch von Medikamenten und Fäulnis schlug ihm entgegen, ein süßlicher Geruch von Schweiß und Feuchtigkeit und Moder und von noch etwas anderem, was er anfangs nicht identifizieren konnte, was sich aber wie Pestgeruch auf ihn legte: der Geruch von verwesendem Fleisch. Durch einen Spalt im angelehnten Fenster fiel ein dünner Faden Licht. Esteban sah das breite Bett aus schwarzem, gedrechseltem Holz, in dem sein Vater gestorben war und seine Mutter seit ihrem Hochzeitstag schlief, den Betthimmel mit dem Relief von Engeln, die roten, zerschlissenen Brokatvorhänge. Seine Mutter, halb sitzend, war ein kompakter Block Fleisch, eine Pyramide aus Fett, mit Lumpen bedeckt und endend in einem kleinen, kahlen Kopf mit sanften und erstaunlich lebhaften, unschuldigen blauen Augen. Die Arthritis hatte einen Monolith aus ihr gemacht, sie konnte ihre Gelenke nicht mehr bewegen, ihren Kopf nicht mehr drehen, ihre Finger waren verkrümmt wie die Krallen eines Fossils, und um sich in ihrer Stellung im Bett halten zu können, brauchte sie als Gegengewicht eine Kiste im Rükken, die ihrerseits von einem gegen die Wand gestemmten Balken gehalten wurde. An den Schrammen, die er an der Wand hinterlassen hatte, konnte man die Jahre ablesen: eine Leidensspur, ein Schmerzensweg.

„Mama", murmelte Esteban, und seine Stimme brach in verhaltenem Schluchzen, das mit einemmal alle traurigen Erinnerungen auslöschte, die arme Kindheit, den ranzigen Geruch, die eisigen Morgen und die fettigen Suppen, die Mutter krank, der Vater fort und die Wut, die in seinen Eingeweiden fraß, solange er denken konnte: er vergaß alles außer den wenigen lichten Augenblicken, in denen diese unbekannte Frau, die da im Bett lag, ihn auf ihren Armen gewiegt, seine Stirn nach Fieber befühlt, ihm Wiegenlieder gesungen, sich mit ihm über die Seiten eines Buches gebeugt hatte, die geschluchzt hatte vor Kummer, weil er, ein Kind noch, im Morgengrauen aufstehen und zur Arbeit gehen mußte, die vor Freude geschluchzt hatte, wenn er abends nach Hause kam, geschluchzt, Mutter, meinetwegen.

Doña Ester streckte die Hand aus, aber nicht zur Begrüßung, sondern in einer Geste der Abwehr.

„Kommen Sie nicht näher, Sohn" – und ihre Stimme war unversehrt, wie er sie in Erinnerung hatte, die singende, gesunde Stimme eines jungen Mädchens.

„Es ist wegen des Geruchs", erklärte Férula trocken. „Er bleibt hängen."

Esteban hob die zerschlissene Damastdecke auf und sah die Beine seiner Mutter, zwei Säulen, dunkelviolett und dick wie Elefantenbeine, mit Wunden bedeckt, in denen sich Fliegenlarven und Würmer eingenistet hatten und Gänge bohrten, zwei zu Lebzeiten verwesende Beine und zwei aufgedunsene, blaßblaue Füße ohne Nägel an den Zehen, platzend vom Eiter, vom schwarzen Blut, von der abscheulichen Fauna, die sich von Ihrem Fleisch nährte, Mutter, o Gott, von meinem Fleisch.

„Der Doktor will sie mir abschneiden, Sohn“, sagte Doña Ester mit ihrer ruhigen Jungmädchenstimme, „aber ich bin zu alt, und ich bin der Leiden müde, also ist es besser, ich sterbe. Aber ich wollte nicht sterben, ohne Sie noch einmal zu sehen, denn nach all diesen Jahren dachte ich, Sie wären tot und Ihre Schwester hätte Ihre Briefe geschrieben, um mir den Schmerz zu ersparen. Gehen Sie ans Licht, Sohn, damit ich Sie besser sehen kann. Mein Gott, Sie sehen aus wie ein Wilder.“

„Das macht das Leben auf dem Land, Mama“, sagte er leise.

„Nun ja! Sie sehen recht kräftig aus. Wie alt sind Sie?“

„Fünfunddreißig.“

„Das richtige Alter, um zu heiraten und vernünftig zu werden, damit ich in Frieden sterben kann.“

„Sie werden nicht sterben, Mama“, sagte Esteban flehentlich.

„Ich will sicher sein, daß ich Enkel bekomme, daß jemand dasein wird, der mein Blut in den Adern hat und unseren Namen trägt. Férula hat die Hoffnung zu heiraten aufgegeben, aber Sie müssen sich eine Frau suchen. Eine anständige, christliche Frau. Aber lassen Sie sich zuerst das Haar schneiden und den Bart stutzen, hören Sie?“

Esteban nickte. Er kniete neben seiner Mutter nieder und legte das Gesicht auf die aufgedunsene Hand, aber der Gestank ließ ihn zurückfahren. Férula nahm ihn am Arm und zog ihn aus dem alptraumhaften Zimmer. Draußen, den Geruch noch in der Nase, atmete er tief durch, dann fühlte er, wie eine Wut, seine altbekannte Wut, in ihm aufstieg, eine heiße Welle, die ihm das Blut in die Augen trieb, ihm Matrosenflüche auf die Lippen legte, die Wut auf die Vergangenheit, in der ich an Sie, Mutter, nicht gedacht habe, Wut, weil er sie vernachlässigt, sie nicht geliebt, nicht genügend gepflegt hatte, Wut auf den Hurensohn, der er war, nein, verzeihen Sie, Mutter, das habe ich nicht sagen wollen, zum Teufel, sie stirbt, die Alte, und ich kann nichts tun, nicht einmal ihre Schmerzen lindern, nicht die Verwesung aufhalten, nicht den schaurigen Geruch von ihr nehmen, diese Todesbrühe, in der Sie kochen, Mutter.

Zwei Tage später starb Doña Ester in dem Marterbett, in dem sie die letzten Jahre ihres Lebens gelitten hatte. Sie starb allein, denn ihre Tochter Férula war, wie alle Freitage, in die Armensiedlungen im Barrio de la Misericordia gegangen, um den Rosenkranz zu beten für die Notleidenden, die Gottlosen, die Prostituierten und die Waisen, die sie mit Müll bewarfen, die Nachttöpfe über ihr ausleerten und sie bespuckten, während sie, kniend im Durchgang der Siedlung, in unermüdlicher Litanei Vaterunser und Ave-Marias schrie, triefend vom Unrat der Armen, dem Speichel der Gottlosen, den Abfällen der Prostituierten und dem Müll der Waisen, weinend über die Demütigung, Verzeihung erbittend für sie, die nicht wissen, was sie tun, und mit dem Gefühl, daß ihre Knochen weich wurden, eine tödliche Schwäche ihre Beine in Watte verwandelte, eine innerliche Hochsommerhitze ihr Sünde zwischen die Beine legte, nimm diesen Kelch von mir, Herr, daß ihr Bauch in Höllenflammen loderte, ach, vor Heiligkeit, vor Angst, Vater unser, und führe mich nicht in Versuchung, Jesus.

Auch Esteban war nicht bei Doña Ester, als sie still in ihrem Marterbett verschied. Er war die del Valle besuchen gegangen, um zu erfahren, ob sie nicht noch eine unverheiratete Tochter hatten, denn nach all den Jahren der Abwesenheit und der Barbarei hatte er nicht gewußt, wo anfangen, um das Versprechen einzulösen und seiner Mutter rechtmäßige Erben zu geben, und war zu dem Schluß gekommen, daß, wenn Severo und Nívea ihn zu Lebzeiten der schönen Rosa als Schwiegersohn akzeptiert hatten, kein Grund bestand, daß sie ihn nicht wieder akzeptierten, zumal er nun ein reicher Mann war und nicht erst auf der Suche nach Gold die Erde aufwühlen mußte, sondern alles Nötige auf seinem Bankkonto hatte.

An diesem Abend fanden Férula und Esteban ihre Mutter tot im Bett. Sie lächelte friedlich, als hätte die Krankheit ihr im letzten Augenblick ihres Lebens die tödliche Folter ersparen wollen.

An dem Tag, an welchem Esteban Trueba im Hause del Valle bat, empfangen zu werden, erinnerten sich Severo und Nívea der Worte, mit denen Clara ihr langes Stummsein gebrochen hatte. So zeigten sie keinerlei Befremden, als der Besucher sie fragte, ob sie noch eine Tochter im heiratsfähigen Alter hätten. Sie legten ihm dar, daß Ana Nonne geworden und Teresa sehr krank sei, alle anderen hätten geheiratet, außer Clara, der Jüngsten, die zwar noch verfügbar, aber ein merkwürdiges Geschöpf sei, kaum geeignet für die Verantwortung in der Ehe und die Aufgaben einer Hausfrau. In aller Aufrichtigkeit berichteten sie ihm die Absonderlichkeiten ihrer jüngsten Tochter, verschwiegen auch nicht die Tatsache, daß sie ihr halbes Leben lang nicht gesprochen habe, nicht, weil sie nicht habe sprechen können, sondern weil sie keine Lust dazu gehabt habe, wie der Rumäne Rostipov zutreffend erkannt und Doktor Cuevas nach unzähligen Untersuchungen bestätigt habe. Esteban Trueba war nicht der Mann, sich einschüchtern zu lassen von Geschichten mit Gespenstern, die durch die Gänge spukten, von Gegenständen, die sich aus der Distanz durch bloße Geisteskraft bewegen ließen, oder von Vorhersagen schlimmer Ereignisse, schon gar nicht von dem jahrelangen Stillschweigen, das in seinen Augen eine Tugend war. Er fand, daß nichts von alledem der Geburt gesunder und rechtmäßiger Kinder im Wege stünde, und bat, Clara sehen zu dürfen. Nívea ging ihre Tochter holen, während die zwei Männer im Salon zurückblieben, für Trueba eine Gelegenheit, ohne Umschweife und mit der ihm eigenen Offenheit seine wirtschaftlichen Verhältnisse darzulegen.

„Bitte, Esteban, übereilen Sie sich nicht", unterbrach ihn Severo. „Erst müssen Sie das Mädchen sehen und kennenlernen, und wir müssen auch die Wünsche Claras berücksichtigen, meinen Sie nicht?"

Das junge Mädchen betrat den Salon mit hochroten Wangen und mit schwarzen Fingernägeln, weil sie dem Gärtner geholfen hatte, Dahlienknollen zu setzen, und es ihr diesmal an Hellsicht gemangelt hatte, um den künftigen Bräutigam in tadelloser Aufmachung zu erwarten. Esteban erinnerte sich ihrer als eines mageren, asthmatischen Geschöpfs ohne Anmut, aber das Mädchen, das vor ihm stand, glich einem zarten Elfenbeinmedaillon mit seinem sanften Gesicht, dem buschigen kastanienbraunen Haar, das in wirren Löckchen aus der Frisur fiel, den melancholischen Augen, die spöttisch aufblitzten, wenn sie lachte, und dieses Lachen mit leicht nach hinten geworfenem Kopf war frei und offen. Sie begrüßte ihn mit einem Händedruck, ohne jede Scheu.

„Ich habe Sie erwartet", sagte sie einfach.

Zwei Stunden vergingen bei diesem Höflichkeitsbesuch mit Zimtgrog und Blätterteiggebäck, man sprach von der Theatersaison, von Reisen nach Europa, von der politischen Lage und den Wintererkältungen. Esteban, der Clara mit aller ihm zu Gebote stehenden Diskretion beobachtete, fühlte sich nach und nach von ihr verführt. Er erinnerte sich nicht, seit dem glorreichen Tag, an dem er die schöne Rosa in der Konditorei an der Plaza de Armas Anisbonbons hatte kaufen sehen, für irgend jemanden ein solches Interesse aufgebracht zu haben. Er verglich die zwei Schwestern und kam zu dem Schluß, daß trotz der zweifellos größeren Schönheit von Rosa Clara die Anziehendere war. Es wurde Abend, die Dienstmädchen kamen, um die Vorhänge zuzuziehen und Licht zu machen. Da merkte Esteban, daß sein Besuch schon zu lange gedauert hatte. Sein Benehmen ließ einiges zu wünschen übrig. Steif verabschiedete er sich von Severo und Nívea und bat um die Erlaubnis, Clara wieder zu besuchen.

„Ich hoffe, ich langweile Sie nicht, Clara", sagte er errötend.

„Wollen Sie mich heiraten?" fragte Clara, und er sah ein ironisches Funkeln in ihren mandelbraunen Augen.

„Clara! Mein Gott!" rief die Mutter entsetzt. „Entschuldigen Sie, Esteban, dieses Mädchen war immer vorlaut."

„Ich möchte es wissen, damit wir keine Zeit verlieren", sagte Clara.

„Auch mir gefällt die direkte Art." Esteban lächelte glücklich. „Ja, Clara, deswegen bin ich gekommen."

Clara nahm seinen Arm und begleitete ihn an die Haustür. An dem letzten Blick, den sie wechselten, begriff Esteban, daß sie ihn angenommen hatte, und ein Gefühl der Freude durchrieselte ihn. Als er lächelnd in den Wagen stieg, konnte er sein Glück nicht fassen, er begriff nicht, warum ein so bezauberndes junges Mädchen ihn akzeptiert hatte, ohne ihn zu kennen. Er wußte nicht, daß sie ihr Schicksal vorausgesehen hatte und dies der Grund war, warum sie ihn in Gedanken gerufen hatte und bereit war, ihn zu heiraten, ohne ihn zu lieben.

Mit Rücksicht auf Esteban Truebas Trauer ließen sie ein paar Monate verstreichen, in denen dieser Clara auf dieselbe altmodische Weise den Hof machte wie früher ihrer Schwester, ohne zu ahnen, daß Clara Anisbonbons nicht ausstehen konnte und Akrostichen lächerlich fand. Ende des Jahres, gegen Weihnachten, gaben sie offiziell ihre Verlobung bekannt und steckten sich in Anwesenheit der Eltern und der nächsten Bekannten, alles in allem etwa hundert Leuten, die Ringe an. Es gab ein pantagruelisches Bankett mit gefülltem Truthahn, glacierten Ferkeln, Seeaal, gratinierten Langusten, frischen Austern, Orangen- und Zitronentorten von den Karmeliterinnen, Mandel- und Nußtorten von den Dominikanerinnen, Schokolade- und Eierschneetorten von den Clarissinnen, dazu kistenweise Champagner, den der französische Konsul dank seinen diplomatischen Privilegien aus Frankreich herübergeschmuggelt hatte, aber alles ganz schlicht angerichtet und von den alten Dienstmädchen in schwarzen Werktagsschürzen serviert, um dem Gelage den Anstrich einer bescheidenen Familienfeier zu geben. Gemessen an den strengen und reichlich düsteren Vorfahren dieser von rigidesten kastilischen und baskischen Emigranten abstammenden Gesellschaft, hätte jede Extravaganz als Protz, als sündige weltliche Eitelkeit und Zeichen schlechten Geschmacks gegolten. Clara erschien in Chantillyspitze und mit echten Kamelien, schwatzte, als müßte sie sich für neun Jahre Sprachlosigkeit schadlos halten, tanzte mit ihrem Bräutigam unter dem Zelt und den Lampions, blind für die Warnungen der Geister, die ihr von den Vorhängen aus verzweifelt Zeichen machten, die sie im Gewühl und Trubel nicht sah. Die Zeremonie des Ringeansteckens war seit Kolonialzciten unverändert geblieben. Abends um zehn gingen die Dienstmädchen, mit einer Glasglocke läutend, zwischen den Gästen herum, die Musik verstummte, der Tanz wurde abgebrochen, und die Gäste versammelten sich im Hauptsalon. Ein kleiner, unschuldiger Priester im Meßornat las eine eigens vorbereitete komplizierte Rede ab, in der schwer begreifliche und unausführbare Tugenden verherrlicht wurden. Clara hörte nicht hin, denn als die laute Musik und der Streit der Tänzer um die besten Tänzerinnen verstummt waren, horchte sie auf das Gezirp der Geister in den Vorhängen, und plötzlich wurde ihr klar, daß sie Barrabas seit Stunden nicht mehr gesehen hatte. Alle Sinne schärfend, suchte sie ihn mit Blicken, aber auf einen Ellenbogenstoß ihrer Mutter wandte sie sich wieder der Zeremonie zu. Der Priester schloß seine Ansprache, segnete die goldenen Ringe, und Esteban steckte einen der Braut, den anderen sich selbst an den Finger.

Da schreckte ein markerschütternder Schrei die Gesellschaft auf, die Leute drängten zur Seite, eine Gasse bildend, durch die, schwärzer und größer denn je, Barrabas kam, ein Metzgermesser bis zum Heft im Rücken und blutend wie ein Ochse. Seine langen Fohlenbeine zitterten, ein Faden Blut troff ihm vom Maul, während er, die Augen umflort von Agonie, Schritt für Schritt, eine Pfote der anderen nachziehend, wie ein verwundeter Dinosaurier heranwankte. Clara fiel auf das mit französischer Seide bezogene Sofa. Der Hund ging zu ihr hin, legte seinen großen Kopf auf ihren Schoß, und so, sie anblickend mit verliebten Augen, die sich mit Feuchtigkeit beschlugen und blind wurden, blieb er stehen, während sich sein Blut auf der Chantillyspitze, der französischen Seide des Sofas, dem Perserteppich und dem Parkett ausbreitete. Barrabas starb ohne Eile, die Augen auf Clara geheftet, die seine Ohren streichelte und ihm tröstliche Worte zusprach, bis er mit einem einzigen Todesröcheln umfiel und steif wurde. Es schien, als wären alle aus einem Alptraum erwacht, und ein Raunen des Entsetzens durchlief den Salon, die Gäste begannen sich eilig zu verabschieden, rafften hastig ihre Pelzstolen, Zylinderhüte, Stöcke, Regenschirme und Glasperlentaschen zusammen und suchten das Weite. Im festlichen Salon zurück blieben nur Clara, die Bestie auf ihrem Schoß, ihre Eltern, die sich, wie gelähmt von dem bösen Vorzeichen, in den Armen lagen, und der Bräutigam, der nicht begreifen konnte, warum ein toter Hund einen solchen Wirbel verursachte, der aber, als er bemerkte, daß Clara wie betäubt war, sie auf die Arme nahm und die halb Bewußtlose in ihr Schlafzimmer trug, wo die Bemühungen der Nana und das Riechsalz von Doktor Cuevas sie daran hinderten, in den Stupor und die Sprachlosigkeit zurückzufallen. Esteban Trueba bat den Gärtner, ihm zu helfen, und zu zweit trugen sie die Leiche von Barrabas, der im Tode so schwer geworden war, daß sie ihn kaum mehr heben konnten, in den Wagen.

Das Jahr verging mit Hochzeitsvorbereitungen. Nívea kümmerte sich um die Ausstattung ihrer Tochter, die keinerlei Interesse an dem Inhalt der Sandelholztruhen zeigte und weiter mit dem dreibeinigen Tisch und ihren Wahrsagekarten experimentierte. Die liebevoll gestickten Umschlagtücher, die leinenen Tischdecken und die Unterwäsche, in die vor zehn Jahren die Nonnen die Initialen der Namen Trueba und del Valle gestickt hatten, gingen in Claras Brautschatz über. Nívea bestellte in Buenos Aires, Paris und London Kleider fürs Land und Kleider für Festlichkeiten, modische Hüte, Schuhe, Handtaschen aus Eidechse und Wildleder und andere Dinge, die, in Seidenpapier gewickelt, mit Lavendel und Kampfer bestreut, verwahrt wurden, ohne daß die Braut mehr als einen zerstreuten Blick für sie aufbrachte.

Trueba setzte sich an die Spitze einer Schwadron von Maurern, Zimmerleuten und Klempnern, um das solideste, größte und sonnigste Haus bauen zu lassen, das man sich denken konnte, dazu geschaffen, tausend Jahre zu überdauern und viele Generationen einer zahlreichen Familie rechtmäßiger Truebas zu beherbergen. Er beauftragte einen französischen Architekten mit den Entwürfen und ließ einen Teil der Materialien aus dem Ausland kommen: sein Haus als einziges sollte deutsches Glas haben, Säulensockel aus Österreich, englische Türgriffe, Fußböden aus italienischem Marmor, und die Sicherheitsschlösser wurden nach Katalogen in den Vereinigten Staaten bestellt und kamen mit geänderter Gebrauchsanweisung und ohne Schlüssel. Férula, entsetzt über die Kosten, suchte ihren Bruder daran zu hindern, auch noch französische Möbel, Tränenlüster und türkische Teppiche zu kaufen, mit dem Argument, er werde sich ruinieren und die Geschichte des extravaganten Trueba, ihres Erzeugers, wiederholen, aber Esteban bewies ihr, daß er reich genug war, um sich diesen Luxus leisten zu können, und drohte ihr, er werde die Türen mit Silber verkleiden lassen, wenn sie nicht aufhöre, ihm dreinzureden. Da berief sie sich darauf, eine solche Verschwendung sei eine Todsünde und Gott würde sie strafen, weil sie für all diesen Neureichenfirlefanz ausgaben, was besser für die Armen aufgewendet werden sollte.

Obwohl Esteban Trueba kein Freund von Neuerungen war, vielmehr allem umstürzlerisch Modernen höchst mißtrauisch gegenüberstand, fand er, sein Haus müsse wie die neuen Villen in Europa und Nordamerika gebaut werden, zwar im klassischen Stil, aber doch mit allen Bequemlichkeiten. Und es sollte möglichst wenig von der einheimischen Architektur haben: er wollte keine drei Patios, keine Galerien und verwitterten Brunnen, keine dunklen Zimmer, keine gekalkten Lehmwände noch staubige Ziegelmauern, sondern zwei oder drei hohe Stockwerke, dazu weiße Säulen, eine herrschaftliche, halb um die eigene Achse schwingende Treppe, einmündend in eine Halle aus weißem Marmor mit großen, lichten Fenstern, alles in allem ein Haus, das den Eindruck von Ordnung und Harmonie, Schönheit und Zivilisation vermitteln sollte, wie das in anderen Ländern üblich und seinem neuen Leben angemessen war. Es sollte ein Spiegel seiner selbst, seiner Familie und des Ansehens sein, das er dem von seinem Vater befleckten Namen zurückgeben wollte. Da er wünschte, daß die Pracht schon von der Straße aus zu sehen sei, ließ er einen französischen Park entwerfen, mit einer Zeltlaube à la Versailles, mächtigen Steinvasen, perfekt geschorenem Rasen, Springbrunnen und Statuen, die olympische Götter darstellen sollten und vielleicht auch, als Konzession an den Patriotismus, den einen oder anderen Indio aus der amerikanischen Geschichte, nackt und im Schmuck seiner Federn. Er konnte nicht wissen, daß dieses feierliche würfelförmige Haus, das solide und selbstzufrieden wie ein Hut in der grünen Geometrie des Gartens saß, nach und nach Auswüchse und Anhängsel bekommen würde, Wendeltreppen, die nirgendwo hinführten, gewaltige Türme, riesige Fenster, die sich nicht öffnen ließen, Türen, die ins Leere mündeten, gewundene Gänge und Fensterluken zwischen den Schlafzimmern, damit man sich zur Stunde der Siesta verständigen konnte, je nach den Einfällen Claras, die bei jedem neuen Gast, den sie unterbringen mußte, irgendwo ein Zimmer anbauen oder, wenn die Geister ihr anzeigten, daß in den Grundmauern ein Schatz oder ein unbeerdigter Leichnam lag, eine Mauer einreißen ließ, bis die Villa ein verwunschenes, unmöglich sauberzuhaltendes und gegen zahlreiche Gesetze und Bauvorschriften verstoßendes Haus wurde. Aber zu der Zeit, als Esteban Trueba sein „großes Eckhaus", wie alle es nannten, erbauen ließ, besaß es jenen Anstrich von Großartigkeit, den er in Erinnerung an die Entbehrungen seiner Kindheit allem aufzuprägen versuchte, was ihn umgab. Während des Baus sah sich Clara das Haus nicht ein einziges Mal an. Es schien sie so wenig zu interessieren wie ihre Ausstattung, und sie überließ die Entscheidung ganz ihrem Bräutigam und ihrer künftigen Schwägerin.

Férula stand nach dem Tod ihrer Mutter allein und ohne eine nützliche Lebensaufgabe da, in einem Alter, in dem sie die Illusion, noch heiraten zu können, aufgegeben hatte. Eine Zeitlang besuchte sie täglich die Armensiedlungen, aber diese frenetische Frömmigkeit brachte ihr nur eine chronische Bronchitis ein und ihrer Seele keinen Frieden. Esteban wollte, daß sie auf Reisen ginge, sich neue Kleider kaufte und zum erstenmal in ihrem melancholischen Leben ihrem Vergnügen lebte, sie aber war das entbehrungsreiche Dasein gewohnt und zu lange eingeschlossen gewesen. Sie hatte vor allem Angst. Die Heirat ihres Bruders verunsicherte sie, weil sie dachte, sie sei für Esteban, ihre einzige Stütze, ein Grund mehr, sich von ihr zu entfernen. Sie fürchtete, ihre Tage häkelnd in einem Heim für unverheiratete Töchter aus guter Familie zu beschließen. Deshalb war sie glücklich, als sie entdeckte, daß Clara von Haushaltsdingen so gut wie nichts verstand und eine zerstreute, abwesende Miene aufsetzte, sooft sie eine Entscheidung treffen sollte. Sie ist ein bißchen dumm, dachte Férula entzückt. Offensichtlich würde Clara nicht imstande sein, dieses Riesenhaus zu führen, das ihr Bruder gebaut hatte, und auf Hilfe angewiesen sein. Auf subtile Weise versuchte sie Esteban klarzumachen, daß seine künftige Frau nichts Rechtes tauge und daß sie selbst mit ihrem so ausgiebig unter Beweis gestellten Opfersinn ihr helfen könne und dazu auch bereit sei. Esteban brach jedes Gespräch ab, sobald es diese Richtung nahm. Je näher das Hochzeitsdatum heranrückte und damit der Zeitpunkt, wo sie über ihr Schicksal entscheiden mußte, desto verzweifelter wurde sie. Überzeugt, daß sie bei ihrem Bruder nichts erreichen würde, suchte sie eine Gelegenheit zu einem Gespräch unter vier Augen mit Clara. Sie fand sie an einem Samstagnachmittag um fünf. Sie sah Clara aus dem Haus gehen und lud sie zu einer Tasse Tee ins Hotel Francés ein. Dort saßen die zwei Frauen zwischen Cremetörtchen und Bavaria-Porzellan, während im Hintergrund ein Fräuleinorchester ein melancholisches Streichquartett interpretierte. Verstohlen beobachtete Férula ihre Schwägerin, die wie eine Fünfzehnjährige aussah und deren Stimme infolge des langen Stummseins noch immer heiser klang, und wußte nicht, wie sie auf ihr Thema zu sprechen kommen sollte. Nach einer langen Pause, in der sie ein Tablett voll Kuchen leer aßen und je zwei Tassen Jasmintee tranken, strich sich Clara eine Strähne zurück, die ihr über die Augen fiel, lächelte und tätschelte Férula liebevoll die Hand.

„Mach dir keine Sorgen. Du wirst mit uns leben, und wir beide werden wie Schwestern sein“, sagte sie.

Férula erschrak. Sie fragte sich, ob an dem Gerücht über Claras Fähigkeit, die Gedanken anderer zu lesen, nicht doch etwas Wahres sei. Ihre erste Reaktion war Stolz, und sie hätte das Angebot rundweg abgelehnt, sei es auch nur der schönen Geste wegen, aber Clara ließ ihr keine Zeit dazu. Sie beugte sich zu ihr hinüber und küßte sie so unschuldsvoll auf die Wange, daß Férula die Selbstbeherrschung verlor und in Weinen ausbrach. Seit langem hatte sie keine Tränen mehr vergossen, und erstaunt stellte sie fest, wie sehr eine solche Regung der Zärtlichkeit ihr gefehlt hatte. Sie konnte sich nicht mehr erinnern, wann jemand sie zum letztenmal spontan berührt hatte. Sie weinte lange, löste all ihre vergangenen Traurigkeiten und Einsamkeiten in Tränen auf, Hand in Hand mit Clara, die ihr half, sich die Nase zu putzen, und die ihr zwischen Aufschluchzen und Aufschluchzen ein Stückchen Kuchen, ein Schlückchen Tee gab. Weinend und redend saßen sie bis acht Uhr abends und besiegelten an diesem Nachmittag im Hotel Francés einen Freundschaftspakt, der viele Jahre halten sollte.

Kaum war die Trauer um den Tod Doña Esters vorüber und der Bau des großen Eckhauses beendet, schlossen Esteban Trueba und Clara del Valle in einer diskreten Feier die Ehe. Esteban schenkte seiner Braut einen Brillantschmuck. Sie fand ihn sehr hübsch, legte ihn in einen Schuhkarton und vergaß gleich danach, wo sie ihn hingestellt hatte. Sie reisten nach Italien, und zwei Tage nachdem sie sich eingeschifft hatten, fühlte sich Esteban verliebt wie ein Jüngling, obwohl Clara vom Schlingern des Schiffs seekrank wurde und der Aufenthalt im geschlossenen Raum ihr Asthma verursachte. Während er in der engen Kabine neben ihr saß und ihr feuchte Kompressen auf die Stirn legte, fühlte er sich tief glücklich und begehrte sie mit einer Intensität, die angesichts ihres elenden Zustandes kaum gerechtfertigt schien. Am Morgen des vierten Tages fühlte sie sich besser: sie gingen an Deck, um das Meer zu bewundern. Als er sie sah, mit ihrer vom Wind geröteten Nase, lachend über jede Kleinigkeit, schwor sich Esteban, daß sie ihn früher oder später so lieben werde, wie er geliebt sein wollte, und wenn er die unmöglichsten Mittel anwenden müßte, um es zu erreichen. Er fühlte, daß Clara ihm nicht gehörte und ihm wahrscheinlich nie gehören würde, wenn sie fortfuhr, mit dreibeinigen, selbständig sich bewegenden Tischen und Künftiges erforschenden Karten in einer Geisterwelt zu leben. Auch die sorglose, schamfreie Sinnlichkeit Claras genügte ihm nicht. Er wollte mehr als ihren Körper, er wollte diese nicht zu fassende, strahlende Materie in ihrem Inneren für sich haben, die sich ihm selbst in jenen Augenblicken entzog, in denen Clara vor Lust dem Tode nahe war. Er fühlte, daß seine Hände sehr schwer, seine Füße sehr groß, seine Stimme sehr hart, sein Bart sehr rauh waren, er wußte, daß die Gewohnheit, Frauen zu vergewaltigen, und sein Umgang mit Prostituierten tief in ihm verwurzelt waren, aber auch wenn er sich umdrehen müßte wie einen Handschuh: er war bereit, sie zu verführen.

Nach drei Monaten kehrten sie von ihren Flitterwochen zurück. Férula erwartete sie im neuen Haus, das noch nach Malerfarbe und frischem Beton roch und in dem auf Anordnung Estebans überall Blumen und Schalen voll Obst standen. Als er das erstemal über die Schwelle trat, nahm Esteban seine Frau auf die Arme. Überrascht stellte seine Schwester fest, daß sie keinerlei Eifersucht verspürte und daß Esteban wie verjüngt war.

„Das Heiraten hat dir gutgetan", sagte sie.

Er führte Clara durchs Haus. Sie besah sich alles und fand alles sehr hübsch, mit der gleichen Höflichkeit, mit der sie einen Sonnenuntergang auf hoher See, die Piazza San Marco oder den Brillantschmuck hübsch gefunden hatte. An der Tür des ihr zugedachten Zimmers bat Esteban sie, die Augen zu schließen, und führte sie an der Hand in die Mitte des Raums.

„Jetzt kannst du sie aufmachen", sagte er.

Clara sah sich um. Es war ein großes Zimmer, die Wände mit hellblauer Seide tapeziert, englische Möbel,

Fenstertüren vor dem Balkon, der auf den Garten ging, und ein Himmelbett mit Tüllvorhängen, das wie ein Segelschiff im stillen Wasser der blauen Seide zu schwimmen schien.

„Sehr hübsch“, sagte Clara.

Da deutete Esteban auf die Stelle, auf der sie stand. Das war die wunderbare Überraschung, die er sich für sie ausgedacht hatte. Clara sah nach unten und stieß einen Schreckensschrei aus: sie stand auf dem schwarzen Rücken von Barrabas, der mit ausgestreckten Pfoten und unversehrtem Kopf als Teppich auf dem Boden lag und sie mit der allen ausgestopften Tieren eigenen Schutzlosigkeit aus seinen zwei Glasaugen anblickte. Ihr Mann konnte sie gerade noch auffangen, ehe sie ohnmächtig zu Boden sank.

„Ich habe dir gleich gesagt, daß es ihr nicht gefallen wird“, sagte Férula.

Rasch wurde Barrabas' gegerbtes Fell aus dem Zimmer entfernt und in einen Winkel im Keller geworfen, wo es künftig neben den magischen Büchern in den verwunschenen Koffern von Onkel Marcos und anderen Schätzen lag und sich mit einer Standhaftigkeit, die eines besseren Anlassens würdig gewesen wäre, gegen die Motten und die Verlassenheit verteidigte, bis spätere Generationen es wieder hervorholten.

Bald zeigte sich, daß Clara schwanger war. Férulas Zuneigung zu Clara steigerte sich zu einer wahren Leidenschaft, sie zu umsorgen, einer Hingabe, ihr zu dienen, und einer unbegrenzten Duldung ihrer Zerstreutheiten und Extravaganzen. Für Férula, die ihr Leben mit der Pflege einer alten, unaufhaltsam verfallenden Frau verbracht hatte, war es der Himmel, Clara umhegen zu dürfen. Sie badete sie, parfümierte das Wasser mit Basilikum und Jasmin, wusch sie mit dem Schwamm, seifte sie ein, rieb sie mit Kölnischwasser ab, puderte sie mit Schwanenflaum und bürstete ihr das Haar, bis es glänzend und geschmeidig wurde wie eine Meerespflanze, genau wie die Nana es früher getan hatte.

Lange bevor sich seine Ungeduld als junger Ehemann legte, mußte Esteban auf die Drei Marien zurück, auf die er über ein Jahr lang keinen Fuß gesetzt hatte und die bei aller Gewissenhaftigkeit Pedro Segundo Garcías die Anwesenheit des Patrons erforderten. Die Besitzung, die früher sein Paradies und sein ganzer Stolz gewesen war, langweilte ihn nun. Er sah die ausdruckslos auf den Weiden wiederkäuenden Kühe, das bedächtige Tagewerk der Bauern, die lebenslänglich jeden Tag die gleichen Handgriffe wiederholten, die unwandelbaren, beschneiten Gipfel der Kordilleren und die zarte Rauchsäule über dem Vulkan und fühlte sich wie ein Gefangener.

Während er sich auf dem Land aufhielt, pendelte sich das Leben im großen Eckhaus auf einen sanften, männerlosen Tagesablauf ein. Am Morgen wachte Férula als erste auf, da ihr aus der Zeit der Krankenwache bei ihrer Mutter die Gewohnheit geblieben war, früh aufzustehen, aber ihre Schwägerin ließ sie ausschlafen. Am späten Vormittag brachte sie selbst ihr das Frühstück ans Bett, zog die blauseidenen Vorhänge zurück, damit die Sonne hereinschien, und ließ die französische, mit Seerosen bemalte Badewanne voll Wasser laufen, damit Clara Zeit hatte, die Schläfrigkeit abzuschütteln, die jeweiligen Geister vom Dienst zu begrüßen, das Frühstückstablett heranzuziehen und die gerösteten Brotschnitten in die dicke Schokolade zu tunken. Dann holte sie sie mit der Fürsorglichkeit einer Mutter unter Liebkosungen aus dem Bett. Dabei erzählte sie ihr die erfreulichen Zeitungsnachrichten, die allerdings täglich weniger wurden, so daß sie die Lücken mit Klatschgeschichten über die Nachbarn, Berichten über kleine häusliche Zwischenfälle oder erfundenen Anekdoten füllen mußte, die Clara sehr hübsch fand und nach fünf Minuten vergaß, was den Vorteil hatte, daß Férula ihr dasselbe mehrmals erzählen konnte und Clara sich wie beim erstenmal darüber amüsierte.

Férula führte sie spazieren, damit sie an die frische Luft kam, „das ist gut für das Kleine“, oder einkaufen, damit ihm auch nichts fehlte, wenn es auf die Welt kam, oder Mittag essen in den Golfklub, „damit alle sehen, wie hübsch du geworden bist, seit du meinen Bruder geheiratet hast“, oder zu einem Besuch zu ihren Eltern, „damit sie nicht glauben, du hast sie vergessen", oder ins Theater, „damit du nicht jeden Abend zu Hause sitzt". Clara ließ sich führen mit einer Sanftmut, die nicht Dummheit, sondern Zerstreutheit war, und wandte ihre ganze Konzentrationsfähigkeit auf die vergeblichen Versuche, sich telepathisch mit Esteban zu verständigen, bei dem ihre Botschaften nicht ankamen, und ihre Hellseherfähigkeiten zu vervollkommnen.

Zum erstenmal, so lange sie zuruckdenken konnte, fühlte sich Férula glücklich. Clara stand ihr näher als je ein anderer Mensch, näher sogar als ihre Mutter. Einer Frau von geringerer Originalität als Clara wären die ständige Fürsorge Férulas und die übertriebene Verwöhnung lästig geworden, oder sie wäre ihrem dominierenden Charakter und ihrer Ordnungswut zum Opfer gefallen. Aber Clara lebte in einer anderen Welt. Férula haßte den Augenblick, da ihr Bruder vom Land zurückkehrte, seine Gegenwart das ganze Haus erfüllte und die während seiner Abwesenheit herrschende schöne Harmonie durchbrach. Wenn er da war, mußte sie in den Schatten treten und sich sowohl in der Art ihres Umgangs mit den Dienstboten als auch in ihren Aufmerksamkeiten für Clara zurücknehmen. Jeden Abend, wenn sich die Eheleute in ihr Schlafzimmer zurückzogen, überkam sie ein namenloser Haß, den sie sich nicht erklären konnte und der ihre Seele mit unheilvollen Gefühlen erfüllte. Um sich abzulenken, verfiel sie wieder dem Laster, in den Armensiedlungen den Rosenkranz zu beten und bei Pater Antonio zu beichten.

„Ave Maria purissima."

„Ohne Sünde empfangen."

„Ich höre, Tochter."

„Pater, ich weiß nicht, wie ich anfangen soll. Ich glaube, was ich getan habe, ist Sünde."

„Des Fleisches, meine Tochter?"

„Ach, Pater, das Fleisch ist verdorrt, aber der Geist nicht. Der Teufel martert mich."

„Gottes Erbarmen ist unendlich."

„Sie wissen nicht, Pater, welche Gedanken einer ledigen Frau kommen können, einer Jungfrau, die keinen Mann kennengelernt hat, nicht aus Mangel an Gelegenheit, sondern weil Gott meiner Mutter eine lang dauernde Krankheit geschickt hat und ich sie pflegen mußte."

„Dein Opfer ist dir im Himmel gutgeschrieben, Tochter."

„Auch wenn ich in Gedanken gesündigt habe, Pater?"

„Das hängt davon ab, welche Gedanken . . ."

„Ich kann nachts nicht mehr schlafen, ich ersticke. Um Ruhe zu finden, stehe ich auf und wandere durch den Garten, ich schleiche durchs Haus, gehe ans Schlafzimmer meiner Schwägerin, lege das Ohr an die Tür. Manchmal gehe ich auf Fußspitzen zu ihr hinein, um sie schlafen zu sehen. Sie sieht wie ein Engel aus, und ich komme in Versuchung, mich zu ihr zu legen, um die Wärme ihrer Haut und ihren Atem zu spüren."

„Bete, Tochter. Das Gebet hilft."

„Warten Sie, ich habe nicht alles erzählt. Ich schäme mich."

„Du sollst dich vor mir nicht schämen, ich bin nur ein Werkzeug Gottes."

„Wenn mein Bruder vom Land kommt, ist es noch viel schlimmer, Pater. Das Gebet hilft mir nicht, ich kann nicht mehr schlafen, ich zittre, zuletzt stehe ich auf und gehe durchs ganze Haus, ich schleiche mich durch die Gänge, auf Zehenspitzen, damit der Fußboden nicht knarrt. Ich höre sie durch die Schlafzimmertür, und einmal konnte ich sie sehen, weil die Tür nur angelehnt war. Ich kann Ihnen nicht schildern, was ich gesehen habe, Pater, aber es muß eine schreckliche Sünde sein. Es ist nicht Claras Schuld, sie ist rein wie ein Kind. Mein Bruder ist es, der sie verleitet. Er wird sicherlich verdammt werden."

„Gott allein steht es zu, zu richten und zu verdammen, meine Tochter. Was haben sie gemacht?"

Und nun konnte Férula eine halbe Stunde lang bei den Einzelheiten verweilen. Sie war eine virtuose Erzählerin, die es verstand, an den richtigen Stellen Pausen einzulegen, den Tonfall zu berechnen, zu schildern, ohne Gesten zu Hilfe zu nehmen. Das Bild, das sie entwarf, war so lebendig, daß der Zuhörer es zu sehen vermeinte, es war unglaublich, wie sie durch die angelehnte Tür die Art des Erschauerns, die Vielfalt der Spiele, die ins Ohr geflüsterten Worte, die heimlichen Gerüche hatte wahrnehmen können, wirklich ein Wunder. Hatte sie sich die Bedrängnisse von der Seele geredet, kehrte sie mit dem maskenhaften Gesicht eines Götzenbildes nach Hause zurück, unerbittlich und streng, und gleich ging es los mit dem Befehlen, dem Zählen der Silberbestecke, dem Festlegen der Mahlzeiten, dem Aufschließen und Abschließen, dem Kommandieren, stell mir das da hin, es wurde hingestellt, gebt den Pflanzen frisches Wasser, es wurde gegeben, putzt die Fenster, stopft diesen verflixten Vögeln den Schnabel, bei diesem Gekreisch kann die Señora nicht schlafen, und womöglich erschrickt das Kleine und kommt blöd zur Welt. Nichts entging ihren wachsamen Augen, und im Gegensatz zu Clara, die alles sehr hübsch fand und der es gleichgültig war, ob sie gefüllte Trüffeln oder eine Restesuppe aß, ob sie auf Federkissen schlief oder auf einem Stuhl saß, ob sie in parfümiertem Wasser gebadet wurde oder nicht badete, war sie ständig beschäftigt. Je weiter Claras Schwangerschaft fortschritt, desto unwiederbringlicher schien sie sich von der Wirklichkeit zu lösen und sich in heimlichen Gesprächen mit dem Kind in sich zurückzuziehen.

Esteban wünschte sich einen Sohn, der wie er Esteban heißen und den Namen Trueba an seine Nachkommenschaft weitergeben sollte.

„Es ist ein Mädchen und heißt Blanca", sagte Clara seit dem Tag, an dem sie ihre Schwangerschaft angekündigt hatte.

Und so war es.

Doktor Cuevas, vor dem sich Clara inzwischen nicht mehr fürchtete, rechnete aus, daß die Geburt Mitte Oktober erfolgen würde, aber noch Mitte November schaukelte Clara nachtwandlerisch einen riesigen Bauch vor sich her, zerstreuter denn je, müde und asthmatisch, gleichgültig gegen alles um sie herum, selbst gegen ihren Mann, den sie manchmal nicht mehr erkannte und „Was wünschen Sie?" fragte, wenn er neben ihr stand. Nachdem der Arzt jeden möglichen Irrtum in seiner Mathematik ausgeschlossen hatte und offenkundig war, daß Clara keine Absicht hatte, auf natürlichem Wege zu gebären, schnitt er der Mutter den Bauch auf und zog Blanca heraus, ein kleines Mädchen, haariger und häßlicher als üblich. Esteban schauderte, als er es sah, überzeugt, das Schicksal habe ihn betrogen und er habe statt des rechtmäßigen Trueba, den er seiner Mutter auf dem Totenbett versprochen hatte, ein Monstrum, noch dazu weiblichen Geschlechts, gezeugt. Er nahm es persönlich in Augenschein und stellte fest, daß es alle Organe an der richtigen Stelle hatte, wenigstens die dem menschlichen Auge sichtbaren. Doktor Cuevas tröstete ihn mit der Erklärung, das abstoßende Äußere des Neugeborenen sei darauf zurückzuführen, daß es über die normale Zeit im Bauch der Mutter geblieben sei, daß es unter dem Kaiserschnitt gelitten habe und zudem klein, zart, schwarz und eben ein wenig haarig sei. Clara hingegen war selig mit ihrer Tochter. Sie schien aus einem langen Dämmerschlaf zu erwachen und die Freude am Leben neu zu entdecken. Sie schloß das Kind in die Arme und ließ es nicht mehr los, sie trug es überall mit sich herum und gab ihm ohne feste Zeiten und ohne Rücksicht auf gute Manieren oder Schamgefühle alle Augenblicke die Brust, wie eine India. Sie wollte es nicht wickeln, ihm nicht das Haar schneiden oder die Ohren durchbohren, auch keine Amme nehmen und schon gar nicht Milch aus einem Laboratorium verwenden, wie die Damen es tun, die sich diesen Luxus leisten können. Auch das Rezept der Nana, ihm mit Reiswasser verdünnte Milch zu geben, verwarf sie mit dem Argument, wenn die Natur gewollt hätte, daß Menschen damit großgezogen werden, hätte sie auch dafür gesorgt, daß Frauenbrüste dieses Produkt absondern. Clara sprach ständig mit dem Kind, ohne ein kindliches Kauderwelsch oder Diminutive zu benutzen, in korrektem Spanisch, als ob sie sich mit einem Erwachsenen unterhielte, in derselben gemessenen und vernünftigen Art, wie sie auch mit Tieren und Pflanzen sprach, überzeugt, daß, wenn sie bei Flora und Fauna damit Erfolg gehabt hatte, es keinen Grund gab, daß diese Methode nicht auch für ihr Kind das richtige sei. Diese Kombination aus Muttermilch und Gesprächen hatte zur Folge, daß Blanca ein gesundes und beinahe schönes Kind wurde und in nichts mehr dem Gürteltier glich, das sie war, als sie zur Welt kam.

Wenige Wochen nach Blancas Geburt konnte Esteban Trueba an dem fröhlichen Getümmel im Segelschiff auf den stillen Wassern aus blauer Seide feststellen, daß seine Frau durch die Schwangerschaft weder ihren Zauber noch ihre Liebesbereitschaft eingebüßt hatte, im Gegenteil. Was Férula betraf, so war sie viel zu sehr mit dem Kind beschäftigt, das kräftige Lungen und einen enormen Appetit hatte, als daß sie Zeit gefunden hätte, in die Armensiedlungen zu gehen und bei Pater Antonio zu beichten, erst recht nicht, durch den Spalt einer angelehnten Tür zu spähen.

Viertes Kapitel
Die Zeit der Geister

In einem Alter, in welchem die meisten Kinder noch in Windeln auf allen vieren kriechen, geifern und unzusammenhängendes Geplapper von sich geben, wirkte Blanca wie eine vernunftbegabte Zwergin, die stolpernd, aber auf ihren zwei Beinen ging und dank der Methode ihrer Mutter, sie wie eine Erwachsene zu behandeln, korrekt sprach und selbständig aß. Sie hatte alle ihre Zähne und fing eben an, die Schränke aufzumachen, um ihren Inhalt zu durchstöbern, als die Familie beschloß, den Sommer auf den Drei Marien zu verbringen, die Clara nur aus Erzählungen kannte. Bei einem Kind in Blancas Alter ist die Neugier noch stärker ausgeprägt als der Überlebenstrieb, so daß Férula ständig hinter dem Kind her war, damit es nicht aus dem zweiten Stock sprang oder in die Backröhre kroch oder die Seife verschluckte. Sie hielt es für gefährlich und strapaziös, mit dem Kind aufs Land zu gehen, und überdies für nutzlos, da Esteban allein auf den Drei Marien zurechtkommen konnte, während die Frauen in der Hauptstadt das zivilisierte Leben genossen. Aber Clara war begeistert. Sie fand das Landleben romantisch, weil sie nie einen Stall von innen gesehen hatte, wie Férula sagte. Über zwei Wochen war die Familie mit den Reisevorbereitungen beschäftigt, das Haus füllte sich mit Truhen, Reisekörben, Koffern. Ein Sonderwagen im Zug wurde gemietet, damit man reisen konnte mit all dem unglaublich vielen Gepäck, den zwei von Férula als unerläßlich erachteten Dienstboten, den Käfigen mit den Vögeln, die Clara nicht allein lassen wollte, den Schachteln mit den Spielsachen von Blanca, mechanischen Hampelmännern, Tonfigürchen, Stofftieren und Puppen mit echtem Haar und beweglichen Gliedern, die ihrerseits mit ihren Kleidern, Wagen und Eßgeschirren reisten. Als Esteban diese ratlose und aufgeregte Menschenmenge und diesen Berg von Gepäckstücken sah, fühlte er sich zum erstenmal in seinem Leben geschlagen, besonders als er unter dem Gepäck einen lebensgroßen heiligen Antonius mit Schielaugen und Sandalen aus gepunztem Leder entdeckte. Angesichts des Chaos bereute er seinen Entschluß, seine Frau und sein Kind aufs Land mitzunehmen, und fragte sich, wie es möglich war, daß er mit zwei Koffern rund um die Welt reisen konnte, die Frauen hingegen diese Riesenfracht an Gepäckstücken und diesen Hofstaat von Dienstboten brauchten, die mit dem Zweck der Reise nicht das mindeste zu tun hatten.

In San Lucas mieteten sie drei Wagen, und so kamen sie auf den Drei Marien an, in eine Staubwolke gehüllt, wie die Zigeuner. Im Gutshof hatten sich alle Hintersassen zu ihrer Begrüßung versammelt, an ihrer Spitze Pedro Segundo García, der Verwalter. Sie waren sprachlos, als sie diesen Wanderzirkus erblickten. Unter Férulas Befehlen begannen sie die Wagen abzuladen und die Sachen ins Haus zu bringen. Niemand beachtete den kleinen Jungen, der ungefähr in Blancas Alter war, nackt und rotznäsig, mit einem von Parasiten aufgeblähten Bauch und schönen schwarzen Augen, die weise blickten wie die eines alten Mannes. Es war der Sohn des Verwalters und hieß, damit man seinen Namen von dem seines Vaters und Großvaters unterscheiden konnte, Pedro Tercero García.

Während alle vollauf damit beschäftigt waren, sich zu installieren, das Haus zu besichtigen, in den Obstgarten hineinzuriechen, jedermann zu begrüßen, dem heiligen Antonius seinen Altar aufzubauen und die Hühner aus den Betten und die Mäuse aus den Kleiderschränken zu scheuchen, zog sich Blanca die Kleider aus und sprang nackt mit Pedro Tercero herum. Sie spielten zwischen dem Gepäck, krochen unter die Möbel, gaben sich speichelnasse Küsse, kauten dasselbe Brot, schluckten denselben Rotz und beschmierten sich mit derselben Kacke, bis sie schließlich unter dem Eßtisch einschliefen. Dort fand sie Clara um zehn Uhr nachts. Stundenlang hatte man mit Fackeln nach ihnen gesucht, waren die Hintersassen in kleinen Trupps die Flußufer, die Kornspeicher, die Weiden und die Ställe abgegangen, hatte Férula auf Knien zum heiligen Antonius gebetet, Esteban bis zur Erschöpfung ihre Namen gerufen und Clara umsonst ihre hellseherischen Kräfte aufgeboten. Als sie die beiden fand, lag der Junge ausgestreckt auf dem Boden, und Blanca, eng an ihn geschmiegt, hatte den Kopf auf den Bauch ihres neuen Freundes gelegt. In derselben Stellung wurden sie Jahre später zu beider Unglück überrascht, und ihr Leben reichte nicht aus, es zu büßen.

Vom ersten Tag an begriff Clara, daß es auf den Drei Marien einen Platz für sie gab. In ihre Lebensnotizhefte schrieb sie, sie habe das Gefühl, endlich eine Aufgabe in dieser Welt gefunden zu haben. Die Ziegelhäuser, die Schule, das reichliche Essen beeindruckten sie nicht, weil ihre Fähigkeit, das Unsichtbare zu sehen, ihr rasch das Mißtrauen, die Furcht und den Groll der Landarbeiter entdeckte und sie aus dem Gewisper, das verstummte, sobald sie den Kopf drehte, einiges über den Charakter und die Vergangenheit ihres Mannes erfuhr. Allerdings, der Patron hatte sich verändert. Alle konnten feststellen, daß er nicht mehr in den Farolito Rojo ging, daß Schluß war mit den Saufabenden, den Hahnenkämpfen, den Wetten, den Wutausbrüchen und vor allem mit der schlechten Angewohnheit, die Mädchen in den Feldern umzulegen. Sie schrieben es Clara zu. Aber auch sie veränderte sich. Von einem Tag auf den andern schüttelte sie ihre Verträumtheit ab, hörte auf, alles sehr hübsch zu finden, und schien auch von dem Laster, mit unsichtbaren Wesen zu sprechen und mit übernatürlichen Mitteln Möbel zu verrücken, geheilt zu sein. Bei Tagesanbruch stand sie mit ihrem Mann auf, gemeinsam und fertig angezogen frühstückten sie. Dann ging Esteban die Feldarbeiten überwachen, und Férula übernahm das Haus, die Dienstboten aus der Stadt, die sich an die Unbequemlichkeit des Landlebens und die Fliegen nicht gewöhnen konnten, und Blanca. Clara teilte ihre Zeit zwischen der Schneiderwerkstatt, dem Kramladen und der Schule auf, ihrem Hauptquartier, wo sie mit probaten Mitteln gegen die Krätze und mit Paraffin gegen die Läuse vorging, die Kinder in die Geheimnisse der Fibel einweihte und ihnen das Lied von der Milchkuh, die keine gewöhnliche Kuh war, beibrachte und die Frauen lehrte, die Milch abzukochen, Durchfall zu kurieren und Wäsche zu bleichen. Abends, ehe die Männer vom Feld zurückkamen, versammelte Férula die Frauen und Kinder des Guts zum Rosenkranzbeten. Sie kamen mehr aus Gefälligkeit denn aus Frömmigkeit und gaben somit der Ledigen Gelegenheit, sich der alten Zeiten in ihren Armensiedlungen zu erinnern. Clara wartete, bis ihre Schwägerin die mystischen Litaneien, Vaterunser und Ave-Marias beendet hatte, und nutzte dann die Versammlung, um die Losungen zu wiederholen, die sie von ihrer Mutter gehört hatte, als diese sich in ihrer Gegenwart an die Gitter des Kongresses angekettet hatte. Freundlich und verschämt hörten die Frauen ihr zu, aus dem gleichen Grund, aus dem sie mit Férula beteten: um die Gutsherrin nicht zu verärgern. Aber deren flammende Sätze waren für sie dummes Geschwätz. „Wer hat je gesehen, daß ein Mann die eigene Frau nicht schlagen darf; wenn er sie nicht schlägt, liebt er sie nicht mehr, oder er ist kein Mann; wo hat man je gesehen, daß das, was der Mann verdient oder die Erde gibt oder das Huhn legt, beiden gemeinsam gehört, wo doch der Mann der ist, der befiehlt; wo hat man je gesehen, daß eine Frau das gleiche tun kann wie ein Mann, wo sie doch mit einem Loch im Bauch und ohne Hoden geboren wird, Doña Clarita, oder nicht?" sagten sie. Clara war verzweifelt. Sie stießen sich an und lächelten verlegen mit ihren zahnlosen Mündern und den vielen Falten um ihre Augen, gegerbt von der Sonne und dem harten Leben. Sie wußten im voraus, daß ihre Männer sie verprügeln würden, kämen sie auch nur flüchtig auf den Gedanken, die Ratschläge der Gutsherrin in die Praxis umzusetzen. Zu Recht übrigens, wie auch Férula fand. Es dauerte nicht lange, bis Esteban von diesem zweiten Teil der Betveranstaltungen Wind bekam. Er wurde wütend. Es war das erste Mal, daß Clara seinen Zorn erregte, und das erste Mal, daß sie einen seiner berühmten Jähzornausbrüche erlebte. Esteban brüllte wie ein Wahnsinniger, während er mit großen Schritten durchs Eßzimmer ging und auf die Möbel einschlug. Wenn Clara glaube, sie könne den Weg fortsetzen, den ihre Mutter gegangen war, donnerte er, würde sie schon sehen, daß er

Manns genug sei, ihr die Hosen herunterzuziehen und ihr eine Tracht Prügel zu verabreichen, damit ihr die verdammte Lust verginge, vor den Leuten Reden zu schwingen. Ein für allemal verbiete er ihr diese Versammlungen, sei es zum Beten oder zu anderen Zwecken, er sei kein Hampelmann und lasse nicht zu, daß seine Frau ihn lächerlich mache. Clara ließ ihn schreien und gegen die Möbel schlagen, bis er müde war, dann fragte sie ihn, zerstreut wie immer, ob er mit den Ohren wackeln könne.

Die Ferien zogen sich in die Länge, und die Versammlungen wurden in der Schule fortgesetzt. Der Sommer war zu Ende, der Herbst überzog das Land mit goldenem Feuer. Die Landschaft veränderte sich. Die ersten kalten Tage kamen, der Regen, der Schmutz auf allen Wegen, ohne daß Clara den Wunsch zu erkennen gab, in die Hauptstadt zurückzukehren, ungeachtet des fortgesetzten Drängens von Férula, die das Land haßte. Im Sommer hatte sie sich über die heißen Abende und die Fliegen beklagt, über den Sandboden im Patio, der das Haus verstaubte, „als ob wir in einem Bergwerkstollen hausten!“, über das schmutzige Badewasser, das sich durch die Duftsalze in eine chinesische Suppe verwandelte, über die fliegenden Kakerlaken, die zwischen die Bettücher krochen, die Wanderwege der Mäuse und Ameisen, die Spinnen, die frühmorgens im Wasserglas auf dem Nachttisch zappelten, die unverschämten Hühner, die ihr die Eier in die Schuhe legten und auf die frische Wäsche kackten. Als das Wetter umschlug, hatte sie neues Ungemach zu beklagen, den Matsch auf dem Hof, die kürzer werdenden Tage, um fünf werde es dunkel und man könne nichts mehr tun, als der langen, einsamen Nacht ins Auge zu sehen, den Wind und die Erkältungen, die sie mit Eukalyptusumschlägen bekämpfte, ohne verhindern zu können, daß einer den andern ansteckte. Sie habe es satt, sagte sie, gegen die Elemente zu kämpfen und keine andere Zerstreuung zu haben, als Blanca wachsen zu sehen, und Blanca, sagte sie, sehe wie eine Menschenfresserin aus, wenn sie mit diesem dreckigen Knirps spiele, diesem Pedro Tercero, es sei doch die Höhe, sagte sie, daß das Kind keine Spielgefährten aus der eigenen Gesellschaftsklasse habe, sie gewöhne sich Unsitten an, laufe mit dreckstarrenden Backen und Blutkrusten am Knie herum, „hör dir an, wie sie spricht, wie eine India, ich habe es satt, ihr die Läuse aus dem Haar zu suchen und sie gegen Krätze mit Methylenblau einzupinseln“. Aber auch murrend behielt sie ihre steife Würde bei, den unwandelbaren Knoten, die gestärkten Blusen, den Schlüsselbund am Gürtel. Sie schwitzte nie, kratzte sich nie und verlor nie das feine Aroma von Lavendel und Zitrone. Niemand hätte gedacht, daß irgend etwas sie je um ihre Selbstbeherrschung bringen könnte, bis zu dem Tag, an dem sie einen Juckreiz am Rücken verspürte, der so stark war, daß sie nicht umhinkonnte, sich verstohlen zu kratzen, aber es half nicht. Zuletzt ging sie ins Bad und zog das Korsett aus, das sie auch an den Tagen härtester Arbeit trug. Als sich die Bänder lösten, fiel eine betäubte Maus heraus, die den ganzen Vormittag über eingeschnürt gewesen war und vergebens versucht hatte, zwischen den harten Korsettstangen und dem zusammengepreßten Fleisch der Trägerin einen Ausgang zu finden. Férula bekam den ersten Nervenzusammenbruch ihres Lebens. Auf ihr Geschrei hin liefen alle zusammen und fanden sie totenbleich und halbnackt in der Badewanne stehen, brüllend wie eine Wahnsinnige und mit bebendem Zeigefinger auf das kleine Nagetier deutend, das zappelnd auf die Beine zu kommen und einen sicheren Ort zu erreichen versuchte. Esteban sagte, das seien die Wechseljahre, man solle nichts darauf geben. Auch ihr zweiter Anfall wurde übergangen. Es war an Estebans Geburtstag. Ein sonniger Sonntagmorgen brach an, und im Haus herrschte Hochbetrieb, weil man zum erstenmal seit den vergessenen Tagen, in denen Doña Ester ein junges Mädchen war, auf den Drei Marien wieder ein Fest gab. Verwandte und Freunde waren eingeladen, die mit dem Zug aus der Hauptstadt anreisten, dazu alle Gutsbesitzer der Gegend und die Würdenträger des Dorfs. Eine Woche lang wurde der Festschmaus vorbereitet: eine halbe Kuh, im Patio gebraten, Nierenpasteten, Hühnereintopf, Maisgerichte, Manjar-blanco-Torte und Lucumas und die besten Weine aus eigener Ernte. Mittags trafen die ersten Gäste ein, im Wagen oder zu Pferde, und das große Lehmziegelhaus füllte sich mit Schwatzen und Lachen. Férula entzog sich der Gesellschaft für einen Augenblick, um auf die Toilette zu gehen, eine jener riesigen Toiletten des Hauses, in denen das Klo wie in einer Wüste aus weißen Kacheln mitten im Raum stand. Auf diesem einsamen Thron saß sie, als die Tür aufging und einer der Gäste, kein Geringerer als der Bürgermeister des Dorfs, eintrat und sich, leicht beschwipst vom Aperitif, den Hosenschlitz aufknöpfte. Verwirrt und überrascht vom Anblick der Señorita, erstarrte er, und als er zu reagieren vermochte, fiel ihm nichts Besseres ein, als mit einem schiefen Lächeln den Raum zu durchqueren, die Hand auszustrekken und sie mit einem artigen Diener zu begrüßen: „Zorobabel Blanco Jamasmié, zu Ihren Diensten", stellte er sich vor.

„Mein Gott! Unter diesen Hinterwäldlern kann man doch nicht leben! Bleibt ihr, wenn ihr wollt, in diesem Fegefeuer der Zivilisation, ich fahre zurück in die Stadt, ich will wie ein Christenmensch leben, wie ich immer gelebt habe", rief Férula aus, als sie über den Vorfall sprechen konnte, und brach in Tränen aus. Aber sie fuhr nicht. Sie wollte sich nicht von Clara trennen, sie war an einem Punkt angelangt, wo sie selbst die Luft anbetete, die Clara atmete, und obgleich sie keine Gelegenheit mehr hatte, Clara zu baden oder bei ihr zu schlafen, versuchte sie ihr doch an tausend kleinen Dingen ihre Zärtlichkeit zu beweisen. Diese strenge, sich und anderen gegenüber so unbeugsame Frau konnte mit Clara, manchmal auch, durch Übertragung, mit Blanca, zart und heiter sein. Nur Clara gegenüber erlaubte sie sich den Luxus, ihrem übermächtigen Wunsch, zu dienen und geliebt zu werden, nachzugeben, ihr gegenüber konnte sie, und sei es unterschwellig, ihre geheimsten und zartesten Sehnsüchte äußern. In den langen Jahren der Einsamkeit und Traurigkeit hatte sie ihre Emotionen gefiltert und ihre Gefühle geläutert, sie reduzierend auf einige wenige großartige Leidenschaften, die sie ganz ausfüllten. Anwandlungen, kleinlichen Grolls, versteckten Neides, Werke der Nächstenliebe, farblose

Freundlichkeiten, liebenswürdige Höflichkeit oder tägliche Rücksichtnahme waren ihre Sache nicht. Sie war geschaffen für die große, einzige Liebe, den maßlosen Haß, die apokalyptische Rache, das erhabene Heldentum, aber es blieb ihr versagt, ihr Schicksal nach dem Maßstab ihrer romantischen Berufung zu verwirklichen. Das Leben, in welchem diese große, üppige, für die Mutterschaft, ein tätiges Dasein und brennende Liebe geschaffene Frau sich verzehrt hatte, war flach und grau zwischen den vier Wänden eines Krankenzimmers, in elenden Armensiedlungen und schrulligen Beichten verlaufen. Sie war damals etwa vierzig Jahre alt. Dank ihrer prachtvollen Rasse und ihren fernen maurischen Vorfahren war ihre Haut noch glatt, das Haar schwarz und seidig, bis auf eine weiße Strähne, die ihr in die Stirn fiel, ihr Körper stark und schlank und ihr Gang federnd wie der eines gesunden Menschen, aber die Trostlosigkeit ihres Lebens ließ sie älter erscheinen. Ich habe eine Fotografie Férulas aus diesen Jahren gesehen, aufgenommen bei einem Geburtstag Blancas, ein altes, verblaßtes, sepiabraunes Foto, auf dem sie jedoch deutlich zu sehen ist. Sie war eine königliche Matrone, aber mit einem bitteren Zug im Gesicht, der ihre Tragödie ahnen läßt. Wahrscheinlich waren die mit Clara verbrachten Jahre ihre einzigen glücklichen gewesen, denn nur mit Clara konnte sie sich geben, wie sie war. Clara war der Mensch, dem sie ihre subtilsten Seelenregungen anvertraute, ihr konnte sie ihre grenzenlose Fähigkeit zu Selbstaufopferung und Bewunderung beweisen. Einmal fand sie den Mut, es ihr zu sagen, und Clara schrieb in eines ihrer Lebensnotizhefte, daß Férula sie weit mehr liebe, als sie es verdiene oder ihr vergelten könne. Dieser maßlosen Liebe wegen wollte Férula die Drei Marien nicht verlassen, nicht einmal als die Ameisenplage hereinbrach, die als ein Sausen auf den Weiden begann, als ein bedrohlicher Schatten, der rasch dahinglitt und alles, Mais, Korn, Äpfel und Maravilla, verschlang. Man übergoß sie mit Benzin und zündete es an, doch sie erschienen mit neuem Schwung. Die Bäume wurden mit ungelöschtem Kalk bestrichen, aber sie krochen die Stämme hoch, ohne innezuhalten, und verschonten nicht Birnen noch Äpfel noch Orangen, sie fielen in den Gemüsegarten ein und räumten mit den Melonen auf, sie liefen in die Molkerei, und am Morgen war die Milch sauer und voll winziger Leichen, sie krabbelten in die Hühnerställe und fraßen die Küken lebendigen Leibes, klägliche Häufchen Federn und Knöchelchen als Abfall hinterlassend. Sie legten im Haus ihre Wege an, krochen durch die Wasserrohre, bemächtigten sich der Speisekammer, alles, was gekocht wurde, mußte sofort gegessen werden, denn stand es ein paar Minuten auf dem Tisch, kamen sie in Prozessionen und verschlangen es. Pedro Segundo García bekämpfte sie mit Wasser und mit Feuer, er vergrub mit Bienenhonig getränkte Schwämme, damit sie, vom Süßen angelockt, zusammenliefen und er sie bequem erledigen konnte, aber alles war vergebens. Esteban Trueba ging ins Dorf und kam beladen mit Pestiziden aller bekannten Firmen, in Pulverform, flüssig und in Tabletten, zurück und verstreute so viel davon nach allen Seiten, daß man kein Gemüse mehr essen konnte, weil man Bauchweh davon bekam. Die Ameisen kamen wieder, vermehrten sich, wurden von Tag zu Tag dreister und entschlossener. Esteban ging zum zweitenmal nach San Lucas und gab ein Telegramm in die Hauptstadt auf. Drei Tage später entstieg Mister Brown dem Zug, ein zwergenhafter Gringo mit einem geheimnisvollen Koffer, den Esteban als Agrartechniker und Fachmann für Insektizide vorstellte. Nachdem er sich mit einem Krug Bowle erfrischt hatte, öffnete er auf dem Tisch seinen Koffer. Er entnahm ihm ein Arsenal nie gesehener Instrumente, dann fing er eine Ameise und betrachtete sie eingehend unter dem Mikroskop.

„Warum schauen Sie sie so an, Mister, wo doch alle gleich sind?" fragte Pedro Segundo García.

Der Gringo gab keine Antwort. Als er die Familie, den Lebensstil, die Standorte der Brutstätten, die Gewohnheiten und die geheimsten Absichten der Ameisen erforscht hatte, war eine Woche vergangen, und die Ameisen krochen bereits in die Kinderbetten, hatten die Wintervorräte aufgefressen und begonnen, Pferde und Kühe anzufallen. Da erklärte Mister Brown, man müsse sie mit einem Produkt seiner Erfindung bestäuben, dadurch würden die Männchen unfruchtbar werden, die Ameisen sich also nicht weiter vermehren. Sodann müßte man sie mit einem ebenfalls von ihm erfundenen Gift besprühen, durch das die Weibchen von einer tödlichen Krankheit befallen würden, und damit, versicherte er, sei das Problem aus der Welt geschafft.

„Wie lange dauert das?" fragte Esteban Trueba, dessen Ungeduld allmählich in Wut umschlug.

„Einen Monat", sagte Mister Brown.

„Bis dahin haben sie auch die Menschen aufgefressen, Mister", sagte Pedro Segundo García. „Wenn Sie erlauben, Patron, hole ich meinen Vater. Vor drei Wochen hat er mir gesagt, er wüßte ein Mittel gegen die Plage. Ich glaube, es sind Spinnereien eines alten Mannes, aber wir verlieren nichts, wenn wir es ausprobieren."

Der alte Pedro García wurde geholt und kam so schlurfend, so schwarz, geschrumpft und zahnlos an, daß Esteban bei seinem Anblick erschrak, weil er sich durch ihn bewußt wurde, wie rasch die Zeit verging. Der Alte horchte, den Hut in der Hand, blickte zu Boden, kaute die Luft mit seinen nackten Kiefern. Dann verlangte er ein weißes Taschentuch, das Férula aus Estebans Schrank brachte. Hierauf trat er aus dem Haus und ging über den Hof direkt in den Gemüsegarten, gefolgt von allen Bewohnern des Hauses und dem ausländischen Zwerg, der verächtlich lächelte, diese Barbaren, oh God! Umständlich ging der alte Mann in die Hocke und begann Ameisen einzusammeln. Als er eine Handvoll beisammen hatte, legte er sie in das Taschentuch, verknotete die vier Zipfel und legte das Bündel in seinen Hut.

„Ich will euch den Weg zeigen, Ameisen, damit ihr von hier fortgeht und die übrigen mitnehmt", sagte er.

Der Alte bestieg ein Pferd und ritt im Schritt davon, Ratschläge und Empfehlungen für die Ameisen, Weisheitsgebete und Zaubersprüche murmelnd. In Richtung Gutsgrenze sahen sie ihn verschwinden. Der Gringo setzte sich auf den Boden und lachte wie verrückt, bis Pedro Segundo García ihn schüttelte.

„Lachen Sie über Ihre Großmutter, Mister, dieser alte Mann ist mein Vater", sagte er.

Als die Dämmerung anbrach, kam Pedro García zurück. Langsam stieg er vom Pferd, sagte dem Patron, er habe die Ameisen auf die Straße gebracht, und ging in seine Hütte. Er war müde. Am nächsten Morgen waren in der Küche keine Ameisen zu sehen, auch nicht in der Speisekammer, man suchte sie im Kornspeicher, im Stall, in den Hühnerställen, man ging auf die Weiden und bis an den Fluß, alles wurde abgesucht, und keine Ameise fand sich, nicht eine. Der Agrartechniker wurde wild.

„Mir sagen müssen, wie machen", rief er.

„Sie müssen mit ihnen sprechen, Mister. Sagen Sie ihnen, daß sie fortgehen sollen, daß sie hier schon zur Last fallen, und sie verstehen es", erklärte Pedro García der Alte.

Clara war die einzige, die das Verfahren für natürlich hielt. Férula berief sich jedesmal auf diesen Vorfall, wenn sie sagte, sie säßen hier in einem Loch, in einer unmenschlichen Gegend, in der die Gesetze Gottes und der Fortschritt der Wissenschaft außer Kraft gesetzt seien, demnächst würden sie noch auf Besenstielen reiten, aber Esteban schnitt ihr das Wort ab, weil er nicht wollte, daß seine Frau auf neue Ideen kam. In den letzten Tagen hatte Clara wieder ihre spiritistischen Praktiken aufgenommen, sie sprach mit den Gespenstern und schrieb stundenlang in ihre Lebensnotizhefte. Als sie das Interesse an der Schule, der Schneiderwerkstatt und den feministischen Versammlungen verlor, wußten alle, daß sie wieder schwanger war.

„Das ist deine Schuld", schrie Férula ihren Bruder an.

„Das will ich hoffen", antwortete er.

Bald stand fest, daß Clara nicht imstande sein würde, die Monate der Schwangerschaft auf dem Land zu verbringen und im Dorf zu entbinden. Also wurde die Rückkehr in die Hauptstadt vorbereitet. Das tröstete Férula ein wenig, die Claras Schwangerschaft als einen ihr persönlich angetanen Tort empfand. Sie reiste mit dem größten Teil des Gepäcks und den zwei städtischen Dienstmädchen voraus, um das große Eckhaus für die Ankunft Claras vorzubereiten. Zehn Tage später begleitete Esteban seine Frau und seine Tochter in die Hauptstadt und ließ die Drei Marien wieder in den Händen Pedro Segundo Garcías, der zum Verwalter aufgerückt war, obwohl ihm daraus statt Privilegien nur mehr Arbeit erwuchs.

Die Reise von den Drei Marien nach Santiago erschöpfte Claras Kräfte vollends. Sie wurde immer blasser und asthmatischer, die Ringe unter ihren Augen vergrößerten sich. Durch das Schaukeln erst der Kutsche, dann des Zuges, durch den Staub auf der Landstraße und ihre natürliche Anfälligkeit für Schwindel verlor sie zusehends die Energie, und ich konnte ihr nicht helfen, denn sie wollte nicht angesprochen werden, wenn es ihr schlecht ging. Als wir aus dem Zug stiegen, mußte ich sie stützen, weil ihr die Beine versagten.

„Ich glaube, ich werde aufschweben", sagte sie.

„Nicht hier", schrie ich, entsetzt von dem Gedanken, sie könnte sich über die Köpfe der Reisenden hinweg in die Lüfte erheben und auf und davon fliegen.

Aber sie hatte sich nicht auf eine konkrete Levitation bezogen, sondern gemeint, sie hätte jene höhere Ebene erreicht, die ihr die Loslösung von ihren Beschwerden, der Last ihres Bauchs und der knochentiefen Müdigkeit erlauben würde. Sie trat in eine neue Schweigeperiode ein, die, glaube ich, mehrere Monate dauerte, und bediente sich wieder ihrer Schiefertafel wie in den Zeiten ihrer ersten Sprachlosigkeit. Diesmal ängstigte ich mich nicht, denn ich nahm an, daß sie auch diesmal, wie nach der Geburt Blancas, in die Normalität zurückfinden würde, und andererseits hatte ich endlich begriffen, daß dieses Schweigen die letzte, unverletzliche Zuflucht meiner Frau war und nicht, wie Doktor Cuevas behauptete, eine Geistesgestörtheit. Férula pflegte sie in der gleichen obsessiven Art und Weise, wie sie früher meine Mutter gepflegt hatte, sie behandelte sie wie eine Invalidin, wollte sie nie allein lassen und vernachlässigte darüber Blanca, die den ganzen Tag weinte, weil sie auf die Drei Marien zurück wollte. Clara wandelte wie ein dicker, stiller Schatten durchs Haus, gleichgültig wie ein Buddhist gegen ihre Umgebung. Mich sah sie nicht einmal an, sie ging an mir vorüber, als wäre ich ein Möbelstück, und wenn ich sie ansprach, war sie geistesabwesend, als hätte sie mich nicht gehört oder würde mich nicht kennen. Wir schliefen nicht mehr zusammen. Die müßig in der Stadt verbrachten Tage und die unwirkliche Atmosphäre in meinem Haus machten mich nervös. Ich versuchte mich zu beschäftigen, aber das genügte mir nicht, ständig war ich schlechter Laune. Ich ging alle Tage aus, um meine Geschäfte zu überwachen. Damals begann ich, an der Börse zu spekulieren, und studierte stundenlang das Auf und Ab der internationalen Aktien, ich investierte, gründete Gesellschaften, stieg in das Importgeschäft ein. Viele Stunden verbrachte ich im Klub. Ich fing an, mich für Politik zu interessieren, selbst einem Turnverein trat ich bei, wo ein riesenhafter Trainer mich Muskeln bewegen ließ, deren Existenz in meinem Körper ich nicht einmal geahnt hatte. Es wurde mir empfohlen, ich solle mich auch massieren lassen, aber das mochte ich nie. Mich von käuflichen Händen berühren zu lassen ist mir verhaßt. Das alles konnte meinen Tag jedoch nicht ausfüllen, ich fühlte mich ungemütlich und gelangweilt, ich wollte aufs Land zurück, wagte aber nicht, dieses Haus voll hysterischer Frauen zu verlassen, das entschieden die Anwesenheit eines vernünftigen Mannes verlangte. Clara wurde zu dick. Ihr Bauch war so schwer, daß sie mit ihrem zarten Knochengerüst ihn kaum mehr tragen konnte. Sie wollte nicht, daß ich sie nackt sah, aber sie war meine Frau, und ich ließ nicht zu, daß sich meine Frau vor mir schämte. Ich half ihr beim Baden, beim Ankleiden, vorausgesetzt, daß Férula mir nicht zuvorkam. Sie tat mir unendlich leid, mit diesem monströsen Bauch und so gefährlich nahe an der Geburt. Oft ließ mich der Gedanke nicht einschlafen, daß sie bei der Entbindung sterben könnte, und ich schloß mich mit Doktor Cuevas ein und beriet mit ihm, wie man ihr am besten helfen konnte. Wir waren uns darin einig, daß es schlimmstenfalls besser war, ihr noch einmal einen Kaiserschnitt zu machen, aber ich wollte nicht, daß sie in eine Klinik gebracht würde, und Doktor Cuevas weigerte sich, die Operation noch einmal auf dem Eßtisch durchzuführen. Es fehlten die nötigen Einrichtungen, sagte er, aber die Kliniken waren damals eine Brutstätte der Infektionen, und dort starben mehr Menschen, als geheilt wurden.

Eines Tages, kurz vor der Entbindung, stieg Clara von ihrem brahmanischen Zufluchtsort auf die Erde herab und sprach wieder. Sie verlangte eine Tasse Schokolade und wollte mit mir spazierengehen. Mir hüpfte das Herz in der Brust. Das ganze Haus strahlte vor Freude, wir entkorkten Champagnerflaschen, alle Vasen ließ ich mit frischen Blumen füllen, Kamelien bestellte ich, ihre Lieblingsblumen, und pflasterte damit das Zimmer voll, bis sie Asthma bekam und wir die Blumen rasch wieder entfernen mußten. Ich lief in die Gasse der jüdischen Juweliere und kaufte eine Brillantbrosche. Clara dankte mir überschwenglich, fand den Schmuck sehr hübsch, aber an ihr sah ich ihn nie. Ich nehme an, daß sie ihn an einen unmöglichen Ort gelegt und dann vergessen hat, wie fast allen Schmuck, den ich ihr während unserer Ehe schenkte. Ich rief Doktor Cuevas, der unter dem Vorwand, mit uns Tee zu trinken, erschien, in Wirklichkeit aber gekommen war, um Clara zu untersuchen. Er führte sie in ihr Schlafzimmer. Danach sagte er uns, Férula und mir, die geistige Krise scheine überwunden zu sein, aber wir müßten uns auf eine schwierige Geburt gefaßt machen, das Kind sei sehr groß. In diesem Augenblick betrat Clara den Salon. Sie mußte den letzten Satz gehört haben.

„Alles wird gut gehen“, sagte sie.

„Ich hoffe, daß es diesmal ein Junge wird, damit er wie ich Esteban heißen kann“, scherzte ich.

„Es ist nicht einer, es sind zwei“, antwortete Clara, „Zwillinge sind es, und sie werden Jaime und Nicolás heißen“, fügte sie hinzu.

Das war zuviel für mich. Ich nehme an, daß es der in den vergangenen Monaten angestaute Druck war, unter dem ich platzte. Ich wurde wütend, ich sagte, das wären Namen für ausländische Vertreter, so hieße niemand weder in ihrer noch in meiner Familie, wenigstens einer von beiden müßte Esteban heißen wie ich und mein Vater, aber Clara behauptete, die über Generationen wiederholten

Vornamen stifteten in ihren Lebensnotizheften Verwirrung, und blieb bei ihrem Entschluß. Um sie einzuschüchtern, zerschlug ich einen Porzellankrug, das letzte Stück, glaube ich, aus den glanzvollen Zeiten meines Urgroßvaters, aber das machte keinen Eindruck auf sie, und daß Doktor Cuevas hinter seiner Tasse lächelte, empörte mich noch mehr. Ich schmiß die Tür zu und ging in den Klub.

In dieser Nacht betrank ich mich. Teils, weil ich es nötig hatte, teils aus Rache ging ich in das bekannteste Bordell der Stadt, das einen historischen Namen trug. Ich möchte hier ein für allemal klarstellen, daß ich kein Freund von Prostituierten bin und daß ich nur ins Freudenhaus ging, wenn ich lange Zeit allein leben mußte. Ich weiß nicht, was an diesem Tag mit mir los war, ich war zornig auf Clara und überhaupt verärgert, ich hatte überschüssige Energie, ich fühlte mich in Versuchung. Das Cristóbal Colón war damals schon ein florierendes Unternehmen, hatte aber noch nicht das internationale Prestige, das es erst später bekam, als es in die Navigationskarten englischer Schifffahrtsgesellschaften eingetragen wurde. Ich trat in einen Salon mit französischen Möbeln, solchen, die geschwungene Beine haben, und wurde empfangen von einer einheimischen Matrone, die perfekt den Pariser Akzent imitierte. Sie reichte mir die Preisliste und fragte mich, ob ich an ein bestimmtes Mädchen dächte. Ich sagte ihr, daß sich meine Erfahrungen auf den Farolito Rojo und ein paar lumpige Freudenhäuser für Bergarbeiter im Norden beschränkten, jede Frau sei mir recht, wenn sie nur jung wäre und sauber.

„Sie sind mir sympathisch, Monsiú“, sagte sie. „Ich bringe Ihnen das Beste, was das Haus zu bieten hat.“

Auf ihr Rufen kam eine Frau herein, in ein hautenges schwarzes Satinkleid gezwängt, das ihre üppige Weiblichkeit kaum fassen konnte. Sie trug das Haar über ein Ohr gekämmt, eine Frisur, die ich nie habe ausstehen können. Wenn sie ging, verströmte sie einen fürchterlichen Moschusgeruch, der in der Luft stehenblieb wie ein Seufzer.

„Ich freue mich, Sie zu sehen, Patron“, begrüßte sie mich, und da erkannte ich sie wieder, denn die Stimme war das einzige, was an Tránsito Soto unverändert geblieben war.

Sie führte mich in ein Zimmer mit dunklen Vorhängen vor den Fenstern, das wie eine Gruft war, aber im Vergleich zu der schäbigen Einrichtung im Farolito Rojo wie ein Palast wirkte. Dort zog ich selbst Tránsito Soto das Kleid aus, löste ihre schreckliche Frisur auf und sah, daß sie in diesen Jahren größer, fülliger und schöner geworden war.

„Du hast dich entwickelt, Tránsito", sagte ich.

„Dank Ihren fünfzig Pesos, Patron. Sie haben mir zu einem Start verholfen", antwortete sie, „und jetzt kann ich sie Ihnen zurückgeben, angepaßt, denn durch die Inflation sind sie nicht mehr soviel wert wie früher."

„Mir ist lieber, du schuldest mir eine Gefälligkeit, Tránsito", lachte ich.

Zuletzt zog ich ihr die Unterröcke aus und stellte fest, daß von dem mageren Mädchen mit den spitzen Ellenbogen und Knien, das im Farolito Rojo gearbeitet hatte, so gut wie nichts geblieben war, ausgenommen die unermüdliche Bereitschaft zur Sinnlichkeit und die heisere Vogelstimme.

Ihr Körper war enthaart, und ihre Haut, erklärte sie mir, sei so lange mit Limonen und Hamamelis eingerieben worden, bis sie weich und weiß geworden sei wie die eines Säuglings. Ihre Fingernägel waren rot lackiert, und um den Nabel hatte sie eine Schlange eintätowiert, die sie in wellenförmigen Windungen kreisen lassen konnte, ohne daß sich der übrige Körper im mindesten bewegte. Während sie mir dieses Kunststück vorführte, erzählte sie mir ihre Geschichte.

„Was wäre aus mir geworden, wenn ich im Farolito Rojo geblieben wäre, Patron? Ich hätte schon keine Zähne mehr, eine alte Frau wäre ich. In diesem Beruf verbraucht man sich schnell, wenn man nicht aufpaßt. Deshalb bin ich nie auf die Straße gegangen. Ich mochte das nie, das ist sehr gefährlich. Auf der Straße braucht man einen Zuhälter, sonst ist es zu riskant. Niemand respektiert einen. Aber warum soll ich einem Mann geben, was ich sauer verdient habe? In dieser Beziehung sind die Frauen dumm. Sie sind an Strenge gewöhnt. Sie brauchen einen Mann, um sich sicher zu fühlen, und merken nicht, daß es gerade die Männer sind, die sie fürchten sollten. Sie sind unfähig zur Selbständigkeit, sie brauchen jemanden, für den sie sich aufopfern können. Die Strichmädchen sind die Schlimmsten, Patron, glauben Sie mir. Sie schuften sich zu Tode für einen Zuhälter, sie freuen sich noch, wenn er sie schlägt, sie sind stolz, wenn er gut gekleidet geht und Goldzähne und goldene Ringe hat, und wenn er mit einer anderen, Jüngeren abhaut und sie sitzenläßt, verzeihen sie es ihm, weil er ›ein Mann ist‹. Da bin ich anders, Patron. Mich hat nie ein Mann ausgehalten, und da müßte ich doch verrückt sein, wenn ich einen aushalten wollte. Ich arbeite für mich. Was ich verdiene, gebe ich aus, wie ich will. Das hat mich viel gekostet, glauben Sie mir, leicht war das nicht, denn die Bordellbesitzerinnen arbeiten nicht gern mit Frauen, sie verhandeln lieber mit einem Zuhälter. Sie helfen einem nicht weiter. Vor einer Frau haben sie keinen Respekt."

„Aber hier schätzt man dich allem Anschein nach, Tránsito. Mir wurde gesagt, du seist das Beste, was das Haus zu bieten hat."

„Das stimmt auch. Wenn ich nicht wäre und nicht wie ein Esel schuften würde, ginge dieses Haus flöten. Die anderen sind schon ausgelaugt, Patron. Hierher kommen nur noch alte Männer, das Haus ist nicht mehr, was es einmal war. Man müßte das alles modernisieren, um die städtischen Angestellten hereinzubringen, die über die Mittagszeit nichts zu tun haben, die jungen Leute, die Studenten. Die Zimmer müßten vergrößert, das Lokal freundlicher und alles gründlich gesäubert werden. Gründlich! Dann haben die Klienten Vertrauen und denken nicht mehr, daß sie sich eine Geschlechtskrankheit holen, stimmt's nicht? Das hier ist eine Sauerei. Nie wird geputzt. Wenn Sie die Decke aufheben, springt Ihnen mit Sicherheit ein Floh entgegen. Ich hab's der Madame gesagt, aber sie hört nicht auf mich. Sie hat keinen Sinn fürs Geschäft."

„Und du hast ihn?"

„Klar, Patron. Ich habe tausend Ideen, wie man das Cristóbal Colón hochbringen könnte. Ich bin mit Begeisterung bei meinem Beruf, ich bin nicht wie die anderen, die immerzu jammern und die Schuld auf ihr Schicksal schieben, wenn es ihnen schlecht geht. Sie sehen, wie weit ich es gebracht habe, ich bin schon die Beste. Wenn ich mich anstrenge, kann ich eines Tages das beste Haus in ganz Chile haben, das schwöre ich Ihnen."

Sie amüsierte mich. Und ich konnte sie einschätzen, denn Ehrgeiz sehe ich morgens beim Rasieren so oft im Spiegel, daß ich ihn auch an anderen erkenne.

„Das scheint mir eine ausgezeichnete Idee, Tránsito. Warum ziehst du nicht dein eigenes Geschäft auf? Ich gebe dir das Kapital", bot ich ihr an, fasziniert von dem Gedanken, meine kommerziellen Interessen auch in dieser Richtung auszudehnen. Ich muß ziemlich betrunken gewesen sein.

„Nein danke, Patron", antwortete Tránsito, mit einem chinarot lackierten Nagel die um den Nabel geringelte Schlange streichelnd. „Ich will nicht einen Kapitalisten loswerden, um einem anderen in die Hand zu fallen. Eine Kooperative müßte man gründen und die Puffmutter zum Teufel schicken! Haben Sie noch nie davon gehört? Sehen Sie sich vor: wenn Ihre Hintersassen eine Landkooperative gründen, haben Sie das Nachsehen. Was ich möchte, das ist eine Hurenkooperative. Es könnten Huren und Schwule sein, um dem Geschäft eine breitere Basis zu geben. Wir brächten alles, das Kapital und die Arbeit. Wozu brauchen wir einen Patron?"

Wir liebten uns auf die gewalttätige, wilde Art, die ich vor lauter Segeln auf den stillen Wassern der blauen Seide fast vergessen hatte. In diesem Gewühl der Kissen und Laken, verschnürt im lebendigen Knoten der Lust, ineinandergeschraubt, bis wir nicht mehr konnten, fühlte ich mich wieder wie ein Zwanzigjähriger, froh, diese stürmische schwarze Frau in den Armen zu halten, die nicht in Fetzen ging, wenn ich sie nahm, eine starke Stute, die man rücksichtslos reiten konnte, ohne das Gefühl zu haben, daß die Hände zu schwer und die Füße zu groß sind, die Stimme zu hart, oder der Bart zu stachlig, eine Frau, die einen Schwall obszöner Worte aushielt und nicht mit Zärtlichkeiten eingelullt und mit Komplimenten betrogen werden mußte. Dann ruhte ich eine Weile neben ihr aus, müde und glücklich, den kräftigen Schwung ihrer Hüfte und das Zittern der Schlange bewundernd.

„Wir sehen uns wieder, Tránsito", sagte ich, als ich ihr das Trinkgeld gab.

„Das habe auch ich schon einmal gesagt, Patron, erinnern Sie sich?" antwortete sie mit einem letzten Schlängeln der Schlange.

In Wahrheit hatte ich nicht die Absicht, sie wiederzusehen. Ich zog es vor, sie zu vergessen.

Ich hätte diese Episode nicht erwähnt, wenn Tránsito nicht lange Zeit später eine so wichtige Rolle für mich gespielt hätte, denn ich bin, wie gesagt, kein Freund von Prostituierten. Aber diese Geschichte hätte nicht geschrieben werden können, wenn Tránsito Soto nicht eingegriffen hätte, um uns und damit auch unsere Erinnerungen zu retten.

Wenige Tage später, als Doktor Cuevas das Ehepaar gerade seelisch darauf vorbereitete, daß er Clara zum zweitenmal den Bauch würde aufschneiden müssen, starben Severo und Nívea del Valle, die eine Reihe von Kindern und siebenundvierzig lebende Enkel hinterließen. Clara erfuhr es durch einen Traum früher als die anderen, aber sie sagte es niemandem außer Férula, die sie zu beruhigen versuchte, indem sie ihr erklärte, Schwangerschaften führten zu erhöhter Schreckhaftigkeit und dadurch häufig zu bösen Träumen. Sie verdoppelte ihre Fürsorge, rieb sie mit süßem Mandelöl ein, damit sich auf dem Bauch keine Streifen bildeten, bestrich ihre Brustwarzen mit Bienenhonig, damit sie nicht aufsprangen, gab ihr gemahlene Eierschalen zu essen, damit sie gute Milch bekam und ihre Zähne nicht locker würden, und betete Bethlehemsgebete für eine gute Geburt. Zwei Tage nach dem Traum kam Esteban früher als sonst nach Hause, bleich und aufgeregt, nahm seine Schwester Férula am Arm und schloß sich mit ihr in der Bibliothek ein.

„Meine Schwiegereltern sind bei einem Autounfall umgekommen", sagte er kurz. „Ich möchte nicht, daß Clara es vor der Entbindung erfährt. Wir müssen eine Mauer der Zensur um sie errichten, sie darf weder Zeitungen zu sehen bekommen noch Rundfunk hören, noch Besuche empfangen. Paß auf die Dienstboten auf, damit keiner etwas sagt."

Seine guten Absichten scheiterten an der Kraft der Vorahnungen Claras. In dieser Nacht träumte sie zum zweitenmal, daß ihre Eltern durch ein Zwiebelfeld wanderten und Nívea ohne Kopf ging, so daß sie den ganzen Vorfall kannte, ohne Zeitung lesen oder Radio hören zu müssen. Sehr erregt wachte sie auf und bat Férula, ihr beim Ankleiden zu helfen, sie müsse den Kopf ihrer Mutter suchen. Férula lief zu Esteban, und dieser rief Doktor Cuevas, der ihr, selbst auf die Gefahr hin, daß es den Zwillingen schadete, ein Gebräu für Verrückte verabreichte, mit dem sie zwei Tage hätte schlafen sollen, das aber bei ihr nicht die geringste Wirkung zeigte.

Das Ehepaar del Valle war so gestorben, wie Clara es geträumt und wie Nívea selbst oft im Scherz ihrer beider Tod vorausgesagt hatte.

„Eines Tages werden wir uns mit dieser Höllenmaschine den Hals brechen", sagte Nívea, auf das alte Automobil ihres Mannes zeigend.

Severo del Valle hatte von klein auf eine Schwäche für moderne Erfindungen, das Auto nicht ausgenommen. Zu einer Zeit, da sich jedermann noch zu Fuß, in der Kutsche oder auf dem Veloziped fortbewegte, kaufte er das erste Auto, das ins Land kam und als Kuriosität in einem Schaufenster in der Innenstadt ausgestellt wurde. Es war ein technisches Wunderwerk, das zum sprachlosen Erstaunen der Fußgänger und unter den Verwünschungen derjenigen unter ihnen, die es im Vorüberfahren mit Dreck bespritzte oder in Staub einhüllte, mit der mörderischen Geschwindigkeit von fünfzehn bis zwanzig Kilometer pro Stunde dahinbrauste. Anfangs wurde es als eine öffentliche Gefahr verteufelt. Bedeutende Wissenschaftler erklärten in den Zeitungen, daß der menschliche Organismus einer Geschwindigkeit von zwanzig Kilometern in der Stunde nicht gewachsen sei, und da dieses neuartige Produkt, das Benzin, brennbar sei, könnte es eine Kettenreaktion auslösen, dem die ganze Stadt zum Opfer fiele. Selbst die Kirche mischte sich ein. Pater Restrepo, der seit dem bedauerlichen Vorfall mit Clara in der Gründonnerstagsmesse die Familie del Valle im Visier hatte, warf sich zum Hüter der guten Sitten auf und erhob seine galicische Stimme gegen die „amicos rerum novarum", die Freunde so neumodischer Dinge, wie dieser satanische Apparat eines war, und verglich ihn mit dem Feuerwagen, auf dem der Prophet Elias gen Himmel gefahren war. Severo kümmerte sich nicht um den Skandal, und wenig später folgten andere Herren seinem Beispiel, bis der Anblick von Autos nichts Neues mehr war. Er fuhr seinen Wagen zehn Jahre lang, und als sich die Stadt mit moderneren Autos füllte, die effizienter und sicherer waren, weigerte er sich, den seinen gegen ein anderes Modell einzutauschen, aus dem gleichen Grund, aus dem auch seine Frau ihre Kutschpferde nicht aufgeben wollte, ehe sie nicht friedlich an Altersschwäche starben. Der Sunbeam hatte Spitzenvorhänge und Kristallvasen, in die Nívea frische Blumen zu stellen pflegte, er war innen mit feinstem Holz und Juchten ausgestattet, und seine Messingteile glänzten wie Gold. Obwohl in England gebaut, lief er unter dem indianischen Namen Covadonga. Er war in der Tat perfekt, nur die Bremsen funktionierten nie gut. Severo, der sich auf seine Fähigkeiten als Mechaniker viel zugute hielt, nahm ihn mehrmals auseinander, um den Fehler zu beheben, und ebensooft gab er ihn dem Gran Cornudo, dem besten Mechaniker in ganz Chile. Seinen Spitznamen verdankte der Große Hahnrei einer Tragödie, die sein Leben überschattete. Man erzählte sich, daß ihn seine Frau in einer stürmischen Nacht verlassen hatte, angewidert, ihm Hörner aufzusetzen, ohne daß er davon Notiz nahm, aber ehe sie ging, steckte sie ein Schafsgehörn, das sie in einer Metzgerei bekommen hatte, auf das Gitter vor seiner Mechanikerwerkstatt. Als der Italiener am nächsten Tag zur Arbeit ging, traf er auf einen Schwarm von Kindern und Nachbarn, die ihn verhöhnten. Das Drama tat seinem beruflichen Prestige keinen Abbruch, aber die Bremsen des Covadonga konnte auch er nicht reparieren. Severo entschied sich dafür, einen großen Stein im Wagen mitzuführen. Wenn er nun an einer abschüssigen Stelle anhalten wollte, trat er auf die Fußbremse, während der Beifahrer rasch aussteigen und den Stein vor eines der Räder legen mußte. Das System funktionierte recht gut, aber an jenem fatalen Sonntag, den ihnen das Schicksal zu ihrem letzten bestimmt hatte, versagten die Bremsen gänzlich, und ehe Nívea aus dem Wagen springen konnte, um den Stein anzubringen, oder Severo manövrieren konnte, rollte das Fahrzeug bergab. Severo versuchte, es umzulenken oder auf eine andere Art zum Stehen zu bringen, aber der Teufel war in die Maschine gefahren, die unaufhaltsam dahinschoß, bis sie auf einen mit Baustahl beladenen Wagen prallte. Eine der Stangen durchstieß die Windschutzscheibe und enthauptete Nívea glatt. Ihr Kopf wurde durchs Fenster geschleudert, und obwohl Polizei, Waldhüter und freiwillige Helfer, die mit Hunden die Spur aufnahmen, zwei Tage lang nach ihm suchten, wurde er nicht gefunden. Am dritten Tag begannen die Leichen zu stinken und mußten unvollständig beerdigt werden. Es gab ein prachtvolles Leichenbegängnis, an dem der gesamte Stamm del Valle und eine unglaubliche Menge von Freunden und Bekannten teilnahmen, dazu Abordnungen der Frauenbewegung, die gekommen waren, um von den sterblichen Überresten Níveas Abschied zu nehmen, die damals als die erste chilenische Feministin galt und der ihre ideologischen Widersacher nachsagten, daß sie keinen Grund gehabt habe, ihren Kopf im Tode zu behalten, da sie ihn schon zu Lebzeiten verloren hätte. Clara, im Haus eingeschlossen, von Dienstboten umgeben, von Férula bewacht und von Doktor Cuevas gedopt, nahm an der Beerdigung nicht teil. Aus Rücksicht denen gegenüber, die ihr diesen letzten Schmerz ersparen wollten, äußerte sie nichts, was darauf hätte schließen lassen, daß sie die schauerliche Geschichte mit dem verlorenen Kopf kannte, doch als die Beerdigung vorüber war und das Leben wieder seinen gewohnten Gang zu gehen schien, überredete sie Férula, sie auf der Suche nach ihm zu begleiten, und es nützte nichts, daß ihre Schwägerin ihr noch mehr Tees und Pillen gab: sie ließ von ihrem Vorhaben nicht ab. Férula gab sich geschlagen, weil sie einsah, daß sie sich nicht länger darauf berufen konnte, die Sache mit dem Kopf sei nur ein böser Traum, und daß es klüger war, ihr bei der Ausführung ihres Plans zu helfen, bevor die innere Unruhe sie gänzlich verstörte. Sie warteten, bis Esteban Trueba aus dem Haus ging. Férula half ihr beim Ankleiden und rief einen Mietwagen. Die Anweisung, die Clara dem Chauffeur gab, war reichlich unbestimmt.

„Fahren Sie nur zu, ich werde Ihnen den Weg zeigen", sagte sie, geleitet von ihrem Instinkt, das Unsichtbare zu sehen.

Sie ließen die Stadt hinter sich, kamen auf freies Gelände, wo die Häuser weit auseinander standen und die Hügel und sanften Täler begannen. Auf Anordnung Claras bogen sie in eine Nebenstraße ein und fuhren zwischen Birken und Zwiebelfeldern weiter, bis sie dem Chauffeur neben einem Gebüsch zu halten befahl.

„Hier ist es", sagte sie.

„Das kann nicht sein, wir sind viel zu weit vom Unfallort entfernt", zweifelte Férula.

„Hier ist es, sage ich dir", beharrte Clara, zwängte sich umständlich aus dem Auto und schaukelte ihren riesigen Bauch vor sich her, gefolgt von ihrer Schwägerin, die Gebete murmelte, und dem Chauffeur, der von Ziel und Zweck dieser Fahrt keine Ahnung hatte. Sie versuchte zwischen die Büsche zu kriechen, aber das Gewicht der Zwillinge hinderte sie daran.

„Seien Sie so gut, gehen Sie da hinein und reichen Sie mir den Kopf einer Dame, den sie hier finden werden", bat sie den Chauffeur.

Der Mann zwängte sich unter das Dorngestrüpp und fand den Kopf Níveas, der aussah wie eine Riesenmelone. Er packte ihn am Haar und kroch damit zurück. Während er sich, an einen nahen Baum gelehnt, übergab, säuberten Férula und Clara Nívea von Erde und kleinen Steinchen, die ihr in Ohren, Nase und Mund steckten, ordneten ihr das Haar, das ein wenig zerzaust war, nur die Augen konnten sie ihr nicht schließen. Sie wickelten den Kopf in einen Schal und fuhren zurück.

„Fahren Sie schnell, ich glaube, das Kind kommt“, sagte Clara zum Chauffeur.

Sie kamen gerade noch rechtzeitig an, um die Mutter in ihr Bett zu bringen. Férula besorgte eilig die Vorbereitungen, während ein Dienstmädchen nach dem Arzt und der Hebamme lief. Clara, die durch das Schaukeln des Autos, die Aufregung der letzten Tage und die Tränke von Doktor Cuevas die Bereitschaft zum Gebären erreicht hatte, die sie bei ihrer ersten Tochter nicht hatte aufbringen können, biß die Zähne zusammen, hielt sich am Besanmast und am Fockmast ihres Segelschiffs fest und schickte sich an, Jaime und Nicolás im sanften Wasser der blauen Seide zur Welt zu bringen. Unter den aufmerksamen Blicken ihrer Großmutter, deren noch immer offene Augen sie von der Konsole aus beobachteten, kamen sie rasch hintereinander. Férula, erfahren durch das Zusehen bei der Geburt von Fohlen und Kälbern auf den Drei Marien, faßte sie nacheinander an dem feuchten Haarschopf über dem Nakken und half ihnen, Stück um Stück herauszukommen. Ehe der Arzt und die Hebamme kamen, versteckte sie Níveas Kopf unter dem Bett, um lästige Erklärungen zu vermeiden. Als sie eintrafen, blieb nicht mehr viel zu tun, die Mutter ruhte friedlich, und die zwei Knaben, winzig wie Siebenmonatskinder, aber mit allen ihren Gliedmaßen und unversehrt, schliefen in den Armen der erschöpften Tante.

Níveas Kopf wurde zu einem Problem, da sich kein Ort finden wollte, wo man ihn unterbringen konnte, ohne daß er gesehen wurde. Zuletzt verstaute ihn Férula, mit Stoff umwickelt, in einer ledernen Hutschachtel. Man erörterte die Möglichkeit, ihn gottwohlgefällig zu bestatten, aber ein endloser Papierkrieg wäre nötig gewesen, um die Öffnung des Grabes zu erwirken und das Fehlende hineinlegen zu können, und andererseits fürchtete man den Skandal, wenn öffentlich bekannt wurde, auf welche Weise der Kopf, an dem die Spürhunde versagt hatten, von Clara gefunden worden war. Esteban Trueba, wie immer in Angst, lächerlich zu erscheinen, entschied sich für eine Lösung, die den Lästermäulern keinen Stoff zum Reden bot, wußte er doch, daß das sonderbare Gebaren seiner Frau seit je eine Zielscheibe des Klatsches war. Claras Geschick, ohne jede Berührung Gegenstände zu bewegen und das Unvorhersehbare zu erraten, hatte sich herumgesprochen, und irgend jemand hatte die Geschichte von Claras Stummsein während ihrer Kindheit ausgegraben und sich der Anklage erinnert, die Pater Restrepo gegen sie erhoben hatte, der heilige Mann, von dem die Kirche hoffte, er würde als erster Chilene seliggesprochen werden. In den Jahren, die sie auf den Drei Marien verbracht hatten, waren die Gerüchte verstummt, hatten die Leute vergessen, aber Trueba wußte, daß ein Vorfall wie der mit dem Kopf seiner Schwiegermutter Anlaß genug wäre, das Gerede neu zu beleben. Dies, und nicht, wie später behauptet wurde, Nachlässigkeit, war der Grund, weshalb die Hutschachtel im Keller blieb, bis sich eine passende Gelegenheit fand, dem Kopf ein christliches Begräbnis zu geben.

Clara erholte sich rasch von der Doppelgeburt. Das Aufziehen der Kinder überließ sie ihrer Schwägerin und der Nana, die sich nach dem Tod ihrer alten Herrschaft im Hause Trueba hatte anstellen lassen, um, wie sie sagte, weiter dem gleichen Blut zu dienen. Sie war geboren worden, um die Kinder anderer zu wiegen, die Kleider zu tragen, die andere ablegten, zu essen, was sie übrigließen, von geliehenen Freuden und Leiden zu leben, alt zu werden unter dem Dach anderer, eines Tages im hintersten Patio in einem Bett zu sterben, das nicht ihr gehörte, und zuletzt in einem Massengrab auf dem Hauptfriedhof beerdigt zu werden. Sie war fast siebzig Jahre alt, aber ungebrochen in ihrem Diensteifer, unermüdlich bei der Arbeit, beweglich genug noch immer, um sich als Popanz zu verkleiden und in irgendeinem Winkel Clara aufzulauern, wenn sie wieder von ihrem Schweigerappel und ihrer Schiefertafelmanie befallen wurde, kräftig genug, mit den Zwillingen zu balgen, und zärtlich genug, um Blanca ebenso zu verwöhnen wie früher ihre Mutter und ihre Großmutter. Sie hatte die Gewohnheit angenommen, Gebete zu murmeln, wo sie ging und stand, denn als sie herausfand, daß keiner in diesem Haus glaubte, übernahm sie die Verantwortung und betete für die Lebenden der Familie und sicherlich auch, in Fortsetzung der Dienste, die sie ihnen zu ihren Lebzeiten erwiesen hatte, für ihre Toten. Im Alter vergaß sie, für wen sie betete, aber mit der Gewohnheit bewahrte sie sich die Gewißheit, daß es irgend jemandem schon nützen würde. Die Frömmigkeit war das einzige, was sie mit Férula teilte. In allem übrigen waren sie Rivalinnen..

Eines Freitagnachmittags klopfte es an der Tür des großen Eckhauses, und herein kamen drei durchscheinende Damen mit zarten Händen und umflorten Augen, altmodische Blumenhüte auf dem Kopf und umschwebt von einem intensiven Duft wilder Veilchen, der sich in allen Zimmern festsetzte, so daß noch tagelang das ganze Haus von Blumenduft erfüllt war. Es waren die drei Schwestern Mora. Clara, die im Garten saß und sie den ganzen Nachmittag erwartet zu haben schien, empfing sie mit einem Knaben an jeder Brust und der spielenden Blanca zu ihren Füßen. Sie sahen sich an, sie erkannten sich, sie lächelten sich zu. Das war der Anfang einer leidenschaftlichen spirituellen Beziehung, die dauerte, solange sie lebten, und die sich, wenn ihre Vorhersagen eintrafen, im Jenseits fortsetzte.

Die drei Schwestern Mora waren Adeptinnen des Spiritismus und erfahren im Umgang mit übernatürlichen Erscheinungen. Sie als einzige besaßen den unwiderleglichen Beweis, daß sich die Seelen Verstorbener materialisieren können: eine Fotografie, die sie an einem runden Tisch zeigte und, schwebend über ihren Köpfen, ein diffuses, geflügeltes Ektoplasma, das einige Ungläubige für einen Flekken auf dem Abzug, andere sogar für einen billigen Trick des Fotografen hielten. Über geheimnisvolle, nur Initiierten zugängliche Kanäle hatten sie von Claras Existenz erfahren, telepathisch Kontakt mit ihr aufgenommen und auf der Stelle gewußt, daß sie Astralschwestern waren. Mittels diskreter Nachforschungen fanden sie ihre irdische Adresse, und so erschienen sie denn mit ihren eigenen, von günstigen Fluida durchpulsten Wahrsagekarten, einigen Sätzen geometrischer Figuren samt selbsterfundenen kabbalistischen Zahlen zur Entlarvung falscher Parapsychologen und einem Tablett ganz gewöhnlicher Kuchen als Geschenk für Clara. Sie wurden eng vertraute Freundinnen und versammelten sich von diesem Tag an möglichst jeden Freitag, um Geister zu beschwören und Kabalen und Küchenrezepte auszutauschen. Sie fanden eine Methode, geistige Energie vom großen Eckhaus bis ans andere Ende der Stadt, wo die Schwestern Mora sich in einer alten Mühle eine ausgefallene Wohnung eingerichtet hatten, und auch in umgekehrter Richtung zu übertragen, so daß sie sich in schwierigen Situationen des täglichen Lebens gegenseitig Beistand leisten konnten. Die Moras kannten viele Leute, die an diesen Dingen interessiert waren und die nun ebenfalls zu den Freitagssitzungen kamen und ihre eigenen Kenntnisse und magnetischen Fluida einbrachten. Esteban Trueba sah sie kommen und gehen in seinem Haus und stellte nur drei Bedingungen: sie sollten seine Bibliothek verschonen, die Kinder nicht zu psychischen Experimenten benutzen, und sie sollten diskret sein: er wünschte kein öffentliches Ärgernis. Férula mißbilligte diese Aktivitäten Claras, weil sie ihr gegen die Religion und die guten Sitten zu verstoßen schienen. Sie beobachtete die Sitzungen aus vorsichtiger Entfernung, ohne selbst daran teilzunehmen, aber hinschielend mit einem Auge, während sie strickte, und bereit einzugreifen, falls Clara sich bei einer Aufgabe übernahm. Sie hatte festgestellt, daß ihre Schwägerin nach Sitzungen, in denen sie das Medium machte und mit einer Stimme, die nicht die ihre war, in heidnischen Zungen sprach, vollständig erschöpft war. Auch die Nana war wachsam. Unter dem Vorwand, Kaffee zu servieren, verscheuchte sie die Seelen mit dem Rascheln ihrer gestärkten Unterröcke und dem Klappern gemurmelter Gebete und wackelnder Zähne, aber sie tat es nicht, um Clara vor Exzessen zu bewahren, sondern um nachzusehen, ob niemand die Aschenbecher mitgehen ließ. Clara konnte ihr noch so oft erklären, daß ihre Besucher nicht das geringste Interesse an diesen Aschenbechern hatten, schon allein deshalb, weil keiner von ihnen rauchte, aber es war zwecklos: für die Nana waren alle, außer den bezaubernden Schwestern Mora, eine Bande evangelischer Gauner.

Die Nana und Férula haßten sich. Sie suchten sich gegenseitig die Liebe der Kinder zu entziehen und rivalisierten in der Sorge, Clara vor ihren Extravaganzen und Verrücktheiten zu bewahren: es war ein immerwährender, stummer Kampf, der sich in der Küche, in Höfen und Gängen abspielte, nie jedoch vor Clara, denn darin, daß ihr dieser Ärger erspart werden mußte, waren beide sich einig. Férulas Liebe zu Clara hatte sich zu einer eifersüchtigen Leidenschaft entwickelt, die mehr der eines anspruchsvollen Ehemanns als der einer Schwägerin glich. Mit der Zeit ließ sie die Vorsicht fallen und legte in tausend Kleinigkeiten eine Anbetung an den Tag, die von Esteban nicht unbemerkt blieb. Wenn er vom Land zurückkam, suchte Férula ihm einzureden, Clara hätte einen ihrer, wie sie sagte, „schlimmen Momente", damit er nicht in ihrem Bett schlief und nur bei seltenen Gelegenheiten und nur für kurze Zeit mit ihr zusammen war. Sie schützte Anordnungen von Doktor Cuevas vor, die sich bei Befragen des Arztes als erfunden herausstellten. Auf tausend Arten stellte sie sich zwischen die Eheleute, und wenn nichts mehr half, redete sie den Kindern ein, sie sollten ihren Vater bitten, mit ihnen spazierenzugehen, oder ihre Mutter, mit ihnen zu lesen, oder beide, bei ihnen zu bleiben, wenn sie Fieber hatten, oder mit ihnen zu spielen. „Die armen Kleinen, sie brauchen ihren Papa und ihre Mama, den ganzen Tag sind sie bei dieser unwissenden Alten, die ihnen rückständige Ideen in den Kopf setzt und sie mit ihrem Aberglauben verblödet, in ein Heim müßte man die Nana stecken! Die Dienerinnen Gottes haben ein Asyl für alte Hausangestellte, das hervorragend sein soll, die Frauen werden wie Damen behandelt, sie brauchen nicht zu arbeiten und bekommen gutes Essen, das wäre das menschlichste, arme Nana, sie kann doch nicht mehr", sagte sie. Ohne den Grund dafür entdecken zu können, fühlte sich Esteban in seinem eigenen Haus nicht mehr wohl. Er spürte, daß sich seine Frau immer mehr von ihm entfernte, immer sonderbarer und unzugänglicher wurde, daß er sie nicht mehr erreichen konnte, weder mit Geschenken noch mit seinen schüchternen Zärtlichkeitsbeweisen, noch mit der hemmungslosen Leidenschaft, die ihn stets in ihrer Gegenwart überkam. In dieser ganzen Zeit war seine Liebe bis zur Besessenheit gewachsen. Er wollte, daß Clara nur noch an ihn dachte, daß sie kein anderes Leben mehr hatte als das mit ihm geteilte, daß sie ihm alles erzählte und nichts besaß, was nicht aus seinen Händen kam: sie sollte allein von ihm abhängen.

Aber die Wirklichkeit war anders. Clara schien durch die Lüfte zu segeln wie ihr Onkel Marcos, abgehoben vom festen Boden: sie suchte Gott mit tibetanischen Praktiken, sie befragte mittels dreibeiniger Tische die Geister, die Klopfzeichen gaben, zweimal, ja, dreimal, nein, sie entschlüsselte Botschaften aus anderen Welten, die ihr sogar noch die Beschaffenheit der Regenfälle anzeigen konnten. Einmal verkündeten sie, unter dem Kamin läge ein Schatz vergraben. Sie ließ die Mauer einreißen, er kam nicht zum Vorschein, dann die Treppe, auch hier nicht, schließlich die Hälfte des großen Salons, nichts. Zuletzt stellte sich heraus, daß der Geist, irregeleitet von den architektonischen Veränderungen, die Clara am Haus hatte vornehmen lassen, nicht bemerkt hatte, daß das Versteck mit den Golddublonen nicht im Hause Trueba, sondern auf der anderen Straßenseite im Haus der Ugarte lag, die sich jedoch weigerten, ihr Eßzimmer einreißen zu lassen, weil sie der Geschichte mit dem spanischen Gespenst keinen Glauben schenkten. Clara war unfähig, Blanca die Zöpfe zu flechten, damit sie zur Schule gehen konnte, das besorgte Férula oder die Nana, aber sie hatte eine fabelhafte Beziehung zu ihr, auf der gleichen Grundlage, auf der auch die Beziehung zu ihrer Mutter verlaufen war: sie erzählten sich Geschichten, lasen in den magischen Büchern aus den verwunschenen Koffern, befragten die Familienfotos, tauschten Anekdoten aus über Onkel, denen Winde entfuhren, und Blinde, die wie ein Wasserstrahl aus der Pappel fielen, sie fuhren vor die Stadt, um sich die Kordilleren anzusehen und die Wolken zu zählen, sie verständigten sich in einer erfundenen Sprache, in der das kastilische t getilgt und durch n und das r durch l ersetzt wurden, so daß sie redeten wie der Chinese in der Wäscherei. Unterdessen wuchsen Jaime und Nicolás getrennt vom weiblichen Binom heran, gemäß dem Grundsatz jener Zeiten, „daß man sich zum Mann machen muß". Den Frauen hingegen war ihr Stand schon bei der Geburt genetisch einverleibt, so daß sie es nicht nötig hatten, ihn durch die Wechselfälle des Lebens erst zu erwerben. Die Zwillinge wurden stark und brutal bei den Spielen, die ihrem Alter angemessen waren: sie jagten Eidechsen, um ihnen die Schwänze in Scheibchen zu schneiden, Mäuse, um Wettrennen mit ihnen zu veranstalten, Schmetterlinge, um ihnen den Staub von den Flügeln zu nehmen; später versetzten sie sich Fausthiebe und Fußtritte nach den Vorschriften des oben erwähnten Chinesen in der Wäscherei, der, seiner Zeit voraus, als erster die Technik jahrtausendealter Kriegskünste in Chile einführte, zuletzt aber, da niemand ihn beachtete, wenn er zeigen wollte, daß er mit der bloßen Hand einen Ziegel durchschlagen konnte, oder wenn er den Wunsch äußerte, eine eigene Akademie zu gründen, fremder Leute Wäsche wusch. Jahre später machten sich die Zwillinge dadurch zu Männern, daß sie die Schule schwänzten, ins Niemandsland der Müllhalden liefen und dort die Silberbestecke ihrer Mutter eintauschten gegen ein paar Minuten verbotener Liebe mit einem Weib, so gewaltig, daß sie alle zwei an ihren mächtigen, wie die Euter holländischer Kühe strotzenden Brüsten wiegen, alle zwei mit ihren Elefantenschenkeln platt drücken und alle zwei in der dunklen, saftigen und warmen Höhle ihres Geschlechts in den siebten Himmel versetzen konnte. Doch das war viele Jahre später, und Clara erfuhr es nie, so daß sie es auch nicht in ihre Hefte eintragen konnte, damit ich es eines Tages lesen würde. Ich erfuhr es über andere Kanäle.

Clara interessierte sich nicht für den Haushalt. Sie ging durch die Zimmer und wunderte sich nicht, daß alles sauber und in schönster Ordnung war. Sie setzte sich zu Tisch, ohne zu fragen, wer das Essen gekocht oder die Lebensmittel eingekauft hatte, es war ihr gleichgültig, wer sie bediente, sie vergaß die Namen der Hausangestellten und manchmal die ihrer eigenen Kinder, doch schien sie immer gegenwärtig zu sein wie ein fröhlicher guter Geist, der die Uhren in Gang setzte, wo immer er auftauchte. Sie kleidete sich in Weiß, weil sie fand, daß nur diese Farbe ihrer Aura nicht abträglich war, und gab den einfachen Kleidern, die Férula für sie nähte, den Vorzug vor den mit Rüschen und Juwelen besetzten Roben, die ihr Mann ihr in der Absicht schenkte, sie zu blenden und sie nach der letzten Mode gekleidet zu sehen.

Esteban geriet oft in Verzweiflung, weil sie ihn mit der gleichen Freundlichkeit behandelte, mit der sie jedermann behandelte, und in dem gleichen schmeichelnden Ton mit ihm sprach, in welchem sie auch ihren Katzen gut zuredete. Sie war unfähig zu bemerken, ob er müde oder traurig, euphorisch oder zur Liebe aufgelegt war, erriet jedoch an der Farbe seiner Aura, wenn er einen Schurkenstreich ausheckte, und konnte mit ein paar scherzhaften Sätzen erreichen, daß seine Wut in sich zusammenfiel. Es erbitterte ihn, daß Clara ihm nie für etwas wirklich dankbar war und nie etwas brauchte, was er ihr geben konnte. Im Bett war sie zerstreut und fröhlich wie bei allem, entspannt und unkompliziert, aber abwesend. Sie wußte, daß sie ihren Körper hatte, um mit ihm alle die Turnübungen auszuführen, die sie aus den im Geheimfach ihrer Bibliothek versteckten Büchern kannte, aber bei ihr waren selbst die abscheulichsten Sünden nur wie die Ausgelassenheit eines Neugeborenen: es war unmöglich, sie mit dem Salz eines unzüchtigen Gedankens oder dem Pfeffer der Unterwerfung zu würzen. Aus Wut fiel Trueba in seine alten Sünden zurück. Während der langen Trennung von Clara, wenn sie mit den Kindern in der Hauptstadt blieb und er sich um das Gut kümmerte, zog er gelegentlich wieder eine kräftige Bäuerin ins Gebüsch, aber statt ihn zu erleichtern, hinterließ ihm das einen schlechten Geschmack im Mund und gab ihm kein dauerhaftes Vergnügen, vor allem weil er wußte, daß seine Frau, hätte er es ihr erzählt, sich über die Mißhandlung der andern und keinesfalls über seine Untreue empört hätte. Eifersucht, wie viele andere typisch menschliche Gefühle, waren Clara fremd. Zwei- oder dreimal ging er auch in den Farolito Rojo, danach ließ er es bleiben, weil er bei den Prostituierten nicht mehr funktionierte und die Demütigung schlucken mußte, faule Ausreden zu murmeln wie, er habe zuviel Wein getrunken, das Mittagessen sei ihm nicht bekommen, seit Tagen laufe er mit einer Erkältung herum. Auch Tránsito Soto besuchte er nicht mehr, weil er ahnte, daß in ihr die Gefahr der Sucht lag. Er fühlte ein unbefriedigtes Begehren in seinen Eingeweiden brodeln, ein nicht zu löschendes Feuer, einen Durst nach Clara, den er auch in ihren stürmischsten und längsten Nächten nicht zu stillen vermochte. Erschöpft schlief er ein, das Herz fast zum Zerspringen, aber bis in seine Träume hinein war er sich bewußt, daß die Frau, die da neben ihm lag, nicht wirklich zugegen war, sich vielmehr in einer unbekannten Region aufhielt, die er niemals betreten würde. Manchmal verlor er die Geduld. Dann schüttelte er Clara wütend und machte ihr die schlimmsten Vorwürfe, um zuletzt, weinend und für seine Brutalität um Verzeihung bittend, seinen Kopf in ihren Schoß zu legen. Die maßlose Liebe zu Clara war zweifellos das stärkste Gefühl im Leben Esteban Truebas, stärker selbst als sein Jähzorn und sein Stolz, und noch ein halbes Jahrhundert später verlangte er mit der gleichen Dringlichkeit und Bedürftigkeit nach ihr, die er rief bis ans Ende seiner Tage.

Férulas Eingriffe verschlimmerten den Angstzustand, mit dem sich Esteban herumschlug. Jedes Hindernis, das seine Schwester zwischen ihm und Clara aufrichtete, brachte ihn außer sich. Er haßte zuletzt seine eigenen Kinder, weil sie die Aufmerksamkeit ihrer Mutter für sich beanspruchten. Er unternahm eine zweite Hochzeitsreise mit Clara, um mit ihr dieselben Orte wie bei der ersten aufzusuchen, an Wochenenden flüchteten sie in ein Hotel, aber alles war vergebens. Er war überzeugt, daß Férula an allem die Schuld trug: sie hatte seiner Frau den bösen Keim eingepflanzt, der sie hinderte, ihn zu lieben, sie war es, die ihm mit verbotenen Liebkosungen stahl, was ihm, dem Gatten, gehörte. Er wurde fahl, wenn er Férula beim Baden Claras überraschte, er riß ihr den Schwamm aus der Hand, setzte sie unsanft vor die Tür und hob Clara auf seinen Armen aus dem Wasser, er schimpfte sie aus, untersagte ihr, sich noch einmal baden zu lassen, in ihrem Alter sei das ein Laster, und am Ende war er selbst es, der sie abtrocknete, ihr den Bademantel anzog und sie in dem Gefühl, sich lächerlich zu machen, ins Bett trug. Wenn Férula seiner Frau eine Tasse Schokolade brachte, riß er sie ihr aus der Hand unter dem Vorwand, sie behandle Clara wie eine Invalidin; wenn sie ihr den Gutenachtkuß gab, stieß er sie weg, das ewige Geküsse, sagte er, sei nicht gut; wenn sie ihr die besten Stücke auf dem Tablett aussuchte, sprang er wütend vom Tisch auf und verließ das Zimmer. Die Geschwister wurden zu erklärten Rivalen, sie maßen sich mit Blicken, sie dachten sich Spitzfindigkeiten aus, um sich in den Augen Claras gegenseitig herabzusetzen, sie bespitzelten und überwachten sich. Esteban ließ das Gut Gut sein, er übertrug Pedro Segundo García alles, selbst die importierten Kühe, er ging nicht mehr mit seinen Freunden aus, spielte nicht mehr Golf, hörte auf zu arbeiten, nur um Tag und Nacht die Schritte seiner Schwester kontrollieren zu können und ihr in den Weg zu treten, sooft sie zu Clara ging. Die Atmosphäre im Haus wurde beklemmend dicht und düster, selbst die Nana lief wie ein Gespenst herum. Die einzige, die dem Geschehen unberührt gegenüberstand, war Clara, die in ihrer Zerstreutheit oder ihrer Unschuld von allem nichts bemerkte.

Es dauerte lange, bis der Haß zwischen Esteban und Férula offen zum Ausbruch kam. Er begann als heimliches Unbehagen, als ein Wunsch, sich in kleinen Dingen weh zu tun, und wuchs an, bis er das ganze Haus erfüllte. In diesem Sommer mußte Esteban auf die Drei Marien fahren, denn mitten in der Erntezeit fiel Pedro Segundo García vom Pferd und wurde mit einem Loch im Kopf ins Spital der Nonnen gebracht. Kaum hatte sich der Verwalter erholt, kehrte Esteban, ohne sich anzumelden, in die Stadt zurück. Im Zug hatte er ein schreckliches Vorgefühl und den uneingestandenen Wunsch nach einer dramatischen Wendung, ohne zu ahnen, daß das Drama bereits im Gange war, als er es herbeiwünschte. Am Nachmittag kam er an, fuhr direkt in den Klub, spielte ein paar Partien Briska und aß zu Abend, ohne daß seine Unruhe und seine Ungeduld nachließen, obwohl er nicht wußte, was ihn erwartete. Während des Abendessens gab es ein leichtes Erdbeben, die Kristallüster schwankten mit dem üblichen Klirren, aber niemand sah auf, alle fuhren fort zu essen, die Musiker spielten weiter, ohne eine Note auszulassen, nur Esteban erschrak, als wäre das Beben ein Vorzeichen. Er aß rasch zu Ende, zahlte und ging.

Férula hatte für gewöhnlich ihre Nerven unter Kontrolle, aber an Erdbeben hatte sie sich nie gewöhnen können. Sie verlor die Angst vor den Gespenstern, die Clara heraufbeschwor, und die Furcht vor den Mäusen auf dem Land, aber Erdbeben fuhren ihr in die Knochen und ängstigten sie noch, lange nachdem sie vorüber waren. Sie hatte sich in dieser Nacht noch nicht schlafen gelegt, also lief sie zu Clara, die ihren Lindenblütentee getrunken hatte und friedlich schlief. Auf der Suche nach Gesellschaft und ein wenig Wärme legte sie sich neben sie, vorsichtig, um sie nicht aufzuwecken, und Gebete murmelnd, damit nicht aus dem leichten ein schweres Erdbeben würde. So fand sie Esteban Trueba. Heimlich wie ein Dieb betrat er das Haus, stieg die Treppe zu Claras Schlafzimmer hinauf, ohne Licht zu machen, und stand plötzlich vor den zwei schlaftrunkenen Frauen, die ihn auf den Drei Marien wähnten. Mit der gleichen Wut, mit der er auf einen Verführer seiner Frau losgegangen wäre, stürzte er sich auf seine Schwester, riß sie aus dem Bett, zerrte sie über den Gang, puffte sie die Treppe hinunter und stieß sie in die Bibliothek, während Clara auf der Schwelle ihres Zimmers stand und rief, ohne zu begreifen, was geschehen war. Allein mit Férula, entlud Esteban auf sie die ganze Wut des unbefriedigten Ehemanns, schrie ihr von Mannweib bis Kupplerin Wörter ins Gesicht, die er nie hätte gebrauchen dürfen. Er beschuldigte sie, seine Frau pervertiert und mit ihren altjüngferlichen Liebkosungen verwirrt zu haben, sie mit lesbischen Künsten somnambul, zerstreut, stumm und zur Spiritistin gemacht zu haben, in seiner Abwesenheit habe sie sich mit ihr verlustiert, die Ehre seines Hauses, den Namen selbst seiner Kinder und das Andenken ihrer heiligmäßigen Mutter habe sie besudelt, er dulde diese Abscheulichkeiten nicht länger, er werfe sie aus dem Haus, auf der Stelle, und er verbiete ihr, sich seiner Frau und seinen Kindern noch einmal zu nähern. Das Geld, das sie brauche, um anständig zu leben, werde ihr nicht fehlen, wie er es ihr versprochen habe, aber wenn er sie noch einmal um seine Familie herumschleichen sehe, werde er sie umbringen, das solle sie sich ein für allemal merken. „Umbringen werde ich dich, das schwöre ich dir bei unserer Mutter."

„Ich verfluche dich, Esteban", schrie ihn Férula an. „Immer wirst du allein sein, deine Seele und dein Körper werden schrumpfen, und du wirst sterben wie ein Hund."

Und so, im Nachthemd, ohne irgend etwas mitzunehmen, verließ sie das große Eckhaus für immer.

Am folgenden Tag ging Esteban zu Pater Antonio und erzählte ihm, ohne auf Einzelheiten einzugehen, was geschehen war. Der Priester hörte ihm zu, milde und mit dem unbewegten Blick eines Mannes, der die Geschichte früher schon einmal gehört hat.

„Was kann ich für dich tun, mein Sohn?" fragte er, als Esteban zu sprechen aufhörte.

„Ich möchte, daß Sie meiner Schwester jeden Monat einen Umschlag zukommen lassen, den ich Ihnen einhändigen werde. Ich will nicht, daß sie finanzielle Schwierigkeiten hat. Und ich betone, daß ich es nicht aus Liebe tue, sondern um ein Versprechen einzulösen."

Pater Antonio nahm seufzend den ersten Umschlag entgegen und setzte zu einem Segen an, aber Esteban hatte sich schon zum Gehen gewandt. Clara gab er keinerlei Erklärung zu dem, was zwischen ihm und seiner Schwester vorgefallen war. Er sagte ihr, daß er sie aus dem Haus geworfen habe, daß er ihr, Clara, verbiete, je wieder ihren Namen in seiner Gegenwart zu nennen, und wenn sie einigen Anstand hätte, meinte er, solle sie das auch hinter seinem Rücken nicht tun. Férulas Kleider und alle Gegenstände, die an sie erinnern konnten, ließ er entfernen. Sie war für ihn tot.

Clara begriff, daß es zwecklos war, ihm Fragen zu stellen. Sie ging in ihr Nähzimmer und holte das Pendel hervor, dessen sie sich zu Konzentrationsübungen und zur Verständigung mit den Geistern bediente. Sie breitete einen Stadtplan auf dem Boden aus und hielt das Pendel im Abstand von einem halben Meter darüber, in der Hoffnung, der Ausschlag werde ihr die Adresse ihrer Schwägerin anzeigen, aber nachdem sie den ganzen Nachmittag damit zugebracht hatte, begriff sie, daß dieses System nicht funktionieren konnte, wenn Férula keinen festen Wohnsitz hatte. Angesichts der Wirkungslosigkeit des Pendels fuhr sie im Wagen ziellos durch die Stadt, hoffend, ihr Instinkt werde sie leiten, aber auch das führte zu keinem Ergebnis. Sie befragte den dreibeinigen Tisch, ohne daß ein ortskundiger Geist erschienen wäre, um sie auf verschlungenen Pfaden zu Férula zu geleiten. Sie rief sie in Gedanken und erhielt keine Antwort, und auch die Tarockkarten brachten ihr keine Erleuchtung. Da beschloß sie, auf die herkömmlichen Mittel zurückzugreifen, und begann Férula bei den Freundinnen zu suchen, die Lieferanten und alle, die sonst mit ihr zu tun hatten, zu fragen, doch keiner hatte sie wiedergesehen. Schließlich führten ihre Nachforschungen sie zu Pater Antonio.

„Suchen Sie nicht länger nach ihr, Señora", sagte der Priester. „Sie will Sie nicht sehen."

Clara begriff, daß dies der Grund für das Versagen ihrer unfehlbaren Hellsehsysteme war.

Die Schwestern Mora haben recht, sagte sie sich. Wer nicht gefunden werden will, den findet man nicht.

Für Esteban Trueba begann eine überaus erfolgreiche Zeit. Seine Geschäfte blühten, als hätte ein Zauberstab sie berührt. Er war mit dem Leben zufrieden. Er war so reich geworden, wie er sich das einmal vorgenommen hatte. Er besaß Konzessionen auf weitere Minen, er exportierte Obst, er gründete eine Baufirma, und die Drei Marien, deren Umfang erheblich zugenommen hatte, waren das beste Gut in der ganzen Gegend und blieben unberührt von der Wirtschaftskrise, die das übrige Land schüttelte. In den nördlichen Provinzen hatte der Zusammenbruch des Salpeterabbaus Tausende von Arbeitern ins Elend gestürzt. Scharen hungriger Entlassener, die mit ihren Frauen, Kindern und Alten auf der Suche nach Arbeit durchs Land zogen, hatten schließlich die Hauptstadt erreicht und mit ihren notdürftigen Behausungen aus Brettern und Pappkartons im Niemandsland der Müllhalden und der Verlassenheit einen Elendsgürtel um sie gelegt. Um Gelegenheitsarbeiten bittend, strichen sie durch die Straßen, aber es gab nicht Arbeit für alle, und mit der Zeit hörten diese einst robusten, nun vom Hunger entkräfteten, von der Kälte erstarrten, zerlumpten und verzweifelten Männer auf, um Arbeit zu bitten, und baten nur noch um Almosen. Santiago füllte sich mit Bettlern. Und dann mit Dieben. Nie hatte man schlimmere Fröste erlebt als in diesem Jahr. In der Hauptstadt lag Schnee, ein ungewöhnliches Ereignis, das sich lange Zeit auf den Titelseiten der Zeitungen hielt und als Freudennachricht gefeiert wurde, während in den Stadtrandsiedlungen die kleinen Kinder am Morgen blaugefroren und halb erstarrt erwachten. Auch die Wohltätigkeit reichte für so viele Notleidende nicht aus.

Es war das Jahr des Flecktyphus. Er begann als eine zusätzliche Plage der Armen und nahm bald die Kennzeichen einer göttlichen Strafe an. Er brach in den Armenvierteln aus auf Grund der Kälte, der Unterernährung, des schmutzigen Wassers in den offenen Rinnen, und mit den Arbeitslosen verbreitete er sich über die ganze Stadt. Die Krankenhäuser konnten die Patienten nicht mehr fassen, hohläugig schleppten sich die Kranken durch die Straßen, fingen ihre Flöhe und warfen sie auf die Gesunden. Die Seuche griff um sich, hielt Einzug in allen Häusern, infizierte die Schulen und Fabriken, keiner konnte sich mehr sicher fühlen. Alle lebten in Angst, jeder suchte an sich die Anzeichen der schrecklichen Krankheit. Diejenigen, die sich angesteckt hatten, fühlten eine Grabeskälte in ihren Knochen, begannen zu zittern und fielen bald in eine Art Stupor. Sie verblödeten, während sie, übersät mit Flecken, vom Fieber aufgezehrt wurden, sie schieden Blut aus, delirierten von Feuer und Untergang und fielen um, die Knochen Watte, die Beine Lappen und einen Gallegeschmack im Mund, der Körper eine offene Wunde, eine rote Pustel neben einer blauen, einer gelben, einer schwarzen, sie kotzten sich die Eingeweide aus dem Leib und schrien zu Gott, daß er sich ihrer erbarme und sie endlich sterben lasse, weil sie es nicht mehr aushalten könnten, der Kopf zerspringe ihnen und die Seele entweiche ihnen mit der Scheiße und dem Entsetzen.

Esteban schlug vor, seine ganze Familie aufs Land zu bringen, um sie vor der Ansteckung zu bewahren, aber Clara wollte nichts davon hören. Sie war vollauf damit beschäftigt, den Armen beizustehen, eine Aufgabe ohne Anfang und ohne Ende. Sie ging frühmorgens aus dem Haus und kam manchmal erst gegen Mitternacht zurück. Sie plünderte die Schränke im Haus, nahm ihren Kindern die Kleider, den Betten die Decken, ihrem Mann die Jacketts weg. Sie räumte die Speisekammer leer und richtete einen Paketdienst ein: Pedro Segundo García schickte ihr Käse, Eier, Speck, Obst und Hühner aus den Drei Marien, und sie verteilte es unter ihre Schützlinge. Sie wurde mager und sah eingefallen aus. In den Nächten geisterte sie wieder durch die Gänge des Hauses.

Férulas Abwesenheit hatte so katastrophale Auswirkungen auf das Haus, daß selbst die Nana, die sie immer fortgewünscht hatte, erschüttert war. Als der Frühling kam und Clara ein wenig ausruhen konnte, verstärkte sich ihre Neigung, die Wirklichkeit zu umgehen und sich in ihren Träumen zu verlieren. Obwohl sie sich nicht mehr auf das Organisationstalent ihrer Schwägerin verlassen konnte, um des Chaos im großen Eckhaus Herr zu werden, kümmerte sie sich nicht um den Haushalt. Sie übertrug alles der Nana und den übrigen Dienstboten und versenkte sich in die Welt der Geistererscheinungen und der psychischen Experimente. Die Eintragungen in ihre Lebensnotizhefte wurden verworren, ihre Schrift verlor die Eleganz klösterlicher Kalligraphie, die sie immer gehabt hatte, und verkam zu weit auseinandergezogenen Krakeln, teils so winzig, daß man sie nicht mehr lesen konnte, und teils so groß, daß drei Worte eine ganze Seite füllten.

In den folgenden Jahren bildete sich um Clara und die drei Schwestern Mora eine Gruppe von Gurdjieff-Schülern, Rosenkreuzern, Spiritisten und übernächtigen Bohemiens, die täglich drei Mahlzeiten im Haus einnahmen und ihre Zeit aufteilten zwischen den vordringlichsten Befragungen des dreibeinigen Tisches und der Lektüre der neuesten Verse des jeweils letzten erleuchteten Poeten, der auf Claras Schoß gelandet war. Esteban duldete diese Invasion von Spinnern, weil er seit langem wußte, daß es zwecklos war, in das Leben seiner Frau eingreifen zu wollen. Er beschloß, wenigstens die beiden Knaben der Magie zu entziehen, und so wurden Jaime und Nicolás als Interne in ein viktorianisches College gesteckt, wo jeder Vorwand recht war, ihnen die Hosen herunterzuziehen und den Hintern zu versohlen, vor allem Jaime, der sich über die britische Königsfamilie lustig machte und mit zwölf Jahren Interesse an der Lektüre eines gewissen Marx zeigte, eines Juden, der auf der ganzen Welt Revolutionen anzettelte. Nicolás hatte von seinem Onkel Marcos den Abenteurergeist geerbt und von seiner Mutter die Neigung, Horoskope zu stellen und die Zukunft zu enträtseln, was jedoch nach den strengen Grundsätzen des College nicht als schweres Vergehen, sondern als bloße Spinnerei angesehen wurde, so daß er sehr viel weniger gezüchtigt wurde als sein Bruder.

Der Fall von Blanca lag anders, weil ihr Vater nicht in ihre Erziehung eingriff. Er ging davon aus, daß es ihr Los sein werde, zu heiraten und in der Gesellschaft zu glänzen, in der die Fähigkeit, mit den Toten zu sprechen, als Attraktion gelten konnte, vorausgesetzt, daß der Ton, in dem es geschah, frivol genug war. Er vertrat die Ansicht, daß die Magie, wie die Religion und die Küche, eine spezifisch weibliche Angelegenheit sei, und damit, möglicherweise, hing es zusammen, daß er die drei Schwestern Mora sympathisch finden konnte, während er die Spiritisten männlichen Geschlechts fast ebenso haßte wie die Pfaffen. Was Clara betraf, so ging sie überall mit ihrer Tochter im Schlepptau herum: sie nahm sie in die Freitagssitzungen mit und erzog sie im vertrauten Umgang mit den Seelen Verstorbener, den Mitgliedern von Geheimgesellschaften und den notleidenden Künstlern, deren Maecenas sie geworden war. Und wie ihre Mutter in den Zeiten ihrer Stummheit sie selbst, so nahm sie nun Blanca mit, wenn sie, mit Geschenken beladen, zu den Armen fuhr.

„Das verhilft uns zu einem guten Gewissen, Blanca“, erklärte sie ihr. „Den Armen hilft es nicht. Die brauchen keine Almosen, sondern Gerechtigkeit."

Über dieses Thema hatte sie schlimmste Auseinandersetzungen mit Esteban, der in diesem Punkt ganz anders dachte.

„Gerechtigkeit! Ist es gerecht, daß alle das gleiche haben? Die Faulen das gleiche wie die Fleißigen? Die Dummen das gleiche wie die Klugen? Nicht einmal bei den Tieren ist das so. Die Frage ist nicht, ob einer reich oder arm, sondern ob er stark oder schwach ist. Auch ich bin der Meinung, daß wir alle dieselben Chancen haben sollen, aber diese Leute strengen sich ja nicht an. Die Hand ausstrekken und um ein Almosen bitten, das ist leicht. Ich glaube an Leistung und Lohn. Mit dieser Philosophie bin ich zu dem gekommen, was ich habe. Ich habe nie jemanden um etwas gebeten, ein Beweis, daß jeder so handeln kann. Mir war es bestimmt, ein armer, unglücklicher Notariatsschreiber zu werden. Deshalb dulde ich diese bolschewistischen Ideen in meinem Haus nicht. Geht ihr in die Armensiedlungen und gebt Almosen, wenn ihr wollt. Das ist gut und paßt sich für die Erziehung einer Señorita. Aber kommt mir nicht mit den gleichen Dummheiten wie Pedro Tercero García, das halte ich nicht aus."

Es stimmte, Pedro Tercero García sprach von Gerechtigkeit auf den Drei Marien. Er war der einzige, der dem Patron die Stirn zu bieten wagte, trotz der Prügel, die ihm sein Vater, Pedro Segundo García, gab, sooft er ihn dabei erwischte. Schon seit Jahren lief der Junge ohne Erlaubnis ins Dorf, um sich Bücher auszuleihen, Zeitungen zu lesen und mit dem Lehrer zu reden, einem glühenden Kommunisten, der später mit einem Schuß zwischen die Augen getötet wurde. Auch nachts entwischte er und lief in die Bar von San Lucas, um sich dort mit ein paar Gewerkschaftern zu treffen, die gern zwischen ein paar Schluck Bier die Welt in Ordnung brachten, oder mit dem riesenhaften, großartigen José Dulce María, einem spanischen Priester, der den Kopf voll revolutionärer Ideen hatte und ihretwegen von der Gesellschaft Jesu in diesen gottverlassenen Winkel verbannt worden war, aber dennoch nicht darauf verzichtete, biblische Gleichnisse in sozialistische Kampfansagen umzusetzen. An dem Tag, da Esteban Trueba entdeckte, daß der Sohn seines Verwalters subversive Schriften an seine Hintersassen verteilte, rief er ihn in sein Büro und schlug ihn vor den Augen seines Vaters mit der Schlangenlederpeitsche.

„Das ist eine erste Warnung, du Rotzbengel", sagte er, ohne die Stimme zu heben, mit funkelnden Augen. „Wenn ich dich wieder dabei erwische, daß du unter meinen Leuten Unruhe stiftest, bringe ich dich ins Gefängnis. Ich will keine Aufwiegler auf meinem Gut. Hier befehle ich, und ich habe das Recht, mir die Leute auszusuchen, die mir passen. Du paßt mir nicht, damit du es weißt. Ich dulde dich hier deines Vaters wegen, der mir viele Jahre lang treu gedient hat, aber sieh dich vor, es könnte mit dir ein schlimmes Ende nehmen. Geh jetzt."

Pedro Tercero García glich seinem Vater, war dunkel wie er, mit harten, wie in Stein gemeißelten Gesichtszügen, großen, traurigen Augen und steifem schwarzem Haar, das wie eine Bürste geschnitten war. Er liebte nur zwei Menschen: seinen Vater und die Tochter des Patrons. Er liebte sie seit jenem Tag in seiner frühen Kindheit, an dem er mit ihr unter dem Eßzimmertisch geschlafen hatte. Und Blanca erlag dem gleichen Schicksal. Jedesmal, wenn sie in den Ferien aufs Land fuhr, schlug ihr Herz vor Ungeduld und Verlangen wie eine afrikanische Trommel, sobald sie auf einem der hochbeladenen Wagen in Wolken aufgewirbelten Staubs auf den Drei Marien ankam. Sie war die erste, die vom Wagen sprang und auf das Haus zulief, und jedesmal stand Pedro Tercero an der Stelle, wo er sie zum erstenmal gesehen hatte, auf der Schwelle, halb verborgen vom Türschatten, schüchtern und linkisch, barfuß und in zerrissenen Hosen, seine altersweisen Augen forschend auf den Weg gerichtet, auf dem sie ankommen mußte. Sie liefen einander entgegen, umarmten sich, küßten sich, lachten, zärtlich sich boxend und an den Haaren ziehend, und wälzten sich vor Freude auf dem Boden.

„Hör auf, Blanca, laß diesen Lumpenjungen", schrie die Nana, die sie zu trennen versuchte.

„Laß sie, Nana, sie sind Kinder, und sie mögen sich", sagte Clara, die mehr wußte.

Die Kinder liefen fort, rannten in ein Versteck, um sich alles zu erzählen, was sich in diesen Monaten der Trennung angesammelt hatte. Pedro überreichte ihr verschämt ein paar Holztiere, die er für sie geschnitzt hatte, Blanca übergab ihm die für ihn gesammelten Geschenke: ein Federmesser, das sich wie eine Blume öffnete, einen kleinen Magneten, der wunderbarerweise rostige Nägel aus dem Boden zog. In dem Sommer, in dem sie mit einem Teil der magischen Bücher aus den Koffern von Onkel Marcos auf den Drei Marien ankam, war sie zehn Jahre alt, und Pedro Tercero hatte noch Schwierigkeiten mit dem Lesen, aber Wißbegierde und Lerneifer bewirkten, was die Lehrerin mit Schlägen nicht erreicht hatte. Lesend verbrachten sie den Sommer im Schilf am Flußufer, unter den Fichten, zwischen den Ähren der Kornfelder, besprachen den Heldenmut von Sandokan und Robin Hood, diskutierten das schlimme Ende des Schwarzen Seeräubers und die erbaulichen wahren Geschichten aus dem „Schatz für die Jugend", erforschten im „Diccionario de la Real Academia de la Lengua Española" die hintergründigen Bedeutungen verbotener Wörter oder das System der Herzgefäße auf einer farbigen Abbildung, auf der ein Mann, gehäutet, aber in Unterhosen, mit allen seinen Adern und seinem Herzen zu sehen war. Innerhalb weniger Wochen lernte der Junge lesen und las mit Feuereifer. Zu zweit betraten sie die weite und tiefe Welt der unmöglichen Geschichten, der Gnomen, der Feen, der Schiffbrüchigen, die einander auffraßen, nachdem sie das Los geworfen hatten, der Tiger, die sich aus Liebe zähmen lassen, der faszinierenden Erfindungen, der geographischen und zoologischen Kuriositäten, der Länder des Orients, wo Geister in Flaschen gesperrt werden, Drachen in den Höhlen hausen und in den Türmen gefangene Prinzessinnen sitzen. Oft besuchten sie Pedro García den Alten, dessen Sinne mit der Zeit stumpf geworden waren. Er wurde langsam blind, ein hellblaues Häutchen überzog seine Pupillen, „die Wolken sind mir in die Augen gekommen", sagte er. Er freute sich über die Besuche Blancas und Pedro Terceros, der sein Enkel war, wenngleich der alte Mann das längst vergessen hatte. Er hörte sich die Geschichten an, die sie aus den magischen Büchern für ihn aussuchten und die sie ihm ins Ohr schreien mußten, weil ihm der Wind in die Ohren gefahren war, wie er sagte, und ihn taub gemacht hatte. Danach brachte er ihnen bei, wie man sich gegen die Stiche giftiger Tiere immunisiert, und setzte sich einen lebenden Skorpion auf den Arm, um ihnen die Wirksamkeit seines Gegengifts zu beweisen. Er zeigte ihnen, wie man Wasser sucht. Man mußte eine trockene Astgabel fest an beiden Enden fassen und im Gehen den Boden mit ihr berühren, schweigend und in Gedanken an das Wasser und den Durst des Holzes nach Wasser, bis die Gabel, wenn sie die Feuchtigkeit spürte, plötzlich zu zittern begann. „An dieser Stelle muß man graben", sagte der Alte, aber, fügte er hinzu, seine Methode, auf den Drei Marien Wasser zu finden, sei das nicht. Seine Knochen hätten so großen Durst, daß sein Gerippe ihm unterirdisches Wasser auch in großer Tiefe noch anzeige. Er zeigte ihnen die Kräuter auf dem Feld, die sie beriechen, schmecken und tasten mußten, damit sie ihren natürlichen Duft, ihr Aroma und ihre Textur kennenlernten und jedes bestimmen konnten und wußten, welches das Gemüt beruhigt, welches teuflische Einflüsse austreibt, welches die Augen hell macht, welches den Bauch kräftigt, welches das Blut anregt. Sein Wissen auf diesem Gebiet war so groß, daß der Arzt im Spital der Nonnen ihn gelegentlich aufsuchte, um ihn um Rat zu fragen. Doch all sein Wissen reichte nicht aus, um seine Tochter Pancha vom innerlichen Brand zu heilen. Er gab ihr Kuhfladen zu essen, versuchte es, als das nicht wirkte, mit Roßäpfeln, er wickelte sie in Decken und ließ sie das Übel ausschwitzen, bis sie nur noch Haut und Knochen war, er rieb sie mit einer Mischung aus Branntwein und Schießpulver ab, alles vergebens. Pancha starb an einer anhaltenden Diarrhöe, die ihr Fleisch entwässerte und sie unstillbaren Durst leiden ließ. Mit seiner Weisheit am Ende, bat Pedro García den Patron, seine Tochter auf dem Wagen ins Dorf bringen zu dürfen. Die zwei Kinder begleiteten ihn. Der Arzt im Spital der Nonnen untersuchte Pancha gründlich und sagte dem Alten, sie sei unrettbar verloren. Hätte er sie ihm früher gebracht und sie nicht so maßlos schwitzen lassen, hätte er noch etwas für sie tun können, jetzt aber könne ihr Körper keine Flüssigkeit mehr behalten, sie sei wie eine Pflanze mit verdorrten Wurzeln. Pedro García war tief gekränkt und leugnete seinen Mißerfolg auch dann noch, als er in Begleitung der zwei verstörten Kinder mit der Leiche seiner Tochter zurückkam und sie, schimpfend auf die Unwissenheit der Ärzte, auf dem Hof der Drei Marien ablud. Sie wurde auf dem kleinen Friedhof neben der verlassenen Kirche am Fuß des Vulkans beerdigt, an einer besonderen Stelle, da sie in gewisser Weise die Frau des Patrons gewesen war, hatte sie ihm doch den einzigen Sohn geschenkt, der, wennschon nicht seinen Vaternamen, so doch seinen Vornamen trug, und einen Enkel, den seltsamen Esteban García, der in der Geschichte der Familie Trueba eine so schreckliche Rolle spielen sollte.

Eines Tages erzählte Pedro García der Alte Blanca und Pedro das Märchen von den Hennen, die sich gegen den Fuchs zusammentun, weil der jede Nacht in ihren Stall kommt, um ihre Eier zu stehlen und ihre Küken zu fressen. Die Hennen hatten die Anmaßung des Fuchses satt, sie erwarteten ihn gut organisiert, und als er in den Hühnerstall kam, verstellten sie ihm den Weg, kreisten ihn ein und traktierten ihn mit Schnabelhieben, bis er mehr tot als lebendig liegenblieb.

„Am Ende sah man den Fuchs mit eingezogenem Schwanz und verfolgt von den Hennen davonlaufen“, schloß der Alte.

Blanca lachte über die Geschichte. Das sei unmöglich, meinte sie, denn die Hennen würden dumm und schwach, der Fuchs schlau und stark geboren, aber Pedro Tercero lachte nicht. Den ganzen Nachmittag war er nachdenklich und grübelte über die Geschichte vom Fuchs und den Hennen, und vielleicht war dies der Augenblick, in dem das Kind ein Mann zu werden begann.

Fünftes Kapitel
Die Liebenden

Blancas Kindheit verlief ohne große Erschütterungen, abwechselnd zwischen den heißen Sommern auf den Drei Marien, wo sie die Kraft eines Gefühls entdeckte, das mit ihr wuchs, und der Routine eines Großstadtlebens, das sich wenig von dem anderer Kinder ihres Alters und ihres Milieus unterschied, obgleich die Gegenwart Claras eine extravagante Note in ihr Dasein brachte. Jeden Morgen kam die Nana mit dem Frühstück, schüttelte sie wach, sah ihre Schuluniform nach, zog ihr die Söckchen hoch, reichte ihr den Hut, die Handschuhe, das Halstuch und ordnete ihre Bücher in die Schultasche ein, während sie leise Gebete für die Gestorbenen vor sich hin murmelte und laut Blanca ermahnte, sich nicht von den Nonnen einwickeln zu lassen.

„Das sind alles schlechte Weiber", warnte sie. „Sie holen sich die hübschesten und klügsten Mädchen aus guter Familie, um sie ins Kloster zu stecken, dann scheren sie den armen Novizinnen die Köpfe, und die müssen ihr Leben damit verplempern, für den Verkauf Torten zu backen und irgendwelche armen Leute zu pflegen."

Der Chauffeur fuhr sie in die Schule, wo sie als erstes die Messe hören und kommunizieren mußte. Während sie, den intensiven Geruch des Weihrauchs und der Muttergotteslilien atmend, in ihrer Bank kniete, litt sie die dreifache Folter: Brechreiz, Schuldgefühle und Langeweile. Die Messe war das einzige, was ihr an der Schule nicht gefiel. Sie liebte die hohen Steinmauern der Gänge, die unbefleckte Reinheit der Marmorböden, die schmucklosen, nackten weißen Wände, den eisernen Christus über dem Eingang. Sie war ein romantisches, gefühlvolles Geschöpf, das zu Einsamkeit neigte, wenige Freundinnen hatte und das zu Tränen gerührt sein konnte, wenn im Garten die Rosen zu blühen begannen, wenn sie den feinen Putzlappen- und Seifengeruch der kniend wischenden Nonnen roch oder wenn sie hinter den anderen Schülerinnen zurückblieb, um die traurige Stille der leeren Aulen in sich zu fühlen. Sie galt als schüchtern und melancholisch. Nur auf dem Land, wenn sie, gebräunt von der Sonne und den Bauch voll lauer Früchte, mit Pedro Tercero über die Felder lief, war sie lustig und vergnügt. Diese sei die echte Blanca, sagte ihre Mutter, die in der Stadt sei eine Blanca im Winterschlaf.

Wegen des fortwährenden Betriebs im großen Eckhaus nahm außer der Nana niemand zur Kenntnis, daß Blanca fraulich wurde. Sie hatte von den Trueba das spanische und maurische Blut geerbt, die gebieterische Haltung, die stolze Miene, die olivenfarbene Haut, die dunklen Augen und den mediterranen Gang, aber alles geprägt vom Erbe der Mutter, von der sie die Sanftheit hatte, die kein Trueba je besaß. Sie war ein ruhiges Mädchen, das sich allein beschäftigte, lernte, mit Puppen spielte und nicht die geringste Veranlagung weder zum Spiritismus ihrer Mutter noch zum Jähzorn ihres Vaters besaß. In der Familie sagte man scherzhaft, sie sei seit Generationen die einzige Normale, und sie erschien in der Tat als ein Wunder an Ausgewogenheit und Gelassenheit. Mit dreizehn begann sich ihre Brust zu entwickeln, ihre Taille sichtbar zu werden, sie nahm ab und wurde schlank und rank wie eine gut gedüngte Pflanze. Die Nana flocht ihr das Haar zum Knoten und ging mit ihr das erste Korsett kaufen, das erste Paar Seidenstrümpfe, das erste damenhafte Kleid und einen Vorrat von Binden für das, was sie die Demonstration zu nennen pflegte. Unterdessen fuhr ihre Mutter fort, die Stühle durchs Haus tanzen zu lassen, auf dem geschlossenen Klavier Chopin zu spielen und die wunderschönen reim- und themalosen, von Logik freien Verse eines jungen Dichters zu rezitieren, von dem man überall zu sprechen begann und den sie in ihr Haus aufgenommen hatte – ohne die Veränderungen an ihrer Tochter wahrzunehmen, ohne die Schuluniform mit den platzenden Nähten zu sehen und zu bemerken, daß sich das Apfelgesicht ihrer Tochter unmerklich in das Gesicht einer Frau verwandelte, denn Clara achtete mehr auf Aura und Fluidum als auf Kilos und Zentimeter. Eines Tages sah sie sie in ihrem Ausgehkleid ins Nähzimmer kommen und wunderte sich, daß diese hochgewachsene brünette Señorita ihre kleine Blanca sein sollte. Sie nahm sie in die Arme, bedeckte sie mit Küssen und eröffnete ihr, daß sie nun bald ihre Menstruation bekommen werde.

„Setz dich, ich werde dir das erklären", sagte Clara.

„Mach dir keine Sorgen, Mama, seit einem Jahr habe ich sie jeden Monat", lachte Blanca.

Die Beziehung zwischen beiden änderte sich durch die Entwicklung des Mädchens wenig, da sie auf den soliden Grundsätzen beruhte, sich gegenseitig voll anzuerkennen und über die meisten Dinge des Lebens gemeinsam zu lachen.

In diesem Jahr kündigte sich der Sommer früh mit einer erstickenden, trockenen Hitze an, die der Stadt die Ausstrahlung eines Altptraums verlieh, weshalb die Reise zu den Drei Marien um ein paar Wochen vorverlegt wurde. Wie alle Jahre erwartete Blanca den Moment, in dem sie Pedro Tercero sehen würde, und wie alle Jahre war das erste, nachdem sie ausgestiegen war, ihn mit den Augen zu suchen. Sie entdeckte seinen Schatten auf der Schwelle der Tür, sprang vom Wagen und lief ihm entgegen mit dem Verlangen so vieler Monate, in denen sie von ihm geträumt hatte, sah aber überrascht, daß der Junge kehrtmachte und davonlief.

Den ganzen Nachmittag suchte Blanca einen nach dem andern die Orte auf, an denen sie sich gewöhnlich trafen, sie fragte nach ihm, rief ihn, suchte ihn im Haus von Pedro García dem Alten und ging, als es Nacht wurde, zu Bett, ohne gegessen zu haben. Traurig und verstört grub sie in ihrem riesigen Messingbett das Gesicht in die Kissen und weinte untröstlich. Die Nana, die ihr ein Glas Milch mit Honig brachte, erriet sofort ihren Kummer.

„Froh bin ich", sagte sie mit einem schiefen Lächeln. „Du bist zu alt, um noch mit diesem verlausten Rotzbengel zu spielen."

Als eine halbe Stunde später ihre Mutter kam, um sie zu küssen, traf sie ihre Tochter bei den letzten Schluchzern eines melodramatischen Weinens an. Für einen Augenblick hörte Clara auf, ein zerstreuter Engel zu sein, und ließ sich herab auf die Ebene der gewöhnlichen Sterblichen, die mit vierzehn Jahren ihren ersten Liebeskummer haben. Sie wollte den Grund wissen, aber Blanca, zu stolz oder schon zu sehr Frau, gab ihr keine Erklärung, so daß Clara nur eine Weile auf ihrem Bett sitzen blieb und sie streichelte, bis sie sich beruhigt hatte.

In dieser Nacht schlief Blanca schlecht. Im Morgengrauen wachte sie auf, umgeben noch von den Schatten im geräumigen Zimmer, und blieb liegen, die Deckentäfelung betrachtend, bis sie den Hahn krähen hörte. Da stand sie auf, zog die Vorhänge zurück und ließ das sanfte Licht des frühen Morgens und die ersten Geräusche der Welt ein. Sie trat vor den Spiegel im Schrank und betrachtete sich eingehend. Sie zog das Hemd aus und besah zum erstenmal ihren Körper in allen Einzelheiten und begriff, daß diese Veränderungen der Grund waren, weshalb ihr Freund geflohen war. Sie lächelte mit einem neuen, feinen Frauenlächeln. Dann zog sie sich die alten Sachen vom vergangenen Sommer an, die fast nicht mehr zugingen, warf einen Umhang über und ging, auf Zehenspitzen, um ihre Familie nicht zu wecken, ins Freie. Draußen erwachte das Land aus der Schläfrigkeit der Nacht, die ersten Sonnenstrahlen fielen wie Säbelhiebe von den Gipfeln der Kordilleren herab, die Erde erwärmend und den Tau verdunstend zu feinem weißem Schaum, der die Konturen der Dinge verwischte und die Landschaft in eine Traumvision verwandelte. Blanca ging an den Fluß. Alles war noch ruhig, das Knistern abgefallener Blätter und trockener Zweige unter ihren Schritten war das einzige Geräusch in diesem weiten, schlafenden Raum. Sie fühlte, daß diese dunstigen Wege, diese goldgelben Kornfelder, diese fernen violetten Berge, die sich im durchscheinenden Morgenhimmel verloren, etwas aus dem Gedächtnis Erinnertes, schon früher und genauso Gesehenes waren, daß sie diesen Augenblick schon einmal erlebt hatte. Die Erde und die Bäume waren naß vom feinen Nachtregen, ihre Kleider fühlten sich feucht, die Schuhe kalt an. Sie atmete den Duft der nassen

Erde, der vermodernden Blätter ein, des Humus, der in ihren Sinnen eine unbekannte Lust erweckte.

Blanca kam an den Fluß und sah ihren Freund an eben der Stelle sitzen, an der sie sich so oft getroffen hatten. Pedro Tercero war in diesem letzten Jahr nicht, wie sie, gewachsen, er war noch dasselbe magere, braunhäutige Kind mit dem aufgeblähten Bauch und dem altersweisen Ausdruck seiner schwarzen Augen. Er stand auf, als er sie sah, und sie merkte, daß sie mindestens einen halben Kopf größer war als er. Sie sahen sich an, erschrocken zum erstenmal in dem Gefühl, daß sie beinahe wie zwei Fremde geworden waren. Für eine Zeit, die ihnen unendlich erschien, blieben sie regungslos stehen, sich eingewöhnend in die Veränderungen und neuen Distanzen, aber dann zwitscherte ein Spatz, und alles war wieder wie im Sommer zuvor. Sie waren wieder zwei Kinder, die rannten, sich umarmten und lachten, auf den Boden fielen, sich wälzten auf den Kieselsteinen, während sie unermüdlich ihre Namen murmelten, glücklich, wieder zusammen zu sein. Endlich beruhigten sie sich. Blanca hatte das Haar voll trockener Blätter, die er ihr abnahm, eins ums andere.

„Komm, ich zeig dir etwas", sagte Pedro Tercero.

Er nahm sie an der Hand. So gingen sie, diesen Tagesanbruch der Welt genießend, planschend im Matsch, frische Triebe pflückend, um ihren Saft zu saugen, sich ansehend, lächelnd, ohne zu sprechen, bis sie an eine weit entfernte Weide kamen. Die Sonne stand schon über dem Vulkan, aber der Tag hatte sich noch nicht vollends eingerichtet, und die Erde gähnte. Pedro machte ihr ein Zeichen, sich hinzulegen und still zu sein. Sie robbten auf eine Hecke zu, krochen zwischen den Büschen durch, und Blanca sah es: es war eine schöne Fuchsstute, allein auf dem Hang, beim Fohlen. Regungslos, darauf bedacht, daß nicht einmal ihr Atem zu hören war, sahen sie, wie sie keuchte und preßte, bis der Kopf und ziemlich lange danach der restliche Körper des Fohlens erschien. Das Junge plumpste auf die Erde, und die Mutter begann es zu lecken, bis es sauber und glänzend war wie gewachstes Holz, und stupste es mit dem Maul, um es zum Aufstehen zu ermuntern. Das Fohlen versuchte aufzukommen, aber die schwachen Beine knickten ein, so daß es liegenblieb, hilflos die Mutter anblickend, die wiehernd die Sonne und den Morgen begrüßte. Blanca spürte ein Glücksgefühl, das ihr fast die Brust sprengte.

„Wenn ich groß bin, heiraten wir und leben hier auf den Drei Marien", sagte sie flüsternd.

Pedro sah sie mit seinen altersweisen Augen traurig an und schüttelte den Kopf. Er war noch sehr viel kindlicher als sie, kannte aber bereits seinen Platz auf der Welt. Er wußte aber auch, daß er dieses Mädchen immer lieben würde, daß dieser Tagesanbruch in seiner Erinnerung fortleben und das letzte sein würde, was er sehen würde, wenn er starb.

Diesen Sommer verbrachten sie auf der Grenze zwischen der Kindheit, die sie noch nicht losließ, und ihrem Erwachen als Mann und Frau. Manchmal liefen sie wie kleine Kinder herum, scheuchten die Hennen vom Nest und jagten Kühe, tranken frischgemolkene Milch, bis sie nicht mehr konnten und Schaumschnurrbärte hatten, stahlen Brot frisch aus dem Backofen, kletterten Bäume hinauf, um sich Baumhäuschen zu bauen. Andere Male versteckten sie sich im Wald an den verborgensten und dichtesten Stellen, machten sich Betten aus Laub und spielten, sich liebkosend bis zur Erschöpfung, Mann und Frau. Sie waren noch unschuldig genug, sich ohne Neugier auszuziehen und nackt im Fluß zu baden, wie sie es immer getan hatten, strampelnd im kalten Wasser und sich von der Strömung über die glänzenden Steine auf dem Grund treiben lassend. Aber es gab auch Dinge, die sie nicht mehr wie früher teilten. Sie lernten sich voreinander zu schämen. Sie wetteiferten nicht mehr, wer die größte Pfütze pissen konnte, und Blanca sprach ihm nicht von diesem dunklen Stoff, der ihr einmal im Monat die Hosen fleckig machte. Ohne daß jemand es ihnen sagte, war ihnen klar, daß sie vor anderen keine Vertraulichkeiten mehr haben durften. Wenn sich Blanca nachmittags ihre Fräuleinkleider anzog und sich auf die Terrasse setzte, um mit ihrer Familie Limonade zu trinken, beobachtete Pedro sie von fern, ohne näher zu kommen. Sie begannen sich bei ihren Spielen zu verstecken, gingen nicht mehr Hand in Hand und nahmen vor den Erwachsenen keine Notiz voneinander, um nicht aufzufallen. Die Nana atmete auf, Clara beobachtete sie sorgfältiger.

Die Ferien gingen zu Ende, die Trueba fuhren, bepackt mit Marmeladen, Eingemachtem, Kisten voll Obst, Käse, Hühnern, Karnickeln in Beize und Körben voll Eier, in die Stadt zurück. Während die Wagen, die sie an den Zug bringen sollten, beladen wurden, versteckten sich Blanca und Pedro Tercero in der Scheune, um Abschied zu nehmen. Ihre Liebe hatte sich in diesen drei Monaten zu jener unterschwelligen Leidenschaft entwickelt, die ihnen für den Rest ihres Lebens die Ruhe raubte. Mit der Zeit wurde diese Liebe weniger verwundbar und dauerhafter, doch hatte sie schon damals die gleiche Tiefe und Sicherheit wie in späteren Jahren. Auf einem Haufen Getreide, den aromatischen Staub der Scheune einatmend im diffusen, goldenen Licht des Morgens, das zwischen den Brettern hereinfiel, küßten sie sich, leckten, bissen, lutschten sich, schluchzten und tranken ihre Tränen, schworen sich Ewigkeit und verabredeten einen Geheimkode, der ihnen helfen sollte, sich während der Monate der Trennung zu verständigen.

Alle, die diesen Augenblick miterlebt haben, stimmen darin überein, daß es gegen acht Uhr abends war, als Férula erschien, ohne daß irgend etwas ihre Ankunft angekündigt hätte. Alle konnten sie sehen, mit ihrer gestärkten Bluse, dem Schlüsselbund am Gürtel, ihrem Altjungfernknoten, wie sie sie früher im Haus gesehen hatten. Esteban schickte sich gerade an, den Braten zu tranchieren, als sie durch die Eßzimmertür eintrat, und sie erkannten sie sofort, obwohl sie sie seit sechs Jahren nicht wiedergesehen hatten und sie außerordentlich bleich war und sehr viel älter wirkte. Es war ein Samstag, die Zwillinge Jaime und Nicolás waren aus dem Internat gekommen, um das Wochenende im großen Eckhaus zu verbringen, so daß auch sie zugegen waren. Ihr Zeugnis ist wichtig, denn sie als einzige in der Familie waren in ihrer strengen englischen Schule dem dreibeinigen Tisch entzogen gewesen und von Magie und Spiritismus verschont geblieben. Zuerst fühlten sie, daß es im Eßzimmer plötzlich kalt wurde, und Clara befahl, die Fenster zu schließen, da sie dachte, es sei ein Luftzug. Dann hörten sie ein leises Klappern von Schlüsseln, und gleich darauf ging die Tür auf, und Férula erschien, schweigend und mit einem Ausdruck von Geistesabwesenheit, während gleichzeitig die Nana, eine Schüssel Salat in der Hand, das Eßzimmer durch die Küchentür betrat. Esteban Trueba, starr vor Überraschung, blieb mit erhobenem Tranchierbesteck sitzen, und die drei Kinder riefen fast einstimmig: Tante Férula! Blanca brachte es fertig aufzustehen, sie wollte ihr entgegengehen, aber Clara, die neben ihr saß, streckte die Hand aus und hielt sie am Arm fest. In der Tat war Clara die einzige, die auf Grund ihrer langen Vertrautheit mit übernatürlichen Vorgängen auf den ersten Blick wußte, was hier geschah, obwohl nichts an der äußeren Erscheinung ihrer Schwägerin deren wahren Zustand verriet. Einen Meter vor dem Tisch blieb Férula stehen, sah alle mit leeren, gleichgültigen Augen an und ging dann auf Clara zu, die aufstand, aber keine Anstalten machte, sich ihr zu nähern, sondern die Augen schloß und heftig, wie vor einem Asthmaanfall, zu atmen begann. Férula trat zu ihr, legte ihr beide Hände auf die Schultern und küßte sie kurz auf die Stirn. Nur der keuchende Atem Claras und das metallische Klirren der Schlüssel an Férulas Gürtel waren im Eßzimmer zu hören. Nachdem Férula ihre Schwägerin geküßt hatte, ging sie an ihr vorbei und verließ den Raum, wie sie ihn betreten hatte, leise die Tür hinter sich schließend. Im Eßzimmer blieb die Familie zurück, erstarrt wie in einem Alptraum. Plötzlich begann die Nana so stark zu zittern, daß ihr das Salatbesteck aus der Hand fiel. Das Aufschlagen des Silbers auf dem Parkett ließ alle aufschrecken. Clara öffnete die Augen. Sie atmete noch immer schwer, und Tränen, die ihr über Wangen und Hals liefen, fleckten ihre Bluse.

„Férula ist gestorben“, verkündete sie.

Esteban Trueba ließ das Tranchierbesteck auf den Tisch

fallen und rannte aus dem Eßzimmer. Er lief bis auf die Straße hinaus, nach seiner Schwester rufend, fand aber keine Spur von ihr. Unterdessen befahl Clara einem Diener, die Mäntel zu bringen, und als ihr Mann zurückkam, hatte sie den ihren bereits angezogen und hielt die Autoschlüssel in der Hand. „Fahren wir zu Pater Antonio", sagte sie.

Die ganze Fahrt über schwiegen sie. Bedrückt steuerte Esteban den Wagen, die alte Pfarrei von Pater Antonio suchend, durch die ärmlichen Viertel, in die er seit vielen Jahren nicht mehr gekommen war. Als sie mit der Nachricht ankamen, Férula sei tot, nähte der Priester eben einen Knopf an seine zerrissene Soutane.

„Das kann nicht sein", rief er. „Vor zwei Tagen war ich bei ihr, und sie war gesund und munter."

„Bringen Sie uns zu ihr, Pater", bat Clara. „Ich weiß, warum ich es sage. Sie ist tot."

Auf Claras Drängen fuhr der Pater mit ihnen. Durch enge Gassen lotste er Esteban zu Férulas Wohnung. Sie hatte diese Jahre der Einsamkeit in einer der Armensiedlungen gelebt, in denen sie in ihren jungen Jahren gegen den Willen der Begünstigten den Rosenkranz gebetet hatte. Mehrere Blocks vor dem Haus mußten sie den Wagen stehenlassen, weil die Gassen immer enger wurden und sie endlich begriffen, daß diese Wege nur für Fußgänger und Radfahrer bestimmt waren. Zu Fuß gingen sie weiter, den Pfützen ausweichend, die das schmutzige, die Wasserrinne überspülende Wasser gebildet hatte, und um Abfallhaufen herum, auf denen Katzen scharrten wie geheimnisvolle Schatten. Die Armensiedlung bestand aus zwei Reihen verlotterter Häuser, alle gleich klein und ärmlich, mit einer Tür und zwei Fenstern, dunkel gestrichen, baufällig, von der Feuchtigkeit angefressen. Drähte waren über den Weg gespannt, an denen tagsüber die Wäsche in der Sonne hing, die zu dieser Stunde der Nacht aber leer waren und leise schaukelten. Auf halber Höhe der Gasse stand die einzige Wassersäule, an der sich alle hier lebenden Familien versorgen mußten, und nur zwei Laternen beleuchteten die schmale Passage zwischen den Häusern. Pater Antonio grüßte eine alte Frau, die neben der Wassersäule stand und darauf wartete, daß der dünne Strahl ihren Eimer füllte.

„Haben Sie Señorita Férula nicht gesehen?“ fragte er sie.

„Sie muß in ihrem Haus sein, Pater. Ich habe sie in den letzten Tagen nicht gesehen“, sagte die Alte.

Pater Antonio zeigte auf eines der Häuschen. Es war traurig, verfallen und schmutzig wie alle anderen, aber das einzige, an dem zu beiden Seiten der Tür in hängenden Töpfen Storchenschnabel, die Blume der Armen, blühte. Der Priester klopfte an die Tür.

„Gehen Sie nur hinein, Pater“, schrie die Alte an der Wassersäule. „Die Señorita schließt nie ab. Hier gibt's nichts zu stehlen.“

Esteban Trueba öffnete, nach seiner Schwester rufend, die Tür, wagte aber nicht einzutreten. Clara überschritt als erste die Schwelle. Innen war es dunkel, der unverwechselbare Geruch von Lavendel und Zitrone schlug ihnen entgegen. Pater Antonio zündete ein Streichholz an. Die schwache Flamme bildete einen Lichtkreis im Dunkel und erlosch, ehe der Priester einen Schritt gehen oder sich umsehen konnte.

„Warten Sie hier“, sagte Pater Antonio. „Ich kenne mich aus.“

Er tastete sich vorwärts und entzündete gleich darauf eine Kerze. Seine Gestalt war auf groteske Weise abgehoben, sie sahen sein Gesicht, verzerrt von dem nach oben scheinenden Licht, als schwebte es auf halber Höhe, während sein riesiger Schatten über die Wände schwankte. Clara hat diese Szene in allen Einzelheiten in ihrem Tagebuch beschrieben, die zwei dunklen Zimmer, die von der Feuchtigkeit fleckigen Wände, das kleine, schmutzige Bad ohne fließendes Wasser, die Küche, in der sich nur Reste von altem Brot und ein Krug mit ein wenig Tee fanden. Der Rest der Wohnung, so schien es Clara, war wie eine Fortsetzung des Alptraums, der mit dem Erscheinen ihrer Schwägerin im Eßzimmer des großen Eckhauses begonnen hatte. Sie hatte den Eindruck, in das Hinterzimmer eines Altkleiderhändlers oder in die Soffitten eines schäbigen

Wandertheaters versetzt zu sein. Von den Nägeln an den Wänden hingen altmodische Kleider herab, Federboas, schmierige Pelzstücke, Ketten aus falschen Edelsteinen, Hüte, wie sie seit einem halben Jahrhundert nicht mehr getragen wurden, verwaschene Unterröcke mit zerschlissenen Spitzen, Kleider, die einst prunkvoll gewesen waren und ihren Glanz verloren hatten, unerklärliche Admiralsröcke und Meßgewänder, alles kreuz und quer durcheinander, von jahrelangem Staub bedeckt. Auf dem Boden lag ein Wust von Satinschuhen, Handtäschchen für Debütantinnen, Hosenträger, edelsteinbesetzte Gürtel und sogar der brandneue Degen eines Kadetten der Militärakademie, dazwischen traurige Perücken, Schminktöpfe und leere Fläschchen, ein Kunterbunt unmöglicher Toilettenartikel.

Eine schmale Tür verband die zwei einzigen Zimmer. Im zweiten lag Férula auf ihrem Bett, aufgeputzt wie eine Kaiserin von Österreich, in einem mottenzerfressenen Samtkleid und gelben Taftunterröcken, auf dem Kopf eine unglaubliche Allongeperücke, wie von einer Opernsängerin. Niemand war bei ihr, keiner hatte von ihrem Sterben gewußt, und vermutlich war sie schon seit vielen Stunden tot, denn Ratten hatten begonnen, ihre Füße und ihre Finger anzunagen. Sie war großartig in ihrer Königinneneinsamkeit, und ihr Gesicht zeigte einen Ausdruck sanfter Gelassenheit, den sie in ihrer ganzen alptraumhaften Existenz nie gehabt hatte.

„Sie kleidete sich gern in getragene Kleider, die sie aus zweiter Hand bekam oder aus den Abfällen herausfischte, aber sie hat nie jemandem etwas zuleide getan, im Gegenteil, bis ans Ende ihrer Tage betete sie den Rosenkranz für die Erlösung der Sünder“, erklärte Pater Antonio.

„Lassen Sie mich mit ihr allein“, sagte Clara mit Bestimmtheit.

Die zwei Männer traten auf die Gasse, auf der allmählich die Nachbarn zusammenströmten. Clara zog ihren weißen Wollmantel aus und krempelte sich die Ärmel auf, sie trat zu ihrer Schwägerin, nahm ihr zart die Perücke ab und sah, daß sie fast kahl und sehr alt und hilflos war. Sie küßte sie auf die Stirn, so wie Férula sie wenige Stunden zuvor im

Eßzimmer ihres Hauses geküßt hatte, und begann in aller Ruhe das Totenritual zu improvisieren. Sie zog sie aus, wusch sie, seifte sie gründlich ein, ohne eine Spalte auszulassen, rieb sie mit Kölnischwasser ab, puderte sie, kämmte liebevoll ihre vier Haare, kleidete sie dann in die elegantesten und ausgefallensten Fetzen, die sie fand, und setzte ihr zuletzt wieder die Sopranistinnenperücke auf, ihr damit im Tod die unendlichen Dienste vergeltend, die Férula ihr im Leben geleistet hatte. Während sie, ankämpfend gegen das Asthma, arbeitete, erzählte sie ihr von Blanca, die nun schon eine Señorita sei, von den Zwillingen, vom großen Eckhaus und den Drei Marien, „wenn du wüßtest, wie wir dich vermissen, Schwägerin, wie sehr du uns fehlst, um die Familie zu versorgen, du weißt ja, daß ich für den Haushalt nicht tauge, die Zwillinge sind unausstehlich, aber Blanca ist ein liebes Mädchen geworden, und die Hortensien, die du eigenhändig in den Drei Marien gepflanzt hast, sind wunderbar geworden, ein paar davon blühen blau, weil ich Kupfermünzen in den Dünger gesteckt habe, damit sie diese Farbe bekommen, das ist ein Geheimnis der Natur, und jedesmal, wenn ich sie in eine Vase stelle, denke ich an dich, aber ich denke an dich auch, wenn es keine Hortensien gibt, immer denke ich an dich, Férula, denn die Wahrheit ist, daß, seit du von mir gegangen bist, niemand mir so viel Liebe gegeben hat."

Als sie mit dem Herrichten fertig war, blieb sie noch eine Weile bei ihr, sprach mit ihr, streichelte sie, dann rief sie ihren Mann und Pater Antonio, damit sie sich um die Beerdigung kümmerten. In einer Keksdose fanden sie, unaufgebrochen, die Briefumschläge mit dem Geld, das Esteban seiner Schwester in all diesen Jahren monatlich geschickt hatte. Clara gab sie dem Priester für wohltätige Zwecke, da sie sicher war, daß Férula ihnen diese Bestimmung zugedacht hatte.

Der Pfarrer blieb bei der Toten, um die Ratten von ihr fernzuhalten. Es war kurz vor Mitternacht, als Clara und Esteban das Haus verließen. Vor der Tür hatten sich die Leute aus der Armensiedlung versammelt, um die Neuigkeit zu kommentieren. Sie mußten die Neugierigen beiseite schieben, um sich einen Weg zu bahnen, und die schnobernden Hunde verscheuchen. Esteban entfernte sich mit großen Schritten, Clara am Arm mit sich schleifend und ohne auf das schmutzige Wasser zu achten, das die makellosen grauen Hosen seines englischen Schneideranzugs bespritzte. Er war wütend, weil seine Schwester, genau wie früher, als er noch ein Kind war, ihn selbst als Tote noch dazu brachte, sich schuldig zu fühlen. Er dachte an seine Kindheit zurück, als sie ihm mit ihrer Fürsorglichkeit und ihren zweischneidigen Liebesdiensten eine Dankesschuld aufgebürdet hatte, die er in allen Tagen seines Lebens nicht würde abtragen können. Wieder überkam ihn das Gefühl der Unwürdigkeit, unter dem er in ihrer Gegenwart so oft gelitten hatte, und Haß auf ihre Opferbereitschaft, ihre Strenge, ihre Berufung zur Armut und ihre unerschütterliche Keuschheit, die er als stillen Vorwurf gegen seine egoistische, sinnliche und machtgierige Art empfand. „Der Teufel soll dich holen!“ knurrte er, nicht einmal im hintersten Winkel seines Herzens bereit, sich einzugestehen, daß ihm seine Frau, nachdem er Férula aus dem Haus geworfen hatte, nicht mehr gehörte als früher.

„Warum hat sie so gelebt, wo sie doch mehr als genug Geld hatte?“ schrie Esteban.

„Weil ihr das übrige gefehlt hat“, antwortete Clara sanft.

Während der Monate, die sie getrennt waren, tauschten Blanca und Pedro Tercero per Post flammende Botschaften, die er mit einem Frauennamen unterschrieb und die sie versteckte, sobald sie kamen. Einen oder zwei fing die Nana ab, aber sie konnte nicht lesen, und hätte sie es gekonnt, hätte der Geheimkode sie daran gehindert, den Inhalt zu verstehen, glücklicherweise, denn ihr wäre das Herz gebrochen. Blanca verbrachte den Winter strickend an einem Pullover aus schottischer Wolle, in Gedanken an die Maße Pedro Terceros. Nachts schlief sie mit dem Strickzeug in ihren Armen ein, den Geruch der Wolle atmend, träumend, er schliefe in ihrem Bett. Pedro Tercero brachte den Winter damit zu, Lieder zur Gitarre zu schreiben, die er Blanca vorsingen würde, und in jedes Stück Holz, das ihm unter die Hände kam, ihr Bild zu schnitzen, und konnte den Gedanken an das engelhafte Mädchen, das Blanca in seiner Erinnerung war, nicht trennen von den Gewitterstürmen, die sein Blut aufwühlten, seine Knochen weich machten, seine Stimme brachen und Haare an seinem Kinn wachsen ließen. Unruhig zappelte er zwischen den Bedürfnissen seines Körpers, der sich in den eines Mannes verwandelte, und der Zartheit eines Gefühls, das noch geprägt war von den unschuldigen Kinderspielen. Beide warteten sie in schmerzhafter Ungeduld auf den Sommer, und als er gekommen war und sie sich wiedersahen, paßte Pedro Tercero nicht in den Pullover, den Blanca gestrickt hatte, weil er in diesen Monaten die Kindheit abgestreift und die Maße eines erwachsenen Mannes erreicht hatte, und sie fand die zärtlichen Lieder über Blumen und Sonnenaufgänge, die er für sie komponiert hatte, lächerlich, weil sie äußerlich und in ihren Bedürfnissen eine Frau geworden war.

Pedro Tercero war noch immer der magere Junge mit dem drahtigen Haar und den traurigen Augen, aber seine Stimme hatte den rauhen, leidenschaftlichen Klang angenommen, der ihn später, als er die Revolution besang, berühmt machen sollte. Er sprach wenig und war rauh und ungeschliffen im Umgang, aber zart und feinfühlig mit seinen Händen, den langen Künstlerfingern, mit denen er ebenso mühelos schnitzte, Gitarre spielte und zeichnete, wie er beim Reiten das Pferd zügelte, beim Holzhacken die Axt schwang oder den Pflug führte. Er war der einzige auf den Drei Marien, der dem Patron die Stirn bot. Sein Vater, Pedro Segundo García, sagte ihm tausendmal, er dürfe dem Patron nicht in die Augen sehen, ihm nicht widersprechen, sich nicht mit ihm anlegen, und in dem Wunsch, ihn zu schützen, gab er ihm tüchtige Prügel, um ihm den Vorwitz auszutreiben. Aber sein Sohn war rebellisch. Mit zehn Jahren wußte er soviel wie die Lehrerin in der Schule auf den Drei Marien, mit zwölf bestand er darauf, die Oberschule zu besuchen, und legte jeden Morgen zu Fuß oder zu Pferd, es mochte donnern oder regnen, den langen Weg ins Dorf zurück. Unzählige Male las er die magischen Bücher aus den verwunschenen Koffern des Onkel Marcos und andere Bücher, die ihm die Gewerkschafter in der Bar von San Lucas liehen oder Pater José Dulce María, der ihn auch anhielt, seine natürliche Begabung zum Verseschreiben zu pflegen und seine Ideen in Lieder umzusetzen.

„Die heilige Mutter Kirche, mein Sohn, steht rechts, aber Jesus Christus stand immer links", sagte er rätselhaft zwischen dem einen und dem anderen Schluck von dem Meßwein, mit dem er die Besuche Pedro Terceros feierte.

So geschah es, daß Esteban Trueba ihn eines Tages, als er nach dem Essen auf der Terrasse ruhte, von ein paar Hennen singen hörte, die sich zusammenschlossen, um den Fuchs zu schlagen, und ihn besiegten. Er rief ihn zu sich.

„Laß hören, was du da singst", befahl er.

Pedro Tercero griff liebevoll nach seiner Gitarre, stellte den einen Fuß auf einen Stuhl und griff in die Saiten. Sein Blick war fest auf den Patron gerichtet, während seine samtige Stimme sich leidenschaftlich über die schläfrige Mittagsstunde erhob. Esteban Trueba war nicht dumm, er verstand die Herausforderung.

„Aha! Ich sehe, daß man in Liedern auch das Dümmste sagen kann", knurrte er. „Sieh lieber zu, daß du Liebeslieder singen lernst!"

„Mir gefällt dieses Lied, Patron. Einigkeit macht stark, das sagt auch Pater José Dulce María. Was bleibt den Menschen, wenn die Hennen gegen den Fuchs Front machen können?"

Und er nahm seine Gitarre und ging, die Füße nachziehend, davon, ohne daß dem andern eine passende Antwort einfiel, obwohl ihm die Wut schon auf den Lippen lag und sein Blutdruck stieg. Von diesem Tag an behielt ihn Esteban Trueba im Auge, beobachtete ihn, mißtraute ihm. Er suchte zu verhindern, daß er zur Schule ging, indem er ihm schwere Männerarbeit auferlegte, aber der Junge stand noch zeitiger auf und legte sich später schlafen, um sie auszuführen. In diesem Jahr war es, daß Esteban ihn vor seinem Vater auspeitschte, weil er den Hintersassen die neuen Ideen zutrug, die unter den Gewerkschaftern im Dorf zirkulierten, Ideen von einem freien Sonntag, von Mindestlohn, von Altersversicherung und medizinischer Betreuung, von Mutterschaftsurlaub für schwangere Frauen, von Wahlen ohne Pression und, das Schlimmste, die Idee von einem Bauernverband, der gegen den Gutsherrn Front machen könnte.

Als Blanca in diesem Sommer auf die Drei Marien kam, hätte sie ihn kaum wiedererkannt: er war fünfzehn Zentimeter gewachsen und hatte den dickbäuchigen Jungen, mit dem sie alle Sommer ihrer Kindheit verbracht hatte, weit hinter sich gelassen. Sie stieg vom Wagen, strich sich den Rock glatt, aber statt ihm entgegenzulaufen und ihn zu umarmen, grüßte sie ihn diesmal nur mit einem leichten Kopfnicken, obwohl ihre Augen ihm sagten, was die anderen nicht hören sollten und was sie ihm in ihren schamlosen verschlüsselten Briefen längst gesagt hatte. Die Nana beobachtete die Szene aus den Augenwinkeln und lächelte spöttisch. Als sie an Pedro Tercero vorbeiging, schnitt sie ihm eine Grimasse.

„Lern endlich, unter deinesgleichen zu bleiben, du Rotznase, und nicht mit Fräuleins zu gehen“, zischelte sie hämisch.

In dieser Nacht aß Blanca mit der ganzen Familie im Eßzimmer den Hühnertopf, mit dem sie jedes Jahr auf den Drei Marien empfangen wurden. Auch nach Tisch, als ihr Vater beim Kognak des längeren über importierte Kühe und Goldminen sprach, war ihr keine Unruhe anzumerken. Sie wartete, bis ihre Mutter die Tafel aufhob, dann stand sie geruhsam auf, wünschte ihren Eltern eine gute Nacht und ging in ihr Zimmer. Zum erstenmal in ihrem Leben verriegelte sie ihre Tür. Ohne sich auszuziehen, setzte sie sich auf ihr Bett und wartete in der Dunkelheit, bis die Stimmen der im Zimmer nebenan tobenden Zwillinge, die Schritte der Dienstboten, die Geräusche von Türen und Riegeln verstummt waren und das Haus in Schlaf fiel. Dann öffnete sie das Fenster und sprang hinaus, mitten in die vor Jahren von ihrer Tante Férula gepflanzten Hortensien. Die Nacht war hell, Grillen und Frösche waren zu hören. Sie atmete tief, und die Luft wehte ihr den süßen Geruch der Pfirsiche zu, die im Hof zum Trocknen lagen. Sie wartete, bis sich ihre Augen an die Dunkelheit gewöhnt hatten, dann begann sie zu gehen, hielt aber gleich wieder an, weil sie das wütende Gebell der Wachhunde hörte, die nachts freigelassen wurden. Es waren vier Bulldoggen, an der Kette aufgewachsen und tagsüber eingesperrt, die sie nie von nahe gesehen hatten, die sie also auch, wie sie wußte, nicht erkennen würden. Sekundenlang fühlte sie, wie sie in panischer Angst den Kopf verlor und nahe daran war aufzuschreien, bis ihr Pedro García der Alte einfiel, der ihr gesagt hatte, daß Diebe nackt gingen, um nicht von Hunden angefallen zu werden. Sie zögerte nicht. So rasch ihre Aufregung es zuließ, warf sie die Kleider ab, nahm sie unter den Arm und ging ruhig weiter, betend, daß die Hunde ihre Angst nicht rochen. Sie sah, wie sie laut bellend heranstürmten, und setzte ihren Weg fort, ohne die Gangart zu ändern. Die Hunde näherten sich, ratlos knurrend, aber sie blieb nicht stehen. Einer, mutiger als die anderen, kam und beroch sie. Sie spürte einen Schwall heißen Atems im Rücken, reagierte aber nicht. Eine Zeitlang knurrten und bellten die Hunde weiter, liefen noch ein Stück neben ihr her und kehrten zuletzt gelangweilt um. Blanca seufzte erleichtert auf und merkte, daß sie zitterte und mit Schweiß bedeckt war. Sie mußte sich an einen Baum lehnen und warten, bis das Schwächegefühl, das ihre Knie weich machte, vorüber war. Dann schlüpfte sie rasch in ihre Kleider und rannte zum Fluß.

Pedro Tercero erwartete sie an der Stelle, an der sie sich vergangenen Sommer immer getroffen hatten, derselben, an der Esteban Trueba vor vielen Jahren Pancha García um ihre schlichte Jungfräulichkeit gebracht hatte. Blanca wurde über und über rot, als sie Pedro sah. Während der Monate der Trennung hatte er sich bei der harten Aufgabe, ein Mann zu werden, gestählt, während sie, eingeschlossen im Elternhaus und im Nonnenkloster, abgeschirmt gegen jede Berührung mit dem Leben, über Stricknadeln und schottischer Wolle geträumt hatte, und ihre Traumbilder stimmten nicht überein mit diesem hochgewachsenen jungen Mann, der nun, leise ihren Namen rufend, auf sie zuging. Pedro Tercero streckte die Hand aus und berührte ihren Hals unter dem Ohr. Blanca fühlte etwas Heißes ihre Knochen durchströmen und ihre Beine schlaff machen, sie schloß die Augen und ließ sich los. Er zog sie sanft an sich und umschlang sie mit seinen Armen. Sie grub die Nase in die Brust dieses Mannes, den sie nicht kannte, der so verschieden war von dem mageren Kind, mit dem sie noch vor Monaten Liebkosungen getauscht hatte bis zur Erschöpfung. Sie roch seinen neuen Geruch, rieb sich an seiner rauhen Haut, befühlte diesen trockenen, starken Körper und spürte, ganz im Gegensatz zu der Erregung, die sich Pedros bemächtigte, einen grandiosen, vollkommenen inneren Frieden. Sie suchten sich mit den Zungen, wie sie es früher getan hatten, und es schien ihnen, als sei es eine eben erst erfundene Liebkosung, sie fielen auf die Knie, wild sich küssend, und rollten dann über das weiche Bett der feuchten Erde. Sie entdeckten sich zum erstenmal und hatten sich nichts zu sagen. Der Mond lief den Horizont ab, aber sie sahen ihn nicht. Sie waren damit beschäftigt, ihre tiefste Intimität zu erkunden und unersättlich einer in die Haut des anderen zu schlüpfen.

Seit dieser Nacht traf Blanca Pedro Tercero immer zur gleichen Stunde an derselben Stelle. Tagsüber stickte sie, malte nahe am Haus fade Aquarelle, unter dem glücklichen Blick der Nana, die endlich ruhig schlafen konnte. Clara hingegen fühlte, daß etwas Neues sich anbahnte, sie sah eine neue Farbe in der Aura ihrer Tochter und glaubte den Grund zu erraten. Pedro Tercero verrichtete seine üblichen Arbeiten auf dem Feld und hörte auch nicht auf, zu seinen Freunden ins Dorf zu gehen. Wenn es Nacht wurde, war er todmüde, aber die Aussicht, Blanca zu treffen, gab ihm seine Kräfte zurück. Er war nicht umsonst fünfzehn. So verbrachten sie den ganzen Sommer, und viele Jahre später erinnerten sie sich dieser leidenschaftlichen Nächte als der besten Zeit ihres Lebens.

Unterdessen nutzten Jaime und Nicolás die Ferien, um all das zu tun, was ihnen im Internat verboten war: sie schrien, was das Zeug hielt, rauften bei jeder Gelegenheit, verwandelten sich in zwei schmuddelige, verlotterte Bengel mit Blutkrusten an den Knien, Läusen im Haar, gesättigt von frischgepflücktem Obst und Sonne und Freiheit. In aller Frühe liefen sie aus dem Haus und kamen vor Anbruch der Nacht nicht zurück, vollauf damit beschäftigt, mit wohlgezielten Steinwürfen Kaninchen zu jagen, bis zur Atemlosigkeit zu reiten und nach den Frauen zu spähen, die am Fluß Wäsche wuschen.

Drei Jahre vergingen auf diese Weise, bis das Erdbeben alles veränderte. Am Ende dieser Ferien fuhren die Zwillinge mit der Nana, den städtischen Dienstboten und dem größten Teil des Gepäcks vor der übrigen Familie in die Hauptstadt zurück. Die Buben gingen direkt ins Internat, die Nana und die übrigen Hausangestellten rüsteten das große Eckhaus für die Ankunft der Herrschaft.

Blanca blieb mit ihren Eltern ein paar Tage länger auf dem Land. In diesen Tagen war es, daß Clara Angstträume bekam, nachts schlafwandelnd durch die Gänge lief und morgens schreiend erwachte. Tagsüber ging sie wie eine Blöde herum und sah warnende Vorzeichen im Verhalten der Tiere: die Hennen legten nicht ihr tägliches Ei, die Kühe liefen verstört herum, die Hunde bellten den Tod an, Ratten, Spinnen und Würmer kamen aus ihren Schlupfwinkeln hervor, die Vögel verließen ihre Nester, zogen in Schwärmen davon, während ihre hungrige Brut in den Bäumen schrie. Gebannt starrte sie auf die weiße Rauchsäule über dem Vulkan und beobachtete die sich verändernde Farbe des Himmels. Blanca machte ihr Kräutertees und warme Bäder, Esteban kramte alte homöopathische Pillen hervor, um sie zu beruhigen, aber die Träume dauerten an.

„Die Erde wird beben", sagte Clara, jedesmal bleicher und aufgeregter.

„Mein Gott, Clara, sie bebt immer", antwortete Esteban.

„Diesmal wird es anders sein. Es wird zehntausend Tote geben."

„So viele Leute gibt es im ganzen Land nicht", spottete er.

Um vier Uhr früh begann die Katastrophe. Clara erwachte kurz zuvor aus einem apokalyptischen Traum mit verendenden Pferden, ins Meer geschwemmten Kühen,

Menschen, hervorkriechend unter Steinen und aus riesigen Kratern, die sich in der Erde gebildet hatten. Schreckensbleich stand sie auf und lief an das Zimmer von Blanca. Aber Blanca hatte, wie jede Nacht, ihre Tür abgesperrt und durchs Fenster den Weg zum Fluß genommen. In diesen letzten Tagen vor der Rückkehr in die Stadt hatte die Leidenschaft der jungen Leute dramatische Züge angenommen, und angesichts der bevorstehenden Trennung nutzten sie jede Gelegenheit, sich hemmungslos zu lieben. Unempfindlich gegen Kälte und Müdigkeit, verbrachten sie die Nächte am Fluß, aneinandergeklammert mit der Kraft der Verzweiflung, und erst im Licht des anbrechenden Tages kehrte Blanca heim und stieg durchs Fenster, gerade rechtzeitig, um in ihrem Zimmer die Hähne krähen zu hören. Clara stand vor der Tür ihrer Tochter und versuchte sie aufzubringen, aber sie war verschlossen. Sie klopfte, und als sie keine Antwort bekam, lief sie hinaus und ums Haus herum und sah das weit offene Fenster und darunter, zertrampelt, die Hortensien, die Férula gepflanzt hatte. Mit einemmal begriff sie den Grund für die neue Farbe in Blancas Aura, ihre Ringe unter den Augen, ihre Lustlosigkeit und Schweigsamkeit, ihre Unausgeschlafenheit am Morgen und die nachmittags gepinselten Aquarelle. In diesem Augenblick begann das Erdbeben.

Clara fühlte den Boden wanken und konnte sich nicht mehr auf den Beinen halten. Sie fiel auf die Knie. Ziegel sprangen vom Dach und schlugen mit ohrenbetäubendem Krachen rings um sie zu Boden. Wie unter einem gewaltigen frontalen Axthieb sah sie die Lehmwand des Hauses bersten, die Erde öffnete sich, wie sie es in ihren Träumen gesehen hatte, und eine riesige Spalte tat sich vor ihr auf, in der der Hühnerstall, der Waschtrog und ein Teil des Pferdestalls verschwanden. Der Wasserspeicher neigte sich, fiel, und tausend Liter Wasser ergossen sich auf die überlebenden Hennen, die verzweifelt mit den Flügeln schlugen. In der Ferne spie der Vulkan Feuer und Rauch wie ein wütender Drache. Die Hunde rissen sich von der Kette und rannten besinnungslos fort, die Pferde, die dem Einsturz des Stalls entkommen waren, witterten und wieherten angstvoll, ehe sie in wildem Galopp auf freies Feld liefen, die Pappeln schwankten wie Betrunkene, einige stürzten krachend zu Boden, die Vogelnester unter sich begrabend, die Wurzeln in die Luft gereckt. Das furchtbarste aber war dieses Grollen unter der Erde, dieses Schnaufen wie von einem Riesen, das überall zu hören war und die Luft mit Entsetzen erfüllte. Clara, weiter nach Blanca rufend, suchte kriechend das Haus zu erreichen, aber die Erdstöße machten es unmöglich. Sie sah die Bauern, die verstört aus ihren Häusern liefen, in den Himmel hinaufschrien, sich aneinanderklammerten, die Kinder mitrissen, sich der Hunde erwehrten, die Alten anschoben und sich bemühten, unter dem Geprassel der Backsteine und Dachziegel, das wie ein ununterbrochenes Weltuntergangsgetöse aus dem Erdinnern zurückhallte, ihre Habseligkeiten in Sicherheit zu bringen.

Esteban Trueba erschien im gleichen Augenblick auf der Schwelle der Eingangstür, in welchem das Haus wie eine Eierschale brach, in einer Staubwolke einstürzte und ihn unter einem Berg von Schutt begrub. Clara kroch zu der Stelle hin und schrie seinen Namen, aber er antwortete nicht.

Der erste Stoß des Bebens hatte fast eine Minute gedauert und war der stärkste gewesen, der je in diesem Katastrophenland registriert worden war. Er stürzte fast alles um, was stand, der Rest zerbröckelte in einer Reihe kleiner Nachbeben, die die Erde bis zum Morgengrauen erschütterten. Auf den Drei Marien wartete man auf den Sonnenaufgang, um die Toten zu zählen und die Verschütteten auszugraben, die noch unter den Trümmern stöhnten, darunter Esteban Trueba, von dem alle wußten, wo er sich befand, den lebend wiederzusehen aber niemand zu hoffen wagte. Vier Männer unter dem Befehl von Pedro Segundo García waren nötig, um den Berg von Lehmziegeln, Dachziegeln und Staub abzutragen, der über ihm lag. Clara hatte ihre Zerstreutheit abgelegt und half mit der Kraft eines Mannes, die Steine wegzuräumen.

„Wir müssen ihn herausholen! Er lebt und hört uns", versicherte sie, und das gab den anderen Mut weiterzugraben.

Mit dem ersten Tageslicht erschienen Blanca und Pedro Tercero, unversehrt. Clara stürzte sich auf ihre Tochter und gab ihr ein paar tüchtige Ohrfeigen, aber dann schloß sie sie weinend in die Arme, erleichtert, sie gesund zu wissen und bei sich zu haben.

„Da ist dein Vater", sagte sie, auf den Schutthaufen zeigend.

Die jungen Leute machten sich mit den anderen an die Arbeit, und eine Stunde später, als die Sonne über dieser Welt in Trümmern aufgegangen war, holten sie den Patron aus seinem Grab hervor. Er hatte so viele Knochenbrüche, daß man sie nicht zählen konnte, aber er war am Leben und hatte die Augen offen.

„Man muß ihn zum Arzt ins Dorf bringen", sagte Pedro Segundo.

Sie diskutierten, wie sie ihn befördern sollten, ohne daß, wie bei einem zerrissenen Sack, überall die Knochen herauskamen, als Pedro García der Alte dazutrat, der dank seiner Blindheit und seiner Taubheit das Erdbeben ungerührt überstanden hatte.

„Wenn ihr ihn bewegt, wird er sterben", befand er.

Esteban Trueba war nicht bewußtlos und hörte alles genau. Er erinnerte sich der Ameisenplage und kam zu dem Schluß, daß der Alte seine einzige Rettung war.

„Laßt ihn, er weiß, was er tut", lallte er.

Pedro García ließ eine Decke bringen, sein Sohn und sein Enkel hoben den Patron hoch und legten ihn auf einen improvisierten Tisch, den sie in der Mitte des Platzes aufstellten, der einmal der Hof gewesen, nun aber nur noch eine kleine Lichtung in einem Alptraum von Trümmern, toten Tieren, heulenden Kindern, winselnden Hunden und bebenden Frauen war. Sie zogen einen Schlauch Wein aus den Ruinen hervor, den sie Pedro García dem Alten gaben. Mit einem Drittel wusch er den Körper des Verletzten, das zweite gab er ihm zu trinken, das letzte trank er selber, ehe er daranging, geduldig und ruhig, hier ziehend, dort einpassend, einen Knochen um den anderen wieder in die richtige Lage zu bringen, sie dann mit Brettern schiente und mit Streifen von Bettlaken umwand, um sie stillzulegen. Dabei murmelte er Litaneien ehrwürdiger Heilkundiger, beschwor das gute Gelingen, rief die Heilige Jungfrau Maria an und ertrug das Brüllen und Fluchen Esteban Truebas, ohne daß der friedfertige Ausdruck des Blinden je aus seinem Gesicht verschwand. Nur nach dem Tastsinn und seinem Gefühl fügte er den Körper des Patrons so gut wieder zusammen, daß die Ärzte, die ihn später untersuchten, es nicht für möglich hielten.

„Nicht einmal versucht hätte ich das“, meinte Doktor Cuevas, als er es erfuhr.

Die Verwüstungen, die das Erdbeben angerichtet hatte, stürzten das Land in eine lange Trauer. Nicht genug, daß sich die Erde geschüttelt hatte, bis alles umgeworfen war, auch das Meer war meilenweit zurückgewichen und wiedergekehrt in einer einzigen, riesenhaften Welle, die Boote auf weit von der Küste entfernte Berge warf, Wege, Häuser und Tiere mitriß und mehrere Inseln im Süden meterhoch unter Wasser setzte. Es gab Gebäude, die wie verwundete Dinosaurier stürzten, andere fielen wie Kartenhäuser ein, die Zahl der Toten ging in die Tausende, und es gab keine Familie, die nicht eines ihrer Mitglieder zu beklagen hatte. Das salzige Meerwasser verdarb die Ernte, Brände rafften ganze Stadtviertel und Dörfer dahin, und zuletzt, als Krönung der Strafe, floß Lava den Vulkan herab, und Aschenregen fiel über die Dörfer. Aus Angst, die Katastrophe könnte sich wiederholen, schliefen die Leute nicht mehr in ihren Häusern, sondern schlugen unter freiem Himmel improvisierte Zelte auf, um auf Plätzen und Straßen zu schlafen. Soldaten wurden eingesetzt, die gegen Ausschreitungen vorgingen und jeden ohne weiteres erschossen, den sie beim Stehlen überraschten, denn während die guten Christen die Kirchen füllten, um Vergebung ihrer Schuld baten und zu Gott beteten, er möge seinen Zorn besänftigen, liefen die Diebe durch die Trümmer, und wo sich ein Ohr mit einem Ohrring oder ein Finger mit einem Ring zeigte, schnitten sie das Glied ab, ohne danach zu fragen, ob das Opfer tot oder nur verschüttet war. Ein Wildwuchs von Krankheitskeimen breitete sich aus und verursachte Seuchen im ganzen Land. Die übrige Welt, allzu beschäftigt mit einem neuen Krieg, nahm kaum zur Kenntnis, daß an dieser weit entfernten Stelle des Planeten die Natur verrückt geworden war. Dennoch kamen einige Ladungen Arzneien, Decken, Lebensmittel und Baumaterial an, die jedoch auf den verschlungenen Pfaden der Verwaltung so gründlich versickerten, daß man noch Jahre später in Feinkostgeschäften zum Preis von Luxuswaren Büchsenragout aus Nordamerika und Milchpulver aus Europa kaufen konnte.

Esteban Trueba lag vier Monate im Bett, verpackt in Mullbinden, Brettschienen, Heftpflaster und Klammern, grausam gefoltert vom Juckreiz und der Bewegungslosigkeit, und verzehrte sich in Ungeduld. Sein Jähzorn nahm dermaßen zu, daß es niemand mehr aushalten konnte. Clara blieb auf dem Land, um ihren Mann zu pflegen, und als die Verkehrsmittel wieder funktionierten und die Ordnung wiederhergestellt war, wurde Blanca als Interne in ihre Schule geschickt, weil ihre Mutter sich nicht um sie kümmern konnte.

In der Hauptstadt überraschte das Erdbeben die Nana im Bett, und obgleich es hier weniger zu spüren war als im Süden, brachte der Schrecken sie um. Das große Eckhaus knackte wie eine Nuß, die Wände sprangen auf, und der große Kristallüster im Eßzimmer fiel mit einem Getöse wie von tausend Glocken von der Decke und zerschellte. Davon abgesehen, war das einzig Schlimme der Tod der Nana. Als sich der erste Schrecken gelegt hatte, merkten die Dienstmädchen, daß die alte Frau nicht mit allen übrigen auf die Straße geflüchtet war. Sie gingen sie suchen und fanden sie in ihrem bescheidenen Bett, die Augen weit aufgerissen, die wenigen Haare, die sie noch hatte, vor Entsetzen gesträubt. In dem Chaos, das in diesen Tagen herrschte, konnten sie ihr ein würdiges Begräbnis, wie sie es sich gewünscht hatte, nicht geben, sondern mußten sie in aller Eile beerdigen, ohne Reden und ohne Tränen. Keines der vielen Kinder fremder Leute, die sie mit solcher Liebe aufgezogen hatte, war bei dem Begräbnis zugegen.

Das Erdbeben brachte so tiefgreifende Veränderungen in das Leben der Familie Trueba, daß sie seither alle Ereignisse in solche vor oder nach diesem Datum einteilte. Auf den Drei Marien übernahm Pedro Segundo García angesichts der Tatsache, daß der Patron im Bett lag und sich nicht rühren konnte, erneut das Amt des Verwalters. An ihm war es nun, die Arbeit zu organisieren, die Ruhe wiederherzustellen und das vom Erdbeben verwüstete Gut neu aufzubauen. Als erstes wurden die Toten bestattet. Man beerdigte sie auf dem kleinen Friedhof, der wunderbarerweise verschont geblieben war von dem Lavastrom, der sich über die Hänge des verfluchten Vulkans herabgewälzt hatte. Die frischen Gräber gaben dem schlichten Gottesakker einen Anstrich von Festlichkeit, Reihen von Birken wurden gepflanzt, damit sie denen, die ihre Toten besuchen kamen, Schatten spendeten. Die Hintersassen bauten eins ums andere ihre Ziegelhäuschen so, wie sie gewesen waren, wieder auf, dann die Ställe, die Kornspeicher, die Molkerei. Sie bestellten die Erde für die Aussaat, froh, daß Lava und Asche auf die andere Seite des Bergs gefallen waren und das Gut verschont hatten. Pedro Tercero mußte auf seine Gänge ins Dorf verzichten, weil sein Vater ihn brauchte. Verdrossen half er ihm bei der Arbeit, murrend, daß sie sich den Rücken krumm schufteten, um den Reichtum des Patrons wiederherzustellen, während sie selbst so arm blieben wie zuvor.

„So ist es immer gewesen, Sohn. Die Gesetze Gottes lassen sich nicht ändern", entgegnete der Vater.

„Sie lassen sich ändern, Vater. Es gibt Leute, die das tun, wir hier wissen es nur nicht. Auf der Welt geschehen große Dinge", wandte Pedro Tercero ein und wiederholte vor seinem Vater die Reden des kommunistischen Lehrers oder des Paters José Dulce María.

Pedro Segundo García gab keine Antwort und arbeitete unbeirrt weiter, aber er übersah es geflissentlich, wenn sein Sohn, den Umstand nutzend, daß die Krankheit des Patrons die Wachsamkeit lockerte, den Ring der Zensur durchbrach und die verbotenen Flugblätter der Gewerkschafter, die politischen Zeitungen des Lehrers und die seltsamen Bibeldeutungen des spanischen Priesters in die Drei Marien einschmuggelte.

Auf Anordnung Esteban Truebas begann der Verwalter mit dem Wiederaufbau des Herrenhauses, genau nach den alten Plänen. Weder wurden die aus Lehm und Stroh gepreßten Ziegel durch moderne Bausteine ersetzt noch die zu engen Fenster verbreitert. Als einzige Verbesserung wurde warmes Wasser in die Badezimmer gelegt und der alte Holz- und Kohleherd gegen einen Paraffinherd ausgetauscht, an den sich aber keine Köchin gewöhnen konnte, so daß er seine Tage zum ungestörten Gebrauch der Hennen auf dem Hof beschloß. Als die Bauarbeiten im Gange waren, wurde ein Bretterhäuschen mit Zinkdach improvisiert, in das Esteban Trueba samt seinem Krankenbett gebracht wurde. Von dort aus konnte er durchs Fenster das Fortschreiten des Werks beobachten und, kochend vor Wut über seine erzwungene Unbeweglichkeit, seine Befehle schreien.

Clara veränderte sich sehr in diesen Monaten. Gemeinsam mit Pedro Segundo García mußte sie sich ins Zeug legen, um zu retten, was noch zu retten war. Zum erstenmal in ihrem Leben übernahm sie materielle Angelegenheiten, ohne jede Hilfe, da sie mit ihrem Mann, mit Férula oder der Nana nicht mehr rechnen konnte. So erwachte sie endlich aus einer langen Kindheit, in der sie frei von Verpflichtungen, immer wohlbehütet und umhegt, in der größten Behaglichkeit hatte leben können. Esteban Trueba verfiel auf den Trick, daß ihm nichts, was er aß, bekam, außer wenn Clara es gekocht hatte, so daß sie einen guten Teil des Tages in der Küche verbrachte, Hühner rupfend für Krankensüppchen oder Brotteig knetend. Sie wurde die Krankenpflegerin ihres Mannes, mußte ihn waschen, seine Verbände wechseln, ihn auf die Schüssel setzen. Er wurde von Tag zu Tag jähzorniger und despotischer, steck mir ein Kissen dahin, verlangte er, nein, weiter oben, bring mir Wein, nein Weißwein hab ich gesagt, mach das Fenster auf, mach es zu, hier tut es mir weh, ich habe Hunger, mir ist heiß, kratz mich am Rücken, weiter unten. Clara fürchtete ihn schließlich weit mehr als früher den gesunden und kräftigen Mann, der mit seinem Geruch eines begehrlichen Macho, seiner Gewittersturmstimme, seinem erbarmungslosen Krieg, seiner Überheblichkeit als großer Herr, der seinen Willen durchsetzt, in den Frieden ihres Lebens eingebrochen und mit seinen Launen auf das zerbrechliche Gleichgewicht geprallt war, das sie zwischen den Geistern des Jenseits und den hilfsbedürftigen Seelen des Diesseits aufrechtzuerhalten gesucht hatte. Zuletzt haßte sie ihn. Kaum festigten sich seine Knochen und konnte er sich ein wenig bewegen, überkam ihn wieder das stürmische Verlangen, sie zu umarmen, und sooft sie an ihm vorbeiging, gab er ihr, sie in Krankenverwirrtheit verwechselnd mit den robusten Bäuerinnen, die ihm in seinen jungen Jahren in Küche und Bett gedient hatten, einen kräftigen Klaps auf den Hintern. Clara fühlte, daß sie zu dieser Gangart nicht mehr taugte. Die Unglücksschläge hatten sie vergeistigt, und das Alter und mangelnde Liebe zu ihrem Mann hatten sie dazu gebracht, Sexualität als einen reichlich brutalen Zeitvertreib zu betrachten, der ihr Gelenkschmerzen und im Zimmer Unordnung verursachte. Innerhalb weniger Stunden holte das Erdbeben sie herab auf die Ebene von Gewalt und Tod und Vulgarität und brachte sie in Berührung mit elementaren Dingen, die sie früher ignoriert hatte. Der dreibeinige Tisch, ihr Geschick, aus den Teeblättern die Zukunft zu lesen, nutzten ihr nichts angesichts der Dringlichkeit, die Hintersassen vor Seuchen und Kopflosigkeit, die Erde vor Dürre und Schnecken, die Kühe vor Maul- und Klauenseuche und die Hühner vor dem Pips, die Kleider vor Motten, ihre Kinder vor Verwahrlosung und ihren Mann vor dem Tod und seinem eigenen unbeherrschbaren Zorn zu bewahren. Clara war müde. Wenn sie Entscheidungen treffen sollte, fühlte sie sich allein und ratlos. Der einzige, bei dem sie Hilfe suchen konnte, war Pedro Segundo García. Dieser treue, stille Mann, der immer da war, immer in Reichweite ihrer Stimme, gab ihrem plötzlich so stürmisch schwankenden Leben einige Stabilität. Am Ende des Tages holte ihn Clara oft, um ihm eine Tasse Tee anzubieten. Sie saßen in den Korbstühlen unter dem Dachvorsprung und warteten, daß es Nacht wurde und die Spannung des Tages nachließ. Sie blickten in die langsam hereinbrechende Dunkelheit, sahen die ersten Sterne am Himmel aufglänzen, hörten die

Frösche quaken und schwiegen. Sie hatten vieles zu besprechen, Probleme mußten gelöst, Absprachen getroffen werden, aber beide wußten, daß diese halbe Stunde Stille ein verdienter Lohn war. Sie tranken ihren Tee ohne Eile, um die Zeit auszudehnen, und jeder dachte an das Leben des anderen. Sie kannten sich seit über fünfzehn Jahren, alle Sommer waren sie sich nahe gewesen, hatten aber, alles in allem, kaum ein paar Sätze gewechselt. In seinen Augen war die Patrona eine lichte Sommererscheinung, fern der brutalen Plackereien des Lebens und von gänzlich anderer Art als alle Frauen, die er kannte. Selbst wenn sie die Hände im Brotteig hatte oder ihre Schürze blutig war von der Henne fürs Mittagessen, erschien sie ihm noch wie eine Luftspiegelung im heißen Glanz des Tages. Nur am Abend, in der Ruhe dieser kurzen Zeitspanne, die sie gemeinsam beim Tee verbrachten, konnte er sie in ihrer menschlichen Dimension sehen. Insgeheim hatte er ihr die Treue geschworen, und manchmal schwärmte er wie in Jünglingsjahren bei dem Gedanken, sein Leben für sie hinzugeben. Er schätzte sie ebensosehr, wie er Esteban Trueba haßte.

Als das Telefon eingerichtet wurde, war das Haus noch längst nicht bewohnbar. Vier Jahre lang hatte Esteban Trueba bei den Behörden um dieses Telefon gekämpft, und als es angelegt wurde, war kein Dach da, es gegen die Witterung zu schützen. Der Apparat hielt auch nicht lange, diente aber immerhin dazu, einige Male die Zwillinge anzurufen und unter dem ohrenbetäubenden Surren und den Unterbrechungen durch das Telefonfräulein im Dorf, das an dem Gespräch teilnahm, ihre Stimmen zu hören, als kämen sie von einer anderen Galaxis. Durch das Telefon erfuhren sie, daß Blanca krank war und die Nonnen sie nicht länger bei sich behalten wollten. Das Mädchen leide an einem hartnäckigen Husten und häufigen Fieberanfällen. Die Angst vor Tuberkulose herrschte damals in allen Häusern, es gab keine Familie ohne einen Lungenkranken. So beschloß Clara, sie zu holen. An dem Tag, an dem sie abreiste, zertrümmerte Esteban Trueba das Telefon mit Stockschlägen, weil es zu läuten begann; er schrie, ich komme schon, willst du still sein, der Apparat aber läutete weiter, und in einem Wutanfall fiel er mit dem Stock über ihn her, wobei er sich nebenbei das Schlüsselbein verrenkte, das Pedro García der Alte ihm mit solcher Mühe geflickt hatte.

Es war das erste Mal, daß Clara allein reiste. Jahrelang war sie dieselbe Strecke gefahren, aber immer zerstreut, weil stets jemand da war, der sich um die prosaischen Details kümmerte, während sie träumerisch die Landschaft vor dem Fenster betrachtete. Pedro Segundo García brachte sie an den Bahnhof und half ihr, sich auf ihrem Platz im Zug einzurichten. Als er sich von Clara verabschiedete, beugte sie sich vor, küßte ihn auf die Wange und lächelte. Er hob die Hand an die Wange, um diesen flüchtigen Kuß vor dem Wind zu bewahren, und lächelte nicht, weil ihn Traurigkeit überkam.

Mehr aus Intuition denn durch Kenntnis der Dinge oder Logik fand Clara ohne Zwischenfälle die Schule ihrer Tochter. Die Mutter Oberin empfing sie in ihrem spartanischen Büro, in dem ein großer, blutüberströmter Christus an der Wand hing und ein aus dem Rahmen fallender Strauß roter Rosen auf dem Tisch stand.

„Wir haben den Arzt kommen lassen, Señora Trueba", sagte sie. „Das Mädchen hat nichts an der Lunge, aber es ist besser, Sie nehmen sie mit, auf dem Land wird sie sich wohl fühlen. Wir können die Verantwortung nicht tragen, wie Sie verstehen werden."

Die Nonne schwenkte eine kleine Glocke, und Blanca trat herein. Sie sah mager und blaß aus, und die violetten Ringe unter ihren Augen hätten auf jede Mutter Eindruck gemacht, aber Clara wußte sofort, daß die Krankheit ihrer Tochter nicht körperlicher, sondern seelischer Art war. Die scheußliche graue Uniform ließ sie schmächtiger erscheinen, als sie war, obwohl ihre weiblichen Formen fast die Nähte sprengten. Blanca war überrascht, als sie ihre Mutter sah, die in ihrer Erinnerung ein heiterer und zerstreuter weißgekleideter Engel war und die sich innerhalb weniger Monate in eine tatkräftige Frau mit Schwielen an den Händen und tiefen Falten an den Mundwinkeln verwandelt hatte.

Sie besuchten die Zwillinge in ihrem College. Da sie zum erstenmal seit dem Erdbeben zu ihnen gingen, konnten sie erstaunt feststellen, daß der einzige von der Katastrophe gänzlich unberührt gebliebene Ort in ganz Chile diese alte Schule war, in der niemand von dem Unglück Notiz nahm. Sang- und klanglos gingen die zehntausend Toten an ihr vorüber, während die Schüler englische Lieder sangen, Kricket spielten und sich nur über die Nachrichten ereiferten, die mit drei Wochen Verspätung aus England kamen. Verblüfft sahen die zwei Frauen, daß die Zwillinge, die mit arabischem und spanischem Blut in den Adern im hintersten Winkel Amerikas geboren worden waren, Spanisch mit Oxfordakzent sprachen und keine Gefühlsbewegung mehr zu äußern vermochten außer Erstaunen, das sie durch Heben der linken Augenbraue andeuteten. Von den ausgelassenen und verlausten Bengeln, die den Sommer auf dem Land verbracht hatten, hatten sie nichts mehr.

„Ich hoffe, daß dieses angelsächsische Phlegma euch nicht zu Idioten macht", stammelte Clara, als sie sich von ihren Söhnen verabschiedete.

Durch den Tod der Nana, die trotz ihres hohen Alters während der Abwesenheit ihrer Herrschaft die Verantwortung für das große Eckhaus getragen hatte, waren die Angestellten außer Kontrolle geraten. Unbeaufsichtigt, wie sie waren, ließen sie die Arbeit Arbeit sein und verbrachten den Tag in einer Orgie von Siesten und Klatschgeschichten, während die Pflanzen im Garten verdorrten, weil sie nicht gegossen wurden, und in allen Winkeln Spinnen herumliefen. Die Verwahrlosung war so offensichtlich, daß Clara beschloß, das Haus zu schließen und alle Dienstboten zu entlassen. Sie breitete mit Blanca Bettücher über alle Möbel und streute überall Naphthalin aus. Einen um den anderen öffnete sie die Vogelbauer, und der Himmel füllte sich mit Sittichen, Kanarienvögeln, Distelfinken und Christusvögeln, die, geblendet von der Freiheit, mit den Flügeln schlugen und endlich in alle Richtungen auseinanderflogen. Blanca vermerkte, daß während der ganzen Plakkerei kein einziges Gespenst hinter den Vorhängen erschien, kein Rosenkreuzler, von seinem sechsten Sinn geleitet, kam, auch kein vom Hunger getriebener Poet. Ihre Mutter schien sich in eine gewöhnliche Dame vom Land verwandelt zu haben.

„Sie haben sich sehr verändert, Mama“, bemerkte sie.

„Nicht ich, Tochter. Die Welt hat sich verändert“, antwortete Clara.

Ehe sie das Haus verließen, gingen sie in das Zimmer der Nana im Dienstbotenhof. Clara öffnete die Schubladen, holte den Pappkoffer hervor, den die gute Frau ein halbes Jahrhundert lang benutzt hatte, und sah ihre Schränke durch. Außer ein wenig Wäsche und einem Paar alte Alpargatas war da nichts als Schachteln jeglicher Größe, mit Schnüren oder Gummibändern geschlossen, in denen sie Erstkommunions- oder Taufbildchen, Haarlokken, abgeschnittene Nägel, vergilbte Fotografien und ein Paar abgetragene Babyschuhe aufbewahrte. Es waren Erinnerungen an alle Kinder del Valle, und später der Trueba, die sie auf ihren Armen getragen und an ihrer Brust gewiegt hatte. Unter dem Bett lagen, in ein Bündel geschnürt, die Verkleidungen, die die Nana zum Austreiben der Stummheit benutzt hatte. Auf dem Bett sitzend mit all diesen Schätzen im Schoß, weinte Clara lange um diese Frau, die ihr Leben geopfert hatte, um den anderen das Leben bequem zu machen, und die allein gestorben war.

„So lange hat sie mich zu erschrecken versucht, nun ist sie selber vor Schreck gestorben“, bemerkte Clara.

Sie ließ die Leiche in das Mausoleum der del Valle auf dem katholischen Friedhof überführen, in der Annahme, daß es der Nana mißfallen hätte, zwischen Protestanten und Juden begraben zu sein, und daß sie es vorgezogen hätte, auch im Tode neben denen zu ruhen, denen sie ein Leben lang gedient hatte. Sie legte ihr einen Strauß Blumen aufs Grab und ging mit Blanca zum Bahnhof, um auf die Drei Marien zurückzukehren.

Während der Fahrt berichtete Clara ihrer Tochter über alle Neuigkeiten in der Familie und den Gesundheitszustand ihres Vaters. Sie wartete darauf, daß Blanca die Frage stellte, von der sie wußte, daß es die einzige war, die sie interessierte, aber Blanca erwähnte Pedro Tercero nicht, und Clara wagte nicht, es zu tun. Sie lebte mit der Vorstellung, daß Probleme sich materialisierten, wenn man sie beim Namen nannte, und sich dann nicht mehr ignorieren ließen, daß sie aber mit der Zeit von selbst verschwinden konnten, wenn man sie im Limbus der ungesagten Worte festhielt. Am Bahnhof erwartete sie Pedro Segundo García mit dem Wagen, und Blanca war erstaunt, ihn während der ganzen Fahrt zu den Drei Marien pfeifen zu hören, denn der Verwalter stand in dem Ruf, ein stiller Mann zu sein.

Als sie ankamen, saß Esteban Trueba in einem blauen Plüschsessel, dem man Fahrradräder anmontiert hatte in Erwartung des Rollstuhls, der in der Hauptstadt bestellt worden war. Mit energischen Stockschwüngen und Flüchen leitete er den Bau des Hauses und war so vertieft, daß er die beiden Frauen nur mit einem zerstreuten Kuß empfing und vergaß, sich nach der Gesundheit seiner Tochter zu erkundigen.

Am Abend saßen sie beim Schein einer Petroleumlampe an einem rohen Holztisch. Blanca sah ihre Mutter das Essen auf irdenen Tellern servieren, die auf dem Gut hergestellt wurden, weil das gesamte Porzellangeschirr beim Erdbeben zerbrochen war. Ohne die Nana, die früher den Oberbefehl über die Küche geführt hatte, waren die Trueba zu einem bis zur Frugalität vereinfachten Lebensstil übergegangen: es gab nur noch dicke Linsensuppe, Brot, Käse und Quittenbrot, weniger als das, was Blanca an mageren Freitagen im Internat zu essen bekam. Sobald er wieder auf seinen Beinen stehen könne, sagte Esteban, werde er selbst in die Hauptstadt fahren und die feinsten und teuersten Sachen kaufen, um sein Haus einzurichten, er habe es satt, wegen dieser verdammten hysterischen Natur in diesem vermaledeiten Land wie ein Bauer zu leben. Von allem, was bei Tisch gesprochen wurde, behielt Blanca nur, daß ihr Vater Pedro Tercero entlassen hatte, mit dem Befehl, das Gut nicht mehr zu betreten, weil er ihn erwischt hatte, als er kommunistische Ideen unter die Bauern brachte. Sie wurde blaß, als sie es hörte, und verschüttete den Löffel Suppe auf das Tischtuch. Nur Clara bemerkte ihre Erregung, denn Esteban war vertieft in seinen alten Monolog über diese undankbaren Kreaturen, die die Hand beißen, die ihnen zu essen gibt, „und schuld an allem sind diese vermaledeiten Politikaster! Wie dieser Hampelmann, dieser neue Kandidat der Sozialisten, der die Frechheit besitzt, in seinem klapprigen Wahlzug von Norden nach Süden durchs Land zu fahren und mit seinem bolschewistischen Gewäsch friedliche Leute aufzuwiegeln, aber er soll sich hüten, hierherzukommen! Wenn er aus seinem Zug aussteigt, machen wir Musbrei aus ihm! Wir sind schon gerüstet, denn es gibt keinen Gutsbesitzer in der ganzen Gegend, der anderer Meinung ist. Wir werden nicht zulassen, daß sie kommen und gegen die ehrliche Arbeit predigen, gegen gerechte Bezahlung für die, die etwas leisten, und den Lohn für solche, die im Leben vorankommen wollen, es geht doch nicht, daß die Faulen das gleiche haben wie wir, die wir von morgens bis abends arbeiten und uns darauf verstehen, Kapital zu investieren, das Risiko zu tragen und die Verantwortung zu übernehmen. Genaugenommen fällt das Märchen, daß die Erde dem gehört, der sie bearbeitet, auf die zurück, die es erfunden haben, denn hier bin ich der einzige, der arbeiten kann, ohne mich war das alles nichts als eine Wüste und wäre es noch, nicht einmal Christus hat gesagt, daß wir die Frucht unserer Arbeit mit den Faulen teilen müssen, und dieser Scheißbengel, Pedro Tercero, erdreistet sich, das auf meinem Gut zu sagen. Ich habe ihm nur deshalb keine Kugel durch den Kopf gejagt, weil ich seinen Vater schätze und seinem Großvater sozusagen das Leben verdanke, aber ich habe ihn gewarnt: wenn ich ihn herumstreichen sehe, schieße ich ihn zu Brei."

Clara hatte an der Unterhaltung nicht teilgenommen. Sie war damit beschäftigt, das Essen zu bringen und wieder abzutragen und dabei aus den Augenwinkeln ihre Tochter zu beobachten, aber als sie die Schüssel mit dem Rest Linsensuppe abtrug, hörte sie die letzten Sätze der Litanei ihres Mannes.

„Du wirst es nicht hindern, daß sich die Welt verändert,

Esteban. Wenn nicht Pedro Tercero, bringt ein anderer die neuen Ideen auf die Drei Marien", sagte sie.

Esteban schlug mit dem Stock auf die Suppenschüssel, die seine Frau in den Händen hielt, daß die Scherben flogen und sich der Inhalt auf den Boden ergoß. Blanca sprang entsetzt auf. Es war das erste Mal, daß sie die Mißlaunigkeit ihres Vaters gegen Clara gerichtet sah, und sie dachte, ihre Mutter würde wie sonst in ihre Schlafwandlertrance verfallen und durchs Fenster davonfliegen, aber nichts dergleichen geschah. Mit der ihr eigenen Gelassenheit sammelte Clara die Scherben auf, schien die Hafenkneipenschimpfwörter, mit denen ihr Mann um sich schmiß, zu überhören und wartete, bis er aufgehört hatte zu toben. Dann wünschte sie ihm mit einem lauen Kuß auf die Wange eine gute Nacht und verließ, Blanca an der Hand mit sich ziehend, das Zimmer.

Die Abwesenheit Pedro Terceros brachte Blanca nicht aus ihrer Ruhe. Alle Tage ging sie an den Fluß und wartete. Sie wußte, daß er die Nachricht von ihrer Rückkehr aufs Land früher oder später erfahren und der Ruf der Liebe ihn erreichen würde, wo immer er sich befand. So war es auch. Am fünften Tag sah sie einen zerlumpten Kerl kommen, im Winterumhang, einen breitkrempigen Hut auf dem Kopf und am Zügel einen Esel hinter sich herziehend, der mit Küchengerät, Kupferkesseln, großen Gußeisenpfannen, Blechtöpfen und Kochlöffeln jeder Größe beladen war und um den Hals ein paar Büchsen trug, deren Klappern sein Kommen zehn Minuten im voraus ankündigte. Sie erkannte ihn nicht. Er sah wie ein armer alter Mann aus, einer von diesen traurigen Hausierern, die in der Provinz herumziehen und von Tür zu Tür ihre Waren anbieten. Er blieb vor ihr stehen, nahm den Hut ab, und nun sah sie zwischen der wilden Haarmähne und dem struppigen Bart die schönen, glänzend schwarzen Augen. Der Esel mit seiner Last klappernder Töpfe rupfte Gras, während Blanca und Pedro, den Hunger und den Durst stillend, die sich in den Monaten des Schweigens und der Trennung angesammelt hatten, verzweifelt und stöhnend über Steine und Gestrüpp rollten. Danach lagen sie umschlungen im Schilf am Ufer. Unter dem Geschwirr der Libellen und dem Quaken der Frösche erzählte sie ihm, daß sie sich Bananenschalen und Fließpapier in die Schuhe gestopft hatte, um Fieber zu bekommen, daß sie so lange Kreide geschluckt hatte, bis sie tatsächlich zu husten begann und die Nonnen davon überzeugt waren, daß ihre Appetitlosigkeit und ihre Blässe ein sicheres Anzeichen von Tuberkulose seien.

„Ich wollte bei dir sein", sagte sie, ihn auf den Hals küssend.

Pedro Tercero berichtete ihr, was unterdessen auf der Welt und in Chile geschehen war, er sprach ihr von dem fernen Krieg, der die halbe Menschheit in mörderische Schlachten und den Tod im Konzentrationslager stürzte und Tausende von Frauen und Kindern zu Witwen und Waisen machte, er erzählte ihr von den Arbeitern in Europa und Nordamerika, deren Rechte respektiert würden, weil der Kampf von Gewerkschaften und Sozialisten in früheren Jahrzehnten gerechtere Gesetze erzwungen hätte, und von Republiken, wie sie sein sollten, in denen die Machthaber nicht den Erdbebengeschädigten das Milchpulver stehlen.

„Die letzten, die etwas merken, sind immer die Bauern, nie erfahren wir, was anderswo geschieht. Alle hassen sie deinen Vater, aber sie haben solche Angst vor ihm, daß sie unfähig sind, sich zu organisieren und ihm die Stirn zu bieten. Verstehst du das, Blanca?"

Sie verstand es, aber in diesem Augenblick interessierte sie nichts, als seinen Geruch nach frischem Korn zu riechen, seine Ohren zu lecken, die Finger in seinen dichten Bart zu stecken, seine verliebten Seufzer zu hören. Sie hatte auch Angst um ihn. Sie wußte, daß nicht nur ihr Vater ihm die versprochene Kugel durch den Kopf jagen würde, sondern jeder Gutsbesitzer in der Gegend mit Vergnügen dasselbe tun würde. Blanca erinnerte Pedro Tercero an die Geschichte des Sozialistenführers, der vor ein paar Jahren mit dem Rad durchs Land fuhr, um auf den Gütern Flugblätter zu verteilen und die Hintersassen zu organisieren, bis er eines Tages den Brüdern Sánchez in die

Hände fiel, die ihn zu Tode prügelten und an einem Telegraphenmast aufhängten, an einer Wegkreuzung, damit alle ihn sehen konnten. Da schaukelte er einen Tag und eine Nacht lang gegen den Himmel, bis die Feldgendarmen kamen und ihn abnahmen. Um die Angelegenheit zu vertuschen, schoben sie die Schuld auf die Indios im Reservat, obwohl jedermann wußte, daß sie friedlich waren und bestimmt keinen Mann töteten, wenn sie schon Angst hatten, einer fremden Henne den Hals umzudrehen. Die Brüder Sánchez aber gruben ihn auf dem Friedhof aus und stellten wieder die Leiche zur Schau, und das war denn doch zuviel, um es den Indios anzuhängen. Doch selbst da wagte das Gericht nicht einzugreifen, und der Tod des Sozialistenführers geriet bald in Vergessenheit.

„Sie können dich umbringen", sagte Blanca, ihn umarmend.

„Ich passe schon auf", beruhigte sie Pedro Tercero. „Ich bleibe nie lange an einem Ort. Deshalb werde ich dich auch nicht alle Tage sehen können. Warte hier auf mich. Ich komme, sooft ich kann."

„Ich liebe dich", sagte sie schluchzend.

„Ich dich auch."

Und sie umarmten sich wieder mit dem unersättlichen Feuer ihrer Jugend, während der Esel immer noch Gras kaute.

Blanca brachte es fertig, nicht ins Internat zurückkehren zu müssen. Mit warmer Pökelbrühe verschaffte sie sich Erbrechen, mit unreifen Kirschen Durchfall, mit einem eng geschnürten Pferderiemen Schwächeanfälle, bis sie in dem Ruf stand, von schwacher Gesundheit zu sein, und das war es, was sie wollte. Sie mimte so gut die Symptome verschiedenster Krankheiten, daß sie ein Ärztegremium hätte täuschen können, und am Ende war sie selbst davon überzeugt, kränklich zu sein. Jeden Morgen, wenn sie erwachte, ging sie im Geist ihren Organismus durch, um herauszufinden, wo es ihr weh tat und an welchem neuen Übel sie litt. Sie lernte jeden Umstand nutzen, um sich krank zu fühlen, von einem Wechsel der Temperatur bis zu den Pollen der Blüten, und jedes Wehwehchen in eine tödliche Krankheit umzumünzen. Da Clara der Ansicht war, das Beste für die Gesundheit sei, die Hände zu rühren, gab sie ihrer Tochter Arbeit, um ihre Unpäßlichkeiten in Grenzen zu halten. Blanca mußte jeden Morgen wie alle übrigen früh aus dem Bett, sich mit kaltem Wasser waschen und dann ihren Aufgaben nachgehen: in der Schule unterrichten, in der Schneiderwerkstatt nähen und in der Krankenstation alle anfallenden Arbeiten verrichten, vom Verabreichen eines Klistiers bis zum Vernähen von Wunden mit Nadel und Faden aus der Schneiderwerkstatt, und es half ihr nichts, wenn sie beim Anblick von Blut ohnmächtig wurde oder ihr der kalte Schweiß ausbrach, wenn sie Erbrochenes wegputzen mußte. Pedro García der Alte, der schon fast neunzig war und seine Knochen kaum mehr schleppen konnte, teilte Claras Ansicht, daß die Hände dazu da sind, benutzt zu werden. So geschah es, daß er Blanca eines Tages, als sie über schreckliche Kopfschmerzen klagte, zu sich rief und ihr ohne weiteres einen Batzen Ton in den Schoß warf. Den ganzen Nachmittag zeigte er ihr, wie man den Ton formen muß, um Küchengeschirr daraus zu machen, ohne daß sich das Mädchen seiner Schmerzen erinnerte. Der Alte wußte nicht, daß er Blanca das Handwerk beibrachte, das in späteren Jahren ihr einziger Lebensunterhalt und ihr Trost in traurigen Stunden sein sollte. Er lehrte sie, mit dem Fuß die Drehscheibe in Gang zu halten, während sie die Hände über den weichen Ton führte, um Teller und Krüge herzustellen. Blanca fand jedoch bald, daß das Nützliche sie langweilte und daß es weit unterhaltsamer war, Tier- und Menschenfiguren zu machen. Mit der Zeit ging sie dazu über, eine Miniaturwelt aus Haustieren und Leuten aller Berufe, Schreiner, Wäscherinnen, Köchinnen, herzustellen, alle mit ihren kleinen Werkzeugen und Gerätschaften.

„Nutzloses Zeug“, sagte Esteban Trueba, als er das Werk seiner Tochter sah.

„Suchen wir ihm einen Nutzen“, schlug Clara vor.

So entstand die Idee mit den Weihnachtskrippen. Blanca fing an, die Figuren zu modellieren, nicht nur die

Heiligen Drei Könige und die Hirten, sondern auch eine Menge Menschen der verschiedensten Berufe und alle Arten von Tieren, Kamele und Zebras aus Afrika, Gürteltiere aus Amerika und Tiger aus Asien, ohne Rücksicht auf die für Bethlehem spezifische Fauna. Dann machte sie Tiere eigener Erfindung, klebte die Hälfte eines Elefanten an die Hälfte eines Krokodils, nicht ahnend, daß das, was sie aus Ton formte, dem glich, was ihre Tante Rosa, die sie nicht kannte, mit dem Stickgarn auf ihrer überdimensionalen Decke hervorgebracht hatte, während Clara zu dem Schluß kam, daß, wenn sich die Verrücktheiten in der Familie wiederholen, es ein genetisches Gedächtnis geben muß, das ein Vergessen bestimmter Dinge verhindert. Blancas reich bevölkerte Weihnachtskrippen wurden zu Kuriositäten. Sie mußte zwei Mädchen anlernen, weil sie allein nicht alle Aufträge erledigen konnte, da dieses Jahr jeder eine Weihnachtskrippe haben wollte, vor allem, weil sie nichts kostete. Esteban Trueba fand, die Töpfermanie sei gut zur Unterhaltung von Señoritas, würde sie aber zum Geschäft, dann stünde der Name Trueba plötzlich neben denen von Kleinkrämern, die in Eisenhandlungen Nägel und auf dem Markt Bratfische verkauften.

Blanca und Pedro trafen sich in unregelmäßigen Abständen, wodurch ihre Begegnungen um so intensiver wurden. In diesen Jahren gewöhnte sich Blanca an das Erschrecken und an das Warten, sie machte sich mit dem Gedanken vertraut, daß sie sich immer nur im verborgenen würden lieben können, und gab den Gedanken, zu heiraten und mit Pedro in einem der Ziegelhäuschen ihres Vaters zu leben, auf. Oft vergingen Wochen, ohne daß sie eine Nachricht von ihm hatte, aber plötzlich erschien auf dem Gut ein Briefträger auf dem Fahrrad, ein Prediger mit einer Bibel unterm Arm oder ein in heidnischer Zunge radebrechender Zigeuner, harmlose Leute, die das Gut passierten, ohne in den wachsamen Augen des Patrons Verdacht zu erwecken. An seinen schwarzen Augen erkannte sie ihn. Und sie war nicht die einzige: alle Hintersassen der Drei Marien und viele Bauern von anderen Gütern erwarteten ihn gleichfalls. Seit der junge Mann von den Gutsbesitzern verfolgt wurde, galt er als Held. Jeder wollte ihn eine Nacht bei sich verstecken, die Frauen webten ihm Ponchos und strickten Wintersocken für ihn, die Männer hoben den besten Schnaps und das beste Dörrfleisch der Saison für ihn auf. Sein Vater, Pedro Segundo García, erriet an den Spuren, die er hinterließ, daß er das Verbot des Patrons übertrat. Er war gespalten zwischen der Liebe zu seinem Sohn und seiner Funktion als Aufseher der Besitzung. Überdies fürchtete er, daß er eines Tages seinen Sohn erkennen würde und Esteban Trueba würde es ihm am Gesicht ablesen, aber es erfüllte ihn auch mit geheimer Freude, daß einige der seltsamen Dinge, die auf dem Lande geschahen, ihm zugeschrieben wurden. Das einzige, was ihm nie in den Sinn kam, war, daß die Besuche seines Sohnes etwas mit Blanca Truebas Spaziergängen an den Fluß zu tun haben könnten, denn diese Möglichkeit war in der natürlichen Ordnung der Welt nicht vorgesehen. Außer in der Familie sprach er nie von seinem Sohn, aber er war stolz auf ihn und sah ihn lieber als Flüchtling denn als einen im großen Haufen, der wie alle anderen Kartoffeln säte und Armut erntete. Wenn er jemanden eine Strophe aus dem Lied von den Hennen und dem Fuchs trällern hörte, lächelte er und dachte, daß sein Sohn mit seinen subversiven Balladen mehr Anhänger gefunden hatte als mit den Kampfschriften der Sozialistischen Partei, die er so ausdauernd verteilte.

Sechstes Kapitel
Die Rache

Anderthalb Jahre nach dem Erdbeben waren die Drei Marien das gleiche Mustergut wie zuvor. Das große Herrenhaus stand wieder, originalgetreu, wenngleich solider gebaut und mit einer Warmwasserinstallation in den Badern. Das Wasser war braun wie Schokolade, und manchmal kam eine Kröte aus dem Hahn, aber es floß in einem munteren, starken Strahl. Die deutsche Pumpe war fabelhaft. Ich ging überall herum, nur noch auf den dicken silbernen Stock gestützt, den ich noch heute benutze und von dem meine Enkelin sagt, ich brauche ihn nicht, weil ich hinke, sondern um meinen Worten Nachdruck zu verleihen, indem ich ihn als schlagenden Beweis schwinge. Die lange Krankheit hat meinen Organismus angegriffen und meinen Charakter noch verschlimmert. Ich gebe zu, daß zuletzt nicht einmal mehr Clara meine Wutausbrüche bremsen konnte. Ein anderer wäre durch diesen Unfall zum Krüppel geworden, mir aber hat die Kraft meines Zorns geholfen. Ich dachte an meine Mutter, die lebendigen Leibes im Rollstuhl verfault war. Das gab mir den eisernen Willen, aufzustehen und, wenn auch unter Fluchen, zu gehen. Ich glaube, die Leute hatten Angst vor mir. Selbst Clara, die meine schlechte Laune nie gefürchtet hatte, zum Teil, weil ich mich sehr in acht nahm, sie nicht an ihr auszulassen, ging erschrocken herum. Sie ängstlich zu sehen machte mich vollends rasend.

Nach und nach veränderte sich Clara. Sie sah müde aus, und ich merkte, daß sie sich von mir entfernte. Sie hatte keine Sympathie mehr für mich, meine Schmerzen erweckten kein Mitgefühl in ihr, sondern waren ihr lästig, und ich sah, daß sie meine Gegenwart mied. Ich würde sagen, daß es ihr in dieser Zeit mehr Vergnügen machte, mit Pedro Segundo García die Kühe zu melken, als mir im Salon Gesellschaft zu leisten. Je distanzierter sich Clara gab, desto größer wurde mein Bedürfnis nach ihrer Liebe. Mein Verlangen nach ihr hatte seit damals, als ich sie heiratete, nicht abgenommen, ich wollte sie ganz, bis in ihre letzten Gedanken besitzen, aber diese ätherische Frau ging wie ein Hauch an mir vorüber. Selbst wenn ich sie mit beiden Händen festhielt und brutal umarmte, konnte ich sie nicht einfangen. Als sie Angst vor mir bekam, wurde unser Leben zum Fegefeuer. Tagsüber war jeder mit seinen Arbeiten beschäftigt. Wir hatten beide viel zu tun. Wir sahen uns nur beim Essen, und dann war ich es, der redete, während sie in den Wolken zu schweben schien. Sie sprach kaum noch und hatte dieses frische und verwegene Lachen verloren, das mir früher so an ihr gefiel, nie mehr warf sie den Kopf zurück, um aus vollem Hals zu lachen. Kaum daß sie noch lächelte. Ich dachte, das Alter und mein Unfall hätten uns auseinandergebracht, das Eheleben langweilte sie, das passiert schließlich allen Paaren, und ich war nun mal kein feinfühliger Geliebter, keiner von denen, die immerzu Blumen schenken und hübsche Dinge sagen. Aber ich habe versucht, mich ihr zu nähern. Wie ich es versucht habe, mein Gott! Ich erschien in ihrem Zimmer, wenn sie über ihren Lebensnotizheften oder an ihrem dreibeinigen Tisch saß. Selbst diese Seite ihres Lebens habe ich mit ihr zu teilen versucht, aber sie mochte es nicht, daß ich in ihren Heften las, und wenn sie sich mit ihren Geistern unterhielt, brachte meine Anwesenheit sie um die Inspiration, so daß ich es aufgeben mußte. Meine Tochter war von klein an sonderbar und nie das liebevolle und zärtliche Mädchen, das ich mir gewünscht hatte. Sie sah wirklich wie ein kleines Gürteltier aus. Solange ich mich besinnen kann, war sie mir gegenüber widerborstig, einen Ödipuskomplex brauchte sie nicht zu überwinden, weil sie nie einen hatte. Sie war immer schon eine Señorita gewesen, klug und reif für ihr Alter, und sie hing sehr an ihrer Mutter. Ich dachte, sie könnte mir helfen, und versuchte, sie als Verbündete zu gewinnen, ich machte ihr Geschenke und alberte mit ihr herum, aber auch sie ging mir aus dem Weg. Jetzt, wo ich alt bin und darüber sprechen kann, ohne vor Wut den Kopf zu verlieren, glaube ich, daß ihre

Liebe zu Pedro Tercero García an allem schuld war. Blanca war unbestechlich. Nie hat sie um etwas gebeten, sie sprach noch weniger als ihre Mutter, und wenn ich sie zwang, mir einen Kuß zu geben, tat sie es so widerwillig, daß es mich schmerzte wie eine Ohrfeige. „Alles wird anders, wenn wir wieder in der Hauptstadt sind und ein zivilisiertes Leben führen", sagte ich damals, aber weder Clara noch Blanca zeigten die mindeste Neigung, die Drei Marien zu verlassen. Im Gegenteil, sooft ich darauf zu sprechen kam, sagte Blanca, das Landleben habe sie gesund gemacht, aber sie fühle sich noch nicht stark genug, und Clara erinnerte mich daran, daß es auf dem Gut noch viel zu tun gab und wir die Dinge nicht halbfertig liegenlassen könnten. Meine Frau vermißte das Raffinement, an das ich sie gewöhnt hatte, nicht, und als eines Tages die Möbel und der Hausrat ankamen, die ich ohne ihr Wissen bestellt hatte, beschränkte sie sich darauf, alles sehr hübsch zu finden. Ich selbst mußte angeben, wo die Sachen hingestellt werden sollten, sie schien das nicht im mindesten zu kümmern. Das neue Haus wurde mit einem Luxus eingerichtet, den es nie gekannt hat. Es kamen große, handgeschnitzte Möbel im Kolonialstil in heller Eiche und Nußbaum, schwere Wollteppiche, Lampen aus gehämmertem Eisen und Kupfer. Handgemaltes englisches Porzellan, einer Botschaft würdig, ließ ich aus der Hauptstadt kommen, Kristallgläser, vier Kisten voll Nippes, Bettwäsche und Tischtücher aus reinem Leinen, eine Sammlung Schallplatten mit klassischer und Unterhaltungsmusik und dazu ein modernes Grammophon. Jede Frau wäre hingerissen gewesen und hätte Monate damit zugebracht, ihr Haus herzurichten, nur nicht Clara, die für diese Dinge keinen Sinn hatte. Sie beschränkte sich darauf, ein paar Frauen als Köchinnen und einige Mädchen, Töchter von Hintersassen, für den Dienst im Haus anzulernen, und kaum sah sie sich von Kochtöpfen und Besen befreit, vertiefte sie sich in ihren Mußestunden wieder in ihre Lebensnotizhefte und ihre Tarockkarten. Den größten Teil des Tages war sie in der Schneiderwerkstatt, der Krankenstation und der Schule beschäftigt, und ich ließ sie machen, denn für sie waren das

Aufgaben, die ihrem Leben einen Sinn gaben. Sie war eine karitative, großzügige Frau und bestrebt, alle, die um sie waren, glücklich zu machen. Alle, außer mir. Nach dem Erdbeben bauten wir den Kramladen wieder auf, und ihr zu Gefallen verzichtete ich auf das System mit den rosa Zettelchen und bezahlte die Leute von nun an in Geldscheinen, weil Clara sagte, damit könnten die Leute im Dorf einkaufen und Geld sparen. Es stimmte aber nicht. Es führte nur dazu, daß sich die Männer in der Kneipe von San Lucas betranken und die Frauen und Kinder Not litten. Über solche Dinge stritten wir uns oft. Die Hintersassen waren der Grund für alle unsere Auseinandersetzungen. Gut, nicht für alle. Auch über den Weltkrieg diskutierten wir. Ich verfolgte den Vormarsch der Nazitruppen auf einer Landkarte, die ich im Salon an der Wand aufgehängt hatte, und Clara strickte Socken für die Soldaten der Alliierten. Blanca schlug sich mit beiden Händen an den Kopf, sie konnte nicht begreifen, weshalb wir uns über einen Krieg ereiferten, der sich auf der anderen Seite des Ozeans abspielte und uns nichts anging. Vermutlich hatten unsere Mißverständnisse andere Gründe. Jedenfalls waren wir uns selten über etwas einig. Ich glaube nicht, daß mein schlechter Charakter an allem schuld war, ich war trotz allem ein guter Ehemann, nicht einmal mehr der Schatten des Wüterichs, der ich als Junggeselle gewesen war. Für mich war sie die einzige Frau. Sie ist es noch.

Eines Tages ließ Clara einen Riegel an ihrer Schlafzimmertür anbringen und ließ mich nicht mehr in ihr Bett, außer bei den seltenen Gelegenheiten, bei denen ich sie so bedrängte, daß eine Weigerung einem definitiven Bruch gleichgekommen wäre. Zuerst dachte ich, sie hätte eines dieser mysteriösen Leiden, die Frauen manchmal bekommen, oder es wäre die Menopause, aber als sich die Sache über Wochen hinzog, beschloß ich, mit ihr darüber zu reden. Sie erklärte mir in aller Ruhe, unsere ehelichen Beziehungen hätten sich so verschlechtert, daß sie ihre Bereitschaft zum fleischlichen Umgang verloren habe, und daraus, daß wir uns nichts mehr zu sagen hätten, leitete sie ganz selbstverständlich ab, daß wir auch das Bett nicht mehr teilen könnten, und schien erstaunt, daß ich den ganzen Tag auf sie einschimpfen konnte und nachts ihre Liebkosungen haben wollte. Ich versuchte ihr klarzumachen, daß wir Männer uns darin von den Frauen etwas unterscheiden und daß ich sie trotz aller meiner Unarten anbetete, aber es war zwecklos. In dieser Zeit war ich trotz des Unfalls und obwohl Clara wesentlich jünger war als ich, gesünder und stärker als sie. Ich war mit zunehmendem Alter mager geworden, ich hatte kein Gramm Fett am Körper und erhielt mir die Widerstandsfähigkeit und Kraft meiner jungen Jahre. Ich konnte den ganzen Tag reiten und auf jeder noch so unbequemen Unterlage schlafen, ich aß, was es gerade gab, ohne die Blase, die Leber und alle anderen inneren Organe zu spüren, von denen die Leute immerzu reden. Die Knochen allerdings, die taten mir weh. An kalten Abenden oder in feuchten Nächten war der Schmerz der vom Erdbeben gequetschten Knochen so stark, daß ich ins Kissen biß, damit mich niemand stöhnen hörte. Wenn ich es nicht mehr aushielt, goß ich mir einen tüchtigen Schluck Schnaps mit zwei Aspirin in den Rachen, aber auch das half wenig. Das Merkwürdige ist, daß meine Sinnlichkeit im Alter zwar selektiver wurde, ich aber fast so entflammbar blieb wie in meiner Jugend. Ich sah Frauen immer noch gern, ich tue es heute noch. Es ist ein ästhetisches, fast ein geistiges Vergnügen. Aber nur Clara weckte ein konkretes, unmittelbares Verlangen in mir, vielleicht, weil wir uns in unserem langen gemeinsamen Leben kennengelernt hatten und jeder die genaue Topographie des andern in den Fingerspitzen hatte. Sie wußte, wo ich meine gefühlvollen Stellen hatte, und konnte mir genau das sagen, was ich hören wollte. In einem Alter, in dem die meisten Männer ihre Frauen satt haben und andere Frauen brauchen, damit es funkt, war ich überzeugt, daß ich nur mit Clara so schlafen konnte, wie wir in unseren Flitterwochen unermüdlich geschlafen hatten. Ich kam nicht in Versuchung, mir eine andere Frau zu suchen. Ich erinnere mich noch genau, wie ich sie zu belagern begann, wenn es dunkel wurde. Clara saß da und schrieb, und ich tat so, als würde ich meine Pfeife genießen, aber in Wirklichkeit beobachtete ich sie aus den Augenwinkeln. Sobald ich den Eindruck hatte, daß sie sich gleich zurückziehen würde – wenn sie anfing, die Feder abzuputzen und die Hefte zusammenzulegen –, kam ich ihr zuvor. Ich hinkte ins Bad, machte mich schön und zog den bischöflichen Plüschschlafrock an, den ich gekauft hatte, um sie zu verführen, von dessen Existenz sie jedoch keinerlei Notiz zu nehmen schien. Ich lauschte an der Tür und wartete. Wenn ich sie über den Gang kommen hörte, ging ich zum Angriff über. Alles habe ich versucht. Ich habe sie überschüttet mit Schmeicheleien und Geschenken, und ich habe ihr gedroht, ich würde ihre Tür einschlagen und sie windelweich prügeln, aber weder das eine noch das andere schloß die Kluft zwischen uns. Vermutlich war es überhaupt zwecklos, zu versuchen, sie durch mein nächtliches Liebeswerben die schlechte Laune vergessen zu machen, mit der ich ihr tagsüber zur Last fiel. Clara übersah mich mit dieser zerstreuten Miene, die ich am Ende haßte. Ich kann nicht begreifen, was mich an ihr so sehr anzog. Sie war eine reife Frau ohne jede Koketterie, die schon ein wenig schlurfte und längst diese großartige Lustigkeit verloren hatte, die sie in ihrer Jugend so anziehend gemacht hatte. Ich bin sicher, daß sie mich nicht geliebt hat. Ich hatte keinen Grund, sie in dieser maßlosen und brutalen Weise zu begehren, die mich selbst zur Verzweiflung brachte und mich lächerlich machte. Aber ich konnte nicht anders. Ihre knappen Bewegungen, ihr zarter Geruch nach frischer Wäsche und Seife, der Glanz in ihren Augen, die Anmut ihres schlanken Nakkens unter den widerspenstigen Löckchen: alles gefiel mir an ihr. Ihre Zerbrechlichkeit löste eine unerträgliche Zärtlichkeit bei mir aus. Ich wollte sie beschützen, sie in meinen Armen halten, sie wie in alten Zeiten zum Lachen bringen, ich wollte sie beim Schlafen neben mir haben, ihren Kopf an meiner Schulter, ihre Beine angezogen unter den meinen, ihre Hand auf meiner Brust, klein und warm, verwundbar und köstlich. Manchmal schlug sie mir vor, ich solle sie doch durch Nichtachtung strafen, aber nach ein paar Tagen war ich der Geschlagene, denn sie schien viel ruhiger und glücklicher zu sein, wenn ich sie übersah.

Ich bohrte ein Loch in die Wand des Badezimmers, um sie nackt zu sehen, aber das regte mich dermaßen auf, daß ich es lieber wieder zumörtelte. Um sie zu verletzen, verkündete ich laut, ich würde wieder in den Farolito Rojo gehen, aber sie meinte nur, das sei jedenfalls besser, als Bäuerinnen zu vergewaltigen, und das überraschte mich, weil ich dachte, daß sie davon nichts wüßte. Wegen dieser Äußerung versuchte ich es wieder mit den Vergewaltigungen, nur um sie zu ärgern. Aber dabei mußte ich feststellen, daß die Zeit und das Erdbeben meiner Männlichkeit geschadet hatten und ich nicht die Kraft besaß, ein gut gebautes Mädchen um die Taille zu fassen und auf die Kruppe meines Pferdes zu heben, erst recht nicht, ihr die Kleider vom Leib zu reißen und sie gegen ihren Willen zu nehmen. Ich war in dem Alter, in dem man zur Liebe Hilfe und Zärtlichkeit braucht. Ich war, zum Teufel, alt geworden.

Er war der einzige, der merkte, daß er kleiner wurde. Er konstatierte es an den Kleidern. Es war nicht bloß so, daß sie ihm in den Nähten zu weit wurden, sondern die Ärmel und Hosenbeine wurden ihm zu lang. Unter dem Vorwand, er sei abgemagert, bat er Blanca, sie ihm auf der Nähmaschine kürzer zu machen, fragte sich aber beunruhigt, ob ihm nicht Pedro García der Alte die Knochen verkehrt zusammengesteckt habe und er aus diesem Grund schrumpfe. Er sprach mit niemandem darüber, wie er auch aus Stolz seine Schmerzen verschwieg.

In diesen Tagen wurden die Präsidentschaftswahlen vorbereitet. Bei einem der Abendessen mit konservativen Politikern lernte Esteban Trueba Graf Jean de Satigny kennen. Er trug Wildlederschuhe und eine Rohleinenjacke, schwitzte im Gegensatz zu den übrigen Sterblichen nie, sondern roch nach englischem Kölnischwasser und war auf Grund seiner Gewohnheit, in der prallen Mittagssonne eine Kugel mit dem Stock in ein kleines Loch zu schlagen, immer braungebrannt. Beim Sprechen zog er die letzten Silben der Wörter nach, und das R verschluckte er ganz. Er war der einzige Mann in Estebans Bekanntschaft, der sich die Fingernägel lackierte und seinen Augen mittels

Tropfen ein tieferes Blau verlieh. Er benutzte Visitenkarten mit seinem Familienwappen und beobachtete neben allen bekannten Höflichkeitsregeln auch noch andere, selbsterfundene, etwa die, Artischocken mit einer Zange zu essen, was allgemeine Verblüffung hervorrief. Die Männer machten sich hinter seinem Rücken über ihn lustig, aber bald wurde ersichtlich, daß sie seine Eleganz, seine Wildlederschuhe, seinen unerschütterlichen Gleichmut und sein kultiviertes Äußeres zu imitieren versuchten. Der Grafentitel hob ihn auf eine andere Ebene als alle übrigen Emigranten, seien es nun die im vergangenen Jahrhundert auf der Flucht vor Seuchen ausgewanderten Zentraleuropäer, die vom Bürgerkrieg vertriebenen Spanier, die Auswanderer aus dem Mittleren Osten mit ihren türkischen Geschäften oder die Armenier, die asiatische Gerichte und Ramsch verkauften. Graf de Satigny hatte es nicht nötig, sich seinen Lebensunterhalt zu verdienen, wie er jedermann wissen ließ. Das Geschäft mit den Chinchillas war für ihn nur ein Zeitvertreib.

Esteban hatte Chinchillas auf seinem Gut herumhuschen sehen. Gelegentlich schoß er sie ab, weil sie die junge Saat fraßen, war aber nie auf den Gedanken gekommen, daß sich diese unscheinbaren Nagetiere in Damenpelzmäntel umwandeln ließen. Jean de Satigny suchte einen Kompagnon, der das Kapital, die Arbeit und die Gehege stellte, alle Risiken übernahm und den Gewinn fünfzig zu fünfzig mit ihm teilte. Esteban Trueba war in keiner Hinsicht ein Abenteurer, aber der französische Graf besaß jene beschwingte Anmut und Genialität, die ihn zu fesseln vermochten. Also brachte er sich nächtelang um den Schlaf, um das Chinchillaprojekt zu durchdenken und Berechnungen anzustellen. Unterdessen verbrachte Monsieur de Satigny lange Wochen als Ehrengast auf den Drei Marien. Er spielte in der prallen Sonne mit seiner Kugel, trank Unmengen ungezuckerten Melonensaft und strich unauffällig um Blancas Keramikfiguren herum. Er schlug ihr vor, die Krippen auf bestimmte Märkte zu exportieren, wo es sicheren Absatz für indianisches Kunsthandwerk gab. Blanca versuchte, ihn von seinem Irrtum abzubringen, indem sie erklärte, daß weder sie eine Indianerin noch ihre Figuren indianisches Kunsthandwerk seien, aber Sprachschwierigkeiten verhinderten, daß er ihren Einwand verstand. Für die Familie Trueba erwies sich der Graf als eine soziale Errungenschaft, denn kaum hatte er sich auf dem Gut niedergelassen, regnete es Einladungen auf die Nachbargüter, zu Begegnungen mit den politischen Größen des Dorfs und sonstigen kulturellen und gesellschaftlichen Ereignissen in der Gegend. Auf die ansteckende Wirkung seiner Vornehmheit hoffend, wollten alle ihm nahe sein, die jungen Mädchen seufzten bei seinem Anblick, die Mütter, die ihn gern als Schwiegersohn gesehen hätten, rissen sich um die Ehre, ihn einzuladen. Die Männer beneideten Esteban Trueba um das Glück, zu dem Geschäft mit den Chinchillas erwählt worden zu sein. Die einzige, die sich von dem Charme des Franzosen nicht blenden ließ und nicht einmal beeindruckt war von seiner Art, Orangen mit Messer und Gabel zu schälen, ohne sie mit den Fingern zu berühren, so daß die Schale in Form einer offenen Blüte auf dem Teller zurückblieb, oder von seinem Geschick, französische Dichter und Philosophen in seiner Muttersprache zu zitieren, war Clara, die ihn nach seinem Namen fragen mußte, sooft sie ihn sah, und jedesmal verblüfft war, wenn er ihr im seidenen Morgenmantel auf dem Weg zum Badezimmer ihres Hauses begegnete. Blanca hingegen amüsierte sich mit ihm und ergriff dankbar die Gelegenheit, ihre besten Kleider anzuziehen, sich sorgfältig zu frisieren und den Tisch mit dem englischen Porzellan und den silbernen Leuchtern zu decken.

„Wenigstens holt er uns aus der Barbarei heraus", sagte sie.

Esteban Trueba war weniger von dem Firlefanz des Adligen als von den Chinchillas beeindruckt. Warum, zum Teufel, dachte er, war er nicht selbst auf die Idee gekommen, ihre Felle zu gerben, statt so viele Jahre mit der Aufzucht dieser vermaledeiten Hühner zu vergeuden, die bei jeder Kleinigkeit Durchfall bekamen und eingingen, und mit diesen Kühen, die für jeden Liter Milch, den man ihnen abzapfte, einen Hektar Futter und eine Schachtel

Vitamine brauchten und obendrein alles mit Fliegen und Mist verpesteten. Clara und Pedro Segundo García teilten seine Begeisterung für die Nagetiere nicht, Clara aus Gründen der Menschlichkeit, weil sie es grausam fand, sie aufzuziehen, nur um ihnen das Fell über die Ohren zu ziehen, und Pedro Segundo, weil er noch nie etwas von der Aufzucht von Ratten gehört hatte.

Eines Abends ging der Graf ins Freie, um eine seiner orientalischen Zigaretten zu rauchen, die er sich eigens aus dem Libanon kommen ließ – weiß der Kuckuck, wo das liegt!, wie Trueba sagte –, und den Duft der Blumen einzuatmen, der in Schwaden aus dem Garten kam und die Zimmer überflutete. Er spazierte über die Terrasse und ermaß mit dem Blick die Ausdehnung des Parks, der sich rings um das Gutshaus erstreckte. Er seufzte, gerührt über diese verschwenderische Natur, die in diesem vergessensten Land der Erde ihren ganzen Reichtum aufgeboten hatte: alle Klimate, die sie je ersonnen hatte, die Kordilleren und das Meer, Täler und höchste Gipfel, Flüsse mit kristallklarem Wasser und eine Fauna, so gutartig, daß man in der Gewißheit, keine giftigen Schlangen oder hungrigen Bestien anzutreffen, vertrauensvoll spazierengehen konnte, und wo es, um die Perfektion voll zu machen, auch keine rachsüchtigen Neger und wilden Indios gab. Er war es leid, exotische Länder zu bereisen auf der Jagd nach dem Geschäft mit Haifischflossen als Aphrodisiakum, mit dem Allheilmittel Ginseng, mit geschnitzten Eskimofiguren, einbalsamierten Piranhas aus dem Amazonas und Chinchillas für Pelzmäntel. Er war achtunddreißig, so viele Jahre jedenfalls gab er zu, und fühlte, daß er endlich das Paradies auf Erden gefunden hatte, wo er mit einfältigen Kompagnons problemlose Unternehmen aufziehen konnte. Er setzte sich auf einen Baumstamm, um in der Dunkelheit zu rauchen. Plötzlich sah er einen huschenden Schatten und hatte flüchtig die Vorstellung, es könnte ein Dieb sein, verwarf diesen Gedanken aber sofort wieder, weil Räuber in diesem Land ebenso unwahrscheinlich waren wie reißende Tiere. Vorsichtig trat er näher, und da sah er Blanca, die die Beine aus dem Fenster streckte, wie eine Katze an der Mauer herabglitt und sich geräuschlos in die Hortensien fallen ließ. Sie war als Mann gekleidet und brauchte nicht mehr nackt zu gehen, weil die Hunde sie inzwischen kannten. Jean de Satigny sah, wie sie sich, den Schatten des Dachs und der Bäume nutzend, entfernte. Er wollte ihr folgen, hatte aber Angst vor den Bulldoggen und dachte, daß es dieses Aufwands nicht bedurfte, um zu wissen, wohin ein Mädchen geht, das nachts aus dem Fenster springt. Er war beunruhigt, weil das, was er eben gesehen hatte, seine Pläne gefahrdete.

Am nächsten Tag hielt der Graf um Blancas Hand an. Esteban, der keine Zeit gehabt hatte, seine Tochter richtig kennenzulernen, verwechselte ihre gelassene Freundlichkeit und den Eifer, mit dem sie die silbernen Leuchter auf den Tisch stellte, mit Liebe. Er fühlte sich tief befriedigt, daß seine stets gelangweilte und ewig kränkelnde Tochter den begehrtesten Galan in weitem Umkreis ergattert hatte. Was er nur an ihr findet? fragte er sich erstaunt. Dem Bewerber gegenüber äußerte er, man müsse die Sache erst mit Blanca besprechen, aber er sei sicher, daß es keine Bedenken geben werde, und was ihn betreffe, so heiße er ihn schon jetzt in der Familie willkommen. Er ließ seine Tochter rufen, die zu diesem Zeitpunkt in der Schule Geographie unterrichtete, und schloß sich mit ihr in seinem Arbeitszimmer ein. Fünf Minuten später flog die Tür auf, und der Graf sah das junge Mädchen mit hochrotem Kopf herauskommen. Als sie an ihm vorüberging, warf sie ihm einen mörderischen Blick zu und wandte den Kopf ab. Ein weniger beharrlicher Mann hätte seine Koffer gepackt und wäre in das einzige Hotel im Dorf gezogen, aber der Graf sagte zu Esteban, er sei sicher, daß er die Liebe des jungen Mädchens erlangen werde, wenn man ihm nur genügend Zeit dazu ließe. Esteban Trueba bot ihm an, als Gast auf den Drei Marien zu bleiben, solange er es für nötig halte. Blanca sagte nichts, aber von diesem Tag an aß sie nicht mehr am gemeinsamen Tisch und ließ den Franzosen bei jeder Gelegenheit spüren, daß er unerwünscht war. Sie räumte ihre feinen Kleider und die silbernen Leuchter weg und ging dem Grafen sorgfältig aus dem Weg. Ihrem Vater kündigte sie an, wenn er die Sache mit der Heirat noch einmal erwähne, führe sie mit dem ersten Zug in die Hauptstadt zurück und werde Novizin in ihrer Klosterschule.

„Du wirst schon noch umdenken", brüllte Esteban Trueba.

Die Ankunft der Zwillinge auf den Drei Marien war eine große Erleichterung. Sie brachten einen Schwall von Frische und Lustigkeit in die bedrückte Atmosphäre des Hauses. Keiner der beiden Brüder wußte den Zauber des adligen Franzosen zu schätzen, obwohl er diskrete Anstrengungen unternahm, die Sympathie der jungen Leute zu gewinnen. Jaime und Nicolás spotteten über sein Benehmen, seine Schwulenschuhe und seinen ausländischen Namen, aber Jean de Satigny nahm es nicht übel. Seine gute Laune entwaffnete sie schließlich, und sie lebten den Rest des Sommers auf freundschaftlichem Fuß, ja sie verbündeten sich sogar mit ihm, um Blanca von dem Eigensinn abzubringen, in den sie sich verrannt hatte.

„Du bist schon vierundzwanzig, Blanca. Willst du eine alte Jungfer werden?" sagten sie.

Sie ermunterten sie, sich das Haar kurz zu schneiden und sich aus den Modejournalen die Kleider zu kopieren, die derzeit letzter Schrei waren, aber sie hatte kein Interesse an dieser Mode, die nicht die geringste Chance hatte, die Staubwolken auf dem Land zu überleben.

Die Zwillinge unterschieden sich so sehr voneinander, daß sie nicht wie Brüder wirkten. Jaime war groß, kräftig, schüchtern und lerneifrig. Auf Grund der Erziehung im College hatte er im Sport eine athletische Muskulatur entwickelt, aber in Wirklichkeit hielt er Sport für eine strapaziöse und nutzlose Sache. Es war ihm unverständlich, daß Jean de Satigny mit solcher Begeisterung stundenlang eine Kugel mit dem Stock verfolgen konnte, um sie in ein Loch zu bugsieren, wo es doch viel einfacher war, sie in die Hand zu nehmen und hineinzulegen. Er hatte merkwürdige Ticks, die sich damals zu äußern begannen und sich im Lauf seines Lebens verstärkten. Er mochte es nicht, daß man mit dem Atem zu nahe an ihn herankam, daß man ihm die Hand gab, daß man ihm persönliche Fragen stellte, daß man sich Bücher bei ihm auslieh oder ihm Briefe schrieb. Das erschwerte den Umgang mit ihm, isolierte ihn aber keineswegs, denn jedem, der ihn fünf Minuten lang kannte, war klar, daß er bei aller Griesgrämigkeit großzügig und arglos war und großer Zärtlichkeit fähig, die er vergeblich zu verbergen suchte, weil er sich ihrer schämte. Er hatte sehr viel mehr Interesse an anderen, als er zugeben wollte, und es war leicht, sein Mitgefühl zu erregen. Die Hintersassen auf den Drei Marien nannten ihn „Patroncito" und liefen zu ihm, sooft sie etwas brauchten. Jaime hörte sie wortlos an, antwortete einsilbig und kehrte ihnen den Rücken, aber er ruhte nicht, bis er ihr Problem gelöst hatte. Er war scheu, und seine Mutter sagte, daß er sich schon als Kind nicht habe liebkosen lassen. Er hatte von klein auf seltsame Anwandlungen, war imstande, sich die Kleider auszuziehen, die er am Leib trug, um sie einem anderen zu geben, und hatte das auch mehrmals getan. Stimmungen und Gefühlsausbrüche erschienen ihm als ein Zeichen von Minderwertigkeit, und nur Tieren gegenüber legte er seine übertriebene Schamhaftigkeit ab. Er wälzte sich mit ihnen auf dem Boden, fütterte sie ins Maul, streichelte sie, mit einem Hund in jedem Arm schlief er ein. Das gleiche konnte er mit sehr kleinen Kindern tun, vorausgesetzt, daß ihn niemand beobachtete, denn vor den Leuten spielte er lieber die Rolle des mürrischen, einsamen Mannes. Zwölf Jahre britischer Erziehung im College hatten den als unübertreffliches Attribut des Gentleman geltenden Spleen bei ihm nicht entwickeln können. Er war und blieb ein unverbesserlicher Gefühlsmensch. Deshalb interessierte er sich für Politik, und aus dem gleichen Grund beschloß er, nicht, wie sein Vater wollte, Rechtsanwalt, sondern Arzt zu werden, um den Hilfsbedürftigen helfen zu können, wie es seine Mutter, die ihn besser kannte, angeregt hatte. Jaime hatte in seiner ganzen Kindheit mit Pedro Tercero García gespielt, aber bewundern lernte er ihn erst in diesem Jahr. Blanca mußte ein paar Rendezvous am Fluß opfern, damit sich die jungen Männer treffen konnten. Sie sprachen über Gerechtigkeit, über Gleichheit, über Bauernbewegung und Sozialismus, während Blanca ihnen ungeduldig zuhörte und wünschte, daß sie bald aufhörten, damit sie mit ihrem Geliebten allein wäre. Diese Freundschaft verband die zwei Männer bis zu ihrem Tode, ohne daß Esteban Trueba es auch nur ahnte.

Nicolás war schön wie ein vornehmes junges Mädchen. Er hatte von seiner Mutter die zarte, durchscheinende Haut geerbt, war klein und schmächtig, aber schlau und schnell wie ein Fuchs. Von brillanter Intelligenz, übertraf er seinen Bruder mühelos in allem, was sie gemeinsam unternahmen. Er hatte ein Spiel erfunden, um ihn auf die Folter zu spannen: er übernahm die Rolle des Widerparts bei einem beliebigen Thema und argumentierte so geschickt und treffend, daß Jaime am Ende überzeugt war, er habe sich geirrt, und sich gezwungen sah, seinen Irrtum zuzugeben.

„Bist du auch ganz sicher, daß ich recht habe?" fragte Nicolás am Ende seinen Bruder.

„Ja, du hast recht", knurrte Jaime, der zu aufrichtig war, um mit Scheinargumenten zu fechten.

„Ah, das freut mich", rief Nicolás. „Jetzt werde ich dir beweisen, daß du es bist, der recht hat, und daß ich mich geirrt habe. Ich werde dir jetzt die Argumente liefern, die du gegen mich hättest vorbringen müssen, wenn du schlau gewesen wärest."

Jaime verlor die Geduld, fiel mit Schlägen über ihn her, bereute es aber sofort wieder, weil er wesentlich stärker als sein Bruder war und die eigene physische Kraft Schuldgefühle bei ihm auslöste. Im College bot Nicolás seinen Verstand auf, um die anderen zu ärgern, und wenn er sich in die Lage versetzt sah, es gegen Handgreiflichkeiten aufzunehmen, rief er seinen Bruder, damit dieser sich für ihn schlug, während er selbst hinter ihm stand und ihn anspornte. Jaime gewöhnte sich daran, sein Gesicht für Nicolás hinzuhalten, und es erschien ihm natürlich, daß er an seiner Stelle bestraft wurde, daß er seine Aufgaben machte und seine Lügen bemäntelte. Von Frauen abgesehen, war Nicolás in dieser Periode seiner Jugend am meisten daran interessiert, das gleiche Geschick im Vorhersagen der Zukunft zu entwickeln wie Clara. Er kaufte sich Bücher über

Geheimgesellschaften, Horoskope und alles, was mit übernatürlichen Dingen zusammenhing. In diesem Jahr hatte er sich darauf verlegt, Wunder zu entlarven. Er kaufte sich eine billige Ausgabe der „Leben der Heiligen“ und suchte den ganzen Sommer über nach handfesten Erklärungen für unerhörte, im Geist der Frömmigkeit begangene Taten. Seine Mutter lachte ihn aus.

„Wie willst du Wunder begreifen, wenn du nicht einmal weißt, wie ein Telefon funktioniert, Nicolás?“

Nicolás' Interesse an übernatürlichen Vorgängen hatte sich erstmals einige Jahre zuvor geäußert. An den Wochenenden, an denen er das Internat verlassen durfte, besuchte er die drei Schwestern Mora in ihrer alten Mühle, um bei ihnen die okkulten Wissenschaften zu erlernen. Aber bald zeigte sich, daß er keinerlei natürliche Begabung für Hellsehen oder Telekinese besaß, so daß er sich mit den mechanischen Verfahren, astrologischen Karten, Tarot und chinesischen Stäbchen begnügen mußte. Und wie eins das andere gibt, lernte er im Haus der Schwestern Mora ein schönes junges Mädchen kennen, Amanda, die einige Jahre älter als er war und die ihn in Yogameditation und Akupunktur einführte, Wissenschaften, mit denen Nicolás Rheuma und andere kleine Übel heilen lernte, mehr immerhin, als sein Bruder mit der traditionellen Medizin nach sieben Jahren Studium fertigbrachte. Aber das war erst viel später. In diesem Sommer war er zweiundzwanzig und langweilte sich auf dem Land. Sein Bruder, der sich selbst zum Beschützer jungfräulicher Tugend auf den Drei Marien ernannt hatte, bewachte ihn streng, was Nicolás jedoch nicht hinderte, fast die gesamte weibliche Jugend der Gegend mit dieserorts unbekannten galanten Künsten zu verführen. Die übrige Zeit verbrachte er mit Wunderforschung, dem Erlernen der Tricks, mit denen seine Mutter aus der Entfernung das Salzfaß in Bewegung setzte, und mit dem Abfassen leidenschaftlicher Verse an Amanda, die sie ihm per Post korrigiert und verbessert zurückschickte, ohne daß er sich entmutigen ließ.

Pedro García der Alte starb kurz vor den Präsidentschaftswahlen. Das Land war aufgewühlt von politischer Propaganda, die Wahlzüge fuhren von Norden nach Süden durchs Land und brachten die Kandidaten der verschiedenen Parteien: im Kreis ihrer Gefolgsleute schauten sie aus dem letzten Waggon, grüßten alle auf die gleiche Weise, versprachen alle dasselbe im Geflatter der Fähnchen und einer Lärmkulisse aus Gesangsvereinen und Lautsprechern, die die Ruhe der Landschaft zerriß und das Vieh scheu machte. Der Ate hatte so lange gelebt, daß er nur noch ein Häufchen gläserner Knochen unter gelblicher Haut und sein Gesicht eine Klöppelspitze aus Falten war. Wenn er ging, klapperte sein Gerippe wie Kastagnetten, er hatte keine Zähne mehr und konnte nur noch Kinderbrei essen, er war blind und taub, aber im Erkennen der Dinge und im Erinnern vergangener Zeiten versagte er nie. Er starb am Abend in seinem Korbstuhl. Er saß gern vor der Schwelle seines Häuschens, um den Anbruch der Nacht zu spüren, den er an feinen Temperaturschwankungen, an dem Leben im Hof, dem Küchenbetrieb, dem Verstummen der Hennen erriet. Hier fand ihn der Tod. Zu seinen Füßen war sein Urenkel, der damals zehnjährige Esteban García, eben dabei, einem Huhn einen Nagel durch beide Augen zu treiben. Er war der Sohn von Esteban García, dem einzigen unehelichen Kind Esteban Truebas, das den Vornamen des Patrons trug, wenngleich nicht seinen Familiennamen. Niemand erinnerte sich mehr seiner Herkunft und der Bedeutung seines Vornamens, außer ihm selbst, denn seine Großmutter, Pancha García, hatte vor ihrem Tod seine Kindheit mit dem Märchen vergiftet, daß, wäre sein Vater anstelle von Blanca, Jaime oder Nicolás geboren worden, er die Drei Marien geerbt hätte und Präsident der Republik hätte werden können, wenn er es gewollt hätte. In dieser Gegend, in der es von unehelichen Kindern und solchen, die ihren Vater nicht kannten, wimmelte, war er vermutlich der einzige, der mit einem wahren Haß auf seinen Familiennamen heranwuchs. Er war geschlagen mit seinem rachsüchtigen Zorn auf den Patron, seine verführte Großmutter, seinen unehelich geborenen Vater und sein eigenes, ein für allemal festgelegtes Schicksal als Bauer. Esteban Trueba machte keinen Unterschied zwischen ihm und den übrigen Buben des Guts, für ihn war er ein Kind wie all die anderen, die in der Schule die Nationalhymne sangen und an Weihnachten Schlange standen, um ihre Geschenke in Empfang zu nehmen. Er dachte nicht mehr an Pancha García und den Sohn, den sie ihm geboren hatte, erst recht nicht an diesen verschlagenen Jungen, der ihn haßte, ihn aber aus der Ferne beobachtete, um seine Bewegungen nachzuahmen und seine Stimme zu kopieren. Nachts lag er wach und dachte sich schreckliche Krankheiten oder Unfälle aus, die den Patron und alle seine Kinder hinwegrafften, damit er das Gut erben konnte. Dann machte er die Drei Marien zu seinem Reich. Diese Phantasien begleiteten ihn durch sein ganzes Leben, auch als er längst wußte, daß er auf dem Erbwege niemals etwas bekommen würde. Immer machte er Trueba seine obskure Existenz zum Vorwurf und fühlte sich gedemütigt noch in den Tagen, in denen er auf dem Gipfel der Macht stand und alle in seiner Hand hatte.

Das Kind merkte, daß mit dem alten Mann etwas geschehen war. Es ging hin zu ihm, berührte ihn, und der Körper schwankte. Seine Pupillen waren von dem milchigen Film überzogen, der ein Vierteljahrhundert lang das Licht von ihnen abgehalten hatte. Esteban García nahm den Nagel und schickte sich an, dem Urgroßvater die Augen auszustechen, als Blanca kam und ihn wegstieß, nicht ahnend, daß dieses mürrische und boshafte Kind ihr Neffe war und ein paar Jahre später das Werkzeug einer Tragödie für ihre Familie sein würde.

„Mein Gott, der arme Alte ist gestorben", schluchzte sie, über den zur Winzigkeit geschrumpften Körper des Alten gebeugt, der ihre Kindheit mit Märchen bevölkert und ihre heimliche Liebschaft beschützt hatte.

Die Beerdigung Pedro Garcías des Alten wurde mit einer dreitägigen Totenwache begangen, bei der auf Befehl von Esteban Trueba an nichts gespart wurde. Seine Leiche wurde in einen Sarg aus hellem Fichtenholz gebettet, in den Sonntagsanzug gekleidet, den er zu seiner Hochzeit getragen und angelegt hatte, wenn er zum Wählen ging oder an Weihnachten seine fünfzig Pesos in Empfang nahm. Sie zogen ihm sein einziges weißes Hemd an, das am Hals viel zu weit war, banden ihm eine schwarze Krawatte um und steckten ihm eine rote Nelke ins Knopfloch, wie er selbst es bei festlichen Anlässen immer getan hatte. Sie banden ihm den Unterkiefer mit einem Taschentuch fest und setzten ihm seinen schwarzen Hut auf, weil er oft gesagt hatte, daß er ihn eines Tages abnehmen wolle, um Gott zu grüßen. Er hatte keine Schuhe, aber Clara gab ihm ein Paar von Esteban Trueba, damit alle sahen, daß er nicht barfuß ins Paradies ging.

Jean de Satigny war begeistert von diesem Begräbnis. Er holte eine Kastenkamera mit Dreifuß aus seinem Gepäck und machte so viele Aufnahmen von dem Toten, daß dessen Angehörige dachten, er würde ihm die Seele stehlen, und vorsichtshalber die Platten zerstörten. Bauern aus der ganzen Gegend waren zur Totenfeier gekommen, weil sich Pedro García der Alte in den hundert Jahren seines Lebens mit vielen Leuten aus seiner Provinz verschwägert hatte. Die Meica, die noch älter als er war, kam mit mehreren Indianern ihres Stammes, die auf ihren Befehl den Verstorbenen zu beweinen begannen und mit ihrer Totenklage bis zum Ende des Leichenbegängnisses, drei Tage später, nicht aufhörten. Die Leute versammelten sich am Ziegelhäuschen des Alten, um Wein zu trinken, Gitarre zu spielen und die Braten zu überwachen. Auch zwei Priester kamen auf dem Fahrrad, um die sterblichen Reste Pedro Garcías zu segnen und das Totenritual zu leiten. Einer von ihnen war ein rotblonder Riese mit starkem spanischem Akzent, Pater José Dulce María, den Esteban Trueba dem Namen nach kannte. Er war gerade im Begriff, ihm das Betreten seines Guts zu verwehren, als Clara ihn überzeugte, daß dies nicht der Augenblick sei, den politischen Haß über die Christlichkeit der Bauern zu stellen. „Wenigstens in die Seelenangelegenheiten wird er ein bißchen Ordnung bringen“, sagte sie. So daß ihn Esteban Trueba am Ende willkommen hieß und ihn und den ihn begleitenden Laienbruder, der den Mund nicht aufmachte und, den Kopf ein wenig geneigt und die Hände gefaltet, immer zu Boden blickte, einlud, im Haus zu nächtigen. Der Tod des Alten, der seine Saat vor den Ameisen und obendrein ihm das Leben gerettet hatte, ging dem Patron nahe, und er wünschte, daß dieses Begräbnis allen als ein Ereignis im Gedächtnis bliebe.

Die Priester riefen die Hintersassen und die auswärtigen Gäste in der Schule zusammen, um ihnen wieder einmal die vergessenen Evangelien zu Gehör zu bringen und für die Seele Pedro Garcías eine Messe zu lesen. Dann zogen sie sich in das Zimmer zurück, das man ihnen im Herrenhaus angewiesen hatte, während die anderen das durch die Ankunft der Pfarrer unterbrochene Festgelage fortsetzten. Blanca wartete, bis die Gitarren und die Totenklage der Indios verstummt und alle zu Bett gegangen waren, dann sprang sie durchs Fenster aus ihrem Zimmer und schlug den Weg zum Fluß ein. Das tat sie drei Nächte hintereinander, bis die Priester das Gut verlassen hatten. Alle außer ihren Eltern wußten, daß sich Blanca mit einem der beiden am Fluß traf. Es war Pedro Tercero García, der sich das Leichenbegängnis seines Großvaters nicht hatte entgehen lassen wollen und die Soutane dazu benutzt hatte, von Haus zu Haus zu gehen, mit den Arbeitern zu reden und ihnen zu erklären, die bevorstehenden Wahlen böten ihnen eine Gelegenheit, das Joch, unter dem sie seit je gelebt hatten, abzuschütteln. Erstaunt und verwirrt hörten sie ihm zu. Nur die Jüngeren, die ein Radio hatten und Nachrichten hörten, die manchmal ins Dorf gingen und mit den Gewerkschaftern sprachen, konnten seinen Gedanken folgen. Die anderen hörten ihm zu, weil er ein Held war, der von den Gutsbesitzern verfolgt wurde. Im Grunde waren sie überzeugt, daß er dummes Zeug redete.

„Wenn der Patron erfährt, daß wir die Sozialisten wählen, sind wir geliefert", sagten sie.

„Er kann es nicht erfahren! Die Wahl ist geheim", konterte der falsche Priester.

„Das glaubst du, Pedro", antwortete Pedro Segundo García, sein Vater. „Sie sagen, daß die Wahl geheim ist, aber nachher wissen sie immer, für wen wir gestimmt haben.

Und wenn die von deiner Partei gewinnen, setzen sie uns auf die Straße, und wir haben keine Arbeit mehr. Ich habe immer hier gelebt. Was sollte ich tun?"

„Er kann euch nicht alle entlassen, denn wenn ihr geht, hat der Patron mehr Schaden davon als ihr", argumentierte Pedro Tercero.

„Es ist egal, wen wir wählen, sie gewinnen doch immer."

„Sie wechseln die Stimmzettel aus", sagte Blanca, die mit den Bauern an der Versammlung teilnahm.

„Das können sie diesmal nicht", sagte Pedro Tercero. „Wir schicken Leute von der Partei hin, die in den Wahllokalen aufpassen und nachsehen, ob die Urnen versiegelt sind."

Aber die Bauern blieben mißtrauisch. Erfahrung hatte sie gelehrt, daß der Fuchs am Ende immer die Hennen frißt, auch wenn die aufrührerischen Balladen, die von Mund zu Mund gingen, das Gegenteil behaupteten. Und in der Tat, als der Wahlzug der Sozialistischen Partei nach San Lucas kam und sie sich vom Bahnhof aus den neuen Kandidaten ansahen, einen kurzsichtigen, charismatischen Herrn, der mit seinen flammenden Reden die Menge aufwühlte, wurden sie von den Gutsbesitzern bewacht, die sich, mit Jagdflinten und Stöcken bewaffnet, rings um sie aufgestellt hatten. Sie lauschten den Worten des Kandidaten respektvoll, wagten aber nicht einmal eine Geste der Begrüßung anzudeuten. Nur ein Trupp Tagelöhner, die mit Stecken und Pickeln gekommen waren, schrien sich mit Hochrufen die Seele aus dem Leib, aber die hatten nichts zu verlieren, sie waren Landstreicher, die ohne feste Arbeit durchs Land zogen, sie hatten keine Familien, keinen Herrn und keine Angst.

Kurz nach dem Tod und dem denkwürdigen Begräbnis Pedro Garcías des Alten begann Blanca ihre Apfelfarben zu verlieren. Sie bekam natürliche, nicht durch Anhalten des Atems hervorgerufene Schwindelanfälle, und das Erbrechen am Morgen war nicht von warmer Pökelbrühe verursacht. Sie schob die Schuld auf das überreichliche Essen, es war die Zeit der goldgelben Pfirsiche, der Aprikosen, der in Tontöpfen mit Basilikum gedünsteten jungen Maiskolben, die Marmeladen- und Einmachzeit. Aber Hungern, Kamillentee, Abführmittel und Ruhe brachten keine Besserung. Sie verlor die Freude an der Schule, der Krankenstation und selbst an ihren Krippenfiguren, sie wurde schläfrig und träge und konnte stundenlang im Schatten liegen und in den Himmel schauen, ohne sich für irgend etwas zu interessieren. Das einzige, was sie nicht aufgab, waren ihre nächtlichen Eskapaden durchs Fenster, wenn sie mit Pedro Tercero García am Fluß verabredet war.

Jean de Satigny, der sich bei seiner romantischen Belagerung nicht geschlagen gab, beobachtete sie. Aus Zartgefühl zog er manchmal für einige Zeit in das Hotel im Dorf und begab sich auf kurze Reisen in die Hauptstadt, und wenn er von dort zurückkam, war er beladen mit Literatur über Chinchillas, ihre Käfige, ihre Ernährung, ihre Krankheiten, ihre Fortpflanzungsgewohnheiten, das Gerben ihres Fells, kurz, alles Wissenswerte über diese kleinen Biester und ihr Schicksal, sich in Pelzmäntel zu verwandeln. Den größten Teil des Sommers verbrachte der Graf auf den Drei Marien. Er war ein zauberhafter Gast, wohlerzogen, ruhig und freundlich. Immer hatte er einen liebenswürdigen Satz auf den Lippen, er lobte das Essen, erfreute die Hausbewohner abends mit seinem Klavierspiel im Salon, wo er mit Clara um die Wette Nocturnes von Chopin spielte, und war ein unerschöpflicher Born von Anekdoten. Er stand spät auf, verbrachte ein bis zwei Stunden mit seiner Toilette, trabte zur Morgengymnastik rund ums Haus, unbekümmert um den Spott ungehobelter Hintersassen, dann plätscherte er in einem warmen Bad und verwendete viel Zeit darauf, die für jede Gelegenheit passende Kleidung auszuwählen. Es war verlorene Mühe, da niemand seine Eleganz zu schätzen wußte, und oft war das einzige, was er mit seinen englischen Reitanzügen, seinen Samtjacketts und Tirolerhüten mit Fasanenfeder erreichte, daß sich Clara in bester Absicht erbot, ihm für das Landleben besser geeignete Kleider zu geben. Jean verlor seine gute Laune nicht, er steckte das ironische Lächeln des Hausherrn ebenso ein wie die abweisenden Mienen Blancas und die ewige Zerstreutheit Claras, die ihn nach einem Jahr immer noch nach seinem Namen fragte. Er verstand sich darauf, einige überaus schmackhafte und großartig präsentierte französische Gerichte zu kochen, mit denen er, wenn Besuch kam, seinen Beitrag leistete. Zum erstenmal sahen die Trueba einen Mann, der sich für die Küche interessierte, aber in der Annahme, dies sei eine europäische Sitte, wagten sie nicht, ihn damit aufzuziehen, um nicht als unwissend dazustehen. Außer Fachliteratur über Chinchillas brachte er von seinen Reisen in die Hauptstadt auch Modejournale mit, Kriegsberichte, die in billigen Ausgaben unters Volk gebracht wurden, um den Mythos vom heroischen Soldaten zu verbreiten, und romantische Romane für Blanca. Bei Gesprächen nach Tisch äußerte er sich manchmal im Ton tödlicher Langeweile über die Sommer, die er mit dem europäischen Adel in den Schlössern in Liechtenstein oder an der Côte d'Azur verbracht hatte, und versäumte nie, darauf hinzuweisen, wie glücklich er sei, das alles gegen den Charme Amerikas eingetauscht zu haben. Blanca fragte ihn, warum er sich nicht die Karibik oder wenigstens ein Land mit Mulattinnen, Kokospalmen oder Trommeln ausgesucht habe, wenn er das Exotische suche, aber er behauptete, daß es auf der ganzen Erde keinen angenehmeren Ort gebe als dieses vergessene Land am Ende der Welt. Von seinem persönlichen Leben sprach der Franzose nicht, es sei denn, um unmerklich einige Anhaltspunkte zu geben, die es dem gewitzten Gesprächspartner erlaubten, sich ein Bild von seiner großartigen Vergangenheit, seinem unermeßlichen Reichtum und seiner hochadligen Abstammung zu machen. Über seinen Stand, seine Familie oder seine engere Heimat in Frankreich erfuhr man nichts Genaues. Clara meinte, so viele Geheimnisse seien gefährlich, und suchte ihnen mit ihren Tarotkarten auf den Grund zu kommen, aber Jean ließ es nicht zu, daß man ihm die Karten legte oder die Linien seiner Hand erforschte. Auch sein Sternzeichen gab er nicht preis.

Esteban Trueba ließ das alles kalt. Ihm genügte es, daß der Graf bereit war, ihm bei einer Partie Schach oder Domino die Zeit zu vertreiben, daß er witzig und sympathisch war und daß er ihn nie um Geld anpumpte. Die Langeweile auf dem Land, wo man um fünf Uhr abends nichts mehr anfangen konnte, war erträglicher geworden, seit Jean de Satigny im Hause weilte. Außerdem machte es ihm Spaß, daß ihn die Nachbarn um diesen vornehmen Gast auf den Drei Marien beneideten.

Es hatte sich herumgesprochen, daß Jean Blanca Trueba heiraten wollte, was jedoch nicht verhinderte, daß er in den Augen töchterverkuppelnder Mütter der bevorzugte Galan blieb. Auch Clara schätzte ihn, wenngleich ohne ehepolitische Hintergedanken. Selbst Blanca gewöhnte sich an seine Anwesenheit. Er war so zartfühlend und sanft im Umgang, daß sie seinen Heiratsantrag allmählich vergaß. Am Ende, dachte sie, war das nur eine Art gräflicher Scherz gewesen. Sie ging wieder dazu über, die Silberleuchter hervorzuholen, den Tisch mit dem englischen Porzellan zu decken und zum nachmittäglichen Tee ihre städtischen Kleider anzuziehen. Häufig lud Jean sie ein, mit ihm ins Dorf zu kommen oder ihn bei seinen zahlreichen Besuchen in der Gesellschaft zu begleiten. In diesen Fällen mußte Clara mitgehen, denn darin war Esteban Trueba unerbittlich: er wollte nicht, daß seine Tochter mit dem Franzosen allein gesehen wurde. Ohne Aufsicht auf dem Gut spazierenzugehen, erlaubte er ihnen, vorausgesetzt, daß sie sich nicht zu weit entfernten und vor Anbruch der Dunkelheit wieder zurück waren. Wenn es darum ginge, die Jungfräulichkeit ihrer Tochter zu bewahren, sei dies viel gefährlicher, sagte Clara, als wenn sie mit Jean auf dem Gut der Uzcátegui Tee trank, aber Esteban war fest überzeugt, daß sie von Jean nichts zu befürchten hätten, da seine Absichten nobel seien, während man sich vor den bösen Zungen in acht nehmen müsse, die seine Tochter um ihren guten Ruf bringen konnten. Die Landpartien auf dem Gut festigten die Freundschaft zwischen Jean und Blanca. Beide liebten es, am Morgen auszureiten, die Vesper in einem Korb und Jeans Gerätschaften in mehreren Leinen- und Lederköfferchen verstaut. Der Graf nutzte jeden Halt, um Blanca vor dem Hintergrund der Landschaft zu fotografieren, obwohl sie sich dagegen sträubte, weil sie sich irgendwie lächerlich vorkam und dieses Gefühl auch bestätigt fand, wenn sie die

Aufnahmen sah, auf denen ihr Lächeln nicht das ihre und ihre Miene verklemmt und unglücklich war, was Jean zufolge daher kam, daß sie unfähig war, mit Natürlichkeit zu posieren, ihr zufolge jedoch daher, daß er sie zwang, in gekünstelten Stellungen viele Sekunden lang den Atem anzuhalten, bis die Platte lange genug belichtet war. Meistens suchten sie sich einen schattigen Platz unter Bäumen, breiteten eine Decke über das Gras und richteten sich darauf ein, hier ein paar Stunden zu verbringen. Sie sprachen über Europa, über Bücher, über Anekdoten aus der Familie Blancas oder über Jeans Reisen. Sie schenkte ihm einen Band mit Versen des großen chilenischen Dichters, und er war so begeistert, daß er lange Passagen auswendig lernte und viele Gedichte, ohne zu stocken, rezitieren konnte. Es sei das Beste, sagte er, was je an Poesie geschrieben worden sei, selbst im Französischen, der Sprache der Dichtung, gebe es nichts Vergleichbares. Über ihre Gefühle sprachen sie nicht. Jean war aufmerksam, aber weder schmachtend noch zudringlich, eher geschwisterlich und scherzhaft. Wenn er ihr zum Abschied die Hand küßte, tat er es mit dem Blick eines Schuljungen, was der Geste alles Romantische nahm. Wenn er ein Kleid, ein Gericht oder eine ihrer Krippenfiguren bewunderte, lag ein leicht ironischer Unterton in seiner Stimme, der mehrere Auslegungen des Satzes zuließ. Wenn er ihr Blumen pflückte oder ihr aufs Pferd half, tat er es mit einer Ungezwungenheit, die aus der Galanterie die Hilfsbereitschaft eines Freundes machte. Immerhin ließ ihn Blanca, um vorzubeugen, bei jeder sich bietenden Gelegenheit wissen, daß sie sich weder lebend noch tot mit ihm verheiraten werde. Jean de Satigny lächelte sein strahlendes Verführerlächeln, ohne etwas zu sagen, und Blanca konnte nicht umhin festzustellen, daß er entschieden eleganter war als Pedro Tercero García.

Blanca wußte nicht, daß Jean ihr nachspionierte. Er hatte sie mehrere Male in Männerkleidern aus dem Fenster springen sehen. Dann war er ihr eine Strecke gefolgt, bald aber, aus Angst, in der Dunkelheit auf die Hunde zu stoßen, wieder umgekehrt. Was jedoch ihr Ziel betraf, so hatte er feststellen können, daß sie immer in Richtung Fluß ging.

Unterdessen kam Esteban Trueba in bezug auf die Chinchillas zu keinem rechten Entschluß. Er war bereit, probeweise einen Käfig mit einigen Paaren dieser Nagetiere aufzustellen, um in kleinem Maßstab den großen Musterbetrieb zu erproben. Es war das einzige Mal, daß Jean de Satigny mit aufgekrempelten Ärmeln gesehen wurde. Die Chinchillas jedoch steckten sich samt und sonders an einer für Ratten typischen Krankheit an und starben binnen zwei Wochen. Man konnte nicht einmal ihre Felle gerben, weil sie gedunkelt waren und Haare ließen wie ein gebrühtes Huhn. Schaudernd betrachtete Jean die kleinen kahlen Leichen mit den steifen Füßchen und weißen Augen, die alle seine Hoffnungen, Esteban Trueba doch noch zu überreden, über den Haufen warfen, da Estebans Begeisterung für die Kürschnerei sich beim Anblick dieses Massensterbens schlagartig gelegt hatte.

„Wäre diese Seuche im Musterbetrieb ausgebrochen, wäre ich ruiniert", schloß er.

Mit der Chinchillaseuche und Blancas Eskapaden hatte der Graf mehrere Monate Zeit verloren. Er begann des Werbens müde zu werden und fürchtete, Blanca werde den Zauber seiner Person niemals entdecken. Er sah ein, daß sich die Chinchillazucht so bald nicht würde verwirklichen lassen, und beschloß, die Dinge lieber zu überstürzen, ehe ein anderer, Schlauerer, kam und sich die Erbin schnappte. Außerdem begann ihm Blanca zu gefallen, seit sie rundlicher wurde und dieses Schmachtende bekam, das ihre bäuerischen Manieren milderte. Er bevorzugte ruhige und üppige Frauen, und der Anblick Blancas, wenn sie während der Siesta auf Kissen gebettet lag und in den Himmel sah, erinnerte ihn an seine Mutter. Manchmal rührte sie ihn sogar. An winzigen Details, die alle anderen übersahen, lernte er erraten, wann Blanca einen nächtlichen Ausflug an den Fluß plante. Sie aß dann nicht zu Abend, zog sich, Kopfschmerzen vorschützend, frühzeitig zurück, und in ihren Pupillen lag ein seltsamer Glanz, in ihren Bewegungen eine Ungeduld und Sehnsucht, die nur er erkannte. Eines Nachts beschloß er, ihr bis ans Ziel zu folgen, um dieser sich scheinbar endlos hinziehenden Situation ein Ende zu machen. Er war sicher, daß Blanca einen Liebhaber hatte, glaubte aber nicht, daß es etwas Ernstliches sein könnte. Er, Jean de Satigny, war durchaus nicht auf die Frage der Jungfräulichkeit fixiert und hatte sie sich gar nicht erst gestellt, als er beschloß, um ihre Hand anzuhalten. Was ihn an ihr interessierte, war etwas anderes, und das konnte sie durch ein kurzes Vergnügen im Flußbett nicht verlieren.

Nachdem Blanca in ihr Zimmer gegangen war und auch die übrige Familie sich zurückgezogen hatte, blieb Jean de Satigny im dunklen Salon sitzen und horchte auf die Geräusche im Haus, bis seinen Berechnungen nach die Zeit gekommen war, wo Blanca aus dem Fenster sprang. Er trat auf den Hof und stellte sich unter die Bäume, um auf sie zu warten. Über eine halbe Stunde stand er im Schatten, ohne daß etwas Ungewöhnliches den Frieden der Nacht störte. Des Wartens müde, wollte er sich eben zurückziehen, als er bemerkte, daß Blancas Fenster offenstand. Da wurde ihm klar, daß sie durchs Fenster gesprungen war, ehe er sich in den Garten gestellt hatte, um sie abzupassen.

„Merde", knurrte er.

Im stillen betend, daß die Hunde mit ihrem Bellen nicht das ganze Haus weckten und nicht über ihn herfielen, schlug er den Weg zum Fluß ein, den er Blanca mehr als einmal hatte nehmen sehen. Er war es nicht gewohnt, mit seinen feinen Schuhen über gepflügte Erde zu gehen, über Steine und Pfützen zu springen, aber die Nacht war hell, ein schöner Vollmond verbreitete einen phantastischen Glanz über den Himmel, und sobald seine Angst, die Hunde könnten kommen, vergangen war, konnte er die Schönheit der Stunde würdigen. Er ging eine gute Viertelstunde, ehe er die ersten Reihen Schilf am Ufer sah. Danach verdoppelte er seine Vorsicht, pirschte sich in größter Heimlichkeit näher, darauf bedacht, nicht auf Zweige zu treten, die ihn verraten könnten. Der Mond spiegelte sich im kristallen glänzenden Wasser, die Brise wiegte sanft das Schilf und die Wipfel der Bäume. Es war vollkommen still, und für einen Augenblick hatte er die Vorstellung, den Traum eines Mondsüchtigen zu träumen, der ging und ging, ohne voranzukommen, immer an derselben verwunschenen Stelle, an der die Zeit stehengeblieben war, und wenn er die Bäume zu berühren versuchte, die aussahen, als könnte er sie mit der Hand erreichen, griff er ins Leere. Er mußte sich zusammenreißen, um seinen gewohnten Realitätssinn und Pragmatismus wiederzufinden. An einer Biegung des Flusses, zwischen großen grauen, vom Mondlicht beglänzten Steinen sah er sie so nahe, daß er sie fast berühren konnte. Sie war nackt. Der Mann lag auf dem Rücken, das Gesicht dem Himmel zugewandt, die Augen geschlossen, aber Jean de Satigny hatte keine Mühe, in ihm den jungen Jesuitenpater zu erkennen, der bei der Totenmesse für Pedro García den Alten ministriert hatte. Das überraschte ihn. Blanca schlief, den Kopf auf den glatten, braunen Bauch ihres Geliebten gebettet. Das zarte Mondlicht spiegelte metallische Reflexe auf ihren Körper, und Jean de Satigny erschrak, als er die, wie ihm schien, vollkommene Harmonie an Blanca gewahrte.

Es kostete den eleganten französischen Grafen fast eine Minute, den traumartigen Zustand abzuschütteln, in den der Anblick der Liebenden, die Stille der Nacht, der Mond und das schweigende Land ihn versetzt hatten, und sich klarzumachen, daß die Lage ernster war, als er angenommen hatte. An der Haltung der Liebenden erkannte er die Hingabe zweier Menschen, die sich sehr lange kannten. Das sah nicht nach einem erotischen Sommerabenteuer aus, wie er gedacht hatte, sondern nach einer in Fleisch und Geist vollzogenen Ehe. Jean de Satigny konnte nicht wissen, daß Blanca und Pedro Tercero so schon am ersten Tag ihrer Bekanntschaft und so alle Jahre hindurch geschlafen hatten, sooft sie konnten, aber instinktiv erriet er es.

Vorsichtig vermied er das geringste Geräusch, das sie wecken konnte, machte kehrt und trat grübelnd, wie er die Sache anpacken sollte, den Rückweg an. Als er am Haus ankam, hatte er bereits beschlossen, Blancas Vater zu erzählen, was er entdeckt hatte, denn der rasch auflodernde Zorn Esteban Truebas erschien ihm als das beste Mittel, das Problem zu lösen. Sollen die Eingeborenen das unter sich ausmachen, dachte er.

Jean de Satigny wartete nicht bis zum Morgen. Er klopfte

an der Schlafzimmertür seines Gastgebers, und noch ehe dieser ganz zu sich gekommen war, verpaßte er ihm seine Version der Geschichte. Er habe wegen der Hitze nicht schlafen können, sagte er, sei, um frische Luft zu schnappen, unversehens an den Fluß gegangen, und dort habe er das Niederschmetternde gesehen: seine künftige Braut in den Armen des bärtigen Jesuiten, beide nackt, schlafend im Mondlicht. Die Erwähnung des Jesuiten lenkte Esteban für einen Augenblick von der Fährte ab, denn daß seine Tochter mit Pater José Dulce María schlief, konnte er sich nicht vorstellen, aber dann dämmerte ihm, was geschehen war, und er begriff, daß er während der Beerdigung des alten García einem schlechten Scherz aufgesessen war und der Verführer kein anderer als Pedro Tercero García sein konnte, dieser verfluchte Hurensohn, der ihm das mit dem Leben würde bezahlen müssen. In größter Eile fuhr er in seine Hosen, zog die Stiefel an, warf sich die Flinte über die Schulter und langte sich die Reitpeitsche von der Wand.

„Sie warten hier auf mich, Don“, befahl er dem Franzosen, der durchaus nicht die Absicht hatte, ihn zu begleiten.

Esteban Trueba lief in den Stall und warf sich auf sein Pferd, ohne es zu satteln. Schnaufend vor Empörung, ritt er los, seine geflickten Knochen ächzten beim Reiten, sein Herz galoppierte.

„Alle zwei werde ich sie umbringen“, stieß er ein übers andere Mal hervor. In gestrecktem Galopp ritt er auf die Stelle zu, die der Franzose ihm genannt hatte, aber er brauchte nicht bis zum Fluß zu reiten, denn auf halbem Wege kam ihm Blanca entgegen, trällernd, mit zerzaustem Haar, schmutzigen Kleidern und der glücklichen Miene einer Frau, der das Leben nichts schuldig geblieben ist. Als Esteban Trueba seine Tochter sah, konnte er sich nicht beherrschen: vom Pferd aus fiel er mit hoch geschwungener Peitsche über sie her und schlug, Hieb um Hieb, erbarmungslos auf sie ein, bis sie zusammenbrach und regungslos im Schmutz liegenblieb. Ihr Vater sprang vom Pferd, schüttelte sie, bis sie zu sich kam, und überschüttete sie in der Wut des Augenblicks mit allen bekannten und mit neuen, selbsterfundenen Schimpfwörtern.

„Wer ist es! Sag mir den Namen, oder ich bringe dich um", verlangte er.

„Das werde ich Ihnen nie sagen", schluchzte sie.

Esteban Trueba begriff, daß dies nicht die richtige Methode war, etwas aus seiner Tochter herauszubringen, die seine Halsstarrigkeit geerbt hatte. Er sah ein, daß er mit seiner Züchtigung wie immer zu weit gegangen war. Er hob sie aufs Pferd, und sie ritten zum Haus zurück. Instinkt oder das Gebell der Hunde hatten Clara und die Dienstboten aus dem Schlaf gerissen, die wartend an der Tür des hellerleuchteten Hauses standen. Der einzige, der nirgends zu sehen war, war der Graf, der die allgemeine Aufregung dazu benutzt hatte, seine Koffer zu packen, zwei Pferde vor einen Wagen zu spannen und in aller Stille in das Hotel nach San Lucas zu fahren.

„Was hast du getan, Esteban, um Gottes willen!" rief Clara, als sie ihre Tochter sah, die über und über mit Schmutz bedeckt war und blutete.

Clara und Pedro Segundo García trugen sie auf den Armen in ihr Bett. Der Verwalter war totenbleich geworden, sagte aber kein Wort. Clara wusch ihre Tochter, legte ihr kalte Kompressen auf die blauen Flecke und wiegte sie in den Armen, bis sie sich allmählich beruhigte. Dann ließ sie sie halb schlafend zurück und trat ihrem Mann gegenüber, der sich in sein Arbeitszimmer eingeschlossen hatte und wütend auf und ab lief, mit der Peitsche gegen die Wand schlug, fluchte und die Möbel mit Fußtritten traktierte. Als er Clara sah, richtete er auf sie seinen ganzen rasenden Zorn, er beschuldigte sie, Blanca wie einen gottlosen Freigeist erzogen zu haben, ohne Moral, ohne Religion, ohne Prinzipien und, schlimmer noch, ohne jedes Standesbewußtsein, denn man könnte noch verstehen, daß sie das mit einem Mann ihrer Klasse getan hätte, aber nicht mit einem Bauernbengel, einem Mistkerl, einem Hitzkopf, einem nichtsnutzigen Faulenzer.

„Ich hätte ihn gleich umbringen sollen, als ich es ihm versprach! Mit meiner Tochter zu schlafen! Ich schwöre, daß ich ihn finden werde, und wenn ich ihn kriege, kastriere ich ihn, die Eier schneide ich ihm ab, und wenn es das letzte ist, was ich in meinem Leben tue, bei meiner Mutter schwöre ich, daß er es bereuen wird, geboren worden zu sein!"

„Pedro Tercero García hat nichts getan, was du nicht auch getan hast", sagte Clara, als sie ihn unterbrechen konnte. „Auch du hast mit ledigen Frauen geschlafen, die nicht deiner Klasse angehören. Der Unterschied ist nur, daß er es aus Liebe getan hat, und Blanca auch."

Trueba sah sie starr vor Staunen an. Für einen Augenblick schien sein Zorn in sich zusammenzufallen, und er fühlte sich verspottet, aber gleich darauf stieg ihm eine Welle Blut zu Kopf. Er verlor die Beherrschung und versetzte seiner Frau einen Fausthieb ins Gesicht, der sie gegen die Wand schleuderte. Ohne einen Schrei brach Clara zusammen. Esteban schien aus seiner Trance zu erwachen. Weinend und Entschuldigungen stammelnd, kniete er neben ihr nieder, gab ihr die zärtlichsten Namen, die er nur in der Intimität gebrauchte, und konnte nicht fassen, daß er die Hand gegen sie hatte erheben können, das einzige Wesen, auf das es ihm ankam, sie, die er selbst in den schlimmsten Augenblicken ihres gemeinsamen Lebens nie aufgehört hatte zu respektieren. Auf seinen Armen hob er sie hoch, setzte sie liebevoll in einen Sessel, feuchtete ein Taschentuch an, um es ihr auf die Stirn zu legen, und versuchte, ihr ein wenig Wasser einzuflößen. Endlich schlug Clara die Augen auf. Sie blutete aus der Nase. Als sie den Mund öffnete, spuckte sie mehrere Zähne aus, die über den Boden rollten, und ein Faden blutigen Speichels lief ihr über das Kinn auf den Hals.

Sobald sie sich aufrichten konnte, schob sie Esteban beiseite, erhob sich unter Anstrengung und verließ das Arbeitszimmer, bemüht, so aufrecht zu gehen, wie sie nur konnte. Auf der anderen Seite der Tür stand Pedro Segundo García, der die Schwankende eben noch auffangen konnte. Als sie ihn neben sich wußte, ließ Clara sich gehen. Sie legte das verschwollene Gesicht an die Brust dieses Mannes, der in den schwersten Augenblicken ihres Lebens an ihrer Seite gestanden hatte, und brach in Weinen aus. Das Hemd Pedro Segundo Garcías färbte sich mit Blut.

Clara sprach nie mehr in ihrem Leben mit ihrem Mann. Sie legte den durch die Heirat erworbenen Namen ab und den goldenen Ehering, den ihr Trueba vor zwanzig Jahren an den Finger gesteckt hatte, in jener denkwürdigen Nacht, da Barrabas, ein Schlachtermesser im Rücken, gestorben war.

Zwei Tage später verließen Clara und Blanca die Drei Marien und fuhren in die Hauptstadt. Esteban blieb zurück, beschämt, wütend und mit dem Gefühl, daß etwas in seinem Leben für immer zerbrochen war.

Pedro Segundo fuhr die Patrona und ihre Tochter an den Bahnhof. Er hatte beide Frauen seit jener Nacht nicht mehr gesehen und verhielt sich still und scheu. Er brachte sie in ihr Zugabteil, blieb dann stehen, den Hut in der Hand und mit gesenkten Augen, und wußte nicht, wie er sich verabschieden sollte. Clara umarmte ihn. Zuerst stand er steif und verwirrt da, doch gleich darauf überwältigten ihn seine Gefühle, und er wagte es, schüchtern die Arme um sie zu legen und ihr einen hingehauchten Kuß aufs Haar zu geben. Durchs Fenster sahen sie sich zum letzten Mal, und beiden standen Tränen in den Augen. Der treue Verwalter kehrte heim in sein Ziegelhäuschen, schnürte seine wenigen Habseligkeiten in ein Bündel, knüpfte das bißchen Geld, das er sich in all seinen Dienstjahren gespart hatte, in ein Taschentuch und ging. Trueba sah, wie er sich von den Hintersassen verabschiedete und sein Pferd bestieg. Er versuchte ihn zurückzuhalten, erklärte ihm, das Vorgefallene habe mit ihm nichts zu tun, es sei nicht gerecht, daß er durch die Schuld seines Sohnes seine Arbeit, seine Freunde, sein Haus und seine Sicherheit verliere.

„Ich will nicht hier sein, wenn Sie meinen Sohn finden, Patron", waren die letzten Worte Pedro Segundo Garcías, ehe er sein Pferd in Trab setzte und auf die Landstraße ritt.

Wie allein habe ich mich damals gefühlt! Ich wußte nicht, daß mich die Einsamkeit nie mehr verlassen würde und daß in meinem ganzen späteren Leben eine extravagante, närrische Enkelin mit dem gleichen grünen Haar wie Rosa die einzige Person sein würde, die mir noch einmal nahestand. Aber das war erst viele Jahre später.

Nach Claras Abreise sah ich mich um und entdeckte viele neue Gesichter auf den Drei Marien. Die alten Weggefährten waren tot oder fortgegangen. Meine Frau und meine Tochter hatte ich nicht mehr. Der Kontakt zu meinen Söhnen war minimal. Meine Mutter, meine Schwester, die gute Nana, Pedro García der Alte waren tot. Auch an Rosa dachte ich als an einen unvergessenen Schmerz. Mit Pedro Segundo García, der fünfunddreißig Jahre an meiner Seite gestanden hatte, konnte ich nicht mehr rechnen. Mir war zum Heulen. Die Tränen liefen mir von allein herunter, ich wischte sie mit beiden Händen weg, aber es kamen neue. Geht doch alle zum Teufel! brüllte ich in den dunklen Ecken des Hauses. Ich ging durch die leeren Zimmer, ich trat in Claras Schlafzimmer und suchte in ihrem Schrank oder ihrer Kommode ein Stück, das sie getragen hatte, um es mir an die Nase zu halten und ihren Geruch nach frischer Wäsche zu riechen. Ich legte mich in ihr Bett, steckte das Gesicht in ihr Kissen, streichelte die Gegenstände, die sie auf dem Nachttisch zurückgelassen hatte, und fühlte mich zutiefst verlassen.

Pedro Tercero García hatte schuld an allem, was geschehen war. Seinetwegen hatte sich Blanca von mir entfernt, seinetwegen hatte ich Streit mit Clara gehabt, seinetwegen war Pedro Segundo García vom Gut gegangen, seinetwegen sahen mich die Hintersassen verstohlen an und tuschelten hinter meinem Rücken. Er war immer ein Aufrührer gewesen, ich hätte ihn gleich am Anfang mit Fußtritten davonjagen sollen. Aus Rücksicht auf seinen Vater und seinen Großvater hatte ich Zeit verstreichen lassen, und das Ergebnis war, daß dieser Saukerl mir genommen hat, was ich auf der Welt am meisten geliebt habe. Ich ging ins Dorf zur Landpolizei und bestach die Gendarmen, damit sie mir halfen, ihn zu suchen. Ich gab ihnen Befehl, ihn nicht zu verhaften, sondern ihn mir unauffällig auszuliefern. In der Bar, im Frisiersalon, im Klub und im Farolito Rojo ließ ich verlauten, daß eine Belohnung erhielte, wer ihn mir lebend brächte.

„Vorsicht, Patron. Fangen Sie nicht an, auf eigene Faust Gericht zu halten, die Zeiten haben sich geändert seit den

Brüdern Sánchez", warnten sie mich. Aber ich wollte sie nicht hören. Was hätte das Gericht in einem solchen Fall getan? Nichts.

Zwei Wochen vergingen, ohne daß irgend etwas geschah. Ich ritt kreuz und quer durch das Gut, ich ritt in die Nachbargüter ein, ich bespitzelte die Hintersassen. Ich war überzeugt, daß sie den Jungen vor mir versteckt hielten. Ich erhöhte die Belohnung und drohte den Gendarmen, sie wegen Unfähigkeit absetzen zu lassen, aber alles war umsonst. Mit jeder Stunde, die verging, wuchs meine Wut. Ich begann zu trinken, wie ich nicht einmal in meinen Junggesellenjahren getrunken hatte. Ich schlief schlecht und träumte wieder von Rosa. Eines Nachts träumte ich, daß ich sie schlug, wie ich Clara geschlagen hatte, und daß auch ihre Zähne über den Boden rollten. Ich schrie laut, als ich erwachte, aber ich war allein, und niemand konnte mich hören. Ich war so deprimiert, daß ich mich nicht mehr rasierte, die Kleider nicht mehr wechselte, ich badete nicht einmal mehr, glaube ich. Das Essen kam mir verdorben vor, ich hatte einen Gallegeschmack im Mund. Ich schlug mir die Knöchel an den Wänden wund und ritt ein Pferd zuschanden, damit sich die Wut legte, die mein Inneres zerfraß. Niemand sprach mich in diesen Tagen an, die Dienstboten bedienten mich zitternd, und das regte mich noch mehr auf.

Eines Tages rauchte ich vor der Siesta eine Zigarette im Gang, als ein braunhäutiger Bub zu mir kam und sich still vor mich hinstellte. Er hieß Esteban García. Er war mein Enkel, aber das wußte ich damals nicht, erst jetzt, nach dem Schrecklichen, das auf seine Veranlassung geschehen ist, habe ich erfahren, welche Verwandtschaft zwischen uns besteht. Er war auch ein Enkel von Pancha García, einer Schwester von Pedro Segundo García, an die ich mich, ehrlich gesagt, nicht mehr erinnere.

„Was willst du, Junge", fragte ich das Kind.

„Ich weiß, wo Pedro Tercero García ist", antwortete es.

Ich sprang so heftig auf, daß der Korbstuhl umfiel, auf dem ich saß, packte den Jungen an der Schulter und schüttelte ihn.

„Wo? Wo ist der Schuft?“ schrie ich.

„Bekomme ich auch die Belohnung, Patron?“ stammelte das Kind erschrocken.

„Du bekommst sie. Aber erst will ich sicher sein, daß du nicht lügst. Los, führ mich dahin, wo sich der Schurke aufhält.“

Ich holte meine Flinte, und wir gingen. Der Kleine sagte mir, wir müßten reiten, Pedro Tercero habe sich im Sägewerk der Lebus versteckt, das mehrere Meilen von den Drei Marien entfernt liegt. Wieso war ich nicht von selbst darauf gekommen, daß er dort sein könnte? Es war ein perfektes Versteck. Das Sägewerk der Deutschen war zu dieser Jahreszeit geschlossen und lag abseits von allen Wegen.

„Wie hast du herausbekommen, daß Pedro Tercero dort ist?“

„Alle wissen es, Patron, außer Ihnen“, antwortete er.

Wir mußten im Trab reiten, weil man auf diesem Gelände nicht galoppieren konnte. Das Sägewerk liegt tief in einem Berghang, da konnte man die Tiere nicht hetzen. Aus lauter Anstrengung, hochzukommen, schlugen die Pferde Funken aus den Steinen. Ich glaube, das Klappern der Hufe war das einzige Geräusch an diesem stillen, drükkendheißen Nachmittag. Als wir in die bewaldete Zone kamen, änderte sich die Landschaft, es wurde frischer, weil die dichtgedrängten Bäume das Sonnenlicht abhielten. Der Boden war ein dichter rotbrauner Teppich, in dem die Hufe der Pferde weich aufsetzten. Nun herrschte rings um uns vollkommene Stille. Vor mir ritt das Kind auf dem ungesattelten Pferd, mit dem Tier verschmolzen, als wäre es sein eigener Körper, und ich, meinen Zorn kauend, ritt schweigend hinterher. Gelegentlich befiel mich eine Traurigkeit, die stärker war als der Kummer, über dem ich so lange gebrütet hatte, stärker selbst als mein Haß auf Pedro Tercero García. Ein paar Stunden mußten vergangen sein, ehe wir im Halbkreis einer Lichtung die flachen Schuppen des Sägewerks sahen. Der Geruch der Fichten war hier so intensiv, daß er mich eine Zeitlang vom Zweck der Reise ablenkte. Die Landschaft, der Wald, die Ruhe erschreckten mich. Aber diese Schwäche dauerte nur eine Sekunde.

„Du wartest hier und paßt auf die Pferde auf. Rühr dich nicht von der Stelle.“

Ich stieg ab. Der Junge nahm mein Tier am Zügel, und ich ging weiter, geduckt, die Flinte schußbereit in den Händen. Ich spürte weder meine sechzig Jahre noch die Schmerzen in meinen morschen Knochen. Der Gedanke, mich zu rächen, beflügelte mich. Aus einem der Schuppen stieg eine dünne Rauchsäule auf, ich sah ein Pferd an der Tür angebunden und schloß daraus, daß Pedro Tercero dasein mußte. Die Zähne klapperten mir vor Ungeduld, als ich mich von hinten an den Schuppen heranpirschte. Ich überlegte mir, daß ich ihn nicht mit dem ersten Schuß töten wollte, denn das ginge sehr rasch, und meine Genugtuung wäre in einer Minute vorbei. Ich hatte so lange gewartet, daß ich nun auch den Augenblick auskosten wollte, in dem ich ihn kurz und klein schlug, aber ich durfte ihm auch keine Gelegenheit geben zu entkommen. Er war viel jünger als ich, und wenn ich ihn nicht überraschen konnte, war ich geliefert. Das Hemd klebte mir am Leib, so schwitzte ich, und meine Augen waren verschleiert, aber ich fühlte mich wie ein Zwanzigjähriger und stark wie ein Stier. Leise schlich ich mich in den Schuppen, das Herz schlug mir wie eine Trommel. Ich befand mich in einem großen Raum, dessen Boden mit Sägemehl bedeckt war. Zwischen Stapeln von Holz standen ein paar Maschinen, die zum Schutz gegen den Staub mit Segeltuch zugedeckt waren. Ich ging weiter, dicht an den Holzstapeln, die mir Deckung gaben, und plötzlich sah ich ihn. Pedro Tercero lag auf dem Boden, den Kopf auf einem zusammengelegten Umhang, schlafend. Neben ihm, zwischen ein paar Steinen, ein kleines Holzkohlenfeuer, über dem ein Wasserkessel stand. Erschrocken blieb ich stehen. Nun konnte ich ihn ungestört mit dem Haß der ganzen Welt betrachten, um dieses braune Gesicht für immer meinem Gedächtnis einzuprägen, diese fast kindlichen Züge, an denen der Bart wie eine Verkleidung wirkte. Es war mir unbegreiflich, was meine Tochter an diesem struppigen Allerweltskerl gefunden hatte. Er mußte fünfundzwanzig sein, aber schlafend wirkte er wie ein Junge. Ich mußte mich zusammennehmen, um das Zittern meiner Hände und meiner Zähne zu überwinden. Ich hob die Flinte und trat ein paar Schritte vor. Ich war ihm so nahe, daß ich seinen Kopf treffen konnte, ohne zu zielen, aber ich beschloß, noch einige Sekunden zu warten, bis mein Puls ruhiger ging. Dieses kurze Zögern war mein Verderben. Ich nehme an, daß die Gewohnheit, sich zu verstecken, Pedro Tercero das Gehör geschärft hatte und daß Instinkt ihn vor der Gefahr warnte. Im Bruchteil einer Sekunde mußte er zu sich gekommen sein, aber er blieb mit geschlossenen Augen liegen, spannte alle Muskeln und Sehnen und legte seine ganze Kraft in einen gewaltigen Sprung, der ihn mit einem einzigen Schwung einen Meter von der Stelle, an der meine Kugel einschlug, auf die Füße stellte. Ich kam nicht dazu, ein zweites Mal zu zielen, weil er sich bückte, ein Stück Holz griff und es gegen die Flinte schleuderte, die mir in hohem Bogen aus der Hand flog. Ich erinnere mich an die panische Angst, die ich fühlte, als ich mich entwaffnet sah, aber dann wurde mir auf der Stelle bewußt, daß er viel erschrockener war als ich. Wir fixierten uns schweigend, keuchend, jeder wartete auf die erste Bewegung des anderen, um loszuspringen. Da sah ich die Axt. Sie lag so nahe, daß ich sie, fast ohne den Arm auszustrecken, greifen konnte, und ich griff sie, ohne zu überlegen, und mit einem wilden Schrei aus den tiefsten Tiefen meines Innern stürzte ich mich auf ihn, bereit, ihn mit einem einzigen Hieb von oben bis unten zu spalten. Die Axt funkelte in der Luft und fiel auf Pedro Tercero García herab. Ein Strahl Blut schoß mir ins Gesicht.

Im letzten Augenblick hatte er den Arm gehoben, um den Hieb abzuhalten, und die Schneide der Axt hatte ihm glatt drei Finger der rechten Hand abgeschlagen. Durch den Schwung fiel ich nach vorn und auf die Knie. Der Junge preßte die Hand an die Brust und rannte, über Holzhaufen und auf dem Boden liegende Baumstämme springend, nach draußen. Er erreichte sein Pferd, saß im Sprung auf und verschwand mit einem fürchterlichen Schrei im Dunkel der Fichten. Er ließ eine Blutbahn hinter sich zurück.

Ich lag noch keuchend auf allen vieren am Boden. Ich brauchte mehrere Minuten, um mich einigermaßen zu beruhigen und mir klarzumachen, daß ich ihn nicht getötet hatte. Meine erste Reaktion war Erleichterung, denn als ich das warme Blut an meinem Gesicht spürte, fiel mein Zorn plötzlich in sich zusammen, und ich mußte mich mühsam darauf besinnen, warum ich ihn hatte töten wollen, um vor mir selbst die Gewalttätigkeit zu rechtfertigen, die mich erstickte, mir fast die Brust sprengte und mir die Augen verschleierte. Verzweifelt riß ich den Mund auf, um Luft in die Lungen zu bekommen und aufstehen zu können. Aber sobald ich stand, begann ich zu zittern. Ich ging einige Schritte und ließ mich auf einen Stapel Holz fallen, mir schwindelte, und es gelang mir nicht, zu einer geregelten Atmung zurückzufinden. Ich glaubte, ich würde ohnmächtig werden, mein Herz schlug wie eine wild gewordene Maschine. Viel Zeit mußte vergangen sein, ich weiß nicht, wieviel. Am Ende blickte ich auf, erhob mich und suchte meine Flinte.

Der kleine Esteban García stand neben mir und sah mich still an. Er hatte die abgeschnittenen Finger aufgehoben und hielt sie wie einen Bund blutigen Spargel in der Hand. Ich konnte nicht verhindern, daß sich mein Magen hob, mein Mund war voller Speichel, und ich erbrach mich auf meine Stiefel, während der Junge ungerührt lächelte. „Laß das los, Scheißbengel!" schrie ich, nach ihm schlagend.

Die Finger fielen auf das Sägemehl, das sich rot färbte. Ich hob die Flinte auf und ging schwankend zur Tür. Die frische Abendluft und der berückende Fichtengeruch wehten mir ins Gesicht und gaben mir den Sinn für die Wirklichkeit zurück. Ich atmete gierig in tiefen Zügen. Unter größter Anstrengung ging ich zu meinem Pferd, der ganze Körper schmerzte mich, und meine Hände waren wie abgestorben. Der Kleine folgte mir.

Wir kehrten auf die Drei Marien zurück. In der Dunkelheit, die nach Sonnenuntergang rasch hereinbrach, suchten wir unseren Weg. Die Bäume machten das Reiten schwierig, die Pferde stolperten über Steine und altes Holz, Äste schlugen auf uns nieder. Ich war wie in einer anderen Welt, verwirrt, zutiefst entsetzt über meine Gewalttätigkeit und dankbar, daß Pedro Tercero entkommen war, denn ich war sicher, wäre er zu Boden gestürzt, hätte ich mit derselben Entschlossenheit, mit der ich bereit gewesen war, ihm eine Kugel durch den Kopf zu jagen, weiter mit der Axt auf ihn eingeschlagen, bis ich ihn getötet, vernichtet, in Stücke gehauen hätte.

Ich weiß, was die Leute über mich sagen. Sie behaupten unter anderem, ich hätte in meinem Leben mehrere Menschen getötet. Sie haben mir den Tod einiger Bauern in die Schuhe geschoben. Das stimmt aber nicht. Ich würde es zugeben, wenn es wahr wäre, denn in meinem Alter kann man diese Dinge ungestraft sagen. Es dauert nicht mehr lange, bis ich unter die Erde komme. Ich habe nie einen Menschen getötet, und wenn ich einmal nahe daran war, es zu tun, dann an jenem Tag, als ich die Axt nahm und auf Pedro Tercero García losging.

Nachts kamen wir zu Hause an. Ich stieg mühsam vom Pferd und ging direkt auf die Terrasse. Ich hatte den Kleinen, der mich begleitete, völlig vergessen, weil er auf der ganzen Strecke den Mund nicht aufgemacht hatte. Deshalb war ich überrascht, als er mich am Ärmel zupfte.

„Bekomme ich die Belohnung, Patron“, sagte er.

„Für Schufte, die andere verpfeifen, gibt es keine Belohnung. Und außerdem verbiete ich dir, daß du erzählst, was geschehen ist. Hast du mich verstanden?“ knurrte ich.

Ich ging ins Haus und nahm als erstes einen Schluck aus der Flasche. Der Kognak brannte mir in der Kehle und wärmte mich. Dann streckte ich mich schwer atmend auf dem Sofa aus. Mein Herz schlug noch immer unregelmäßig, und ich fühlte mich schwindlig. Mit dem Handrücken wischte ich mir die Tränen ab, die mir über die Wangen liefen.

Draußen stand Esteban García hinter der geschlossenen Tür. Wie ich weinte er vor Wut.

Siebentes Kapitel
Die Brüder

Jämmerlich wie zwei Erdbebengeschädigte kamen Clara und Blanca in der Hauptstadt an. Beide hatten verschwollene Gesichter, rotgeweinte Augen, und von der langen Fahrt waren ihre Kleider zerknittert. Blanca, schwächer als ihre Mutter, obgleich sie ein ganzes Stück größer, jünger und kräftiger gebaut war, seufzte im Wachen und schluchzte im Schlaf in einer einzigen Klage, die nicht abriß seit dem Tag, an dem ihr Vater sie geschlagen hatte. Clara hatte keine Geduld für Unglück, so daß sie nach der Ankunft im großen Eckhaus, das leer und düster wie ein Mausoleum war, beschloß, es sei nun mit Winseln und Jammern genug und an der Zeit, das Leben wieder freundlicher zu gestalten. Sie zwang ihre Tochter, ihr beim Einstellen neuer Dienstmädchen zu helfen und mit ihr zusammen die Läden aufzumachen, die Bettlaken von den Möbeln und die Schutzhüllen von den Lampen abzuziehen, die Schlösser von den Türen zu nehmen, Staub zu wischen und Licht und Luft in die Zimmer zu lassen. Damit waren sie beschäftigt, als das unverwechselbare Aroma wilder Veilchen durchs Haus wehte und ihnen kundtat, daß die drei Schwestern Mora, durch Telepathie oder einfach durch Zuneigung in Kenntnis gesetzt, zu Besuch gekommen waren. Mit ihrem fröhlichen Plappern, ihren kalten Kompressen, ihren geistigen Tröstungen und ihrem natürlichen Zauber erreichten sie, daß sich Mutter und Tochter von ihren leiblichen Prellungen und ihren Seelenschmerzen erholten.

„Wir müssen neue Vögel kaufen", sagte Clara, als sie durchs Fenster die leeren Bauer und dahinter den verwilderten Garten sah, in welchem, nackt und mit Taubenmist bedeckt, die olympischen Göttergestalten standen.

„Ich verstehe nicht, wie Sie an Vögel denken können, Mama, wenn Ihnen die Zähne fehlen", bemerkte Blanca, die sich an das neue, zahnlose Gesicht ihrer Mutter nicht gewöhnen konnte.

Clara ließ sich zu allem Zeit. Nach zwei Wochen flatterten neue Vögel in den alten Käfigen, und sie hatte sich eine Porzellanprothese machen lassen, die sich mittels eines ingeniösen Mechanismus an ihren Backenzähnen festmachen ließ, aber das Gebiß war so unbequem, daß sie es vorzog, es an einem feinen Kettchen am Hals zu tragen. Nur zum Essen und manchmal zu Gesellschaften setzte sie es ein. Clara brachte wieder Leben ins Haus. Sie schärfte der Köchin ein, das Herdfeuer nie ausgehen zu lassen, immer müsse sie darauf vorbereitet sein, eine wechselnde Zahl von Gästen zu verköstigen. Sie wußte, was sie sagte. Wenige Tage später trafen ihre Freunde ein, die Rosenkreuzer, die Spiritisten, die Theosophen, die Akupunkturbeflissenen, die Telepathen, die Regenmacher, die Peripathetiker, die Adventisten des Siebenten Tages, die notleidenden oder in Ungnade gefallenen Künstler, kurzum alle, die gewöhnlich ihren Hofstaat bildeten. Clara herrschte über sie wie eine fröhliche, zahnlose kleine Souveränin. In dieser Epoche begann sie ihre ersten ernsthaften Versuche, sich mit außerirdischen Wesen zu verständigen, und hatte, wie sie in ihren Heften notierte, die ersten Zweifel über den wahren Ursprung der geistigen Botschaften, die sie über das Pendel oder den dreibeinigen Tisch erhielt. Häufig hörte man sie sagen, daß es vielleicht doch nicht die Seelen Verstorbener wären, die sich in einer anderen Dimension herumtrieben, sondern einfach Wesen von anderen Planeten, die eine Beziehung zu den Erdbewohnern herzustellen versuchten, die aber, weil aus einem ungreifbaren Stoff gemacht, leicht mit den Seelen zu verwechseln wären. Diese wissenschaftliche Erklärung entzückte Nicolás, fand jedoch weniger Anklang bei den Schwestern Mora, die sehr konservativ waren.

Blanca stand solchen Zweifeln fern. Für sie gehörten die Wesen von anderen Planeten in die gleiche Kategorie wie die Seelen, weshalb ihr auch die Leidenschaft, mit der ihre Mutter und andere sie zu identifizieren suchten, unverständlich blieb. Sie hatte im Haus viel zu tun, weil Clara alle Haushaltsdinge unter dem Vorwand, dafür noch nie ein Talent gehabt zu haben, von sich schob. Das große Eckhaus erforderte ein Heer von Dienstboten, um es sauberzuhalten, und das Gefolge ihrer Mutter machte eine durchgehende schichtweise Besetzung der Küche notwendig. Für die einen mußten Körner und Kräuter zubereitet werden, für andere Gemüse und roher Fisch, für die drei Schwestern Mora Obst und saure Milch, während Jaime und Nicolás, deren Ticks noch nicht ausgebildet waren, in unstillbarem Appetit nach üppigen Fleischgerichten, Süßspeisen und anderen Giften verlangten. Später hungerten beide: Jaime aus Solidarität mit den Armen und Nicolás, um seine Seele zu läutern. Doch in dieser Epoche waren beide noch kräftige junge Männer und sehr darauf erpicht, die angenehmen Seiten des Lebens zu genießen.

Jaime hatte die Universität bezogen, und Nicolás suchte noch seine Bestimmung. Sie hatten sich mit dem Geld, das sie aus dem Verkauf von im Elternhaus geklauten Silbertabletts erlösten, ein prähistorisches Auto gekauft, das sie in Erinnerung an die Großeltern del Valle Covadonga tauften. Der Covadonga war so viele Male auseinandergenommen und mit anderen Teilen wieder zusammengesetzt worden, daß er selten fuhr. Wenn er es tat, dann unter gewaltigem Getöse des klapprigen Motors und Rauch und Schraubenmuttern aus dem Auspuff speiend. Die Brüder teilten sich salomonisch in das Vehikel: an den geraden Tagen fuhr es Jaime, an den ungeraden Nicolás.

Clara war glücklich, ihre Söhne bei sich zu haben, und schickte sich an, eine freundschaftliche Beziehung zu ihnen herzustellen. Sie hatte wenig Kontakt zu ihnen gehabt, solange sie Kinder gewesen waren, und in dem eifrigen Bestreben, sie „Männer werden" zu lassen, hatte sie die besten Stunden ihrer Söhne nicht miterlebt und all ihre Zärtlichkeit für sich behalten müssen. Nun, da sie die Maße Erwachsener hatten und Männer geworden waren, war es ihr endlich gestattet, sie so zu verwöhnen, wie sie es hätte tun sollen, als sie noch klein waren. Aber dazu war es zu spät, denn die Zwillinge waren ohne ihre Liebkosungen groß geworden und brauchten sie nun nicht mehr. Clara machte sich klar, daß sie nicht ihr gehörten. Sie verlor weder den

Kopf noch die gute Laune. Sie nahm die jungen Männer, wie sie waren, und freute sich ihrer Gegenwart, ohne Gegenleistungen zu erwarten.

Blanca hingegen schimpfte, weil ihre Brüder das Haus in eine Müllhalde verwandelten. Wo sie gingen und standen, hinterließen sie die Spuren von Unordnung, Rabatz und Klamauk. Das junge Mädchen wurde zusehends dicker und schien jeden Tag lustloser und launischer zu werden. Jaime konstatierte den Bauch seiner Schwester und lief zu seiner Mutter.

„Ich glaube, Blanca ist schwanger, Mama", sagte er unumwunden.

„Das habe ich mir gedacht", seufzte Clara.

Blanca leugnete es nicht, und sobald die Nachricht bestätigt war, trug Clara sie mit ihrer runden Schönschrift in eines ihrer Lebensnotizhefte ein. Nicolás hob den Blick von seinen chinesischen Horoskopen und fand, man müsse es dem Vater sagen, denn in ein paar Wochen ließe sich die Sache nicht mehr verheimlichen, und jedermann wüßte Bescheid.

„Ich werde nie sagen, wer der Vater ist", sagte Blanca bestimmt.

„Ich meine nicht den Vater des Kindes, sondern den unsern", sagte ihr Bruder. „Papa hat ein Recht darauf, es von uns zu erfahren, ehe er es von anderen hört."

„Schickt ein Telegramm aufs Land", meinte Clara traurig. Sie wußte, daß Blancas Schwangerschaft zur Tragödie werden würde, sobald Esteban Trueba davon erfuhr.

Nicolás verfaßte die Botschaft mit der gleichen kryptographischen Spitzfindigkeit, mit der er seine Verse für Amanda schrieb, damit die Dorftelegraphistin den Inhalt nicht verstand und keinen Klatsch verbreitete. „Erteilen Sie Anweisungen auf weißem Band stop." Esteban Trueba vermochte das Telegramm ebensowenig zu entschlüsseln wie die Telegraphistin und mußte zu Hause anrufen, um herauszubekommen, worum es ging. Jaime fiel es zu, es ihm zu erklären, und er fügte hinzu, die Schwangerschaft sei so weit fortgeschritten, daß an eine drastische Lösung nicht mehr zu denken sei. Auf der anderen Seite der Leitung entstand ein langes, schreckliches Schweigen, dann hängte sein Vater ein. Esteban Trueba, auf den Drei Marien, fahl vor Überraschung und Wut, nahm seinen Stock und zerschmetterte zum zweitenmal das Telefon. Der Gedanke, daß seine leibliche Tochter eine solche Ungeheuerlichkeit begehen könnte, war ihm nie gekommen. Da er wußte, wer der Vater war, brauchte er keine Sekunde, um zu bereuen, daß er ihm nicht doch eine Kugel in den Nakken gejagt hatte, als er die Gelegenheit dazu gehabt hatte. Eines stand für ihn fest: der Skandal würde gleich groß sein, ob sie einen Bastard zur Welt brachte oder ob sie sich mit dem Sohn eines Bauern verheiratete, im einen wie im andern Fall würde die Gesellschaft ein Scherbengericht über sie halten und sie verurteilen.

Zwei Stunden lang rannte Esteban Trueba mit großen Schritten durchs Haus, schlug mit dem Stock auf Möbel und Wände ein, murmelte Verwünschungen und heckte die unsinnigsten Pläne aus, von dem Gedanken, sie in ein Kloster in Estremadura zu schicken, bis zu der Möglichkeit, sie umzubringen. Als er sich einigermaßen beruhigt hatte, kam ihm die rettende Idee. Er ließ sein Pferd satteln und ritt im Galopp ins Dorf.

Jean de Satigny, den er nicht mehr gesehen hatte seit jener unseligen Nacht, da dieser ihn geweckt und ihm Blancas Liebschaft erzählt hatte, saß in der einzigen Konditorei des Dorfs, trank ungezuckerten Melonensaft und war begleitet von einem Sohn Indalecio Aguirrazábals, einem geschniegelten Laffen, der näselnd sprach und Verse von Rubén Darío rezitierte. Da fand ihn Trueba. Ohne jeden Respekt zog er den Grafen an den Revers seines untadeligen schottischen Jacketts hoch, schleppte den mehr Schwebenden als Gehenden unter den erschrockenen Blicken der übrigen Gäste aus der Konditorei und stellte ihn auf den Gehsteig.

„Sie haben mir genug Scherereien gemacht, junger Mann. Erst die Geschichte mit Ihren vermaledeiten Chinchillas und jetzt das mit meiner Tochter. Es reicht mir. Packen Sie Ihre Koffer. Sie fahren mit mir in die Hauptstadt. Sie werden Blanca heiraten."

Er ließ ihm keine Zeit, sich von seiner Überraschung zu

erholen. Er begleitete ihn ins Hotel, wo er, die Peitsche in der einen Hand und den Stock in der andern, wartete, bis Jean de Satigny gepackt hatte. Dann brachte er ihn direkt zum Bahnhof und verfrachtete ihn ohne Umstände in den Zug. Unterwegs versuchte der Graf ihm zu erklären, daß er mit dieser Sache nichts zu tun habe, er habe Blanca nie auch nur mit einem Finger berührt, vermutlich sei der bärtige Mönch, mit dem er Blanca nachts am Flußufer gesehen hatte, für den Vorfall verantwortlich. Esteban Trueba warf ihm seinen furchtbarsten Blick zu.

„Ich weiß nicht, wovon Sie sprechen, junger Mann. Sie müssen geträumt haben", sagte er.

Trueba ging dazu über, ihm die Klauseln des Ehevertrags auseinanderzusetzen, was den Franzosen einigermaßen beruhigte. Die Mitgift, die monatlichen Zahlungen und die Aussicht, ein Vermögen zu erben, machten Blanca zu einer guten Partie.

„Wie Sie sehen, ist das ein besseres Geschäft als Chinchillas", schloß der künftige Schwiegervater, ohne das nervöse Schlucken des jungen Mannes zu beachten.

So kam es, daß Esteban Trueba am Samstag mit einem Ehemann für seine deflorierte Tochter und einem Vater für den kleinen Bastard im großen Eckhaus eintraf. Er sprühte Funken vor Wut. Mit einem Fausthieb warf er die Chrysanthemenvase im Entree um, verabreichte Nicolás, der vermitteln und ihm die Lage erklären wollte, eine Ohrfeige und verkündete brüllend, daß er Blanca nicht zu sehen wünsche, sie habe sich bis zum Tag ihrer Hochzeit in ihr Zimmer einzuschließen. Clara kam nicht heraus, um ihn zu empfangen. Sie blieb in ihrem Zimmer und öffnete ihm auch dann nicht, als er seinen silbernen Stock an ihrer Tür in Stücke schlug.

Im Haus brach ein Wirbel von Geschäftigkeit und Streitereien los. Die Luft war so dick, daß man nicht mehr atmen konnte, selbst die Vögel in ihren Bauern verstummten. Die Dienstboten rannten nur so unter den Befehlen dieses heftigen, grimmigen Patrons, der bei der Erfüllung seiner Wünsche keine Verzögerung duldete. Clara führte das gleiche Leben wie vorher, sie nahm ihren Mann nicht zur Kenntnis und weigerte sich, ihn anzusprechen. Der Bräutigam, praktisch der Gefangene seines künftigen Schwiegervaters, wurde in einem der zahlreichen Gästezimmer untergebracht, in welchem er auf und ab gehend seine Tage verbrachte, ohne Beschäftigung, ohne ein einziges Mal Blanca zu sehen und ohne zu begreifen, wie er in diesen Dreigroschenroman geschlittert war. Er wußte nicht, ob er weinen sollte, weil er diesen barbarischen Eingeborenen zum Opfer gefallen war, oder sich freuen, weil sein Traum, eine junge und schöne südamerikanische Erbin zu heiraten, in Erfüllung ging. Da er seiner Veranlagung nach Optimist war und den den Franzosen eigenen Sinn fürs Praktische besaß, entschied er sich für das zweite und gewann im Lauf der Wochen seine Ruhe zurück.

Esteban Trueba setzte fest, daß die Hochzeit in vierzehn Tagen stattfinden sollte. Seiner Ansicht nach ließ sich der Skandal am besten dadurch vermeiden, daß man ihm mit einer aufsehenerregenden Hochzeit den Wind aus den Segeln nahm. Er wollte seine Tochter vom Bischof getraut sehen, im weißen Kleid, mit einer sechs Meter langen, von Pagen und Brautjungfern getragenen Schleppe und Hochzeitsfotos im Gesellschaftsteil der Zeitungen, er wollte ein Fest à la Caligula mit so viel Prunk und Protz, daß niemand den Bauch der Braut bemerkte. Der einzige, der ihn bei seinen Plänen unterstützte, war Jean de Satigny.

An dem Tag, an dem Esteban Trueba seine Tochter rief, um sie zur Anprobe des Brautkleids zum Schneider zu schicken, sah er sie zum erstenmal seit der Prügelnacht. Er erschrak bei ihrem Anblick: sie war dick und hatte Flecken im Gesicht.

„Ich heirate nicht, Vater“, sagte sie.

„Schweigen Sie“, brüllte er. „Sie werden heiraten, weil ich in meiner Familie keine Bastarde wünsche, hören Sie?“

„Ich denke, wir haben schon einige“, antwortete sie.

„Keine Widerrede! Sie sollen wissen, daß Pedro Tercero García tot ist: ich habe ihn eigenhändig umgebracht. Also vergessen Sie ihn und versuchen Sie, dem Mann, der Sie zum Altar führt, eine würdige Frau zu werden.“

Blanca begann zu weinen und weinte in den folgenden Tagen unaufhörlich.

Die Ehe, die Blanca nicht wünschte, wurde in der Kathedrale geschlossen, mit bischöflichem Segen und in einem königlichen Kleid vom besten Schneider in Chile, der Wunder vollbracht hatte, um den vorspringenden Bauch der Braut unter einem Geriesel von Blumen und griechisch-römischen Faltenwürfen zu verbergen. Höhepunkt der Hochzeit war ein spektakuläres Fest mit fünfhundert Gästen in großer Gala, die in das große Eckhaus einfielen, animiert von den Klängen eines Orchesters aus käuflichen Musikern und angelockt von einem skandalösen Aufwand an Rinderbraten in feinsten Kräutern, frischen Schalentieren, baltischem Kaviar, norwegischem Lachs, getrüffeltem Geflügel, Strömen von exotischen Likören und endlos sprudelndem Champagner, einer verschwenderischen Fülle von Süßigkeiten, Windbeuteln, Blätterteiggebäck, Eclairs und Sandkuchen, großen Kristallschalen voll kandierter Früchte, Erdbeeren aus Argentinien, Kokosnüssen aus Brasilien, Papayas aus Chile, Ananas aus Kuba und anderen, unmöglich zu erinnernden Köstlichkeiten auf einem langen Tisch, der sich durch den ganzen Garten zog und an dessen Ende eine überdimensionale Torte stand, von einem aus Neapel stammenden, mit Jean de Satigny befreundeten Künstler geschaffen, der die bescheidenen Materialien Eier, Mehl und Zucker in eine Replik der Akropolis verwandelt und ihr eine Meringenwolke aufgesetzt hatte, auf der ein mythologisches Liebespaar ruhte, Venus und Adonis aus Marzipan, das verschieden gefärbt war, um den rosigen Fleischton, das Blond der Haare, das Kobaltblau der Augen wiederzugeben, und neben dem Liebespaar stand ein dicklicher, ebenfalls eßbarer Cupido, der von dem stolzen Bräutigam und der trostlosen Braut mit dem Messer entzweigeschnitten wurde.

Clara, die sich von Anfang an der Idee widersetzt hatte, Blanca gegen ihren Willen zu verheiraten, beschloß, an dem Fest nicht teilzunehmen. Triste Vorhersagen für das Brautpaar erarbeitend, die, wie alle später feststellen konnten, genauestens eintrafen, blieb sie in ihrem Nähzimmer, bis ihr Mann kam und sie anflehte, sich umzuziehen und im Garten zu erscheinen, sei es auch nur für einen Augenblick, um dem Getuschel der Gäste den Grund zu entziehen. Clara tat es widerwillig, aber ihrer Tochter zuliebe setzte sie ihre Zähne ein und gab sich Mühe, alle Anwesenden anzulächeln.

Jaime kam erst am Ende des Festes, weil er im Armenkrankenhaus zu tun hatte. Nicolás erschien in Begleitung der schönen Amanda, die soeben Sartre entdeckt und die düstere Aufmachung der europäischen Existentialisten übernommen hatte, ganz in Schwarz gekleidet war, bleich, die braunen Augen mit Kajal geschminkt, das schwarze, bis an die Taille reichende Haar offen, dazu ein Klirren von Halsketten, Armreifen und Ohrringen, das die Gemüter erregte, wenn sie vorüberging. Nicolás seinerseits war ganz in Weiß, wie ein Krankenwärter, und hatte Amulette am Hals hängen. Sein Vater ging ihm entgegen, nahm ihn am Arm und schleppte ihn in ein Badezimmer, wo er ihm rücksichtslos die Talismane abriß.

„Gehen Sie auf Ihr Zimmer und binden Sie sich eine anständige Krawatte um! Dann kommen Sie wieder zum Fest und benehmen sich wie ein Caballero! Und unterstehen Sie sich nicht, den Gästen irgendeine häretische Religion zu predigen! Und sagen Sie dieser Hexe, die Sie mitgebracht haben, sie soll ihren Ausschnitt zumachen", befahl Esteban seinem Sohn.

Nicolás gehorchte unwillig. Im Prinzip war er Abstinenzler, aber aus Wut trank er ein paar Gläser, verlor den Kopf und sprang angekleidet, wie er war, in einen Brunnen im Garten, aus dem er mitsamt der aufgeweichten Würde herausgezogen werden mußte.

Blanca saß die ganze Nacht über auf einem Stuhl und stierte weinend mit dem Ausdruck einer Blöden die Torte an, während der frischgebackene Ehemann unter den Gästen herumflatterte, die Abwesenheit seiner Schwiegermutter mit einem Asthmaanfall und das Weinen seiner Frau mit den Aufregungen der Hochzeit erklärend. Niemand glaubte ihm. Jean de Satigny gab Blanca Küßchen auf den Hals, nahm sie bei der Hand und versuchte, sie mit

Schlückchen Champagner und liebevoll ausgesuchten und eigenhändig servierten Langusten zu trösten, aber alles war umsonst, sie weinte und weinte. Trotz allem war das Fest ein Ereignis, genau wie Esteban Trueba es geplant hatte. Die Leute aßen und tranken reichlich und tanzten noch am frühen Morgen nach den Klängen des Orchesters, während sich in der Innenstadt Gruppen von Arbeitslosen an kleinen Zeitungsfeuerchen wärmten, Banden Jugendlicher in Braunhemden durch die Stadt zogen und den Arm zum Gruß hoben, wie sie es in Filmen über Deutschland gesehen hatten, und in den Häusern der politischen Parteien die letzten Feinheiten der Wahlkampagne ausgetüftelt wurden.

„Die Sozialisten werden gewinnen", hatte Jaime gesagt, der durch den ständigen Umgang mit den Proletariern im Armenkrankenhaus Halluzinationen hatte.

„Nein, Jaime, die gleichen wie immer werden gewinnen", hatte Clara geantwortet, die es in den Karten sah und der ihr gesunder Menschenverstand es bestätigte.

Nach dem Fest führte Esteban Trueba seinen Schwiegersohn in die Bibliothek und überreichte ihm einen Scheck. Es war sein Hochzeitsgeschenk. Er hatte alles vorbereitet, damit das junge Paar in den Norden des Landes fahren konnte, wo Jean de Satigny sich bequem niederlassen und von den Renten seiner Frau leben wollte, fern dem Gerede scharfer Beobachter, denen Blancas vorzeitiger Bauch nicht entgangen war. Er dachte an ein Geschäft mit indianischen Tonkrügen und Hockermumien.

Ehe die Neuvermählten das Fest verließen, verabschiedeten sie sich von ihrer Mutter. Clara zog Blanca, die nicht aufgehört hatte zu weinen, beiseite und sprach leise mit ihr.

„Hör auf zu weinen, Blanca. So viele Tränen schaden dem Kind und helfen auch nicht, glücklich zu werden", sagte Clara.

Blanca antwortete mit einem neuen Aufschluchzen.

„Pedro Tercero lebt, Blanca", fügte Clara hinzu.

Blanca schluckte die Tränen hinunter und putzte sich die Nase.

„Woher wissen Sie das, Mama?" fragte sie.

„Ich habe es geträumt“, antwortete Clara.

Das genügte, um Blanca vollständig zu beruhigen. Sie wischte sich die Tränen ab, hob den Kopf und weinte nicht wieder bis zu dem Tag, an dem, sieben Jahre später, ihre Mutter starb, obwohl es ihr an Schmerz, Einsamkeit und anderen Gründen zur Trauer nicht fehlte.

Getrennt von ihrer Tochter, mit der sie sich immer sehr gut verstanden hatte, verfiel Clara wieder in eine ihrer wirren und depressiven Perioden. Sie führte das gleiche Leben wie vorher, hielt in dem nach wie vor offenen, von Menschen wimmelnden großen Eckhaus ihre spiritistischen Sitzungen und literarischen Abende ab, aber das Lachen saß ihr nicht mehr wie früher locker, und oft stand sie gedankenverloren da und starrte vor sich hin. Sie versuchte, ein System zur direkten Verständigung mit Blanca zu finden, um die Verspätung postalisch übermittelter Nachrichten wettzumachen, aber die Telepathie funktionierte nicht immer, und auch auf den guten Empfang der Botschaften war kein Verlaß. Sie mußte feststellen, daß auf Grund unkontrollierbarer Interferenzen ihre Mitteilungen durcheinandergerieten und etwas ganz anderes suggerierten als das, was sie hatte vermitteln wollen. Überdies war Blanca für psychische Experimente wenig empfänglich und hatte, obgleich ihrer Mutter immer nahe, nie die mindeste Neugier für mentale Phänomene gezeigt. Sie war eine praktische, irdische und mißtrauische Frau, und ihre moderne, pragmatische Art bildete ein arges Hindernis für die Telepathie. Schweren Herzens mußte sich Clara der konventionellen Methoden bedienen. Mutter und Tochter schrieben sich fast täglich, und ihre reichhaltige Korrespondenz trat mehrere Monate lang an die Stelle der Lebensnotizhefte. So erfuhr Blanca alles, was im großen Eckhaus geschah, und konnte sich der Illusion hingeben, sie lebte noch in ihrer Familie und ihre Ehe wäre nur ein böser Traum.

In diesen Jahren trennten sich die Wege von Jaime und Nicolás endgültig, da die Gegensätze zwischen den Brüdern unvereinbar waren. Nicolás hatte sich in diesen Tagen auf etwas Neues verlegt, den Flamenco, den er von den Zigeunern in den Höhlen von Estremadura gelernt zu haben behauptete, obwohl er in Wirklichkeit sein Land nie verlassen hatte, aber seine Überredungskraft war so groß, daß selbst seine Familie wankend zu werden begann. Bei dem geringsten Anlaß erbot er sich, seine Künste unter Beweis zu stellen. Er sprang auf den großen Eichentisch im Eßzimmer, ein Erbstück aus der Familie del Valle, auf dem Jahre zuvor Rosas Sarg gestanden hatte, und begann wie ein Irrer in die Hände zu klatschen und so lange krampfhaft zu stampfen, Sprünge zu vollführen und schrille Schreie auszustoßen, bis er es geschafft hatte, daß alle Hausbewohner zusammenliefen, dazu ein paar Nachbarn und gelegentlich einige Gendarmen, die mit gezückten Schlagstöcken angerannt kamen und mit ihren Stiefeln die Teppiche beschmutzten, am Ende aber wie alle übrigen Beifall klatschten und olé schrien. Der Tisch hielt heroisch stand, obgleich er nach einer Woche einer Schlachtbank glich, auf der Kälber gevierteilt werden. Der Flamenco war in der damals noch geschlossenen Gesellschaft der Hauptstadt von keinerlei praktischem Nutzen, aber Nicolás gab in der Zeitung eine diskrete Anzeige auf, in welcher er seine Dienste als Meister in diesem feurigen Tanz anbot. Am nächsten Tag hatte er eine Schülerin, und binnen einer Woche hatte sich die Nachricht von seinem Charme herumgesprochen. Die Mädchen kamen scharenweise, anfangs verschämt und schüchtern, aber wenn Nicolás sie herumzuwirbeln, um die Taille zu fassen und mit seinem Verführerlächeln anzulächeln begann, waren sie im Handumdrehen begeistert. Die Kurse wurden ein Erfolg. Der Eßzimmertisch war nahe daran, aus dem Leim zu gehen, Clara begann über Kopfschmerzen zu klagen, und Jaime schloß sich in sein Zimmer ein und versuchte, mit Wachskugeln in den Ohren zu studieren. Als Esteban Trueba erfuhr, was während seiner Abwesenheit in seinem Hause vorging, packte ihn ein schrecklicher und gerechter Zorn, und er verbot seinem Sohn, das Haus als Akademie für Flamenco oder sonstwas zu benutzen. Nicolás mußte von seinen Körperverrenkungen Abstand nehmen, doch verhalf ihm das kurze Experiment immerhin dazu, der populärste junge Mann der Saison zu werden, König der Feste und aller Frauenherzen, denn während die anderen studierten, graue, zweireihige Anzüge trugen und sich die Schnurrbärte nach dem Takt der Boleros strichen, predigte er die freie Liebe, zitierte Freud, trank Pernod und tanzte Flamenco. Der gesellschaftliche Erfolg verminderte jedoch nicht im geringsten sein Interesse an den Psychofertigkeiten seiner Mutter. Vergebens versuchte er, es ihr gleichzutun. Er studierte heftig, praktizierte mit einer Leidenschaftlichkeit, die seine Gesundheit in Gefahr brachte, und nahm regelmäßig an den Freitagssitzungen mit den Schwestern Mora teil, trotz des ausdrücklichen Verbots seines Vaters, der dabei blieb, Spiritismus sei nichts für Männer. Clara suchte ihn über seine Mißerfolge zu trösten.

„Das lernt man nicht, und man erbt es nicht, Nicolás", sagte sie, wenn sie ihn schielen sah vor übermäßiger Anstrengung, das Salzfaß ohne Berührung in Gang zu setzen.

Die drei Schwestern Mora liebten ihn. Sie liehen ihm okkulte Bücher, sie halfen ihm, die Schlüssel für Horoskope und Wahrsagekarten zu lesen. Sie setzten sich, an den Händen gefaßt, um ihn herum, um wohltätige Fluida auf ihn zu übertragen, aber auch das reichte nicht aus, Nicolás mit mentalen Kräften zu begaben. Sie leisteten ihm auch Schützenhilfe bei seiner Liebschaft mit Amanda. Anfangs schien das junge Mädchen von den dreibeinigen Tischen ebenso wie von den langmähnigen Künstlern im Haus fasziniert zu sein, aber bald wurde sie es müde, Gespenster zu beschwören und die Verse des Dichters zu rezitieren, dessen Gedichte von Mund zu Mund gingen. Sie begann, als Reporterin für eine Zeitung zu arbeiten.

„Schwindlerberuf", befand Esteban Trueba, als er es erfuhr.

Trueba brachte keine Sympathie für sie auf. Er sah sie ungern in seinem Haus. Er fand, sie übe einen schlechten Einfluß auf seinen Sohn aus, hatte die Vorstellung, ihr langes Haar, ihre Augenschatten und ihre Glasperlenketten seien Symptome eines geheimen Lasters, und hielt ihre Neigung, die Schuhe auszuziehen und sich wie eine Eingeborene mit gekreuzten Beinen auf den Boden zu setzen, für Mannweibmanieren.

Amandas Weltanschauung war tief pessimistisch, und um ihre Depressionen zu ertragen, rauchte sie Haschisch. Nicolás leistete ihr dabei Gesellschaft. Clara merkte zwar, daß ihrem Sohn manchmal hundeelend war, aber nicht einmal ihre phantastische Intuition verhalf ihr zu der Erkenntnis, daß die orientalischen Pfeifen, die Nicolás rauchte, etwas mit seinen irren Reden, seiner gelegentlich auftretenden Schläfrigkeit und seinen grundlosen Heiterkeitsanfällen zu tun haben könnten, weil sie weder von dieser noch von einer anderen Droge je hatte sprechen hören. „Das hängt mit seinem Alter zusammen und wird sich geben", sagte sie, wenn sie ihn wie einen Schlafwandler herumtorkeln sah, ohne zu bedenken, daß Jaime am selben Tag wie er zur Welt gekommen war und keine dieser seltsamen Ausbrüche hatte.

Jaimes Verrücktheiten waren von ganz anderer Art. Er hatte eine Berufung zu Aufopferung und Entsagung. In seinem Schrank lagen nur drei Hemden und zwei Paar Hosen. Clara strickte den ganzen Winter über gewöhnliches Wollzeug, damit er warm angezogen war, aber er trug die Sachen nur so lange, bis ein anderer, Bedürftigerer vor ihm stand. Alles Geld, das ihm sein Vater gab, landete in den Taschen der Armen, die er im Krankenhaus behandelte. Jedesmal, wenn ihm ein halbverhungerter Hund auf der Straße nachlief, brachte er ihn nach Hause mit, und wenn er von der Existenz eines verlassenen Kindes, einer ledigen Mutter oder einer invaliden alten Frau erfuhr, die seiner Hilfe bedurften, kam er mit ihnen an, damit seine Mutter ihre Probleme löste. Clara wurde eine Expertin in Armenpflege, sie kannte alle staatlichen und alle kirchlichen Einrichtungen, bei denen sie ihre glücklosen Schützlinge unterbringen konnte, und wenn alles fehlschlug, nahm sie sie in ihrem Haus auf. Bei ihren Freundinnen war sie gefürchtet, weil sie immer nur zu Besuch kam, wenn sie eine Bitte an sie zu richten hatte. So erweiterte sich das Netz von Claras und Jaimes Schützlingen, und da beide über die Menschen, denen sie halfen, nicht Buch führten, waren sie oft erstaunt, wenn jemand kam und sich bei ihnen für einen Gefallen bedankte, den sie sich nicht erinnerten erwiesen zu haben. Jaime betrieb seine medizinischen Studien mit religiöser Inbrunst. Jede Ablenkung, die ihn seinen Büchern entzog oder ihn Zeit kostete, empfand er als einen Verrat an der Menschheit, der zu dienen er geschworen hatte. „Dieses Kind hätte Pfarrer werden sollen“, sagte Clara. Für Jaime, den die Gelübde der Demut, der Armut und der Keuschheit nicht gestört hätten, war die Religion an der Hälfte allen Unglücks auf der Welt schuld, so daß er wütend wurde, wenn seine Mutter solche Ansichten äußerte. Wie fast jeder Aberglaube mache das Christentum den Menschen schwächer und fügsamer, sagte er, aber die Menschen sollten nicht auf eine Belohnung im Himmel warten, sondern auf Erden um ihre Rechte kämpfen. Diese Dinge diskutierte er nur mit seiner Mutter, denn mit seinem Vater, der schnell die Geduld verlor und Gespräche mit Schreien und Türenknallen beendete, konnte er es nicht. Er habe es satt, unter lauter Verrückten zu leben, sagte Trueba, das einzige, was er sich wünsche, sei ein bißchen Normalität, aber er habe das Pech gehabt, eine Exzentrikerin zu heiraten und mit ihr drei übergeschnappte Taugenichtse zu zeugen, die ihm das Leben sauer machten. Jaime diskutierte nicht mit seinem Vater. Er schlich wie ein Schatten durchs Haus, gab seiner Mutter einen zerstreuten Kuß, wenn er sie sah, ging direkt in die Küche, um im Stehen die Überreste der anderen zu essen, und schloß sich in sein Zimmer ein, um zu lesen oder zu studieren. Sein Schlafzimmer war ein Büchertunnel, an allen Wänden standen Regale, vom Boden bis zur Decke, brechend voll mit Büchern, die niemand abstaubte, weil er seine Tür abzuschließen pflegte. Es waren ideale Niststätten für Spinnen und Mäuse. In der Mitte des Raums stand sein Bett, eine Art Rekrutenpritsche, beleuchtet nur von einer Glühbirne, die über dem Kopfende von der Decke herabhing. Während eines Erdbebens, das Clara vorherzusagen vergessen hatte, erscholl plötzlich ein Getöse wie von einem entgleisenden Zug, und als man die Tür aufmachte, sah man das Bett unter einem Berg von Büchern begraben. Die Regale hatten sich von den Wänden gelöst, und Jaime lag unter ihnen. Sie holten ihn heraus, er hatte nicht einmal einen Kratzer. Während Clara die Bücher abnahm, fiel ihr das Erdbeben wieder ein, und sie dachte, daß sie diesen Augenblick schon einmal erlebt hatte. Dieses, immerhin, gab Gelegenheit, die Bude einmal abzustauben und das Ungeziefer mit dem Besen auszutreiben.

Ein Anlaß, seinen Blick so einzustellen, daß er die Wirklichkeit seines Hauses wahrnahm, war für Jaime nur gegeben, wenn er Amanda an der Hand seines Bruders vorbeigehen sah. Er sprach sie selten an und errötete heftig, wenn er es tat. Er mißtraute ihrem exotischen Äußeren und war überzeugt, daß sie, wenn sie sich wie alle anderen frisieren und sich die Schminke von den Augen wischen würde, wie eine grüne Maus aussah. Dennoch mußte er sie immerzu ansehen. Das Klappern der Armbänder, das sie überallhin begleitete, störte ihn beim Studieren, und er mußte sich ungeheuer anstrengen, um ihr nicht wie ein hypnotisiertes Hündchen durchs ganze Haus nachzulaufen. Allein, auf dem Bett liegend, ohne sich auf die Lektüre konzentrieren zu können, sah er Amanda nackt vor sich, eingehüllt in ihr schwarzes Haar, mit all ihrem klappernden Schmuck, wie ein Götzenbild. Jaime war ein Einzelgänger. Aus dem scheuen Kind war ein schüchterner Mann geworden. Er liebte sich selbst nicht, und vielleicht war das der Grund, weshalb er dachte, daß er die Liebe anderer nicht verdiene. Schon über den kleinsten Beweis von Aufmerksamkeit oder Dankbarkeit ihm gegenüber schämte er sich und litt. Amanda verkörperte für ihn die Quintessenz alles Weiblichen und, als Nicolás' Freundin, alles Verbotenen. Die freie, liebevolle und abenteuerliche Persönlichkeit der jungen Frau faszinierte ihn, und ihre äußere Ähnlichkeit mit einer verkleideten Maus erweckte in ihm den stürmischen Wunsch, sie zu beschützen. Er begehrte sie mit Schmerzen, wagte aber nicht einmal in seinen heimlichsten Gedanken, es sich einzugestehen.

Amanda kam zu dieser Zeit häufig ins Haus der Trueba. Sie hatte bei der Zeitung eine flexible Arbeitszeit, und sooft sie konnte, kam sie mit ihrem Bruder Miguel in das große Eckhaus, ohne daß beider Anwesenheit in dem immer mit Menschen und Geschäftigkeit erfüllten Haus auffiel. Miguel dürfte damals fünf Jahre alt gewesen sein, er war still und sauber und stellte keinen Unfug an. Er verschmolz so sehr mit den Tapetenmustern und Möbeln, daß man ihn übersah. Er spielte allein im Garten oder lief Clara, die er Mama nannte, durchs ganze Haus nach. Deshalb und weil er Jaime Papa nannte, dachten alle, Amanda und Miguel seien Waisenkinder. Amanda ging immer mit ihrem Bruder, sie nahm ihn zur Arbeit mit und hatte ihn daran gewöhnt, alles und zu jeder Stunde des Tages zu essen und sich auch auf unbequemsten Unterlagen schlafen zu legen. Sie umgab ihn mit einer leidenschaftlichen und wilden Zärtlichkeit, kratzte ihn wie ein Hündchen, schrie ihn an, wenn sie sich ärgerte, und schloß ihn danach in die Arme. Sie ließ es nicht zu, daß irgend jemand ihren Bruder zurechtwies oder ihm Befehle erteilte, duldete auch keine Kommentare über das seltsame Leben, das sie ihn führen ließ, und verteidigte ihn wie eine Löwin, auch wenn niemand die Absicht hatte, ihm ein Haar zu krümmen. Die einzige, der sie erlaubte, sich über Miguels Erziehung zu äußern, war Clara, die sie auch dazu überreden konnte, ihn in die Schule zu schicken, damit er kein analphabetischer Sonderling würde. Clara hielt nicht viel von regelmäßigem Schulbesuch, aber im Falle Miguels, dachte sie, seien ein paar Stunden Disziplin und Gesellschaft mit anderen Kindern nötig. Sie selbst übernahm es, ihn anzumelden, die Schulutensilien und die Uniform zu kaufen, und am ersten Schultag ging sie ihn mit Amanda an der Schule abliefern. Vor dem Tor fielen sich Amanda und Miguel weinend in die Arme, und die Lehrerin konnte das Kind nicht von den Röcken seiner Schwester losmachen, an die es sich, brüllend und mit Fußtritten jeden wegstoßend, der sich ihm näherte, geklammert hatte. Mit Hilfe Claras konnte die Lehrerin endlich das Kind ins Haus ziehen, und die Schultür fiel hinter ihm ins Schloß. Amanda blieb den ganzen Vormittag auf dem Gehsteig sitzen. Clara leistete ihr Gesellschaft, weil sie sich schuldig fühlte, einem anderen Menschen einen solchen Schmerz zugefügt zu haben, und weil sie an der Weisheit ihrer guten Absichten zu zweifeln begann. Mittags läutete die Glocke, das Tor ging auf. Sie sahen eine Herde von Schülern herauskommen, und dazwischen ging, ordentlich, schweigend und ohne Tränen, mit einem Bleistiftstrich auf der Nase und tief in die Schuhe gerutschten Söckchen, der kleine Miguel, der in diesen wenigen Stunden gelernt hatte, durchs Leben zu gehen, ohne an der Hand seiner Schwester zu hängen. Amanda preßte ihn frenetisch an ihre Brust und sagte wie in einer plötzlichen Eingebung: „Ich würde das Leben für dich geben, Miguelito." Sie wußte nicht, daß sie es eines Tages würde tun müssen.

Unterdessen fühlte sich Esteban Trueba mit jedem Tag einsamer und wütender. Er fand sich mit dem Gedanken ab, daß ihn seine Frau nicht mehr ansprechen würde, und da er es müde war, ihr in alle Winkel nachzulaufen, sie mit Blicken anzuflehen und Löcher in die Badezimmerwände zu bohren, beschloß er, sich der Politik zu widmen. Wie Clara vorhergesagt hatte, gewannen die gleichen wie immer die Wahlen, aber mit einer so dünnen Mehrheit, daß das ganze Land aufhorchte. Trueba hielt den Augenblick für gekommen, zur Verteidigung der Interessen des Vaterlandes und der der Konservativen Partei anzutreten, denn niemand, wie er selbst sagte, verkörpere besser als er den ehrlichen und makellosen Politiker. Er, fügte er hinzu, habe sich aus eigener Kraft hochgearbeitet, er habe seinen Angestellten Arbeit und gute Lebensbedingungen gegeben, er als einziger besäße ein Gut mit Ziegelhäusern für die Arbeiter. Er halte das Gesetz, das Vaterland und die Tradition hoch, und außer Steuerhinterziehung könne ihm niemand ein größeres Vergehen zur Last legen. Er stellte einen Verwalter als Ersatz für Pedro Segundo ein, übertrug ihm die Verantwortung für die Drei Marien samt Legehennen und importierten Kühen und ließ sich endgültig in der Hauptstadt nieder. Mehrere Monate lang widmete er sich seiner Wahlkampagne, unterstützt von der Konservativen Partei, die Leute brauchte, um bei den nächsten Parlamentswahlen anzutreten, und unter Einsatz seines Vermögens, das er in den Dienst ihrer Sache stellte. Das große Eckhaus füllte sich mit politischer Propaganda und mit

Parteigängern, die es praktisch im Handstreich nahmen, indem sie sich kurzerhand unter die in den Gängen spukenden Gespenster, die Rosenkreuzer und die drei Schwestern Mora mischten. Nach und nach wurde Claras Hofstaat in die rückwärtigen Zimmer des Hauses abgedrängt. Eine unsichtbare Grenze entstand zwischen dem Sektor, den Esteban Trueba benutzte, und dem seiner Frau. Je nach den Eingebungen Claras und entsprechend den Bedürfnissen des Augenblicks entsprossen der noblen Architektur des Herrenhauses Kämmerchen, Stiegen, Türmchen, Terrassen. Sooft ein neuer Gast untergebracht werden mußte, kamen die Maurer, immer dieselben, und fügten einen neuen Raum an, so daß sich das große Eckhaus am Ende als ein riesiges Labyrinth präsentierte.

„In diesem Haus kann man eines Tages ein Hotel aufmachen", sagte Nicolás.

„Oder ein kleines Krankenhaus", fügte Jaime hinzu, der mit dem Gedanken umging, seine Armen in das vornehme Barrio Alto zu verlegen.

Die Fassade des Hauses blieb erhalten. Vorne sah man noch die edlen Säulen und den Garten à la Versailles, aber nach hinten zu verlor sich der Stil. Der rückwärtige Teil des Gartens war ein undurchdringlicher Urwald, in dem alle möglichen Pflanzen und Blumen ungehindert wucherten und sich neben Claras Vögeln auch mehrere Generationen von Hunden und Katzen tummelten. In dieser häuslichen Fauna brachte es allein ein Kaninchen, das Miguel eines Tages anschleppte, zu einigem Ansehen in der Erinnerung der Familie, ein armes, ganz gewöhnliches Karnikkel, das die Hunde so lange beleckten, bis ihm die Haare ausfielen und es zum einzigen kahlen Exemplar seiner Gattung wurde, bedeckt nur von einer schimmernden Haut, die ihm das Aussehen eines langohrigen Reptils verlieh.

Je näher das Datum der Wahlen rückte, desto nervöser wurde Esteban Trueba. Er hatte alles, was er besaß, für sein politisches Abenteuer aufs Spiel gesetzt. Eines Nachts hielt er es nicht mehr aus und klopfte an Claras Schlafzimmer. Sie öffnete ihm. Sie war im Nachthemd und hatte die Zähne eingesetzt, weil sie gern Kekse knabberte, während sie in ihre Lebensnotizhefte schrieb. Esteban erschien sie so jung und schön wie am ersten Tag, als er sie an der Hand genommen, in das mit blauer Seide tapezierte Zimmer geführt und auf das Fell von Barrabas gestellt hatte. Er lächelte bei der Erinnerung.

„Entschuldige, Clara", sagte er, wie ein Schuljunge errötend. „Ich fühle mich allein, und ich habe Angst. Ich würde gern einen Augenblick hier bleiben, wenn es dir nichts ausmacht."

Clara lächelte ebenfalls, sagte aber nichts. Sie deutete auf den Sessel, und Esteban setzte sich. Eine Weile saßen sie sich schweigend gegenüber, sich in den Teller Kekse teilend, und betrachteten sich verwundert, weil sie schon so lange unter demselben Dach wohnten, ohne sich zu sehen.

„Ich nehme an, du weißt, was mich quält", sagte Esteban Trueba endlich.

Clara nickte.

„Glaubst du, daß ich gewählt werde?"

Clara nickte abermals, und Trueba fühlte sich so vollständig erleichtert, als hätte sie ihm eine schriftliche Garantie gegeben. Er lachte laut und fröhlich, erhob sich, faßte sie bei den Schultern und küßte sie auf die Stirn.

„Du bist fabelhaft, Clara! Wenn du es sagst, werde ich Senator", rief er aus.

Seit dieser Nacht nahm die Feindseligkeit zwischen beiden ab. Clara richtete auch künftig nicht das Wort an ihn, aber er überspielte ihr Schweigen, indem er ganz normal mit ihr sprach und noch ihre geringsten Gesten als Antwort deutete. Notfalls bediente sich Clara der Dienstboten oder ihrer Kinder, um ihm eine Botschaft zukommen zu lassen. Sie sorgte für das Wohlergehen ihres Mannes, sie unterstützte ihn bei seiner Arbeit und begleitete ihn auf Veranstaltungen, wenn er sie darum bat. Manchmal schenkte sie ihm ein Lächeln.

Zehn Tage später wurde Esteban Trueba zum Senator der Republik gewählt, wie Clara es vorausgesagt hatte. Zur Feier des Ereignisses gab er seinen Freunden und Parteigängern ein Fest, seinen Angestellten und den Hintersassen auf den Drei Marien eine Gratifikation in bar, und

Clara legte er, mit einem Veilchensträußchen, eine Smaragdkette aufs Bett. Clara begann, auf Empfängen und politischen Festakten zu erscheinen, wo ihre Anwesenheit nötig war, damit ihr Mann dem Bild des biederen, umgänglichen Mannes entsprach, das dem Publikum und der Konservativen Partei gefiel. Zu diesen Gelegenheiten setzte sie sich die Zähne ein und legte auch diesen oder jenen Schmuck an, den Esteban ihr geschenkt hatte. Sie galt als die eleganteste, diskreteste und bezauberndste Frau ihres Gesellschaftskreises, und niemand hätte vermutet, daß diese mustergültigen Eheleute niemals miteinander sprachen.

Mit Truebas neuer Stellung stieg die Zahl der Personen, die im großen Eckhaus bewirtet wurden. Clara führte nicht Buch, weder über die Mäuler, die sie stopfen mußte, noch über die Ausgaben für den Haushalt. Alle Rechnungen gingen direkt in das Arbeitszimmer des Senators im Kongreß, und Trueba zahlte, ohne Fragen zu stellen, weil er entdeckt hatte, daß sein Vermögen desto größer zu werden schien, je mehr er ausgab, und zu dem Schluß gekommen war, wenn jemand ihn zugrunde richten konnte, dann sicher nicht Clara mit ihrer unterschiedslosen Gastlichkeit und ihren Wohltätigkeitswerken. Anfangs betrachtete er die Macht als ein neues Spielzeug. Er hatte die reifen Jahre als der reiche und geachtete Mann erreicht, der zu werden er sich geschworen hatte, als er noch der arme junge Mann ohne Beziehungen war, der kein anderes Kapital als seinen Stolz und seinen Ehrgeiz besaß. Doch bald wurde ihm klar, daß er so einsam war wie eh und je. Seine Söhne mieden ihn, und zu Blanca hatte er keinen Kontakt mehr. Er wußte von ihr nur, was ihre Brüder ihm gelegentlich von ihr erzählten, und begnügte sich, ihr jeden Monat, entsprechend der Abmachung, die er mit Jean de Satigny getroffen hatte, einen Scheck zu schicken. Seinen Söhnen stand er so fern, daß er kein Gespräch mit ihnen führen konnte, das er nicht brüllend beendete. Von den Verrücktheiten seines Sohnes Nicolás erfuhr Trueba erst, als es zu spät war, das heißt, als bereits alle Welt darüber redete. Ebensowenig wußte er von dem Leben, das Jaime führte. Hätte er geahnt, daß er sich mit Pedro Tercero García traf, dem er mit der Zeit eine brüderliche Zuneigung entgegenbrachte, hätte ihn vermutlich der Schlag getroffen, aber Jaime hütete sich, seinem Vater davon zu sprechen.

Pedro Tercero García hatte die Drei Marien verlassen. Nach der schrecklichen Begegnung mit dem Patron nahm ihn Pater José Dulce María im Pfarrhaus auf und kurierte seine Hand. Doch der junge Mann verfiel einer tiefen Depression und wiederholte unaufhörlich, das Leben habe keinen Sinn mehr für ihn, weil Blanca für ihn verloren sei und er auch nicht mehr Gitarre spielen könne, was sein einziger Trost gewesen sei. Pater José Dulce María wartete, bis die verstümmelten Finger dank der kräftigen Konstitution des jungen Mannes vernarbten, dann setzte er ihn auf einen Karren und fuhr mit ihm ins Indianerreservat. Er stellte ihn dort einer hundertjährigen Frau vor, die nicht mehr sehen konnte und deren Finger vom Rheuma verkrüppelt waren, die aber noch die Willenskraft besaß, mit den Füßen Körbe zu flechten. „Wenn sie mit den Füßen Körbe macht, kannst du ohne Finger Gitarre spielen", sagte er. Dann erzählte er ihm seine eigene Geschichte.

„Auch ich war in deinem Alter verliebt, mein Sohn. Meine Braut war das schönste Mädchen im Dorf. Wir wollten heiraten. Sie stickte schon an ihrer Aussteuer, ich sparte auf ein kleines Häuschen. Da wurde ich zum Militärdienst abkommandiert. Als ich zurückkam, hatte sie einen Metzger geheiratet und war eine dicke Señora geworden. Ich war drauf und dran, mich mit einem Stein an den Füßen in den Fluß zu stürzen, aber dann beschloß ich, Pfarrer zu werden. Ein Jahr nachdem ich ins Kloster eingetreten war, wurde sie Witwe und kam in die Kirche, um mich mit schmachtenden Augen anzusehen." Das freie Lachen des riesenhaften Jesuiten entlockte Pedro Tercero das erste Lächeln seit drei Wochen. „Du siehst, mein Sohn", schloß Pater José Dulce María, „daß man nie verzweifeln soll. Eines Tages, wenn du es am wenigsten erwartest, wirst du Blanca wiedersehen."

Geheilt an Leib und Seele, fuhr Pedro Tercero in die Hauptstadt. Er hatte ein Bündel Kleider bei sich und ein paar Münzen, die der Pfarrer von der Sonntagskollekte für ihn abgezweigt hatte. Von ihm hatte er auch die Adresse eines Sozialistenführers, der ihn für die ersten Tage in seinem Haus aufnahm und ihm eine Arbeit als Sänger in einer Künstlerkneipe verschaffte. Pedro Tercero zog in eine Arbeitersiedlung. Er bewohnte eine Hütte, die mit einem Bettrost auf Beinen, einer Matratze, einem Stuhl und zwei Kisten als Tisch möbliert war und die ihm wie ein Palast erschien. Von hier aus half er den Sozialismus verbreiten und kaute an seinem Ärger darüber, daß Blanca einen anderen geheiratet hatte. Die Erklärungen und tröstlichen Worte, die Jaime ihm gab, ließ er nicht gelten. In kurzer Zeit beherrschte er wieder die rechte Hand, indem er den Einsatz der ihm gebliebenen Finger vervielfachte, und komponierte neue Lieder über Hennen und verfolgte Füchse. Eines Tages wurde er aufgefordert, an einem Rundfunkprogramm teilzunehmen, und das war der Anfang einer schwindelerregenden Popularität, die er selbst nicht erwartet hatte. Seine Stimme war von nun an oft im Radio zu hören, und sein Name wurde bekannt. Senator Trueba allerdings hörte ihn nie, weil er Rundfunkgeräte in seinem Haus nicht duldete. Er betrachtete das Radio als eine Erfindung für das ungebildete Volk zur Verbreitung verhängnisvoller Einflüsse und platter Ideen. Niemand stand populärer Musik ferner als er, der an Vokalmusik nur die Oper ertrug und die Zarzuela-Ensembles, die jeden Winter aus Spanien kamen.

An dem Tag, an dem Jaime nach Hause kam und als Neuestes verkündete, er wolle seinen Familiennamen ändern, weil seine Kameraden an der Universität ihn anfeindeten und die Arbeiter im Barrio de la Misericordia ihm mißtrauten, seit sein Vater Senator der Konservativen Partei geworden war, verlor Esteban Trueba die Geduld und war nahe daran, ihn zu ohrfeigen, beherrschte sich aber gerade noch, weil er an dem Blick seines Sohnes merkte, daß er es diesmal nicht dulden würde.

„Ich habe geheiratet, um rechtmäßige Söhne zu haben, die meinen Namen tragen, und nicht Bastarde, die den der Mutter führen", brüllte er, fahl vor Wut.

Zwei Wochen später hörte er in den Gängen des Kongresses und in den Salons des Klubs erzählen, daß sein Sohn Jaime sich auf der Plaza Brasil die Hosen ausgezogen habe, um sie einem Armen zu geben, und in Unterhosen fünfzehn Blocks weit nach Hause gegangen sei, gefolgt von einer Schar Kinder und Gaffer, die ihn hochleben ließen. Da er es müde war, seine Ehre gegen Lächerlichkeit und üble Nachrede zu verteidigen, erlaubte er seinem Sohn, jeden Namen zu tragen, den er wolle, nur nicht den seinen. An diesem Tag weinte er vor Enttäuschung und Wut hinter der geschlossenen Tür seines Arbeitszimmers. Er versuchte sich einzureden, daß Jaimes Überspanntheit verginge, wenn er reifer würde, und daß er früher oder später der ausgeglichene Mann sein würde, der ihm bei seinen Geschäften zur Hand gehen und eine Stütze seines Alters werden könnte. Was seinen anderen Sohn anging, so hatte er jede Hoffnung verloren. Nicolás sprang aus einem phantastischen Unternehmen ins andere. Dieser Tage trug er sich mit der Illusion, er könnte, wie vor Jahren sein Großonkel Marcos, mit einem ausgefallenen Transportmittel die Kordilleren überfliegen. Er hatte beschlossen, in einem Ballon aufzusteigen, überzeugt, das Schauspiel der zwischen den Wolken schwebenden Riesenkugel würde von so unwiderstehlicher Werbewirksamkeit sein, daß jedwede Mineralwasserfabrik sein Vorhaben fördern würde. Er kopierte ein Vorkriegsmodell des deutschen Zeppelins, das mittels heißer Luft aufstieg und das in seiner Gondel ein bis zwei Personen von unerschrockener Sinnesart befördern konnte. Die aufblasbare Riesenwurst herzustellen, ihre geheimen Mechanismen, die Windströmungen, die Weissagungen und die Gesetze der Aerodynamik zu studieren hielt ihn wochenlang in Atem. Er vergaß darüber die freitäglichen Spiritismussitzungen seiner Mutter und der drei Schwestern Mora und bemerkte nicht einmal, daß Amanda aufgehört hatte, ins Haus zu kommen. Sobald das Luftschiff fertig war, stieß Nicolás auf ein Hindernis, mit dem er nicht gerechnet hatte: der Leiter der Mineralwasserfabrik, ein Gringo aus Arkansas, weigerte sich, das Unternehmen zu finanzieren, unter dem Vorwand, daß der Verkauf seines Gebräus zurückgehen würde, falls sich Nicolás in dem Artefakt den Hals bräche. Nicolás versuchte, andere Auftraggeber zu finden, aber keiner biß an. Das konnte ihn jedoch von seinem Vorhaben nicht abbringen. Er beschloß, in jedem Falle aufzusteigen, und sei es gratis. Am festgesetzten Tag strickte Clara ungerührt weiter, ohne von den Vorbereitungen, die ihr Sohn traf, Notiz zu nehmen, obwohl die Familie, die Nachbarn und die Freunde über den aberwitzigen Plan, in dieser mörderischen Maschine das Gebirge zu überfliegen, außer sich waren.

„Ich habe das Gefühl, daß er nicht aufsteigen wird", sagte Clara, ohne mit Stricken aufzuhören.

Und so kam es. Im letzten Augenblick erschien ein kleiner Laster voll Polizisten in der öffentlichen Anlage, die Nicolás sich für den Aufstieg ausgesucht hatte. Sie forderten ihn auf, eine Genehmigung der Stadt vorzuweisen, die er selbstverständlich nicht hatte. Er bekam sie auch nicht. Vier Tage lang lief er von einer Dienststelle zur andern in einem verzweiflungsvollen Papierkrieg, der an einer Mauer bürokratischer Verständnislosigkeit scheiterte. Nie erfuhr er, daß hinter dem Polizeiwagen und dem endlosen Formalitätenstreit der Einfluß seines Vaters stand, der nicht bereit war, dieses Abenteuer zuzulassen. Nicolás, des Kampfs gegen den Kleinmut der Mineralwasserfabriken und gegen die Luftbürokratie müde, sah ein, daß er nicht aufsteigen konnte, es sei denn, er täte es im verborgenen, was angesichts der Ausmaße seines Luftschiffes unmöglich war. Er verfiel in eine Angstkrise, aus der ihm seine Mutter heraushalf, indem sie ihm vorschlug, er solle das Ballonmaterial zu irgendeinem praktischen Zweck verwenden, damit nicht alles investierte Geld verloren sei. Da dachte sich Nicolás die Fabrikation der Hühnersandwiches aus. Sein Plan war, mit Hühnerfleisch belegte Brote herzustellen, sie in die zu diesem Zweck kleingeschnittene Ballonhülle zu verpacken und an Büroangestellte zu verkaufen. Die weitläufige Küche seines Elternhauses erschien ihm ideal für seine Industrie. Bald hingen im hinteren Garten Reihen von Hühnern mit zusammengebundenen Beinen, die darauf warteten, daß ihnen der speziell dazu angemietete Schlachter serienweise den Hals durchschnitt. Der Hof füllte sich mit Federn, das Blut spritzte auf die olympischen Göttergestalten, der Geruch von Hühnerbrühe schlug sich jedermann auf den Magen, und durch den Schlachtbetrieb wurden die Fliegen im ganzen Viertel zur Plage, als Clara mit einer Nervenkrise, die sie beinahe in die Zeiten der Stummheit zurückversetzte, dem Gemetzel ein Ende setzte. Der neuerliche geschäftliche Fehlschlag ging Nicolás weniger nahe, weil sich auch ihm das unter den Hühnern angerichtete Blutbad auf Magen und Gewissen gelegt hatte. Er fand sich ab mit dem Verlust des Geldes, das er in dieses Geschäft gesteckt hatte, und schloß sich in sein Zimmer ein, um sich neue Methoden auszudenken, wie er Geld verdienen und sich dabei gleichzeitig amüsieren konnte.

„Ich habe Amanda schon lange nicht mehr gesehen", sagte Jaime, als er die Ungeduld seines Herzens nicht mehr bemeistern konnte.

Da erinnerte sich Nicolás Amandas, und er rechnete nach, daß er sie seit drei Wochen nicht mehr durchs Haus hatte gehen sehen, daß sie weder bei seinem gescheiterten Versuch, im Ballon aufzusteigen, noch bei der Eröffnung seiner Sandwich-Heimindustrie zugegen gewesen war. Er erkundigte sich bei Clara, aber auch seine Mutter wußte nichts von ihr und hatte schon begonnen, sie zu vergessen, da sie ihr Gedächtnis dem unausweichlichen Umstand anpassen mußte, daß ihr Haus ein Taubenschlag war, und, wie sie sagte, ihre Seele nicht ausreichte, alle Abwesenden zu beweinen. Da beschloß Nicolás, sie suchen zu gehen, weil er merkte, daß ihm die Gegenwart des unruhigen Schmetterlings Amanda fehlte und er sich sehnte nach ihren erstickten, schweigenden Umarmungen in den leerstehenden Zimmern des großen Eckhauses, in denen sie wie junge Hunde getobt hatten, sooft Claras Wachsamkeit nachließ und Miguel mit Spielen abgelenkt war oder in irgendeinem Winkel schlief.

Die Pension, in der Amanda mit ihrem kleinen Bruder wohnte, war ein altmodisches Haus, das vor einem halben Jahrhundert wahrscheinlich von einiger Pracht gewesen war, die es aber in ebendem Maße eingebüßt hatte, in welchem sich die Stadt bis auf die Hänge der Kordilleren ausbreitete. Als erste zogen arabische Händler ein, die es mit auffälligen rosa Gipsgesimsen zierten, und später, als die Araber ihre Läden in das Türkenviertel verlegten, baute der Eigentümer das Haus in eine Pension um, indem er es in traurige, schlecht beleuchtete Zimmer und ungemütliche Bruchbuden für wenig bemittelte Mieter aufteilte. Es bot dem Besucher eine unmögliche Geographie schmaler, feuchter Gänge dar, in denen es permanent nach Kohlsuppe und Hühnerbrühe roch. Die Pensionsbesitzerin in Person öffnete Nicolás, ein gewaltiges Weib mit einem ehrfurchtgebietenden dreifachen Kinn, tief in Fettpolster eingebetteten orientalischen Äuglein, Ringen an allen Fingern und dem Gebaren einer Novizin.

„Wir empfangen keine männlichen Besucher", sagte sie.

Aber Nicolás entfaltete sein unwiderstehliches Verführerlächeln, küßte ihr die Hand, ohne sich von dem ekelerregenden Karmesinrot ihrer schwarzgerandeten Fingernägel abstoßen zu lassen, begeisterte sich über ihre Ringe und gab sich als Vetter ersten Grades von Amanda aus, bis sie, hingeschmolzen, unter kokettem Gekicher zurücktrat, ihn über die staubige Treppe in den dritten Stock führte und ihm die Tür von Amandas Zimmer wies. Nicolás fand das junge Mädchen im Bett liegend, eingewickelt in einen verblichenen Wollschal und Dame spielend mit ihrem Bruder Miguel. Sie war so grün und so abgemagert, daß er sie kaum erkannte. Amanda sah ihn an, ohne zu lächeln, und begrüßte ihn mit keiner Geste. Miguel aber stellte sich vor ihn hin, die Arme in die Hüften gestemmt.

„Endlich kommst du", sagte der kleine Junge.

Nicolás trat ans Bett und versuchte, sich die geschmeidige, braunhäutige Amanda ins Gedächtnis zu rufen, die schönhüglige, fruchtgleiche Amanda der Schäferstündchen in der Dunkelheit hinter geschlossenen Türen, aber in der verfilzten Wolle des Schals und den grauen Bettüchern lag eine Unbekannte mit großen, wilden, in unerklärlicher Härte auf ihn gerichteten Augen.

„Amanda", sagte er leise, ihre Hand nehmend. Diese Hand, ohne die Ringe und silbernen Armbänder, schien hilflos wie der Fuß eines sterbenden Vogels. Amanda rief ihren Bruder. Miguel trat ans Bett, und sie flüsterte ihm etwas ins Ohr. Langsam ging der Kleine zur Tür und warf Nicolás von der Schwelle aus einen letzten wütenden Blick zu, ehe er die Tür geräuschlos schloß.

„Verzeih mir, Amanda", stammelte Nicolás. „Ich hatte viel zu tun. Warum hast du mich nicht wissen lassen, daß du krank bist?"

„Ich bin nicht krank", antwortete sie, „ich bin schwanger."

Das Wort schmerzte Nicolás wie eine Ohrfeige. Er wich zurück, bis er die Fensterscheibe im Rücken spürte. Von dem Augenblick an, da er Amanda zum erstenmal auszog, tastend und sich im Dunkeln in ihrer Existentialistenkleidung verheddernd, zitternd vor Verlangen nach ihren Rundungen und Ritzen, die er sich so oft vorgestellt hatte, ohne sie je in ihrer herrlichen Nacktheit kennenzulernen, hatte er angenommen, daß sie erfahren genug war, um zu vermeiden, daß er mit seinen zweiundzwanzig Jahren Familienvater und sie mit fünfundzwanzig eine ledige Mutter wurde. Amanda hatte andere Liebesbeziehungen hinter sich, und sie hatte als erste von freier Liebe gesprochen. Sie sei unwiderruflich entschlossen, hatte sie behauptet, nur so lange bei ihm zu bleiben, als sie sich mochten, ohne Bindung und ohne Versprechungen für die Zukunft, wie Sartre und Simone de Beauvoir. Diese Einstellung, die Nicolás anfangs als ein Zeichen von Gefühlskälte erschienen war, als eine Vorurteilslosigkeit, die doch ein wenig schockierend wirkte, hatte sich später als höchst bequem erwiesen. Entspannt und fröhlich, wie in allen Lebenslagen, war er das Liebesverhältnis eingegangen, ohne an die Folgen zu denken.

„Was machen wir nun?" rief er aus.

„Eine Abtreibung natürlich", antwortete sie.

Nicolás fiel ein Stein vom Herzen. Wieder einmal war er am Schlimmsten vorbeigekommen. Wie immer, wenn er am Rand des Abgrunds spielte, war ein anderer, Stärkerer, neben ihm aufgetaucht, um die Sache in die Hand zu nehmen, wie in seinen Schulzeiten, wenn er in der Pause die

Jungen reizte, bis sie über ihn herfielen, und dann, im letzten Augenblick, wenn ihn schon das Entsetzen lähmte, Jaime kam und sich vor ihn stellte, so daß seine panische Angst in Euphorie umschlug und er aus seinem sicheren Versteck hinter den Säulen im Hof Schimpfwörter gegen die Kameraden schreien konnte, während sein Bruder aus der Nase blutete und mit der stillen Beharrlichkeit einer Maschine Fausthiebe austeilte. Nun übernahm Amanda die Verantwortung für ihn.

„Wir können heiraten, Amanda . . . wenn du willst", stammelte er, um das Gesicht zu wahren.

„Nein", antwortete sie, ohne zu überlegen. „Dazu liebe ich dich nicht genug, Nicolás."

Mit einemmal schlugen seine Gefühle um, weil dies eine Möglichkeit war, mit der er nicht gerechnet hatte. Bis dahin war er noch nie abgewiesen worden, hatte ihn nie jemand verlassen, bei jeder Liebelei war er es gewesen, der seinen ganzen Takt hatte aufbieten müssen, um sich zu lösen, ohne das jeweilige Mädchen zu sehr zu verletzen. Er dachte an die schwierige Lage, in der sich Amanda befand, allein, ein Kind erwartend. Er hatte gedacht, daß ein Wort von ihm genügen würde, das Schicksal des Mädchens zu wenden, indem er sie zu der geachteten Frau eines Trueba machte. Das alles schoß ihm in Bruchteilen von Sekunden durch den Kopf, aber gleich darauf schämte er sich und errötete, sich bei solchen Gedanken ertappt zu haben. Er rief sich alle mit Amanda verbrachten schönen Augenblicke ins Gedächtnis, die vielen Male, wo sie sich auf den Boden gelegt und zu zweit aus einer Pfeife geraucht hatten, um gemeinsam ein bißchen schwindlig zu werden, wo sie über dieses Kraut gelacht hatten, das nach trockenen Kuhfladen schmeckte, wenig halluzinatorisch war, aber die Phantasie anregte; ihre Yogaübungen und Meditationen zu zweit, wenn sie vollkommen entspannt einander gegenübersaßen, sich in die Augen sahen, Sanskritwörter murmelnd, die sie ins Nirwana versetzen sollten, was aber meist die gegenteilige Wirkung erzielte und damit endete, daß sie sich den Blicken der anderen entzogen und sich im Garten, unter Sträuchern versteckt, wie die Verrückten liebten; die Bücher, die sie, erstickt von Leidenschaft und Rauch, im Schein einer Kerze gelesen hatten; die Gesprächsrunden mit der ewigen Diskussion über die pessimistischen Nachkriegsphilosophen oder ihre Versuche, durch Konzentration den dreibeinigen Tisch zu bewegen, zwei Schläge ja, drei Schläge nein, während Clara sie auslachte. Er fiel vor dem Bett auf die Knie und flehte Amanda an, ihn nicht allein zu lassen, ihm zu verzeihen, das hier sei nur ein unseliger Zwischenfall, der an der unantastbaren Essenz ihrer Beziehung nichts ändern könne. Aber sie schien ihn nicht zu hören. In einer entrückten, mütterlichen Geste strich sie ihm über den Kopf.

„Es ist zwecklos, Nicolás. Siehst du nicht, daß ich eine Seele habe, die uralt ist, und du noch ein Kind bist? Immer wirst du ein Kind sein", sagte sie.

Sie fuhren fort, sich ohne Verlangen zu streicheln und sich mit inständigen Bitten und Erinnerungen zu quälen. Sie schmeckten die Bitterkeit des Abschieds, den sie vorausahnten, aber noch mit einer Versöhnung verwechseln konnten. Amanda stand auf, um für beide eine Tasse Tee zu bereiten, und Nicolás sah, daß sie einen alten Unterrock als Nachthemd benutzte. Sie war dünn geworden, ihre Waden wirkten pathetisch. Barfuß, den Schal um die Schultern und mit zerzaustem Haar, ging sie durchs Zimmer, mit dem Spirituskocher beschäftigt an einem Tisch, der gleichzeitig als Schreibtisch, Eßtisch und Küchentisch diente. Er sah die Unordnung, in der Amanda lebte, und plötzlich wurde ihm klar, daß er bisher so gut wie nichts über sie gewußt hatte. Er hatte angenommen, daß sie außer ihrem Bruder keine Angehörigen hatte und von einem bescheidenen Verdienst leben mußte, war aber nicht fähig gewesen, sich ihre Lage vorzustellen. Armut war für ihn ein ferner, abstrakter Begriff, anwendbar allenfalls auf die Hintersassen auf den Drei Marien und die Armen, die sein Bruder Jaime unterstützte, mit denen er selbst aber nie in Berührung gekommen war. Amanda, diese ihm so nahestehende und wohlbekannte Amanda, war plötzlich eine Fremde für ihn. Er sah ihre Kleider, die wie Verkleidungen einer Königin wirkten, wenn sie sie trug, traurig wie die

Lumpen einer Bettlerin an ein paar Nägeln an der Wand hängen. Er sah ihre Zahnbürste in einem Glas auf dem verrosteten Waschbecken, Miguels Schulschuhe, die so oft gewichst worden waren, daß sie die ursprüngliche Form verloren hatten, die alte Schreibmaschine neben dem Spirituskocher, die Bücher zwischen den Tassen, die zerbrochene, mit Streifen Zeitungspapier verklebte Fensterscheibe. Es war eine andere Welt. Eine Welt, deren Existenz er nicht geahnt hatte. Bisher hatten jenseits der Trennungslinie die feierlichen Armen gestanden und diesseits Leute wie er, zu denen er auch Amanda gerechnet hatte. Er wußte nichts von dieser schweigenden Mittelklasse, die sich zwischen der Armut in weißem Kragen und Krawatte und der goldenen Kanaille, zu der er gehörte, herumschlug. Er fühlte sich verwirrt und beschämt, wenn er daran dachte, bei wie vielen Gelegenheiten Amanda geradezu hatte hexen müssen, damit niemand im Hause Trueba ihre Armut wahrnahm, und er, in aller Unschuld, hatte ihr nicht geholfen. Er erinnerte sich der Geschichten, die sein Vater über seine arme Kindheit erzählte, der in seinem, Nicolás', Alter schon hatte arbeiten müssen, um seine Mutter und seine Schwester zu ernähren, und zum erstenmal gelang es ihm, diese lehrhaften Anekdoten mit der Wirklichkeit in Einklang zu bringen. So, dachte er, mußte das Leben von Amanda gewesen sein.

Sie tranken eine Tasse Tee, auf dem Bett sitzend, weil es nur einen Stuhl gab. Amanda erzählte ihm von ihrer Vergangenheit, ihrer Familie, dem Vater, Lehrer in einer der nördlichen Provinzen des Landes, der Alkoholiker war, von einer abgehärmten, traurigen Mutter, die arbeiten ging, um ihre sechs Kinder durchzubringen, von sich selbst, die aus dem Haus gelaufen war, sobald sie sich aus eigener Kraft hatte durchbringen können. Mit fünfzehn war sie in die Hauptstadt gekommen, hatte Unterschlupf gefunden bei einer gutmütigen Patin, die ihr eine Zeitlang half. Dann, als ihre Mutter starb, fuhr sie nach Hause, um sie zu beerdigen, und nahm Miguel mit, der noch ein Wickelkind war. Seit damals war sie seine Mutter. Von ihrem Vater und ihren übrigen Geschwistern hatte sie nichts mehr gehört. Nicolás spürte, wie der Wunsch in ihm wuchs, sie zu beschützen und für sie zu sorgen, sie für alle Entbehrungen zu entschädigen. Er hatte sie nie mehr geliebt als in diesem Augenblick.

Als es dunkel wurde, sahen sie Miguel mit hochroten Wangen hereinkommen und sich heimlichtuerisch drehen und wenden, um ein Geschenk zu verbergen, das er hinter dem Rücken in der Hand hielt. Es war eine Tüte Brot für seine Schwester. Er legte sie ihr aufs Bett, dann küßte er Amanda liebevoll, strich ihr mit seiner Zwergenhand das Haar glatt und schüttelte ihr die Kissen auf. Nicolás erschrak, weil in den Gesten dieses Kindes mehr Fürsorge und Zärtlichkeit lagen als in allen Liebesdiensten, die er je einer Frau erwiesen hatte. „Ich muß noch viel lernen", murmelte er. Er lehnte die Stirn an die schmutzige Fensterscheibe und fragte sich, ob er je fähig sein werde, in gleichem Maße zu geben, wie er zu empfangen hoffte.

„Wie wollen wir es machen?" fragte er, ohne den Mut aufzubringen, das schreckliche Wort auszusprechen.

„Bitte deinen Bruder Jaime, daß er uns hilft", schlug Amanda vor.

Jaime empfing seinen Bruder in seinem Büchertunnel. Er lag auf seiner Rekrutenpritsche und las im Licht der von der Decke baumelnden Glühbirne die Liebesgedichte des Dichters, der damals schon den Weltruhm besaß, den Clara ihm vorausgesagt hatte, als sie ihn bei einem ihrer literarischen Abende zum erstenmal mit tellurischer Stimme seine Verse lesen hörte. Vielleicht, spekulierte Jaime, hatte die Anwesenheit Amandas im Garten der Trueba dem Dichter diese Verse eingegeben, denn damals, als er noch häufig im großen Eckhaus zu Gast war, hatte er gern zur Teestunde auf der Terrasse gesessen und über Lieder der Verzweiflung gesprochen. Der Besuch seines Bruders überraschte ihn, weil sie sich seit ihrem Abgang aus der Schule jeden Tag weiter voneinander entfernt hatten. In der letzten Zeit hatten sie sich schlechterdings nichts mehr zu sagen gehabt und sich nur noch mit einem Nicken gegrüßt, wenn sie, selten genug, im Hauseingang aufeinandertrafen.

Jaime hatte den Gedanken aufgegeben, er könne Nicolás für die wichtigen Fragen des Lebens interessieren.

Nach wie vor empfand er den frivolen Zeitvertreib seines Bruders als persönliche Beleidigung, er konnte nicht akzeptieren, daß er seine Zeit und seine Kraft mit Ballonflügen und Hühnermassakern verschwendete, während es im Barrio de la Misericordia so viel zu tun gab. Aber er versuchte nicht mehr, ihn ins Krankenhaus mitzunehmen, damit er das Leid aus der Nähe sähe, in der Hoffnung, fremdes Elend würde das flatterhafte Herz seines Bruders rühren; er nahm ihn auch nicht mehr mit zu den Versammlungen im Haus Pedro Tercero Garcías in der letzten Straße der Arbeitersiedlung, wo sie sich, von der Polizei bespitzelt, jeden Donnerstag trafen. Nicolás spöttelte über sein soziales Engagement. Nur ein Narr mit der Berufung zum Apostel, meinte er, könne durch die Welt gehen, um sie mit dem Kerzenstummel nach Unglück und Häßlichkeit abzusuchen. Nun stand sein Bruder vor ihm und sah ihn mit der gleichen flehenden und zerknirschten Miene an, mit der er schon so oft seine brüderliche Liebe für sich mobilisiert hatte.

„Amanda ist schwanger", sagte Nicolás ohne Präliminarien.

Er mußte es wiederholen, denn Jaime blieb regungslos liegen, in der gleichen scheuen Haltung wie immer, ohne auch nur mit einer Geste zu verraten, daß er gehört hatte. Innerlich aber verschlug ihm die Enttäuschung den Atem. Im stillen rief er Amanda bei ihrem Namen, klammerte sich an den sanften Klang des Wortes, um die Selbstbeherrschung nicht zu verlieren. Sein Bedürfnis, sich seine Illusion zu erhalten, war so groß gewesen, daß er am Ende überzeugt gewesen war, die Beziehung zwischen Amanda und Nicolás sei eine Liebe zwischen Kindern, die über Spaziergänge Hand in Hand, Diskussionen bei einer Flasche Wermut und die wenigen flüchtigen Küsse, bei denen er sie überrascht hatte, nicht hinausginge. Er hatte sich der schmerzhaften Wahrheit verweigert, der er nun ins Auge sehen mußte.

„Erzähl mir das nicht, ich habe damit nichts zu tun", sagte er, sobald er einen Ton herausbringen konnte.

Nicolás ließ sich aufs Fußende des Bettes fallen und schlug die Hände vors Gesicht.

„Bitte, du mußt ihr helfen“, bat er.

Jaime schloß die Augen und atmete stoßweise, bemüht, die rasenden Gefühle zu zügeln, die ihn drängten, seinen Bruder umzubringen, hinzugehen und selbst Amanda zu heiraten, vor Ohnmacht und Enttäuschung zu weinen. Er sah das junge Mädchen so vor sich, wie sie ihm immer erschien, wenn Liebeskummer ihn übermannte. Er sah sie wie einen Schwall reiner Luft das Haus betreten und wieder verlassen, ihren kleinen Bruder an der Hand, er hörte ihr Lachen auf der Terrasse, er roch das kaum wahrnehmbare, sanfte Aroma ihrer Haut und ihres Haars, wenn sie unter der Mittagssonne an ihm vorbeiging. Er sah sie so, wie er sie in seinen Mußestunden sich vorstellte, wenn er von ihr träumte. Und vor allem dachte er an jenes einzige Mal, als Amanda sein Schlafzimmer betreten hatte und sie allein gewesen waren in der Intimität seines sakrosankten Zimmers. Ohne anzuklopfen, war sie hereingekommen, während er auf seiner Pritsche lag, und hatte den Tunnel mit dem Flattern ihres langen Haars und dem sanften Fließen ihrer Arme erfüllt, ohne Scheu hatte sie die Bücher berührt, ja es gewagt, sie aus ihren geheiligten Regalen zu nehmen, hatte ohne allen Respekt den Staub von ihnen gepustet und sie aufs Bett geworfen, unaufhörlich schwatzend, während er, vor Verlangen und Überraschung zitternd, in seinem umfangreichen enzyklopädischen Wortschatz kein einziges Wort hatte finden können, das sie zurückhielt, bis sie sich schließlich mit einem Kuß auf die Wange von ihm verabschiedet hatte, ein Kuß, brennend wie Feuer, ein einziger, schrecklicher Kuß, auf dem er ein ganzes Labyrinth von Träumen errichtet hatte, in denen beide Fürstenkinder waren und sich liebten.

„Du verstehst doch was von Medizin, Jaime. Du mußt etwas tun“, bat Nicolás.

„Ich bin Student und noch lange kein Arzt. Ich kenne mich auf diesem Gebiet nicht aus. Hingegen habe ich viele Frauen daran sterben sehen, daß ein Ignorant den Eingriff vorgenommen hat“, sagte Jaime.

„Sie hat Vertrauen zu dir. Sie sagt, daß nur du ihr helfen kannst“, sagte Nicolás.

Jaime packte seinen Bruder an den Kleidern, hob ihn hoch und schrie ihm, während er ihn wie einen Hampelmann schüttelte, alle Schimpfwörter ins Gesicht, die ihm einfielen, bis das eigene Aufschluchzen ihn zwang, ihn loszulassen. Nicolás wimmerte erleichtert. Er kannte Jaime und hatte intuitiv begriffen, daß er – wie immer – die Rolle des Beschützers übernahm.

„Danke, Bruder.“

Jaime gab ihm lustlos eine Backpfeife und puffte ihn aus seinem Zimmer hinaus. Er sperrte die Tür ab und ließ sich bäuchlings auf sein Bett fallen, geschüttelt von diesem heiseren, schrecklichen Weinen, das die Männer weinen, wenn sie Liebeskummer haben.

Sie warteten bis zum Sonntag. Jaime bestellte die zwei in die Praxis im Barrio de la Misericordia, wo er sein Praktikum absolvierte. Er hatte einen Schlüssel, weil er immer der letzte war, der ging, so daß er keine Schwierigkeiten hatte hineinzukommen, fühlte sich aber doch wie ein Dieb, weil er seine Anwesenheit zu dieser späten Stunde nicht hätte erklären können. Drei Tage lang hatte er jeden Schritt des Eingriffs, den er ausführen mußte, studiert. Er konnte jedes Wort im Buch in der richtigen Reihenfolge wiederholen, fühlte sich dadurch aber nicht sicherer. Er zitterte. Er versuchte, nicht an die Frauen zu denken, die er in der Erste-Hilfe-Station dieses Krankenhauses sterbend hatte ankommen sehen und denen er in diesem selben Raum geholfen hatte, über den Berg zu kommen, und erst recht nicht an jene anderen, die in diesen Betten gestorben waren, fahl vor Schwäche, während ihnen ein Strom Blut zwischen den Beinen hervorfloß und die Wissenschaft nichts tun konnte, um zu verhindern, daß ihr Leben durch diese offene Wunde entwich. Er kannte das Drama aus nächster Nähe, hatte aber bis zu diesem Augenblick nie selbst vor dem moralischen Problem gestanden, einer verzweifelten Frau helfen zu sollen. Schon gar nicht Amanda. Er machte Licht, zog sich den weißen Kittel an, bereitete die Instrumente vor, wiederholte dabei laut jede Einzelheit des auswendig gelernten Textes. Er wünschte ein Unglück riesigen Ausmaßes herbei, eine Katastrophe, die den Planeten bis in seine Grundfesten erschüttert hätte, damit er nicht zu tun brauchte, was er tun würde. Aber nichts geschah bis zu der verabredeten Stunde.

Inzwischen hatte Nicolás Amanda in dem alten Covadonga abgeholt, der zwar mit seinen losen Schraubenmuttern nur stotternd und im schwarzen Qualm verbrannten Öls vorankam, in Notfällen aber immer noch Dienste leistete. Auf dem einzigen Stuhl in ihrem Zimmer sitzend, erwartete sie ihn, die Hand in der Miguels, in stillschweigender Komplizenschaft mit ihrem Bruder, von der sich Nicolás wie immer ausgeschlossen fühlte. Durch die Nervosität, die wochenlange Ungewißheit und die Beschwerden, mit denen sie allein hatte fertig werden müssen, sah sie blaß und eingefallen aus, doch war sie ruhiger als Nicolás, der in abgerissenen Sätzen sprach, aufgeregt herumlief und sich bemühte, ihr durch vorgetäuschte Fröhlichkeit und fragwürdige Späße Mut zu machen. Er hatte ihr ein Geschenk mitgebracht, einen Ring mit Granaten und Brillanten, den er aus dem Zimmer seiner Mutter gestohlen hatte, weil er sicher war, daß sie ihn nie vermissen und, selbst wenn sie ihn an der Hand Amandas sähe, nicht wiedererkennen würde, denn Clara pflegte auf diese Dinge nicht zu achten. Amanda gab ihm den Ring sanft zurück.

„Da siehst du, Nicolás, was für ein Kind du bist“, sagte sie, ohne zu lächeln.

Als sie aus dem Haus gingen, warf sich Miguel einen Poncho über und klammerte sich an die Hand seiner Schwester. Nicolás, der zuerst seinen Charme aufbot, mußte schließlich Gewalt anwenden, damit er bei der Pensionswirtin zurückblieb, die in den letzten Tagen endgültig den Verführungskünsten des angeblichen Vetters erlegen und gegen ihre Grundsätze bereit war, das Kind für eine Nacht zu übernehmen.

Sie fuhren, ohne zu sprechen, jeder in seine eigenen Ängste vertieft. Nicolás empfand die Feindseligkeit Amandas wie eine zwischen beiden ausgebrochene Pest. In ihr war in den letzten Tagen der Gedanke an den Tod gereift, den sie weniger fürchtete als den Schmerz und die Demütigung, die ihr in dieser Nacht bevorstanden. Nicolás steuerte den Wagen in ein ihm unbekanntes Stadtviertel, durch enge, dunkle Gassen, wo sich vor hohen Fabrikmauern Abfälle häuften und ein Wald qualmender Schornsteine die Farben des Himmels verdunkelte. Streunende Hunde schnupperten im Unrat, in den Nischen der Haustüren schliefen Bettler, in Zeitungen gewickelt. Es überraschte Nicolás, daß dies die tägliche Kulisse der Tätigkeit seines Bruders war.

Jaime erwartete sie an der Tür des Sprechzimmers. Der weiße Kittel und seine Angst ließen ihn älter erscheinen. Er führte sie durch ein Labyrinth eisiger Korridore in den Behandlungsraum, den er in der Absicht, Amanda über die Häßlichkeit des Orts hinwegzutäuschen, so hergerichtet hatte, daß sie weder die vergilbten Tücher sah, die in den Eimern auf die Montagswäsche warteten, noch die an die Wände geschmierten Schimpfwörter, noch die ausgetretenen Fliesen und die verrosteten, unaufhörlich tropfenden Wasserleitungsrohre. An der Tür blieb Amanda mit einem Ausdruck des Entsetzens stehen: sie hatte die Instrumente und den gynäkologischen Tisch gesehen, und was bis dahin nur ein abstrakter Gedanke, ein Kokettieren mit dem Tod gewesen war, nahm in diesem Augenblick Gestalt an. Nicolás war totenblaß, aber Jaime nahm ihn am Arm und zwang ihn mitzukommen.

„Schau dich nicht um, Amanda. Ich werde dir eine Spritze geben, damit du nichts spürst", sagte er.

Weder hatte er bisher eine Anästhesie gemacht noch aktiv an einer Operation teilgenommen. Als Student übertrug man ihm nur administrative Aufgaben, er mußte Statistiken führen, Karteikarten ausfüllen und bei der Behandlung Nähte und andere Kleinigkeiten ausführen. Er war aufgeregter als selbst Amanda, zwang sich aber, die selbstsichere und entspannte Haltung anzunehmen, die er an den Ärzten gesehen hatte, damit sie glaubte, die ganze Angelegenheit sei nichts weiter als Routine. Um ihr die Peinlichkeit des Ausziehens zu ersparen und sich selbst die Unruhe, ihr dabei zuzusehen, half er ihr, sich angezogen auf den Tisch zu legen. Während er sich wusch und Nicolás anwies, dasselbe zu tun, versuchte er sie abzulenken, indem er ihr die Geschichte von dem spanischen Gespenst erzählte, das Clara bei einer der Freitagssitzungen erschienen war und ihr den Bären aufgebunden hatte, in den Grundmauern des Hauses liege ein Schatz vergraben, er sprach ihr über seine Familie, diese Generationen von Verrückten, über die sich selbst die Gespenster lustig machten, doch Amanda hörte ihm nicht zu. Sie war weiß wie ein Schweißtuch, und die Zähne klapperten ihr.

„Wozu sind diese Riemen da? Ich will nicht, daß du mich anschnallst!" sagte sie.

„Ich werde dich nicht anschnallen. Nicolás wird dir Äther geben. Atme du nur ganz ruhig und hab keine Angst. Wenn du aufwachst, ist alles vorbei", sagte Jaime, über der Gesichtsmaske mit den Augen lächelnd.

Nicolás legte ihr die Anästhesiemaske an, und das letzte, was sie sah, ehe sie in Dunkelheit versank, war Jaime, der sie voll Liebe anblickte, aber da glaubte sie schon zu träumen. Nicolás zog sie aus und schnallte sie am Tisch fest, in dem Bewußtsein, daß dies schlimmer war als eine Vergewaltigung, während sein Bruder, die Hände in Gummihandschuhen, wartete und versuchte, in ihr nicht die Frau zu sehen, die alle seine Gedanken beschäftigte, sondern einen Körper wie so viele andere, die täglich auf diesem Tisch lagen. Langsam und umsichtig begann er zu arbeiten, sich wiederholend, was er zu tun hatte, indem er den auswendig gelernten Text vor sich hin murmelte, aufmerksam, während ihm der Schweiß in die Augen lief, Atmung, Hautfarbe und Herzrhythmus des Mädchens kontrollierend und seinen Bruder anweisend, ihr mehr Äther zu geben, sooft sie stöhnte, betend, daß keine Komplikation eintrat, während er sich in ihre tiefste Intimität vorarbeitete, und kein Augenblick verging, in welchem er nicht in Gedanken seinen Bruder verfluchte, denn wenn dieses Kind seines und nicht das von Nicolás gewesen wäre, würde es gesund und voll ausgebildet auf die Welt kommen, statt zerstückelt im Ausguß dieser scheußlichen Krankenstation zu enden, er hätte es gewiegt und beschützt, statt es mit dem Löffel aus seinem Nest herauszukratzen. Fünfundzwanzig Minuten später war er fertig und befahl Nicolás, er solle ihm helfen, seine Freundin anzuziehen, solange sie noch vom Äther betäubt war, sah aber, daß sein Bruder schwankend an der Wand lehnte und gegen einen heftigen Brechreiz ankämpfte.

„Idiot", brüllte Jaime. „Geh ins Bad, und wenn du deine Schuld ausgekotzt hast, dann warte im Vorzimmer, wir haben noch lange zu tun."

Nicolás stolperte hinaus, und Jaime zog sich die Handschuhe aus, legte die Maske ab und begann Amanda aus den Riemen zu lösen, ihr vorsichtig die Wäsche anzuziehen, die blutigen Spuren seiner Arbeit wegzuwischen und die Marterwerkzeuge aus ihrem Blickfeld zu entfernen. Dann hob er sie auf, den Augenblick kostend, da er sie an seine Brust drücken konnte, und trug sie auf ein Bett, das er frisch bezogen hatte, ein Luxus, der anderen in diesem Behandlungszimmer Hilfe suchenden Frauen nicht zuteil wurde. Er deckte sie zu und setzte sich neben sie. Zum erstenmal in seinem Leben konnte er sie ungestört betrachten. Sie war kleiner und zarter als sonst, wenn sie in ihrer Pythiaverkleidung und ihrem Glasperlenschmuck herumging, und nur andeutungsweise, wie er immer vermutet hatte, traten die Knochen zwischen den kleinen Hügeln und glatten Tälern ihrer Weiblichkeit hervor. Ohne ihre skandalöse Mähne und ihre Sphinxaugen sah sie wie eine Fünfzehnjährige aus. Ihre Verletzlichkeit erschien Jaime begehrenswerter als alles, was ihn früher an ihr verführt hatte. Er fühlte sich zweimal so groß und schwer wie sie und tausendmal stärker und wußte sich doch von vornherein besiegt von der Zärtlichkeit und dem Verlangen, sie zu beschützen. Er verfluchte seine unüberwindliche Gefühlsduselei und versuchte, in ihr die Geliebte seines Bruders zu sehen, an der er eben eine Abtreibung vorgenommen hatte, aber augenblicklich begriff er die Nutzlosigkeit dieses Versuchs und überließ sich ganz der Lust und dem Leiden, sie zu lieben. Er streichelte ihre durchsichtigen Hände, ihre schlanken Finger, ihre Ohrmuscheln, er strich an ihrem

Hals entlang, horchend auf das leise Geräusch des Lebens in ihren Adern. Er näherte seinen Mund ihren Lippen und atmete begierig ihren Äthergeruch, wagte sie aber nicht zu berühren.

Langsam kehrte Amanda aus der Betäubung zurück. Sie spürte als erstes Kälte, dann schüttelte sie ein Brechreiz. Jaime tröstete sie, sprach in dieser Geheimsprache zu ihr, die er sonst nur bei Tieren und bei den ganz kleinen Kindern im Armenkrankenhaus anwandte, bis sie sich beruhigte. Sie begann zu weinen, und er fuhr fort, sie zu streicheln. Beide schwiegen, sie schwankend zwischen Schläfrigkeit, Ekel, Angst und dem in ihrem Bauch einsetzenden Schmerz, während er wünschte, diese Nacht möge nie enden.

„Glaubst du, daß ich noch Kinder bekommen kann?“ fragte sie endlich.

„Ich glaube schon“, antwortete er. „Aber dann such ihnen einen verantwortlichen Vater.“

Beide lächelten erleichtert. Amanda suchte in dem über sie gebeugten braunen Gesicht Jaimes nach einer Ähnlichkeit mit seinem Bruder, konnte aber keine entdecken. Zum erstenmal in ihrem Nomadendasein fühlte sie sich beschützt und sicher, sie seufzte zufrieden und vergaß die schäbige Umgebung, die abgeblätterten Wände, die kalten Metallschränke, die scheußlichen Geräte, den Geruch von Desinfektionsmitteln, auch diesen dumpfen Schmerz, der sich in ihrem Leib eingenistet hatte.

„Bitte, leg dich neben mich und nimm mich in die Arme“, sagte sie.

Schüchtern streckte er sich neben sie auf das schmale Bett und legte seine Arme um sie. Er gab sich Mühe stillzuliegen, um ihr nicht weh zu tun und nicht herunterzufallen. Er hatte die ungeschickte Zärtlichkeit eines Menschen, der nie geliebt worden ist und improvisieren muß. Amanda schloß die Augen und lächelte. So lagen sie, atmend in vollkommener Ruhe, wie zwei Geschwister nebeneinander, bis es Tag zu werden begann und das Licht im Fenster heller wurde als das Lampenlicht. Da half ihr Jaime aufzustehen, zog ihr den Mantel an und trug sie auf seinen Armen ins Vorzimmer, wo Nicolás auf einem Stuhl eingeschlafen war.

„Wach auf! Wir bringen sie nach Hause, damit Mutter sie pflegt. Es ist besser, sie ein paar Tage lang nicht allein zu lassen", sagte Jaime.

„Ich wußte ja, daß wir uns auf dich verlassen können, Bruder", dankte ihm Nicolás gerührt.

„Ich habe es nicht für dich getan, du Schuft, sondern für sie", knurrte Jaime, ihm den Rücken kehrend.

Im großen Eckhaus nahm Clara Amanda auf, ohne Fragen zu stellen, es sei denn, sie hätte direkt die Karten oder die Geister befragt. Sie mußten sie wecken, da es noch früh am Morgen und niemand im Hause auf war.

„Mama, hilf Amanda", bat Jaime mit jener Sicherheit, die ihm die lange Komplizenschaft mit seiner Mutter in solchen Dingen verlieh. „Sie ist krank und wird ein paar Tage hierbleiben."

„Und Miguel?" fragte Amanda.

„Ich werde ihn gleich holen", sagte Nicolás und ging.

Sie richteten eines der Gästezimmer her, und Amanda legte sich ins Bett. Jaime maß ihre Temperatur und sagte, sie müsse nun ruhen. Er machte Anstalten, sich zurückzuziehen, aber auf der Türschwelle blieb er unentschlossen stehen. Da kam Clara mit einem Tablett und Kaffee für alle drei.

„Ich nehme an, wir schulden dir eine Erklärung, Mama", murmelte Jaime.

„Nein, Jaime", antwortete Clara fröhlich. „Wenn es eine Sünde ist, dann sagt es mir lieber nicht. Wir werden Amanda bei dieser Gelegenheit ein bißchen aufpäppeln, sie hat es nötig."

Ihr Sohn folgte ihr, als sie das Zimmer verließ. Jaime sah seine Mutter auf dem Gang gehen, barfuß, in einem weißen Morgenmantel, das offene Haar im Rücken, und stellte fest, daß sie nicht mehr so groß und stark war, wie er sie als Kind gesehen hatte. Er streckte die Hand aus und hielt sie an einer Schulter fest. Sie wandte den Kopf, lächelte, und Jaime umarmte sie stürmisch, drückte sie an seine Brust, ihre Stirn kratzend mit seinem Kinn, dessen unmöglicher Bartwuchs schon nach der zweiten Rasur verlangte. Es war das erste Mal, daß er sie spontan liebkoste, seit er ein Säugling war und zwangsläufig an ihren Brüsten hing, und Clara wunderte sich, als ihr bewußt wurde, wie groß ihr Sohn war, mit diesem Brustkorb wie ein Schwergewichtheber und diesen Armen wie Hämmer, die sie furchtsam umschlungen hielten. Gerührt und glücklich fragte sie sich, wie es möglich war, daß dieser haarige Kerl mit den Kräften eines Bären und der Arglosigkeit einer Klosterschülerin einmal in ihrem Bauch gewesen war, noch dazu in Gesellschaft eines anderen.

In den folgenden Tagen hatte Amanda Fieber. Jaime, besorgt, sah jede Stunde nach ihr und gab ihr Sulfonamid. Clara pflegte sie. Es entging ihr nicht, daß Nicolás sich diskret nach ihr erkundigte, aber keine Anstalten machte, sie zu besuchen, daß hingegen Jaime sich mit ihr einschloß, ihr seine geliebten Bücher lieh und wie ein Erleuchteter herumging, Unzusammenhängendes redend und häuslich, wie er es nie gewesen war, so sehr, daß er sogar seine donnerstägliche Sozialistenversammlung vergaß.

So kam es, daß Amanda eine Zeitlang zur Familie gehörte und daß Miguelito auf Grund besonderer Umstände an jenem Tag, an dem Alba im Haus der Trueba geboren wurde, in einem Schrank versteckt zugegen war und nie mehr das große und schreckliche Schauspiel vergaß: ein Geschöpf, das unter den Schreien der Mutter und der Aufregung der um sie beschäftigten Frauen in seinem blutigen Schleim auf die Welt kommt.

Esteban Trueba war unterdessen nach Amerika abgereist. Überdrüssig der Schmerzen in seinen Knochen und jener geheimnisvollen Krankheit, die nur er selbst wahrnahm, hatte er sich entschlossen, sich von ausländischen Ärzten untersuchen zu lassen, weil er zu dem voreiligen Schluß gekommen war, alle lateinamerikanischen Ärzte seien Scharlatane, dem indianischen Zauberer näher als einem Wissenschaftler. Sein Kleinerwerden vollzog sich so unauffällig, so langsam und tückisch, daß niemand außer ihm es bemerkte. Er mußte seine Schuhe eine Nummer kleiner kaufen, seine Hosen kürzen und Säume in seine

Hemdsärmel nähen lassen. Eines Tages setzte er sich den Calañeser Hut auf, den er den ganzen Sommer über nicht getragen hatte, und sah, daß er ihm über beide Ohren rutschte und sie vollständig bedeckte, woraus er schaudernd schloß, daß mit dem schrumpfenden Hirn vermutlich auch seine Ideen kleiner würden. Die Gringoärzte maßen seinen Körper, prüften eins ums andere alle seine Organe, befragten ihn auf englisch, injizierten ihm Flüssigkeit mit der einen und extrahierten sie mit der andern Nadel, fotografierten ihn, drehten ihn um wie einen Handschuh und steckten ihm sogar eine Lampe in den After. Am Ende kamen sie zu dem Schluß, daß er sich das alles nur einbilde, er solle nicht mehr daran denken, daß er schrumpfe, er habe immer die gleiche Größe gehabt und nur geträumt, er sei einmal einsachtzig groß gewesen und habe Schuhnummer zweiundvierzig getragen. Schließlich riß Esteban Trueba die Geduld, er fuhr heim in sein Vaterland, entschlossen, dem Problem seiner Körpergröße keine Aufmerksamkeit mehr zu schenken, schließlich waren alle großen Politiker der Geschichte, von Napoleon bis Hitler, klein gewesen. Als er zu Hause ankam, sah er Miguelito im Garten spielen und Amanda, dünner und hohläugiger denn je und bar aller Halsketten und Armreife, mit Jaime auf der Terrasse sitzen. Er stellte keine Fragen, weil er es längst gewohnt war, daß Leute, die nicht zu seiner Familie gehörten, unter seinem Dach lebten.

Achtes Kapitel
Der Graf

Dieser Zeitabschnitt wäre im Wust alter, undeutlicher Erinnerungen für immer untergegangen, wären nicht die Briefe gewesen, die Clara und Blanca sich schrieben. Durch diese umfängliche Korrespondenz blieben die Ereignisse aufbewahrt, entzogen der Nebelhaftigkeit unwahrscheinlicher Tatsachen. Vom ersten Brief an, den sie nach der Hochzeit von ihrer Tochter bekam, ahnte Clara, daß die Trennung von Blanca nicht von Dauer sein würde. Ohne es irgendwem zu sagen, richtete sie eines der sonnigsten und größten Zimmer im Haus für sie her und stellte dort die Messingwiege auf, in der sie ihre drei Kinder aufgezogen hatte.

Blanca konnte ihrer Mutter nie erklären, warum sie in die Heirat eingewilligt hatte, weil sie selbst die Gründe nicht kannte. Später, als reife Frau, kam sie beim Überdenken ihrer Vergangenheit zu dem Schluß, daß die Angst vor ihrem Vater die Hauptursache gewesen sei. Schon als Säugling hatte sie die irrationale Macht seines Zorns kennengelernt und sich angewöhnt zu gehorchen. Ihre Schwangerschaft und die Nachricht, Pedro Tercero sei tot, hatten dann den Ausschlag gegeben. Doch schon in dem Augenblick, in welchem sie in die Verbindung mit Jean de Satigny einwilligte, nahm sie sich vor, die Ehe niemals zu vollziehen. Sie würde Einwände aller Art erfinden, um den Beischlaf aufzuschieben, könnte als erstes die bei ihrem Zustand üblichen Beschwerden vorschieben und würde sich dann andere Gründe ausdenken. Sie war sicher, daß einen Mann wie den Grafen zu manipulieren, der Wildlederschuhe trug, sich die Nägel lackierte und bereit war, eine von einem anderen geschwängerte Frau zu heiraten, wesentlich leichter sein würde, als sich gegen einen Vater wie Esteban Trueba durchzusetzen. Sie wählte von zwei Übeln dasjenige, das ihr als das kleinere erschien. Sie war sich darüber im klaren, daß zwischen ihrem Vater und dem französischen Grafen eine geschäftliche Abmachung bestand, bei der sie nicht mitzureden hatte. Im Tausch gegen einen Namen für seinen Enkel gab Trueba Jean de Satigny eine saftige Mitgift und das Versprechen, er würde eines Tages ein Erbe antreten. Blanca gab sich für diesen Handel her, aber ihrem Mann ihre Liebe zu schenken oder ihm ihre Intimität auszuliefern, dazu war sie nicht bereit, weil sie immer noch Pedro Tercero García liebte, wenn auch vielleicht mehr durch die Macht der Gewohnheit als in der Hoffnung, ihn jemals wiederzusehen.

Blanca und ihr frischgebackener Ehemann verbrachten ihre erste Nacht im Brautzimmer des besten Hotels der Hauptstadt, das Trueba mit Blumen hatte vollstopfen lassen, damit seine Tochter ihm die Gewaltakte verzieh, mit denen er sie in den letzten Monaten gezüchtigt hatte. Zu ihrer Überraschung brauchte Blanca keine Migräne vorzutäuschen, denn kaum war sie mit Jean allein, verzichtete dieser auf die Rolle des verliebten Bräutigams, der ihr Küßchen auf den Hals gab und die schönsten Langusten für sie auswählte, um sie ihr häppchenweise in den Mund zu füttern, und schien das verführerische Benehmen eines Stummfilmhelden vergessen zu haben, um wieder ganz der Bruder zu werden, der er auf den Feldspaziergängen für sie gewesen war, wenn sie, den Fotoapparat und die französischen Bücher neben sich, im Grase vesperten. Jean verschwand im Bad und säumte darin so lange, daß Blanca halb eingeschlafen war, als er wieder im Zimmer erschien. Sie glaubte zu träumen, als sie sah, daß ihr Mann seinen Hochzeitsanzug gegen einen schwarzseidenen Pyjama und einen pompejanischen Samtschlafrock vertauscht hatte, über dem Haar ein Netz trug, um die makellosen Wellen seiner Frisur zu schützen, und intensiv nach englischem Kölnischwasser roch. Liebende Ungeduld schien ihn nicht umzutreiben. Er setzte sich neben sie aufs Bett, streichelte ihre Wange in derselben ein wenig spöttischen Art, die sie von anderen Gelegenheiten an ihm kannte, und erklärte ihr in seinem gezierten, r-losen Spanisch, daß er keine besondere Neigung zur Ehe verspüre, daß er vielmehr ein in die Künste, in die Literatur und in wissenschaftliche Kuriositäten verliebter Mann sei, der sie demzufolge nicht mit den Zudringlichkeiten eines Ehemannes belästigen wolle, so daß sie also, wenngleich nicht als Paar, so doch in vollkommener Harmonie und Wohlerzogenheit zusammen leben könnten. Erleichtert warf ihm Blanca die Arme um den Hals und küßte ihn auf die Wange.

„Danke, Jean“, rief sie.

„Keine Ursache“, erwiderte er höflich.

Sie installierten sich in dem Pseudoempirebett, kommentierten das Fest in allen Einzelheiten und machten Pläne für ihr zukünftiges Leben.

„Interessiert es dich nicht, zu erfahren, wer der Vater deines Kindes ist?“ fragte Blanca.

„Der bin ich“, antwortete Jean, sie auf die Stirn küssend.

Sie schliefen, jeder auf seiner Seite, sich den Rücken kehrend. Um fünf Uhr früh wachte Blanca auf, weil ihr Magen gegen den süßlichen Duft der Blumen rebellierte, mit denen Esteban Trueba das Brautzimmer hatte schmükken lassen. Jean de Satigny begleitete sie ins Bad, hielt ihr die Stirn, während sie sich über das Klobecken beugte, half ihr, sich wieder hinzulegen, und trug die Blumen auf den Gang. Die restliche Nacht wachte er, in der „Philosophie dans le boudoir“ des Marquis de Sade lesend, und Blanca dachte, im Halbschlaf seufzend, wie fabelhaft es war, mit einem Intellektuellen verheiratet zu sein.

Am nächsten Tag ging Jean auf die Bank, um einen Scheck seines Schwiegervaters einzulösen, und verbrachte fast den ganzen Tag damit, in der Innenstadt von einem Laden zum andern zu laufen, um sich eine Bräutigamsausstattung zu kaufen, die seiner neuen wirtschaftlichen Lage angemessen war. Mittlerweile beschloß Blanca, die es müde war, in der Hotelhalle auf ihn zu warten, ihre Mutter zu besuchen. Sie setzte ihren besten Morgenhut auf und fuhr in einem Mietauto zum großen Eckhaus, wo die übrige Familie schweigend beim Frühstück saß, müde noch und gereizt von den Aufregungen bei der Hochzeit und dem Bodensatz der letzten Streitigkeiten. Ihr Vater stieß einen Schreckensschrei aus, als er sie ins Eßzimmer treten sah.

„Was tun Sie hier, Blanca?" brüllte er.

„Nichts ... ich komme euch besuchen", hauchte Blanca erschrocken.

„Sind Sie wahnsinnig? Ist Ihnen nicht klar, daß, wenn jemand Sie sieht, es sofort heißen wird, Ihr Mann hätte Sie in der Hochzeitsnacht zurückgeschickt? Die Leute werden sagen, Sie wären keine Jungfrau gewesen."

„Ich war's ja auch nicht, Papa."

Esteban war nah daran, sie kreuzweise zu ohrfeigen, aber Jaime stellte sich mit solcher Entschlossenheit vor sie, daß er sich damit beschied, sie wegen ihrer Blödheit zu beschimpfen. Clara, ungerührt, zog Blanca auf einen Stuhl und reichte ihr einen Teller kalten Fisch mit Kapernsauce. Während Esteban fortfuhr zu schreien und Nicolás den Wagen aus der Garage holte, um Blanca zu ihrem Mann zurückzufahren, tuschelten die beiden Frauen wie in alten Zeiten.

Noch am selben Nachmittag bestiegen Blanca und Jean den Zug, der sie zum Hafen brachte. Dort schifften sie sich auf einem englischen Überseedampfer ein. Jean trug weiße Leinenhosen und ein blaues Jackett im Schnitt eines Marineuniformrocks, das perfekt mit dem blauen Rock und der weißen Jacke des Schneiderkostüms seiner Frau harmonierte. Vier Tage später setzte das Schiff sie in der hintersten Nordprovinz ab, wo sein eleganter Reiseanzug und seine Krokodillederkoffer in der trockenen, mittäglich schwülen Hitze gänzlich unbemerkt blieben. Jean de Satigny brachte seine Frau vorübergehend in einem Hotel unter und begab sich auf die Suche nach einer Wohnung, die seiner neuen Einkünfte würdig war. Binnen vierundzwanzig Stunden war die kleine Provinzgesellschaft davon unterrichtet, daß ein Graf unter ihr weilte, was Jean die Dinge erheblich erleichterte. Er konnte ein altes herrschaftliches Haus mieten, das in Zeiten, als der Salpeter Hochkonjunktur hatte und der synthetische Ersatz, der die ganze Provinz ins Elend stürzte, noch nicht erfunden war, einem der großen Vermögen gehört hatte. Wie alle Häuser der Gegend war auch dieses ein wenig heruntergekommen und verwahrlost, es bedurfte einiger Reparaturen, hatte sich aber die altväterische Würde und den Zauber der Jahrhundertwende erhalten. Der Graf stattete es ganz nach seinem Geschmack aus, wobei er ein fragwürdiges, dekadentes Raffinement an den Tag legte, das Blanca, die an das Landleben und die klassische Nüchternheit ihres Vaters gewöhnt war, überraschte. Er schaffte zweifelhafte Chinavasen an, in denen statt Blumen eingefärbte Straußenfedern standen, geraffte, mit Troddeln besetzte Damastvorhänge, Kissen mit Fransen und Pompons, Möbel aller Stilarten, vergoldete Wandschirme und ein paar unwahrscheinliche Stehlampen mit Keramikfiguren als Fuß, die lebensgroße abessinische Neger darstellten, halbnackt, aber in Babuschen und Turban. Zum Schutz gegen die unerbittliche Wüstensonne lag das Haus bei ständig zugezogenen Vorhängen immerzu in einem leichten Halbdunkel. In allen Winkeln stellte Jean orientalische Räucherpfannen auf, in denen er aromatische Kräuter und Weihrauchstäbchen verbrannte, die Blanca zuerst den Magen umdrehten, an die sie sich aber bald gewöhnte. Er stellte mehrere Indios als Bedienung ein, dazu eine monumentale Dicke für die Küche, der er die Zubereitung der von ihm geschätzten schmackhaften Saucen beibrachte, und eine hinkende Analphabetin als Stubenmädchen für Blanca. Allen zog er bunte, operettenhafte Uniformen an, nur Schuhe konnte er nicht an ihre Füße bekommen, weil sie gewohnt waren, barfuß zu gehen, und Schuhzeug nicht aushielten. Blanca fühlte sich ungemütlich in diesem Haus und mißtraute diesen undurchsichtigen Indios, die sie widerwillig bedienten, ohne eine Miene zu verziehen, und hinter ihrem Rücken über sie zu spotten schienen. Überall huschten sie wie Geister um sie herum, glitten geräuschlos durch die Zimmer, fast immer unbeschäftigt und gelangweilt. Wenn sie einen ansprach, gab er keine Antwort, als verstände er kein Spanisch, und untereinander sprachen sie flüsternd oder im Dialekt des Hochlands. Sooft Blanca das sonderbare Verhalten der Dienstboten ihrem Mann gegenüber zur Sprache brachte, meinte er, das seien Indianersitten, darauf müsse man nichts geben. Dasselbe schrieb ihr Clara in ihrem Antwortbrief, als Blanca ihr berichtete, eines Tages habe sie einen dieser Indios in einem Paar kurioser alter Schuhe herumbalancieren sehen, Schuhe mit geschwungenem Absatz und Samtschleifen, in denen er offensichtlich seine breiten, schwieligen Füße krümmen mußte. „Die Wüstenhitze, die Schwangerschaft und dein uneingestandener Wunsch, der Abstammung deines Mannes gemäß wie eine Gräfin zu leben, sind schuld daran, daß du Visionen hast, meine Liebe", schrieb Clara scherzhaft und fügte hinzu, die besten Mittel gegen Louis-XV-Schuhe seien eine kalte Dusche und Kamillentee. Ein anderes Mal entdeckte Blanca auf ihrem Teller eine kleine, tote Eidechse, die sie eben zum Munde führen wollte. Sobald sie sich von ihrem Schrecken erholt hatte und wieder einen Ton herausbringen konnte, schrie sie die Köchin herbei und deutete mit bebendem Zeigefinger auf den Teller. Die Köchin schaukelte ihre Fettmassen und ihre schwarzen Zöpfe heran und nahm kommentarlos den Teller. Als sie sich zum Gehen wandte, glaubte Blanca ein komplizenhaftes Zwinkern zwischen ihrem Mann und der India zu bemerken. In dieser Nacht lag sie lange wach, grübelte über das, was sie gesehen hatte, bis sie im Morgengrauen zu dem Schluß kam, daß sie sich alles nur eingebildet hatte. Ihre Mutter hatte recht: die Hitze und die Schwangerschaft machten sie verrückt.

Die rückwärtigen Zimmer des Hauses wurden für Jeans Hobby, die Fotografie, bestimmt. Hier stellte er seine Lampen, seine Dreifüße, seine Apparate auf. Er bat Blanca, diesen Raum, den er sein „Labor" nannte, niemals ohne seine Erlaubnis zu betreten, denn durch den Einfall natürlichen Lichts, erklärte er, könnten die Platten Schaden nehmen. Er verschloß die Tür mit einem Schlüssel, den er stets an seiner goldenen Uhrkette trug, eine ganz unnötige Vorsichtsmaßnahme, denn seine Frau hatte praktisch keinerlei Interesse an dem, was um sie war, und schon gar nicht an der Kunst des Fotografierens.

In dem Maße, in dem sie dicker wurde, entwickelte Blanca eine orientalische Gelassenheit, an der alle Versuche ihres Mannes, sie in die Gesellschaft einzuführen, mit ihm Feste zu besuchen, im Wagen auszufahren oder sie für die Ausstattung ihres neuen Heims zu begeistern, wirkungslos abprallten. Schwerfällig, unbeholfen, einsam und ständig müde, suchte Blanca Zuflucht beim Stricken oder Sticken. Einen großen Teil des Tages verschlief sie, und in den wachen Stunden fabrizierte sie winzige Wäschestücke für eine rosa Kinderausstattung, da sie sicher war, daß sie ein Mädchen zur Welt bringen werde. Wie früher ihre Mutter ihr gegenüber, entwickelte auch sie eine Methode der Verständigung mit dem kleinen Geschöpf, das in ihr entstand, und wandte sich in einem ununterbrochenen stummen Dialog nach innen. In ihren Briefen beschrieb sie ihr zurückgezogenes, melancholisches Leben, und wenn sie von ihrem Gatten sprach, schilderte sie ihn stets in blinder Sympathie als einen feinen, zartfühlenden und wohlerzogenen Mann. Ohne es zu beabsichtigen, begründete sie dadurch die Legende von einem nahezu fürstlichen Jean de Satigny, wobei sie die Tatsache, daß er Kokain schnupfte und abends Opium rauchte, kurzerhand unterschlug, weil sie sicher war, daß ihre Eltern das nicht verstehen würden. Sie hatte einen ganzen Flügel des Hauses für sich. Hier hatte sie ihr Hauptquartier aufgeschlagen, und hier hortete sie alles, was sie für die Geburt ihres Kindes vorbereitete. Jean sagte, nicht einmal fünfzig Kinder könnten all diese Wäsche tragen und mit dieser Unmenge Spielsachen spielen, aber Blanca hatte keine andere Zerstreuung, als durch den kleinen Geschäftsteil der Stadt zu gehen und alles zu kaufen, was sie an rosa Kindersachen sah. Den Vormittag verbrachte sie mit dem Besticken kleiner wollener Capes, dem Stricken von Wollschühchen, dem Auskleiden des Körbchens, dem Ordnen der Stöße von Hemdchen, Lätzchen und Windeln, dem Bügeln der gestickten Bettwäsche. Nach der Siesta schrieb sie an ihre Mutter, manchmal auch an ihren Bruder Jaime, und wenn die Sonne unterging und es ein wenig kühler wurde, ging sie in der Nähe des Hauses ein paar Schritte spazieren, um sich die Füße zu vertreten. Nachts traf sie ihren Mann im großen Eßzimmer des Hauses, wo die in ihren Ecken stehenden Keramikneger der Szene eine Bordellbeleuchtung verliehen. Sie setzten sich jeder an ein Ende des Tisches, der mit einem langen Tischtuch und kompletten Gedecken, Porzellan und Gläsern, gedeckt war und geschmückt mit künstlichen Blumen, da es natürliche Blumen in dieser unwirtlichen Gegend nicht gab. Bedient wurden sie immer von demselben undurchdringlich schweigenden, ständig die Kokakugel, die seine Nahrung war, im Mund hin und her schiebenden Indio. Er war kein gewöhnlicher Diener und hatte in der inneren Organisation des Hauses keine besondere Funktion. Bei Tisch bedienen war auch nicht seine Stärke, weil er mit Schüsseln und Bestecken nicht umzugehen wußte und ihnen am Ende das Essen hinwarf, wie es gerade kam. Bei Gelegenheit mußte Blanca ihn darauf aufmerksam machen, die Kartoffeln doch bitte nicht mit der Hand anzufassen, um sie ihnen auf den Teller zu legen. Aber Jean de Satigny schätzte ihn aus irgendeinem geheimnisvollen Grund und war dabei, ihn als Assistent im Labor anzulernen.

„Wenn er nicht einmal wie ein Christenmensch sprechen kann, wird er erst recht keine Aufnahmen machen können“, bemerkte Blanca, als sie es erfuhr.

Es war derselbe Indio, den Blanca mit den Louis-XV-Schuhen gesehen zu haben glaubte.

Die ersten Monate ihres Lebens als verheiratete Frau verliefen friedlich und langweilig. Blancas natürliche Neigung zu Abgeschlossenheit und Einsamkeit verstärkte sich. Sie weigerte sich, am gesellschaftlichen Leben teilzunehmen, und Jean de Satigny folgte schließlich allein den zahlreichen Einladungen, die sie erhielten. Wenn er nach Hause kam, spottete er bei Blanca über die Verschrobenheit dieser ranzigen, altväterischen Familien, wo die Señoritas noch Dueñas hatten und die Herren Skapuliere trugen. Blanca konnte das müßige Leben führen, das ihr am meisten lag, während ihr Mann sich den kleinen Freuden hingab, die nur mit Geld zu haben sind und die er sich so lange hatte versagen müssen. Jede Nacht ging er aus, um im Kasino zu spielen, und seine Frau schätzte, daß er große Summen verspielen mußte, denn an jedem Monatsende stand unweigerlich eine Schlange von Gläubigern vor der Tür. Jean hatte von Hauswirtschaft eine recht eigentümliche Vorstellung. Er kaufte sich ein Automobil, letztes Modell, mit vergoldeten Knöpfen und Sitzen, die mit Leopardenfell überzogen waren, eines Scheichs würdig, das größte und auffallendste Auto, das man in dieser Gegend je gesehen hatte. Er knüpfte ein Netz mysteriöser Verbindungen, die es ihm ermöglichten, Antiquitäten zu kaufen, speziell französisches Porzellan, für das er eine Schwäche hatte. Ebenso brachte er Kisten feinsten Likörs ins Land, die problemlos den Zoll passierten. Seine Schmuggelwaren kamen durch den Dienstboteneingang ins Haus und verließen es unangetastet durch den Haupteingang, hin zu anderen Plätzen, wo Jean sie bei geheimen Gelagen konsumierte oder zu phantastischen Preisen weiterverkaufte. Gäste empfingen sie in ihrem Hause nicht, und nach wenigen Wochen hörten die ortsansässigen Damen auf, Blanca einzuladen. Das Gerücht lief um, sie sei stolz, hochmütig und von schlechter Gesundheit, was die allgemeine Sympathie für den französischen Grafen erhöhte, der bald in dem Ruf stand, ein geduldiger, leidgeprüfter Ehemann zu sein.

Blanca vertrug sich gut mit ihrem Mann. Zu Diskussionen kam es zwischen ihnen nur, wenn sie versuchte, in die häuslichen Finanzen Einblick zu erhalten. Sie konnte sich nicht erklären, wieso sich Jean den Luxus leistete, teueres Porzellan zu kaufen und in diesem Tigerauto herumzufahren, wenn ihm das Geld nicht reichte, um die Rechnung im Lebensmittelladen und die Gehälter der zahlreichen Bediensteten zu bezahlen. Jean weigerte sich, mit ihr darüber zu sprechen, unter dem Vorwand, diese Dinge fielen strikt unter die Verantwortung des Mannes und sie solle sich ihr Spatzenhirn nicht mit Problemen vollstopfen, die zu begreifen sie nicht fähig sei. Blanca nahm an, Jean de Satignys Konto bei Esteban sei praktisch unbegrenzt, und angesichts der Unmöglichkeit, sich mit ihm darüber zu verständigen, kümmerte sie sich nicht mehr um dieses Problem. Wie eine Blume aus einem anderen Klima vegetierte sie in diesem auf den Wüstensand gestellten Haus mit den sonderbaren Indios, das in einer anderen Dimension zu existieren schien und in welchem sie oft unvermutet auf kleine Details stieß, die sie an ihrem Verstand zweifeln ließen. Die Realität schien ihr außer Kraft gesetzt zu sein, als hätte diese unerbittliche Sonne, die alle Farben auslaugte, auch die Dinge um sie herum verformt und die Menschen in schweigende Schatten verwandelt.

Beschützt von dem kleinen Wesen, das in ihr heranwuchs, vergaß Blanca in der Schläfrigkeit dieser Monate das Ausmaß ihres Unglücks. Sie hörte auf, in dieser atemberaubenden Bedrängnis an Pedro Tercero García zu denken, wie sie es früher getan hatte, und flüchtete sich in sanfte, farblose Erinnerungen. Ihre Sinnlichkeit war eingeschlafen, und bei den seltenen Gelegenheiten, bei denen sie über ihr unglückliches Los nachdachte, gefiel sie sich in der Vorstellung, auf einem Nebelstreifen dahinzutreiben, ohne Leid und ohne Freude, fern den brutalen Dingen des Lebens, isoliert, mit ihrer Tochter als einziger Gesellschaft. Manchmal dachte sie, sie hätte die Fähigkeit zu lieben für immer verloren und das Feuer in ihrem Fleisch sei endgültig erloschen. Sie verbrachte endlose Stunden in Betrachtung der blassen Landschaft, die sich vor dem Fenster erstreckte. Das Haus lag am Rand der Stadt, umgeben von ein paar rachitischen Bäumen, die der unerbittlichen Wüstenglut widerstanden. Auf der Nordseite vernichtete der Wind jede Form von Vegetation, man konnte die unermeßliche Ebene der Sanddünen und die fernen, im widerstrahlenden Licht zitternden Hügel sehen. Tagsüber litt sie unter der Schwüle dieser bleiernen Sonne, und nachts zitterte sie vor Kälte in ihrem Bett und mußte sich mit Wärmflaschen und Wollschals gegen den Frost schützen. Sie blickte in den nackten, reinen Himmel, nach einer Wolke Ausschau haltend, hoffend, daß irgendwann einmal ein Tropfen Regen fiele, der die beklemmende Unwirtlichkeit dieses Mondtales erfrischen würde. Die Monate liefen unverändert dahin, ohne eine andere Zerstreuung als die Briefe, in denen ihre Mutter ihr von der politischen Kampagne ihres Vaters berichtete, von den Verrücktheiten ihres Bruder Nicolás und den Extravaganzen Jaimes, der wie ein Priester lebte, aber mit verliebten Augen herumlief. In einem ihrer Briefe schlug Clara vor, sie solle wieder mit ihren Krippenfiguren anfangen, um ihre Hände zu beschäftigen. Sie versuchte es. Sie ließ sich die besondere Tonerde kommen, an deren Gebrauch sie sich in den Drei Marien gewöhnt hatte, richtete sich im hinteren Teil der Küche eine Werkstatt her und beauftragte einige Indios, einen Ofen zum Brennen der Figuren zu bauen. Aber Jean de Satigny spöttelte über ihre künstlerischen Anwandlungen und meinte, wenn schon, dann sollte sie ihre Hände besser damit beschäftigen, Kinderschühchen zu stricken, oder lernen, wie man Blätterteiggebäck herstellt. Schließlich gab sie ihre Arbeit auf, weniger der Sarkasmen ihres Gatten wegen, sondern weil es ihr unmöglich war, mit der alten indianischen Töpferei zu konkurrieren.

Jean hatte sein Geschäft mit derselben Beharrlichkeit aufgebaut, die er früher auf das Chinchillaprojekt verwandt hatte, aber mit mehr Erfolg. Abgesehen von einem deutschen Pfarrer, der seit dreißig Jahren durch die Gegend zog, um die Vergangenheit der Inka auszugraben, hatte sich niemand für diese Antiquitäten interessiert, weil man sie kommerziell für wertlos hielt. Die Regierung, die den Handel mit indianischen Altertümern verbot, hatte dem Geistlichen eine Sondergenehmigung erteilt, die es ihm erlaubte, wertvolle Stücke zu restaurieren und ins Museum zu stellen. In den staubigen Vitrinen dieses Museums sah Jean de Satigny sie zum erstenmal. Er verbrachte zwei Tage mit dem Pfarrer, der, glücklich, nach so vielen Jahren einen Menschen gefunden zu haben, der sich für seine Arbeit interessierte, keine Bedenken trug, ihm seine ausgedehnten Kenntnisse mitzuteilen. So erfuhr der Graf, wie sich feststellen läßt, wie viele Jahre sie im Boden gelegen haben, er lernte Epochen und Stile unterscheiden, entdeckte, wie man an versteckten, dem zivilisierten Auge unsichtbaren Merkmalen die Grabhügel in der Wüste erkennen konnte, und kam endlich zu dem Schluß, daß diese Scherben, wenn sie auch nicht den goldenen Glanz derer in den ägyptischen Gräbern hatten, doch ihren historischen Wert besaßen. Sobald er alle nötigen Informationen beisammen hatte, organisierte er einen Trupp Indios, damit sie ausbuddelten, was dem archäologischen Eifer des Pfarrers entgangen war.

Herrliche Gefäße, grün von der Patina der Zeit, gelangten nach und nach, in Indianerbündeln und Lamataschen versteckt, ins Haus und stapelten sich an den für sie bestimmten Orten. Blanca sah sie zu Haufen in den Zimmern und war hingerissen von ihren Formen. Sie hielt sie in den Händen, streichelte sie wie hypnotisiert und war betrübt, wenn sie, in Stroh und Papier verpackt, an ferne, unbekannte Ziele verschickt wurden. Diese Tongefäße und Tonfiguren erschienen ihr allzu schön. Sie fühlte, daß ihre Krippenmonstren nicht mit diesen Kunstwerken unter einem Dach stehen konnten, und deshalb mehr als aus jedem anderen Grund gab sie ihre Werkstatt auf.

Da die indianischen Tonwaren als historischer Besitz der ganzen Nation gehörten, mußte der Handel mit ihnen geheimgehalten werden. Für Jean de Satigny arbeiteten mehrere Trupps Indios, die auf verschlungenen Pfaden heimlich über die Grenze gekommen waren. Sie besaßen keine Dokumente, die sie als Menschen auswiesen, sie waren verschwiegen, ruppig und undurchdringlich. Sooft Blanca fragte, woher diese Wesen kämen, die plötzlich in ihrem Patio auftauchten, hieß es, das seien Vettern derer, die bei Tisch bedienten, und tatsächlich sahen sich alle ähnlich. Sie blieben nicht lange im Haus. Die meiste Zeit waren sie in der Wüste, ausgerüstet nur mit einem Spaten, um den Sand umzugraben, und mit einer Kugel Koka im Mund, um sich am Leben zu erhalten. Manchmal hatten sie das Glück, auf die halb verschütteten Ruinen einer alten Inkasiedlung zu stoßen, und dann füllten sich in kurzer Zeit die Lager des Hauses mit den bei ihren Ausgrabungen gestohlenen Funden. Beschaffung, Transport und Vermarktung dieser Waren gingen in solcher Heimlichkeit vor sich, daß Blanca an der Illegalität dieser Aktivitäten ihres Mannes keinen Zweifel hatte. Jean erklärte ihr, die Regierung sei in bezug auf diese morschen Krüge und schäbigen Steinkettchen aus der Wüste überaus kitzlig, und um den endlosen Papierkrieg mit der staatlichen Bürokratie zu vermeiden, verscherble er sie lieber auf seine Art. Mit Hilfe einiger profitorientierter Zollinspektoren schaffte er sie, als Äpfel deklariert, in versiegelten Kisten außer Landes.

All das kümmerte Blanca nicht weiter. Nur die Sache

mit den Mumien machte ihr Sorgen. Sie stand auf recht vertrautem Fuß mit den Toten, da sie dank dem dreibeinigen Tisch, mit dem ihre Mutter sie heraufbeschwor, ihr Leben lang in engem Kontakt mit ihnen gestanden hatte. Sie war es gewohnt, daß ihre durchscheinenden Silhouetten durch die Gänge ihres Elternhauses geisterten, in den Kleiderschränken rumorten und in Träumen erschienen, um Unglücke oder Lotteriegewinne anzukündigen. Aber die Mumien waren anders. Diese kauernden Wesen, eingehüllt in ihre Stoffe, die in staubige Fetzen zerfielen, mit ihren fleischlosen gelben Köpfen, ihren zugenähten Lidern, ihrem spärlichen Haar im Nacken, ihrem ewigen, furchtbaren, lippenlosen Lächeln, ihrem Modergeruch und traurig armseligen Äußeren alter Leichen schnitten ihr ins Herz. Es waren nicht viele. Selten kamen die Indios mit einer an. Langsam und gleichmütig erschienen sie im Haus, ein großes, versiegeltes Gefäß aus gebranntem Ton schleppend. Jean öffnete es vorsichtig in einem Raum mit fest verschlossenen Türen und Fenstern, damit der Inhalt nicht beim ersten Windhauch zu Staub und Asche zerfiel. Innen in den Gefäßen sahen die Mumien wie das Samengehäuse einer seltsamen Frucht aus, wie Feten in Hockerstellung, eingehüllt in ihre Lumpen und begleitet von Zahnketten und Stoffpuppen, ihren ärmlichen Schätzen. Offenbar wurden sie weit höher geschätzt als die anderen Gegenstände, die aus den Gräbern hervorkamen, denn private Sammler und manche ausländische Museen bezahlten sie ausgezeichnet. Blanca fragte sich, was das für Menschen sein mochten, die Tote sammelten, und wo sie sie wohl aufstellten. Sie konnte sich eine Mumie nicht als Schmuckstück in einem Salon vorstellen, aber Jean de Satigny sagte ihr, daß sie, schön präsentiert in einer Glasvitrine, für einen europäischen Millionär kostbarer sein konnte als jedes Kunstwerk. Die Mumien zu vermarkten, zu transportieren und durch den Zoll zu bringen war schwierig, so daß sie manchmal wochenlang in den Lagerräumen des Hauses lagen, bis es soweit war und sie die lange Reise ins Ausland antreten konnten. Blanca träumte von ihnen, sie hatte Halluzinationen, sie glaubte sie auf Zehenspitzen durch die Gänge huschen zu sehen, klein und heimlich wie listige Gnomen. Sie schloß sich in ihr Schlafzimmer ein, steckte den Kopf unter die Kissen und verbrachte Stunden zitternd und betend und mit der Kraft des Gedankens ihre Mutter anrufend. Sie schrieb es Clara in ihren Briefen, und Clara antwortete, sie solle Angst nicht vor den Toten, sondern vor den Lebenden haben, denn obwohl jene in schlechtem Ruf stünden, hätte man nie gehört, daß eine Mumie irgend jemanden überfallen hätte; im Gegenteil, sie seien von Natur aus eher schreckhaft. Gestärkt von den Ratschlagen ihrer Mutter, beschloß Blanca, ihnen nachzuspionieren. Nachts erwartete sie sie still, lauschend an der leicht geöffneten Tür ihres Schlafzimmers. Bald hatte sie die Gewißheit, daß sie durchs Haus schlichen, mit ihren Kinderfüßchen über die Teppiche schlurften, wispernd und sich wie Schulkinder gegenseitig schubsend. Jede Nacht kamen sie in kleinen Gruppen zu zweit oder zu dritt und verschwanden immer in Richtung auf Jean de Satignys Fotolabor. Manchmal glaubte sie ein fernes postmortales Stöhnen zu vernehmen, und unbezähmbares Entsetzen überkam sie, sie rief laut nach ihrem Mann, aber niemand kam, und allein durch das große Haus zu gehen und ihn zu suchen, hatte sie zu große Angst. Sobald die ersten Sonnenstrahlen kamen, gewann Blanca ihren Verstand und die Kontrolle über ihre strapazierten Nerven zurück, sie machte sich klar, daß ihre nächtlichen Ängste eine Frucht der fieberhaften Einbildungskraft waren, die sie von ihrer Mutter geerbt hatte, und sie beruhigte sich, bis abermals die Nacht ihre Schatten warf und der Zyklus der Schrecken von vorne begann. Eines Tages hielt sie die Spannung nicht länger aus, die um so stärker wurde, je näher die Nacht heranrückte, und sie beschloß, mit Jean über die Mumien zu sprechen. Als sie ihm von dem Huschen und dem Geflüster und den unterdrückten Schreien erzählte, saß Jean de Satigny, die Gabel in der Hand und mit offenem Mund, wie versteinert da. Der Indio, der gerade mit dem Tablett das Eßzimmer betrat, stolperte über seine Füße, und das gebratene Huhn flog in hohem Bogen unter einen Stuhl. Jean bot all seinen Charme, seine ganze Festigkeit und Logik auf, um sie davon zu überzeugen, daß ihr die Nerven durchgegangen seien, daß alles nur das Produkt ihrer überreizten Phantasie und in Wirklichkeit nichts geschehen sei. Blanca gab vor, seine Darstellung anzunehmen, aber die Heftigkeit ihres Mannes, der sonst über ihre Probleme hinwegging, und das Gesicht des Dieners, der zum erstenmal den starren Ausdruck eines Götzenbildes verlor und dem die Augen ein wenig aus dem Kopf traten, erschienen ihr höchst verdächtig. Im stillen beschloß sie, daß nun die Stunde gekommen war, der Sache mit den spukenden Mumien auf den Grund zu gehen. Diese Nacht verabschiedete sie sich früh, nachdem sie ihrem Mann angekündigt hatte, sie werde ein Beruhigungsmittel nehmen, um schlafen zu können. Statt dessen trank sie eine große Tasse schwarzen Kaffee und stellte sich hinter ihre Tür, bereit zu einer notfalls stundenlangen Wache.

Die ersten Schrittchen hörte sie gegen Mitternacht. Mit größter Vorsicht öffnete sie die Tür und streckte in gerade dem Augenblick den Kopf hinaus, in welchem eine kleine, geduckte Gestalt hinten im Gang lief. Diesmal war sie sicher, daß sie nicht geträumt hatte, aber ihres schweren Bauchs wegen brauchte sie fast eine Minute, um die Stelle zu erreichen. Die Nacht war kalt, ein Wüstenwind wehte, der die alte Holztäfelung des Hauses knarren ließ und die Vorhänge blähte wie schwarze Segel auf hoher See. Schon als Kind, wenn sie in der Küche die Gespenstergeschichten der Nana hörte, hatte sie sich vor der Dunkelheit gefürchtet, aber das Licht einzuschalten wagte sie nicht, um die umherirrenden kleinen Mumien nicht zu erschrecken.

Plötzlich wurde die Stille der Nacht von einem heiseren Schrei zerrissen, der gedämpft klang, als käme er, so wenigstens dachte Blanca, aus dem Inneren eines geschlossenen Sarges. Wieder begann sie der morbiden Faszination der Dinge jenseits des Grabes zu erliegen. Sie stand wie erstarrt, und das Herz sprang ihr beinahe aus dem Halse, aber ein zweites Stöhnen riß sie aus ihrer Lähmung und gab ihr die Kraft, bis an die Tür von Jean de Satignys Labor weiterzugehen. Sie versuchte sie zu öffnen, doch sie war abgeschlossen. Sie drückte das Gesicht an die Tür, und nun hörte sie deutlich Gemurmel, gedämpftes Schreien und Lachen und zweifelte nicht mehr daran, daß mit den Mumien irgend etwas los war. Sie ging in ihr Zimmer zurück, getröstet immerhin von der Gewißheit, daß nicht ihre Nerven versagt hatten, sondern in der geheimen Höhle ihres Mannes etwas Schreckliches geschah.

Am nächsten Tag wartete Blanca, bis Jean de Satigny seine stets gründliche Körperpflege beendet, mit gewohnter Spärlichkeit gefrühstückt, seine Zeitung bis zur letzten Seite gelesen und endlich seinen täglichen Morgenspaziergang angetreten hatte, ohne daß irgend etwas an ihrer gleichmütigen Ruhe ihre wilde Entschlossenheit verraten hätte. Als Jean aus dem Haus war, rief sie den Indio mit den hohen Absätzen und erteilte ihm zum erstenmal einen Befehl.

„Du gehst in die Stadt und kaufst mir kandierte Papayas", befahl sie trocken.

Der Indio entfernte sich in dem langsamen, Indianern eigentümlichen Trott, und sie blieb mit den übrigen Dienstboten im Haus zurück, die sie sehr viel weniger fürchtete als diesen seltsamen Kerl mit seinem Hang zu höfischen Sitten. Sie nahm an, daß sie mehrere Stunden Zeit hatte, ehe er zurückkam, so daß sie beschloß, sich nicht zu beeilen, sondern in aller Ruhe vorzugehen. Sie war fest entschlossen, das Geheimnis der umtriebigen Mumien zu lüften. Sie ging zum Labor, sicher, daß die Mumien am hellichten Vormittag kaum den Mut aufbringen würden, ihre Possen zu treiben, und hoffend, die Tür unverschlossen zu finden. Sie war wie immer abgesperrt. Sie probierte alle Schlüssel, die sie hatte, aber keiner paßte. Da nahm sie das größte Küchenmesser, steckte es in den Türspalt und stemmte sich mit aller Kraft dagegen, bis das trockene Holz des Türrahmens in Stücke sprang, sie die Füllung herausnehmen und die Tür öffnen konnte. Der Schaden, den sie angerichtet hatte, war nicht zu übersehen, und ihr war klar, daß sie ihrem Mann eine vernünftige Erklärung dafür liefern mußte, wenn er es sah, aber sie tröstete sich mit dem Gedanken, daß sie als Hausherrin ein Recht darauf hatte, zu wissen, was unter ihrem Dach vorging. Trotz ihres Sinns fürs Praktische, der über zwanzig Jahre lang dem Tanz des dreibeinigen Tisches und ihrer Mutter Vorhersagen des Unvorhersagbaren ungebrochen widerstanden hatte, zitterte Blanca, als sie die Schwelle des Labors überschritt.

Sie tastete nach dem Schalter und knipste das Licht an. Sie stand in einem geräumigen Zimmer mit schwarz gestrichenen Wänden und dicken, ebenfalls schwarzen Vorhängen vor den Fenstern, durch die nicht der geringste Lichtschein hereinfiel. Der Boden war mit dicken, dunklen Teppichen ausgelegt, und überall sah sie die Scheinwerfer, Lampen und Fotoapparate, die sie Jean zum erstenmal bei der Beerdigung Pedro Garcías des Alten hatte benutzen sehen, als er Lust bekommen hatte, von den Toten und von den Lebenden so viele Aufnahmen zu machen, daß jedermann auf glühenden Kohlen saß und die Bauern zuletzt die Platten auf dem Boden zertrampelten. Verblüfft sah sie sich um: sie stand in einer phantastischen Szenerie. Sie ging um offene Truhen herum, in denen federbesetzte Kleider aller Epochen, Allongeperücken und ausgefallene Hüte lagen, blieb vor einem an der Decke befestigten goldenen Trapez stehen, an dem eine Puppe von menschlichen Ausmaßen mit verrenkten Gliedern hing, in einer Ecke sah sie ein ausgestopftes Lama, auf den Tischen Flaschen mit amberfarbenen Likören und auf dem Boden Felle exotischer Tiere. Was sie jedoch am meisten überraschte, waren die Fotografien. Starr vor Staunen blieb sie stehen. Die Wände in Jean de Satignys Studio waren bedeckt mit beklemmenden erotischen Aufnahmen, an denen die verborgene Natur ihres Mannes zum Vorschein kam.

Blanca war langsam in ihren Reaktionen. Sie brauchte eine ganze Weile, bis sie aufgenommen hatte, was sie sah, weil ihr auf diesem Gebiet jegliche Erfahrung mangelte. Sie kannte die Lust als ein letztes, köstliches Stadium auf dem langen Weg, den sie mit Pedro Tercero durchlaufen, den sie ohne Eile, in heiterer Stimmung, umgeben von Wald oder Kornfeldern oder in der stillen Landschaft am Fluß unter einem unermeßlichen Himmel zurückgelegt hatte. Die den frühen Jugendjahren eigene Unruhe hatte sie nie kennengelernt. Wenn ihre Kameradinnen in der Schule heimlich verbotene Romane lasen, in denen imaginäre, leidenschaftliche Galane vorkamen und Jungfrauen, die nichts sehnlicher wünschten, als ihre Jungfräulichkeit loszuwerden, setzte sie sich in den Schatten der Kirschbäume im Patio der Nonnen, schloß die Augen und beschwor in aller Deutlichkeit die herrliche Leiblichkeit Pedro Terceros herauf, wenn er sie in den Armen hielt, liebkosend über ihren Körper strich und in den Tiefen ihrer selbst die gleiche Harmonie hervorrief, die er auch seiner Gitarre entlocken konnte. Ihre Triebe waren befriedigt worden, sobald sie erwacht waren, und nie war ihr in den Sinn gekommen, daß die Leidenschaft auch andere Formen annehmen konnte. Diese wilden und verquälten Szenen auf den Fotografien waren eine tausendmal verwirrendere Wahrheit als die skandalösen Mumien, die vorzufinden sie erwartet hatte.

Sie erkannte die Gesichter der Bediensteten des Hauses. Der ganze Hofstaat der Inka war hier versammelt, nackt, wie Gott ihn in die Welt gesetzt hatte, oder kaum verhüllt in theatralischem Flitter. Sie sah den unauslotbaren Abgrund zwischen den Schenkeln der Köchin, das ausgestopfte Lama rittlings auf dem hinkenden Stubenmädchen und den unerschütterlichen Indio, der sie bei Tisch bediente, nackt wie ein Säugling, unbehaart und kurzbeinig, mit seinem steinernen Gesicht und einem überdimensionalen erigierten Penis.

Für einen endlosen Augenblick schwankte Blanca in ihrer eigenen Unsicherheit, bis das Entsetzen überwog. Sie versuchte, scharf zu denken. Sie begriff nun, was Jean de Satigny in der Hochzeitsnacht gemeint hatte, als er ihr sagte, er fühle sich nicht zum Eheleben hingezogen. Sie ahnte auch die verhängnisvolle Macht, die die Indios über ihn ausübten, und das hämische Gespött der Dienstboten und fühlte sich gefangen im Vorzimmer der Hölle. In diesem Augenblick regte sich das kleine Mädchen in ihrem Innern, und sie erschrak, als hätte eine Glocke Alarm geläutet.

„Meine Tochter! Ich muß sie hier herausbringen!" rief sie, ihren Bauch umarmend.

Sie rannte aus dem Labor, lief wie eine Besessene durchs ganze Haus und auf die Straße, wo die bleierne Sonne und das erbarmungslose Mittagslicht ihr den Sinn für die Wirklichkeit zurückgaben. Sie begriff, daß sie zu Fuß und mit ihrem Neunmonatsbauch nicht weit kommen würde. Sie ging in ihr Zimmer zurück, nahm alles Geld, das sie finden konnte, machte ein Bündel mit einigen Stücken aus der kostbaren Babyausstattung, die sie vorbereitet hatte, und machte sich auf den Weg zum Bahnhof.

Auf einer unbequemen Holzbank auf dem Bahnsteig sitzend, ihr Bündel auf dem Schoß, Grauen in den Augen, wartete sie Stunde um Stunde auf die Ankunft des Zuges, leise betend, daß der Graf, wenn er nach Hause kam und die aufgesprengte Labortür sah, nicht nach ihr suchte, bis er sie fand, und sie zur Rückkehr in das unheilschwangere Reich der Inka zwang, daß der Zug sich beeilte und wenigstens einmal den Fahrplan einhielt, daß sie im Haus ihrer Eltern ankam, ehe das Kind, das auf ihre Eingeweide drückte und gegen ihre Rippen strampelte, sein Erscheinen auf der Welt ankündigte, daß ihre Kräfte ausreichten für diese Zweitagereise ohne jede Ruhepause und daß ihr Wunsch zu leben stärker war als die entsetzliche Trostlosigkeit, die sie zu lähmen begann. Sie biß die Zähne zusammen und wartete.

Neuntes Kapitel
Das kleine Mädchen Alba

Alba wurde aufrecht geboren, was ein Glückszeichen ist. Großmutter Clara untersuchte ihren Rücken und entdeckte einen sternförmigen Fleck, das Kennzeichen von Menschen, die befähigt sind, die Glückseligkeit zu erlangen. „Um dieses Kind braucht man sich keine Sorgen zu machen, es wird Glück haben und glücklich sein. Außerdem bekommt es eine gute Haut, denn das ist erblich, und ich habe in meinem Alter noch keine Falten und nie in meinem Leben einen Pickel gehabt", erklärte Clara am zweiten Tag nach der Geburt. Deshalb nahm sich keiner die Mühe, das kleine Mädchen auf das Leben vorzubereiten, da sich doch die Gestirne verbunden hatten, um sie mit so vielen guten Gaben auszustatten. Ihr Sternzeichen war der Löwe. Ihre Großmutter erforschte ihre Konstellation und notierte ihr Schicksal in blauer Tinte auf die schwarzen Seiten eines Albums, in das sie auch einige grünschimmernde Kringel ihres ersten Haars einklebte, die ersten Abschnipsel der Fingernägel, die sie ihr kurz nach der Geburt beschnitt, und mehrere Aufnahmen, die sie zeigten, wie sie war: ein außerordentlich kleines, fast kahlköpfiges, faltiges und blasses Geschöpf ohne andere Anzeichen menschlicher Intelligenz als die glänzenden, schon in der Wiege altersweisen Augen. Solche Augen hatte auch ihr echter Vater. Ihre Mutter wollte sie Clara nennen, aber ihre Großmutter war dagegen, Vornamen in der Familie zu wiederholen, weil das in ihren Lebensnotizheften Verwirrung stifte. Sie suchten Vornamen in einem Synonymwörterbuch, und da fanden sie den ihren als letzten in einer ganzen Reihe von Wörtern, die alle Lichtes bezeichnen. Jahre später quälte der Gedanke Alba, daß, wenn sie eine Tochter bekam, es kein Wort mit dieser Bedeutung mehr gab, das sie als Vornamen benutzen konnte, aber Blanca brachte sie auf die Idee,

Fremdsprachen zu benutzen, was die Auswahl erheblich erweitert.

Alba war drauf und dran gewesen, um drei Uhr nachmittags mitten in der Wüste in einem Schmalspurzug zur Welt zu kommen, was für ihre Konstellation verhängnisvoll gewesen wäre. Glücklicherweise gelang es ihr, sich mehrere Stunden lang in ihrer Mutter festzuhalten, und so schaffte sie es, im Haus der Großeltern genau an dem Tag, der Stunde und dem Ort geboren zu werden, die ihrem Horoskop am besten zustatten kamen. Ihre Mutter traf unangemeldet im großen Eckhaus ein und krümmte sich unter den Wehen, mit denen Alba aus ihr herausdrängte. Verzweifelt klopfte sie an der Tür, und als ihr geöffnet wurde, rannte sie wie eine Wasserhose, ohne anzuhalten, bis in das Nähzimmer, wo Clara gerade liebevoll das letzte Kleidchen für ihre Enkelin fertignähte. Hier brach Blanca nach ihrer langen Reise zusammen, ohne irgend etwas erklären zu können, weil ihr mit einem tiefen, seufzenden Gurgeln der Bauch sprang und sie fühlte, wie alles Wasser der Welt mit wütendem Blubbern zwischen ihren Beinen hervorfloß. Auf Claras Schreien liefen die Dienstboten zusammen, und auch Jaime kam, der in diesen Tagen ständig zu Hause war und um Amanda herumstrich. Sie brachten sie in Claras Schlafzimmer, und während sie sie aufs Bett legten und ihr die Kleider vom Leib rissen, begann Albas winzige Menschlichkeit hervorzuspitzen. Ihr Onkel Jaime, der im Krankenhaus einige Geburten miterlebt hatte, half ihr heraus, indem er sie mit der rechten Hand fest an den Hinterbacken faßte, während er mit den Fingern der linken im Dunkeln nach ihrem Hals tastete, um die Nabelschnur zu lockern, die sie strangulierte. Unterdessen drückte Amanda, die auf den Lärm hin herbeigelaufen war, mit dem ganzen Gewicht ihres Körpers auf Blancas Bauch, während Clara, über das leidende Gesicht ihrer Tochter gebeugt, ihr ein Teesieb, mit einem Stück Stoff ausgeschlagen, durch das ein paar Tropfen Äther sickerten, an die Nase hielt. Alba kam rasch. Jaime nahm ihr die Nabelschnur vom Hals, hielt sie kopfunter in die Luft und führte sie mit zwei klatschenden Schlägen in die Leiden des Lebens und die Atemtechnik ein, aber Amanda, die über die Sitten afrikanischer Stämme gelesen hatte und die Rückkehr zur Natur predigte, riß ihm das Neugeborene aus der Hand und legte es liebevoll auf den warmen Bauch seiner Mutter, wo es für das traurige Los, geboren zu werden, einigen Trost fand. Nackt und umschlungen pflegten Mutter und Tochter der Ruhe, während die anderen die Spuren der Geburt beseitigten und mit dem Wechseln der Bettwäsche und den ersten Windeln beschäftigt waren. In der allgemeinen Aufregung bemerkte niemand die halb offenstehende Tür des Schranks, in welchem der kleine Miguel, starr vor Angst, die Szene beobachtete und sich der Anblick der von Adern durchzogenen und einem vorstehenden Nabel gekrönten Riesenkugel, aus der dieses violette, in fürchterliches blaues Gedärm verwickelte Wesen hervorkroch, für alle Zeiten in sein Gedächtnis eingrub.

In die Register des Standesamts und der Pfarrei wurde Alba auf den französischen Namen ihres Vaters eingetragen, aber sie benutzte ihn später nie, weil der ihrer Mutter so viel leichter zu buchstabieren war. Ihr Großvater, Esteban Trueba, billigte diese schlechte Angewohnheit nie, er habe sich weiß Gott redlich geplagt, sagte er bei jeder Gelegenheit, die sie ihm dazu gaben, damit Alba einen bekannten Vater und einen achtbaren Namen habe und nicht den der Mutter benutzen müsse, als ob sie ein Kind der Schande und der Sünde wäre. Er ließ auch nicht zu, daß die rechtmäßige Vaterschaft des Grafen in Zweifel gezogen würde, und hoffte weiter wider alle Logik, daß sich früher oder später das elegante Benehmen und der feine Zauber des Franzosen an der still und täppisch durch sein Haus wandernden Enkelin bemerkbar machen würden. Auch Clara brachte die Angelegenheit nicht mehr zur Sprache, bis zu jenem Tag, sehr viel später, als sie das kleine Mädchen zwischen den zerfallenden Götterstatuen im Garten spielen sah und ihr bewußt wurde, daß es keinem in der Familie und am wenigsten Jean de Satigny ähnlich sah.

„Von wem sie nur diese altersweisen Augen hat?" fragte die Großmutter.

„Die Augen hat sie vom Vater", antwortete Blanca zerstreut.
„Pedro Tercero García, nehme ich an", sagte Clara.
„Hm", nickte Blanca.

Es war das einzige Mal, daß Albas Abstammung im Kreis der Familie erwähnt wurde, denn da Jean de Satigny praktisch aus ihrer aller Leben verschwunden war, kam der Sache keine Bedeutung mehr zu, wie Clara in ihren Heften vermerkte. Sie hörten nichts mehr vom Grafen, und keiner machte sich die Mühe, seinen Aufenthaltsort festzustellen, nicht einmal um die Situation von Blanca zu legalisieren, die sich die Freiheiten einer Ledigen nicht nehmen konnte und allen Beschränkungen einer verheirateten Frau unterworfen war, aber keinen Mann hatte. Alba sah nie ein Bild des Grafen, weil ihre Mutter keinen Winkel des Hauses undurchstöbert gelassen und nicht geruht hatte, bis alle Fotos von ihm vernichtet waren, selbst die, auf denen sie am Tag ihrer Hochzeit an seinem Arm ging. Sie hatte beschlossen, den Mann, den sie geheiratet hatte, zu vergessen und so zu tun, als habe er nie existiert. Sie sprach nicht mehr von ihm und gab auch keine Erklärung für ihre Flucht aus dem gemeinsamen Domizil. Clara, die neun Jahre lang stumm gewesen war und die Vorzüge des Schweigens kannte, stellte ihrer Tochter keine Fragen und half ihr dabei, die Erinnerung an Jean de Satigny zu löschen. Alba sagten sie, ihr Vater sei ein edler, kluger und vornehmer Kavalier gewesen, der das Pech gehabt habe, im Norden des Landes in der Wüste an Fieber zu sterben. Es war eine der wenigen Schwindelgeschichten, die sie in ihrer Kindheit hinnehmen mußte, denn bei allem übrigen hielt sie engen Kontakt zu den prosaischen Wahrheiten des Daseins. Ihr Onkel Jaime zerstörte ihr den Mythos von den kleinen Kindern, die aus Kohlköpfen kommen oder vom Storch aus Paris gebracht werden, und ihr Onkel Nicolás den von den Heiligen Drei Königen, den Feen und den Gespenstern. Alba hatte Alpträume, in denen sie den Tod ihres Vaters sah. Sie träumte von einem jungen und schönen, ganz in Weiß gekleideten Mann in gleichfalls weißen Lackschuhen und Strohhut, der in der prallen Sonne durch die Wüste wanderte. In ihrem Traum wurden die Schritte des

Wanderers kürzer und kürzer, er schwankte, kam immer langsamer voran, stolperte und fiel, stand wieder auf und fiel abermals, verbrannt von Hitze, Fieber und Durst. Ein Stück weit noch schleppte er sich auf Knien über den glühendheißen Sand, bis er zuletzt ausgestreckt in der Unermeßlichkeit der fahlgelben Dünen lag, über sich die Raubvögel, die über seinem leblosen Körper ihre Kreise zogen. Sie träumte diesen Traum so oft, daß sie sehr überrascht war, als sie viele Jahre später in der Halle des städtischen Leichenhauses die Leiche des Mannes identifizieren mußte, den sie für ihren Vater hielt. Alba war damals ein tapferes junges Mädchen, kühn von Temperament und an Schicksalsschläge gewöhnt, so daß sie allein hinging. Ein Praktikant in weißer Schürze empfing sie, der sie durch lange Gänge in einen großen, kalten Saal mit grau gestrichenen Wänden führte. Der Mann in der weißen Schürze öffnete die Tür eines riesigen Eisschranks und zog ein Tablett heraus, auf dem ein alter, aufgedunsener, blau angelaufener Körper lag. Alba betrachtete ihn aufmerksam, ohne irgendeine Ähnlichkeit zwischen ihm und dem so oft im Traum gesehenen Bild feststellen zu können. Er erschien ihr wie ein Durchschnittstyp mit dem Aussehen eines Postangestellten. Sie sah auf seine Hände, und es waren nicht die eines edlen, vornehmen und klugen Kavaliers, sondern die eines Mannes, der nichts Interessantes zu erzählen hatte. Aus seinen Papieren ging jedoch unwiderleglich hervor, daß dieser traurige blaue Leichnam Jean de Satigny war, der nicht an Fieber in den goldenen Dünen eines kindlichen Alptraums, sondern als alter Mann beim Überqueren einer Straße einfach an Herzversagen gestorben war. Aber das alles war erst viel später. Zu Lebzeiten Claras war das große Eckhaus noch eine geschlossene Welt, in der Alba als behütetes und geborgenes Kind aufwuchs, geschützt selbst noch vor ihren Alpträumen.

Alba hatte noch keine zwei Lebenswochen hinter sich, als Amanda das große Eckhaus verließ. Sie war wieder zu Kräften gekommen und hatte keine Mühe, zu erraten, wonach sich Jaime in seinem Herzen sehnte. Sie nahm ihren kleinen Bruder an der Hand und ging, wie sie gekommen war, geräuschlos und ohne Versprechungen. Sie verloren sie aus den Augen, und der einzige, der sie hätte suchen können, wollte es nicht tun, um seinen Bruder nicht zu verletzen. Nur durch Zufall sah Jaime sie viele Jahre später wieder, und da war es für beide zu spät. Nachdem sie gegangen war, erstickte er seine Verzweiflung in seinen Studien und seiner Arbeit. Er kehrte zu seinen Einsiedlergewohnheiten zurück und war so gut wie nie im Haus zu sehen. Er sprach den Namen Amandas nicht mehr aus und distanzierte sich für immer von seinem Bruder.

Die Anwesenheit seiner Enkelin im Haus wirkte sich besänftigend auf Esteban Truebas Charakter aus. Die Veränderung vollzog sich unmerklich, doch Clara nahm sie wahr. Kleine Symptome zeigten sie an, der Glanz in seinen Augen, wenn er das Kind sah, die teuren Geschenke, die er ihr mitbrachte, seine Besorgnis, wenn er sie weinen hörte. Blanca kam er dadurch nicht näher. Die Beziehung zu seiner Tochter war nie gut gewesen und seit ihrer unseligen Ehe so schlecht geworden, daß nur der von Clara allen auferlegte Zwang zur Höflichkeit ihnen das Zusammenleben unter ein und demselben Dach ermöglichte.

Zu dieser Zeit waren fast alle Zimmer des Hauses Trueba besetzt, und auf dem für die Familie und die geladenen Gäste gedeckten Tisch lag täglich ein zusätzliches Gedeck, für den Fall, daß ein unangemeldeter Besucher kam. Die Eingangstür war durchgehend geöffnet, damit die Familienangehörigen und die Besucher kommen und gehen konnten, wie es ihnen beliebte. Während Senator Trueba damit beschäftigt war, die Geschicke seines Landes zu entwirren, steuerte seine Frau ihr Schiff geschickt durch die unruhigen Wasser des gesellschaftlichen Lebens und die anderen, überraschenden, ihres spirituellen Weges. Mit dem Alter und durch Übung verstärkten sich Claras Fähigkeiten, Verborgenes zu erraten und Gegenstände aus der Entfernung in Bewegung zu setzen. In ihren exaltierten Gemütszuständen war es ihr ein leichtes, sich in Trance zu versetzen, und dann konnte sie, auf einem Stuhl sitzend, durchs ganze Haus fahren, als wäre unter dem Sitz ein Motor versteckt. In diesen Tagen beglich ein hungernder junger Künstler, der aus Barmherzigkeit im Haus aufgenommen worden war, die ihm erwiesene Gastfreundschaft dadurch, daß er Clara malte. Es ist das einzige Bild, das von ihr existiert. Viele Jahre später wurde aus dem notleidenden Künstler ein Meister, und heute hängt das Bild wie so viele andere Kunstwerke, die das Land verließen zu einer Zeit, da man seine Möbel verkaufen mußte, um die Verfolgten durchzufüttern, in einem Londoner Museum. Auf dem Ölgemälde ist eine reife Frau zu sehen, weiß gekleidet, mit silbrigem Haar, auf dem Gesicht den sanften Ausdruck einer Trapezkünstlerin. Sie ruht in einem Schaukelstuhl, der über dem Boden schwebt, wiegt sich zwischen geblümten Vorhängen, einem umgekehrt fliegenden Krug und einem dicken schwarzen Kater, der wie ein großmächtiger Herr dasitzt und zuschaut. Von Chagall beeinflußt, sagt der Museumskatalog, aber das stimmt nicht. Das Bild entspricht genau der Wirklichkeit, die der Künstler im Hause Claras erlebt hat. Es war die Zeit, da sich die okkulten Kräfte der menschlichen Natur und die gute Laune Gottes noch ungestraft auswirkten und unter den Gesetzen der Physik und auch der Logik Notstand und Bestürzung auslösten. Claras Kommunikationen mit den umherirrenden Seelen und den Außerirdischen liefen über Telepathie, Träume und ein Pendel, das sie zu diesem Zweck über ein ordentlich auf den Tisch gelegtes Alphabet hielt. Die autonomen Bewegungen des Pendels bezeichneten die Buchstaben und bildeten auf Spanisch und Esperanto die Botschaften, wodurch bewiesen war, daß diese beiden die einzigen Sprachen sind, die für Wesen aus anderen Regionen von Interesse sind, und nicht das Englische, wie Clara an die Botschafter der englischsprachigen Mächte schrieb, die ihre Briefe nie beantworteten, ebensowenig wie die diversen Erziehungsminister, an die sie sich wandte, um ihnen auseinanderzusetzen, daß man, statt in den Schulen Englisch und Französisch zu unterrichten, diese Sprachen der Matrosen, Händler und Wucherer, die Kinder lieber dazu anhalten sollte, Esperanto zu lernen.

Alba verbrachte ihre Kindheit zwischen vegetarischer Kost, Kriegskünsten aus Nippon, tibetanischen Tänzen,

Yogaatmung, Entspannungs- und Konzentrationsübungen nach Professor Hausser und vielen anderen interessanten Techniken, die Beiträge nicht eingerechnet, die ihre beiden Onkel und die drei Schwestern Mora zu ihrer Erziehung leisteten. Ihre Großmutter Clara brachte es fertig, diesen riesigen Zigeunerwagen voll Halluzinierter, in den sich das Haus verwandelt hatte, in Fahrt zu halten, obgleich sie selbst keine Begabung zum Haushalt hatte und die vier Rechenarten so sehr verachtete, daß sie das Addieren vergaß, so daß ganz natürlicherweise Haushaltung und Buchführung in die Hände Blancas übergingen, die ihre Zeit aufteilte zwischen den Aufgaben eines Haushofmeisters in diesem Miniaturstaat und ihrer Keramikwerkstatt im hintersten Patio, dem letzten Refugium für ihren Kummer, wo sie mongoloide Kinder und müßige Señoritas unterrichtete und ihre unglaublichen, mit Monstern bestückten Krippen herstellte, die sich wider alle Logik wie frische Brötchen verkauften.

Von klein auf war Alba dafür verantwortlich, daß immer frische Blumen in den Vasen standen. Sie machte die Fenster auf, damit die Zimmer Licht und Luft in vollen Zügen atmeten, aber die Blumen hielten nie bis zum Abend, weil die Stentorstimme und die Stockschwünge Esteban Truebas die Macht besaßen, die Natur zu erschrecken. Sobald er kam, flohen die Haustiere und welkten die Pflanzen. Blanca zog einen aus Brasilien importierten Gummibaum auf, ein mageres, schüchternes Gewächs, an dem nur der Preis lustig war, der sich aus der Anzahl der Blätter errechnete. Wenn die Frauen den Schritt des Großvaters hörten, rannte die, die am nächsten war, los, um den Gummibaum auf der Terrasse in Sicherheit zu bringen, denn kaum betrat der Alte den Raum, ließ die Pflanze die Blätter hängen und sonderte am Stamm ein weißliches Weinen ab, eine Art Milchtränen. Alba ging nicht zur Schule, weil ihre Großmutter sagte, daß jemand, der so sehr von den Sternen begünstigt war wie sie, mehr als Lesen und Schreiben nicht zu können brauchte, und das könne sie auch im Haus lernen. Sie beeilte sich derart, es ihr beizubringen, daß Alba mit fünf Jahren vor dem Frühstück die Zeitung las, um die Nachrichten mit ihrem Großvater kommentieren zu können, und mit sechs hatte sie die magischen Bücher in den verwunschenen Koffern des Onkels Marcos entdeckt und fuhr voll in die unwiederbringliche Welt der Phantasie ab. Auch um ihre Gesundheit machten sich die Frauen keine Sorgen, da sie an den Nutzen von Vitaminen nicht glaubten und Impfungen, wie sie sagten, nur für Hühner gut seien. Außerdem untersuchte ihre Großmutter die Linien ihrer Hand und sagte, daß sie eine eiserne Gesundheit und ein langes Leben haben würde. Was endlich ihr Äußeres betraf, so war die einzige Pflege, die man ihm angedeihen ließ, das Kämmen mit Bayrum, um den dunkelgrünen Ton, den ihr Haar schon bei der Geburt hatte, zu mildern, obwohl Senator Trueba sagte, man solle es lassen, wie es war, denn Alba sei die einzige, die etwas von der schönen Rosa geerbt habe, wenn auch leider nur die meerpflanzenhafte Haarfarbe. Ihm zuliebe verzichtete Alba als Halbwüchsige auf die Verwandlungskünste des Bayrum und spülte ihr Haar mit Petersiliensud, was dem Grün gestattete, wieder in seiner ganzen Laubhaftigkeit hervorzutreten. Alles andere an ihrer Person war unscheinbar, im Unterschied zu der Mehrzahl der Frauen ihrer Familie, die fast ausnahmslos herrlich waren.

In den seltenen Augenblicken, in denen Blanca Muße hatte, über sich und ihre Tochter nachzudenken, bedauerte sie, daß dieses stille und einsame Kind ohne gleichaltrige Spielgefährten aufwuchs. In Wirklichkeit fühlte sich Alba nicht allein, im Gegenteil, manchmal wäre sie glücklich gewesen, wenn sie der Hellsichtigkeit ihrer Großmutter, der Intuition ihrer Mutter und dem Trubel extravaganter Leute, die im großen Eckhaus unaufhörlich erschienen, verschwanden und wiederkehrten, hätte entgehen können. Blanca machte sich auch darüber Sorgen, daß ihre Tochter nicht mit Puppen spielte, aber Clara kam ihrer Enkelin mit dem Argument zu Hilfe, daß diese kleinen Porzellanleichen mit ihrem Augenklappern und ihrem pervers gekräuselten Mund ekelhaft seien. Aus Resten der Wolle, mit der sie die Armen bestrickte, bastelte sie ihr eigenhändig ein paar unförmige Gestalten. Es waren Geschöpfe, die nichts

Menschliches hatten, weshalb es leichter war, sie schlafen zu legen, auf den Armen zu wiegen, zu baden und dann auf den Müll zu werfen. Der Lieblingsspielplatz des kleinen Mädchens war der Keller. Wegen der Ratten hatte Esteban Trueba befohlen, die Tür mit einem Balken zu verrammeln, aber Alba rutschte kopfüber durch eine Luke und landete geräuschlos in diesem Paradies der vergessenen Gegenstände. Der Raum lag in ewigem Halbdunkel und war, wie eine versiegelte Pyramide, gegen jede Abnutzung durch die Zeit geschützt. Hier häuften sich die ausrangierten Möbel, Werkzeuge zu unbegreiflichen Zwecken, ausgeleierte Maschinen, Trümmer des Covadonga, des prähistorischen Autos, das ihre Onkel auseinandergenommen hatten, um es in einen Rennwagen umzuwandeln, und das hier seine Tage als Schrott beschloß. Das alles diente Alba dazu, in den Winkeln Häuschen zu bauen. Es gab Truhen und Koffer voll alter Kleider, die sie zur Inszenierung ihrer einsamen Theateraufführungen benutzte, und ein trauriges, schwarzes, mottenzerfressenes Fell mit einem Hundekopf, das wie ein klägliches Tier mit abgespreizten Beinen aussah, wenn man es auf den Boden legte. Es war die letzte, schmähliche Spur des getreuen Barrabas.

Zu Weihnachten machte Clara ihrer Enkelin einmal ein fabelhaftes Geschenk, das zuzeiten die gleiche Anziehungskraft auf sie ausübte wie der Keller: eine Schachtel mit Farbtöpfen und Pinseln, dazu eine kleine Leiter und die Erlaubnis, die größte Wand ihres Zimmers nach Lust und Laune zu bemalen.

„Da kann sie sich austoben", sagte Clara, als sie Alba auf den höchsten Sprossen der Leiter balancieren sah, um dicht unter der Decke einen Zug voll Tiere zu malen.

Im Verlauf der Jahre legte Alba auf dieser und den anderen Wänden ihres Zimmers ein riesiges Fresko an, auf dem inmitten einer zauberischen Flora und einer unmöglichen Fauna, denen ähnlich, die Rosa in ihre Tischdecke gestickt hatte und Blanca in ihrem Keramikofen brannte, die Wünsche, Erinnerungen, Traurigkeiten und Freuden ihrer Kindheit erschienen.

Ihre zwei Onkel standen ihr sehr nahe. Jaime war ihr

Lieblingsonkel. Er war ein haariger Hüne, der sich zweimal täglich rasieren mußte und auch dann noch aussah, als hätte er einen Dienstagsbart. Dazu hatte er bedrohliche schwarze Augenbrauen, die er nach oben kämmte, um seine Nichte glauben zu machen, er sei mit dem Teufel verwandt, und besensteifes, vergeblich pomadisiertes und immer feuchtes Haar. Er kam und ging mit seinen Büchern unter dem Arm und einem Klempnerköfferchen in der Hand. Er hatte Alba gesagt, er arbeite als Juwelendieb und in dem schauerlichen Köfferchen lägen seine Dietriche und Einbrecherhandschuhe. Das kleine Mädchen stellte sich erschrocken, wußte aber, daß ihr Onkel Arzt war und das Köfferchen die Instrumente enthielt, die er zu seinem Beruf brauchte. Zu ihrer Unterhaltung an Regennachmittagen hatten sie Illusionsspiele erfunden.

„Hol den Elefanten", befahl Onkel Jaime.

Alba ging hinaus, und wenn sie zurückkam, zog sie an einer unsichtbaren Leine einen imaginären Dickhäuter hinter sich her. Sie konnten eine halbe Stunde damit zubringen, ihn mit ausgewähltem, Elefanten zuträglichem Grünzeug zu füttern, ihn mit Sand zu waschen, um seine Haut gegen die Witterung zu schützen, und das Elfenbein seiner Stoßzähne auf Hochglanz zu polieren, während sie heftig über Vor- und Nachteile des Lebens im Urwald debattierten.

„Dieses Kind wird vollkommen verrückt werden!" sagte Senator Trueba, wenn er die kleine Alba auf der Galerie sitzen und die medizinischen Abhandlungen lesen sah, die Onkel Jaime ihr lieh.

Sie war die einzige im Haus, die einen Schlüssel zum Büchertunnel ihres Onkels besaß und die Erlaubnis hatte, Bücher herauszunehmen und sie zu lesen. Blanca behauptete, man müsse ihr die Lektüre in kleinen Dosen verabreichen, denn es gebe Dinge, die für ihr Alter ungeeignet wären, aber ihr Onkel Jaime meinte, daß die Leute nichts lesen, was sie nicht interessiert, und wenn etwas sie interessiere, seien sie auch reif dafür. Die gleiche Theorie vertrat er in puncto Baden und Essen. Wenn Alba keine Lust habe zu baden, sagte er, dann deshalb, weil sie es nicht nötig habe, und man solle ihr zu essen geben, was sie wolle, und dann, wenn sie Hunger habe, denn der Organismus kenne seine Bedürfnisse besser als irgend jemand sonst. In diesem Punkt war Blanca unnachgiebig: sie zwang ihre Tochter, strikte Essenszeiten und Hygienenormen einzuhalten. Das Ergebnis war, daß Alba außer den normalen Mahlzeiten und Bädern die Leckereien verspeiste, die ihr Onkel ihr mitbrachte, und sich unter den Gartenschlauch stellte, sooft ihr heiß war, ohne daß weder das eine noch das andere ihrer gesunden Natur schadete. Alba hätte es gern gesehen, daß ihr Onkel Jaime ihre Mutter heiratete, weil es sicherer war, ihn zum Vater als zum Onkel zu haben, aber ihr wurde erklärt, daß aus solchen inzestuösen Verbindungen mongoloide Kinder hervorgehen. Davon blieb ihr die Vorstellung, daß die Donnerstagsschüler in der Werkstatt ihrer Mutter Kinder ihrer Onkel wären.

Auch Nicolás stand dem Herzen des kleinen Mädchens nahe, aber er hatte etwas Flüchtiges, Flatterhaftes, Hastiges, sprang immer aus einer Idee in die andere, und das verunsicherte die kleine Alba. Sie war fünf Jahre alt, als Nicolás aus Indien zurückkam. Da er es leid gewesen war, Gott am dreibeinigen Tisch und im Haschischrausch anzurufen, hatte er beschlossen, ihn in einem Land zu suchen, das weniger engstirnig war als seine Heimat. Zwei Monate lang war er Clara auf den Fersen, verfolgte sie in alle Winkel, flüsterte ihr ins Ohr, wenn sie schlief, so lange, bis er sie überredet hatte, einen Brillantring zu verkaufen und ihm damit die Reise ins Land Mahatma Gandhis zu bezahlen. Diesmal widersetzte sich Esteban Trueba nicht, weil er dachte, daß ein Ausflug in diese ferne Nation hungernder Menschen und pilgernder Kühe seinem Sohn guttun würde. „Falls Sie nicht an einem Kobrabiß oder an einer ausländischen Seuche sterben, werden Sie als Mann zurückkommen, hoffe ich, denn ich habe Ihre Extravaganzen satt", sagte der Vater zu ihm, als sie sich an der Mole verabschiedeten.

Nicolás verbrachte ein Jahr als Bettler, ging zu Fuß die Wege der Yogi, zu Fuß auf den Himalaja, zu Fuß nach Katmandu, zu Fuß an den Ganges, zu Fuß nach Benares. Am Ende dieser Pilgerfahrt war er der Existenz Gottes gewiß und hatte gelernt, sich Hutnadeln durch die Wangen und die Haut seiner Brust zu stechen und fast ohne Essen auszukommen. Eines schönen Tages stand er unangemeldet vor der Tür des Hauses, eine Kinderwindel als Lendenschurz um die Hüften, die Haut an den Knochen klebend und mit dem ziellosen Blick eines Menschen, der sich ausschließlich von Gemüsen ernährt. Er kam in Begleitung einiger ungläubiger Polizisten, die bereit waren, ihn festzunehmen, falls er nicht beweisen konnte, tatsächlich der Sohn Senator Truebas zu sein, und einer Schar Kinder, die ihm nachliefen, ihn bespuckten und mit Abfällen bewarfen. Sein Vater beruhigte die Polizisten und befahl Nicolás, ein Bad zu nehmen und sich Christenkleider anzuziehen, wenn er in seinem Haus wohnen wolle, aber Nicolás schaute ihn an, als ob er ihn nicht sähe, und gab keine Antwort. Er war Vegetarier geworden. Er aß kein Fleisch, keine Milch, keine Eier, was er verzehrte, war eine Kaninchennahrung, und allmählich begann sein unruhiges Gesicht diesem Tier zu ähneln. Die Mahlzeiten wurden zu einem endlosen Ritual, bei dem Alba über dem leeren Teller und die Dienstmädchen über den Tabletts in der Küche einschliefen, während er feierlich kaute, weshalb Esteban Trueba künftig nicht mehr nach Hause kam, sondern alle seine Mahlzeiten im Klub einnahm. Nicolás versicherte, er könne barfuß über die Glut gehen, aber sooft er den Beweis antreten wollte, bekam Clara einen Asthmaanfall, und er mußte aufgeben. Er sprach nur noch in asiatischen, nicht immer verständlichen Gleichnissen. Seine Interessen waren ausschließlich spiritueller Art. Der Materialismus des häuslichen Lebens störte ihn ebenso wie die übertriebene Sorge seiner Schwester und seiner Mutter, die ihn unbedingt füttern und kleiden wollten, und die Nachstellungen der faszinierten Alba, die ihm wie ein Hündchen nachlief, bettelnd, er solle ihr beibringen, wie man auf dem Kopf stehen und sich Nadeln durch die Haut stechen könne. Er ging nackt, auch wenn der Winter mit seiner ganzen Strenge hereinbrach. Er konnte fast drei Minuten lang den Atem anhalten und führte dieses Kunststück bereitwillig vor, sooft ihn jemand darum bat. Schade, sagte

Jaime, daß Luft nichts koste, er habe ausgerechnet, daß Nicolás nur halb soviel Luft einatme wie ein normaler Mensch, ohne daß es ihm in irgendeiner Weise zu schaden schiene. Den Winter verbrachte er, gelbe Rüben kauend, ohne über Kälte zu klagen, eingeschlossen in seinem Zimmer, wo er Seite um Seite mit seiner winzigen Schrift füllte. Als sich die ersten Anzeichen des Frühlings bemerkbar machten, verkündete er, sein Buch sei fertig. Es hatte eintausendfünfhundert Seiten, und es gelang Nicolás, seinen Vater und seinen Bruder Jaime zu überreden, ihm a conto des Gewinns, den er mit dem Verkauf erzielen würde, den Druck zu finanzieren. Korrigiert und gedruckt, verringerten sich die eintausendfünfhundert handgeschriebenen Seiten auf die sechshundert Druckseiten einer umfänglichen Abhandlung über die neunundneunzig Namen Gottes und die Methode, durch Atemübungen das Nirwana zu erreichen. Das Buch hatte nicht den erhofften Erfolg, und die unverkauften Exemplare beschlossen ihre Tage im Keller, wo Alba sie als Ziegelsteine zum Bau von Schützengräben benutzte, bis sie viele Jahre später das Feuer eines infamen Scheiterhaufens nähren halfen.

Sobald das Buch aus der Druckerei kam, hielt Nicolás es liebevoll in seinen Händen, gewann sein Hyänenlächeln zurück, das er verloren hatte, zog sich anständige Kleider an und verkündete, der Moment sei gekommen, seinen in finsterer Unwissenheit verbliebenen Zeitgenossen die Wahrheit zu übergeben. Esteban Trueba erinnerte ihn an sein Verbot, das Haus als Akademie zu benutzen, und machte ihn darauf aufmerksam, daß er es nicht dulden werde, wenn er Alba heidnische Ideen in den Kopf setze, und erst recht nicht, wenn er sich einfallen lasse, ihr Fakirtricks beizubringen. Nicolás ging in die Kaffeestube der Universität predigen und brachte eine eindrucksvolle Zahl von Schülern für seine Unterweisungen in spirituellen Exerzitien und Atemübungen zusammen. In seiner Freizeit fuhr er Motorrad und lehrte seine Nichte, Schmerz und andere Schwächen des Fleisches zu überwinden. Das kleine Mädchen, das einen gewissen Hang zum Makabren hatte, konzentrierte sich nach den Anweisungen ihres Onkels und schaffte es, sich den Tod ihrer Mutter so vor Augen zu führen, als ob sie ihn miterlebte. Sie sah sie im Sarg liegen, fahl, kalt, die schönen dunklen Augen geschlossen. Sie hörte die Angehörigen weinen. Sie sah die Prozession der Freunde, die still hereinkamen, ihre Visitenkarten auf ein Tablett legten und gesenkten Hauptes wieder gingen. Sie roch den Duft der Blumen, hörte die mit Federbüschen geschmückten Pferde am Leichenwagen wiehern. Sie fühlte ihre Füße in den neuen schwarzen Schuhen schmerzen. Sie stellte sich ihre Einsamkeit, Verlassenheit und Verwaistheit vor. Ihr Onkel half ihr, an das alles zu denken, ohne zu weinen, sich zu entspannen und dem Schmerz keinen Widerstand entgegenzusetzen, damit er durch sie hindurchginge, ohne sich aufzuhalten. Andere Male klemmte sich Alba den Finger in die Tür und lernte den brennenden Schmerz ertragen, ohne zu jammern. Wenn sie es fertigbrachte, eine ganze Woche nicht zu weinen und alle Proben zu bestehen, die Onkel Nicolás ihr auferlegt hatte, erhielt sie eine Belohnung, die fast immer in einer Fahrt in Höchstgeschwindigkeit auf dem Motorrad bestand, eine unvergeßliche Erfahrung. Bei einer dieser Gelegenheiten blieben sie auf einer Straße außerhalb der Stadt in einer Herde Kühe stecken, die quer über die Fahrbahn in die Ställe liefen. Nie würde sie die schweren Leiber der Tiere vergessen, ihre Behäbigkeit, die kotverschmierten Schwänze, die ihr ins Gesicht schlugen, den Kuhfladengeruch, die Hörner, die sie streiften, und ihr eigenes Gefühl von hohlem Magen und herrlichem Schwindel, diesen unglaublichen Kitzel, eine Mischung aus leidenschaftlicher Neugier und Schrecken, die sich in ihrem späteren Dasein nur für flüchtige Augenblicke wiederholte.

Esteban Trueba, der immer Schwierigkeiten gehabt hatte, sein Bedürfnis nach Liebe auszudrücken, und der keinen Zugang zur Zärtlichkeit mehr hatte, seit sich seine ehelichen Beziehungen zu Clara verschlechtert hatten, wandte seine besten Gefühle Alba zu. Jeden Morgen lief sie im Pyjama an das Zimmer ihres Großvaters, trat, ohne zu klopfen, ein und schlüpfte in sein Bett. Er stellte sich, als fahre er erschrocken aus dem Schlaf auf, obgleich er in

Wirklichkeit auf sie gewartet hatte, und brummte, sie solle in ihr Zimmer zurückgehen und ihn nicht stören. Alba kitzelte ihn, bis er ihr, scheinbar besiegt, erlaubte, die Schokolade zu holen, die er für sie versteckt hatte. Alba kannte alle Verstecke, und ihr Großvater benutzte sie immer in der gleichen Reihenfolge, aber um ihn nicht um sein Vergnügen zu bringen, suchte sie eine ganze Weile und stieß Jubelschreie aus, wenn sie etwas fand. Esteban Trueba erfuhr nie, daß seine Enkelin Schokolade haßte und sie nur ihm zuliebe aß. Mit diesen morgendlichen Spielen befriedigte der Senator sein Bedürfnis nach menschlicher Nähe. Den übrigen Tag war er im Kongreß, im Klub, auf dem Golfplatz, mit Geschäften und politischen Gesprächen beschäftigt. Zweimal im Jahr fuhr er mit seiner Enkelin für zwei oder drei Wochen auf die Drei Marien. Beide kamen braungebrannt, dicker und glücklicher zurück. Dort brannten sie einen Schnaps für den Hausgebrauch, der zum Trinken, zum Feuermachen im Herd, zum Desinfizieren von Wunden und zur Vernichtung von Kakerlaken diente und den sie pompös „Wodka" nannten. Am Ende seines Lebens, als seine neunzig Jahre einen alten, krummen und morschen Baum aus ihm gemacht hatten, dachte Esteban Trueba an diese Zeiten mit seiner Enkelin als an die besten seines Lebens zurück, und auch ihr blieben die Komplizenschaft bei diesen Fahrten aufs Land, die Spazierritte hinter dem Großvater auf der Kruppe seines Pferdes, die Abende in der Unermeßlichkeit des Weidelandes, die langen, mit dem Erzählen von Gespenstergeschichten und mit Zeichnen gemeinsam am Kamin des Salons verbrachten Nächte immer im Gedächtnis.

Die Beziehungen Esteban Truebas zu seiner übrigen Familie verschlechterten sich mit der Zeit immer mehr. Einmal in der Woche, an den Samstagen, versammelten sich alle um den großen Eichentisch, der immer in der Familie gewesen war und früher den del Valle gehört hatte, was besagte, daß er aus dem ältesten Altertum stammte, und der zum Aufbewahren Toter, zum Flamencotanzen und anderen unvorhergesehenen Zwecken gedient hatte. Alba wurde zwischen ihre Mutter und ihre Großmutter gesetzt, mit einem Kissen auf dem Stuhl, damit sie mit der Nase an den Teller reichte. Fasziniert beobachtete sie die Erwachsenen, ihre Großmutter, strahlend, zur Feier des Tages mit eingesetzten Zähnen, durch eines ihrer Kinder oder ein Dienstmädchen Botschaften an ihren Mann richtend, Jaime, auftrumpfend mit schlechten Manieren, rülpsend nach jedem Gang und mit dem kleinen Finger in den Zähnen stochernd, um seinen Vater zu ärgern, Nicolás, mit halbgeschlossenen Augen jeden Bissen fünfzigmal kauend, und Blanca, plappernd über alles, was ihr einfiel, um die Fiktion eines normalen Abendessens aufrechtzuerhalten. Trueba verhielt sich relativ still, bis sein schlechter Charakter zuletzt mit ihm durchging und er anfing, mit seinem Sohn Jaime über die Armen, die Wahlen, die Sozialisten und über Prinzipien zu streiten oder Nicolás zu beschimpfen wegen seines Versuchs, im Ballon aufzusteigen, oder weil er mit Alba Akupunktur betrieb, oder Blanca zu kränken mit seinen brutalen Antworten, seiner Indifferenz oder der überflüssigen Warnung, sie werde keinen Peso von ihm erben, da sie ihr Leben selbst zugrunde gerichtet habe. Die einzige, mit der er sich nicht anlegte, war Clara, aber zu ihr sprach er fast nie. Gelegentlich überraschte Alba ein Blick ihres Großvaters, der mit den Augen an Clara hing, sie unverwandt ansah und dabei bis zur Fremdheit weich und sanft wurde. Aber das geschah nicht oft, normalerweise ignorierten sich die Ehegatten gegenseitig. Manchmal verlor Senator Trueba die Kontrolle und schrie dermaßen, daß er rot anlief und man ihm kaltes Wasser ins Gesicht schütten mußte, damit sein Koller verging und er in den Rhythmus der Atmung zurückfand.

In dieser Epoche hatte Blanca den Gipfelpunkt ihrer Schönheit erreicht. Sie hatte etwas Maurisches, Schmachtendes und Üppiges, das zum Ausruhen einlud und Vertrauen erweckte. Sie war groß und füllig, von Temperament hilflos und weinerlich, was bei den Männern den uralten Beschützerinstinkt wachrief. Ihr Vater konnte keine Sympathie für sie aufbringen. Er verzieh ihr die Liebschaft mit Pedro Tercero García nicht und ließ sie spüren, daß sie von seiner Barmherzigkeit abhing. Trueba konnte sich nicht erklären, wieso seine Tochter so viele Verehrer hatte, denn Blanca hatte so gar nichts von der erregenden Lustigkeit und dem Frohsinn, der ihn an Frauen anzog, und außerdem dachte er, daß kein normaler Mann den Wunsch verspüren könnte, eine Frau von schwacher Gesundheit, mit ungeklärtem Zivilstand und einer Tochter am Hals zu heiraten. Blanca selbst schien nicht überrascht, daß die Männer hinter ihr her waren. Sie war sich ihrer Schönheit bewußt. Doch ihr Verhalten gegenüber den sie besuchenden Herren war widersprüchlich. Wenn sie sie einerseits mit dem Spiel ihrer maurischen Augen ermunterte, so hielt sie sie andererseits vorsichtig auf Distanz. Sobald sie sah, daß einer ernste Absichten hatte, brach sie die Beziehung mit einer eindeutigen Weigerung ab. Einige der wirtschaftlich besser Gestellten versuchten, das Herz Blancas dadurch zu gewinnen, daß sie ihre Tochter verführten. Sie überschütteten sie mit teuren Geschenken, Puppen, die gehen, weinen und andere allzu menschliche Tätigkeiten verrichten konnten, wenn man sie aufzog, sie stopften sie mit Cremetorte voll und nahmen sie in den Zoo mit, wo das kleine Mädchen in Tränen ausbrach vor Mitleid mit den armen eingesperrten Tieren, vor allem den Seehunden, die ein unheimliches Vorgefühl in ihrer Seele weckten. Diese Besuche im Tiergarten an der Hand irgendeines gönnerhaften und spendablen Bewerbers hinterließen ihr für den Rest ihres Lebens einen Abscheu vor Gefängnissen, Mauern, Gittern und Isolierungen. Derjenige unter den Verliebten, der es auf dem Weg der Eroberung Blancas am weitesten brachte, war der König der Dampftöpfe. Trotz seines ungeheuren Reichtums und seines nachdenklichen, friedfertigen Charakters haßte ihn Esteban Trueba, weil er beschnitten war, eine Sephardimnase und krauses Haar hatte. Mit seiner spöttischen und ablehnenden Haltung brachte er es fertig, diesen Mann zu vertreiben, der in einem Konzentrationslager überlebt, die Not und das Exil überwunden hatte und aus dem erbarmungslosen Kampf im Geschäftsleben als Sieger hervorgegangen war. Solange die Romanze dauerte, kam der König der Dampftöpfe Blanca abholen, um sie in die exklusivsten Restaurants auszuführen. Er kam in einem winzigen zweisitzigen Auto mit Traktorrädern und Turbinengetöse in den Motoren, das, weil es das einzige seiner Art war, auf der Straße Aufläufe Schaulustiger und bei der Familie Trueba verächtliches Naserümpfen hervorrief. Als ginge das Mißvergnügen ihres Vaters und das Getuschel der Nachbarn sie nichts an, bestieg Blanca in ihrem schwarzen Kostüm, dem einzigen, das sie besaß, und in der weißen Seidenbluse, die sie zu allen besonderen Gelegenheiten trug, majestätisch wie ein Premierminister das Vehikel. Alba küßte sie zum Abschied und blieb an der Tür stehen, den zarten Jasminduft ihrer Mutter noch in der Nase und mit zugeschnürter Kehle. Nur dem Training mit ihrem Onkel Nicolás hatte sie es zu verdanken, daß sie diese Ausfahrten ihrer Mutter ertrug, ohne in Weinen auszubrechen, denn sie fürchtete, eines schönen Tages würde es dem Galan vom Dienst gelingen, Blanca zu überreden, sie würde mit ihm fortgehen und sie, Alba, wäre für immer mutterlos. Sie hatte seit langem beschlossen, daß sie einen Vater nicht brauche, und erst recht keinen Stiefvater, daß sie aber, wenn ihre Mutter sie im Stich ließe, ihren Kopf so lange in einen Eimer Wasser halten würde, bis sie erstickt war, so wie es die Köchin mit den kleinen Kätzchen machte, die die Katze alle vier Monate warf.

Alba verlor die Angst, ihre Mutter könnte sie verlassen, als sie Pedro Tercero kennenlernte und Intuition ihr sagte, daß niemand fähig sein würde, Blancas Liebe zu erringen, solange dieser Mann existierte. Es war an einem Sonntag im Sommer. Blanca machte ihr Korkenzieherlöckchen mit der Brennschere, die ihr die Ohren verbrannte, zog ihr weiße Handschuhe und schwarze Lackschuhe an und setzte ihr einen Strohhut mit künstlichen Kirschen auf. Als ihre Großmutter Clara sie sah, lachte sie laut, aber ihre Mutter tröstete sie, indem sie ihr zwei Tropfen ihres Parfüms auf den Hals gab.

„Du wirst einen berühmten Mann kennenlernen“, sagte Blanca beim Weggehen geheimnisvoll.

Sie führte das Kind in den Parque Japonés, wo sie ihr gebrannte Mandeln und eine Tüte Mais kaufte. Dann saßen sie Hand in Hand auf einer schattigen Bank, um sie herum die Tauben, die den Mais aufpickten.

Sie sah ihn kommen, ehe ihn die Mutter ihr zeigte. Er trug einen Monteuranzug, hatte einen mächtigen schwarzen, bis an die Mitte der Brust reichenden Bart, zerzaustes Haar, an den Füßen Franziskanersandalen ohne Söckchen, und auf seinem Gesicht lag ein breites, strahlendes, wunderbares Lächeln, das ihn sofort in die Kategorie der Wesen einreihte, die es verdienten, in das große Fresko in ihrem Zimmer aufgenommen zu werden.

Der Mann und das kleine Mädchen sahen sich an, und beide erkannten sich an den Augen.

„Das ist Pedro Tercero, der Liedersänger. Du hast ihn im Radio gehört“, sagte ihre Mutter.

Alba streckte die Hand aus, und er drückte sie ihr mit der Linken. Da merkte sie, daß ihm an der rechten Hand mehrere Finger fehlten, aber er erklärte ihr, daß er trotzdem Gitarre spielen könne, denn man fände immer einen Weg, das zu tun, was man tun wolle. Zu dritt gingen sie durch den Parque Japonés. Am späten Nachmittag nahmen sie eine der letzten Elektrischen, die es in der Stadt noch gab, um an einem Stand auf dem Markt gebratenen Fisch zu essen, und als es dunkel wurde, begleitete er sie bis in die Straße, in der ihr Haus stand. Als sie sich verabschiedeten, küßten sich Blanca und Pedro Tercero auf den Mund. Es war das erste Mal in ihrem Leben, daß Alba so etwas sah, denn in ihrer Umgebung gab es keine verliebten Leute. Von diesem Tag an begann Blanca, die Wochenenden außer Haus zu verbringen. Sie sagte, sie ginge eine entfernte Cousine besuchen. Esteban Trueba kam der Zorn hoch, und er drohte ihr, sie aus dem Haus zu werfen, aber Blanca blieb standhaft bei ihrem Entschluß. Sie ließ ihre Tochter bei Clara und bestieg, ein Clownsköfferchen mit aufgemalten Blumen in der Hand, den Autobus.

„Ich verspreche dir, daß ich nicht heiraten werde und daß ich morgen abend wieder da bin“, sagte sie beim Abschied zu ihrer Tochter.

Zur Stunde der Siesta setzte sich Alba gern zur Köchin, um am Radio populäre Lieder zu hören, besonders die des

Liedermachers, den sie im Parque Japonés kennengelernt hatte. Eines Tages kam Senator Trueba in die Küche, und als er die Stimme im Radio hörte, stürzte er auf den Apparat los und schlug vor den entsetzten Augen seiner Enkelin, die sich den plötzlichen Wutanfall ihres Großvaters nicht erklären konnte, mit dem Stock auf ihn ein, bis nur noch ein Häuflein verbogener Kabel und loser Birnen übrig war. Clara kaufte ein neues Radio, damit Alba Pedro Tercero hören konnte, sooft sie Lust hatte, und Trueba tat, als hätte er nichts gemerkt.

Es war die Epoche des Königs der Dampftöpfe. Pedro Tercero erfuhr von seiner Existenz und bekam einen Anfall von Eifersucht, der völlig unbegründet war, wenn man seinen Einfluß auf Blanca mit der schüchternen Belagerung des jüdischen Geschäftsmannes verglich. Wie schon so oft, bat er Blanca auch diesmal, das Haus der Trueba und die Einsamkeit ihrer Werkstatt samt mongoloiden Kindern und müßigen Señoritas aufzugeben und ein für allemal zu ihm zu kommen und diese hemmungslose Liebe auszuleben, die sie seit ihrer Kindheit hatten verbergen müssen. Aber Blanca konnte sich nicht dazu entschließen. Sie wußte, daß sie von ihrem Gesellschaftskreis ausgeschlossen werden und die Stellung, die sie in ihm einnahm, verlieren würde, wenn sie zu Pedro Tercero zog, und andererseits war ihr klar, daß sie nicht die geringste Chance hatte, im Freundeskreis von Pedro Tercero anzukommen oder sich in das bescheidene Leben in einer Arbeitersiedlung zu finden. Jahre später, als Alba alt genug war, diese Seite im Leben ihrer Mutter zu analysieren, kam sie zu dem Schluß, daß sie einfach deshalb nicht zu Pedro Tercero zog, weil ihre Liebe dazu nicht ausreichte, denn es gab im Hause Trueba nichts, was nicht auch er ihr hätte geben können. Blanca war eine arme Frau, die nur dann über ein wenig Geld verfügte, wenn sie eine Weihnachtskrippe verkaufte. Ihre spärlichen Einkünfte verbrauchte sie fast ganz für Arztrechnungen, denn ihre Fähigkeit, an eingebildeten Krankheiten zu leiden, hatte durch die Arbeit und die Not nicht abgenommen, sondern wuchs im Gegenteil von Jahr zu Jahr. Sie war bemüht, nichts von ihrem Vater zu erbitten, damit sie ihm keine Gelegenheit gab, sie zu demütigen. Ab und zu kaufte ihr Clara oder Jaime ein Kleid, oder sie gaben ihr einen kleinen Betrag für ihre persönlichen Bedürfnisse, aber in der Regel verfügte sie kaum über das Geld, sich ein Paar Strümpfe zu kaufen. Ihre Armut stand in schroffem Gegensatz zu den gestickten Kleidern und den maßgefertigten Schuhen, mit denen Senator Trueba seine Enkelin beschenkte. Ihr Leben war hart. Sie stand winters wie sommers um sechs Uhr morgens auf. Eine Wachstuchschürze umgebunden und Holzpantinen an den Füßen, heizte sie um diese Zeit den Keramikofen in der Werkstatt, richtete die Arbeitstische her und knetete, die Arme bis zu den Ellenbogen im rauhen, kalten Lehm, die Tonerde für ihre Unterrichtsstunden. Das war der Grund, weshalb sie immer gesprungene Nägel und eine rissige Haut hatte und sich mit der Zeit ihre Finger verkrümmten. Zu dieser Stunde fühlte sie sich inspiriert und von niemandem gestört, so daß sie den Tag mit dem Modellieren der Monstertiere für ihre Krippen beginnen konnte. Danach mußte sie sich um das Haus, die Dienstboten, die Einkäufe kümmern, bis zum Beginn ihrer Unterrichtsstunden. Ihre Schüler waren Kinder aus guter Familie, die nichts zu tun hatten und Kunsthandwerk als eine Modebeschäftigung betrieben, die eleganter war als das Stricken für die Armen, mit dem sich ihre Großmütter beschäftigten.

Die Idee, Kurse für mongoloide Kinder abzuhalten, hatte sich durch Zufall ergeben. Eines Tages kam eine alte Freundin von Clara ins Haus der Trueba, die ihren Enkel mitbrachte. Es war ein dicker, weichlicher Halbwüchsiger mit einem runden, friedsamen Mondgesicht und einem Ausdruck unerschütterlicher Zärtlichkeit in seinen orientalischen Augen. Er war fünfzehn Jahre alt, aber Alba fand bald heraus, daß er sich wie ein Baby benahm. Clara bat ihre Enkelin, mit dem Jungen im Garten zu spielen und aufzupassen, daß er sich nicht schmutzig machte, nicht im Brunnen ertrank, keine Erde aß und nicht an seinem Hosenschlitz fummelte. Angesichts der Unmöglichkeit, sich in irgendeiner zusammenhängenden Sprache mit ihm zu verständigen, wurde es ihr bald langweilig, ihn zu beaufsichtigen, und sie führte ihn in die Töpferwerkstatt, wo ihm Blanca eine Schürze umband, damit er sich nicht schmutzig machte und nicht mit Wasser vollspritzte, und seine Hände auf einen Batzen Tonerde legte. Der Junge vergnügte sich damit drei Stunden lang, ohne zu geifern, sich vollzupinkeln und mit dem Kopf gegen die Wand zu stoßen. Er schaffte es, ein paar plumpe Tonfiguren zu formen, die er anschließend seiner Großmutter als Geschenk überreichte. Die Dame, die ganz vergessen hatte, daß sie ihn mitgenommen hatte, war entzückt, und so entstand die Idee, daß Töpfern gut sei für mongoloide Kinder. Zuletzt hielt Blanca Kurse für eine ganze Gruppe solcher Kinder ab, die an den Donnerstagnachmittagen in die Werkstatt kamen. Sie kamen in einem Kleinbus, unter der Aufsicht zweier Nonnen in gestärkten Flügelhauben, die sich in die Gartenlaube setzten, um mit Clara Schokolade zu trinken und die segensreichen Wirkungen des Kreuzstichs und die Rangfolge der Sünden mit ihr zu diskutieren, während Blanca und ihre Tochter den Kindern beibrachten, Würmer, Kugeln, plattgedrückte Hunde und unförmige Vasen herzustellen. Am Ende des Jahres veranstalteten die Nonnen einen Basar und gaben ein Fest, auf dem die schauerlichen Kunstwerke zu Wohltätigkeitszwecken verkauft wurden. Bald hatten Blanca und Alba heraus, daß die Kinder viel besser arbeiteten, wenn sie sich geliebt fühlten, und daß Zuwendung die einzige Art war, sich mit ihnen zu verständigen. Sie lernten es, sie zu umarmen, zu küssen, zu streicheln, bis beide sie zuletzt wirklich liebten. Alba wartete die ganze Woche auf die Ankunft des Kleinbusses mit den behinderten Kindern und hüpfte vor Freude, wenn sie auf sie zuliefen und sie umarmten. Aber die Donnerstage waren anstrengend. Alba legte sich erschöpft hin, die sanften asiatischen Gesichter der Werkstattkinder drehten sich ihr im Kopf, und Blanca bekam unweigerlich Migräne. Jedesmal, wenn die Nonnen im Geflatter ihrer weißen Kutten mit ihrer Schar Behinderter an der Hand gegangen waren, schloß Blanca ihre Tochter fest in die Arme, bedeckte sie mit Küssen und sagte, sie solle Gott dafür danken, daß sie normal sei. Alba wuchs mit dem Gedanken auf, daß

Normalität ein göttliches Geschenk war. Sie sprach darüber mit ihrer Großmutter.

„Fast in allen Familien ist irgendein Blöder oder Verrückter, Alba", versicherte Clara, die Augen starr auf ihr Strickzeug geheftet, weil sie in all den Jahren nicht gelernt hatte, zu stricken, ohne hinzuschauen. „Manchmal bekommt man sie nicht zu sehen, weil die Angehörigen sie verstecken, als ob es eine Schande wäre. Sie sperren sie in die hintersten Zimmer, damit Besucher sie nicht zu Gesicht bekommen. Aber in Wirklichkeit braucht man sich ihrer nicht zu schämen, auch sie sind Werke Gottes."

„Aber wir haben keinen in unserer Familie", gab Alba zu bedenken.

„Nein. Bei uns ist die Verrücktheit auf alle verteilt, und es ist nicht genug übriggeblieben, daß auch wir unseren Verrückten haben."

So waren ihre Gespräche mit Clara. Deshalb war die Großmutter für Alba die wichtigste Person im Haus und die stärkste Präsenz in ihrem Leben. Sie war der Motor, der alles in Gang setzte und dem zu verdanken war, daß das magische Universum im hinteren Teil des großen Eckhauses, in dem Alba ihre ersten sieben Jahre in vollkommener Freiheit verbrachte, jederzeit funktionierte. Alba gewöhnte sich an die Absonderlichkeiten ihrer Großmutter. Es überraschte sie nicht, wenn sie sie in Trance, mit angezogenen Beinen in ihrem Sessel sitzend, wie von einer unsichtbaren Kraft getrieben, durch den ganzen Salon fahren sah. Sie begleitete sie auch auf allen ihren Wanderungen durch Krankenhäuser und Armenheime, wo sie ihrer Herde von Notleidenden auf der Spur zu bleiben suchte. Sie lernte sogar mit vierfacher Wolle und dicken Nadeln die Jacken stricken, die ihr Onkel Jaime zu verschenken pflegte, sobald er sie einmal angezogen hatte, nur um das zahnlose Lächeln ihrer Großmutter zu sehen, wenn sie auf der Jagd nach gefallenen Maschen zu schielen begann. Clara schickte sie häufig zu Esteban Trueba, damit sie ihm Botschaften brachte, weshalb sie in der Familie den Spitznamen Brieftaube erhielt. Das kleine Mädchen nahm an den Freitagssitzungen teil, wo der dreibeinige Tisch am hellichten Tag Sprünge vollführte, ohne daß ein Trick, eine bekannte Energie oder ein Hebel im Spiel gewesen wären, und an den literarischen Abenden, wo sie bald mit anerkannten Meistern, bald mit einer wechselnden Zahl schüchterner, unbekannter Dichter in Berührung kam, die Clara unter ihre Fittiche genommen hatte. Zu dieser Zeit aßen und tranken viele Gäste im großen Eckhaus. Hier lebten vorübergehend oder kamen wenigstens zu den spiritistischen Sitzungen, den kulturellen Vorträgen und den gesellschaftlichen Veranstaltungen fast alle wichtigen Leute des Landes, einschließlich des Dichters, der später als der beste des Jahrhunderts gepriesen und in alle bekannten Sprachen übersetzt wurde. Alba hatte viele Male auf seinen Knien gesessen, nicht ahnend, daß sie eines Tages mit einem Strauß blutroter Nelken in der Hand zwischen zwei Reihen von Maschinengewehren hinter seinem Sarg hergehen würde.

Clara war noch jung, aber ihrer Enkelin kam sie alt vor, weil sie keine Zähne mehr hatte. Sie hatte auch keine Falten, und wenn sie den Mund geschlossen hielt, erweckte sie durch den unschuldigen Ausdruck ihres Gesichts die Illusion von großer Jugendlichkeit. Sie trug lose Gewänder aus ungebleichtem Leinen, die wie Irrenkittel aussahen, und im Winter zog sie lange Wollsocken und fingerlose Handschuhe an. Sie konnte die traurigsten Geschichten urkomisch finden, war hingegen unfähig, einen Witz zu verstehen, lachte zur Unzeit, wenn alle schon aufgehört hatten zu lachen, und konnte tieftraurig werden, wenn sie sah, daß jemand anderes sich lächerlich machte. Manchmal bekam sie Asthmaanfälle. Dann rief sie ihre Enkelin mit dem silbernen Glöckchen, das sie immer bei sich hatte, und Alba kam angerannt, umarmte sie und kurierte sie mit tröstlichem Geflüster, denn beide wußten aus Erfahrung, daß lange Zeit von einem geliebten Wesen umarmt zu werden das einzige Mittel gegen Asthma ist. Sie hatte lustige mandelbraune Augen, das glänzende graue Haar in einen unordentlichen Knoten gebunden, aus dem widerspenstige Löckchen hervorstanden, schlanke weiße Hände mit mandelförmigen Nägeln und lange, ringlose Finger, die nur dazu dienten, Gesten der Zärtlichkeit auszuführen, die

Wahrsagekarten auszulegen und zur Essenszeit die falschen Zähne einzusetzen. Alba lief den ganzen Tag hinter ihrer Großmutter her, an ihrem Rock hängend und bettelnd, sie solle ihr eine Geschichte erzählen oder kraft ihres Denkens Vasen marschieren lassen. Bei ihr fand sie eine sichere Zuflucht, wenn Alpträume sie bedrängten oder wenn das Training, dem Nicolás sie unterzog, nicht mehr auszuhalten war. Clara lehrte sie, die Vögel zu versorgen und jeden in seiner Sprache anzusprechen, die Vorzeichen der Natur zu erkennen und zwei rechts, zwei links für die Armen zu stricken.

Alba wußte, daß ihre Großmutter die Seele des großen Eckhauses war. Die anderen merkten es erst später, als Clara starb und die Blumen, die Freunde und die spielfreudigen Geister aus dem Haus verschwanden, das nun voll in die Epoche des Niedergangs eintrat.

Alba war sechs Jahre alt, als sie zum erstenmal Esteban García sah, und sie vergaß es nie. Wahrscheinlich hatte sie ihn schon früher gesehen, auf den Drei Marien, bei einer ihrer Sommerreisen mit dem Großvater, wenn er mit ihr über seinen Besitz ritt und ihr mit schwungvoller Gebärde alles zeigte, so weit der Blick reichte, von den Pappelalleen bis zum Vulkan, einschließlich der Ziegelhäuschen, und ihr sagte, sie müsse diese Erde lieben lernen, denn eines Tages würde sie ihr gehören.

„Meine Söhne sind beide Taugenichtse. Wenn sie die Drei Marien erben, ist das Gut binnen eines Jahres wieder so verfallen wie zu den Zeiten meines Vaters“, sagte er zu seiner Enkelin.

„Das alles gehört dir, Großvater?“

„Alles, von der panamerikanischen Straße bis zum Kamm dieser Hügel, siehst du sie?“

„Warum, Großvater?“

„Was heißt, warum? Weil ich der Eigentümer bin, natürlich.“

„Ja. Aber warum bist du der Eigentümer?“

„Weil das Gut vor mir meiner Familie gehört hat.“

„Warum?“

„Weil sie es von den Indios gekauft hat."

„Und warum gehört es nicht den Hintersassen, die doch auch immer hier gewohnt haben?"

„Dein Onkel Jaime setzt dir bolschewistische Ideen in den Kopf!" brüllte Senator Trueba, rot vor Zorn. „Weißt du, was hier geschehen würde, wenn kein Patron da wäre?"

„Nein."

„Alles würde zum Teufel gehen! Niemand wäre da, der Befehle erteilt, der die Ernte verkauft, der die Verantwortung übernimmt, verstehst du das? Auch niemand, der sich um die Leute kümmert. Wenn beispielsweise einer krank würde oder stürbe und eine Witwe und viele Kinder zurückließe, dann würden die verhungern. Von den Kindern hätte dann jedes nur ein winziges Stückchen Land, das nicht einmal fürs Essen reichen würde. Es muß jemand dasein, der für sie denkt, der Entscheidungen trifft, der ihnen hilft. Ich war der beste Patron in der Gegend, Alba. Ich habe einen schlechten Charakter, aber ich bin gerecht. Meine Hintersassen leben besser als viele Leute in der Stadt, es fehlt ihnen an nichts, und selbst wenn ein Jahr mit Dürre oder Überschwemmungen oder einem Erdbeben kommt, sorge ich dafür, daß hier keiner Not leidet. Eines Tages, wenn du groß genug bist, sollst du das tun, deshalb nehme ich dich immer auf die Drei Marien mit, damit du jeden Stein und jedes Tier kennenlernst und vor allem jeden Menschen mit Vornamen und Nachnamen. Hast du das verstanden?"

In Wirklichkeit hatte Alba kaum Kontakt mit den Bauern und war weit davon entfernt, jeden mit Vornamen und Nachnamen zu kennen. Das war der Grund, weshalb sie den braunhäutigen, linkischen, grobschlächtigen jungen Mann mit den Nagetieraugen nicht erkannte, der eines Tages an die Tür des großen Eckhauses klopfte. Er trug einen dunklen, viel zu engen Anzug. An den Knien, den Ellbogen und dem Hosenboden war der Stoff abgewetzt bis auf einen glänzenden Film. Er wolle den Senator Trueba sprechen, sagte er, und stellte sich vor als Sohn eines Hintersassen auf den Drei Marien. Obwohl normalerweise Leute seines Standes durch den Dienstboteneingang ins Haus kamen und in der Vorküche warteten, wurde er in die Bibliothek geführt, denn an diesem Tag wurde ein Fest im Haus gegeben, zu dem alle höheren Chargen der Konservativen Partei erwartet wurden. In der Küche wimmelte ein Heer von Köchen und Küchenjungen, die Trueba aus dem Klub geholt hatte, und das Durcheinander und die Eile waren so groß, daß ein Besuch nur gestört hätte. Es war ein Nachmittag im Winter, und die Bibliothek war dunkel und still, erhellt nur von dem Feuer, das im Kamin knisterte. Es roch nach Holzpolitur und Leder.

„Du kannst hier warten, aber rühr nichts an. Der Senator kommt gleich", sagte das Stubenmädchen von oben herab und ließ ihn allein.

Der junge Mann wagte nicht, sich zu bewegen. Mit dem Blick durchmaß er den Raum, kauend an seinem Zorn darüber, daß dies alles ihm hätte gehören können, wenn er legitimer Abstammung gewesen wäre, wie ihm seine Großmutter, Pancha García, so oft erklärt hatte, ehe sie gestorben war und ihn endgültig verwaist im großen Haufen seiner Geschwister und Vettern zurückgelassen hatte. Nur seine Großmutter hatte ihn vor den übrigen ausgezeichnet und dafür gesorgt, daß er nicht vergaß, daß er anders war als die anderen, weil in seinen Adern das Blut des Patrons floß. Er betrachtete die Bibliothek, und ihm war, als müßte er ersticken. An allen Wänden standen Regale aus poliertem Mahagoni, außer zu beiden Seiten des Kamins, wo zwei Vitrinen standen, vollgestopft mit Figuren aus Elfenbein und fernöstlichen Halbedelsteinen. Das Zimmer hatte doppelte Höhe, einzige Kaprice des Architekten, der sein Großvater zugestimmt hatte. Ein Balkon, zu dem eine schmiedeeiserne Wendeltreppe hinaufführte, markierte das zweite Geschoß über den Regalen. Die besten Bilder des Hauses hingen hier, weil Esteban Trueba diesen Raum zu seinem Allerheiligsten, seinem Arbeitszimmer, seinem Refugium gemacht hatte und die Stücke, die er am meisten schätzte, um sich haben wollte. Die Wandschränke waren vom Boden bis zur Decke mit Büchern und Kunstgegenständen gefüllt. Dann waren da ein großer schwarzer Schreibtisch in spanischem Stil, mächtige, mit schwarzem

Leder bezogene Sessel, vier Perserteppiche lagen auf dem Eichenparkett, und mehrere Leselampen mit Pergamentschirmen waren strategisch so angebracht, daß man gutes Licht zum Lesen hatte, wo immer man saß. In diesem Raum führte Senator Trueba vorzugsweise seine politischen Gespräche, hier heckte er seine Intrigen aus und schmiedete seine Geschäfte, und hier schloß er sich in seinen einsamsten Stunden ein, um seiner Wut, seiner Enttäuschung oder seiner Traurigkeit freien Lauf zu lassen. Das alles konnte der Bauer nicht wissen, der auf dem Teppich stand, nicht wußte, was er mit seinen Händen anfangen sollte, und vor Befangenheit schwitzte. Diese herrschaftliche, schwere, erdrückende Bibliothek entsprach genau dem Bild, das er sich vom Patron gemacht hatte. Er erschauerte vor Haß und vor Angst. Nie war er an einem solchen Ort gewesen, und bis zu diesem Augenblick hatte er geglaubt, daß es auf der Welt nichts Luxuriöseres gab als das Kino von San Lucas, in das die Lehrerin einmal die ganze Klasse geführt hatte, um einen Tarzanfilm anzusehen. Es hatte ihn viel gekostet, erst den Entschluß zu fassen, dann seine Familie zu überreden und schließlich allein und ohne Geld die Reise in die Hauptstadt anzutreten, um mit dem Patron zu sprechen. Er konnte nicht bis nächsten Sommer warten, um ihm zu sagen, was er auf dem Herzen hatte. Plötzlich fühlte er sich beobachtet. Er drehte sich um und stand vor einem kleinen Mädchen mit Zöpfen und gestickten Kniestrümpfen, die ihn von der Tür aus ansah.

„Wie heißt du?" forschte das kleine Mädchen.

„Esteban García", sagte er.

„Ich heiße Alba Trueba. Merk dir meinen Namen."

„Ich merke ihn mir."

Sie sahen sich lange an, ehe Alba Vertrauen gefaßt hatte und näher zu kommen wagte. Sie erklärte ihm, daß er warten müsse, weil ihr Großvater noch nicht vom Kongreß nach Hause gekommen sei, sie erzählte ihm, daß wegen des Fests ein großer Wirbel in der Küche herrsche, und verhieß ihm, daß sie später sicher ein paar Süßigkeiten ergattern könne, die sie ihm bringen wolle. Esteban García fühlte sich entspannter. Er ließ sich auf einem der schwarzen Ledersessel nieder, zog nach und nach das Kind an sich und setzte es sich auf die Knie. Alba roch nach Bayrum, ein frischer, zarter Duft, in den sich ihr natürlicher Geruch eines verschwitzten Kindes mischte. Der junge Mann hielt die Nase an ihren Hals und atmete diesen ihm unbekannten Duft von Reinlichkeit und Wohlbefinden ein, und Tränen traten ihm in die Augen, ohne daß er wußte, warum. Er fühlte, daß er dieses Geschöpf fast ebensosehr haßte wie den alten Trueba. In Alba fand er das verkörpert, was er niemals haben würde und niemals sein würde. Er wünschte, sie zu beschädigen, zu vernichten, aber er wollte auch weiterhin ihren Geruch riechen, ihre Kinderstimme hören, ihre zarte Haut in Reichweite haben. Er streichelte ihre Knie über dem Rand der gestickten Kniestrümpfe, sie waren lau und hatten kleine Grübchen. Alba plapperte weiter von der Köchin, die den Hühnern für das Festessen Nüsse in den Popo steckte. Er schloß die Augen, er zitterte. Er legte eine Hand um den Hals des kleinen Mädchens, er fühlte das Kitzeln ihrer Zöpfe auf seinem Handgelenk, und ganz sanft begann er zu drücken, sich bewußt, daß sie so klein war, daß er sie mit einer minimalen Kraftanwendung erdrosseln konnte. Er spürte den Wunsch, es zu tun. Er wollte sie umkippen und auf seinen Knien zappeln, nach Luft schnappen und um sich schlagen sehen. Er wünschte sie stöhnen und in seinen Armen sterben zu hören, er wünschte sie auszuziehen und fühlte sich heftig erregt. Seine andere Hand schob sich unter das gestärkte Kleid, strich die kindlichen Schenkel hoch, traf auf die Spitze des Batistunterrocks und die wollenen Pumphöschen mit Gummizug. Er keuchte. In einem Winkel seines Gehirns hatte er noch genügend Verstand, um sich klarzumachen, daß er am Rand eines Abgrunds stand. Das kleine Mädchen hatte aufgehört zu sprechen, saß still, ihn mit seinen großen schwarzen Augen anblickend. Esteban García nahm die Hand des kleinen Geschöpfs und legte sie auf sein hart gewordenes Glied.

„Weißt du, was das ist?" fragte er heiser.

„Dein Penis", antwortete sie, die das auf den Bildtafeln der medizinischen Bücher ihres Onkels Jaime und auch an ihrem Onkel Nicolás gesehen hatte, wenn er nackt seine asiatischen Übungen machte.

Esteban García zuckte zusammen. Er stand so jäh auf, daß sie auf den Teppich fiel. Er war überrascht und erschrocken, seine Hände zitterten, seine Knie fühlten sich weich an, und seine Ohren brannten. In diesem Augenblick hörte er die Schritte von Senator Trueba auf dem Gang, und Sekunden später, noch ehe er wieder zu Atem gekommen war, betrat der alte Mann die Bibliothek.

„Warum ist es hier so dunkel?“ donnerte er mit seiner Erdbebenstimme.

Trueba machte Licht und erkannte den jungen Mann nicht, der ihn mit stieren Augen ansah. Er streckte die Arme nach seiner Enkelin aus, in denen sie wie ein geschlagener Hund für eine Weile Zuflucht suchte, aber gleich darauf machte sie sich los und lief, die Tür hinter sich zuziehend, aus dem Zimmer.

„Wer bist denn du?“ raunzte Trueba den jungen Mann an, der ebenfalls sein Enkel war.

„Esteban García. Erinnern Sie sich nicht an mich, Patron?“ brachte der andere stammelnd hervor.

Da erkannte Esteban Trueba in ihm den heimtückischen kleinen Jungen, der vor Jahren Pedro Tercero García verraten und dessen abgeschnittene Finger vom Boden aufgehoben hatte. Es war ihm klar, daß es nicht leicht sein würde, ihn wegzuschicken, ohne ihn anzuhören, obwohl er es zur Norm gemacht hatte, daß der Verwalter der Drei Marien die Probleme der Hintersassen löste.

„Was willst du?“ fragte er ihn.

Esteban García zögerte. Er konnte die Worte nicht finden, die er sich monatelang bis ins kleinste zurechtgelegt hatte, ehe er es gewagt hatte, an die Tür des Patrons zu klopfen.

„Mach schnell, ich habe nicht viel Zeit“, sagte Trueba.

Stotternd brachte Esteban García seine Bitte vor. Er hatte es geschafft, an der Schule von San Lucas den Abschluß zu machen, und wollte nun eine Empfehlung für die Polizeischule und ein staatliches Stipendium, damit er seine Ausbildung bezahlen konnte.

„Warum bleibst du nicht auf dem Land wie dein Vater und dein Großvater?“ fragte der Patron.

„Entschuldigen Sie, Señor, aber ich will Polizist werden“, bat Esteban García.

Trueba erinnerte sich, daß er ihm die Belohnung für den Verrat an Pedro Tercero vorenthalten hatte, und fand, dies sei eine gute Gelegenheit, sich seiner Schuld zu entledigen und nebenbei einen Diener bei der Polizei zu haben. Man weiß nie, plötzlich kann ich ihn brauchen, dachte er. Er setzte sich an seinen schweren Schreibtisch, nahm einen Bogen Papier mit dem Briefkopf des Senats, schrieb eine Empfehlung in der üblichen Form und reichte sie dem stehend wartenden jungen Mann.

„Da, nimm. Ich freue mich, daß du diesen Beruf gewählt hast. Wenn es dich danach verlangt, Waffen zu tragen, dann ist es besser, du wirst Polizist, als du wirst Verbrecher, weil du als Polizist Straffreiheit hast. Ich werde meinen Freund, Major Hurtado, anrufen, damit du das Stipendium bekommst. Und laß es mich wissen, wenn du etwas brauchst.“

„Vielen Dank, Patron.“

„Du brauchst mir nicht zu danken, Junge. Ich helfe meinen Leuten gern.“

Er verabschiedete ihn mit einem freundschaftlichen Schlag auf die Schulter.

„Warum haben sie dich Esteban getauft?“ fragte er ihn an der Tür.

„Ihretwegen, Señor“, antwortete der andere errötend.

Trueba dachte nicht weiter über die Sache nach. Die Hintersassen tauften ihre Kinder oft, zum Zeichen ihres Respekts, auf die Vornamen ihrer Grundherren.

Clara starb an dem Tag, an dem Alba sieben Jahre alt wurde. Die erste Ankündigung ihres Todes war nur ihr wahrnehmbar. Da begann sie heimlich Vorkehrungen für die Reise zu treffen. Unauffällig verteilte sie ihre Kleider unter die Dienstboten und die Schar der Schützlinge, die sie immer hatte, und behielt nur das Unentbehrliche für sich zurück. Sie ordnete ihre Papiere, indem sie ihre Lebensnotizhefte aus vergessenen Winkeln rettete. Sie band sie mit bunten Bändern zusammen, sie nach Ereignissen bündelnd, nicht in chronologischer Ordnung, denn das einzige, was sie zu notieren vergessen hatte, waren die Daten, und in der Eile ihrer letzten Stunden fand sie, daß sie keine Zeit mehr damit verlieren konnte, sie nachzuprüfen. Bei der Suche nach den Heften waren in Schuhschachteln, Strumpfbeuteln und hintersten Schrankwinkeln auch die Juwelen zum Vorschein gekommen, die sie immer gleich weggeräumt hatte, wenn ihr Mann, in der Annahme, er könnte damit ihre Liebe gewinnen, sie ihr geschenkt hatte. Sie steckte sie in einen alten Wollstrumpf, verschloß ihn mit einer Sicherheitsnadel und übergab ihn Blanca.

„Heben Sie sich das gut auf, Tochter. Eines Tages kann Ihnen das zu mehr verhelfen als zu einer Maskerade", sagte sie.

Blanca sprach mit Jaime darüber, und dieser begann seine Mutter zu beobachten. Er stellte fest, daß sie anscheinend ein ganz normales Leben führte, aber fast nichts aß. Sie ernährte sich von Milch und ein paar Löffeln Honig. Sie schlief auch nicht viel, sondern verbrachte die Nächte schreibend und durchs Haus wandernd. Langsam schien sie sich von der Welt zu lösen, sie wurde leichter, durchscheinender, beflügelter.

„Eines schönen Tages wird sie uns davonfliegen", sagte Jaime bekümmert.

Plötzlich bekam sie Erstickungsanfälle. Sie spürte in der Brust den Galopp eines wild gewordenen Pferdes und die Angst eines in höchster Eile gegen den Wind ankämpfenden Reiters. Sie sagte, es sei das Asthma, aber Alba merkte, daß sie nicht mehr mit dem silbernen Glöckchen gerufen wurde, damit sie ihre Großmutter mit andauernden Umarmungen heilen konnte. Eines Morgens sah sie ihre Großmutter mit unerklärlicher Freude alle Vogelkäfige öffnen.

Clara schrieb kleine Kärtchen an alle ihre Lieben, deren Zahl groß war, und legte sie in eine Schachtel, die sie unter ihrem Bett versteckte. Am nächsten Morgen stand sie nicht auf, und als das Stubenmädchen mit dem Frühstück kam, ließ sie nicht zu, daß sie die Vorhänge öffnete. Sie hatte sich auch vom Licht schon verabschiedet, um langsam in die Schatten hinüberzugehen.

Jaime, der benachrichtigt wurde, sah nach ihr und ging nicht eher, als bis sie sich untersuchen ließ. Er konnte äußerlich nichts Anomales feststellen, wußte aber zweifelsfrei, daß sie sterben würde. Er verließ das Zimmer mit einem breiten, heuchlerischen Lächeln, aber sobald er außer Sichtweite seiner Mutter war, mußte er sich an die Wand lehnen, weil ihm die Beine versagten. Er sagte es keinem im Haus. Er rief einen Spezialisten, seinen ehemaligen Lehrer an der Medizinischen Fakultät, und dieser erschien noch am selben Tag im Hause Trueba. Nachdem er Clara gesehen hatte, bestätigte er Jaimes Diagnose. Sie riefen die Familie im Salon zusammen und eröffneten ihr ohne Vorbereitung, daß Clara höchstens noch zwei bis drei Wochen leben würde und daß man nichts mehr tun könne, als bei ihr zu sein, damit sie zufrieden starb.

„Ich glaube, sie hat beschlossen zu sterben, und dagegen hat die Wissenschaft kein Mittel", sagte Jaime.

Esteban Trueba packte seinen Sohn am Hals und hätte ihn beinahe erwürgt. Er stieß den Spezialisten aus dem Zimmer, dann zerschlug er mit seinem Stock die Lampen und das Porzellan im Salon. Zuletzt fiel er auf die Knie und wimmerte wie ein Säugling. Alba kam herein und sah ihren Großvater auf gleicher Höhe mit sich, sie trat näher, betrachtete ihn eine Weile überrascht, und als sie seine Tränen sah, umarmte sie ihn. Dem Weinen des alten Mannes entnahm sie die Nachricht. Die einzige Person im Haus, die nicht die Ruhe verlor, war sie, teils weil sie im Ertragen von Schmerz trainiert war, teils auch, weil ihre Großmutter ihr oft das Sterben und die Angst vor dem Tode erklärt hatte.

„Wie in dem Augenblick, wo wir auf die Welt kommen, haben wir auch im Sterben Angst vor dem Unbekannten. Aber die Angst ist etwas Inneres und hat nichts mit der Wirklichkeit zu tun. Sterben ist wie geboren werden: nur eine Veränderung", hatte Clara gesagt.

Sie hatte hinzugefügt, daß, wenn sie sich ohne Mühe mit den Seelen im Jenseits verständigen könne, sie ganz sicher sei, dasselbe auch mit den Seelen des Diesseits tun zu können, so daß Alba, statt zu heulen, lieber ganz ruhig sein solle, wenn es soweit sei, denn in ihrem Fall sei der Tod keine Trennung, sondern eine Form, noch inniger vereint zu sein. Alba verstand das vollkommen.

Bald danach schien Clara in einen sanften Schlaf zu fallen, und nur die sichtbare Anstrengung, Luft in ihre Lungen zu pumpen, zeigte an, daß sie noch am Leben war. Doch schien die Atemnot sie nicht zu beängstigen, da sie um ihr Leben nicht kämpfte. Ihre Enkelin blieb die ganze Zeit bei ihr. Sie mußten ihr ein Bett auf dem Boden herrichten, weil sie sich weigerte, das Zimmer zu verlassen, und als sie versuchten, sie mit Gewalt wegzubringen, stieß sie zum erstenmal mit den Füßen. Sie beharrte darauf, daß ihre Großmutter alles wahrnehme und daß sie sie brauche. So war es. Kurz vor dem Ende erlangte Clara noch einmal das Bewußtsein und konnte in Ruhe sprechen. Das erste, was sie bemerkte, war Albas Hand zwischen den ihren.

„Ich werde sterben, nicht wahr, Kleines?“ fragte sie.

„Ja, Großmutter, aber das macht nichts, weil ich bei dir bin“, antwortete das kleine Mädchen.

„Gut. Unter dem Bett steht eine Schachtel. Hol sie hervor und verteile die Karten, die darin sind, denn ich werde mich nicht mehr von allen verabschieden können.“

Clara schloß die Augen, seufzte befriedigt und ging in die andere Welt hinüber, ohne sich umzuschauen. Um sie herum stand die ganze Familie: Jaime und Blanca, abgemagert durch die Nachtwachen, Nicolás, der Gebete in Sanskrit murmelte, Esteban mit zugekniffenem Mund und geballten Fäusten, unendlich wütend und verzweifelt, und die kleine Alba, die einzige, die gelassen blieb. Auch die Dienstboten waren da, die Schwestern Mora, ein paar bitterarme Künstler, die während der letzten Monate im Haus überlebt hatten, und ein Priester, den die Köchin gerufen hatte, der aber nichts zu tun hatte, weil Trueba nicht zuließ, daß er die Sterbende in ihrer letzten Stunde mit Beichten und Weihwasserspritzen belästigte.

Jaime beugte sich über ihren Körper, nach einem winzigen Herzschlag suchend, fand aber keinen.

„Mama ist von uns gegangen“, sagte er aufschluchzend.

Zehntes Kapitel
Die Zeit des Niedergangs

Ich kann nicht darüber sprechen. Aber ich will versuchen, es aufzuschreiben. Zwanzig Jahre sind vergangen, und lange hatte ich einen unveränderlichen Schmerz in mir. Ich glaubte, ich würde mich nie trösten können, aber jetzt, mit beinahe neunzig Jahren, begreife ich, was sie meinte, als sie uns versicherte, daß sie sich mühelos mit uns würde verständigen können, weil sie in diesen Dingen große Übung habe. Jede Nacht, wenn ich mich schlafen legte, stellte ich mir vor, sie wäre bei mir, so wie sie war, als sie noch ihre Zähne hatte und mich liebte. Ich löschte das Licht, ich schloß die Augen, und in der Stille meines Zimmers versuchte ich sie zu sehen, ich rief sie, wenn ich wach lag, und auch im Schlaf soll ich nach ihr gerufen haben.

In der Nacht, in der sie starb, schloß ich mich mit ihr ein. Nach den vielen Jahren, in denen wir nicht miteinander gesprochen hatten, verbrachten wir diese letzten Stunden gemeinsam, lagen beide auf dem Segelschiff im stillen Wasser der blauen Seide, wie sie ihr Bett nannte, und ich nutzte die Zeit, um ihr alles das zu sagen, was ich ihr früher nicht hatte sagen können, was ich verschwiegen hatte seit jener schrecklichen Nacht, in der ich sie schlug. Ich zog ihr das Nachthemd aus und tastete sie vorsichtig ab, nach der Spur einer Krankheit suchend, die ihren Tod gerechtfertigt hätte, und als ich keine fand, wußte ich, daß sie einfach ihre Aufgaben auf Erden erfüllt hatte und in eine andere Dimension geflogen war, in der ihr Geist, endlich frei von der Last des Materiellen, sich wohler fühlte. Es war nichts Entstellendes, auch nichts Schreckliches an ihrem Tod. Ich untersuchte sie lange, da ich seit vielen Jahren keine Gelegenheit mehr gehabt hatte, sie nach Belieben anzuschauen, und in dieser Zeit hatte sich meine Frau verändert, wie wir alle es mit fortschreitendem Alter tun. Sie erschien mir so schön wie immer. Sie war schmaler geworden, und ich glaubte, sie sei auch gewachsen, größer geworden, aber dann begriff ich, daß es eine Täuschung war, hervorgerufen durch mein eigenes Kleinerwerden. Früher kam ich mir an ihrer Seite wie ein Riese vor, und als ich mich jetzt neben sie ins Bett legte, bemerkte ich, daß wir fast gleich groß waren. Sie hatte noch ihr buschiges Haar mit den widerspenstigen Löckchen, das mich so entzückt hatte, als wir heirateten, nur war es milder geworden durch ein paar weiße Strähnen, die ihr schlafendes Gesicht heller erscheinen ließen. Sie war sehr bleich und hatte Schatten unter den Augen, und zum erstenmal entdeckte ich, daß sie an den Mundwinkeln und auf der Stirn kleine, feine Falten hatte. Sie wirkte wie ein Mädchen. Sie war kalt, aber sie war dieselbe sanfte Frau wie immer, und ich konnte ruhig mit ihr sprechen, sie streicheln, eine Weile schlafen, wenn die Müdigkeit den Kummer überwand, ohne daß die unabänderliche Tatsache ihres Todes unser Beisammensein beeinträchtigt hätte. Endlich versöhnten wir uns.

Als es Tag wurde, begann ich sie herzurichten, damit alle sie schön präsentiert sähen. Ich zog ihr eine weiße Tunika an, die ich in ihrem Schrank fand, überrascht, daß sie so wenig Kleider hatte, denn ich hatte immer geglaubt, sie sei eine elegante Frau. Ich fand ein Paar Wollsocken und zog sie ihr an, damit sie keine kalten Füße bekam, denn sie war sehr verfroren. Dann bürstete ich ihr Haar und wollte ihr eigentlich den Knoten machen, den sie immer trug, aber unter der Bürste richteten sich die Löckchen auf und bildeten einen Rahmen um ihr Gesicht, und mir schien, daß sie so hübscher aussah. Ich suchte ihren Schmuck, um ihr das eine oder andere Stück anzulegen, konnte ihn aber nicht finden, so daß ich mich damit begnügen mußte, mir den goldenen Ehering, den ich seit unserer Verlobung trug, abzuziehen und ihr an den Finger zu stecken, als Ersatz für den, den sie ablegte, als sie mit mir brach. Ich schüttelte die Kissen auf, strich das Bett glatt, gab ihr ein paar Tropfen Kölnischwasser auf den Hals und öffnete dann das Fenster, damit der Morgen hereinkam. Als alles fertig war, öffnete ich die Tür und ließ meine Kinder und meine Enkelin herein. Sie fanden Clara lächelnd, sauber und schön, wie sie immer gewesen war. Ich war zehn Zentimeter kleiner geworden, meine Schuhe schlappten mir an den Füßen, und mein Haar war endgültig weiß, aber ich weinte nicht mehr.

„Ihr könnt sie beerdigen", sagte ich. „Und begrabt bei dieser Gelegenheit auch den Kopf meiner Schwiegermutter, der schon so lange im Keller herumliegt", fügte ich hinzu und ging hinaus, schlurfend, damit mir die Schuhe nicht von den Füßen fielen.

So erfuhr meine Enkelin, daß dieses Ding in dem schwarzen Lederkoffer, das sie benutzt hatte, um schwarze Messen zu spielen und es als Schmuck in ihren Häuschen im Keller aufzustellen, der Kopf ihrer Urgroßmutter war, der unbeerdigt geblieben war, anfangs, um den Skandal zu vermeiden, und später, weil wir ihn über all dem Trubel im Haus vergaßen. Wir taten es mit der größten Heimlichkeit, um den Leuten keinen Grund zum Reden zu geben. Nachdem die Angestellten des Beerdigungsinstituts Clara in ihren Sarg gebettet und den Salon mit schwarzen Vorhängen und Trauerflor, Tropfkerzen und einem improvisierten Altar auf dem Klavier als Totenkapelle hergerichtet hatten, legten Jaime und Nicolás den Kopf ihrer Großmutter, der nur noch ein vergilbtes Spielzeug war, in den Sarg, damit Nívea bei ihrer Lieblingstochter ruhe.

Claras Beerdigung war ein Ereignis. Nicht einmal ich konnte mir erklären, woher alle diese Leute kamen, die den Tod meiner Frau beklagten. Ich wußte nicht, daß sie alle Welt gekannt hatte. Endlose Prozessionen von Menschen zogen vorbei, die mir die Hand drückten, eine Schlange von Automobilen versperrte sämtliche Friedhofseingänge, und es kamen ungewöhnliche Abordnungen von Armen, Schülern, Arbeitergewerkschaften, Nonnen, mongoloiden Kindern, Bohemiens und Erleuchteten. Fast alle Hintersassen waren von den Drei Marien in die Hauptstadt gereist, in Lastwagen oder im Zug, manche zum erstenmal in ihrem Leben, um von ihr Abschied zu nehmen. In der Menge sah ich Pedro Segundo García, den ich seit vielen Jahren nicht wiedergesehen hatte. Ich ging auf ihn zu, um ihn zu begrüßen, aber er reagierte nicht auf meine Zeichen.

Mit gesenktem Kopf trat er an das offene Grab und warf einen Strauß halbverwelkter Feldblumen auf Claras Sarg, die aussahen, als wären sie in einem fremden Garten gestohlen. Er weinte.

Alba nahm an meiner Hand an der Beerdigung teil. Sie sah den Sarg in die Erde sinken, in das vorläufige Grab, das wir bekommen hatten, sie hörte die endlosen Reden, in denen nur die Tugenden verherrlicht wurden, die ihre Großmutter nicht gehabt hatte, und als sie wieder zu Hause war, schloß sie sich in den Keller ein, in der Hoffnung, der Geist Claras würde sich ihr mitteilen, wie ihre Großmutter es ihr versprochen hatte. Dort fand ich sie, im Schlaf lächelnd, auf den mottenzerfressenen Überresten von Barrabas.

In dieser Nacht konnte ich nicht schlafen. In meinem Geist vermischten sich die zwei Lieben meines Lebens, die grünhaarige Rosa und die hellsichtige Clara, die zwei Schwestern, die ich so sehr geliebt habe. Als es Tag wurde, beschloß ich, daß, wenn ich sie schon im Leben nicht für mich gehabt hatte, sie mir wenigstens im Tod Gesellschaft leisten sollten. Also zog ich ein paar Bogen Papier aus dem Schreibtisch und setzte mich hin, um ein würdiges, luxuriöses Mausoleum zu zeichnen. Es sollte aus lachsfarbenem Marmor sein, und Statuen aus dem gleichen Material sollten Rosa und Clara mit Engelsflügeln darstellen, denn Engel waren sie gewesen und würden sie wieder sein. Da, zwischen diesen beiden, würde ich eines Tages begraben werden.

Ich wollte so früh wie möglich sterben, denn ein Leben ohne Frau hatte für mich keinen Sinn. Ich wußte nicht, daß ich auf dieser Welt noch viel zu tun hatte. Glücklicherweise kam Clara zurück – oder vielleicht ist sie nie gegangen. Manchmal denke ich, daß mir das Alter den Sinn verrückt hat und sich die Tatsache, daß ich sie vor zwanzig Jahren begraben habe, nicht so leicht übergehen läßt. Ich fürchte, daß ich wie ein spinniger Alter Visionen habe. Aber diese Zweifel verfliegen, wenn ich sie an mir vorbeigehen sehe, und wenn ich auf der Terrasse ihr Lachen höre, weiß ich, daß sie mich begleitet, daß sie mir alle vergangenen Gewalttätigkeiten verziehen hat und mir näher ist als jemals früher. Sie lebt weiter; und sie ist bei mir, Clara clarísima ...

Claras Tod brachte das Leben im großen Eckhaus vollkommen durcheinander. Die Zeiten änderten sich. Mit ihr waren die Geister gegangen, die Gäste und die strahlende Heiterkeit, die immer von ihr ausging, weil sie nicht glaubte, daß die Welt ein Tal der Tränen sei, sondern im Gegenteil ein Werk der guten Laune Gottes und daß es also töricht sei, sie ernst zu nehmen, wo doch Er selbst es nicht tat. Alba bemerkte den Verfall schon in den ersten Tagen. Langsam, aber unerbittlich sah sie ihn fortschreiten. Früher als irgend jemand nahm sie ihn an den Blumen wahr, die in den Vasen welkten, einen ekelerregenden süßlichen Duft verbreitend, und in den Vasen blieben, bis sie vertrockneten, entblätterten, umfielen und nur noch ein paar modrige Stengel waren, die erst viel später entfernt wurden. Alba schnitt keine Blumen mehr, um das Haus zu schmücken. Danach starben die Pflanzen, weil keiner daran dachte, sie zu gießen und mit ihnen zu sprechen, wie Clara es getan hatte. Die Katzen verschwanden still, wie sie gekommen waren, oder warfen ihre Jungen auf den Dächern. Esteban Trueba legte schwarze Kleider an und vollzog in einer Nacht den Übergang aus der drahtigen Reife eines gesunden Mannes in eine beginnende, gebückte, stammelnde Greisenhaftigkeit, der allerdings die Kraft, eine Milderung seines Zorns herbeizuführen, nicht innewohnte. Das strenge Schwarz behielt er für den Rest seines Lebens bei, auch dann noch, als dieser Brauch aus der Mode kam und niemand mehr Trauer trug, außer den Armen, die sich ein schwarzes Band an den Ärmel hefteten, wenn einer ihrer Angehörigen starb. Er trug von nun an ein Wildledertäschchen auf der Brust, das unter dem Hemd an einer dünnen Goldkette hing. Darin waren die falschen Zähne seiner Frau, die für ihn die Bedeutung von Glück und von Sühne hatten. Alle in der Familie fühlten, daß sie ohne Clara keinen Grund mehr hatten zusammen zu leben: sie hatten sich fast nichts mehr zu sagen. Trueba war sich bewußt, daß die Anwesenheit seiner Enkelin das einzige war, was ihn noch in seinem Haus zurückhielt.

Im Verlauf der folgenden Jahre verwandelte sich das Haus in eine Ruine. Niemand mehr kümmerte sich um den Garten, der nicht mehr gegossen und gejätet wurde, bis er vom Vergessen, den Vögeln und dem Unkraut aufgeschluckt zu sein schien. Der geometrische Park, den Trueba nach den Grundrissen französischer Schloßgärten hatte anlegen lassen, vertrocknete, verfaulte und verwilderte ebenso wie die verwunschene Zone hinter dem Haus, über deren Unordnung und Fülle, Blumenüppigkeit und Philodendronchaos Clara geherrscht hatte. Die blinden Statuen und die singenden Brunnen bedeckten sich mit dürrem Laub und Vogelkot und Moos. Die Lauben, zerbrochen und schmutzig, dienten dem Ungeziefer als Zufluchtsort und den Nachbarn als Schuttabladeplatz. Wie ein aufgegebenes Dorf wurde der Park von Gestrüpp überwuchert, in dem man sich kaum vorwärts bewegen konnte, ohne sich mit der Machete eine Bahn zu schlagen. Die Hecken, die früher nach barocken Vorbildern beschnitten wurden, endeten trostlos, unförmig, von Schnecken und Pflanzenkrankheiten befallen. In den Salons lösten sich nach und nach die Vorhänge aus den Ringen und hingen verstaubt und verblichen herunter wie Unterröcke alter Frauen. Die Sitzmöbel, auf denen Alba herumturnte, wenn sie Häuschen und Schützengraben in ihnen spielte, verwandelten sich in Leichen, denen die Sprungfedern aus dem Bauch standen, und der große Gobelin im Salon verlor, als Zielscheibe für Nicolás' und seiner Nichte Pfeile, die makellose Unerschrockenheit einer bukolischen Szene à la Versailles. Die Küche überzog sich mit Fett und Ruß, füllte sich an mit leeren Büchsen und Stapeln von Zeitungen und lieferte nicht mehr wie früher die großen Schüsseln voll Karamelmilch und die duftenden Fleischgerichte. Die Hausbewohner fanden sich damit ab, beinahe täglich Kichererbsen und Milchreis zu essen, weil keiner es mit dem Aufmarsch warzenbewehrter, grimmiger und despotischer Köchinnen aufzunehmen wagte, die nacheinander über die vom schlechten Gebrauch schwarz gewordenen

Töpfe regierten. Erdbeben, das Türenknallen und die Stockschwünge Estebans Truebas hinterließen Risse in den Wänden und zersplitterten die Türen, die Jalousien sprangen aus den Rahmen, und niemand ergriff die Initiative, sie reparieren zu lassen. Die Wasserhähne begannen zu tropfen, die Wasserrohre leck zu werden, die Dachziegel zu brechen, und an den Wänden erschienen grünliche Feuchtigkeitsflecken. Nur Claras mit blauer Seide tapeziertes Zimmer blieb unversehrt. Dort überlebten, wie sie waren, die Möbel aus hellem Holz, zwei weiße Baumwollkleider, das leere Bauer des Kanarienvogels, der Korb mit den nicht fertiggestrickten Wollsachen, ihre magischen Karten, der dreibeinige Tisch und die Stöße von Heften, in die sie fünfzig Jahre lang ihr Leben notiert hatte und die ich viele Jahre später in der Einsamkeit des leeren Hauses und der Stille der Toten und Verschwundenen andächtig las und ordnete, um diese Geschichte zu rekonstruieren.

Jaime und Nicolás verloren das letzte ihnen gebliebene Interesse an der Familie und hatten kein Mitleid mit ihrem Vater, der in seiner Einsamkeit vergebens eine Freundschaft mit ihnen aufzubauen suchte, um die Leere zu füllen, die ein Leben voll mißglückter Beziehungen in ihm hinterlassen hatte. Sie wohnten im Haus, weil sie keinen geeigneteren Platz zum Essen und Schlafen hatten, aber sie kamen und gingen wie fühllose Schatten und blieben nicht stehen, um den Niedergang zu konstatieren. Jaime oblag seinem Beruf mit dem Eifer eines Apostels, und mit der gleichen Beharrlichkeit, mit der sein Vater die Drei Marien der Verwahrlosung entrissen und ein Vermögen angehäuft hatte, verausgabte er sich bei der Arbeit im Krankenhaus und in seinen freien Stunden bei der kostenlosen Behandlung Armer.

„Sie sind ein hoffnungsloser Verlierer, Jaime", seufzte Trueba. „Sie haben keinerlei Realitätssinn. Sie haben einfach noch nicht gemerkt, wie die Welt ist. Sie setzen auf utopische Werte, die es nicht gibt."

„Dem Nächsten zu helfen ist ein Wert, den es gibt, Vater."

„Nein. Nächstenliebe ist, wie euer Sozialismus, eine Erfindung der Schwachen, um die Starken zu brechen und auszunutzen."

„Ich glaube nicht an Ihre Theorie mit den Schwachen und den Starken", erwiderte Jaime.

„So ist es in der Natur immer. Wir leben in einem Dschungel."

„Ja, aber nur weil Leute, die so wie Sie denken, die Regeln aufstellen, und das wird nicht immer so bleiben."

„Es wird so bleiben, weil wir die Sieger sind. Wir haben das Zeug dazu, uns in der Welt zu entfalten und die Macht auszuüben. Hören Sie auf mich, Jaime, nehmen Sie Vernunft an und richten Sie sich eine Privatklinik ein, ich helfe Ihnen dabei. Aber hören Sie auf mit Ihren sozialistischen Wahnideen!" predigte Esteban Trueba erfolglos.

Nicolás schien sich emotional stabilisiert zu haben, nachdem Amanda aus seinem Leben verschwunden war. Aus den Erfahrungen, die er in Indien gemacht hatte, blieb ihm die Vorliebe für spirituelle Unternehmungen. Die phantastischen kommerziellen Abenteuer, die ihn in seinen frühen Jugendjahren umgetrieben hatten, gab er auf, er nahm Abstand von seinem Wunsch, alle Frauen zu besitzen, die ihm über den Weg liefen, und stürzte sich ganz in das ihm von jeher eigene Verlangen, auf unkonventionellen Wegen Gott zu finden. Der Charme, den er früher aufgeboten hatte, um Schülerinnen für den Flamencounterricht zu bekommen, verhalf ihm nun dazu, eine wachsende Schar von Anhängern um sich zu versammeln. Es waren in der Mehrzahl wohlstandsmüde junge Leute, die wie er auf der Suche nach einer Philosophie waren, mit der sie leben konnten, ohne an den irdischen Scheingefechten teilzunehmen. Eine Gruppe entstand, die bereit war, ihrerseits die tausendjährigen Erkenntnisse aufzunehmen, die Nicolás im Orient erlangt hatte. Sie trafen sich in den rückwärtigen Zimmern des Hauses, wo Alba Nüsse an sie verteilte und Kräutertee für sie aufgoß, während sie mit gekreuzten Beinen dasaßen und meditierten. Als Esteban Trueba merkte, daß hinter seinem Rücken Zeitgenossen und Träger seines Namens in seinem Haus herumliefen, die durch den Nabel atmeten und sich bei der geringsten Aufforderung die Kleider auszogen, verlor er die Geduld und warf sie, mit seinem Stock und mit der Polizei drohend, hinaus. Da begriff Nicolás, daß er künftig die Wahrheit nicht mehr ohne Geld würde lehren können, und begann, bescheidene Honorare für seinen Unterricht zu kassieren. Damit konnte er ein Haus mieten, in welchem er seine Akademie für Erleuchtete aufzog. Auf Grund behördlicher Vorschriften und der Notwendigkeit, die Akademie unter einem Namen einzutragen, nannte er sie Instituto de Unión con la Nada, IDUN. Aber sein Vater war nicht bereit, ihn und sein Institut zur Vereinigung mit dem Nichts in Ruhe zu lassen, denn bald erschienen Nicolás' Gefolgsleute, mit kahlrasierten Köpfen, unanständigen Lendenschurzen und glückseligen Mienen aufgenommen, in den Zeitungen und gaben den Namen Trueba der Lächerlichkeit preis. Sobald man wußte, daß der Prophet der IDUN der Sohn von Senator Trueba war, schlachtete die Opposition die Sache aus, um sich über den Senator lustig zu machen, indem sie die spirituelle Suche seines Sohnes als politische Waffe gegen den Vater benutzte. Trueba ertrug alles mit stoischer Gelassenheit bis zu dem Tag, an dem er seine Enkelin kahlgeschoren sah: mit einem Kopf, glatt wie eine Billardkugel, saß sie da und wiederholte unaufhörlich das heilige Wort Om. Er bekam einen seiner schrecklichsten Wutanfälle. Unvermutet fiel er in das Institut seines Sohnes ein, begleitet von zwei zu diesem Zweck gemieteten Schlägertypen, die das spärliche Mobiliar kurz und klein schlugen und sich anschickten, dasselbe auch mit den friedfertigen Zeitgenossen zu tun, bis der alte Mann begriff, daß ihm wieder einmal die Hand ausgerutscht war, und ihnen befahl, das Zerstörungswerk einzustellen und draußen auf ihn zu warten. Unter vier Augen mit seinem Sohn, gelang es ihm, das krampfhafte Zittern, das ihn befallen hatte, zu beherrschen und ihm mit verhaltener Stimme zuzuknurren, er habe seine Possen satt.

„Ich will Sie nicht wiedersehen, bis meiner Enkelin das Haar nachgewachsen ist“, fügte er hinzu, ehe er mit einem letzten Türknallen ging.

Am nächsten Tag reagierte Nicolás. Er begann die

Trümmer, die die Unholde seines Vaters hinterlassen hatten, wegzufegen und das Lokal zu säubern, während er rhythmisch atmete, um jede Spur von Zorn aus seinem Innern zu tilgen und seinen Geist zu läutern. Dann zog er mit seinen Schülern, alle im Lendenschurz und Transparente tragend, auf denen sie Religionsfreiheit und Achtung ihrer Bürgerrechte forderten, vor die Gitter des Kongresses. Dort holten sie Holzpfeifen, Glöckchen und ein paar improvisierte kleine Gongs hervor und veranstalteten damit einen solchen Höllenspektakel, daß der Verkehr stehenblieb. Sobald sich genügend Schaulustige versammelt hatten, zog Nicolás seine Kleider aus und legte sich nackt wie ein Säugling, die Arme zum Kreuz ausgebreitet, auf die Straße. Es entstand ein solches Getöse von Autobremsen, Hupen, Kreischen und Polizeipfeifen, daß der Aufruhr bis ins Innere des Kongresses drang. Der Senat unterbrach die Sitzung, in der eben über das Recht der Grundherren, die Gemeindewege mit Stacheldraht einzuzäunen, diskutiert wurde, die Kongreßmitglieder traten auf den Balkon und genossen das ungewöhnliche Schauspiel: ein Sohn des Senators Trueba, der splitterfasernackt asiatische Psalmen sang. Trueba rannte die breite Treppe des Kongresses hinunter und stürzte auf die Straße, bereit, seinen Sohn umzubringen, aber er kam über das Gittertor nicht hinaus, weil er fühlte, wie ihm vor Zorn das Herz zersprang und sich ein roter Schleier über seine Augen legte. Er fiel zu Boden.

Nicolás wurde in einem Streifenwagen der Militärpolizei abtransportiert, den Senator holte eine Ambulanz des Roten Kreuzes ab. Truebas Herzflattern dauerte drei Wochen und hätte ihn beinahe in die andere Welt befördert. Als er aufstehen konnte, packte er seinen Sohn Nicolás am Kragen, setzte ihn in ein Flugzeug und verfrachtete ihn Richtung Ausland mit dem Befehl, ihm für den Rest seines Lebens nicht mehr unter die Augen zu treten. Immerhin gab er ihm so viel Geld mit, daß er sich irgendwo niederlassen und lange Zeit überleben konnte, denn nur so, erklärte er Jaime, könne er verhindern, daß er noch mehr Dummheiten begehe, die ihn, Trueba, selbst im Ausland noch um seinen guten Ruf brächten.

In den folgenden Jahren erfuhr Esteban Trueba von dem schwarzen Schaf in seiner Familie nur durch den sporadischen Briefwechsel, den Blanca mit ihrem Bruder unterhielt. So erfuhr er, daß Nicolás in Nordamerika eine neue Akademie zur Vereinigung mit dem Nichts gegründet hatte, und zwar mit solchem Erfolg, daß er es damit zu dem Reichtum brachte, den er durch Aufsteigen im Ballon oder die Herstellung von Hühnersandwiches nicht hatte erlangen können. Zuletzt plätscherte er mit seinen Jüngern im eigenen Schwimmbad aus rosa Porzellan, wohlgelitten von den Bürgern der Stadt. Ohne es zu wollen, hatte er die Suche nach Gott mit dem Glück in Geschäften kombiniert. Esteban Trueba allerdings glaubte das nie.

Der Senator wartete, bis seiner Enkelin das Haar ein wenig nachgewachsen war, damit niemand dachte, sie hätte die Räude, dann immatrikulierte er sie höchstpersönlich in einer englischen Schule, weil er diese Erziehung trotz der widersprüchlichen Ergebnisse, die er bei seinen beiden Söhnen damit erzielt hatte, nach wie vor für die beste hielt. Blanca war einverstanden, weil sie begriff, daß eine günstige Konstellation der Planeten allein nicht dazu ausreichte, daß Alba im Leben vorankam. Im College lernte Alba, in Wasser gekochtes Gemüse und verbrannten Reis zu essen, die Kälte im Hof zu ertragen, Hymnen zu singen und jedweder Eitelkeit der Welt zu entsagen, die sportliche ausgenommen. Man brachte ihr bei, die Bibel zu lesen, Tennis zu spielen und Maschine zu schreiben. Das letztere war das einzig Nützliche, was ihr die langen fremdsprachigen Jahre einbrachten. Alba, die herangewachsen war, ohne je von Sünde oder von dem Benehmen einer höheren Tochter sprechen zu hören, die die Grenze zwischen dem Menschlichen und dem Göttlichen, dem Möglichen und dem Unmöglichen nicht kannte, die den einen Onkel nackt Karatesprünge auf dem Gang vollführen sah und den anderen unter einem Bücherberg begraben, die ihren Großvater mit dem Stock Telefone und Blumentöpfe zertrümmern, ihre Mutter sich mit dem Clownsköfferchen aus dem Haus stehlen und ihre Großmutter den dreibeinigen

Tisch rücken und bei ungeöffnetem Klavier Chopin spielen sah, erschien die Schulroutine unerträglich. Sie langweilte sich in den Unterrichtsstunden. In den Pausen setzte sie sich in den entlegensten und verstecktesten Winkel des Hofs, um nicht gesehen zu werden, zitternd vor Verlangen, daß sie zum Spielen aufgefordert würde, und gleichzeitig betend, daß niemand sie bemerke. Ihre Mutter schärfte ihr ein, sie solle nicht versuchen, ihren Kameradinnen zu erzählen, was sie in den medizinischen Büchern ihres Onkels Jaime über die menschliche Natur gelesen hatte, und sich auch nicht vor der Lehrerin über die Vorzüge des Esperanto gegenüber dem Englischen auszulassen. Ungeachtet dieser Vorsichtsmaßnahmen fand die Direktorin der Anstalt schon in den ersten Tagen mühelos die Extravaganzen der neuen Schülerin heraus. Sie beobachtete sie zwei Wochen lang, und als sie ihrer Diagnose sicher war, bestellte sie Blanca Trueba in ihr Büro und erklärte ihr in höflichster Form, das kleine Mädchen entziehe sich gänzlich den üblichen Grenzen britischer Erziehung. Sie schlug vor, sie lieber in eine von spanischen Nonnen geleitete Schule zu schicken, wo sie vielleicht ihre ausgefallenen Phantasien bezähmen und ihren Mangel an Gemeinschaftssinn überwinden könne. Doch Senator Trueba war nicht bereit, sich von irgendeiner Miss Saint John ins Bockshorn jagen zu lassen, und machte das ganze Gewicht seines Einflusses geltend, damit seine Enkelin nicht von der Schule verwiesen wurde. Er wollte um jeden Preis, daß sie Englisch lernte. Er war überzeugt von der Überlegenheit des Englischen gegenüber dem Spanischen, das er als ein Idiom zweiter Klasse betrachtete, geeignet für häusliche Angelegenheiten und Magie, unkontrollierte Leidenschaften und nutzlose Unternehmungen, aber unzulänglich für die Welt der Wissenschaft und der Technik, in der er Alba triumphieren zu sehen hoffte. Von der Woge der neuen Zeit überrollt, hatte er sich endlich zu der Meinung durchgerungen, daß manche Frauen nicht gänzlich idiotisch seien, und dachte, daß Alba, die seiner Ansicht nach zu unansehnlich war, um sich einen gutsituierten Gatten zu angeln, einen Beruf erlernen und sich wie ein Mann ihren Lebensunterhalt selbst verdienen könnte. In diesem Punkt unterstützte Blanca ihren Vater, weil sie die Auswirkungen einer schlechten Schulbildung im Lebenskampf am eigenen Leibe erfahren hatte.

„Ich will nicht, daß du einmal so arm wie ich und ganz von einem Mann abhängig bist, der dich ernährt", sagte sie, sooft sie ihre Tochter weinen sah, weil sie nicht mehr in die Schule gehen wollte.

Sie nahmen sie nicht aus der Schule, und sie mußte zehn ununterbrochene Jahre lang darin ausharren.

Für Alba war die einzige Person auf diesem treibenden Schiff, in das sich das große Eckhaus nach dem Tode Claras verwandelt hatte, ihre Mutter. Blanca kämpfte mit dem Todesmut einer Löwin gegen den Niedergang und den Verfall, aber es lag auf der Hand, daß sie diesen Kampf gegen den fortschreitenden Ruin verlieren würde. Senator Trueba lebte weiter im Haus, hörte aber auf, seine Freunde und politischen Bekannten einzuladen, er schloß die Salons und bewohnte nur noch die Bibliothek und sein Schlafzimmer. Er war blind und taub gegen die Bedürfnisse seines Heims. Stark beschäftigt in Politik und Geschäften, war er ständig auf Reisen, bezahlte neue Wahlkampagnen, kaufte Land und Traktoren, züchtete Rennpferde, spekulierte mit dem Gold-, dem Zucker- und dem Papierpreis. Daß die Wände seines Hauses nach einer Schicht Malerfarbe gierten, die Möbel aus dem Leim gingen, die Küche sich in einen Abfallhaufen verwandelte, bemerkte er nicht. Er sah weder die verfilzten Wolljacken seiner Enkelin noch die veralteten Kleider und die von der Hausarbeit und der Tonerde ruinierten Hände seiner Tochter. Er handelte nicht aus Geiz so: seine Familie interessierte ihn einfach nicht mehr. Manchmal schüttelte er seine Zerstreutheit ab und kam mit einem unverhältnismäßig großartigen Geschenk für seine Enkelin an, das den Kontrast zwischen dem unsichtbaren Reichtum auf den Bankkonten und der sparsamen Lebensführung im Haus um so stärker hervorhob. Er gab Blanca unterschiedlich hohe, aber nie genügende Summen, um dieses verfallene, dunkle, fast leerstehende, zugige Riesenhaus, in das der einst herrschaftliche

Familiensitz sich verwandelt hatte, in Gang zu halten. Blanca reichte das Geld nie für die Ausgaben, ständig pumpte sie Jaime an, und sosehr sie das Haushaltsbudget hier beschnitt und dort aufbesserte, hatte sie am Ende des Monats immer ein Bündel unbezahlter Rechnungen, die sich so lange anhäuften, bis sie sich entschloß, ins Viertel der Juweliere zu gehen und eines der Schmuckstücke zu verkaufen, die ein Vierteljahrhundert zuvor dort gekauft worden waren und die Clara ihr in einem Wollstrumpf vermacht hatte.

Im Haus lief Blanca in Schürze und Alpargatas herum, nicht zu unterscheiden von den wenigen verbleibenden Dienstboten, und zum Ausgehen zog sie das immer wieder aufgebügelte Schneiderkostüm und die weiße Seidenbluse an. Was Alba betraf, so trug sie, seitdem ihr Großvater Witwer geworden war und sich nicht mehr um sie kümmerte, was sie von ein paar entfernten Cousinen erbte, die entweder größer oder kleiner als sie waren, so daß meistens die Mäntel wie Militärcapes an ihr schlotterten und die Kleider zu kurz und zu eng waren. Jaime hätte gern etwas für die beiden Frauen getan, aber sein Gewissen sagte ihm, daß seine Einkünfte besser verwendet waren, wenn er die Hungernden speiste, als wenn er seiner Schwester und seiner Nichte Luxusartikel kaufte.

Nach dem Tod ihrer Großmutter begann Alba an Alpträumen zu leiden. Sie träumte, daß alle ihre Angehörigen starben und sie allein und verlassen im großen Eckhaus zurückblieb, ohne andere Gesellschaft als die zarten, unansehnlichen Gespenster, die durch die Gänge spukten. Jaime regte an, sie in das Schlafzimmer von Blanca zu verlegen, damit sie zur Ruhe komme. Seitdem Alba das Zimmer ihrer Mutter teilte, erwartete sie jeden Abend mit heimlicher Ungeduld den Augenblick des Zubettgehens. In ihre Laken gewickelt, sah sie zu, wie Blanca den Tag beschloß und sich zum Schlafen fertigmachte. Sie reinigte sich das Gesicht mit Crema de Harem, einem rosafarbenen und nach Rosen duftenden Fett, das in dem Ruf stand, wahre Wunder an der weiblichen Haut zu vollbringen, und kämmte sich hundertmal ihr langes kastanienbraunes

Haar, in das sich erste, allen außer ihr unsichtbare graue Fäden mischten. Da sie zu Verfrorenheit neigte, schlief sie sommers wie winters mit Wollbinden, die sie in ihrer freien Zeit selbst strickte. Wenn es regnete, zog sie Handschuhe an, um die Polarkälte zu vermindern, die durch die Berührung mit dem feuchten Ton in ihre Knochen eingezogen war und von der weder Jaimes Spritzen noch Nicolás' Akupunktur sie zu heilen vermochten. Alba beobachtete sie, wenn sie im Zimmer hin und her ging, von ihrem langen Novizinnennachthemd umflattert, das Haar aus dem Knoten gelöst, in den sanften Hauch von sauberer Wäsche und Haremscreme eingehüllt und versunken in einen unzusammenhängenden Monolog, in welchem Klagen über den Preis des Gemüses, die Aufzählung ihrer diversen leiblichen Beschwerden und der Überdruß, das Haus auf dem Hals zu haben, sich vermischten mit ihren poetischen Phantasien über Pedro Tercero García, den sie sich zwischen Abendwolken oder goldenen Feldern auf den Drei Marien vorstellte. War das Ritual beendet, legte sich Blanca ins Bett und löschte das Licht. Über den engen Gang zwischen den Betten nahm sie Alba bei der Hand und erzählte ihr Geschichten aus den magischen Büchern in den verwunschenen Koffern ihres Urgroßonkels Marcos, die sie auf Grund ihres schlechten Gedächtnisses in neue Märchen verwandelte. So erfuhr Alba von einem Prinzen, der hundert Jahre lang schlief, von adligen Jungfrauen, die Brust an Brust mit dem Drachen kämpften, von einem im Wald verirrten Wolf, dem ein kleines Mädchen grundlos den Bauch aufschlitzte. Wenn Alba diese Schauergeschichten ein zweites Mal zu hören wünschte, konnte Blanca sie nicht wiederholen, weil sie sie vergessen hatte, weshalb das kleine Mädchen sich angewöhnte, sie aufzuschreiben. Später notierte sie auch die Dinge, die ihr wichtig erschienen, wie ihre Großmutter Clara es getan hatte.

Die Arbeiten am Mausoleum wurden gleich nach Claras Tod begonnen, zogen sich aber fast zwei Jahre hin, weil ich ständig neue, teure Details anbringen ließ: Grabplatten mit Inschriften in vergoldeten gotischen Lettern, eine Glaskuppel, damit die Sonne auf die Gräber scheinen konnte, und eine kunstvolle, von römischen Brunnen kopierte Vorrichtung zur kontinuierlichen und genau dosierten Bewässerung eines kleinen Innengartens, den ich mit Kamelien und Rosen bepflanzen ließ, den Lieblingsblumen der beiden Schwestern, die mein Herz ausgefüllt hatten. Die Statuen waren ein Problem. Ich verwarf mehrere Entwürfe, weil ich als Engel keine Kretins haben wollte, sondern Abbilder von Rosa und Clara, mit ihren Gesichtszügen, ihren Händen, ihren wirklichen Körpermaßen. Ein uruguayischer Bildhauer kam mir entgegen, und endlich waren die Statuen so, wie ich sie haben wollte. Als alles fertig war, stieß ich auf ein unvorhergesehenes Hindernis: ich konnte Rosa nicht in das neue Mausoleum überführen lassen, weil sich die Familie del Valle dem widersetzte. Ich versuchte, sie mit allen erdenklichen Argumenten umzustimmen, sie mit Geschenken und sogar unter Einsatz meiner politischen Macht unter Druck zu setzen, aber alles war vergebens. Meine Schwäger blieben hart. Ich vermute, sie hatten die Sache mit dem Kopf von Nívea erfahren und nahmen mir übel, daß er die ganze Zeit über im Keller gelegen hatte. Angesichts ihrer Halsstarrigkeit rief ich Jaime und sagte ihm, er solle sich bereithalten, mich auf den Friedhof zu begleiten und mit mir Rosas Leichnam zu stehlen. Er zeigte keinerlei Überraschung.

Wie in solchen Fällen üblich, gingen wir nachts hin und bestachen den Wärter, wie ich es vor Jahren schon einmal getan hatte, um bei Rosa sein zu können, als sie ihre erste Nacht auf dem Friedhof verbrachte. Wir gingen mit unseren Werkzeugen durch die Zypressenallee, wir suchten das Grab der Familie del Valle und gingen an die makabre Aufgabe, es zu öffnen. Vorsichtig nahmen wir die Steinplatte ab, die Rosas letzte Ruhe behütete, und holten den weißen Sarg aus der Nische, der sehr viel schwerer war, als wir gedacht hatten, so daß wir den Wärter bitten mußten, uns zu helfen. Wir arbeiteten beengt in dem schmalen Raum, behinderten uns gegenseitig mit den Werkzeugen und hatten Licht nur von einer Karbidlampe. Danach setzten wir den Stein wieder vor die Nische, damit niemandem der Verdacht kam, sie könnte leer sein. Wir schwitzten, als wir fertig waren. Jaime hatte vorsorglich eine Feldflasche voll Schnaps mitgenommen, so daß wir einen Schluck trinken konnten, um uns wieder Mut zu machen. Obwohl keiner von uns abergläubisch war, machte uns diese Nekropole mit ihren Kreuzen, Kuppeln und Grabsteinen nervös. Ich setzte mich auf den Rand des Grabes, um zu verschnaufen, und dachte, daß ich doch wohl nicht mehr der Jüngste war, wenn ich durch das Tragen eines Sarges aus dem Herzrhythmus kam und kleine Sternchen im Dunkeln sah. Ich schloß die Augen und dachte an Rosa, ihr perfektes Gesicht, ihre milchige Haut, ihr Haar wie das Haar einer ozeanischen Sirene, ihre unruhestiftenden Honigaugen, ihre Hände, in den Rosenkranz aus Perlmutt geflochten, ihren Brautkranz. Ich seufzte in Erinnerung an dieses schöne, unglaubliche Geschöpf, das mir aus den Händen geglitten war und nun hier lag und all diese Jahre darauf gewartet hatte, daß ich käme und es holte und es an den Ort brächte, an dem es ruhen sollte.

„Jaime, wir machen das auf. Ich will Rosa sehen“, sagte ich zu meinem Sohn.

Er versuchte mich nicht abzuhalten, weil er den Ton kannte, den ich anschlug, wenn die Entscheidung unwiderruflich war. Wir brachten die Karbidlampe in Stellung, er schraubte geduldig die von der Zeit gedunkelten Messingschrauben auf, und wir konnten den Deckel heben, der schwer wie Blei war. Im weißen Licht der Karbidlampe sah ich Rosa die Schöne mit ihren bräutlichen Orangenblüten, ihrem grünen Haar, ihrer unerschütterlichen Schönheit, genau so, wie ich sie vor vielen Jahren in ihrem weißen Sarg auf dem Eßzimmertisch meiner Schwiegereltern gesehen hatte. Hingerissen betrachtete ich sie, ohne mich darüber zu wundern, daß die Zeit spurlos an ihr vorübergegangen war: sie war noch dieselbe wie in meinen Träumen. Ich bückte mich hinunter und drückte durch das Glas, das über ihrem Gesicht lag, einen Kuß auf die bleichen Lippen der unendlich Geliebten. In diesem Augenblick wehte ein kleines Lüftchen durch die Zypressen, schlüpfte verstohlen durch irgendeine Ritze des Sargs, der bis dahin hermetisch geschlossen war, und im Nu löste sich die unwandelbare Braut wie durch Zauber auf und zerfiel in feinen grauen Staub. Als ich den Kopf hob und die Augen aufschlug, den kalten Kuß noch auf den Lippen, war es schon nicht mehr Rosa die Schöne. An ihrer Stelle lag ein Totenkopf mit leeren Augenhöhlen, ein paar Streifen elfenbeinfarbener Haut auf den Backenknochen und ein paar Strähnen modrigen Haars im Nacken.

Jaime und der Wärter legten hastig den Deckel auf den Sarg, hoben Rosa auf einen kleinen Wagen und brachten sie zu der neben Clara für sie reservierten Stelle im lachsfarbenen Mausoleum. Ich blieb auf einem Grab in der Zypressenallee sitzen und betrachtete den Mond.

Férula hatte recht, dachte ich. Ich bin allein geblieben und werde an Leib und Seele kleiner. Es fehlt nur noch, daß ich wie ein Hund sterbe.

Senator Trueba kämpfte gegen seine politischen Feinde, die der Eroberung der Macht täglich näher kamen. Während andere führende Persönlichkeiten der Konservativen Partei alt und dick wurden und mit endlosen byzantinischen Debatten die Zeit verplemperten, arbeitete er ausdauernd, informierte sich, bereiste das Land in einer nie endenden persönlichen Wahlkampagne von Norden nach Süden, ohne Rücksicht auf sein Alter und das dumpfe Rumoren in seinen Knochen. Bei jeder parlamentarischen Wahl wurde er als Senator wiedergewählt. Aber es war nicht die Macht, der Reichtum oder das Prestige, was ihn interessierte. Er war davon besessen, das, wie er sagte, „marxistische Krebsgeschwür“ zu vernichten, das sich immer tiefer ins Volk hineinfraß.

„Man hebt einen Stein auf, und ein Kommunist ist darunter“, sagte er.

Keiner glaubte ihm mehr. Nicht einmal die Kommunisten. Sie belächelten ihn ein wenig wegen seiner Zornausbrüche, seiner Aufmachung als schwarzer Trauerrabe, seines anachronistischen Stocks und seiner apokalyptischen Prognosen. Wenn er seinen Parteifreunden die Statistiken und die wirklichen Ergebnisse der letzten Wahlen unter die Nase hielt, nahmen sie seine beschwörenden Worte für das Gefasel eines alten Mannes.

„An dem Tag, an dem wir uns die Urnen nicht mehr holen können, ehe die Stimmzettel ausgezählt werden, sind wir geliefert!" behauptete Trueba.

„Nirgends haben die Marxisten durch Volksabstimmung gewonnen. Dazu ist mindestens eine Revolution nötig, und so etwas passiert in unserem Land nicht", entgegneten sie.

„So lange, bis es doch passiert", konterte Trueba zornig.

„Beruhige dich, Mann. Wir werden nicht zulassen, daß es passiert", trösteten sie ihn. „Der Marxismus hat in Lateinamerika nicht die geringste Chance. Siehst du nicht, daß er die magische Seite der Dinge außer acht läßt? Er ist eine atheistische, praktische, funktionale Doktrin, und so etwas hat hierzulande keinen Erfolg."

Nicht einmal Oberst Hurtado, der Feinde des Vaterlands sah, wohin er blickte, hielt die Kommunisten für eine Gefahr. Mehr als einmal setzte er ihm auseinander, daß die Kommunistische Partei nichts sei als eine Handvoll Hungerleider, die statistisch gesehen bedeutungslos wären und von Moskau aus gelenkt würden mit einem Aufwand, der einer besseren Sache würdig wäre.

„Moskau liegt, wo der Teufel den Poncho verloren hat, Esteban", sagte Oberst Hurtado. „Dort übersehen sie die besonderen Bedingungen in unserem Land vollständig, sonst würden sie hier nicht herumlaufen wie Rotkäppchen im Wald. Vor kurzem haben sie ein Manifest veröffentlicht, in dem Bauern, Seeleute und Indios aufgerufen werden, sich dem ersten chilenischen Sowjet anzuschließen, und das ist in jeder Hinsicht eine Posse. Als ob die Bauern wüßten, was ein Sowjet ist! Und die Seeleute sind immerzu auf hoher See und interessieren sich für die Bordelle in anderen Ländern weit mehr als für Politik. Und die Indios! Alles in allem bleiben uns noch ganze zweihundert. Mehr, glaube ich, haben die Massaker des letzten Jahrhunderts nicht überlebt. Aber wenn sie in ihren Reservaten einen Sowjet bilden wollen, bitte, sollen sie doch", spottete der Oberst.

„Ja, aber außer den Marxisten gibt es auch die Sozialisten,

die Radikalen und andere kleine Gruppen. Alle sind mehr oder weniger dasselbe“, antwortete Trueba.

Für Senator Trueba waren alle politischen Parteien außer der seinen potentiell marxistisch, er sah keinen klaren Unterschied zwischen ihren Ideologien. Und er zögerte auch nicht, seine Ansichten öffentlich auszusprechen, sooft sich eine Gelegenheit dazu bot, weshalb Senator Trueba bei allen, außer bei seinen Parteifreunden, als eine Art höchst pittoresker reaktionärer und oligarchischer Spinner galt. Die Konservative Partei mußte ihn bremsen, damit ihm die Zunge nicht durchging und er sie alle blamierte. Er war der furiose Paladin und bereit, die Schlacht auf öffentlichen Plätzen, bei Pressekonferenzen und in den Universitäten zu schlagen: dort, wo längst keiner mehr das Gesicht zu zeigen wagte, stand er unerschütterlich in seinem schwarzen Anzug, mit seiner Löwenmähne und seinem silbernen Stock. Er wurde die Zielscheibe der Karikaturisten, die durch ihre ewigen Spötteleien erreichten, daß er populär wurde. Bei allen Wahlen erhielt er die konservativen Stimmen. Er war fanatisch, heftig und antiquiert, aber er repräsentierte besser als irgend jemand die Werte der Familie, der Tradition, des Eigentums und der Ordnung. Jedermann erkannte ihn auf der Straße, man machte Witze auf seine Kosten, und die Anekdoten, die man sich von ihm erzählte, gingen von Mund zu Mund. Anläßlich seiner Herzattacke, hieß es, als sich sein Sohn vor den Toren des Kongresses nackt auszog, habe ihn der Präsident der Republik zu sich gerufen und ihm die Schweizer Botschaft angeboten, damit er sich in einem seinen Jahren angemessenen Amt erholen könne. Senator Trueba, erzählte man sich, habe als Antwort mit der Faust auf den Schreibtisch des obersten Würdenträgers gehauen, daß die chilenische Fahne und die Büste des Vaters des Vaterlandes umgestürzt seien.

„Nicht einmal als toter Mann gehe ich hier weg, Exzellenz“, brüllte er. „Denn wenn ich nicht aufpasse, ziehen Ihnen die Marxisten den Sessel weg, auf dem Sie sitzen.“

Er als erster war so geschickt, die Linke als den „Feind der Demokratie“ zu bezeichnen, nicht ahnend, daß ein paar Jahre später ebendies die Losung der Diktatur sein würde. Er steckte seine ganze Zeit und einen guten Teil seines Vermögens in den politischen Kampf. Er stellte fest, daß dieses Vermögen seit Claras Tod dahinzuschmelzen schien, obwohl er immer neue Geschäfte einfädelte, aber das beunruhigte ihn nicht, weil er davon ausging, daß zu den unbestreitbaren Tatsachen der natürlichen Ordnung der Dinge auch die gehörte, daß Clara eine Glückssträhne in seinem Leben gewesen war, von der er nach ihrem Tod nicht weiter profitieren konnte. Er fühlte sich alt, er hatte die Vorstellung, daß keines seiner drei Kinder ihn zu beerben verdiene und seine Enkelin mit den Drei Marien gesichert sein würde, obwohl das Gut nicht mehr so ertragreich war wie früher. Dank neuen Straßen und Autos hatte sich die Reise von der Hauptstadt nach den Drei Marien, die früher eine Eisenbahnsafari gewesen war, erheblich verkürzt, aber er war immerzu beschäftigt und fand keinen passenden Moment hinzufahren. Von Zeit zu Zeit ließ er den Verwalter kommen, um sich Rechenschaft ablegen zu lassen, aber nach diesen Besuchen hatte er Katzenjammer und schlechte Laune für mehrere Tage. Sein Verwalter war ein Mann, den der eigene Pessimismus zum Scheitern verurteilte. Seine Berichte waren eine einzige Litanei widriger Umstände: die Erdbeeren waren erfroren, die Hennen hatten sich mit dem Pips angesteckt, die Trauben waren von der Pest befallen worden. So wurde ihm das Gut, das früher eine Quelle seines Reichtums gewesen war, zur Belastung, und häufig mußte Senator Trueba Geld aus anderen Geschäften abziehen und sie dieser unersättlichen Erde in den Rachen werfen, die eine Neigung zu verspüren schien, in die Zeiten der Verwahrlosung zurückzufallen, aus denen er sie errettet hatte.

„Ich muß hin und Ordnung schaffen. Dort fehlt das Auge des Herrn“, murmelte er.

„Auf dem Land geht alles drunter und drüber, Patron“, warnte ihn der Verwalter immer wieder. „Die Bauern werden aufmüpfig. Jeden Tag kommen sie mit neuen Forderungen. Man könnte meinen, sie wollten wie die Herren leben. Das beste wäre, das Gut zu verkaufen.“

Aber von Verkaufen wollte Trueba nichts hören.

„Land ist das einzige, was bleibt, wenn alles zum Teufel geht", wiederholte er wie damals als Fünfundzwanzigjähriger, als seine Mutter und seine Schwester ihn aus den gleichen Gründen dazu drängten. Aber unter der doppelten Bürde des Alters und der politischen Arbeit hatten die Drei Marien, wie so vieles, was ihm früher als grundlegend erschienen war, aufgehört, ihn zu interessieren. Sie hatten nur noch symbolischen Wert für ihn.

Der Verwalter hatte recht: alles ging in diesen Jahren drunter und drüber. So predigte es auch die samtige Stimme Pedro Tercero Garcías, die durch das Wunder des Radios bis in die hintersten Winkel des Landes drang. Mit seinen gut dreißig Jahren sah er immer noch wie ein rauher Landmann aus, was bei ihm aber mehr eine Frage des Stils war, denn Lebenserfahrung und Erfolg hatten seine Derbheiten abgeschliffen und seine Ideen verfeinert. Er trug einen wilden Bart, und mit seiner Prophetenmähne, die er nach dem Gefühl eigenhändig mit einem Taschenmesser stutzte, das er von seinem Vater geerbt hatte, war er der Mode, die später bei den Protestliedersängern Furore machte, um Jahre voraus. Er trug eine genietete Leinenhose und handgemachte Alpargatas, im Winter warf er sich einen Poncho aus grober Wolle über die Schultern. Das war sein Kampfanzug. So betrat er die Bühne, so zeigten ihn die Hüllen seiner Schallplatten. Enttäuscht von den politischen Organisationen, griff er drei oder vier elementare Ideen auf und errichtete auf ihnen seine Philosophie. Er war ein Anarchist. Ausgehend von den Füchsen und Hennen, entwickelten sich seine Lieder zu Gesängen auf das Leben, die Freundschaft, die Liebe und auch die Revolution. Seine Musik war überaus populär, und nur ein Starrkopf wie Senator Trueba konnte ihre Existenz ignorieren. Der alte Mann hatte das Radio in seinem Haus verboten, um zu verhindern, daß seine Enkelin sich Komödien und Rührstücke anhörte, in denen Mütter ihre Kinder verlieren und nach vielen Jahren glücklich wiederfinden, und um sicher zu sein, daß die subversiven Lieder seines Feindes nicht seine Verdauung beeinträchtigten. In seinem Schlafzimmer hatte er ein modernes Radio stehen, aber nur, um Nachrichten zu hören. Weder ahnte er, daß Pedro Tercero García der beste Freund seines Sohnes Jaime war, noch daß Blanca sich mit ihm traf, sooft sie, Vorwände stammelnd, mit ihrem Clownsköfferchen das Haus verließ. Er wußte auch nicht, daß er an sonnigen Sonntagen manchmal mit Alba auf die Berge stieg, mit ihr auf die Stadt hinunterschaute und ihr, während sie Brot und Käse aßen, von den Armen, den Unterdrückten, den Verzweifelten und anderen Dingen erzählte, die Alba nach dem Willen ihres Großvaters nicht erfahren sollte, ehe beide sich unter lautem Gelächter, glücklich wie junge Hunde, die Abhänge hinunterrollen ließen.

Pedro Tercero sah Alba heranwachsen und bemühte sich, ihr nahezukommen, ohne daß es ihm gelang, sie wirklich zu seiner Tochter zu machen, denn in diesem Punkt war Blanca unnachgiebig. Alba hätte viel Schweres zu ertragen gehabt, sagte sie, es sei ein Wunder, daß sie ein relativ normales Geschöpf geworden sei, also sei es wirklich nicht nötig, ihr in bezug auf ihre Abstammung noch einen Grund zu Verwirrung zu geben. Es sei besser, wenn sie weiterhin an die offizielle Version glaube, und sie, Blanca, wolle auch nicht Gefahr laufen, daß ihre Tochter mit ihrem Großvater über die Sache spreche und damit eine Katastrophe heraufbeschwöre. Auf jeden Fall gefiel Pedro Tercero der freie und widerspenstige Geist des kleinen Mädchens.

„Sie verdient, meine Tochter zu sein, auch wenn sie es nicht ist", sagte er stolz.

In all diesen Jahren hatte sich Pedro Tercero García nie an sein Junggesellendasein gewöhnen können, obwohl er bei den Frauen Erfolg hatte, besonders bei den prachtvollen, unter den Seufzern seiner Gitarre in Liebe entbrennenden Halbwüchsigen. Einige drängten sich mit Macht in sein Leben ein. Er brauchte das Erfrischende dieser Liebschaften. Er versuchte, die Mädchen eine Zeitlang glücklich zu machen, aber schon in der Illusion des ersten Augenblicks begann er sich zu verabschieden, bis er sie zuletzt taktvoll verließ. Oft, wenn eine von ihnen im Schlaf neben ihm seufzte, schloß er die Augen und dachte an Blanca, ihren vollen, reifen Körper, ihre üppigen Brüste, die feinen Falten um ihren Mund, das tiefe Schwarz in ihren arabischen Augen, und fühlte, daß ein unterdrückter Schrei ihm die Brust sprengte. Er versuchte, es bei anderen Frauen länger auszuhalten, durchlief, sich von Blanca entfernend, viele Wege und viele Körper, aber im Augenblick der Intimität, der Einsamkeit und des vorgefühlten Todes war sie immer die einzige. Am Morgen begann dann der sanfte Prozeß der Loslösung von der neuen Geliebten, und kaum hatte er sich wieder frei gemacht, kehrte er zu Blanca zurück, magerer und hohläugiger, schuldbewußter, aber mit einem neuen Lied in der Gitarre und neuen, unerschöpflichen Liebkosungen für sie.

Blanca ihrerseits hatte sich daran gewöhnt, allein zu leben. Sie fand zuletzt den Frieden in ihren Aufgaben im großen Eckhaus, in ihrer Töpferwerkstatt und bei ihren Krippenfiguren, von denen allein die Heilige Familie, verloren in einer Unmenge erfundener Ungeheuer, den Normen der Biologie entsprach. Pedro Tercero García war der einzige Mann in ihrem Leben, weil sie zu der einen, ausschließlichen Liebe berufen war. Die Kraft dieses unwandelbaren Gefühls rettete sie vor dem Mittelmäßigen und dem Traurigen ihres Schicksals. Auch in den Zeiten, in denen er irgendwelchen langbeinigen, glatthaarigen Nymphen nachlief, blieb sie ihm treu und liebte ihn wegen dieser Eskapaden nicht weniger. Anfangs glaubte sie jedesmal, wenn er sich von ihr entfernte, sie würde sterben, aber bald wurde ihr klar, daß seine Abwesenheiten nur einen Seufzer lang dauerten und er unweigerlich verliebter und sanfter zu ihr zurückkehrte. Blanca gab den heimlichen Begegnungen mit ihrem Geliebten in einem Stundenhotel den Vorzug vor der Routine eines Lebens zu zweit, der Ehemüdigkeit und dem Alptraum von dem gemeinsamen Altwerden mit der geteilten Geldnot an Monatsenden, dem beiderseits schlechten Mundgeruch beim Erwachen, der Langeweile der Sonntage und den Beschwerden des Alters. Sie war eine unverbesserliche Romantikerin. Manchmal war sie in Versuchung, ihren Clownskoffer und den Rest der Schmuckstücke im Wollstrumpf zu packen und mit ihrer Tochter zu ihm zu ziehen, aber zuletzt überwog immer die

Feigheit. Vielleicht fürchtete sie, daß diese grandiose Liebe, die so viele Proben überstanden hatte, die schrecklichste von allen, das Zusammenleben, nicht überleben würde. Alba wuchs schnell heran, und Blanca begriff, daß sie den guten Vorwand, sie müsse auf ihre Tochter aufpassen, nicht mehr lange würde vorbringen können, um den Forderungen ihres Geliebten auszuweichen, aber immer wieder schob sie die Entscheidung hinaus. Im Grunde schreckte der Lebensstil Pedro Terceros sie nicht weniger als die Angst vor der Routine: sein ärmliches Häuschen aus Brettern und Zink in einer Arbeitersiedlung, eines von Hunderten ebenso ärmlichen, ohne Wasser, mit einem Fußboden aus gestampfter Erde und einer einzigen von der Decke hängenden Glühbirne. Ihretwegen verließ er die Siedlung und zog in ein Appartement im Zentrum, wodurch er, ohne es zu beabsichtigen, in eine Mittelklasse aufstieg, der anzugehören nie sein Ziel gewesen war. Aber auch das genügte Blanca nicht. Sie fand die Wohnung schmierig, dunkel, eng und die Promiskuität im Haus abstoßend. Sie könne nicht zulassen, sagte sie, daß Alba dort aufwachse, mit anderen Kindern auf der Straße und im Treppenhaus spiele und eine staatliche Schule besuche. So verging ihre Jugend, sie trat in die Zeit der Reife ein und hatte sich damit abgefunden, daß sie keine anderen Augenblicke der Lust hatte als jene Rendezvous, zu denen sie sich heimlich in ihren besten Kleidern aus dem Haus stahl, parfümiert und in der Reizwäsche, die Pedro Tercero gefiel und die sie jedesmal in den hintersten Winkeln des Kleiderschranks versteckte, schamrot bei dem bloßen Gedanken an die Entschuldigungen, die sie erfinden müßte, wenn jemand sie dort entdeckte. Diese in jeder Hinsicht praktische und irdische Frau sublimierte ihre Leidenschaft aus Kindertagen, indem sie sie tragisch auslebte. Sie nährte sie mit ihren Phantasien, idealisierte sie, verteidigte sie mit Klauen und Zähnen, reinigte sie von prosaischen Wahrheiten und konnte sie in eine Romanliebe verwandeln.

Was Alba betraf, so lernte sie, Pedro Tercero García nicht zu erwähnen, weil sie die Wirkung kannte, die sein Name in ihrer Familie hervorrief. Intuitiv begriff sie, daß zwischen dem Mann mit den abgeschnittenen Fingern, der ihre Mutter auf den Mund küßte, und ihrem Großvater etwas Schlimmes geschehen sein mußte, aber alle, selbst Pedro Tercero, wichen ihren Fragen aus. In der Intimität des gemeinsamen Schlafzimmers erzählte ihr Blanca manchmal Anekdoten über ihn und sang ihr seine Lieder vor, mit der Empfehlung, sie ja nicht im Haus zu trällern. Aber daß er ihr Vater war, sagte sie ihr nicht, ja es schien, als hätte sie selbst es vergessen. In ihrer Erinnerung war die Vergangenheit eine Folge von Gewalttätigkeiten, Verlassenheit und Traurigkeit, aber sie war sich nicht sicher, ob die Dinge wirklich so abgelaufen waren, wie sie dachte. Die Episode mit den Mumien, den Porträtaufnahmen und dem unbehaarten Indio in den Louis-XV-Schuhen, die ihre Flucht aus dem Haus ihres Gatten veranlaßt hatten, war ihrem Gedächtnis entfallen. Sie erzählte Alba die Geschichte von dem in der Wüste an Fieber gestorbenen Grafen so oft, daß sie zuletzt selber daran glaubte. An dem Tag, an dem, Jahre später, ihre Tochter kam und ihr mitteilte, die Leiche Jean de Satignys liege im Eisschrank der Morgue, war sie nicht froh, weil sie sich schon seit vielen Jahren als Witwe fühlte. Sie machte auch keinen Versuch, ihre Lüge zu rechtfertigen. Sie holte ihr altes schwarzes Schneiderkostüm aus dem Schrank, steckte sich die Kämme in den Knoten und ging mit ihrer Tochter den Franzosen auf dem Hauptfriedhof beerdigen, in einem der städtischen Armengräber, da Senator Trueba sich geweigert hatte, ihm einen Platz im lachsfarbenen Mausoleum abzutreten. Mutter und Tochter gingen allein hinter dem schwarzen Sarg, den sie dank der Großzügigkeit Jaimes hatten kaufen können. Sie kamen sich ein wenig lächerlich vor in der sommerlich schwülen Mittagshitze, einen Strauß welker Blumen in der Hand und ohne Tränen für die einsame Leiche.

„Ich sehe, daß mein Vater nicht einmal Freunde hatte", kommentierte Alba.

Auch bei dieser Gelegenheit verschwieg Blanca ihrer Tochter die Wahrheit.

Nachdem ich Clara und Rosa in mein Mausoleum gebettet hatte, fühlte ich mich etwas ruhiger, weil ich wußte, daß wir drei früher oder später dort vereint und mit anderen geliebten Menschen zusammen sein würden: mit meiner Mutter, der Nana und selbst mit Férula, die mir hoffentlich verziehen hat. Ich dachte nicht, daß ich so lange leben würde, wie ich gelebt habe, und daß sie so lange auf mich würden warten müssen.

Das Zimmer von Clara war immer abgeschlossen. Ich wollte nicht, daß jemand hineinging, damit nichts verändert würde und ich dort ihrem Geist begegnen konnte, sooft ich es wünschte. Ich begann an Schlaflosigkeit zu leiden, dem Leiden aller alten Leute. In meinem alten bischöflichen Schlafrock, den ich aus sentimentalen Gründen bis heute aufgehoben habe, schlurfte ich in den zu groß gewordenen Pantoffeln durchs Haus und murrte wie ein kraftloser Greis gegen das Schicksal. Mit dem Sonnenlicht gewann ich meinen Lebenswillen zurück. Zum Frühstück erschien ich im gestärkten Hemd in meinem Traueranzug, rasiert und ruhig, las die Zeitung mit meiner Enkelin, erledigte meine geschäftlichen Angelegenheiten und die Korrespondenz und verließ dann das Haus für den Rest des Tages. Ich aß auch nicht mehr zu Hause, nicht einmal an den Samstagen und Sonntagen, denn ohne die katalysierende Wirkung Claras sah ich keinen Grund, den ewigen Streit mit meinen Kindern zu ertragen.

Meine beiden einzigen Freunde versuchten, mir die Trauer von der Seele zu nehmen. Sie aßen mit mir zu Mittag, wir spielten Golf, sie forderten mich beim Domino heraus. Mit ihnen diskutierte ich meine Geschäfte, sprach über Politik und manchmal von der Familie. Eines Abends, als sie mich munterer als sonst fanden, luden sie mich ins Cristóbal Colón ein, in der Hoffnung, daß ich bei einer gefälligen Frau meine gute Laune wiederfände. Keiner von uns war mehr in einem Alter für solche Abenteuer, aber wir tranken ein paar Gläser und zogen los.

Ich war vor einigen Jahren im Cristóbal Colón gewesen, hatte es aber fast vergessen. In letzter Zeit stand dieses Hotel bei Touristen in hohem Ansehen, Provinzler reisten eigens in die Hauptstadt, um es aufzusuchen und ihren Freunden davon berichten zu können. Wir kamen an das große, altmodische Haus, das sich äußerlich in all den Jahren nicht verändert hatte. Ein Portier empfing uns und führte uns in den Hauptsalon, in dem ich schon einmal gewesen war, wie ich mich erinnerte, noch zu Zeiten der französischen oder, besser gesagt, mit französischem Akzent sprechenden Matrone. Ein kleines Mädchen, als Schülerin gekleidet, brachte uns ein Glas Wein auf Kosten des Hauses. Einer meiner Freunde versuchte, sie um die Taille zu fassen, aber sie belehrte ihn, daß sie zum Dienstpersonal gehöre: wir müßten auf die Professionellen warten. Kurz darauf öffnete sich ein Vorhang, und was erschien, war wie eine Vision von alten arabischen Fürstenhöfen: ein riesiger Neger, so schwarz, daß er blau aussah, mit geölten Muskeln und bekleidet mit Pumphosen aus karottenfarbener Seide, einer ärmellosen Weste und einem Turban aus violettem Lamé. Dazu trug er türkische Pantoffeln und in der Nase einen goldenen Ring. Als er lächelte, sahen wir, daß alle seine Zähne aus Blei waren. Er stellte sich uns als Mustafa vor und reichte uns ein Fotoalbum, damit wir uns die Ware aussuchen konnten. Zum erstenmal seit langem lachte ich aus vollem Hals, denn die Vorstellung von einem Prostituiertenkatalog erschien mir sehr amüsant. Wir blätterten das Album durch, in dem es dicke und dünne, langhaarige und kurzhaarige Frauen gab, als Nymphen, als Amazonen, als Novizinnen, als Hofdamen gekleidet, ohne daß ich mich für eine hätte entscheiden können, weil sie allesamt wie mit Füßen getreten, wie Blumen auf einer Galatafel aussahen. Auf den letzten drei Seiten des Albums waren ausschließlich Fotos von jungen Männern, Jünglingen in griechischen Tuniken, die lorbeerbekränzt zwischen falschen spätgriechischen Ruinen spielten, abscheulich anzusehen mit ihren dicken Arschbacken und ihren langwimprigen Lidern. Außer Carmelo, der sich im Farolito Rojo als Japanerin verkleidete, hatte ich noch nie einen ungetarnten Schwulen aus der Nähe gesehen, deshalb überraschte es mich, daß sich einer meiner Freunde, Börsenmakler von Beruf und Familienvater, einen dieser Hinterlader im Album aussuchte. Wie durch Magie kam dieser Junge hinter dem Vorhang hervor und zog meinen Freund kichernd und mit weiblichem Hüftenschwenken mit sich fort. Mein anderer Freund entschied sich für eine schwabbelige Odaliske, mit der er, wie ich vermutete, seines fortgeschrittenen Alters und zarten Körperbaus wegen keine Heldentaten verrichten konnte, aber wie immer, auch er ging, vom Vorhang verschluckt, mit ihr ab.

„Ich sehe schon, daß dem Herrn die Entscheidung schwerfällt", sagte Mustafa verständnisvoll. „Wenn Sie erlauben, bringe ich Ihnen das Beste, was das Haus zu bieten hat. Ich werde Ihnen Aphrodite vorstellen."

Und Aphrodite betrat den Salon, drei Stockwerke Löckchen auf dem Kopf, mangelhaft von drapiertem Tüll bedeckt und von den Schultern bis zu den Knien von künstlichen Trauben überrieselt. Es war Tránsito Soto, die trotz der kitschigen Trauben und des Zirkustülls etwas endgültig Mythologisches angenommen hatte.

„Ich freue mich, Sie zu sehen, Patron", sagte sie zur Begrüßung.

Sie führte mich durch den Vorhang, und wir standen in einem kleinen Innenhof, dem Herzen dieses labyrinthischen Bauwerks. Das Cristóbal Colón bestand aus zwei oder drei alten Häusern, die in strategischer Absicht durch Hinterhöfe, Gänge und Brücken miteinander verbunden waren. Tránsito Soto führte mich in ein unauffälliges, aber sauberes Zimmer, dessen einzige Extravaganz in erotischen Fresken bestand, die ein mittelmäßiger Maler nach pompejanischem Vorbild schlecht und recht auf die Wand gepinselt hatte, und einer großen, altmodischen Badewanne mit fließendem Wasser. Ich pfiff bewundernd durch die Zähne.

„Wir haben an der Innenausstattung einiges geändert", sagte sie.

Tránsito nahm sich die Trauben und den Tüll ab und war wieder die Frau, an die ich mich erinnerte, nur begehrenswerter und weniger verletzlich, aber mit demselben ehrgeizigen Ausdruck in den Augen, der mich schon fesselte, als ich sie kennenlernte. Sie erzählte mir von der Prostituierten- und Schwulenkooperative, die ein fabelhafter Erfolg sei. Alle gemeinsam hätten sie das Cristóbal Colón aus der Verwahrlosung, in der die falsche französische Madame es hinterlassen hatte, herausgeholt und so lange gearbeitet, bis es ein gesellschaftliches Ereignis geworden sei, eine historische Sehenswürdigkeit, von der sich die Seeleute auf den fernsten Meeren erzählten. Den größten Anteil am Erfolg hätten die Verkleidungen, weil sie die erotischen Phantasien der Kunden anregten, und der Hurenkatalog, den sie vervielfältigt und in einige Provinzen versandt hätten, um in den Männern den Wunsch zu wekken, eines Tages dieses berühmte Bordell kennenzulernen.

„Es ist blöd, in diesen Fetzen und mit diesen falschen Trauben herumzulaufen, Patron, aber den Männern gefällt das. Sie erzählen es herum, und das lockt die anderen an. Es geht uns gut, das Geschäft blüht, und keiner fühlt sich hier ausgebeutet. Es ist das einzige Hurenhaus in ganz Chile, das einen echten Neger hat. Die Neger in anderen Häusern sind bloß angemalt, aber Mustafa bleibt schwarz, wie er ist, und wenn Sie ihn mit Schmirgelpapier abreiben. Und alles ist sauber. Hier kann man aus der Kloschüssel Wasser trinken, weil wir sie mit Lauge bis in ungeahnte Tiefen waschen, und wir werden alle von der Gesundheitsbehörde kontrolliert. Es gibt keine Geschlechtskrankheiten."

Tránsito nahm den letzten Schleier ab, und ihre herrliche Nacktheit überwältigte mich so, daß ich eine tödliche Müdigkeit verspürte. Mein Herz war schwer von Traurigkeit, und mein Geschlecht hing schlaff und unnütz wie eine welke Blume zwischen meinen Beinen.

„Ach, Tránsito, ich glaube, ich bin dazu schon reichlich alt", stammelte ich.

Aber Tránsito begann die um ihren Nabel tätowierte Schlange zu wellen, mich hypnotisierend mit den sanften Schwingungen ihres Bauchs, und lullte mich ein mit ihrer heiseren Vogelstimme, die mir von den Gewinnen der Kooperative und den Vorteilen des Katalogs sprach. Ich mußte lachen, trotz allem, und allmählich fühlte ich, daß dieses Lachen wie ein Balsam wirkte. Ich versuchte mit dem Finger den Windungen der Schlange zu folgen, aber er rutschte mir bald nach oben, bald nach unten ab. Ich wunderte mich, daß diese Frau, die längst nicht mehr in ihrer ersten, nicht einmal mehr in ihrer zweiten Jugend stand, noch eine so feste Haut und so harte Muskeln hatte, daß sie dieses Reptil bewegen konnte, als hätte es ein Eigenleben. Ich beugte mich über die Tätowierung, um sie zu küssen, und stellte befriedigt fest, daß sie nicht parfümiert war. Der warme, sichere Geruch ihres Bauchs stieg mir in die Nase und brachte, indem er mich ganz durchdrang, mein schon kalt geglaubtes Blut in Wallung. Ohne mit Sprechen aufzuhören, machte Tránsito Soto die Beine auf, trennte wie in einer zufälligen Bewegung, so als ob sie die Stellung verändern wollte, die sanften Säulen ihrer Schenkel. Ich begann mit den Lippen über sie hinzustreifen, atmend, bohrend, leckend, bis ich die Trauer und die Last der Jahre vergaß und mir das Begehren mit der Kraft aus früheren Jahren zurückkam. Ohne mit Streicheln und Küssen aufzuhören, riß ich ihr verzweifelt die Unterwäsche vom Leib und drang, glücklich in dem Gefühl meiner wiedererstarkten Männlichkeit, in das warme, erbarmende Tier ein, das sich mir darbot, bis ich, eingewiegt von der heiseren Vogelstimme, umschlungen von den Armen der Göttin, aufgerüttelt von der Kraft dieser Hüften, alles um mich vergaß und im Genuß verging.

Danach plätscherten wir im lauen Wasser der Badewanne, bis mir die Seele in den Leib zurückkehrte und ich mich fast geheilt fühlte. Einen Augenblick spielte ich mit dem Gedanken, daß Tránsito die Frau sei, die ich immer gebraucht hätte, und daß ich an ihrer Seite in die Zeiten zurückversetzt werden würde, in denen ich fähig war, eine kräftige Bäuerin hochzuheben, auf die Kruppe meines Pferdes zu setzen und sie gegen ihren Willen in die Büsche zu zerren.

„Clara ...", murmelte ich unwillkürlich, und da fühlte ich, daß eine Träne über meine Wange rollte, und noch eine und wieder eine, bis es ein Sturzbach von Tränen war, ein Tumult von Schluchzen, ein Ersticken an Wehmut und Traurigkeit, das Tránsito ohne Mühe erkannte, weil sie seit langem in den Kümmernissen der Männer erfahren war. Sie ließ mich alles Elend und alle Einsamkeit der letzten zwanzig Jahre ausweinen, dann half sie mir mit der Fürsorglichkeit einer Mutter aus der Badewanne, trocknete mich ab, massierte mich, bis ich weich wie gewässertes Brot war, und deckte mich zu, als ich im Bett lag und die Augen schloß. Sie küßte mich auf die Stirn und ging auf Zehenspitzen hinaus.

„Wer mag Clara sein?" hörte ich sie beim Hinausgehen murmeln.

Elftes Kapitel
Das Erwachen

Ungefähr mit achtzehn ließ Alba die Kindheit endgültig hinter sich zurück. Als sie sich zum erstenmal Frau fühlte, schloß sie sich in ihr früheres Schlafzimmer ein, wo immer noch die vor vielen Jahren begonnenen Wandmalereien waren. Sie durchsuchte die alten Farbtöpfe, bis sie ein wenig rote und ein wenig weiße Farbe fand, die noch frisch war, mischte sie vorsichtig und malte ein großes hellrotes Herz auf die letzte unbemalte Stelle der Wand. Sie war verliebt. Danach warf sie Farbtöpfe und Pinsel zum Abfall, setzte sich und betrachtete lange die Zeichnungen, um an ihnen die Geschichte ihrer Leiden und Freuden durchzugehen. Sie kam zu dem Schluß, daß sie glücklich gewesen war, und verabschiedete sich mit einem Seufzer von ihrer Kindheit.

In diesem Jahr änderte sich vieles in ihrem Leben. Sie beendete die Schule und beschloß, zu ihrem Vergnügen Philosophie zu studieren und Musik als Protest gegen ihren Großvater, der Kunst als eine Art Zeitvergeudung betrachtete und unermüdlich die Vorteile der freien oder wissenschaftlichen Berufe predigte. Auch vor der Liebe und der Ehe warnte er sie, mit den gleichen dummen Sprüchen, mit denen er Jaime drängte, sich ein anständiges Mädchen zu suchen und sie zu heiraten, weil er sonst als Junggeselle enden würde. Für Männer, sagte er, sei es besser, eine Frau zu haben, hingegen zögen Frauen wie Alba in der Ehe immer den kürzeren. Die Predigten des Großvaters waren verflogen, als Alba eines denkwürdigen, regnerischen und kalten Nachmittags in einem Café der Universität zum erstenmal Miguel sah.

Miguel war Student, ein blasser junger Mann mit fiebrigen Augen, verwaschenen Hosen und Bergmannsstiefeln. Er stand im letzten Jahr Jura und hatte eine leitende Funktion in der Linken. Er war besessen von der unkontrollierbarsten aller Leidenschaften, der, nach Gerechtigkeit zu suchen. Das hinderte ihn jedoch nicht zu bemerken, daß Alba ihn beobachtete. Er hob den Blick, und ihre Augen begegneten sich. Hingerissen sahen sie sich an, und von da an suchten sie jede Gelegenheit, sich auf den Wegen des Universitätsgeländes zu treffen und, beladen mit Büchern und Albas schwerem Violoncello, spazierenzugehen. Schon bei der ersten Begegnung hatte sie bemerkt, daß er ein kleines Abzeichen am Ärmel trug: eine hochgereckte Faust. Sie beschloß, ihm nicht zu sagen, daß sie eine Enkelin Esteban Truebas war, und benutzte zum erstenmal in ihrem Leben den Namen, der auf ihrer Kennkarte stand: Satigny. Bald wurde ihr klar, daß sie ihn besser auch vor ihren übrigen Kameraden verschwieg. Andererseits konnte sie sich brüsten, mit Pedro Tercero befreundet zu sein, der bei den Studenten sehr populär war, und mit dem Dichter, auf dessen Knien sie als Kind gesessen hatte und der damals schon in allen Sprachen bekannt war. Seine Verse waren im Mund der jungen Leute und standen unter den Graffiti auf den Hauswänden.

Miguel sprach von der Revolution. Man müsse der Gewalt des Systems die Gewalt der Revolution entgegensetzen, sagte er. Alba war an Politik gänzlich uninteressiert und wollte nur von Liebe sprechen. Sie hatte es satt, sich die politischen Meinungen ihres Großvaters anzuhören, seine Streitereien mit Onkel Jaime zu ertragen und sämtliche Wahlkampagnen mitzuerleben. Nur ein einziges Mal hatte sie sich an einer politischen Aktion beteiligt, eines Tages, als sie mit anderen Schülerinnen losgezogen war und ohne einen ersichtlichen Grund Steine auf die amerikanische Botschaft geschmissen hatte. Danach war sie für eine Woche von der Schule ausgeschlossen worden, und ihr Großvater hatte beinahe einen weiteren Herzinfarkt bekommen. An der Universität aber war Politik unvermeidbar. Wie alle jungen Leute, die in diesem Jahr die Universität bezogen, entdeckte Alba den Reiz der nächtelangen Diskussionen in einem Café, wo man über die notwendigen Veränderungen der Welt debattierte und sich gegenseitig an der Leidenschaft für Ideen ansteckte. Spät in der Nacht kam sie nach Hause, mit bitterem Mund, in Kleidern, miefend vom Rauch billiger Zigaretten, und den Kopf heiß von Heroismus, überzeugt, daß sie ihr Leben für die gerechte Sache lassen würde, wenn die Stunde gekommen war. Aus Liebe zu Miguel, und nicht aus ideologischer Überzeugung, verbarrikadierte sich Alba in der Universität, zusammen mit anderen Studenten, die das Gebäude besetzt hatten, um einen Streik der Arbeiter zu unterstützen. Es waren Tage des Lagerlebens, der flammenden Reden, der Beschimpfung der Polizei durch die offenen Fenster bis zur Stimmlosigkeit. Mit Sandsäcken und Pflastersteinen, die sie im Haupthof ausbrachen, errichteten sie Barrikaden, verrammelten sie Fenster und Türen in der Absicht, das Gebäude in eine Festung zu verwandeln, mit dem Ergebnis, daß es ein Gefängnis wurde, aus dem auszubrechen für die Studenten viel schwieriger war, als für die Polizei hineinzukommen. Zum erstenmal verbrachte Alba eine ganze Nacht außer Haus. In Miguels Arme gebettet, lag sie zwischen Bergen von Zeitungen und leeren Bierflaschen in der warmen Promiskuität der Genossen, alle jung, verschwitzt, die Augen rot vor Schlaflosigkeit und Rauch, ein wenig hungrig und ohne Angst, denn alles sah mehr nach einem Spiel als nach Krieg aus.

Am ersten Tag waren sie so damit beschäftigt, Barrikaden zu bauen, ihre harmlose Abwehr zu organisieren, Transparente zu pinseln und zu telefonieren, daß sie gar keine Zeit hatten, sich Sorgen zu machen, als ihnen die Polizei das Wasser und den Strom abschnitt.

Vom ersten Augenblick an war Miguel die Seele des Unternehmens, unterstützt von Professor Sebastián Gómez, der trotz seiner gelähmten Beine bis zum Ende bei ihnen blieb. In dieser Nacht sangen sie, um sich Mut zu machen, und als sie der Kampfreden, Diskussionen und Lieder müde waren, ließen sie sich gruppenweise nieder, um die Nacht zu verbringen, so gut es ging. Als letzter legte sich Miguel, der einzige, der zu wissen schien, was getan werden mußte. Er übernahm die Verteilung des Wassers, nachdem er alles Wasser, selbst das in der Klospülung, in Behälter hatte abfüllen lassen, er improvisierte eine Küche und zauberte, niemand wußte, woher, Nescafé, Kekse und ein paar Dosen Bier herbei. Am nächsten Tag war der Gestank in den wasserlosen Klos entsetzlich, aber Miguel organisierte einen Reinigungsdienst und befahl, daß sie nicht mehr benutzt werden dürften: man sollte seine Bedürfnisse im Hof verrichten, in einem Loch, das neben der Statue des Universitätsgründers gegraben wurde. Miguel teilte die jungen Leute in Trupps ein und beschäftigte sie den ganzen Tag über so geschickt, daß seine Autorität nicht in Erscheinung trat. Die Entschlüsse schienen spontan aus der Gruppe zu kommen.

„Das sieht ja aus, als sollten wir monatelang hierbleiben!" kommentierte Alba, entzückt von der Idee, belagert zu werden.

Auf der Straße, rund um das alte Gebäude, stellte die Polizei an den strategisch günstigen Punkten ihre Panzerwagen auf. Ein angespanntes Warten begann, das mehrere Tage dauern sollte.

„Die Studenten in ganz Chile, die Gewerkschaften, die Lehrerkollegien werden sich uns anschließen. Vielleicht stürzt die Regierung", meinte Sebastián Gómez.

„Das glaube ich nicht", antwortete Miguel. „Aber wichtig ist, den Protest durchzuhalten und das Gebäude so lange nicht zu räumen, bis die Petition der Arbeiter unterzeichnet wird."

Ein leichter Regen setzte ein, und in dem unbeleuchteten Gebäude wurde es rasch dunkel. Ein paar improvisierte Funzeln wurden angezündet: Benzin und ein qualmender Docht in Konservendosen. Alba dachte, daß auch die Telefonleitung abgeschnitten wäre, stellte aber fest, daß die Leitung funktionierte. Miguel erklärte, die Polizei habe ein Interesse daran, zu erfahren, was sie sagten, und warnte sie, bei Gesprächen vorsichtig zu sein. Auf jeden Fall rief Alba zu Hause an, um ihrer Familie mitzuteilen, daß sie bis zum siegreichen Ende oder bis zum Tod bei ihren Kameraden bleiben werde, was irgendwie falsch klang, sobald sie es ausgesprochen hatte. Ihr Großvater riß Blanca den Hörer aus der Hand und sagte in dem zornwütigen Ton, den seine Enkelin kannte, er gebe ihr eine Stunde, um heimzukommen, und zwar mit einer vernünftigen Erklärung, warum sie die ganze Nacht außer Haus gewesen war. Alba erwiderte, daß sie das Gebäude nicht verlassen könne und auch nicht wegzugehen gedächte, wenn sie es könnte.

„Du hast bei diesen Kommunisten nichts zu schaffen!" schrie Esteban Trueba. Aber gleich darauf mäßigte er seine Stimme und bat sie wegzugehen, ehe die Polizei käme, er als Senator wisse, daß die Regierung den Protest der Studenten nicht endlos dulden werde. „Wenn sie nicht im guten abziehen, werden sie die Mobile Einheit schicken und sie herausprügeln", schloß er.

Alba blickte durch einen Spalt zwischen den Brettern und Erdsäcken in den verbarrikadierten Fenstern und sah auf der Straße die in Zweierreihen aufgestellten Panzerwagen und die mit Helmen, Schlagstöcken und Gasmasken kriegsmäßig ausgerüsteten Männer. Sie begriff, daß ihr Großvater nicht übertrieben hatte. Auch die anderen hatten es gesehen, und einige zitterten. Jemand erzählte, es gebe jetzt neue Bomben, die schlimmer seien als Tränengasbomben: sie führten zu unkontrollierbarem Dauerscheißen, und der Gestank und die Lächerlichkeit brächten selbst die Tapfersten zum Aufgeben. Alba erschien diese Vorstellung entsetzlich. Sie mußte sich ungeheuer anstrengen, um nicht zu weinen. Sie fühlte Stiche im Bauch und nahm an, es sei die Angst. Miguel legte den Arm um sie, aber das tröstete sie nicht. Beide waren sie übermüdet und begannen, die schlechte Nacht in den Knochen und in der Seele zu spüren.

„Ich glaube nicht, daß sie sich trauen werden hereinzukommen", sagte Sebastián Gómez. „Die Regierung hat schon genug Probleme. Sie wird sich nicht auch noch mit uns anlegen."

„Es wäre nicht das erste Mal, daß sie gegen Studenten vorgeht", warf jemand ein.

„Die öffentliche Meinung wird das nicht zulassen. Wir sind eine Demokratie. Chile ist keine Diktatur und wird es nie sein."

„Man denkt immer, daß so etwas nur anderswo passiert", sagte Miguel. „So lange, bis es auch bei uns passiert."

Der Rest des Abends verlief ohne Zwischenfälle, und in der Nacht waren alle ruhiger, trotz dauernder Unbequemlichkeit und Hunger. Die kleinen Panzerwagen blieben auf ihren Posten. In den langen Gängen und in den Hörsälen spielten die jungen Leute Katze und Maus oder Karten oder streckten sich auf dem Boden aus, um auszuruhen, oder bastelten aus Stöcken und Steinen Abwehrwaffen. Die Müdigkeit stand in allen Gesichtern. Alba fühlte die Krämpfe im Bauch stärker werden und dachte, daß ihr nichts anderes übrigbliebe, als das Loch im Hof zu benutzen, wenn die Sache bis zum Morgen nicht besser würde. Draußen regnete es weiter, und der Betrieb in der Stadt hielt unverändert an. Niemand schien einen neuen Studentenstreik wichtig zu nehmen, die Menschen gingen an den Panzerwagen vorbei, ohne stehenzubleiben und die an der Fassade der Universität aufgehängten Transparente zu lesen. Die Leute aus der Nachbarschaft hatten sich rasch an die Anwesenheit der Militärpolizei gewöhnt, und als der Regen aufhörte, kamen Kinder und spielten Ball auf dem leeren Parkplatz, der das Universitätsgebäude von dem Polizeiaufgebot trennte. Für Augenblicke hatte Alba das Gefühl, auf einem Segelschiff in einem unverändert windstillen Meer stundenlang in schweigender Erwartung den Horizont abzuspähen. Die fröhliche Kameradschaft des ersten Tages schlug in demselben Maße in Gereiztheit und ständige Diskussionen um, in dem die Zeit verstrich und der Aufenthalt ungemütlicher wurde. Miguel unternahm einen Streifzug durchs ganze Haus und konfiszierte die Lebensmittel in der Cafeteria.

„Wenn alles vorüber ist, zahlen wir es dem Pächter zurück. Er ist ein Arbeiter wie alle anderen“, sagte er.

Es war kalt. Der einzige, der über nichts klagte, nicht einmal über den Durst, war Sebastián Gómez. Er erschien ebenso unermüdlich wie Miguel, obwohl er doppelt so alt war und lungenkrank wirkte. Er war der einzige Professor, der bei den Studenten blieb, als sie das Gebäude besetzten. Es hieß, seine gelähmten Beine seien die Folge einer Maschinengewehrgarbe in Bolivien. Er war der Ideologe, er entzündete in seinen Schülern die Flamme, die in den meisten wieder erlosch, sobald sie die Universität verließen und sich in die Welt einfügten, die sie in ihrer Jugend geglaubt hatten verändern zu können. Es war ein kleiner, dürrer Mann mit Adlernase und schütterem Haar, aber getrieben von einem inneren Feuer, das ihm keine Ruhe ließ. Ihm verdankte Alba den Spitznamen „Gräfin“, weil ihr Großvater am ersten Tag den dummen Einfall gehabt hattc, sie im Auto mit Chauffeur zur Universität bringen zu lassen, und er hatte sie gesehen. Der Spitzname war ein Zufallstreffer, denn Gómez konnte nicht wissen, daß sie, gesetzt den unwahrscheinlichen Fall, daß sie es eines Tages wünschte, den Adelstitel von Jean de Satigny ausgraben konnte, der zu dem wenigen Authentischen gehörte, das der französische Graf, ihr Namensgeber, hatte. Alba trug ihm den spöttischen Spitznamen nicht nach, im Gegenteil, manchmal hatte sie mit dem Gedanken gespielt, den mutigen Professor zu verführen. Aber Sebastián Gómez hatte viele Mädchen wie Alba gesehen und erkannte rasch diese Mischung aus Mitleid und Neugier, die seine Krücken bei anderen hervorriefen.

So verging der Tag, ohne daß die Mobile Einheit ihre Panzerwagen von der Stelle bewegt hätte und ohne daß die Regierung den Forderungen der Arbeiter nachgab. Alba begann sich zu fragen, was zum Teufel sie hier machte, denn ihre Bauchschmerzen wurden unerträglich, und das Bedürfnis, sich in einem Bad mit fließendem Wasser zu waschen, wurde nachgerade zur Obsession. Sooft sie auf die Straße blickte und die Polizisten sah, hatte sie den Mund voll Speichel. Sie hatte schon damals herausgefunden, daß das Training, das ihr Onkel Nicolás ihr gegeben hatte, im Augenblick der Aktion lange nicht so wirkungsvoll war wie bei eingebildeten Leiden. Zwei Stunden später fühlte Alba etwas Glitschiges zwischen den Beinen und sah rote Flecken in ihrer Hose. Panik ergriff sie. Die Angst, daß dies passieren könnte, hatte sie den ganzen Tag über ebenso gequält wie der Hunger. Der Fleck in ihrer Hose war wie eine Fahne. Sie versuchte ihn nicht zu verbergen. Sie kauerte sich in einen Winkel und fühlte sich verloren. Als sie klein war, hatte ihre Großmutter ihr beigebracht, daß alle organischen Funktionen des Menschen etwas Natürliches seien und man über die Menstruation genauso sprechen könne wie über Poesie, aber später, in der Schule, hatte sie gelernt, daß außer Tränen alle Körperausscheidungen unanständig seien. Miguel bemerkte ihre Bedrängnis und Angst, er ging in die improvisierte Krankenstation, um ein Paket Watte zu holen, trieb aber nur ein paar Papiertaschentücher auf, und bald zeigte sich, daß sie nicht ausreichten. Als es dunkel wurde, weinte Alba vor Scham und vor Schmerz, verängstigt durch das Schneiden in ihrem Bauch und dieses gurgelnde Bluten, das ganz anders als sonst war. Sie hatte die Vorstellung, daß etwas in ihr platzte. Ana Díaz, eine Studentin, die wie Miguel das Abzeichen mit der erhobenen Faust trug, äußerte, nur reiche Frauen hätten dabei Schmerzen, Proletarierinnen würden nicht einmal jammern, wenn sie gebären, aber als sie sah, daß sich unter Albas Hose eine Pfütze bildete und sie selbst sterbensbleich war, ging sie zu Sebastián Gómez. Dieser erklärte sich für unfähig, das Problem zu lösen.

„Das kommt davon, wenn sich Frauen in Männerangelegenheiten mischen", scherzte er.

„Nein! Das passiert, wenn sich bourgeoise Weiber in die Angelegenheiten des Volkes mischen", erwiderte das junge Mädchen empört.

Sebastián Gómez ging in die Ecke, in der Miguel Alba hingelegt hatte, und ließ sich umständlich, von den Krükken behindert, neben ihr nieder.

„Gräfin, du mußt nach Hause. Hier kannst du nichts mehr tun, im Gegenteil, du störst nur", sagte er.

Alba fühlte sich tief erleichtert. Sie war verängstigt, und hier bot sich ihr ein ehrenhafter Abgang, eine Möglichkeit, nach Hause zu gehen, ohne daß es nach Feigheit aussah. Sie widersprach Sebastián Gómez ein wenig, um das Gesicht zu wahren, erklärte sich aber fast sofort einverstanden, daß Miguel mit einer weißen Fahne hinausging, um mit den Polizisten zu verhandeln. Alle beobachteten ihn durch die Sehschlitze in den verbarrikadierten Fenstern, als er den leeren Parkplatz überquerte. Die Polizisten hatten die Reihen dichter geschlossen und befahlen ihm durch Lautsprecher, stehenzubleiben, die Fahne auf den Boden zu legen und, die Hände im Nacken, weiterzugehen.

„Das sieht nach Krieg aus“, kommentierte Gómez.

Kurz danach kam Miguel zurück und half Alba aufzustehen. Dasselbe Mädchen, das zuvor Albas Stöhnen kritisiert hatte, nahm sie am Arm, und zu dritt verließen sie das Gebäude, im scharfen Licht der Scheinwerfer der Polizei Sandsäcke und Barrikaden umgehend. Eine Patrouille kam ihnen auf halbem Weg entgegen, und plötzlich stand Alba wenige Zentimeter vor einer grünen Uniform und sah eine Pistole auf ihre Nase zielen. Sie blickte auf und hatte vor sich ein braunes Gesicht mit Nagetieraugen. Sie wußte sofort, wer es war: Esteban García.

„Sieh an, die Enkelin von Senator Trueba!“ rief García ironisch.

So erfuhr Miguel, daß sie ihm nicht die volle Wahrheit gesagt hatte. In dem Gefühl, getäuscht worden zu sein, übergab er sie in die Hände der Polizisten, machte kehrt und ging, die weiße Fahne hinter sich herschleifend, ohne auch nur einen Blick zum Abschied zurück, begleitet von Ana Díaz, die ebenso überrascht und wütend war wie er.

„Was ist los mit dir?“ fragte García, mit der Pistole auf Albas Hose deutend. „Das sieht nach Fehlgeburt aus.“

Alba hob den Kopf und sah ihm in die Augen.

„Das geht Sie nichts an. Bringen Sie mich nach Hause!“ befahl sie, den autoritären Ton nachahmend, den ihr Großvater all denen gegenüber anschlug, die er als nicht zu seiner Gesellschaftsklasse gehörig betrachtete.

García zögerte. Seit langem hatte er keinen Befehl aus Zivilistenmund mehr gehört, und er war versucht, sie auf die Wache zu bringen und in einer Zelle in ihrem Blut verfaulen zu lassen, bis sie ihn auf Knien anflehte, aber er hatte in seinem Beruf gelernt, daß es andere gab, Mächtigere als er, und daß er sich den Luxus nicht leisten konnte, auf eigene Faust zu handeln. Zudem waren die Erinnerung an Alba in gestärkten Kleidern, Limonade trinkend auf der Terrasse der Drei Marien, während er barfuß und seinen Rotz schluckend über den Hühnerhof schlich, und die Angst, die er noch immer vor dem alten Trueba hatte, stärker als sein Wunsch, sie zu demütigen. Er konnte dem Blick des jungen Mädchens nicht standhalten und senkte unmerklich den Kopf. Dann machte er kehrt, bellte einen kurzen Satz, und zwei Polizisten führten Alba an den Armen zu einem Polizeiauto. So kam sie zu Hause an. Als Blanca sie sah, dachte sie, die Vorhersage des Großvaters habe sich bewahrheitet und die Polizei sei mit Knüppeln gegen die Studenten vorgegangen. Sie fing laut zu schreien an und hörte damit nicht auf, bis Jaime Alba untersucht und ihr versichert hatte, sie sei nicht verwundet und hätte nichts, was nicht mit ein paar Spritzen und Ruhe zu kurieren sei.

Alba verbrachte zwei Tage im Bett, während sich der Studentenstreik friedlich auflöste. Der Erziehungsminister wurde seines Postens enthoben und in das Landwirtschaftsministerium versetzt.

„Wenn er ohne Schulabschluß Erziehungsminister werden konnte, kann er auch Landwirtschaftsminister werden, ohne in seinem Leben je eine ganze Kuh gesehen zu haben", kommentierte Senator Trueba.

Während Alba im Bett lag, hatte sie Zeit, sich die Umstände ins Gedächtnis zu rufen, unter denen sie Esteban García kennengelernt hatte. Wenn sie zuunterst in ihren Kindheitserinnerungen grub, sah sie einen braunhäutigen jungen Mann, die Bibliothek des großen Eckhauses, das Kaminfeuer mit den großen, duftenden Weißdornknüppeln, am Abend oder schon in der Nacht, und sich selbst auf seinen Knien sitzend. Aber diese Vision kam und ging so schnell, daß sie zweifelte, ob es nicht ein Traum sei. Ihre erste deutliche Erinnerung an ihn war späteren Datums. Sie wußte es genau, denn es war ihr vierzehnter Geburtstag gewesen, und ihre Mutter hatte es in das schwarze Album eingetragen, das ihre Großmutter am Tag ihrer Geburt begonnen hatte. Sie hatte sich zur Feier des Tages das Haar gekraust, saß im Mantel auf der Terrasse und wartete auf ihren Onkel Jaime, der sie abholen wollte, um ihr ein Geschenk zu kaufen. Es war kalt, aber sie mochte den Garten im Winter. Sie blies auf ihre Hände und schlug den Mantelkragen hoch, um die Ohren zu schützen. Von ihrem

Platz aus konnte sie durchs Fenster in die Bibliothek sehen, wo ihr Großvater mit einem Mann sprach. Die Fensterscheiben waren beschlagen, aber sie konnte die Polizistenuniform erkennen, und sie fragte sich, was ihr Großvater mit einem von denen in der Bibliothek zu tun haben mochte. Der Mann, der dem Fenster den Rücken kehrte, saß steif auf dem Rand eines Stuhls, bolzengerade, in der pathetischen Haltung eines Bleisoldaten. Alba betrachtete ihn eine Weile, bis ihrer Schätzung nach ihr Onkel kommen mußte. Dann ging sie durch den Garten zu einer halbverfallenen Laube, schlug in die Hände, damit ihr warm wurde, streifte die feuchten Blätter von der Steinbank und setzte sich hin, um zu warten. Hier stieß kurz darauf Esteban García auf sie, als er das Haus verließ und den Garten durchqueren mußte, um ans Gittertor zu gelangen. Als er sie sah, blieb er ruckartig stehen. Er blickte nach allen Seiten, zögerte und kam näher.

„Erinnerst du dich an mich?" fragte García.

„Nein . . .", sagte sie zweifelnd.

„Ich bin Esteban García. Wir haben uns auf den Drei Marien kennengelernt."

Alba lächelte mechanisch. Er weckte in ihr eine böse Erinnerung. Etwas in seinen Augen machte sie unruhig, doch konnte sie es nicht präzisieren. García wischte mit der Hand Blätter weg und setzte sich neben sie in die Laube, so nahe, daß ihre Beine sich berührten.

„Dieser Garten ist wie ein Urwald", sagte er, sie anhauchend mit seinem Atem.

Er nahm die Uniformmütze ab, und sie sah, daß sein Haar kurz und steif und mit Pomade frisiert war. Plötzlich legte sich die Hand Garcías auf ihre Schulter. Die Vertraulichkeit der Geste brachte das Mädchen aus der Fassung. Eine Weile war sie wie gelähmt, dann warf sie sich nach hinten, um sich frei zu machen. Die Hand des Polizisten preßte ihre Schulter, die Finger gruben sich durch den dikken Stoff des Mantels ein. Alba fühlte ihr Herz schlagen wie eine Maschine, und die Röte stieg ihr in die Wangen.

„Du bist gewachsen, Alba, siehst fast schon wie eine Frau aus", flüsterte ihr der Mann ins Ohr.

„Ich bin vierzehn, heute habe ich Geburtstag", stammelte sie.

„Dann habe ich ein Geschenk für dich", sagte Esteban García, mit schiefem Mund lächelnd.

Alba versuchte das Gesicht wegzubiegen, aber er hielt es mit beiden Händen fest, sie mußte ihn ansehen. Es war ihr erster Kuß. Sie fühlte etwas Warmes, Brutales, rauhe, schlecht rasierte Haut kratzte sie im Gesicht, sie spürte seinen Geruch nach billigem Tabak und Zwiebeln, seine Gewalttätigkeit. Die Zunge Garcías suchte ihre Lippen zu öffnen, während er mit einer Hand ihre Wangen zusammenquetschte, bis er sie gezwungen hatte, die Kiefer zu öffnen. Die Zunge übersetzte sich ihr in das Bild einer schleimigen, lauen Molluske, Ekel überkam sie, ein Brechreiz hob ihr den Magen, aber die Augen behielt sie offen. Sie sah den harten Uniformstoff und spürte die grausamen Hände, die ihren Hals umspannten, die Finger, die zu pressen begannen, während er sie weiter küßte. Alba glaubte, sie würde ersticken, und stieß ihn so heftig, daß sie von ihm freikam. García stand auf und lachte spöttisch. Er hatte rote Flecke auf den Wangen und atmete heftig.

„Hat dir mein Geschenk gefallen?" lachte er.

Alba sah, wie er sich mit großen Schritten durch den Garten entfernte, und fing zu weinen an. Sie fühlte sich beschmutzt und gedemütigt. Dann lief sie ins Haus, um sich den Mund mit Seife zu waschen und sich die Zähne zu bürsten, als ob sie damit den Flecken aus ihrem Gedächtnis tilgen könnte. Als ihr Onkel Jaime sie abholen kam, hängte sie sich an seinen Hals, grub das Gesicht in sein Hemd und sagte, sie wolle kein Geschenk, sie habe beschlossen, Nonne zu werden. Jaime brach in Lachen aus, ein klangvolles, tiefes, von innen kommendes Lachen, das sie nur bei seltenen Anlässen von ihm gehört hatte, weil ihr Onkel ein stiller Mann war.

„Wirklich, ich schwör's dir! Ich werde Nonne!" schluchzte Alba.

„Dazu müßtest du erst noch einmal geboren werden", erwiderte Jaime. „Und über meine Leiche gehen."

Alba sah Esteban García nicht wieder, bis er auf dem

Parkplatz vor ihr stand, aber sie hatte ihn nie vergessen können. Sie erzählte keinem Menschen von dem widerlichen Kuß, auch nicht von ihren Träumen danach, in denen er ihr als ein grünes Tier erschien, bereit, sie mit seinen Beinen zu erdrosseln und sie zu ersticken, indem er ihr einen schleimigen Tentakel in den Mund schob.

An all das zurückdenkend, entdeckte Alba, daß der Alptraum die ganzen Jahre über in ihr gelauert hatte, daß García noch immer das Tier war, das ihr im Dunkeln nachsetzte, um an irgendeiner Biegung ihres Lebens über sie herzufallen. Sie konnte nicht wissen, daß es eine Vorahnung war.

Miguels Enttäuschung und Wut darüber, daß Alba die Enkelin von Senator Trueba war, verflog, als er sie zum zweitenmal wie eine verirrte Seele in den Gängen um die Cafeteria herumstreichen sah, in der sie sich kennengelernt hatten. Er fand es ungerecht, der Enkelin die Schuld an den Ideen des Alten zu geben, und sie gingen wieder umschlungen. Es dauerte nicht lange, bis sich die endlosen Küsse als ungenügend erwiesen und sie begannen, sich in Miguels Zimmer zu treffen. Er bewohnte eine schäbige Pension für arme Studenten, die von einem Ehepaar reiferen Alters und mit einer Berufung zum Spionieren geführt wurde. Mit unverhohlener Feindseligkeit starrten sie Alba an, wenn sie an der Hand Miguels in dessen Zimmer hochging, und es kostete sie Qualen, ihre Schüchternheit zu überwinden und der Kritik dieser Blicke standzuhalten, die sie um das ganze Glück der Begegnung brachten. Sie hätte eine andere Lösung vorgezogen, um diesen Blicken aus dem Weg zu gehen, aber den Gedanken, mit Miguel in ein Hotel zu gehen, verwarf sie ebenfalls, aus dem gleichen Grund, aus dem sie auch in seiner Pension nicht gesehen werden wollte.

„Du bist die schlimmste Bourgeoise, die ich kenne", lachte Miguel.

Manchmal bekam er ein Motorrad geliehen, und sie flüchteten für ein paar Stunden aus der Stadt, rittlings auf der Maschine bei selbstmörderischer Geschwindigkeit, die

Ohren eisig und das Herz heiß von Liebe. Sie liebten es, im Winter an einsamen Stränden über den nassen Sand zu gehen, ihre Fußspuren hinterlassend, die das Meer beleckte, die Möwen aufzuscheuchen und in tiefen Zügen die Meeresluft zu atmen. Im Sommer suchten sie die dichtesten Wälder auf, in denen sie ungestraft toben konnten, sobald sie forschungsfreudige Kinder und Ausflügler hinter sich gelassen hatten. Bald fand Alba heraus, daß der sicherste Ort ihr eigenes Haus war. Im Labyrinth der verlassenen Zimmer, die niemals jemand betrat, konnten sie sich ungestört lieben.

„Wenn die Dienstboten Geräusche hören, werden sie glauben, daß die Gespenster zurückgekommen sind", sagte Alba und erzählte ihm von der glorreichen Vergangenheit des großen Eckhauses mit Besuche abstattenden Geistern und fliegenden Tischen.

Als sie ihn das erstemal durch die Hintertür in den Garten führte, sich einen Weg durchs Gestrüpp bahnend und die von Moos und Vogelkot bedeckten Götterstatuen umgehend, zuckte der junge Mann beim Anblick des traurigen Riesenhauses zusammen. „Hier bin ich schon gewesen", murmelte er, konnte sich aber nicht mehr erinnern, denn dieser alptraumhafte Garten und dieses düstere Herrenhaus hatten kaum noch eine Ähnlichkeit mit dem strahlenden Bild, das er seit seiner Kindheit wie einen Schatz in seinem Gedächtnis bewahrte.

Eins ums andere probierten die Liebenden die verlassenen Zimmer durch, bis sie sich zuletzt in den Tiefen des Kellers ein Liebesnest improvisierten. Alba hatte den Keller seit Jahren nicht mehr betreten und manchmal fast vergessen, daß es ihn gab, aber sobald sie die Tür öffnete und den unverwechselbaren Geruch einatmete, spürte sie die gleiche magische Anziehungskraft wie früher. Sie benutzten den alten Plunder, die Truhen und Kisten, die Ausgabe des Buches von Onkel Nicolás, Möbel und Vorhänge aus anderen Zeiten, um sich eine erstaunliche Hochzeitskammer einzurichten. In der Mitte bauten sie sich aus übereinandergelegten Matratzen ein Bett, über das sie Bahnen mottenzerfressenen Samts breiteten. Aus den Koffern holten sie unzählige Schätze hervor. Sie benutzten alte topasfarbene Damastvorhänge als Bettücher, sie zertrennten das luxuriöse Kleid aus Chantillyspitze, das Clara an dem Tag getragen hatte, als Barrabas starb, und machten daraus ein Moskitonetz, um vor den Spinnen in Sicherheit zu sein, die sich an ihren Fäden von der Decke herabließen. Sie machten sich Licht mit Kerzen, und über die kleinen Nagetiere, die Kälte und den modrigen Grabesgeruch sahen sie hinweg. Der Feuchtigkeit und der Zugluft trotzend, gingen sie nackt im ewigen Dämmer des Kellers. Sie tranken Weißwein aus Kristallgläsern, die Alba aus dem Eßzimmer verschwinden ließ, und veranstalteten eine gründliche Inventur ihrer Körper und der vielfältigen Möglichkeiten der Lust. Sie spielten wie Kinder. Es fiel Alba schwer, in diesem sanften, verliebten, in einem unaufhörlichen Bacchanal lachenden und tobenden Jungen den Revolutionär wiederzuerkennen, der nach Gerechtigkeit dürstete und sich heimlich im Gebrauch von Feuerwaffen und in revolutionären Strategien unterweisen ließ. Alba erfand unwiderstehliche Verführungstricks und Miguel neue, herrliche Arten, sie zu lieben. Sie waren geblendet von der Kraft ihrer Leidenschaft, dem wie durch Behexung unstillbaren Durst. Weder die Stunden noch die Worte reichten ihnen aus, um sich ihre intimsten Gedanken und ältesten Erinnerungen zu sagen in dem ehrgeizigen Versuch, sich gegenseitig bis in die letzte Essenz in Besitz zu nehmen. Alba vernachlässigte das Violoncello, außer um nackt auf dem topasfarbenen Bett zu spielen, und saß mit der Miene einer Halluzinierenden in den Vorlesungen. Auch Miguel schob seine Doktorarbeit und seine politischen Versammlungen auf, da sie zu jeder Stunde zusammen sein mußten und die geringste Unaufmerksamkeit der Hausbewohner nutzten, um sich in den Keller zu schleichen. Alba lernte lügen und sich verstellen. Unter dem Vorwand, sie müsse nachts studieren, zog sie aus dem Zimmer aus, das sie seit dem Tod ihrer Großmutter mit ihrer Mutter teilte, und richtete sich in einem Zimmer im Erdgeschoß ein, damit sie Miguel hereinlassen und ihn auf Zehenspitzen durch das schlafende Haus in das verwunschene Versteck führen konnte. Sie schliefen nicht nur nachts zusammen. Manchmal war die Liebesungeduld so unerträglich, daß Miguel es riskierte, am hellen Tag zu kommen, und wie ein Dieb durchs Gestrüpp bis an die Kellertür kroch, wo Alba, das Herz an einem Faden, ihn erwartete. Verzweifelt wie bei einem Abschied fielen sie sich in die Arme und huschten, atemlos vor Heimlichkeit, in ihr Refugium.

Zum erstenmal in ihrem Leben fühlte Alba das Bedürfnis, schön zu sein, und bedauerte, daß ihr keine der herrlichen Frauen ihrer Familie ihre Attribute vermacht hatte und die einzige, die es getan hatte, die schöne Rosa, ihr nichts als den Seealgenton des Haars gegeben hatte, was in Ermangelung alles übrigen eher wie ein Fehlgriff des Friseurs aussah. Als Miguel ihren Kummer erriet, führte er sie an der Hand vor den großen venezianischen Spiegel, der in einer Ecke ihres Geheimgemachs stand, wischte den Staub von dem gesprungenen Glas, zündete alle verfügbaren Kerzen an und stellte sie um ihn herum. Sie betrachtete sich in den tausend Stücken des zerbrochenen Spiegels. Im Schein der Kerzen hatte ihre Haut die unwirkliche Farbe von Wachsfiguren. Miguel begann sie zu streicheln, und sie sah, wie sich ihr Gesicht im Kaleidoskop des Spiegels veränderte, und akzeptierte es endlich, daß sie die schönste Frau der Welt war, weil sie sich mit den Augen sehen konnte, mit denen Miguel sie ansah.

Diese Orgie ohne Ende dauerte über ein Jahr. Dann schloß Miguel seine Doktorarbeit ab, bekam seinen Titel und begann sich nach einer Arbeit umzusehen. Als ihnen das drängende Bedürfnis ungestillter Liebe verging, gewannen sie wieder Haltung und konnten ihr Leben normalisieren. Alba riß sich zusammen, um sich wieder für ihre Studien zu interessieren, und Miguel warf sich erneut auf seine politische Aufgabe, zumal sich die Ereignisse überstürzten und die ideologischen Kämpfe das Land zerrissen. Miguel mietete eine kleine Wohnung neben seinem Arbeitsplatz. Dort trafen sie sich, um sich zu lieben, denn während des einen Jahres, in welchem sie nackt im Keller herumgesprungen waren, hatten sich beide eine chronische Bronchitis geholt, was dem unterirdischen Paradies manches von seinem Zauber nahm. Alba half die neue Wohnung einrichten, verstreute überall Kissen und politische Plakate und schlug Miguel vor, bei ihm zu wohnen, aber in diesem Punkt war er unerbittlich.

„Wir gehen schlimmen Zeiten entgegen, Liebling“, erklärte er. „Ich kann dich nicht bei mir haben, ich werde in die Guerilla gehen, wenn es sein muß.“

„Ich gehe mit dir“, versprach sie.

„In die Guerilla geht man nicht aus Liebe, sondern aus politischer Überzeugung, und die hast du nicht“, erwiderte Miguel. „Den Luxus, Aficionados aufzunehmen, können wir uns nicht leisten.“

Alba fand das brutal, und mehrere Jahre mußten vergehen, ehe sie es in seinem ganzen Ausmaß begriff.

Senator Trueba stand in einem Alter, in dem er sich hätte zurückziehen können, aber dieser Gedanke lag ihm fern. Er las die Tageszeitungen und grummelte zwischen den Zähnen. Die Dinge hatten sich in diesen Jahren sehr verändert, und er fühlte, daß ihm die Ereignisse über den Kopf wuchsen, weil er nicht damit gerechnet hatte, so lange zu leben, daß er es noch mit ihnen würde aufnehmen müssen. Er war geboren worden, als es in der Stadt noch kein elektrisches Licht gab, und hatte am Fernsehen miterlebt, daß ein Mann auf dem Mond herumspazierte, aber keines der Ereignisse in seinem Leben hatte ihn darauf vorbereitet, einer Revolution wie dieser, die unter seiner Nase in seinem Land entstand und jedermann in Atem hielt, die Stirn zu bieten.

Der einzige, der nicht darüber sprach, war Jaime. Um dem ewigen Streit mit seinem Vater aus dem Weg zu gehen, hatte er sich Schweigen zur Gewohnheit gemacht und bald entdeckt, daß den Mund zu halten bequemer war, als zu reden. Nur wenn ihn, selten genug, Alba in seinem Büchertunnel besuchte, ging er aus seiner trapistischen Einsilbigkeit heraus. Seine Nichte kam im Nachthemd, das Haar naß von der Dusche, und setzte sich auf das Fußende seines Bettes, um ihm glückliche Ereignisse mitzuteilen, denn er, behauptete sie, sei ein Magnet für die Probleme und irreparablen Nöte anderer, und deshalb sei es nötig, daß ihn jemand über den Frühling und die Liebe auf dem laufenden halte. Meistens jedoch scheiterten ihre guten Absichten an dem dringenden Bedürfnis, mit ihrem Onkel all das zu besprechen, was ihr Kummer bereitete. Einig wurden sie sich nie. Sie lasen dieselben Bücher, aber wenn sie zu analysieren begannen, was sie gelesen hatten, waren sie völlig entgegengesetzter Meinung. Jaime mokierte sich über ihre politischen Ansichten und ihre bärtigen Freunde und beschimpfte sie, weil sie sich in einen Caféhausterroristen verliebt hatte. Er war der einzige im Haus, der von Miguels Existenz wußte.

„Sag dem Burschen, er soll einmal kommen und mit mir im Krankenhaus arbeiten. Dann wollen wir sehen, ob er immer noch Lust hat, die Zeit mit Pamphleten und Reden zu verplempern", sagte er zu Alba.

„Er ist Rechtsanwalt, Onkel, nicht Arzt", antwortete sie.

„Das macht nichts. Wir können alles brauchen. Selbst ein Klempner ist uns willkommen."

Jaime war fest überzeugt, daß nach so vielen Jahren des Kampfes der Sozialismus endlich triumphieren würde. Er begründete das damit, daß sich das Volk seiner Bedürfnisse und seiner Kraft bewußt geworden sei. Alba wiederholte ihm die Worte Miguels, daß die Bourgeoisie nur durch einen Krieg zu besiegen sei. Jaime hatte einen Horror vor jeder Form von Extremismus und vertrat die Ansicht, Guerilleros wären nur in Tyranneien gerechtfertigt, in denen es kein anderes Mittel mehr gäbe, aber fehl am Platz in einem Land, wo politische Veränderungen durch Volksabstimmung herbeigeführt werden konnten.

„Dazu ist es bei uns doch nie gekommen, Onkel, sei nicht naiv", erwiderte Alba. „Niemals werden sie deine Sozialisten gewinnen lassen."

Sie versuchte, ihm Miguels Standpunkt klarzumachen, daß man nicht endlos den langsamen Gang der Geschichte, den mühseligen Prozeß der Erziehung und Organisierung des Volks abwarten könne, weil die Welt in Sprüngen vorangehe und sie ihr immer hinterherhinkten, daß sich radikale Veränderungen nie im guten und ohne

Gewalt durchsetzen ließen. Die Geschichte beweise das. Die Diskussionen zogen sich hin, und beide verstiegen sich in verworrene und hochtrabende Reden, bis sie erschöpft waren und sich gegenseitig vorwarfen, stur wie ein Maulesel zu sein. Aber wenn sie sich am Ende mit einem Kuß gute Nacht wünschten, hatte jeder von beiden das Gefühl, daß der andere ein prima Kerl war.

Eines Tages verkündete Jaime beim Abendessen, diesmal würden die Sozialisten gewinnen, aber niemand glaubte ihm, weil er seit zwanzig Jahren dasselbe vorhersagte.

„Wenn deine Mutter noch am Leben wäre, würde sie sagen, daß die gleichen wie immer gewinnen werden", antwortete Senator Trueba geringschätzig.

Jaime wußte, was er sagte. Der Kandidat hatte es ihm gesagt. Sie waren seit vielen Jahren befreundet, und Jaime ging oft am Abend zu ihm, um mit ihm Schach zu spielen. Es war derselbe Sozialist, der seit achtzehn Jahren Anspruch auf die Präsidentschaft erhob. Jaime hatte ihn zum erstenmal hinter dem Rücken seines Vaters gesehen, bei einer Wahlkampagne in seiner Jugend, als er im Wahlzug der Sozialisten unter einer gewaltigen Rauchwolke in San Lucas einfuhr. Damals war der Kandidat noch ein junger, robuster Mann mit Wangen wie ein Jagdhund gewesen, der unter Hochrufen und dem Pfeifkonzert der Patrone und dem verbiesterten Schweigen der Bauern zündende Reden hielt. Es war die Epoche, in der die Brüder Sánchez den Sozialistenführer an der Wegkreuzung aufknüpften und Esteban Trueba Pedro Tercero vor den Augen seines Vaters auspeitschte, weil er Pater José Dulce Marías verwirrende Auslegungen biblischer Geschichten vor den Hintersassen wiederholt hatte. Seine Freundschaft mit dem Kandidaten entstand durch Zufall an einem Sonntagabend, als er vom Krankenhaus zu einem dringenden Hausbesuch geschickt wurde. Im Ambulanzwagen kam er an die angegebene Adresse, er klingelte, und der Kandidat in Person öffnete ihm die Tür. Jaime erkannte ihn mühelos, weil er oft sein Bild gesehen hatte und er noch ganz derselbe war, den er in seinem Wahlzug gesehen hatte.

„Kommen Sie herein, Doktor, wir warten auf Sie", begrüßte ihn der Kandidat. Er führte ihn in ein Dienstbotenzimmer, wo seine Töchter um eine Frau bemüht waren, die halb erstickt zu sein schien. Ihr Gesicht war blau angelaufen, die Augen standen ihr aus dem Kopf, und die monströs geschwollene Zunge hing ihr aus dem Mund.

„Sie hat Fisch gegessen", wurde ihm erklärt.

„Holen Sie das Sauerstoffgerät aus dem Ambulanzwagen", sagte Jaime, während er die Spritze vorbereitete.

Er und der Kandidat blieben neben dem Bett sitzen, bis die Frau wieder normal zu atmen begann und die Zunge in den Mund zurückging. Sie sprachen über den Sozialismus und über Schach, und das war der Beginn einer guten Freundschaft. Jaime stellte sich mit dem Namen seiner Mutter vor, den er immer benutzte, ohne zu bedenken, daß tags darauf der Sicherheitsdienst der Partei den andern darüber informieren würde, daß dieser Arzt der Sohn von Senator Trueba war, seinem schlimmsten politischen Feind. Der Kandidat erwähnte das jedoch nie, und bis zu jener letzten Stunde, als sie sich im Geprassel des Feuers und dem Knattern der Gewehrsalven zum letztenmal die Hand drückten, fragte sich Jaime, ob er einmal den Mut aufbringen werde, es ihm zu sagen.

Auf Grund seiner langen Erfahrung im Scheitern und seiner Kenntnis des chilenischen Volkes erkannte der Kandidat früher als sonst jemand, daß er diesmal gewinnen würde. Er sagte es Jaime und fügte hinzu, die Losung sei, nicht darüber zu sprechen, damit die arrogante und gespaltene Rechte siegessicher zur Wahl antrete. Jaime erwiderte, auch wenn man es jedermann sagte, würde es doch niemand glauben, nicht einmal die Sozialisten selber, und um die Probe zu machen, sagte er es seinem Vater.

Jaime arbeitete weiter vierzehn Stunden am Tag, Sonntage eingeschlossen, ohne am politischen Streit teilzunehmen. Ihn erschreckte die zunehmende Gewalttätigkeit in diesem Kampf, der die Kräfte so sehr polarisierte, daß im Zentrum nur eine unentschlossene, wankelmütige Gruppe übrigblieb, die abwartete, bis sich der Sieger abzeichnete, um für ihn stimmen zu können. Er ließ sich nicht von seinem Vater provozieren, der jede Gelegenheit ergriff, um ihn auf die Machenschaften des internationalen Kommunismus hinzuweisen und ihm das Chaos auszumalen, das in dem unwahrscheinlichen Fall, daß die Linke gewänne, über das Vaterland hereinbrechen würde. Nur einmal riß ihm die Geduld, und das war an dem Morgen, als er die ganze Stadt mit hanebüchenen Plakaten zugeklebt sah, auf denen eine dickbauchige, verzweifelte Mutter vergeblich ihren Sohn einem kommunistischen Soldaten zu entreißen versuchte, der ihn nach Moskau abschleppte. Es war die Terrorkampagne, die Senator Trueba und seine Parteifreunde mit Hilfe ausländischer, speziell zu diesem Zweck importierter Spezialisten organisiert hatten. Das war Jaime zuviel. Er fand, daß er mit seinem Vater nicht mehr unter einem Dach leben konnte, sperrte seinen Tunnel zu und schlief künftig im Krankenhaus.

Die Ereignisse überstürzten sich in den letzten Monaten vor der Wahl. An allen Mauern waren die Bilder der Kandidaten angeschlagen, von Flugzeugen aus wurden Flugblätter abgeworfen, die wie Schnee vom Himmel fielen und die Straßen mit gedrucktem Müll zudeckten, aus allen Radios dröhnten politische Losungen, und unter den Anhängern jeder Partei wurden die unsinnigsten Wetten abgeschlossen. Nachts schwärmten junge Leute in Banden aus, um ihre ideologischen Feinde im Handstreich zu überfallen. Volksversammlungen wurden abgehalten, um die Popularität jeder Partei abzuschätzen, und mit jeder schwoll die Stadt an und drängten sich die Menschen in gleichem Maße dichter. Alba war euphorisch, aber Miguel meinte, die Wahlen seien ein Schwindel und es sei völlig egal, wer gewinne, es sei doch immer dieselbe Spitze, nur mit einer anderen Kanüle, die Revolution könne man nicht über die Wahlurnen, sondern nur mit dem Blut des Volkes machen. Die Idee einer friedlichen Revolution im Rahmen der Demokratie und in völliger Freiheit sei ein Widerspruch in sich.

„Der Arme ist verrückt!“ rief Jaime, als Alba es ihm erzählte. „Wir werden gewinnen, und er kann sich seine Worte in den Hals zurückstopfen.“

Bis zu diesem Augenblick war es Jaime gelungen, Miguel zu umgehen. Er wollte ihn nicht kennenlernen. Eine heimliche Eifersucht quälte ihn, die er sich nicht eingestehen mochte. Er hatte Alba geholfen, geboren zu werden, hatte sie unzählige Male auf seine Knie gesetzt, er hatte ihr das Lesen beigebracht, ihr die Schule bezahlt und alle ihre Geburtstage gefeiert, er fühlte sich wie ihr Vater, und zu sehen, daß sie Frau geworden war, erfüllte ihn zwangsläufig mit Unruhe. Er hatte die Veränderungen in den letzten Jahren bemerkt und sich mit falschen Argumenten darüber hinweggetäuscht, obwohl Erfahrung im Umgang mit anderen Menschen ihn gelehrt hatte, daß nur die Liebe einer Frau diesen Glanz verleihen konnte. Er hatte gesehen, wie Alba von einem Tag auf den anderen gereift war, die verschwommenen Formen der Adoleszenz verloren hatte und eingezogen war in den neuen Körper der friedfertigen und befriedigten Frau. Mit absurder Heftigkeit hatte er gehofft, die Verliebtheit seiner Nichte sei nur ein vorübergehendes Gefühl, weil er es im Grunde nicht akzeptieren wollte, daß sie einen anderen Mann brauchte als ihn. Doch er konnte Miguel nicht ewig ignorieren. An einem dieser Tage erzählte ihm Alba, Miguels Schwester sei krank.

„Ich möchte, daß du mit Miguel sprichst, Onkel. Er wird dir von seiner Schwester erzählen. Tust du das für mich?“ bat Alba.

Als Jaime Miguel in einem kleinen Café im Viertel der Trueba kennenlernte, konnte all seine Voreingenommenheit nicht hindern, daß spontane Sympathie ihn die politischen Gegensätze vergessen ließ, denn der Mann, der vor ihm saß und nervös in seinem Kaffee rührte, war nicht der auftrumpfende Extremist und Totschläger, den er erwartet hatte, sondern ein ängstlich besorgter junger Mann, der mit den Tränen kämpfte, als er die Symptome der Krankheit seiner Schwester beschrieb.

„Bringen Sie mich zu ihr“, sagte Jaime.

Miguel und Alba brachten ihn in das Künstlerviertel. Mitten in der Innenstadt, nur ein paar Meter von den modernen Bauten aus Stahl und Glas entfernt, waren auf dem Hang eines Hügels die steilen Gäßchen der Maler, Töpfer und Bildhauer entstanden. Dort hatten sie sich in den alten, in winzige Studios aufgeteilten Häusern ihre Schlupfwinkel eingerichtet. Die Werkstätten der Kunsthandwerker waren durch verglaste Decken zum Himmel offen, und in den düsteren Buden hausten die Künstler in einem Paradies von Glanz und Elend. Auf den Gäßchen spielten zutrauliche Kinder, schöne Frauen in langen Flattergewändern trugen ihre Säuglinge auf dem Rücken oder der Hüfte, und an den Straßenecken und Türschwellen saßen die Männer, bärtig, schläfrig, gleichmütig, und sahen das Leben an sich vorüberziehen. Vor einem Haus im französischen Stil, mit Puttenfriesen verziert wie eine Cremetorte, blieben sie stehen. Sie stiegen eine schmale Stiege hinauf, die als Feuerleiter angebaut, durch die zahlreichen Unterteilungen des Hauses aber einziger Zugang geworden war. Weiter oben, wo die Stiege einen Knick bildete, umfing sie ein penetranter Geruch von Knoblauch, Marihuana und Terpentin. Auf dem letzten Stock blieb Miguel vor einer schmalen, orangerot gestrichenen Tür stehen, zog einen Schlüssel aus der Tasche und schloß auf. Jaime und Alba glaubten, ein Vogelbauer zu betreten. Das Zimmer war rund, von einer absurden byzantinischen Kuppel überwölbt und ringsum verglast, so daß man an jeder Stelle die Dächer der Stadt überblicken und sich den Wolken nahe fühlen konnte. Auf den Fensterbrettern nisteten Tauben, deren Kot und Federn die Scheiben sprenkelten. Auf einem Stuhl saß eine Frau vor dem einzigen Tisch, im Morgenmantel, über der Brust einen traurig zerflederten aufgestickten Drachen. Jaime brauchte Sekunden, bis er sie erkannte.

„Amanda, Amanda ...“, stammelte er.

Er hatte sie nicht wiedergesehen seit damals vor zwanzig Jahren, als beider Liebe zu Nicolás stärker gewesen war als ihre Liebe zueinander. Unterdessen war aus dem athletischen, brünetten jungen Mann mit dem pomadisierten, immer feuchten Haar, der, laut seine medizinischen Abhandlungen lesend, durchs Haus ging, ein durch die Gewohnheit, sich über Krankenbetten zu beugen, leicht gebückter Mann geworden, mit grauem Haar, ernstem Gesicht und dicken Gläsern in der Metallbrille, der aber doch noch dieselbe Person war. Um Amanda wiederzuerkennen, mußte man sie sehr geliebt haben. Sie wirkte älter, als sie sein konnte, war fast bis auf Haut und Knochen abgemagert, die Haut schlaff und gelb, die Hände mit den nikotingelben Fingern ungepflegt. Ihre Augen waren verschwollen, glanzlos, gerötet, die Pupillen erweitert, was ihr einen Ausdruck von Hilflosigkeit und Verängstigung gab. Sie versuchte aufzustehen, stolperte und schwankte. Ihr Bruder ging zu ihr und stützte sie, indem er sie an sich drückte.

„Kannten Sie sich?" fragte Miguel erstaunt.

„Ja, vor langer Zeit", sagte Jaime.

Er dachte, daß es zwecklos war, von der Vergangenheit zu sprechen, und daß Miguel und Alba zu jung waren, um dieses Gefühl eines unwiederbringlichen Verlustes, das ihn in diesem Augenblick erfüllte, verstehen zu können. Mit einemmal war das Bild von der kleinen Zigeunerin, das er in all diesen Jahren in seinem Herzen getragen hatte, die einzige Liebe in seinem einsamen Leben, getilgt. Er half Miguel, die Frau auf das Sofa zu legen, das sie auch zum Schlafen benutzte, und schob die Kissen zurecht. Schwach abwehrend und unzusammenhängende Worte stammelnd, hielt sich Amanda mit beiden Händen den Morgenmantel zu. Sie wurde von einem krampfartigen Zittern geschüttelt und keuchte wie ein erschöpfter Hund. Alba beobachtete sie entsetzt, und erst als Amanda ruhig und mit geschlossenen Augen dalag, erkannte sie in ihr die lächelnde Frau auf dem Bild, das Miguel immer in seiner Brieftasche trug. Jaime sprach auf sie ein mit einer Stimme, die Alba nicht an ihm kannte, und nach und nach gelang es ihm, Amanda zu beruhigen. Er streichelte sie mit den zärtlichen, väterlichen Gesten, die er manchmal bei Tieren hatte, bis sich die Kranke entspannte und es zuließ, daß er die Ärmel ihres alten chinesischen Morgenmantels hochschob. Ihre bis auf die Knochen abgemagerten Arme kamen zum Vorschein, und Alba sah die tausend winzigen Narben, blauen Flecke und Einstiche, von denen einige infiziert waren und eiterten. Dann deckte er die Beine auf, und auch ihre Schenkel waren zerstochen. Jaime, der sie traurig betrachtete, begriff in diesem Augenblick die Verlassenheit, die Jahre des Elends, der immer enttäuschten Liebe, den ganzen furchtbaren Weg, den diese Frau vermutlich durchlaufen hatte, ehe sie in diesem Stadium der Verzweiflung angekommen war. Er rief sie sich ins Gedächtnis, wie sie in ihrer Jugend gewesen war, als ihr flatterndes Haar, das Klirren ihrer Armreife, ihr helles Lachen und die Naivität, mit der sie die verrücktesten Ideen aufgriff und Illusionen nachjagte, ihn berückt hatten. Er verfluchte sich dafür, daß er sie hatte gehen lassen und diese ganze Zeit für beide verloren war.

„Sie muß ins Krankenhaus gebracht werden. Nur eine Entziehungskur kann ihr noch helfen“, sagte er. „Sie wird es schwer haben“, fügte er hinzu.

Zwölftes Kapitel
Die Verschwörung

Wie der Kandidat es vorhergesagt hatte, gewannen die mit den übrigen Linksparteien verbündeten Sozialisten die Präsidentschaftswahlen. Die Wahl, an einem schönen Tag im September, verlief ohne Zwischenfälle. Die gleichen wie immer, seit undenklichen Zeiten an die Macht gewöhnt, obgleich sie ihre Kräfte in den letzten Jahren hatten schwinden sehen, hatten sich schon Wochen im voraus auf die Siegesfeier vorbereitet. In den Spirituosengeschäften gingen die Vorräte zur Neige, auf den Märkten waren frische Schalentiere ausverkauft, und die Konditoreien arbeiteten in Doppelschichten, um die Nachfrage an Torten und Kuchen zu befriedigen. Im Barrio Alto beunruhigte sich niemand über die Ergebnisse von Teilauszählungen in den Provinzen, bei denen die Linken einen Vorsprung hatten, da jedermann wußte, daß die Stimmen der Hauptstadt die entscheidenden waren. Senator Trueba verfolgte im Haus seiner Partei die Wahlvorgänge ruhig und in bester Laune und lachte schallend, wenn die unverkennbaren Fortschritte des Kandidaten der Opposition einen seiner Männer nervös machten. In Vorwegnahme des Triumphs hatte er sich, seine strenge Trauer durchbrechend, eine rote Rose ins Knopfloch gesteckt. Er wurde vom Fernsehen interviewt, und alle konnten ihn hören. „Wir werden wie immer siegen", sagte er und hob sein Glas zu einem Toast auf die „Verteidiger der Demokratie".

Im großen Eckhaus saßen Blanca, Alba und die Hausangestellten bei Tee und belegten Broten vor dem Fernseher und notierten sich die Ergebnisse, um den Endspurt genau verfolgen zu können, als sie den Großvater, älter und starrsinniger denn je, auf dem Bildschirm sahen.

„Der Schlag wird ihn treffen", sagte Alba. „Denn diesmal gewinnen die andern."

Bald war allen klar, daß nur noch ein Wunder das im

Verlauf des Tages immer deutlicher sich abzeichnende Ergebnis würde ändern können. In den hochherrschaftlichen weißen, blauen und gelben Residenzen im Barrio Alto begann man die Jalousien herunterzulassen, die Türen zu verrammeln und eilig die schon im voraus auf den Balkonen aufgepflanzten Fahnen und Bilder des konservativen Kandidaten hereinzuholen. Unterdessen strömten aus den Stadtrandsiedlungen und den Arbeitervierteln ganze Familien, Eltern, Kinder, Großeltern, in ihrem Sonntagsstaat jubelnd in die Innenstadt. Sie trugen Kofferradios, um die letzten Ergebnisse zu hören. Im Barrio Alto schlugen ein paar von Idealismus entflammte Studenten ihren mit Leichenbittermienen um das Fernsehen versammelten Familien ein Schnippchen und liefen ebenfalls auf die Straße. Aus den Industriebezirken kamen die Arbeiter in geordneten Kolonnen, die Fäuste hochgereckt und Wahlkampflieder singend. In der Innenstadt vereinigten sie sich und schrien wie ein Mann, daß ein geeintes Volk niemals besiegt werde. Sie zogen weiße Taschentücher hervor und warteten. Um Mitternacht wußte man, daß die Linke gewonnen hatte. Im Handumdrehen vergrößerten sich die verstreuten Gruppen, schwollen an, dehnten sich aus, die Straßen füllten sich mit einer euphorischen Menge, die hüpfte und schrie und sich lachend in die Arme fiel. Fackeln wurden angezündet, und aus dem Durcheinander der Stimmen und dem Tanz auf der Straße wurde ein disziplinierter, jubelnder Zug, der sich in Richtung auf die feinen Alleen der Bourgeoisie in Bewegung setzte. Und dann sah man das unerhörte Schauspiel: Menschen aus dem Volk, Männer in ihren Fabrikschuhen, Frauen mit ihren Kindern auf dem Arm, Studenten in Hemdsärmeln, die völlig ruhig durch jene distinguierte und distanzierte Zone der Stadt zogen, in die sie sich selten hineinwagten und in der sie Fremde waren. Ihre Lieder, ihre Schritte und der Schein ihrer Fackeln drangen ins Innere der stillen, fest verschlossenen Villen, in denen nun diejenigen zitterten, die zuletzt selber an ihre Terrorkampagne glaubten und überzeugt waren, daß der Pöbel sie in Stücke reißen oder, im besten der Fälle, enteignen und nach Sibirien schicken werde. Doch die laut singende Menge schlug keine Tür ein und zertrampelte keinen der untadelig gepflegten Gärten. Fröhlich zogen sie vorbei, ohne die auf der Straße geparkten luxuriösen Autos anzutasten, gingen in großen Schleifen über die Plätze und Anlagen, die sie nie betreten hatten, blieben staunend vor den wie zu Weihnachten strahlend erleuchteten Auslagen des Geschäftszentrums stehen, die vollgestopft waren mit Dingen, von denen sie nicht einmal wußten, wozu sie benutzt wurden, und setzten friedlich ihren Weg fort. Als die Kolonne am Hause Trueba vorüberzog, lief Alba hinaus und mischte sich, aus vollem Halse singend, unter die anderen. Die ganze Nacht zog das freudig erregte Volk durch die Stadt. In den herrschaftlichen Häusern blieben die Champagnerflaschen verkorkt, welkten die Langusten auf den Silbertabletts, und auf den Torten saßen Fliegen.

Im Morgengrauen entdeckte Alba in der Menge, die bereits auseinanderzugehen begann, die unverwechselbare Gestalt Miguels, der eine Fahne in den Händen hatte und schrie. Sie bahnte sich einen Weg durchs Gewühl, vergeblich seinen Namen rufend, den er im Freudentrubel nicht hören konnte. Als sie vor ihm stand und Miguel sie sah, gab er die Fahne einem, der neben ihm stand, umschlang Alba mit seinen Armen und hob sie hoch. Beide waren am Ende ihrer Kräfte und weinten vor Freude, als sie sich küßten.

„Hab ich's nicht gesagt, daß wir im guten gewinnen werden, Miguel", lachte Alba.

„Wir haben gewonnen, aber jetzt geht es darum, den Sieg zu verteidigen", antwortete er.

Am nächsten Tag rannten dieselben Leute, die zitternd vor Angst die Nacht in ihren Häusern verbracht hatten, wie die Wahnsinnigen auf die Straße, fielen über die Banken her und wollten ihre Guthaben ausgezahlt bekommen. Wer Wertsachen im Safe hatte, versteckte sie lieber unter der Matratze oder schickte sie ins Ausland. Binnen vierundzwanzig Stunden sank der Wert an Grund und Boden um mehr als die Hälfte, und durch den Wahn, nur ja das Land zu verlassen, ehe die Sowjets kamen und an der Grenze

Stacheldrahtzäune errichteten, waren alle Flüge ausgebucht. Das Volk, das siegreich durch die Stadt gezogen war, sah die Bourgeoisie vor den Banken Schlange stehen und sich balgen und lachte aus vollem Hals. Innerhalb weniger Stunden spaltete sich das Land in zwei unversöhnliche Teile. Die Trennungslinie verlief quer durch jede Familie.

Senator Trueba verbrachte die Nacht im Haus seiner Partei, festgehalten von seinen Leuten, die überzeugt waren, daß ihn die Menge mühelos erkennen und an der nächsten Laterne aufknüpfen würde, wenn er sich auf die Straße wagte. Trueba war mehr überrascht als wütend. Er konnte nicht glauben, was geschehen war, obwohl er selbst jahrelang wiederholt hatte, das Land stecke voller Marxisten. Er fühlte sich nicht entmutigt, im Gegenteil. In seinem alten Kämpferherzen regte sich ein Überschwang, wie er ihn seit seiner Jugend nicht mehr gekannt hatte.

„Die Wahl gewinnen ist eines, Präsident sein etwas anderes“, sagte er geheimnisvoll zu seinen Parteifreunden.

Der Gedanke, den neuen Präsidenten aus dem Weg zu räumen, war noch niemandem gekommen, denn seine Feinde waren überzeugt, daß sie auf dem gleichen legalen Wege, der ihn zum Sieg geführt hatte, mit ihm fertig werden würden. Das jedenfalls dachte Trueba. Am folgenden Tag, als klar war, daß von der festtäglichen Menschenmenge nichts zu befürchten war, verließ er sein sicheres Refugium und begab sich in ein Landhaus in der Nähe der Stadt, wo ein geheimgehaltenes Mittagessen stattfand. Dort waren Politiker, einige Militärs und die vom Geheimdienst entsandten Gringos zusammengekommen, um den Plan zum Sturz der neuen Regierung zu entwerfen: durch Sabotage oder, wie sie es nannten, wirtschaftliche Destabilisierung.

Es war ein großes Haus im Kolonialstil, das in einem gepflasterten Hof stand. Als Senator Trueba ankam, waren schon mehrere Autos geparkt. Er wurde mit Hallo empfangen, weil er, in Vorbeugung dessen, was nun auf sie zukam, schon Monate im voraus die nötigen Kontakte geknüpft hatte. Nach dem Essen – es gab kalten Fisch in Avocadosauce, mit Brandy flambiertes Ferkel und Mousse au chocolat – entließen sie die Kellner und schlossen die Salontür ab. Hier entwarfen sie in groben Umrissen ihre Strategie. Danach brachten sie stehend einen Toast auf das Vaterland aus. Sie alle, die Ausländer ausgenommen, waren bereit, die Hälfte ihres persönlichen Vermögens für dieses Unternehmen aufs Spiel zu setzen, aber nur der alte Trueba war bereit, auch sein Leben dafür zu lassen.

„Wir werden ihn keine Minute in Ruhe lassen, bis er abdanken muß“, sagte er mit Bestimmtheit.

„Und wenn alles nichts hilft, haben wir das da“, fügte General Hurtado hinzu, indem er seine Dienstwaffe auf den Tisch legte.

„An einem Putsch sind wir nicht interessiert, General“, erwiderte der Geheimagent der Botschaft in seinem korrekten Spanisch. „Wir wünschen, daß der Marxismus mit Pauken und Trompeten durchfällt und von selbst stürzt, damit sich andere Länder des Kontinents diesen Gedanken aus dem Kopf schlagen. Verstehen Sie? Wir werden diese Sache mit Geld in Ordnung bringen. Noch können wir einige Parlamentarier kaufen, damit sie ihn nicht als Präsidenten bestätigen. So steht es in Ihrer Verfassung: er hat die absolute Mehrheit nicht erreicht, also muß das Parlament entscheiden.“

„Schlagen Sie sich das aus dem Kopf, Mister“, rief Senator Trueba. „Hier können Sie niemanden bestechen! Der Kongreß und die Streitkräfte sind unbestechlich. Besser nehmen wir dieses Geld dazu her, die Kommunikationsmittel zu kaufen. Damit können wir die öffentliche Meinung beeinflussen, das ist das einzige, was wirklich zählt.“

„Das ist Unsinn! Das erste, was die Marxisten tun, wird sein, daß sie die Pressefreiheit abschaffen!“ ertönten mehrere Stimmen wie aus einem Mund.

„Glauben Sie mir, Caballeros“, erwiderte Senator Trueba. „Ich kenne dieses Land. Niemals werden sie die Pressefreiheit antasten. Übrigens steht das in ihrem Regierungsprogramm, er hat geschworen, daß er die demokratischen Freiheiten respektieren wird. Wir werden ihn in seiner eigenen Falle fangen.“

Senator Trueba hatte recht. Die Parlamentarier ließen sich nicht bestechen, und in dem gesetzlich vorgeschriebenen Zeitraum übernahm die Linke in aller Ruhe die Macht. Und da begann die Rechte, Haß zu sammeln.

Nach den Wahlen änderte sich das Leben für jedermann, und wer gedacht hätte, er könnte so weitermachen wie immer, merkte bald, daß er sich getäuscht hatte. Für Pedro Tercero García war der Wechsel brutal. In seinem bisherigen Leben hatte er die Falle der Routine vermieden, war frei und arm gewesen wie ein Troubadour. Ohne jemals Lederschuhe zu tragen, ohne sich eine Krawatte oder eine Armbanduhr umzubinden, hatte er sich den Luxus der Zärtlichkeit, der Arglosigkeit, der Verschwendung und der Siesta leisten können, weil er niemandem Rechenschaft schuldig war. Es kostete ihn von Mal zu Mal größere Mühe, den Schmerz und die Unruhe wiederzufinden, um ein neues Lied zu komponieren, denn mit den Jahren hatte er zu einem großen inneren Frieden gefunden, und die Aufsässigkeit, die ihn in seiner Jugend umgetrieben hatte, war der Milde eines mit sich selbst zufriedenen Mannes gewichen. Er lebte ärmlich wie ein Franziskaner. Nach Geld oder nach Macht hatte er kein Verlangen. Der einzige Fleck in seiner Ruhe war Blanca. Die flüchtige Liebe halbwüchsiger Mädchen interessierte ihn nicht mehr, er war zu der Überzeugung gekommen, daß Blanca die einzige Frau für ihn war. Er zählte die Jahre, die er sie im Verborgenen geliebt hatte, und konnte sich an keinen Augenblick seines Lebens erinnern, in dem sie nicht anwesend gewesen wäre. Nach der Präsidentschaftswahl sah er das Gleichgewicht seiner Existenz durch die dringende Aufforderung zur Mitarbeit in der Regierung gestört: die Linksparteien, wurde ihm erklärt, hätten nicht genügend fähige Leute für alle Ämter, die übernommen werden müßten.

„Ich bin ein Bauer, ich habe keinerlei Vorbildung", versuchte er sich zu entschuldigen.

„Das macht nichts, Compañero. Wenigstens sind Sie populär. Wenn Sie ins Fettnäpfchen treten, werden es Ihnen die Leute verzeihen", antworteten sie.

So kam es, daß er plötzlich zum erstenmal in seinem Leben hinter einem Schreibtisch saß, mit einer eigenen Sekretärin und im Rücken ein grandioses Gemälde von den Helden des Vaterlandes in einer ehrenvollen Schlacht. Pedro Tercero blickte aus dem mit Eisenstäben gesicherten Fenster seines luxuriösen Büros und konnte nur ein winziges Viereck grauen Himmes sehen. Es war kein Schlummeposten. Er arbeitete von sieben Uhr früh bis in die Nacht und war danach so müde, daß er sich unfähig fühlte, auch nur einen Akkord auf seiner Gitarre anzuschlagen, und erst recht, Blanca mit der gewohnten Leidenschaft zu lieben. Wenn sie sich nach Überwindung aller gewohnten Hindernisse auf seiten Blancas und der zusätzlichen Hindernisse, die seine Arbeit mit sich brachte, endlich einmal trafen, lagen sie mit mehr Sorgen als Liebeslust in den Laken. Unterbrochen vom Telefon, gehetzt von der Zeit, die ihnen nie ausreichte, liebten sie sich angestrengt. Blanca hörte auf, ihre Reizwäsche zu tragen, weil sie ihr als eine nutzlose Herausforderung erschien, die sie beide lächerlich machte. Zuletzt trafen sie sich nur noch, um wie ein Paar alter Leute einer im Arm des andern auszuruhen, freundschaftlich ihre täglichen Sorgen besprechend und die gewichtigeren Probleme, die die Nation erschütterten. Eines Tages stellte Pedro Tercero García fest, daß sie seit fast drei Monaten nicht mehr miteinander geschlafen hatten und, was er noch schlimmer fand, keiner von beiden den Wunsch danach verspürte. Er erschrak. Er rechnete nach, daß in seinem Alter noch kein Grund zur Impotenz bestand, und schob die Schuld auf das Leben, das er notgedrungen führte, und auf die Junggesellenallüren, die er dabei entwickelt hatte. Das würde sich ändern, nahm er an, wenn er mit Blanca ein normales Leben führen könnte und sie ihn Tag für Tag im Frieden eines gemeinsamen Heims erwarten würde. Er drängte sie, ihn endlich zu heiraten, er habe diese heimlichen Stelldicheins satt, er sei aus dem Alter dafür heraus. Blanca gab ihm dieselbe Antwort, die sie ihm schon so oft gegeben hatte.

„Ich muß es mir überlegen, Lieber."

Sie saß nackt auf dem schmalen Bett Pedro Terceros. Er

betrachtete sie ohne Mitleid und sah, daß die Zeit sie zu verwüsten begann. Sie war dicker geworden, trauriger, ihre Hände waren vom Rheuma verkrümmt, und diese herrlichen Brüste, die ihm früher den Schlaf geraubt hatten, gingen allmählich in den breiten Schoß der reifen Matrone über. Gleichwohl fand er sie noch so schön wie in ihrer Jugend, als sie sich auf den Drei Marien im Schilf am Flußufer geliebt hatten, und gerade deshalb bedauerte er, daß seine Müdigkeit stärker war als seine Leidenschaft.

„Du hast es dir fast ein halbes Jahrhundert lang überlegt. Das ist genug. Entweder jetzt oder nie", schloß er.

Blanca ließ sich nicht aus der Ruhe bringen. Es war nicht das erste Mal, daß Pedro Tercero sie vor diese Entscheidung stellte. Jedesmal, wenn er mit einer seiner jungen Freundinnen brach und zu ihr zurückkehrte, verlangte er in dem verzweifelten Versuch, ihre Liebe zu erhalten und Verzeihung zu erlangen, sie solle ihn heiraten. Als er ihretwegen die Arbeitersiedlung verließ, in der er mehrere Jahre glücklich gewesen war, um in eine Mittelklassewohnung umzuziehen, hatte er ihr dasselbe gesagt.

„Entweder du heiratest mich, oder wir sehen uns nie wieder."

Blanca begriff nicht, daß Pedro Terceros Entschluß diesmal unwiderruflich war.

Sie trennten sich beleidigt. Blanca raffte ihre auf dem Boden verstreuten Kleider auf, um sich eilig anzuziehen, und steckte sich mit den Nadeln, die sie im zerwühlten Bett suchen mußte, das Haar im Nacken fest. Pedro Tercero zündete sich eine Zigarette an und sah nicht weg, während sie sich ankleidete. Blanca schlüpfte in ihre Schuhe, nahm ihre Handtasche und winkte ihm von der Tür aus zu. Sie war sicher, daß er sie am nächsten Tag anrufen und sie zu einem ihrer spektakulären Versöhnungsfeste einladen würde. Pedro Tercero kehrte sich der Wand zu, einen bitteren Zug um seine zusammengepreßten Lippen. Zwei Jahre lang sollten sie sich nicht wiedersehen.

In den folgenden Tagen hoffte Blanca, er würde sich nach dem alten Schema, das sich seit je wiederholte, mit ihr in Verbindung setzen. Er hatte sie nie im Stich gelassen, nicht einmal, als sie nach ihrer Heirat ein Jahr lang getrennt gewesen waren. Auch damals war er es gewesen, der sie suchte. Doch als sie am dritten Tag keine Nachricht hatte, wurde sie unruhig. Sie wälzte sich schlaflos in ihrem Bett, sie verdoppelte ihre Dosis Beruhigungstabletten, flüchtete sich abermals in ihre Migränen und Neuralgien und betäubte sich mit der Arbeit in ihrer Werkstatt, wo sie ihre Krippenfiguren zu Hunderten in den Ofen schob und wieder herausnahm, nur um beschäftigt zu sein und nicht nachzudenken, konnte aber ihre Ungeduld nicht überwinden. Zuletzt rief sie im Ministerium an. Eine weibliche Stimme antwortete ihr, der Compañero García sei in einer Sitzung und dürfe nicht gestört werden. Am nächsten Tag rief Blanca wieder an, und so die ganze Woche, bis sie überzeugt war, daß sie ihn auf diese Weise nicht zu sprechen bekam. Sie gab sich einen Ruck, um den maßlosen Stolz zu überwinden, den sie von ihrem Vater geerbt hatte, zog sich ihr bestes Kleid und einen aufreizenden Strumpfgürtel an und ging ihn in seiner Wohnung besuchen. Ihr Schlüssel paßte nicht ins Schloß, sie mußte läuten. Ein schnurrbärtiges Mannsbild mit den Augen eines Schulmädchens öffnete ihr.

„Der Compañero García ist nicht da", sagte er und forderte sie nicht auf hereinzukommen.

Da begriff sie, daß sie ihn verloren hatte. Ihr künftiges Leben trat ihr flüchtig vor Augen, sie sah sich in einer Wüste ohne Ende, sich abarbeitend in sinnlosen Beschäftigungen, um die Zeit totzuschlagen, fern von dem einzigen Mann, den sie ihr ganzes Leben geliebt hatte, und von den Armen, in denen sie geschlafen hatte seit den unvordenklichen Tagen ihrer Kindheit. Sie setzte sich auf die Treppe und brach in Weinen aus. Der Schnurrbärtige schloß geräuschlos die Tür.

Sie sagte niemandem, was geschehen war. Alba fragte sie nach Pedro Tercero, und sie antwortete ausweichend, er hätte ein neues Amt in der Regierung übernommen und sei sehr beschäftigt. Sie gab weiter ihre Kurse für mongoloide Kinder und müßige Señoritas und begann auch in den Stadtrandsiedlungen Töpferkurse abzuhalten, wo sich die Frauen zusammengeschlossen hatten, um neue Berufe zu erlernen, und beteiligte sich so zum erstenmal an politischen und sozialen Aufgaben ihres Landes. Organisation tat not, denn der „Weg zum Sozialismus" verwandelte sich bald in ein Schlachtfeld. Während das Volk den Sieg feierte, sich die Haare wachsen und den Bart stehen ließ, einer den anderen mit Compañero anredete, die vergessene Folklore und das traditionelle Kunsthandwerk wieder ausgrub und seine neue Macht in ebenso endlosen wie nutzlosen Arbeiterversammlungen ausübte, bei denen alle gleichzeitig redeten und keine Einigkeit erzielt wurde, führte die Rechte eine Reihe strategischer Aktionen durch, die darauf zielten, die Wirtschaft zu unterminieren und das Ansehen der Regierung zu schädigen. Sie hatten die mächtigsten Kommunikationsmittel in der Hand, sie konnten mit den fast unbegrenzten finanziellen Mitteln und der Unterstützung der Gringos rechnen, die für den Sabotageplan ihre Geheimfonds anzapften. Binnen weniger Monate zeigten sich die Ergebnisse. Das Volk, das zum erstenmal genügend Geld hatte, um seinen Grundbedarf zu decken und darüber hinaus manches zu kaufen, was es sich immer gewünscht hatte, stand mit einmemmal vor beinahe leeren Geschäften. Die Unterversorgung hatte begonnen, die im Lauf der Zeit zum kollektiven Alptraum wurde. Die Frauen standen im Morgengrauen auf und bildeten endlose Schlangen, um ein mageres Huhn, ein halbes Dutzend Windeln oder Klopapier zu ergattern. Schuhwichse, Nähnadeln und Kaffee wurden zu Luxusartikeln, die man, in Seidenpapier eingewickelt, zu Geburtstagen verschenkte. Die Verknappung der Waren rief Angst hervor, schubweise kursierten widersprüchliche Gerüchte über die demnächst im Land ausgehenden Artikel, und die Leute kauften maßlos, was immer sie fanden, um für die Zukunft gerüstet zu sein. Sie stellten sich an, ohne zu wissen, was in einem Geschäft verkauft wurde, nur um sich die Gelegenheit nicht entgehen zu lassen, etwas zu kaufen, auch wenn sie es nicht brauchten. Schlangenprofis tauchten auf, die gegen eine angemessene Summe anderen den Platz freihielten, ambulante Verkäufer, die den Andrang nutzten, um Süßigkeiten abzusetzen, und Leute, die an die zur Nachtzeit Schlangestehenden Decken vermieteten. Der schwarze Markt blühte. Die Polizei versuchte ihn zu unterbinden, aber er war wie eine Seuche, die sich überall ausbreitete. Sie mochten noch so gründlich alle Wagen durchsuchen und jeden festnehmen, der ein verdächtiges Paket trug, sie konnten sie nicht aufhalten. Selbst die Kinder handelten auf den Schulhöfen. Der Drang zu hamstern führte zu absurden Verwechslungen: Leute, die nie geraucht hatten, zahlten am Ende jeden Preis für eine Schachtel Zigaretten, und kinderlose Frauen schlugen sich um einen Topf Essen für stillende Mütter. Ersatzteile für Küchenherde, Industriemaschinen und Autos verschwanden vom Markt. Das Benzin wurde rationiert, und es kam vor, daß Autoschlangen wie eine gigantische, regungslos in der Sonne röstende Riesenboa zwei Tage und eine Nacht lang den Verkehr blokkierten. Die Zeit reichte nicht mehr für alle diese Schlangen, und so mußten die Angestellten zu Fuß gehen oder mit dem Rad ins Büro fahren. Die Straßen füllten sich mit keuchenden Radlern, es war wie ein holländisches Delirium. So standen die Dinge, als die Lastwagenfahrer in den Ausstand traten. In der zweiten Woche war klar, daß es sich dabei nicht um einen Lohnstreik, sondern um einen politischen Streik handelte und daß sie nicht daran dachten, die Arbeit wiederaufzunehmen. Die Streitkräfte versuchten, das Problem zu lösen, weil das Gemüse auf dem Land verfaulte und die Hausfrauen auf den Märkten nichts zu kaufen fanden, aber da stellte sich heraus, daß die Lastwagenfahrer die Motoren aus ihren Fahrzeugen ausmontiert hatten und es unmöglich war, die Tausende von Lastwagen, die wie versteinerte Wracks die Straßen blockierten, von der Stelle zu bewegen. Der Präsident trat im Fernsehen auf und bat um Geduld. Er wies das Land darauf hin, daß die Lastwagenfahrer mit imperialistischem Geld bezahlt würden und also auf unbestimmte Zeit im Streik bleiben konnten, daß es demnach besser sei, Gemüse im eigenen Garten und auf Balkonen anzubauen, wenigstens so lange, bis sich eine andere Lösung gefunden hätte. Das Volk, das an Armut gewöhnt war und Huhn allenfalls am Nationalfeiertag und an Weihnachten aß, verlor nicht die Euphorie des ersten Tages, im Gegenteil, es organisierte sich wie zu einem großen Krieg, entschlossen zu verhindern, daß die Wirtschaftssabotage ihm den Sieg versalzte. Es fuhr fort, fröhliche Feste zu feiern und zu singen, daß ein geeintes Volk nie besiegt werden würde, aber es klang von Mal zu Mal falscher, weil Uneinigkeit und Haß um sich griffen.

Das Leben des Senators Trueba änderte sich wie das aller anderen. Die Begeisterung für den Kampf, den er aufgenommen hatte, gab ihm die Kräfte von ehedem zurück und linderte den Schmerz in seinen armen Knochen. Er arbeitete wie in seinen besten Jahren. Er begab sich auf mehrere konspirative Reisen ins Ausland und fuhr unermüdlich von Norden nach Süden durch die chilenischen Provinzen, im Flugzeug, im Auto und in Zügen, in denen das Privileg der ersten Klasse abgeschafft worden war. Er stand die üppigen Gastmähler durch, die seine Parteifreunde in jeder Stadt, in jedem Dorf, in jedem Weiler für ihn veranstalteten, wo er jedesmal den Appetit eines Strafgefangenen vortäuschte, obwohl seine Altmännerdärme solche Mengen nicht mehr verkraften konnten. Sein Leben bestand aus geheimen Besprechungen. Anfangs behinderte sein langer Umgang mit der Demokratie seine Fähigkeit, der Regierung Fallen zu stellen, doch bald gab er den Gedanken, sie innerhalb der Legalität zu Fall zu bringen, auf und akzeptierte die Tatsache, daß sie nur durch die Anwendung verbotener Mittel zu besiegen war. Er war der erste, der öffentlich zu sagen wagte, daß nur ein Militärputsch das Fortschreiten des Marxismus aufhalten könne, denn freiwillig werde das Volk nicht auf die Macht verzichten, auf die es sehnsüchtig ein halbes Jahrhundert lang gewartet habe, weil ihm das Huhn im Topf fehlte.

„Hören Sie auf mit diesen Albernheiten und greifen Sie zur Waffe", sagte er, wenn er von Sabotage reden hörte.

Er machte kein Hehl aus seinen Ideen, sondern verbreitete sie in alle Winde, und damit nicht zufrieden, ging er manchmal in die Militärakademie, um den Kadetten Mais vor die Füße zu werfen und ihnen zuzurufen, sie seien

Hühner. Er mußte sich ein paar Leibwächter nehmen, die ihn vor seinen eigenen Exzessen bewahrten. Oft vergaß er, daß er selbst sie angestellt hatte, und bekam Wutanfälle, wenn er sich bespitzelt fühlte. Dann beschimpfte er sie und drohte ihnen mit dem Stock, was gewöhnlich mit Atemnot und Herzschwäche seinerseits endete. Er war überzeugt, daß diese zwei dummen Muskelprotze es nicht würden verhindern können, wenn jemand die Absicht hätte, ihn umzubringen, aber er vertraute darauf, daß ihre Gegenwart wenigstens die spontan Vorlauten einschüchterte. Er wollte auch seiner Enkelin eine Wache geben, weil er dachte, daß sie sich in der Universität in einer Kommunistenhöhle bewege und sich auf Grund ihrer Verwandtschaft mit ihm jederzeit irgendwer an ihr vergreifen könne, aber sie wollte davon nichts wissen. „Ein gemieteter Totschläger ist soviel wie ein Schuldbekenntnis", sagte sie und fügte hinzu, daß sie nichts zu befürchten habe. Er wagte nicht zu insistieren, weil er es müde war, gegen alle seine Angehörigen zu kämpfen, und seine Enkelin der einzige Mensch auf der Welt war, der seine Zärtlichkeit erwiderte und ihn zum Lachen brachte.

Unterdessen hatte Blanca über den schwarzen Markt und ihre Verbindungen in den Arbeitersiedlungen, in denen sie den Frauen das Töpfern beibrachte, eine Versorgungskette organisiert. Es kostete sie viel Mühe und große Ängste, einen Sack Zucker oder einen Riegel Seife abzuzweigen. Sie entwickelte eine Schläue, deren sie selbst sich nicht für fähig gehalten hätte, um in einem der leeren Zimmer des Hauses die verschiedensten Waren zu lagern, darunter auch entschieden nutzlose, wie die zwei Fäßchen Sojasauce, die sie einem Chinesen abgekauft hatte. Sie verhängte das Fenster, brachte ein Vorhängeschloß an der Tür an und nahm den Schlüssel, den sie am Gürtel trug, nicht einmal zum Baden ab, weil sie jedermann mißtraute, selbst Jaime und ihrer eigenen Tochter. Sie hatte Grund dazu. „Du siehst wie ein Gefängniswärter aus, Mama", sagte Alba, beunruhigt über diese Manie, für die Zukunft vorzusorgen, auch wenn einem die Gegenwart darüber sauer wurde. Alba war der Ansicht, daß man Kartoffeln essen sollte, wenn es kein Fleisch gab, und Alpargatas tragen, wenn keine Schuhe aufzutreiben waren, aber Blanca, entsetzt über die Einfalt ihrer Tochter, vertrat die Ansicht, daß man, geschehe, was da wolle, von seinem Lebensstandard nicht herunter dürfe, und rechtfertigte damit die mit Schmugglertricks vergeudete Zeit. Tatsächlich hatte man seit Claras Tod im Hause Trueba nie besser gegessen, weil endlich jemand da war, der den Haushalt organisierte und festlegte, was in den Kochtopf kam. Aus den Drei Marien trafen regelmäßig Kisten voll Lebensmittel ein, die Blanca versteckte. Das erstemal verfaulte ihr fast alles, so daß der Gestank aus den abgesperrten Zimmern durchs ganze Haus zog und sich im Viertel verbreitete. Jaime schlug seiner Schwester vor, die verderblichen Produkte zu verschenken, zu tauschen oder zu verkaufen, doch Blanca weigerte sich, ihre Schätze mit anderen zu teilen. Da begriff Alba, daß ihre Mutter, die bisher immer als der einzige ausgeglichene Mensch in der Familie gegolten hatte, ebenfalls ihre Ticks hatte. Sie schlug ein Loch in die Mauer der Vorratskammer und nahm in gleichem Maße Dinge heraus, in welchem Blanca sie hortete. Sie ging mit solcher Umsicht zu Werk, daß ihre Mutter nichts merkte: Zucker, Reis und Mehl entnahm sie tassenweise, die Käselaibe und das getrocknete Obst zerbröselte sie, damit es so aussah, als wären es die Mäuse gewesen, so daß Blanca mehr als vier Monate brauchte, ehe sie Verdacht schöpfte. Sie legte ein schriftliches Inventar über die in der Vorratskammer gelagerten Dinge an und hakte ab, was sie für den Hausgebrauch entnahm. Aber Alba nutzte jede kleine Unaufmerksamkeit ihrer Mutter, um ihrerseits Häkchen auf die Liste zu setzen, bis Blanca zuletzt ganz verwirrt war und nicht mehr wußte, ob sie sich verrechnet hatte oder ob die Familie dreimal soviel aß, wie sie berechnet hatte, oder ob es in diesem verdammten Haus vielleicht doch noch verirrte Seelen gab.

Das Produkt aus Albas Einbrüchen landete in den Händen Miguels, der es in Siedlungen und Fabriken verteilte, zusammen mit revolutionären Schriften, die zum bewaffneten Kampf aufriefen, damit die Oligarchie entmachtet würde. Aber niemand hörte auf ihn. Alle waren überzeugt, daß, wenn sie auf legalem und demokratischem Wege zur Macht gekommen waren, auch keiner ihnen diese Macht wieder wegnehmen könnte, mindestens bis zu den nächsten Wahlen.

„Diese Dummköpfe! Sie merken nicht, daß sich die Rechte bewaffnet", sagte Miguel zu Alba.

Alba glaubte ihm. Sie hatte mit eigenen Augen gesehen, wie mitten in der Nacht große Holzkisten im Patio ihres Hauses abgeladen und auf Befehl ihres Großvaters in aller Heimlichkeit in ein anderes leerstehendes Zimmer geschafft wurden. Wie ihre Mutter, hängte auch er ein Vorlegeschloß an die Tür und steckte den Schlüssel in das Wildledertäschchen, in welchem er Claras falsche Zähne mit sich herumtrug. Alba erzählte es ihrem Onkel Jaime, der einen Waffenstillstand mit seinem Vater geschlossen hatte und wieder im Haus wohnte. Jaime, der zu dieser Zeit auf dem Mond lebte und von dort auch nicht herunterkam bis zu dem Tag, an dem sie ihn töteten, wollte es nicht glauben, aber seine Nichte bestand so sehr darauf, daß er einwilligte, beim Essen mit seinem Vater darüber zu sprechen. Die Antwort des alten Mannes zerstreute seine letzten Zweifel.

„Ich mache in meinem Haus, was ich will, und stelle so viele Kisten ab, wie es mir paßt. Steckt gefälligst eure Nasen nicht mehr in meine Angelegenheiten!" brüllte Senator Trueba und schlug mit der Faust auf den Tisch, daß die Gläser sprangen. Womit das Gespräch beendet war.

In dieser Nacht besuchte Alba ihren Onkel im Büchertunnel und schlug vor, dieselbe Methode auf die Waffen des Großvaters anzuwenden, mit der sie gegen die Lebensmittel ihrer Mutter vorging. Das taten sie. Den Rest der Nacht verbrachten sie damit, in dem Zimmer neben dem Arsenal ein Loch in die Wand zu bohren, das sie auf der einen Seite mit einem Schrank, auf der anderen mit den verbotenen Kisten zustellten. Durch das Loch schlüpften sie in das vom Großvater abgeschlossene Zimmer, ausgerüstet mit einem Hammer und einem Stemmeisen. Alba, die in diesen Praktiken Übung hatte, war dafür, die untersten

Kisten zu öffnen, und sie fanden Kriegsgerät darin, das sie offenen Mundes bestaunten, weil sie nicht gedacht hatten, daß es so perfekte Instrumente zum Töten gab. In den nächsten Tagen schafften sie fort, soviel sie konnten, dann stellten sie die ausgeleerten Kisten, mit Steinen gefüllt, damit es nicht auffiel, wenn sie gehoben wurden, unter die anderen. Zu zweit schleppten sie Kampfpistolen, kurze Maschinengewehre, Gewehre und Handgranaten in Jaimes Tunnel und versteckten sie dort, bis Alba sie im Kasten ihres Violoncellos an einen sicheren Ort bringen konnte. Senator Trueba sah seine Enkelin den schweren Kasten schleppen, nicht ahnend, daß in dem mit feinstem Tuch gefütterten Gehäuse die Kugeln rollten, die er mit soviel Mühe über die Grenze gebracht und in seinem Hause versteckt hatte. Alba hatte vor, die konfiszierten Waffen Miguel zu übergeben, aber ihr Onkel Jaime überzeugte sie, daß Miguel ebensogut ein Terrorist war wie ihr Großvater und daß man sie besser so unterbringen sollte, daß sie niemandem Schaden brachten. Sie diskutierten mehrere Möglichkeiten, von Versenken im Fluß bis Verbrennen, bis sie zuletzt entschieden, daß es praktischer war, sie in Plastiktüten an einem sicheren, geheimen Ort zu vergraben, für den Fall, daß sie eines Tages einer gerechteren Sache dienen könnten. Senator Trueba wunderte sich, als er hörte, daß sein Sohn und seine Enkelin einen Ausflug ins Gebirge planten, denn Jaime und Alba hatten seit ihrer Schulzeit keinen Sport mehr getrieben und nie eine Vorliebe für die Beschwerlichkeiten des Alpinismus an den Tag gelegt. Eines Samstagmorgens fuhren sie in einem geliehenen Jeep ab, mit einem Zelt, einem Korb voll Proviant und einem geheimnisvollen Koffer, den sie zu zweit tragen mußten, weil er schwer wog wie ein Toter. In dem Koffer waren die Waffen, die sie dem Großvater gestohlen hatten. Voll Begeisterung fuhren sie die Berge hoch, so weit die Straße reichte, dann gingen sie querfeldein auf der Suche nach einem ruhigen Ort zwischen der von Wind und Kälte verkümmerten Vegetation. Dahin schleppten sie ihr Gepäck, schlugen ohne jede Sachkenntnis ihr Zelt auf und hoben mehrere Löcher aus, in denen sie die Plastiktüten vergruben. Dann markierten sie jede Stelle mit einem Häuflein Steine. Den Rest des Wochenendes verwandten sie darauf, im Fluß Forellen zu angeln und sie über einem Holzfeuer zu braten, über die Hügel zu wandern wie forschungsfreudige Kinder und sich von ihrer Vergangenheit zu erzählen. Am Abend machten sie sich Rotweinpunsch mit Zucker und Zimt, stießen, in ihre Schlafsäcke gekuschelt, auf das Gesicht an, das der Großvater machen würde, wenn er merkte, daß sie ihn ausgeraubt hatten, und lachten, daß ihnen die Tränen über die Backen sprangen.

„Wenn du nicht mein Onkel wärst, würde ich dich heiraten", scherzte Alba.

„Und Miguel?"

„Wäre mein Geliebter."

Jaime fand das nicht lustig und war für den Rest des Ausflugs zugeknöpft. In der Nacht krochen sie jeder in seinen Schlafsack, löschten die Paraffinlampe und schwiegen. Alba schlief bald ein, aber Jaime lag bis zum Morgengrauen mit offenen Augen in der Dunkelheit. Er hatte oft gesagt, Alba sei wie seine Tochter, aber in dieser Nacht ertappte er sich bei dem Wunsch, nicht ihr Vater oder ihr Onkel, sondern einfach Miguel zu sein. Er dachte an Amanda und beteuerte, daß sie ihn nicht mehr aufregen konnte, er suchte in seinem Gedächtnis nach dem Herd der gewaltigen Leidenschaft, die er einmal für sie aufgebracht hatte, konnte ihn aber nicht finden. Er war ein Einzelgänger geworden. Anfangs war er Amanda nahegekommen, weil er ihre Behandlung übernommen hatte und sie fast täglich sah. Sie hatte wochenlang zwischen Leben und Tod geschwebt, bis sie die Drogen entbehren konnte. Sie hörte auch auf zu rauchen und zu trinken und begann ein gesundes, geordnetes Leben zu führen, sie nahm etwas zu, schnitt sich das Haar, und in einem ergreifenden Versuch, das verblichene Bild ihrer selbst wiederzufinden, schminkte sie sich wieder ihre großen dunklen Augen und trug wie früher klirrende Armbänder und Ketten. Sie war verliebt. Aus der Depression verfiel sie in einen Zustand ständiger Euphorie, und Jaime war der Mittelpunkt ihrer Manie. Die enorme Willenskraft, die sie aufbringen mußte, um sich von ihren zahlreichen Süchten zu befreien, bot sie ihm als Beweis ihrer Liebe dar. Jaime bestärkte sie nicht darin, hatte aber auch nicht den Mut, sie abzuweisen, weil er dachte, daß ihr die Illusion der Liebe helfen könnte, gesund zu werden, doch er wußte, daß es für sie beide zu spät war. Sobald er konnte, versuchte er sich mit der Entschuldigung abzusetzen, er sei ein Junggeselle und für die Liebe verloren. Ihm genügten die flüchtigen Begegnungen mit gefälligen Krankenschwestern oder die traurigen Bordellbesuche, um in der wenigen freien Zeit, die seine Arbeit ihm ließ, seine dringendsten Bedürfnisse zu befriedigen. Gegen seinen Willen sah er sich in die Beziehung zu Amanda verstrickt, die er sich in seiner Jugend so sehr gewünscht hatte, die ihn jetzt aber kaltließ und die aufrechtzuerhalten er sich außerstande fühlte. Amanda flößte ihm ein Gefühl des Mitleids ein, Mitleid aber war eine der stärksten Empfindungen, deren er fähig war. Die vielen Jahre ununterbrochener und engster Berührung mit dem Elend und mit dem Schmerz hatten seine Seele nicht verhärtet, sie im Gegenteil für Nächstenliebe immer verletzlicher gemacht. An dem Tag, an dem Amanda die Arme um seinen Hals schlang und ihm sagte, sie liebe ihn, umarmte er sie mechanisch und küßte sie mit vorgetäuschter Leidenschaft, damit sie nicht merkte, daß er sie nicht begehrte. So sah er sich in einem Alter, in welchem er sich anstrengenden Liebschaften nicht mehr gewachsen fühlte, in einer absorbierenden Beziehung gefangen. Ich tauge zu diesen Dingen nicht mehr, dachte er nach den aufreibenden Rendezvous, bei denen Amanda, um ihn zu betören, die ausgefallensten Liebeskünste aufbot, die beide zu Tode erschöpften.

Durch seine Beziehung zu Amanda und auf Drängen Albas kam er häufig mit Miguel in Berührung. Bei vielen Gelegenheiten war eine Begegnung unvermeidlich. Er tat, was er konnte, um indifferent zu erscheinen, aber zuletzt fesselte ihn Miguel. Er war reifer geworden, hatte aufgehört, ein überspannter junger Mann zu sein, aber von seiner politischen Linie war er nicht um Haaresbreite abgewichen: er dachte noch immer, daß die Rechte ohne eine gewaltsame Revolution nicht zu besiegen sei. Jaime teilte seine Meinung nicht, schätzte ihn aber und bewunderte seinen Mut. Dennoch hielt er ihn für einen jener fatalen, von einem gefährlichen Idealismus und einem unerbittlichen Reinheitsanspruch besessenen Menschen, die Unglück bringen über alles, was sie berühren, und besonders über die Frauen, die das Pech haben, sie zu lieben. Auch seine ideologischen Positionen mißfielen ihm, weil er überzeugt war, daß linke Extremisten dem Präsidenten mehr schadeten als rechte. Das hinderte jedoch nicht, daß er ihm Sympathie entgegenbrachte und sich beugte vor der Stärke seiner Überzeugungen, seiner natürlichen Fröhlichkeit, seinem Hang zur Zärtlichkeit und der Generosität, mit der er bereit war, sein Leben für Ideale zu lassen, die Jaime zwar teilte, aber nicht stark genug war, bis in die letzten Konsequenzen zu verteidigen.

In dieser Nacht schlief Jaime bedrückt und unruhig, er fühlte sich ungemütlich in seinem Schlafsack und horchte auf den sehr nahen Atem seiner Nichte. Als er erwachte, war sie aufgestanden und machte den Frühstückskaffee warm. Ein kühler Wind wehte, und die Gipfel lagen im goldenen Widerschein der Sonne. Alba schlang ihrem Onkel die Arme um den Hals und küßte ihn, er aber behielt die Hände in den Taschen und erwiderte die Liebkosung nicht. Er war verwirrt.

Die Drei Marien waren eines der letzten Güter im Süden, die im Zuge der Landwirtschaftsreform enteignet wurden. Die Bauern, die seit Generationen auf diesem Land geboren worden waren und gearbeitet hatten, bildeten eine Kooperative und übernahmen den Besitz, weil sie seit drei Jahren und fünf Monaten ihren Patron nicht mehr gesehen und den Wirbelsturm seiner Wutanfälle vergessen hatten. Der Verwalter, eingeschüchtert von der Richtung, die die Ereignisse nahmen, und dem hitzigen Ton der Hintersassen bei den Versammlungen im Schulhaus, packte seine Siebensachen und verzog sich, ohne sich von irgend jemandem zu verabschieden und ohne Senator Trueba Bescheid zu geben, weil er sich nicht dessen Wut aussetzen wollte und dachte, mit seinen wiederholten Warnungen seine Schuldigkeit getan zu haben. Nach seinem Verschwinden trieben die Drei Marien eine Zeitlang so dahin. Niemand war da, der Befehle erteilte, und niemand wäre bereit gewesen, sie zu befolgen, denn die Bauern kamen zum erstenmal in ihrem Leben auf den Geschmack der Freiheit und entdeckten die Vorteile, ihr eigener Herr zu sein. Sie teilten die Felder gerecht untereinander auf, und jeder baute an, was ihm gefiel, bis die Regierung einen Agrartechniker schickte, der ihnen Saatgut auf Kredit gab und sie über den Markt und die Nachfrage, die Transportschwierigkeiten und die Vorzüge von Dünge- und Desinfektionsmitteln aufklärte. Die Bauern scherten sich wenig um den Techniker, weil er ein Stadtmensch war und offensichtlich noch nie einen Pflug in der Hand gehabt hatte, nichtsdestoweniger feierten sie seinen Besuch, öffneten zu diesem Zweck die geheiligten Weinkeller des ehemaligen Patrons, um über seine alten Weine herzufallen, und schlachteten die Zuchtstiere, damit sie Hoden mit Zwiebeln und Culantro essen konnten. Nachdem der Techniker abgefahren war, aßen sie auch die importierten Kühe und die Legehennen. Esteban Trueba erfuhr, daß er sein Gut verloren hatte, als er die Mitteilung erhielt, es werde ihm durch Staatsbons, fällig in dreißig Jahren, vergütet, unter Zugrundelegung des Wertes, den er selbst in seiner Steuererklärung angegeben habe. Er verlor die Selbstkontrolle. Er holte aus seinem Arsenal ein Maschinengewehr, mit dem er nicht umgehen konnte, und befahl seinem Chauffeur, ihn unverzüglich und ohne anzuhalten auf die Drei Marien zu fahren. Er sagte niemandem Bescheid, nicht einmal seinen Leibwächtern. Mehrere Stunden fuhr er, blind vor Wut, ohne einen konkreten Plan im Kopf zu haben.

Als sie ankamen, mußte der Chauffeur scharf bremsen, weil ein dicker Balken vor der Einfahrt ihnen den Weg versperrte. Einer der Hintersassen, bewaffnet mit einem Spieß und einer Jagdflinte ohne Kugeln, hielt Wache. Trueba stieg aus. Als der Mann des Patrons ansichtig wurde, hängte er sich wie wild an das Seil der Schulglocke, das in seiner Nähe installiert worden war, damit er Alarm schlagen konnte, dann warf er sich bäuchlings zu Boden. Die Gewehrsalve ging über seinen Kopf hinweg und schlug in die nahen Bäume ein. Trueba hielt sich nicht damit auf, nachzusehen, ob er ihn getötet hatte. Mit einer für sein Alter erstaunlichen Forschheit beschritt er den Weg zum Gut, ohne nach rechts oder nach links zu blicken, so daß ihn der Schlag auf den Nacken überraschend traf und ihn in den Staub streckte, ehe er sich klarwerden konnte, was geschah. Im Eßzimmer des Herrenhauses kam er zu sich, auf dem Tisch ausgestreckt, die Hände gefesselt und ein Kissen unter dem Kopf. Eine Frau legte ihm kalte Kompressen auf die Stirn, und um ihn herum standen fast alle Hintersassen und beobachteten ihn neugierig.

„Wie fühlen Sie sich, Compañero", fragten sie ihn.

„Hurensöhne! Ich bin niemandes Compañero", brüllte der Alte und versuchte sich aufzurichten.

Er zappelte und schrie so sehr, daß sie seine Fesseln lösten und ihm aufstehen halfen, aber als er das Haus verlassen wollte, sah er, daß die Fenster von außen verrammelt und die Türen abgeschlossen waren. Die Männer versuchten ihm zu erklären, daß sich die Dinge geändert hätten und er nicht mehr der Herr sei, aber er wollte nicht auf sie hören. Er hatte Schaum vor dem Mund, und sein Herz schlug zum Zerspringen. Wie ein Wahnsinniger kanzelte er die Hintersassen ab, ihnen drohend mit solchen Strafen und Racheakten, daß sie zuletzt in Gelächter ausbrachen. Am Ende hatten sie es satt und ließen ihn im Eßzimmer allein. Esteban Trueba fiel auf einen Stuhl, erschöpft von der ungeheuren Anstrengung. Stunden später erfuhr er, daß ihn die Hintersassen als Geisel festhielten und ihn vom Fernsehen filmen lassen wollten. Unterdessen waren, von seinem Chauffeur benachrichtigt, seine zwei Leibwächter und ein paar fanatische junge Leute seiner Partei auf die Drei Marien gefahren, bewaffnet mit Prügeln, Boxhandschuhen und Ketten, um ihn herauszuholen, aber an der Einfahrt standen sie einer verdoppelten Wachmannschaft gegenüber und sahen das Maschinengewehr, zu dem Senator Trueba den Bauern verholfen hatte, auf sich gerichtet.

„Den Compañero Geisel holt keiner heraus", sagten die

Bauern und verjagten sie mit Schüssen, um ihren Worten Nachdruck zu verleihen.

Ein Wagen des Fernsehens kam, um den Vorfall zu filmen, und die Hintersassen, die so etwas nie gesehen hatten, ließen ihn ein und posierten mit ihrem breitesten Lächeln rings um den Gefangenen. In dieser Nacht konnte das ganze Land den höchsten Vertreter der Opposition auf dem Bildschirm sehen, gefesselt, wutschnaubend und solche Schimpfkanonaden brüllend, daß die Zensur eingreifen mußte. Auch der Präsident sah ihn und hatte wenig Spaß daran, weil er begriff, daß dieser Vorfall der Funke sein konnte, der das Pulverfaß, auf dem seine Regierung saß, in die Luft sprengen würde. Er entsandte Militärpolizei, die den Senator befreien sollte. Als sie auf dem Gut ankamen, ließen die Bauern, ermutigt durch die Unterstützung seitens der Medien, sie nicht ein. Sie wollten einen Gerichtsbefehl sehen. Der Provinzrichter, der fürchtete, er könnte sich damit Scherereien zuziehen und seinerseits, gerügt von der Berichterstattung der Linken, im Fernsehen erscheinen, verduftete eiligst. Den Polizisten blieb nichts anderes übrig, als vor der Einfahrt zu den Drei Marien zu warten, bis der Befehl aus der Hauptstadt eintraf.

Blanca und Alba erfuhren von der Sache, wie jedermann sonst, durch die Nachrichten. Blanca wartete bis zum nächsten Tag, ohne ein Wort zu sagen, als sie aber sah, daß auch die Militärpolizei den Großvater nicht hatte befreien können, hielt sie den Augenblick für gekommen, Pedro Tercero García wiederzusehen.

„Zieh diese vergammelten Hosen aus und zieh dir ein anständiges Kleid an", befahl sie Alba.

Beide erschienen unangemeldet im Ministerium. Ein Sekretär versuchte, sie im Vorzimmer aufzuhalten, aber Blanca schob ihn energisch zur Seite und ging festen Schrittes, ihre Tochter im Schlepptau, weiter. Sie öffnete die Tür, ohne anzuklopfen, und betrat das Büro Pedro Terceros, den sie zwei Jahre lang nicht mehr gesehen hatte. Sie wäre beinahe wieder umgekehrt, weil sie glaubte, sich geirrt zu haben. In dieser Zeit war der Mann ihres Lebens mager und alt geworden, er wirkte müde und traurig, das Haar war noch schwarz, aber dünner und kürzer, er hatte seinen schönen Bart abgeschnitten und trug einen grauen Beamtenanzug mit einer welken Krawatte von gleicher Farbe. Nur an dem Blick seiner altersweisen schwarzen Augen erkannte ihn Blanca.

„Jesus! Wie sehr du dich verändert hast...", stammelte sie.

Pedro Tercero hingegen erschien sie schöner, als er sie in Erinnerung hatte, so als hätte seine Abwesenheit sie verjüngt. Er hatte inzwischen Zeit gehabt, seinen Entschluß zu bereuen und zu entdecken, daß er ohne Blanca sogar den Geschmack an den jungen Mädchen verloren hatte, die ihn früher begeisterten. Überdies hatte er bei täglich zwölf Stunden Arbeit an seinem Schreibtisch, fern der Gitarre und dem Kontakt mit dem Volk, selten genug Gelegenheit, sich glücklich zu fühlen. In dem gleichen Maß, in dem die Zeit verging, vermißte er die ruhige und gelassene Liebe Blancas. Sobald er sie eintreten sah, in entschlossener Haltung und in Begleitung Albas, wußte er, daß sie nicht aus sentimentalen Gründen gekommen war, und ahnte, daß der Skandal um Senator Trueba der Grund war.

„Ich komme dich bitten, daß du uns begleitest", sagte Blanca ohne Umschweife. „Deine Tochter und ich fahren auf die Drei Marien, den Alten holen."

Auf diese Weise erfuhr Alba, daß sie Pedro Tercero Garcías Tochter war.

„Gut. Fahren wir bei mir vorbei, um die Gitarre mitzunehmen", antwortete er, sich erhebend.

In einem Auto, schwarz wie ein Beerdigungswagen und mit staatlichem Nummernschild, fuhren sie aus dem Ministerium. Blanca und Alba warteten auf der Straße, während er in seine Wohnung ging. Als er zurückkam, hatte er etwas von seinem alten Charme wiedergewonnen: er hatte seinen grauen Anzug gegen den Monteuranzug und den Poncho von ehedem vertauscht. Keiner sprach während der ersten hundert Kilometer, bis Alba sich von der Überraschung erholt hatte und mit dünner, zitternder Stimme fragte, warum sie ihr nicht gesagt hätten, daß Pedro Tercero ihr Vater war, sie hätten ihr dadurch viele Alpträume von einem weißgekleideten, in einer Wüste an Fieber gestorbenen Grafen erspart.

„Besser ein toter Vater als ein abwesender", antwortete Blanca rätselhaft und kam auf die Angelegenheit nicht mehr zu sprechen.

Bei Anbruch der Nacht trafen sie auf den Drei Marien ein und fanden an der Einfahrt zum Gut einen Haufen Leute in freundschaftlichem Schwatz rund um ein Feuerchen, über dem ein Ferkel briet. Es waren die Polizisten, die Journalisten und die Bauern, die eben die letzten Flaschen aus dem Weinkeller des Senators entkorkten. Hunde und mehrere Kinder spielten im Schein des Feuers, darauf wartend, daß das rosige, glänzende Ferkel durchgebraten war. Pedro Tercero erkannten alle sofort, die Presseleute, weil sie ihn oft interviewt hatten, die Polizisten an seinem unverwechselbaren Aufzug als Liedersänger und die Bauern, weil sie ihn auf diesem Land hatten aufwachsen sehen. Sie empfingen ihn liebevoll.

„Was führt Sie zu uns, Compañero?" fragten die Bauern.

„Ich komme den Alten besuchen", entgegnete Pedro Tercero lächelnd.

„Sie dürfen zu ihm hinein, aber allein. Doña Blanca und Niña Alba werden ein Gläschen Wein nicht ausschlagen", sagten sie.

Die beiden Frauen setzten sich zu den andern ans Feuer, und der feine Duft des Bratens erinnerte sie daran, daß sie seit dem Morgen nichts gegessen hatten. Blanca kannte alle Hintersassen, vielen von ihnen hatte sie in der kleinen Gutsschule Lesen und Schreiben beigebracht, so daß sie sich bald der alten Zeiten erinnerten, als noch die Brüder Sánchez der Gegend ihr Gesetz aufzwangen, Pedro García der Alte das Gut von der Ameisenplage befreite und der jetzige Präsident noch der immer scheiternde ewige Kandidat war, der auf dem Bahnhof haltmachte und ihnen vom Zug aus Reden hielt.

„Wer hätte gedacht, daß er Präsident wird!" sagte einer.

„Und daß der Patron eines Tages auf den Drei Marien weniger zu sagen hat als wir", lachten die übrigen.

Pedro Tercero wurde ins Haus und gleich in die Küche

geführt. Dort standen die ältesten Hintersassen und bewachten die Tür zum Eßzimmer, wo sie den ehemaligen Patron gefangenhielten. Sie hatten Pedro Tercero seit Jahren nicht gesehen, aber alle erinnerten sich an ihn. Sie setzten sich um den Tisch, um Wein zu trinken und der Vergangenheit zu gedenken, jener Zeiten, in denen Pedro Tercero für die Leute noch nicht eine Legende, sondern ein kleiner, aufsässiger, in die Tochter des Patrons verliebter Junge war. Dann nahm Pedro Tercero seine Gitarre, stimmte sie, auf einem Bein stehend, schloß die Augen und begann, mit seiner samtweichen Stimme, begleitet von allen alten Männern, das Lied von den Hennen und dem Fuchs zu singen.

„Ich werde den Patron mitnehmen, Compañeros", sagte Pedro Tercero in einer Pause.

„Das kannst du dir aus dem Kopf schlagen, Pedro", erwiderten sie.

„Morgen kommen die Polizisten mit dem Gerichtsbefehl und werden ihn wie einen Helden abholen. Besser, ich nehme ihn mit, solange er noch den Schwanz eingezogen hat", sagte Pedro Tercero.

Sie diskutierten eine Weile. Am Ende führten sie ihn in das Eßzimmer und ließen ihn mit der Geisel allein. Zum erstenmal seit jenem schicksalhaften Tag, an dem Esteban Trueba ihn die Entjungferung seiner Tochter mit einem Axthieb büßen ließ, standen sie sich von Angesicht zu Angesicht gegenüber. In Pedro Terceros Gedächtnis war er der wütende, mit Schlangenhautpeitsche und silbernem Stock bewaffnete Riese, bei dessen Erscheinen die Hintersassen zitterten und dessen Donnerstimme und anmaßendes Auftreten als großmächtiger Herr die Natur in Schrekken versetzte. Überrascht entdeckte er, daß sein in so vielen Jahren aufgestauter Groll angesichts dieses gebückten, klein gewordenen Greises, der ihn erschrocken anstarrte, in sich zusammenfiel. Senator Trueba hatte seine Wut verbraucht, und von der Nacht, die er mit gefesselten Händen auf einem Stuhl verbracht hatte, schmerzten ihn alle Knochen. Er spürte eine tausendjährige Müdigkeit in seinem Rücken. Er hatte zuerst Mühe, ihn zu erkennen, weil er ihn seit einem Vierteljahrhundert nicht mehr gesehen hatte, aber als er bemerkte, daß ihm an der rechten Hand drei Finger fehlten, begriff er, daß dies der Höhepunkt des Alptraums war, aus dem er sich nicht befreien konnte. Über mehrere lange Sekunden hin betrachteten sie sich schweigend, jeder in Gedanken daran, daß der andere für ihn das auf der Welt Verhaßteste war, aber ohne in ihren Herzen das alte Feuer des Hasses wiederzufinden.

„Ich komme, um Sie hier herauszuholen“, sagte Pedro Tercero.

„Warum?“ fragte der Alte.

„Weil Alba mich darum gebeten hat“, antwortete Pedro Tercero.

„Gehen Sie zum Teufel“, stammelte Trueba ohne Überzeugung.

„Schön, dahin gehen wir. Sie kommen mit.“

Pedro Tercero löste die Stricke, die die Bauern wieder um seine Handgelenke gebunden hatten, um zu vermeiden, daß er gegen die Tür hämmerte. Trueba wandte die Augen ab, um nicht die verstümmelte Hand des andern zu sehen.

„Holen Sie mich heraus, ohne daß ich gesehen werde. Ich will nicht, daß es die Journalisten erfahren“, sagte Senator Trueba.

„Ich werde Sie so herausholen, wie Sie hineingekommen sind, durch das Haupttor“, sagte Pedro Tercero und begann zu gehen.

Trueba folgte ihm gesenkten Haupts, seine Augen waren gerötet, und zum erstenmal, seit er denken konnte, fühlte er sich geschlagen. Sie gingen durch die Küche, ohne daß der alte Mann aufblickte, sie durchquerten das ganze Haus, auf dem Weg vom Herrenhaus zur Einfahrt wurden sie begleitet von einer Schar aufgeregt um sie herumspringender Kinder und einem Gefolge schweigender Bauern. Blanca und Alba saßen zwischen den Journalisten und den Polizisten, aßen gebratenes Schweinefleisch mit den Fingern und tranken große Schlucke Rotwein aus der Flasche, die von Hand zu Hand ging. Als Alba ihren Großvater sah, tat er ihr leid, weil sie ihn seit dem Tode Claras nicht mehr so niedergeschlagen gesehen hatte. Sie schluckte hinunter, was sie im Mund hatte, und lief ihm entgegen. Dann hielten sie sich eng umschlungen, und sie flüsterte ihm etwas ins Ohr. Senator Trueba gelang es, seine Würde wiederzufinden, er hob den Kopf und lächelte mit seinem alten Stolz in die Scheinwerfer der Fernsehleute. Die Pressefotografen fotografierten ihn, als er das Auto mit dem staatlichen Nummernschild bestieg, und die öffentliche Meinung fragte sich wochenlang, was diese Posse zu bedeuten habe, bis andere, schwerer wiegende Ereignisse die Erinnerung an den Vorfall löschten.

In dieser Nacht brachte der Präsident, der sich angewöhnt hatte, Schach spielend seine Schlaflosigkeit zu überspielen, die Sache zwischen zwei Partien zur Sprache, und seine listigen, hinter dicken, dunkel gerahmten Brillengläsern versteckten Augen forschten nach einem Zeichen der Verlegenheit an seinem Freund, aber Jaime fuhr fort, die Steine aufzustellen, ohne darauf einzugehen.

„Der alte Trueba hat Mumm in den Knochen", sagte der Präsident. „Er würde es verdienen, einer der Unsern zu sein."

„Sie ziehen, Präsident", antwortete Jaime, auf das Spiel deutend.

In den folgenden Monaten verschlimmerte sich die Lage erheblich. Chile glich einem Land im Kriegszustand. Die Gemüter waren erhitzt, vor allem die der Frauen der Opposition, die auf die Straße zogen und als Protest gegen die Lebensmittelknappheit auf ihre Kochtöpfe trommelten. Die eine Hälfte der Bevölkerung versuchte, die Regierung zu stürzen, die andere verteidigte sie, so daß keinem Menschen mehr Zeit blieb, seiner Arbeit nachzugehen. Eines Nachts sah Alba erstaunt, daß die Straßen der Innenstadt dunkel und leer waren. Eine Woche lang war der Müll nicht abgeholt worden, und streunende Hunde scharrten in den Abfallhaufen. An allen Pfosten waren Propagandadrucksachen angeschlagen, die der Winterregen verwaschen hatte, und auf jeder verfügbaren Fläche standen die Losungen beider Parteien. Die Hälfte aller Straßenlampen waren mit Steinen zertrümmert, in den Gebäuden war kein Fenster erleuchtet, Licht kam nur von ein paar traurigen, mit Zeitungen und Brettern geschürten

Feuerchen, an denen sich die kleinen Gruppen Männer wärmten, die schichtweise vor Ministerien, Banken und Büros Wache hielten, um zu verhindern, daß Banden der extremen Rechten sie nachts im Handstreich besetzten. Alba sah einen kleinen Lieferwagen vor einem öffentlichen Gebäude halten. Mehrere weißbehelmte junge Männer mit Farbkübeln und Pinseln sprangen von ihm ab und strichen einen hellen Untergrund auf die Wände. Darauf pinselten sie große bunte Tauben, Schmetterlinge und blutende Blumen, Verse des Dichters und Aufrufe an das Volk. Es waren die Jugendbrigaden, die glaubten, sie könnten mit patriotischen Wandmalereien und pamphletistischen Tauben ihre Revolution retten. Alba trat zu ihnen und deutete auf ein Wandbild auf der anderen Straßenseite. Es bestand aus roten Flecken, über die in großen Buchstaben ein einziges Wort geschrieben war: Djakarta.

„Was bedeutet dieser Name, Compañeros?“ fragte sie.

„Wir wissen es nicht“, antworteten sie.

Niemand wußte, warum die Opposition diesen fernöstlichen Namen an die Wände malte, sie hatten nie etwas von den Bergen von Toten in den Straßen dieser fernen Stadt gehört. Alba stieg auf ihr Fahrrad und fuhr nach Hause. Seit das Benzin rationiert war und die öffentlichen Verkehrsmittel bestreikt wurden, fuhr sie wieder auf ihrem alten Kinderfahrrad, das sie aus dem Keller hervorgekramt hatte. Sie dachte an Miguel, und ein dunkles Vorgefühl schnürte ihr die Kehle zu.

Schon seit geraumer Zeit ging sie nicht mehr in ihre Vorlesungen, so daß ihr allmählich die Zeit lang wurde. Die Professoren waren in einen unbefristeten Streik getreten, und die Studenten hielten die Universitätsgebäude besetzt. Überdrüssig, zu Hause Violoncello zu üben, nutzte sie die Zeit, die sie nicht mit Miguel im Bett, mit Miguel spazierengehend, mit Miguel diskutierend verbrachte, um im Armenkrankenhaus zu helfen, wo ihr Onkel Jaime und einige wenige Ärzte ihren Beruf weiter ausübten, entgegen dem Befehl des Ärztekollegiums, die Arbeit einzustellen, um die Regierung zu sabotieren. Die Gänge waren vollgestopft mit Patienten, die seit Tagen wie eine stöhnende

Herde darauf warteten, behandelt zu werden. Die Krankenwärter reichten nicht aus. Jaime schlief mit dem Skalpell in der Hand ein, er war so beschäftigt, daß er oft keine Zeit zum Essen fand. Er nahm ab und wurde mager. Er machte Schichten von achtzehn Stunden, und wenn er sich auf seine Pritsche warf, konnte er nicht einschlafen, weil er an die Kranken denken mußte, die auf ihn warteten, und daran, daß es keine Anästhesie und keine Watte mehr gab und daß er allein es nicht schaffen würde, auch wenn er sich in tausend teilte, weil es war, als würde er einen fahrenden Zug mit der bloßen Hand aufhalten. Auch Amanda arbeitete als Freiwillige im Krankenhaus, um Jaime nahe zu sein und um eine Beschäftigung zu haben. In diesen langen, erschöpfenden Tagen bei der Pflege unbekannter Kranker gewann sie noch einmal das von innen strahlende Licht zurück, das sie in ihrer Jugend gehabt hatte, und für eine Zeit hatte sie das Gefühl, glücklich zu sein. Sie trug eine blaue Schürze und Gummischuhe, aber Jaime war es, als klingelten wie früher ihre Armbänder, wenn sie vorüberging. Er fühlte sich begleitet und hätte gewünscht, sie zu lieben. Der Präsident trat fast jede Nacht im Fernsehen auf, um den gnadenlosen Krieg der Opposition anzuprangern. Er war übermüdet, oft brach seine Stimme. Dann hieß es, er sei betrunken, er verbringe die Nächte bei Orgien mit Mulattinnen, die mit dem Flugzeug aus tropischen Regionen hergeschafft würden, damit sie seine Knochen wärmten. Er wies darauf hin, daß die streikenden Lastwagenfahrer täglich fünfzig Dollar aus dem Ausland erhielten, damit sie das Land lahmlegten. Die anderen konterten, er bekäme per Diplomatenkoffer Kokoseis und sowjetische Waffen geschickt. Er sagte, seine Feinde komplottierten mit den Militärs, um einen Putsch vorzubereiten, weil sie die Demokratie lieber tot als von ihm regiert wüßten. Sie beschuldigten ihn, paranoide Schwindelgeschichten in die Welt zu setzen und Gemälde aus dem Nationalmuseum zu stehlen, um sie seinen Geliebten ins Zimmer zu hängen. Er warnte, daß die Rechte sich bewaffnet habe und entschlossen sei, das Vaterland an den Imperialismus zu verkaufen, und sie erwiderten, daß seine Speisekammer vollgestopft sei mit Hühnerbrüsten, während das Volk nach Hals und Flügel derselben Vögel Schlange stünde.

An dem Tag, an dem Luisa Mora an der Tür des großen Eckhauses klingelte, saß Senator Trueba in seiner Bibliothek, um nachzudenken. Luisa war die letzte der Schwestern Mora, die noch auf Erden weilte. Sie war auf die Größe eines verirrten Engels geschrumpft, aber geistig noch klar und im Vollbesitz ihrer unerschütterlichen mentalen Kräfte. Esteban Trueba hatte sie seit Claras Tod nicht mehr gesehen, erkannte sie jedoch an der Stimme, die immer noch wie eine Zauberflöte klang, und an dem Duft von wilden Veilchen, den die Zeit gemildert hatte, der aber immer noch von weitem zu spüren war. Als sie das Zimmer betrat, kam mit ihr die geflügelte Anwesenheit Claras, schwebend vor den verliebten Augen ihres Mannes, der sie seit mehreren Tagen nicht gesehen hatte.

„Ich komme, um Ihnen Unglück anzukündigen", sagte sie, nachdem sie im Sessel Platz genommen hatte.

„Ach, liebe Luisa! Davon haben wir mehr als genug . . .", seufzte er.

Luisa berichtete, was sie in den Planeten entdeckt hatte. Sie mußte erst die von ihr angewandten wissenschaftlichen Methoden erklären, um den pragmatischen Widerstand des Senators zu überwinden. Sie sagte, sie habe die letzten zehn Monate damit zugebracht, die Sternkarten aller wichtigen Persönlichkeiten in der Regierung und in der Opposition zu studieren, auch die von Trueba. Ein Vergleich der Sternkarten habe gezeigt, daß es in diesem historischen Augenblick zu unvermeidbaren Bluttaten, zu Schmerz und Tod kommen werde.

„Ich bin mir meiner Sache ganz sicher, Esteban", schloß sie. „Schreckliche Zeiten kommen auf uns zu. Es wird so viele Tote geben, daß man sie nicht wird zählen können. Sie, Esteban, werden auf der Seite der Sieger stehen, aber der Triumph wird Ihnen nichts als Leid und Einsamkeit bringen."

Esteban Trueba fühlte sich ungemütlich angesichts dieser sonderbaren Pythia, deren astrologisches Gefasel den

Frieden seiner Bibliothek störte und sich ihm auf die Leber schlug, aber Claras wegen, die er aus den Augenwinkeln beobachtete, konnte er sich nicht dazu entschließen, sie zu verabschieden.

„Ich bin aber nicht gekommen, um Sie mit Nachrichten über Dinge zu belästigen, die nicht in Ihrer Macht stehen, Esteban. Ich bin gekommen, um mit Ihrer Enkelin Alba zu sprechen, weil ich eine Botschaft von ihrer Großmutter für sie habe."

Senator Trueba rief Alba. Das junge Mädchen hatte Luisa Mora seit ihrem siebten Jahr nicht mehr gesehen, erinnerte sich ihrer jedoch genau. Sie umarmte sie, vorsichtig, um ihre zarten Elfenbeinknochen nicht zu beschädigen, und atmete gierig den unverwechselbaren Duft.

„Ich bin gekommen, um dir zu sagen, daß du gut auf dich aufpassen sollst", sagte Luisa Mora, nachdem sie sich die Rührungstränen abgewischt hatte. „Der Tod ist dir auf den Fersen. Deine Großmutter Clara beschützt dich aus dem Jenseits, aber sie hat mir aufgetragen, dir zu sagen, daß die Schutzgeister gegen Katastrophen größeren Ausmaßes machtlos sind. Es wäre gut, wenn du auf Reisen gingest, wenn du auf die andere Seite des Meeres gingest, wo du in Sicherheit wärst."

In diesem Stadium des Gesprächs verlor Senator Trueba endgültig die Geduld und war überzeugt, daß er eine übergeschnappte Alte vor sich hatte. Elf Monate und acht Tage später, als sie nachts während der Sperrstunde Alba abholen kamen, sollte er sich Luisa Moras Prophezeiung erinnern.

Dreizehntes Kapitel
Der Terror

Der Tag des Militärputsches brach, für diesen schüchtern einsetzenden Frühling ungewöhnlich, mit strahlender Sonne an. Jaime hatte fast die ganze Nacht gearbeitet und hatte um sieben Uhr früh nur zwei Stunden Schlaf im Leib. Das Klingeln des Telefons weckte ihn, und eine Sekretärin mit leicht aufgeregter Stimme riß ihn aus der Schlaftrunkenheit. Man rufe ihn aus dem Regierungspalast an, um ihm zu sagen, daß er so bald wie möglich im Büro des Compañero Präsidenten erscheinen solle, nein, der Compañero Präsident sei nicht krank, nein, sie wisse nicht, was los sei, sie habe Befehl, alle Ärzte des Präsidenten anzurufen. Jaime zog sich wie ein Schlafwandler an und stieg in sein Auto, froh, daß er seines Berufes wegen auf eine wöchentliche Zuteilung Benzin Anrecht hatte, weil er andernfalls mit dem Fahrrad in die Innenstadt hätte fahren müssen. Um acht Uhr kam er am Regierungsgebäude an und wunderte sich, den Platz leer und an den Portalen eine starke Abteilung Soldaten in Kampfausrüstung, in Helmen und mit kriegsmäßiger Bewaffnung zu sehen. Jaime parkte sein Auto auf dem menschenleeren Platz, ohne auf die Soldaten zu achten, die ihm Zeichen machten, nicht anzuhalten. Er stieg aus, und sofort umstellten sie ihn, ihre Waffen auf ihn gerichtet.

„Was ist los, Compañeros? Haben wir Krieg mit den Chinesen?" fragte Jaime lächelnd.

„Fahren Sie weiter, Sie dürfen hier nicht halten. Der Verkehr ist unterbrochen", befahl ein Offizier.

„Ich bedaure, aber man hat mich ins Präsidentenamt gerufen", erklärte Jaime und zeigte seinen Ausweis. „Ich bin Arzt."

Sie begleiteten ihn an das schwarze Holztor des Palasts, vor dem eine Gruppe Militärpolizei Wache hielt. Sie ließen ihn hinein. Drinnen herrschte eine Aufregung wie bei einem Schiffbruch, die Angestellten rannten wie schwindlig gewordene Ratten die Treppen hinauf und hinunter, und die private Leibwache des Präsidenten war eben dabei, Möbel gegen die Fenster zu schieben und unter die ihnen zunächst Stehenden Pistolen zu verteilen. Der Präsident kam Jaime entgegen. Er hatte einen Kampfhelm auf, der seltsam gegen seine feine Sportkleidung und die italienischen Schuhe abstach. Da begriff Jaime, daß etwas Schlimmes im Gange war.

„Die Marine ist im Aufstand, Doktor“, erklärte er kurz. „Jetzt ist es soweit, wir müssen kämpfen.“

Jaime nahm das Telefon und rief Alba an, um ihr zu sagen, sie solle nicht aus dem Haus gehen, und sie zu bitten, Amanda Bescheid zu geben. Er sprach nie wieder mit ihr, denn die Ereignisse überstürzten sich auf schwindelerregende Weise. Innerhalb der nächsten Stunden trafen einige Minister und politische Berater der Regierung ein, und es begannen die telefonischen Verhandlungen mit den Aufständischen, mit dem doppelten Ziel, das Ausmaß der Erhebung zu ermessen und nach einer friedlichen Lösung zu suchen. Aber um halb zehn Uhr vormittags standen die Streitkräfte des Landes unter dem Befehl der putschenden Militärs. In den Kasernen hatte bereits die Säuberung von allen noch verfassungstreuen Elementen eingesetzt. Der General der Militärpolizei befahl der Palastwache herauszukommen, denn auch die Polizei hatte sich dem Putsch angeschlossen.

„Ihr könnt gehen, Compañeros, aber laßt eure Waffen hier“, sagte der Präsident.

Die Polizisten standen verwirrt und beschämt herum, aber der Befehl des Generals war zwingend. Keiner wagte es, dem Staatschef in die Augen zu sehen, alle legten ihre Waffen im Patio ab und gingen einer hinter dem andern mit hängenden Köpfen hinaus. In der Tür drehte einer sich um.

„Ich bleibe bei Ihnen, Compañero Präsident“, sagte er.

Mitte des Vormittags war klar, daß sich die Lage mit Gesprächen nicht mehr in Ordnung bringen ließ, und fast alle zogen sich zurück. Nur die engsten Freunde des Präsidenten und die private Leibwache blieben. Die Töchter des Präsidenten wurden von ihrem Vater gezwungen, das Haus zu verlassen. Sie mußten mit Gewalt entfernt werden, und noch von der Straße her hörte man sie nach ihm rufen. Im Gebäude blieben etwa dreißig Personen, in den Salons des zweiten Stocks verbarrikadiert, zurück, unter ihnen Jaime. Er glaubte in einen Alptraum geraten zu sein. Er setzte sich auf einen roten Samtsessel, eine Pistole in der Hand, die er blöde anstarrte. Er wußte nicht, wie man mit ihr umging. Es schien ihm, daß die Zeit sehr langsam ablief, auf seiner Uhr waren seit dem Beginn dieses bösen Traums erst drei Stunden vergangen. Er hörte die Stimme des Präsidenten, der über den Rundfunk zum Volk sprach. Es war sein Abschied.

„Ich wende mich an diejenigen unter euch, die man verfolgen wird, um euch zu sagen, daß ich nicht zurücktrete. Ich werde die Treue meines Volkes mit meinem Leben bezahlen. Immer werde ich bei euch sein. Ich glaube an Chile und seine Zukunft. Andere werden diesen Moment überleben und werden, eher früher als später, die großen Straßen eröffnen, die das freie Volk beschreiten wird, um eine bessere Gesellschaft aufzubauen. Es lebe das Volk! Es leben die Arbeiter! Das sind meine letzten Worte. Ich bin sicher, daß mein Opfer nicht vergeblich sein wird."

Der Himmel begann sich zu bewölken. In der Ferne waren vereinzelte Schüsse zu hören. Der Präsident sprach in diesem Augenblick per Telefon mit dem Chef der Aufständischen, der ihm ein Militärflugzeug anbot, in welchem er mit seiner ganzen Familie das Land verlassen könne. Aber der Präsident war nicht bereit, an irgendeinem entlegenen Ort ins Exil zu gehen und dort zusammen mit anderen gestürzten Regierungschefs, die bei Nacht und Nebel ihr Land verlassen hatten, den Rest seines Lebens dahinzuvegetieren.

„Ihr habt euch in mir geirrt, Verräter. Das Volk hat mich auf diesen Platz gestellt, nur tot werde ich ihn verlassen."

Da hörten sie das Dröhnen der Flugzeuge, das Bombardement begann. Jaime warf sich zu Boden wie alle anderen.

Er konnte nicht glauben, was er erlebte, denn bis zum Tag davor hatte er geglaubt, daß in seinem Land so etwas nie passieren würde und daß selbst die Militärs das Gesetz respektieren würden. Nur der Präsident blieb stehen, trat mit einer Panzerfaust auf den Armen ans Fenster und schleuderte sie gegen die Panzer, die auf der Straße standen. Jaime kroch zu ihm hin und packte ihn an den Waden, um ihn zu zwingen, daß er sich bückte, aber mit einem Schimpfwort machte der Präsident sich frei und blieb stehen. Fünfzehn Minuten später brannte das ganze Gebäude, und man konnte vor Bomben und Rauch nicht mehr atmen. Jaime lief auf allen vieren zwischen den zerbombten Möbeln und den Trümmern, die überall wie ein tödlicher Regen von der Decke fielen, bemüht, den Verwundeten beizustehen, konnte aber nur Trost spenden und den Toten die Augen schließen. Als die Schießerei plötzlich für eine Weile aussetzte, versammelte der Präsident die Überlebenden und sagte ihnen, sie sollten gehen, er wolle keine Märtyrer und keine nutzlosen Opfer, alle hätten sie eine Familie, und überdies hätten sie später eine wichtige Aufgabe zu übernehmen. „Ich werde um einen Waffenstillstand bitten, damit Sie weggehen können", fügte er hinzu. Aber niemand ging. Einige zitterten, aber alle schienen ihre Würde bewahrt zu haben. Das Bombardement war kurz, hinterließ den Palast jedoch als Ruine. Um zwei Uhr mittags hatte das Feuer die alten Salons vernichtet, die seit Kolonialzeiten gedient hatten, und nur eine Handvoll Männer blieben um den Präsidenten zurück. Die Militärs drangen in das Gebäude ein und besetzten alles, was vom Erdgeschoß noch übrig war. Über das Getöse hinweg hörten sie die hysterische Stimme eines Offiziers, der ihnen befahl, sich zu ergeben und im Gänsemarsch mit hochgehobenen Armen herunterzukommen. Der Präsident drückte einem nach dem andern die Hand. „Ich gehe als letzter", sagte er. Sie sahen ihn lebend nicht wieder.

Jaime ging mit den übrigen hinunter. Auf jeder Stufe der breiten Steintreppe waren Soldaten postiert. Sie schienen verrückt geworden zu sein. In einem neu erfundenen Haß, der innerhalb weniger Stunden in ihnen aufgeblüht war, traten sie die Hinuntergehenden mit Füßen und schlugen mit den Gewehrkolben auf sie ein. Einige schossen ihre Gewehre über den Köpfen der sich Ergebenden ab. Jaime bekam einen Schlag in den Unterleib, der ihn zusammenknicken ließ. Als er sich wieder aufrichten konnte, standen ihm Tränen in den Augen, und seine Hose war warm von Scheiße. Sie schlugen auf sie ein, bis sie auf der Straße waren. Dort befahlen sie ihnen, sich mit dem Gesicht nach unten auf den Boden zu legen, traten sie und beschimpften sie, bis ihnen die Schimpfwörter der kastilischen Sprache ausgingen, dann gaben sie einem Panzer ein Zeichen. Die Gefangenen hörten ihn anrollen, der Asphalt dröhnte unter dem Gewicht des unbezwingbaren Dickhäuters.

„Platz da, wir werden mit dem Panzer über die Schlappschwänze fahren", schrie ein Oberst.

Jaime spähte vom Boden aus zu ihm hin und glaubte ihn zu erkennen, er erinnerte ihn an einen Jungen, mit dem er als junger Mann auf den Drei Marien gespielt hatte. Rasselnd fuhr der Panzer zehn Zentimeter an ihren Köpfen vorbei, unter dem schallenden Gelächter der Soldaten und den heulenden Sirenen der Feuerwehr. In der Ferne hörte man das Dröhnen der Kampfflugzeuge. Eine Weile danach wurden die Gefangenen je nach ihrer Schuld in Gruppen eingeteilt. Jaime wurde in das Verteidigungsministerium gebracht, das zur Kaserne umfunktioniert worden war. Sie zwangen ihn, gebückt zu gehen, als wäre er in einem Schützengraben, sie führten ihn durch einen großen Saal, voll von nackten Männern, die in Zehnerreihen aneinandergebunden waren, die Hände auf den Rücken gefesselt und so verprügelt, daß manche nicht mehr stehen konnten und Blut in dünnen Fäden über den Marmorboden lief. Sie führten Jaime in den Kesselraum, in dem andere Menschen an der Wand standen, bewacht von einem fahlbleichen Soldaten, der, das Maschinengewehr im Anschlag, auf und ab ging. Dort stand er lange, regungslos, sich wie ein Schlafwandler auf den Füßen haltend, ohne zu begreifen, was hier geschah, und gefoltert von den Schreien, die er durch die Wand hörte. Er bemerkte, daß der Soldat ihn beobachtete. Kurz darauf senkte dieser die Waffe und trat zu ihm.

„Setzen Sie sich und ruhen Sie sich aus, Doktor, aber stehen Sie sofort auf, wenn ich Ihnen Bescheid gebe“, sagte er flüsternd und reichte ihm eine brennende Zigarette. „Sie haben meine Mutter operiert und ihr das Leben gerettet.“

Jaime, der sonst nicht rauchte, kostete diese Zigarette, langsam den Rauch einatmend. Seine Uhr war kaputt, aber aus seinem Hunger und Durst schloß er, daß es Nacht sein mußte. Er war so müde und fühlte sich so elend in seinen durchweichten Hosen, daß er sich gar nicht fragte, was mit ihm geschehen würde. Er begann einzunicken, als der Soldat zu ihm kam.

„Stehen Sie auf, Doktor“, flüsterte er. „Sie kommen Sie holen. Viel Glück.“

Gleich darauf betraten zwei Männer den Raum, legten ihm Handschellen an und führten ihn einem Offizier vor, der mit dem Verhör der Gefangenen beauftragt war. Jaime hatte ihn einige Male bei dem Präsidenten gesehen.

„Wir wissen, daß Sie mit dem hier nichts zu tun haben, Doktor“, sagte er. „Wir wollen nur, daß Sie vor dem Fernsehen aussagen, der Präsident sei betrunken gewesen und habe sich selbst das Leben genommen. Dann lasse ich Sie nach Hause gehen.“

„Geben Sie selbst diese Erklärung ab. Mit mir könnt ihr nicht rechnen, ihr Hundsfotte.“

Sie packten ihn an den Armen. Der erste Schlag traf ihn in den Magen. Dann hoben sie ihn auf, legten ihn flach auf einen Tisch, und er spürte, daß sie ihm die Kleider auszogen. Lange danach schafften sie ihn bewußtlos aus dem Verteidigungsministerium. Es hatte zu regnen begonnen, und das frische Wasser und die Luft brachten ihn zu sich. Er wachte auf, als sie ihn in einen Heeresautobus hoben und auf den letzten Sitz legten. Durch die Fenster sah er die Nacht, und als das Fahrzeug losfuhr, konnte er die leeren Straßen und die beflaggten Gebäude sehen. Er begriff, daß die Feinde gewonnen hatten, und dachte wahrscheinlich an Miguel. Der Bus hielt im Hof eines Regimentsgebäudes, sie luden ihn aus. Andere Gefangene waren da, in ebenso elendem Zustand wie er. Sie banden ihnen Hände und Füße mit Stacheldraht zusammen und warfen sie, das Gesicht nach unten, in die Pferdeboxen. Hier verbrachten Jaime und die anderen zwei Tage ohne Wasser und ohne Nahrung, faulend in ihren Exkrementen, ihrem Blut und ihrem Entsetzen. Danach wurden alle auf einen Lastwagen geladen, der sie in die Nähe des Flughafens brachte. Auf einem freien Gelände erschossen sie die Gefangenen, die auf dem Boden lagen, weil sie nicht mehr stehen konnten, und vernichteten die Leichen mit Dynamit. Das Nachzittern der Explosion und der Gestank der Überreste hingen noch lange in der Luft.

Im großen Eckhaus entkorkte Senator Trueba eine Flasche französischen Champagner, um den Sturz des Regimes zu feiern, gegen das er so wild gekämpft hatte, nicht ahnend, daß in diesem selben Augenblick seinem Sohn Jaime mit einer importierten Zigarette die Testikel verbrannt wurden. Der Alte hängte die Fahne über die Haustür, und wenn er nicht auf die Straße tanzen ging, dann nur seines Hinkens wegen und weil Ausgehverbot bestand, denn an Lust dazu fehle es ihm nicht, wie er seiner Tochter und seiner Enkelin aufgekratzt verkündete. Unterdessen versuchte Alba am Telefon, Nachrichten von denen zu bekommen, um die sie sich Sorgen machte: Miguel, Pedro Tercero, Onkel Jaime, Amanda, Sebastián Gómez und so viele andere.

„Jetzt werden sie es büßen!" rief Senator Trueba, sein Glas hebend.

Alba riß es ihm aus der Hand und schleuderte es gegen die Wand, daß es in tausend Scherben zersprang. Blanca, die nie den Mut gehabt hatte, gegen ihren Vater anzugehen, lächelte unverhohlen.

„Wir werden nicht den Tod des Präsidenten feiern, und auch nicht den anderer Leute, Großvater", sagte Alba.

In den hochherrschaftlichen Häusern des Barrio Alto wurden die Flaschen entkorkt, die seit drei Jahren bereitlagen, man stieß auf die neue Ordnung an. Über den Arbeitervierteln flogen die ganze Nacht durch die Helikopter, surrend wie Fliegen aus einer anderen Welt.

Sehr spät, kurz vor Tagesanbruch, klingelte das Telefon, und Alba, die sich nicht schlafen gelegt hatte, nahm den Hörer ab. Erleichtert hörte sie die Stimme Miguels.

„Es ist soweit, mi amor. Such nicht nach mir und warte nicht auf mich. Ich liebe dich", sagte er.

„Miguel! Ich will mit dir gehen", schluchzte Alba.

„Sprich mit niemandem von mir, Alba. Besuche die Freunde nicht. Vernichte die Papiere, die Notizbücher, alles, was dich mit mir in Verbindung bringen kann. Ich werde dich immer lieben, denk daran, mi amor", sagte Miguel und hängte ein.

Das Ausgangsverbot dauerte zwei Tage. Für Alba waren sie eine Ewigkeit. Die Rundfunksender übertrugen ununterbrochen Marschmusik, das Fernsehen zeigte nur chilenische Landschaften und Zeichentrickfilme. Mehrmals am Tag erschienen die vier Generäle der Junta auf dem Bildschirm, um ihre Aufrufe zu verbreiten. Sie saßen zwischen dem Staatswappen und der Fahne: sie waren die neuen Helden des Vaterlandes. Obwohl die Soldaten Befehl hatten, auf jeden zu schießen, der sich außerhalb seines Hauses blicken ließ, ging Senator Trueba über die Straße, um im Haus eines seiner Nachbarn zu feiern. Der Festtrubel fand bei den Straßenpatrouillen keinerlei Beachtung, denn dies war ein Viertel, in welchem sie nicht erwarteten, auf Widerstand zu stoßen. Blanca verkündete, sie hätte die schlimmste Migräne ihres Lebens, und schloß sich in ihr Zimmer ein. Nachts hörte Alba sie in der Küche herumgehen und nahm an, daß der Hunger stärker gewesen war als das Kopfweh. Sie selbst lief zwei Tage lang in einem Zustand völliger Hoffnungslosigkeit im Haus herum, sah die Bücher in Jaimes Tunnel und ihren eigenen Schreibtisch durch, um zu vernichten, was sie für kompromittierend hielt. Es war, als beginge sie ein Sakrileg, und sie war überzeugt, daß ihr Onkel, wenn er nach Hause kam, wütend werden und ihr sein Vertrauen entziehen würde. Sie vernichtete auch die Adreßbücher, in denen die Telefonnummern ihrer Freunde standen, ihre kostbarsten Liebesbriefe und selbst die Fotos von Miguel. Die Hausangestellten, gleichgültig und gelangweilt, vertrieben sich die Zeit während der Ausgangssperre mit Pastetenbacken, ausgenommen die Köchin, die unaufhörlich weinte und sehnsüchtig auf den Augenblick wartete, daß sie ihren Mann sehen konnte, mit dem sie sich telefonisch nicht hatte verständigen können.

Als die Ausgangssperre für einige Stunden aufgehoben wurde, um der Bevölkerung Zeit zu geben, Lebensmittel einzukaufen, stellte Blanca staunend fest, daß die Geschäfte voll waren von Artikeln, die seit Jahren gefehlt hatten und die nun wie durch Zauber wieder in den Schaufenstern lagen. Sie sah ganze Trauben bratfertiger Hähnchen und konnte kaufen, was sie wollte, nur daß alles dreimal so teuer war wie vorher, weil die Preisbindung aufgehoben worden war. Sie bemerkte, daß viele Leute die Hähnchen neugierig besahen, als hätten sie noch nie welche gesehen, daß aber wenige sie kauften, weil sie sie nicht bezahlen konnten. Drei Tage später verpestete der Gestank von faulem Fleisch die Geschäfte der Stadt.

Die Soldaten patrouillierten nervös durch die Straßen, freudig begrüßt von vielen, die den Sturz der Regierung gewünscht hatten. Einige, ermutigt von der in diesen Tagen geübten Gewalt, verhafteten Männer mit langem Haar oder Bärten, den untrüglichen Zeichen für einen aufrührerischen Geist, und hielten Frauen in Hosen auf der Straße an, um ihnen im Gefühl ihrer Verantwortung für Ordnung, Moral und Anstand mit energischer Schere die Hosenbeine abzuschneiden. Die neuen Befehlshaber sagten, sie hätten mit diesen Vorgängen nichts zu tun, niemals hätten sie den Befehl erteilt, Bärte oder Hosenbeine abzuschneiden, vermutlich handelte es sich dabei um Kommunisten, die sich als Soldaten verkleidet hätten, um das Ansehen der Streitkräfte zu mindern und sie in den Augen der Bürgerschaft verhaßt zu machen, aber selbstverständlich sähen sie es lieber, daß sich die Männer rasierten und sich das Haar schnitten und die Frauen in Röcken gingen.

Es wurde gemunkelt, der Präsident sei tot, und niemand glaubte an die offizielle Version, er habe sich das Leben genommen.

Ich wartete, bis sich die Lage einigermaßen normalisiert hatte. Drei Tage nach der Machtübernahme durch das Militär fuhr ich im Wagen des Kongresses ins Verteidigungsministerium, denn es wunderte mich, daß niemand gekommen war, mich zur Mitarbeit in der neuen Regierung aufzufordern. Jeder weiß, daß ich der größte Marxistenfeind war, der erste, der sich einer kommunistischen Diktatur widersetzt und öffentlich zu sagen gewagt hatte, nur das Militär könne verhindern, daß das Land in die Klauen der Linken fiele. Ich war es auch gewesen, der alle Kontakte zum Oberkommando der Streitkräfte geknüpft, der die Verbindungen zu den Gringos hergestellt und der seinen Namen und sein Geld für Waffenkäufe gegeben hatte. Alles in allem hatte ich mehr aufs Spiel gesetzt als irgend jemand sonst. In meinem Alter interessierte mich die politische Macht nicht im mindesten. Aber ich war einer der wenigen, die die Regierung beraten konnten, weil ich seit vielen Jahren hohe Ämter bekleidet hatte und besser als sonst jemand wußte, was diesem Land zuträglich ist. Was können ein paar improvisierte Oberste ohne treue, aufrichtige und fähige Berater schon machen? Nur Murks. Ohne sie lassen sie sich von den Spitzbuben täuschen, die die Umstände nutzen, um zu Geld zu kommen, wie es faktisch schon jetzt der Fall ist. In diesen Tagen wußte niemand, daß die Dinge so laufen würden, wie sie liefen. Wir dachten, das Eingreifen der Militärs sei ein notwendiger Schritt auf dem Weg der Rückkehr in eine gesunde Demokratie. Deshalb erschien es mir so wichtig, mit den Befehlshabern zusammenzuarbeiten.

Als ich ins Verteidigungsministerium kam, war ich überrascht, das Gebäude in eine Schutthalde verwandelt zu sehen. Ordonnanzen putzten die Böden mit Strohwischen, einige Wände waren von Schüssen durchsiebt, und überall liefen die Militärs gebückt, als befänden sie sich mitten in einem Schlachtfeld oder als fürchteten sie, der Feind fiele vom Dach auf sie herab. Ich mußte fast drei Stunden warten, bis ein Offizier mich empfing. Anfangs glaubte ich, man habe mich in diesem Chaos nicht erkannt und behandle mich deshalb so unehrerbietig, aber dann wurde mir klar, wie die Dinge standen. Der Offizier empfing mich mit den Stiefeln auf dem Schreibtisch, ein fettes belegtes Brot kauend. Er war schlecht rasiert, seine Feldbluse stand offen. Er ließ mir keine Zeit, mich nach meinem Sohn Jaime zu erkundigen oder ihn zu der mutigen Aktion der Soldaten zu beglückwünschen, die das Vaterland gerettet hatten, sondern bat mich als erstes um die Rückgabe der Autoschlüssel, mit der Begründung, der Kongreß sei geschlossen worden und mit den Privilegien der Kongreßmitglieder sei Schluß. Ich erschrak. Also hatten sie offensichtlich nicht die Absicht, den Kongreß wieder zu öffnen, wie wir alle gehofft hatten. Er bat mich, nein, er befahl mir, am nächsten Tag um elf Uhr vormittags in der Kathedrale zu erscheinen, um an dem Tedeum teilzunehmen, mit welchem das Vaterland Gott für seinen Sieg über den Kommunismus danken würde.

„Stimmt es, daß sich der Präsident das Leben genommen hat?“ fragte ich.

„Er ist weg“, antwortete er.

„Weg? Wohin?“

„In seinem Blut ist er weggeschwommen“, lachte der andere.

Verwirrt ging ich auf die Straße, auf den Arm meines Chauffeurs gestützt. Wir wußten nicht, wie wir nach Hause kommen sollten, denn Taxis und Busse fuhren nicht, und um zu Fuß zu gehen, bin ich zu alt. Glücklicherweise kam ein Jeep mit Militärpolizei vorbei, und sie erkannten mich. Mich erkennt man leicht, wie meine Enkelin Alba sagt, weil ich mit meinen ewigen Trauerkleidern und meinem silbernen Stock das Aussehen eines alten rabiaten Raben habe.

„Steigen Sie ein, Senator“, sagte der Leutnant.

Sie halfen uns, auf das Fahrzeug zu klettern. Die Polizisten sahen müde aus, es war ihnen anzumerken, daß sie nicht geschlafen hatten. Sie bestätigten mir, daß sie seit drei Tagen durch die Stadt patrouillierten und sich mit schwarzem Kaffee und Pastillen wach hielten.

„Sind Sie in den Armensiedlungen oder in den Industriekordons auf Widerstand gestoßen?“ fragte ich.

„Kaum. Die Leute sind ruhig", sagte der Leutnant. „Ich hoffe, daß sich die Lage bald normalisiert, Senator. Wir machen das nicht gern, das ist schmutzige Arbeit."

„Sagen Sie das nicht, Leutnant. Wären Sie nicht gewesen, hätten die Kommunisten den Putsch gemacht, und Sie und ich und weitere fünfzigtausend Menschen wären tot. Sie wissen doch, daß sie den Plan hatten, eine Diktatur zu errichten, oder nicht?"

„Das hat man uns gesagt. Aber in dem Viertel, in dem ich wohne, sind viele Leute verhaftet worden. Meine Nachbarn schauen mich mißtrauisch an. Und meinen Leuten geht es nicht anders. Aber wir haben Befehle auszuführen. Das Vaterland über alles, nicht wahr?"

„So ist es. Auch ich bedaure, was geschehen ist, Leutnant. Aber es gab keine andere Lösung. Das Regime war durch und durch faul. Was wäre aus diesem Land geworden, wenn Sie nicht zu den Waffen gegriffen hätten?"

Im Grunde war ich mir dessen nicht mehr so sicher. Ich hatte das dunkle Gefühl, daß die Dinge nicht so liefen, wie wir es geplant hatten, und daß uns die Lage aus den Händen glitt, aber damals beschwichtigte ich meine Besorgnisse, weil ich mir sagte, daß drei Tage wenig sind, um ein Land wieder in Ordnung zu bringen, und daß der grobe Offizier, der mich im Verteidigungsministerium empfangen hatte, innerhalb der Streitkräfte vermutlich eine verschwindende Minderheit darstellte. Die Mehrheit war wie dieser verantwortungsbewußte Leutnant, der mich nach Hause gebracht hatte. Ich nahm an, daß in kürzester Zeit die Ordnung wiederhergestellt sein würde, und wenn die Spannung der ersten Tage nachgelassen hätte, würde ich mich mit einem ranghöheren Militär in Verbindung setzen. Ich bedauerte, mich nicht an General Hurtado gewandt zu haben, ich hatte es aus Respekt nicht getan und auch, wie ich zugeben muß, aus Stolz, denn korrekterweise hätte er mich aufsuchen müssen.

Den Tod meines Sohnes Jaime erfuhr ich erst zwei Wochen später, als uns die Euphorie des Sieges vergangen war und wir sahen, daß jedermann damit beschäftigt war, die Toten und die Verschwundenen zu zählen. Eines Sonntags erschien ein Soldat im Haus, der sehr geheimnisvoll tat. In der Küche berichtete er Blanca, was er im Verteidigungsministerium gesehen hatte und über die mit Dynamit in die Luft gesprengten Leichen wußte.

„Doktor del Valle hat meiner Mutter das Leben gerettet", sagte der Soldat, zu Boden blickend, den Stahlhelm in der Hand. „Deshalb bin ich gekommen, um Ihnen zu sagen, wie sie ihn getötet haben."

Blanca rief mich, damit ich mit meinen eigenen Ohren hörte, was der Soldat sagte, aber ich weigerte mich, es zu glauben. Der Mann habe sich geirrt, sagte ich, er habe einen andern im Kesselraum gesehen, nicht Jaime, denn Jaime hätte am Tag der Machtübernahme nichts im Präsidentenpalast zu tun gehabt. Ich war sicher, daß mein Sohn, in der Annahme, er würde verfolgt werden, über irgendeinen Grenzübergang ins Ausland entkommen war oder in einer Botschaft um Asyl gebeten hatte. Andererseits erschien sein Name auf keiner der Listen der von den Behörden gesuchten Leute, woraus ich schloß, daß Jaime nichts zu befürchten hatte.

Es mußte viel Zeit vergehen – mehrere Monate –, bis ich begriff, daß der Soldat die Wahrheit gesagt hatte. Im Delirium meiner Einsamkeit wartete ich auf meinen Sohn, in meinem Sessel in der Bibliothek sitzend, die Augen starr auf die Türschwelle gerichtet, ihn mit Gedanken rufend, wie ich sonst Clara rief. Ich rief ihn so lange, bis ich ihn endlich auch sah, doch er erschien mir in Lumpen, von getrocknetem Blut bedeckt, Serpentinen von Stacheldraht auf dem gewachsten Parkett hinter sich herziehend. Da wußte ich, daß er so gestorben war, wie der Soldat es erzählt hatte. Erst von da an sprach ich von Tyrannei. Meine Enkelin Alba sah den Diktator viel früher als ich heraufkommen. Sie sah ihn sich abheben von den Generälen und dem anderen Kriegsvolk. Sie erkannte ihn sofort, weil sie von Clara die Intuition geerbt hat. Er ist ein ruppiger Mann und von unscheinbarem Äußeren, wortkarg wie ein Bauer. Er wirkt bescheiden, und die wenigsten konnten ahnen, daß sie ihn eines Tages im Imperatorenmantel würden auftreten sehen, die Schnurrbartspitze zitternd vor Eitelkeit, die Arme hoch erhoben, um die als Jubelchor in Lastwagen herbeigekarrten Menschenmengen zum Schweigen zu bringen, als er das Denkmal der Vier Schwerter einweihte, von dessen Spitze eine ewig brennende Fackel über den Geschicken des Vaterlandes leuchten sollte, auf dem sich jedoch auf Grund eines Fehlers der ausländischen Techniker nie eine Flamme, sondern nur dicker Qualm wie von einem Küchenherd erhob, der wie ein permanentes Gewitter aus anderen Breiten am Himmel schwebte.

Allmählich dachte ich, daß ich mich in der Methode geirrt hatte und daß dies vielleicht doch nicht die beste Lösung war, den Kommunismus zu besiegen. Ich fühlte mich immer einsamer. Niemand brauchte mich mehr, meine Kinder waren fort, und Clara mit ihrer Schweigesucht und ihrer Zerstreutheit war wie ein Gespenst. Selbst Alba entfernte sich jeden Tag weiter von mir. Ich sah sie kaum mehr im Haus. Mit ihren gräßlichen langen Röcken aus zerknautschter Baumwolle und ihrem unglaublichen grünen Haar – wie das von Rosa – stürmte sie wie ein Wirbelwind vorbei, mit mysteriösen Aufgaben befaßt, die sie im Einvernehmen mit ihrer Großmutter löste. Ich bin sicher, daß die zwei hinter meinem Rücken Geheimnisse hatten. Meine Enkelin lief genauso verängstigt herum wie Clara in den Zeiten des Typhus, als sie die Last fremden Schmerzes auf ihre Schultern lud.

Alba hatte wenig Zeit, über den Tod ihres Onkels Jaime zu trauern, weil sofort die Bedrängnisse der Notleidenden sie in Anspruch nahmen, so daß sie ihren Schmerz speichern mußte, um ihn später auszuleiden. Miguel sah sie erst zwei Monate nach dem Militärputsch wieder, und manchmal dachte sie, auch er sei tot. Aber sie suchte nicht nach ihm, da sie in diesem Punkt genaue Anweisungen von ihm hatte, und außerdem erfuhr sie, daß er auf der Liste der Leute stand, die sich bei den Behörden melden sollten. Das gab ihr Hoffnung. „Solange sie ihn suchen, lebt er“, schloß sie. Der Gedanke, er könnte ihnen lebend in die Hände fallen, quälte sie, und sie beschwor den Geist ihrer Großmutter, das nicht zuzulassen. „Tausendmal lieber will ich ihn tot sehen, Großmutter", bat sie. Sie wußte, was im Land vorging, und das war es, weshalb sie Tag und Nacht mit einem Druck auf dem Magen herumging und ihr die Hände zitterten und sich ihre Haut von Kopf bis Fuß wie bei einem Pestkranken mit Quaddeln bedeckte, wenn sie von dem Schicksal irgendeines Gefangenen erfuhr. Aber sie konnte mit niemandem darüber sprechen, nicht einmal mit ihrem Großvater, denn die Leute zogen es vor, nichts zu wissen.

Nach jenem schrecklichen Dienstag veränderte sich die Welt für Alba brutal. Sie mußte ihre Sinne umstellen, um weiterzuleben. Sie mußte sich an den Gedanken gewöhnen, daß sie die Menschen, die sie am meisten liebte, nicht wiedersehen würde, ihren Onkel Jaime, Miguel und viele andere. Sie gab ihrem Großvater die Schuld an dem, was geschehen war, aber wenn sie ihn dann eingefallen in seinem Sessel sitzen sah, in endlosem Gemurmel nach Clara und nach seinem Sohn rufend, kehrte ihre ganze Liebe zu dem alten Mann zurück, und sie lief zu ihm und umarmte ihn und fuhr ihm mit den Fingern durch seine weiße Mähne, um ihn zu trösten. Alba fühlte, daß die Dinge wie Glas waren, zerbrechlich wie Seufzer, und daß die Maschinengewehre und Bomben jenes unvergeßlichen Dienstags einen guten Teil des Bekannten zerstört hatten und der Rest blutbespritzt in Scherben lag. Im Verlauf der Tage, der Wochen, der Monate begann auch das, was anfangs der Vernichtung entgangen zu sein schien, Zeichen des Verfalls zu zeigen. Sie bemerkte, daß Freunde und Verwandte sie mieden, daß einige auf die andere Straßenseite gingen, wenn sie näher kamen. Es mußte sich herumgesprochen haben, dachte sie, daß sie den Verfolgten half.

Sie tat es. In den ersten Tagen war es das Allerdringlichste gewesen, denen, die in Lebensgefahr schwebten, ein Asyl zu verschaffen. Anfangs erschien es Alba eine fast vergnügliche Beschäftigung, die ihr half, an andere Dinge und nicht an Miguel zu denken, aber bald wurde ihr klar, daß es kein Spiel war. Durch Erlasse wurden die Staatsbürger darauf hingewiesen, daß sie die Pflicht hatten, alle Marxisten anzuzeigen und Flüchtlinge auszuliefern, andernfalls würden sie selbst als Vaterlandsverräter betrachtet und als solche abgeurteilt. Wunderbarerweise konnte Alba das Auto von Jaime zurückholen, das dem Bombardement entgangen war und eine Woche lang an derselben Stelle geparkt stand, wo er es hatte stehenlassen, bis Alba es erfuhr und es holen ging. Sie malte ihm zwei große Sonnenblumen auf die Türen, damit es von anderen Autos abstach und ihr die neue Aufgabe erleichterte. Sie mußte die Standorte aller Botschaften, die Schichten der wachhabenden Militärpolizei, die Höhe der Gartenmauern und die Durchmesser der Türen auswendig lernen. Der Hinweis, daß jemand asylbedürftig war, kam immer überraschend, oft durch einen Unbekannten, der sie auf der Straße ansprach und von dem sie annahm, er sei von Miguel geschickt. Am hellen Tag fuhr sie zu dem verabredeten Treffpunkt, und wenn sie jemanden sah, der ihr Zeichen machte, weil er sie an den gelben Blumen auf ihrem Auto erkannte, hielt sie kurz an, damit er rasch einsteigen konnte. Unterwegs wurde nicht gesprochen, weil sie lieber keine Namen wissen wollte. Manchmal mußte sie einen ganzen Tag mit dem Passagier verbringen, ihn gelegentlich sogar eine oder zwei Nächte verstecken, ehe sie den geeigneten Augenblick fand, ihn an eine zugängliche Botschaft zu fahren, wo er hinter dem Rücken der Wachsoldaten über die Mauer springen konnte. Diese Methode nämlich erwies sich als effizienter als Verhandlungen mit den eingeschüchterten Botschaftern ausländischer Demokratien. Sie erfuhr nie wieder etwas von dem Asylanten, aber dessen zitternde Danksagung blieb ihr für alle Zeiten im Gedächtnis, und wenn alles vorbei war, atmete sie erleichtert auf, weil er für diesmal davongekommen war. Gelegentlich mußte sie dasselbe mit Frauen machen, die sich nicht von ihren Kindern trennen wollten, und obwohl Alba ihnen versprach, ihnen die Kinder durch das Haupttor nachzuschicken, da sich auch der ängstlichste Botschafter nicht weigern würde, sie aufzunehmen, wollten die Mütter sie nicht zurücklassen, so daß man am Ende auch die Kinder über die Mauern werfen oder an den Gitterstäben des Zauns herablassen mußte. Bald waren alle Botschaften mit Stacheldraht und Maschinengewehren gespickt, und es war nicht länger möglich, sie im Sturm zu nehmen, aber da war sie schon mit anderen Aufgaben beschäftigt.

Amanda war es, die sie mit den Pfarrern in Verbindung setzte. Die beiden Freundinnen trafen sich, um sich flüsternd über Miguel zu unterhalten, den keine von beiden wiedergesehen hatte, und Jaimes zu gedenken in einer Trauer ohne Tränen, da es für seinen Tod noch keinen offiziellen Beweis gab und beider Wunsch, ihn wiederzusehen, stärker war als der Bericht des Soldaten. Amanda war wieder dem Zwang zum Rauchen verfallen, ihre Hände zitterten, und ihr Blick wurde wieder fern. Manchmal hatte sie erweiterte Pupillen und verlangsamte Bewegungen, aber sie arbeitete weiter im Krankenhaus. Sie erzählte Alba, daß sie oft Leute behandelte, die ohnmächtig vor Hunger ins Krankenhaus gebracht wurden.

„Die Familien der Gefangenen, der Verschwundenen und der Toten haben nichts zu essen. Arbeitslose ebensowenig. Kaum einen Teller Maisbrei alle zwei Tage. Die Kinder schlafen in der Schule ein, weil sie unterernährt sind."

Das Glas Milch und die Kekse, die früher alle Schüler bekamen, seien abgeschafft worden, fügte sie hinzu, und die Mütter stillten den Hunger ihrer Kinder mit dünnem Tee.

„Die einzigen, die etwas dagegen tun, sind die Pfarrer", erklärte Amanda. „Die Leute wollen die Wahrheit nicht wissen. Aber die Kirche hat Kantinen eingerichtet und gibt sechsmal in der Woche täglich einen Teller Essen an Kinder unter sieben Jahren aus. Das ist natürlich nicht genug. Für jedes Kind, das einmal am Tag einen Teller Linsen oder Kartoffeln bekommt, müssen fünf draußen bleiben und zusehen, weil es für alle nicht reicht."

Alba begriff, daß sie in die alten Zeiten zurückgefallen waren, in denen ihre Großmutter Clara ins Barrio de la Misericordia gegangen war, um mangelnde Gerechtigkeit durch Nächstenliebe zu ersetzen. Nur daß Nächstenliebe jetzt verpönt war. Sie stellte fest, daß, wenn sie zu ihren Bekannten ging, um ein Paket Reis oder einen Krug Pulvermilch von ihnen zu erbitten, sie es ihr das erstemal nicht abzuschlagen wagten, ihr dann aber aus dem Weg gingen. Anfangs half ihr Blanca. Es kostete sie keine Mühe, sich von ihrer Mutter den Schlüssel zur Vorratskammer aushändigen zu lassen, mit dem Argument, daß man wirklich nicht gewöhnliches Mehl und Saubohnen zu horten brauche, wenn man Krabben aus dem Baltischen Meer und Schweizer Schokolade essen konnte, und so sah sie sich in der Lage, für eine Zeit, die ihr freilich sehr kurz erschien, die Eßtische der Pfarrer zu versorgen. Eines Tages nahm sie ihre Mutter in eine dieser Kantinen mit. Als Blanca den langen, ungehobelten Holztisch sah, an dem zwei Reihen Kinder saßen und mit flehenden Augen darauf warteten, ihre Ration zu bekommen, fing sie zu weinen an und lag zwei Tage mit Migräne im Bett. Sie hätte weiter gejammert, wenn ihre Tochter sie nicht gezwungen hätte, sich anzuziehen, sich selbst zu vergessen und Hilfe zu schaffen, und wenn sie dem Großvater das Haushaltsgeld stehlen müßte. Wie andere Leute seiner Gesellschaftsklasse wünschte Senator Trueba nicht, daß über dieses Thema gesprochen würde. Er leugnete den Hunger mit der gleichen Beharrlichkeit, mit der er auch Gefangene und Folterungen abstritt, so daß Alba nicht auf ihn zählen konnte und später, als auch ihre Mutter ausfiel, zu drastischeren Mitteln übergehen mußte. Der Großvater ging nie weiter als bis in den Klub. Er mied die Innenstadt, und noch viel weniger kam er je dem Stadtrand oder den Stadtrandsiedlungen nahe. Also fiel es ihm nicht schwer, das Elend, von dem seine Enkelin ihm berichtete, für reinen Marxistenschwindel zu halten.

„Kommunistische Pfarrer!“ rief er aus. „Das hat mir gerade noch gefehlt.“

Als aber zu jeder beliebigen Tageszeit bettelnde Kinder und Mütter an die Haustüren kamen, befahl er nicht, die Gartentore zu schließen und die Jalousien herunterzulassen, um sie nicht mehr zu sehen, wie es andere machten, sondern er erhöhte Blancas Haushaltsgeld und sagte, sie sollten immer etwas warmes Essen für sie bereithalten.

„Das ist eine vorübergehende Situation“, versicherte er. „Sobald die Militärs Ordnung in das Chaos gebracht haben, in das die Marxisten das Land gestürzt haben, wird dieses Problem gelöst sein.“

In den Zeitungen stand, die Bettler, die zum erstenmal seit vielen Jahren wieder auf der Straße erschienen, seien vom internationalen Kommunismus geschickt worden, um die Militärjunta in Verruf zu bringen und um Ordnung und Fortschritt zu sabotieren. Vor den Stadtrandsiedlungen wurden Reklamewände aufgestellt, um das Elend vor den Augen der Touristen und derer, die nicht sehen wollten, zu verstecken. Eines Nachts tauchten wie durch Zauber schön gestutzte Hecken und von Arbeitslosen gepflanzte Blumenbeete in den Avenidas auf, um die Vorstellung eines friedlichen Frühlings zu erwecken. Die Wandmalereien mit den pamphletischen Tauben wurden weiß übermalt und politische Anschläge für immer den Blicken entzogen. Jeder Versuch, auf öffentlichen Straßen politische Botschaften an die Wände zu schreiben, wurde an Ort und Stelle mit einer Maschinengewehrsalve bestraft. Die sauberen, aufgeräumten, stillen Straßen öffneten sich dem Handel. Bald darauf verschwanden die bettelnden Kinder, und Alba bemerkte, daß es auch keine streunenden Hunde und Müllhaufen mehr gab. Der Schwarzmarkt hatte in demselben Augenblick aufgehört, in welchem der Präsidentenpalast bombardiert worden war, denn Spekulanten wurde mit Kriegsrecht und Erschießung gedroht. In den Geschäften wurden nach und nach wieder Dinge verkauft, die nicht einmal dem Namen nach bekannt waren, und andere, die sich nur die Reichen auf Schmuggelwegen hatten beschaffen können. Nie war die Stadt schöner und nie war das Großbürgertum glücklicher gewesen: sie konnten fässerweise Whisky und Autos auf Kredit kaufen.

Im patriotischen Überschwang der ersten Tage lieferten die Frauen für den Wiederaufbau Chiles ihren Schmuck in den Kasernen ab, sogar die Eheringe, für die sie kupferne Ringe mit dem Hoheitszeichen des Vaterlandes erhielten. Blanca mußte den Wollstrumpf mit den Juwelen, den Clara ihr vermacht hatte, verstecken, damit Senator Trueba den Schmuck nicht bei den Behörden abgab. Sie sahen eine neue, hochmütige Gesellschaftsklasse entstehen. Hochvermögende Señoras in Kleidern von anderen Gestaden, exotisch und glitzernd wie Glühwürmchen, brüsteten sich am Arm der neuen, stolzen Finanzstrategen in den Vergnügungszentren. Eine Militärkaste bildete sich heraus, die rasch die Schlüsselpositionen besetzte. Die Familien, die es früher als ein Unglück betrachtet hatten, einen Militär unter ihren Angehörigen zu haben, machten sich gegenseitig ihre Beziehungen streitig, um ihre Söhne in den Militärakademien unterzubringen, und boten ihre Töchter den Soldaten an. Das Land füllte sich mit Uniformen, Kriegsmaschinen, Fahnen, Hymnen und Paraden, denn die Militärs kannten das Bedürfnis des Volkes nach eigenen Symbolen und Rhythmen. Senator Trueba, der diese Dinge grundsätzlich haßte, begriff, was seine Freunde im Klub meinten, wenn sie sagten, der Marxismus habe in Lateinamerika nicht die geringste Chance, weil er die magische Seite der Dinge außer acht ließe. „Brot, Zirkus und irgendwas zum Verehren, das ist alles, was sie brauchen", schloß der Senator und bedauerte im stillen, daß das Brot fehlte.

Eine gut koordinierte Kampagne wurde gestartet, um den guten Namen des Expräsidenten vom Angesicht der Erde zu tilgen, in der Hoffnung, daß das Volk aufhören werde, ihn zu betrauern. Sie öffneten sein Haus und forderten das Publikum auf, den, wie sie es nannten, „Palast des Diktators" zu besichtigen. Man durfte in seine Schränke hineinsehen und über Anzahl und Qualität seiner Wildlederjacken staunen, seine Schubladen durchstöbern, in seiner Speisekammer schnüffeln, um den kubanischen Rum und den Sack Zucker zu sehen, die darin standen. Grob gefälschte Fotografien wurden in Umlauf gesetzt, auf denen er, als Bacchus gekleidet und bekränzt mit Trauben, in einer immerwährenden Orgie mit fülligen Matronen und Athleten seines Geschlechts herumsprang, und niemand, nicht einmal Senator Trueba glaubte, daß sie authentisch waren. „Das geht zu weit, da ist ihnen die Hand ausgerutscht", grummelte er, als er es erfuhr.

Mit einem Federstrich änderten die Militärs die Weltgeschichte, indem sie dem Regime nicht genehme Episoden, Ideologien und Gestalten kurzerhand tilgten. Sie zeichneten die Landkarte um, denn es war nicht einzusehen, weshalb der Norden oben sein sollte, so fern dem verdienstvollen Vaterland, da man ihn doch nach unten verlegen konnte, wo er besser zur Geltung kam, und unterderhand malten sie mit Preußischblau lange Küsten mit nationalen Gewässern, die bis an die Grenzen Asiens und Afrikas reichten. In den Geographiebüchern bemächtigten sie sich ferner Lande, indem sie ungestraft die Grenzen verschoben, bis die Bruderländer die Geduld verloren, in den Vereinten Nationen einen Schrei ausstießen und den Militärs androhten, sie würden mit Kriegspanzern und Jagdflugzeugen gegen sie anrücken. Die Zensur, die sich anfangs nur auf die Medien erstreckt hatte, wurde bald auch auf Schulbücher, Liedertexte, Filmthemen und Privatgespräche ausgedehnt. Es gab Wörter, die kraft Militärerlaß verboten waren, wie das Wort „Compañero", und andere, die man vorsichtshalber nicht in den Mund nahm, obwohl keine Verordnung sie aus dem Wörterbuch verbannt hatte, wie Freiheit, Gerechtigkeit und Gewerkschaft. Alba fragte sich, woher von einem Tag auf den anderen so viele Faschisten gekommen waren, denn in der langen demokratischen Geschichte ihres Landes hatte man sie nie bemerkt, von ein paar Spinnern während des Krieges abgesehen, die sich zum Spaß Schwarzhemden anzogen und unter dem Gelächter und den Pfeifkonzerten der Passanten mit ausgestrecktem Arm durch die Straßen zogen, ohne daß sie im Leben des Landes eine wichtige Rolle gespielt hätten. Ebensowenig konnte sie sich die Haltung der Streitkräfte erklären, die in der Mehrzahl aus der Mittelklasse und der Arbeiterklasse kamen und geschichtlich der Linken nähergestanden hatten als der extremen Rechten. Sie begriff nicht den Kriegszustand im Innern und machte sich nicht klar, daß der Krieg das Kunstwerk der Militärs ist, die Krönung ihrer Ausbildung, die goldene Spange ihres Berufs. Sie sind nicht dazu geschaffen, im Frieden zu glänzen. Der Putsch gab ihnen Gelegenheit, das in die Praxis umzusetzen, was sie in den Kasernen gelernt hatten, und dazu einige andere Künste mehr, die Soldaten beherrschen können, wenn sie ihr Gewissen und ihr Herz zum Schweigen bringen.

Alba gab ihre Studien auf, weil die Philosophische Fakultät, wie viele andere Fakultäten, die dem Denken die Türen öffneten, geschlossen wurde. Auch mit der Musik machte sie nicht weiter, weil ihr das Violoncello unter den gegebenen Umständen frivol erschien. Viele Professoren wurden entlassen, verhaftet oder verschwanden, in Übereinstimmung mit einer von der politischen Polizei gehandhabten schwarzen Liste. Sebastián Gómez wurde bei der ersten Hausdurchsuchung getötet, angezeigt von seinen eigenen Schülern. Die Universität füllte sich mit Spitzeln.

Das Großbürgertum und die unternehmerische Rechte, die den Putsch begünstigt hatten, jubelten. Anfangs waren sie ein wenig erschrocken, als sie die Folgen ihres Vorgehens sahen, denn sie hatten nie unter einer Diktatur leben müssen und wußten nicht, was das war. Sie dachten, der Verlust der Demokratie würde vorübergehend sein und eine Zeitlang könne man schon ohne individuelle und kollektive Rechte leben, sofern das Regime die Unternehmerfreiheit respektierte. Auch der Verlust an internationalem Ansehen, der sie in die gleiche Kategorie wie andere regionale Tyranneien abrutschen ließ, kümmerte sie nicht, denn dafür, daß sie den Marxismus entmachtet hatten, schien ihnen dieser Preis gering. Als ausländisches Kapital ins Land kam, um in inländische Banken zu investieren, schrieben sie das natürlich der Stabilität des neuen Regimes zu. Daß für jeden Peso, der hereinkam, zwei Pesos an Zinsen abgingen, übersahen sie geflissentlich. Als bald darauf fast alle staatlichen Industrien zumachten und die Kaufleute auf Grund der massiven Importe von Verbrauchsgütern bankrott gingen, sagten sie, daß brasilianische Herde, Stoffe aus Taiwan und japanische Motorräder eben besser seien als alles, was je im Lande hergestellt worden sei. Erst als drei Jahre nach der Verstaatlichung der Minen die Bergwerkskonzessionen an die nordamerikanischen Gesellschaften zurückgegeben wurden, fanden einige Stimmen, das sei dasselbe, wie das Vaterland, in Zellophan gewickelt, zu verschenken. Als sie aber anfingen, die durch die Agrarreform verteilten Ländereien den alten Besitzern zurückzugeben, beruhigten sie sich: die guten alten Zeiten waren wiedergekehrt. Sie sahen, daß nur eine Diktatur, die das ganze Gewicht ihrer Macht einsetzte und niemandem Rechenschaft ablegen mußte, so vorgehen konnte, daß ihnen ihre Privilegien erhalten blieben. So kam es, daß sie aufhörten, über Politik zu sprechen, und den Gedanken akzeptierten, daß sie die wirtschaftliche Macht in Händen hielten, die Militärs aber regierten. Die einzige Aufgabe der Rechten war, die Militärs bei der Ausarbeitung der neuen Dekrete und Gesetze zu beraten. Binnen weniger Tage wurden die Gewerkschaften abgeschafft, waren die Arbeiterführer verhaftet oder tot, wurden die politischen Parteien für unbefristete Zeit für aufgelöst erklärt und alle Arbeiter- oder Studentenorganisationen und selbst die Berufsgenossenschaften zerschlagen. Es war verboten, Gruppen zu bilden. Der einzige Ort, wo sich die Leute versammeln durften, war die Kirche, so daß in kürzester Zeit die Religion Mode wurde und Pfarrer und Nonnen die Seelsorge zurückstellen mußten, um für die irdischen Bedürfnisse dieser hilflosen Herde zu sorgen. Regierung und Unternehmer begannen sie als ihre potentiellen Feinde anzusehen, und einige träumten davon, das Problem durch die Ermordung des Kardinals zu lösen, da sich der Papst weigerte, ihn seines Amtes zu entheben und in eine Anstalt für geistesgestörte Mönche zu schicken.

Ein großer Teil der Mittelklasse hatte den Militärputsch begrüßt, weil er die Rückkehr zu Ordnung und guten Sitten, zu Röcken bei Frauen und kurz geschnittenem Haar bei den Männern bedeutete, bald jedoch begannen sie, unter der Last der hohen Preise und dem Mangel an Arbeitsplätzen zu leiden. Der Lohn reichte nicht mehr zum Essen. In allen Familien gab es einen Angehörigen zu betrauern, und sie konnten nicht mehr sagen, wie noch am Anfang, daß, wenn einer gefangen, tot oder im Exil sei, dann deshalb, weil er es verdient habe. Auch die Folter konnten sie nicht länger bestreiten.

Während die Geschäfte für Luxusartikel, die wunderwirkenden Finanzierungsinstitue, die exotischen Restaurants und die Importunternehmen florierten, standen die Arbeitslosen vor den Fabriktoren Schlange, in der Hoffnung, für einen minimalen Tageslohn eingestellt zu werden. Das Handwerk fiel auf das Niveau der Sklavenarbeit zurück, und zum erstenmal seit vielen Jahren konnten die Arbeitgeber ohne Abfindung so viele Arbeiter entlassen, wie sie wollten, und sie beim geringsten Protest festnehmen lassen.

In den ersten Monaten nahm Senator Trueba am Opportunismus der Leute seiner Gesellschaftsklasse teil. Er war überzeugt, daß eine Periode der Diktatur notwendig sei, damit das Land in den Pferch zurückkehre, den es niemals hätte verlassen dürfen. Er war einer der ersten Grundbesitzer, denen ihre Güter zurückgegeben wurden. Er bekam die Drei Marien wieder, verwüstet, aber bis auf den letzten Quadratmeter vollständig. Seit fast zwei Jahren hatte er, an seiner Wut kauend, auf diesen Augenblick gewartet. Ohne es sich zweimal zu überlegen, fuhr er mit einem halben Dutzend gemieteter Totschläger aufs Land und rächte sich gründlich an den Bauern, die es gewagt hatten, ihm zu trotzen und ihm wegzunehmen, was ihm gehörte. An einem strahlenden Sonntagmorgen kurz vor Weihnachten kamen sie an. Sie betraten das Gut mit Piratengeschrei. Die Totschläger schwärmten aus, fingen unter Schreien, Schlägen und Fußtritten die Leute ein und trieben Menschen und Vieh auf dem Hof zusammen. Dann schütteten sie Benzin auf die Ziegelhäuser, die früher Truebas Stolz gewesen waren, und steckten sie samt allem, was darin war, in Brand. Sie verbrannten die Pflüge, die Hühnerställe, die Fahrräder und selbst die Wiegen der Neugeborenen in einem mittäglichen Hexensabbat, der den alten Trueba vor Freude schier umbrachte. Er entließ alle Hintersassen und drohte ihnen, daß es ihnen ebenso ergehen würde wie ihrem Vieh, wenn sie sich noch einmal auf dem Gut blicken ließen. Er sah sie abziehen, ärmer denn je, in einer langen, traurigen Prozession mit ihren Kindern und ihren Alten, den wenigen Hunden, die die Schießerei überlebt hatten, und einigen aus der Hölle geretteten Hühnern, die Füße nachziehend auf dem Weg, der sie wegführte von dem Land, auf dem sie seit Generationen gelebt hatten. Am Tor der Drei Marien stand bereits, sehnsüchtig wartend, eine Gruppe abgerissener Menschen. Es waren andere, von anderen Gütern vertriebene arbeitslose Bauern, die, ebenso unterwürfig wie vor einem Jahrhundert ihre Vorfahren, den Patron bitten kamen, sie bei der nächsten Ernte einzustellen.

In dieser Nacht legte sich Esteban Trueba im alten Herrenhaus, das er so lange nicht mehr betreten hatte, in das alte Eisenbett, das seinen Eltern gehört hatte. Er war müde, er hatte noch den Brandgeruch und den Gestank der Tierleichen in der Nase, denn auch die toten Tiere hatten verbrannt werden müssen, damit die Fäulnis nicht die Luft verpestete. Die Überreste der Ziegelhäuschen schwelten noch, und alles um ihn war Tod und Verwüstung. Doch er wußte, daß er das Land wieder hochbringen würde, wie er es schon einmal getan hatte, denn die Felder waren intakt und seine Kräfte auch. Bei aller Freude an seiner Rache konnte er doch nicht schlafen. Er fühlte sich wie ein Vater, der seine Kinder zu streng bestraft hat. Die ganze Nacht sah er die Gesichter der Bauern, die er auf seinem Gut hatte zur Welt kommen sehen, sich auf der Straße entfernen. Er verfluchte seinen Jähzorn. Auch die übrige Woche konnte er nicht schlafen, und als er es konnte, träumte er von Rosa. Er beschloß, niemandem zu erzählen, was er getan hatte, und schwor sich, daß die Drei Marien wieder das Mustergut sein würden, das sie zuvor gewesen waren. Er streute die Nachricht aus, daß er bereit sei, natürlich unter bestimmten Voraussetzungen, zurückkehrende Hintersassen wieder aufzunehmen, aber keiner kam. Sie hatten sich über die Felder, die Berge, die Küste zerstreut, einige waren zu Fuß bis zu den Minen gegangen, andere auf die Inseln im Süden, jeder auf der Suche nach Brot für seine Familie, bei jeder Art von Arbeit. Angewidert kehrte der Patron in die Hauptstadt zurück. Er fühlte sich älter denn je. Die Seele schmerzte ihn.

In seinem Haus am Meer lag der Dichter im Sterben. Er war krank, und die Ereignisse der letzten Zeit hatten sein Verlangen weiterzuleben erschöpft. Soldaten durchsuchten sein Haus, durchwühlten seine Schnecken-, seine

Muschel-, seine Schmetterlings-, seine Flaschensammlungen und seine aus so vielen Meeren geretteten Galionsfiguren, seine Bücher, seine Bilder, seine unvollendeten Verse, auf der Suche nach subversiven Waffen und versteckten Kommunisten, bis sein altes Bardenherz zu stocken begann. Sie brachten ihn in die Hauptstadt. Vier Tage später starb er, und die letzten Worte dieses Mannes, der das Leben besungen hatte, waren: „Sie werden sie erschießen, sie werden sie erschießen." Keiner seiner Freunde konnte in der Stunde seines Todes zu ihm, weil sie vogelfrei, flüchtig, exiliert oder tot waren. Sein blaues Haus auf dem Hügel war verwüstet, die Fußböden verbrannt, die Fensterscheiben eingeschlagen, man wußte nicht, ob es das Werk der Militärs gewesen war, wie die Nachbarn sagten, oder das der Nachbarn, wie die Militärs behaupteten. Hier hielten einige wenige Chilenen, die sich hergewagt hatten, und Journalisten aus der ganzen Welt, die angereist waren, um über seine Beerdigung zu berichten, die Totenwache. Senator Trueba war ideologisch sein Feind, aber er hatte ihn oft in seinem Haus zu Gast gehabt und kannte seine Verse auswendig. In strenges Schwarz gekleidet, erschien er mit seiner Enkelin Alba. Beide hielten Totenwache vor dem einfachen Holzsarg und begleiteten ihn an einem glücklosen Morgen auf den Friedhof. Alba trug einen Strauß blutroter Nelken, die ersten der Saison. Langsam, zu Fuß, zwischen zwei Reihen Soldaten, die die Straße abriegelten, bewegte sich der Zug auf den Friedhof zu.

Die Leute gingen schweigend. Plötzlich schrie jemand mit heiserer Stimme den Namen des Dichters, und wie mit einer Stimme scholl es aus allen Kehlen: „Hier! Jetzt und immer!" Es war, als hätte sich ein Ventil geöffnet und als stiege der ganze Schmerz, alle Angst und Wut dieser Tage aus der Brust dieser Menschen, setze sich fort durch die Straße und erhebe sich in einem furchtbaren Aufschrei zu den schwarzen Wolken am Himmel. Ein anderer rief: „Compañero Presédente!", und alle antworteten mit einem einzigen Klageschrei: „Hier!" Nach und nach wurde die Beerdigung des Dichters zu einem symbolischen Begräbnis der Freiheit.

Nahe neben Alba und ihrem Großvater filmten die Kameraleute des schwedischen Fernsehens, um dem kalten Lande Nobels das schauerliche Bild der zu beiden Seiten postierten Maschinengewehre zu übermitteln, die Gesichter der Menschen, den mit Blumen bedeckten Sarg, die Gruppe schweigender Frauen, die sich, zwei Häuserblocks weiter, vor den Toren des Leichenhauses drängten, um die dort angeschlagenen Totenlisten zu lesen. Aller Stimmen erhoben sich zum Gesang, und die Luft füllte sich mit den verbotenen Losungen, geeintes Volk wird nie besiegt, schrien sie den Waffen entgegen, die in den Händen der Soldaten zitterten. Der Zug kam an einem Neubau vorbei, und die Arbeiter legten ihre Werkzeuge hin, nahmen die Helme ab und traten gesenkten Haupts in einer Reihe an. Ein Mann ging mit, in Hemdsärmeln mit abgestoßenen Manschetten, ohne Jacke und in zerschlissenen Schuhen, der die revolutionärsten Verse des Dichters rezitierte, und die Tränen liefen ihm übers Gesicht. Der erstaunte Blick Senator Truebas, der neben ihm ging, ruhte auf ihm.

„Schade, daß er ein Kommunist war", sagte der Senator zu seiner Enkelin. „Ein so guter Dichter und so verworrene Ideen! Wäre er vor dem Militärputsch gestorben, hätte er ein Staatsbegräbnis bekommen."

„Er hat es verstanden, so zu sterben, wie er gelebt hat, Großvater", erwiderte Alba.

Sie war überzeugt, daß er zur rechten Zeit gestorben war und daß ihm keine größere Ehrung hätte zuteil werden können als dieser schlichte Zug von Männern und Frauen, die ihn in einem Leihgrab begruben und ein letztes Mal seine Verse über die Gerechtigkeit und die Freiheit rezitierten. Zwei Tage später erschien eine Bekanntmachung der Militärjunta in den Zeitungen, in welcher Staatstrauer verordnet und erlaubt wurde, daß in Privathäusern auf Wunsch die Fahnen auf Halbmast gesetzt werden durften. Die Genehmigung erstreckte sich auf den Zeitraum zwischen dem Tod des Dichters und dem Tag, an dem die Bekanntmachung erschien.

Sowenig sie sich hatte hinsetzen können, um den Tod ihres Onkels Jaime zu beweinen, sowenig durfte Alba in

Gedanken an Miguel den Kopf verlieren oder den Dichter betrauern. Sie war ganz in Anspruch genommen von ihrer Aufgabe, nach Verschwundenen zu forschen, Gefolterte zu trösten, die mit irren Augen, der Rücken eine einzige Wunde, in die Hauptstadt zurückkamen, und Lebensmittel für die Kantinen der Pfarrer aufzutreiben. In der Nacht aber, wenn die Stadt ihre oberflächliche Betriebsamkeit und ihren Operettenfrieden verlor, fühlte sie sich verfolgt von den quälenden Gedanken, die sie tagsüber verdrängte. Zu dieser Stunde fuhren nur Packwagen voll Leichen und Verhafteter und Polizeiautos wie verirrte, in der Dunkelheit der Sperrstunde heulende Wölfe durch die Straßen. Alba zitterte in ihrem Bett. Die aufdringlichen Gespenster so vieler Unbekannter erschienen ihr, sie hörte das Haus wie eine alte Frau röcheln, sie horchte und spürte die gefürchteten Geräusche in den Knochen: ein scharfes Bremsen in der Ferne, das Zuschlagen von Autotüren, eine Schießerei, trampelnde Stiefel, ein dumpfer Aufschrei. Dann kehrte die Stille zurück bis zum Tagesanbruch, wenn die Stadt wieder auflebte und die Sonne den nächtlichen Terror ausgelöscht zu haben schien. Sie war nicht die einzige Schlaflose im Haus. Oft traf sie ihren Großvater, der sich in Nachthemd und Pantoffeln, älter und trauriger als am Tag, Seeräuberflüche murmelnd, eine Tasse Fleischbrühe warm machte, weil ihn die Knochen und die Seele schmerzten. Auch ihre Mutter kramte in der Küche herum oder geisterte wie eine Mitternachtserscheinung durch die leerstehenden Zimmer.

So vergingen die Monate, und schließlich war für alle, selbst für Senator Trueba, offenkundig, daß sich die Militärs die Macht geholt hatten, um sie zu behalten, und nicht, um die Regierung an die Politiker der Rechten abzugeben, die den Putsch begünstigt hatten. Sie waren eine Rasse für sich, untereinander verbrüdert, sie sprachen eine andere Sprache als die Zivilisten, und jedes Gespräch mit ihnen war wie ein Dialog zwischen Taubstummen, weil sie auf Grund ihres starren Ehrenkodex jede auch nur im geringsten abweichende Meinung für Verrat hielten. Trueba sah, daß sie messianische Pläne hatten, von denen die Politiker ausgeschlossen waren. Er klagte, daß die Aktion der Militärs, die eine marxistische Diktatur hatte abwenden sollen, das Land zu einer sehr viel härteren und allem Anschein nach auf die Dauer eines Jahrhunderts angelegten Diktatur verurteilte. Zum erstenmal in seinem Leben gab Senator Trueba zu, daß er sich geirrt hatte. Sie sahen ihn wie einen gebrochenen alten Mann in seinem Sessel sitzen und still vor sich hin weinen. Er weinte nicht über den Verlust der Macht. Er weinte über sein Vaterland.

Da hockte sich Blanca neben ihn, nahm seine Hand und beichtete, daß in einem der verlassenen Zimmer, die Clara zur Zeit der Geister hatte anbauen lassen, versteckt und einsam wie ein Eremit, Pedro Tercero García lebte. Am Tag nach dem Putsch waren Listen mit den Namen der Personen veröffentlicht worden, die sich bei den Behörden melden sollten. Darunter war auch der Name von Pedro Tercero García. Manche, die noch immer dachten, daß in diesem Land nie etwas passieren würde, gingen auf eigenen Füßen hin, um sich dem Verteidigungsministerium zu stellen, und bezahlten es mit dem Leben. Pedro Tercero hatte früher als die meisten ein Vorgefühl von der Grausamkeit des neuen Regimes gehabt, vielleicht weil er in diesen drei Jahren die Streitkräfte kennengelernt hatte und nicht mehr an das Märchen glaubte, daß sie anders wären als die Militärs in anderen Ländern. Noch in der Putschnacht schlich er sich während der Sperrstunde zum großen Eckhaus und rief unter dem Fenster von Blanca. Als sie hinaussah, den Blick getrübt von Migräne, erkannte sie ihn nicht, weil er sich rasiert hatte und eine Brille trug.

„Sie haben den Präsidenten umgebracht", sagte Pedro Tercero.

Blanca versteckte ihn in einem der leeren Zimmer. Sie richtete einen behelfsmäßigen Unterschlupf her, nicht ahnend, daß sie mehrere Monate lang für ihn würde sorgen müssen, während die Soldaten auf der Suche nach ihm das Land durchkämmten.

Sie hatte gedacht, daß niemand auf den Gedanken kommen würde, Pedro Tercero García könnte sich im Haus von Senator Trueba aufhalten, während dieser im gleichen

Augenblick stehend dem feierlichen Tedeum in der Kathedrale beiwohnte. Für Blanca wurden diese Monate die schönsten ihres Lebens.

Für ihn jedoch vergingen die Stunden genauso langsam, wie wenn er in einem Gefängnis gesessen hätte. Er verbrachte den Tag zwischen vier Wänden hinter einer Tür, die abgeschlossen wurde, damit niemand auf den Gedanken kam sauberzumachen, und bei herabgelassenen Jalousien und zugezogenen Vorhängen. Nachts riß er das Fenster auf, damit Luft in den Raum kam, in dem ein zugedeckter Eimer stand, damit er seine Bedürfnisse verrichten konnte. Die Zeit vertrieb er sich damit, Bücher von Jaime zu lesen, die Blanca ihm heimlich brachte, auf die Straßengeräusche oder das Geflüster eines auf niedrigste Lautstärke gestellten Radios zu horchen. Blanca besorgte ihm eine Gitarre, deren Saiten er mit einem Tuch unterlegte, damit niemand ihn hörte, wenn er gedämpft Lieder über Witwen, Waisen, Gefangene und Verschwundene komponierte. Er klügelte einen systematischen Stundenplan aus, um seinen Tag zu füllen, Gymnastik machen, lesen, Englisch lernen, Siesta halten, Musik schreiben, wieder Gymnastik, aber auch so blieben ihm endlose müßige Stunden, bis er endlich den Schlüssel im Schloß hörte und Blanca hereinkam, die ihm Zeitschriften, Essen und frisches Waschwasser brachte. Sie liebten sich verzweifelt, erfanden neue, verbotene Formen der Liebe, die Angst und Leidenschaft in halluzinatorische Reisen zu den Sternen verwandelten. Blanca hatte sich schon mit dem keuschen Leben, dem Alter und seinen wechselnden Gebrechen abgefunden. Die neu aufflammende Liebe gab ihr eine zweite Jugend. Das Leuchten ihrer Haut, der Rhythmus ihres Gangs und die Kadenz ihrer Stimme akzentuierten sich. Nie war sie schöner gewesen. Selbst ihrem Vater fiel es auf, und er schrieb es dem Frieden des neuen Überflusses zu. „Seit Blanca nicht mehr Schlange stehen muß, ist sie wie neugeboren“, sagte Senator Trueba. Auch Alba bemerkte es. Sie beobachtete ihre Mutter. Ihr seltsames Nachtwandeln erschien ihr ebenso verdächtig wie ihre neue Manie, Essen mit auf ihr Zimmer zu nehmen. Mehrmals nahm sie sich vor, ihr nachts nachzuspionieren, aber die Müdigkeit nach ihren verschiedenen Tröstungswerken war stärker, und wenn sie schlaflos im Bett lag, fürchtete sie sich, durch die leeren Zimmer zu gehen, in denen die Gespenster flüsterten.

Pedro Tercero wurde mager und verlor die gute Laune und die Sanftmut, durch die er sich bisher ausgezeichnet hatte. Er langweilte sich, verfluchte sein freiwilliges Gefängnis und heulte vor Ungeduld, Nachrichten von seinen Freunden zu bekommen. Nur die Anwesenheit Blancas beruhigte ihn. Wenn sie das Zimmer betrat, stürzte er sich auf sie und umarmte sie wie von Sinnen, um die Schrecken des Tages und die Langeweile der Wochen zu vergessen. Der Gedanke, daß er ein Verräter und feige sei, weil er das Los so vieler anderer nicht teilte, und daß es ehrenhafter wäre, sich zu stellen und sein Schicksal auf sich zu nehmen, wurde ihm zur Obsession. Blanca versuchte, ihm diese Idee mit allen ihr zu Gebote stehenden Argumenten auszureden, aber er schien sie nicht zu hören. Mit der ganzen Kraft der wiedergefundenen Liebe versuchte sie ihn zu halten, sie fütterte ihn wie ein Kind, sie schnitt ihm die Haare und die Nägel, sie rasierte ihn. Zuletzt mußte sie ihm doch Beruhigungsmittel ins Essen und Schlafmittel ins Trinkwasser mischen, um ihm einen tiefen, verquälten Schlaf aufzuzwingen, aus dem er mit trockenem Mund und traurigerem Herzen als zuvor erwachte. Nach einigen Monaten wurde Blanca klar, daß sie ihn nicht endlos gefangenhalten konnte, und sie verzichtete auf ihren Plan, seinen Geist abzubauen, um einen Dauergeliebten aus ihm zu machen. Sie begriff, daß er ihr lebendigen Leibes dahinstarb, weil ihm die Freiheit wichtiger war als die Liebe und weil es keine Wunderpille gab, die es fertiggebracht hätte, diese Haltung zu ändern.

„Hilf mir, Papa", bat Blanca Senator Trueba. „Ich muß ihn aus dem Land bringen."

Der alte Mann war vor Verblüffung wie gelähmt, und als er seine Wut und seinen Haß suchte und sie nirgends finden konnte, ging ihm auf, wie verbraucht er war. Er dachte an diesen Bauern, der ein halbes Jahrhundert lang seine Tochter geliebt hatte und von ihr geliebt worden war, und konnte keinen Grund entdecken, ihn oder auch nur seinen Poncho, seinen Sozialistenbart, seine Dickköpfigkeit oder seine vermaledeiten, Füchse verfolgenden Hennen zu hassen.

„Teufel, wir müssen ein Asyl für ihn suchen, denn wenn sie ihn hier finden, sind wir alle geliefert", war das einzige, was ihm zu sagen einfiel.

Blanca warf ihm die Arme um den Hals und bedeckte ihn, wie ein kleines Kind weinend, mit Küssen. Es war ihre erste spontane Liebkosung für ihren Vater seit ihrer frühesten Kindheit.

„Ich kann ihn in eine Botschaft bringen", sagte Alba. „Wir müssen nur den geeigneten Augenblick abwarten, und er muß über eine Mauer springen."

„Das wird nicht nötig sein, Kleines", sagte Senator Trueba. „Ich habe immer noch einflußreiche Freunde in diesem Land."

Achtundvierzig Stunden später ging in Pedro Tercero Garcías Zimmer die Tür auf, und statt Blanca stand Senator Trueba auf der Schwelle. Der Flüchtling dachte, seine Stunde hätte geschlagen, und in gewisser Weise war er froh darüber.

„Ich komme, um Sie hier herauszuholen", sagte Trueba.

„Warum?" fragte Pedro Tercero.

„Weil Blanca mich darum gebeten hat", antwortete der andere.

„Gehen Sie zum Teufel", stammelte Pedro Tercero.

„Schön, dahin gehen wir. Sie kommen mit."

Beide lächelten sie gleichzeitig. Im Hof des Hauses wartete die Silberlimousine eines nordischen Botschafters. Sie legten Pedro Tercero, wie ein Bündel zusammengefaltet, in den Kofferraum und deckten ihn mit Markttaschen voll Gemüse zu. Auf den Sitzen nahmen Blanca, Alba, Senator Trueba und sein Freund, der Botschafter, Platz. Der Chauffeur fuhr sie an die Apostolische Nuntiatur. Sie passierten eine von Militärpolizei besetzte Schranke, ohne aufgehalten zu werden. Vor dem Tor der Nuntiatur standen doppelte Wachposten, aber als sie Senator Trueba erkannten und die Diplomatennummer des Autos sahen, salutierten sie und ließen sie durch. Hinter der Einfahrt, auf dem Territorium des Vatikans in Sicherheit, holten sie Pedro Tercero unter einem Berg von Salatblättern und geplatzten Tomaten heraus. Sie führten ihn in das Büro des Nuntius, der ihn erwartete, in seine Bischofssoutane gekleidet, in der Hand einen brandneuen Passierschein, mit dem nicht nur Pedro Tercero ins Ausland reisen konnte, sondern auch Blanca, die beschlossen hatte, die seit ihrer Kindheit hintangestellte Liebe im Exil auszuleben. Der Nuntius hieß beide willkommen. Er war ein Bewunderer des Liedermachers und besaß alle seine Platten.

Während der Priester und der nordische Botschafter über die internationale Lage diskutierten, verabschiedete sich die Familie. Blanca und Alba weinten untröstlich. Nie waren sie getrennt gewesen. Esteban Trueba umarmte seine Tochter lange, ohne Tränen, aber sein zusammengepreßter Mund zitterte von der Anstrengung, das Schluchzen zu unterdrücken.

„Ich bin Ihnen kein guter Vater gewesen", sagte er. „Glauben Sie, daß Sie mir das Vergangene verzeihen und es vergessen können?"

„Ich habe Sie sehr lieb, Vater", sagte Blanca, indem sie die Arme um seinen Hals schlang, ihn verzweifelt an sich drückte und schluchzte.

Dann wandte sich der Alte Pedro Tercero zu und blickte ihm in die Augen. Er streckte ihm die Hand hin, konnte aber die des anderen nicht drücken, weil ihm einige Finger der rechten Hand fehlten. Da breitete er die Arme aus, und beide Männer verabschiedeten sich mit einer engen Umarmung, endlich befreit von dem Haß und dem Groll, die so viele Jahre ihr Dasein verfinstert hatten.

„Ich werde auf Ihre Tochter aufpassen und versuchen, sie glücklich zu machen, Señor", sagte Pedro Tercero mit gebrochener Stimme.

„Da bin ich ganz sicher. Geht in Frieden, Kinder", murmelte der alte Mann.

Senator Trueba blieb mit seiner Enkelin und einigen Angestellten allein im Haus. Wenigstens glaubte er das. Doch

Alba hatte beschlossen, sich die Idee ihrer Mutter zu eigen zu machen, und benutzte den leerstehenden Teil des Hauses, um Leute für eine oder zwei Nächte darin zu verstekken, so lange, bis sie einen sicheren Unterschlupf oder einen Weg gefunden hatte, sie außer Landes zu bringen. Sie half denen, die im Schatten lebten, die tagsüber im Stadtbetrieb untertauchten, die aber bei Einbruch der Nacht versteckt werden mußten, jedesmal an einem anderen Ort. Die gefährlichsten Stunden waren die während der Ausgangssperre, wenn die Flüchtlinge nicht mehr auf der Straße sein durften und die Polizei nach Belieben Jagd auf sie machen konnte. Alba dachte, daß von allen Häusern das ihres Großvaters das letzte wäre, das durchsucht werden würde. Nach und nach verwandelte sie die leeren Zimmer in ein Labyrinth heimlicher Winkel, in denen sie ihre Schützlinge versteckte, manchmal ganze Familien. Senator Trueba benutzte nur seine Bibliothek, das Bad und sein Schlafzimmer. Hier lebte er zwischen seinen Mahagonimöbeln, viktorianischen Vitrinen und Perserteppichen. Selbst für einen Mann, der so wenig zu Gefühlsanwandlungen neigte wie er, wurde dieses düstere Haus unheimlich: ein verborgenes Ungeheuer schien darin umzugehen. Trueba konnte den Grund seines Unbehagens nicht begreifen, wußte er doch, daß die seltsamen Geräusche, die die Dienstboten gehört haben wollten, von Clara kamen, die in Gesellschaft ihr befreundeter Geister durchs Haus strich. Er hatte seine Frau oft in ihrem weiten Kleid durch die Salons wehen sehen und ihr mädchenhaftes Lachen gehört. Er tat dann, als ob er sie nicht sähe, blieb regungslos stehen und hielt den Atem an, um sie nicht zu erschrecken. Wenn er die Augen schloß und sich schlafend stellte, konnte er ihre Finger spüren, die sanft seine Stirn berührten, ihren Atem, der wie ein Hauch über ihn hin blies, das Flattern ihres Haars in seiner Reichweite. Er hatte keinen Anlaß, irgend etwas Anomales zu vermuten, und doch hütete er sich, die verzauberte Region zu betreten, die das Reich seiner Frau war, und ging nie weiter als bis zur Küche, die eine neutrale Zone darstellte. Seine alte Köchin war gegangen, weil ihr Mann bei einer Schießerei versehentlich umgebracht und ihr einziger Sohn, der in einem Dorf im Süden Rekruten ausgehoben hatte, von den Dorfbewohnern an einem Lichtmast aufgehängt worden war, die Eingeweide um den Hals geschlungen, als Rache dafür, daß er die Befehle seiner Vorgesetzten ausgeführt hatte. Die arme Frau verlor den Verstand und Trueba bald darauf die Geduld, weil er es leid war, die Haare im Essen zu finden, die sie sich bei ihrem ununterbrochenen Lamento ausraufte. Eine Zeitlang experimentierte Alba mit Hilfe eines Kochbuchs an den Kochtöpfen, aber trotz aller guten Absichten aß Trueba dann doch alle Abende im Klub, um wenigstens einmal am Tag eine anständige Mahlzeit zu bekommen. Alba hatte dadurch größeren Spielraum für ihren Flüchtlingsbetrieb und konnte sicherer sein als zuvor, daß sie die Leute vor der Sperrstunde ins Haus brachte, ohne daß ihr Großvater etwas davon merkte.

Eines Tages erschien Miguel. Sie wollte gerade ins Haus, als er ihr im vollen Licht des frühen Nachmittags entgegenkam. Er hatte sich zwischen den Sträuchern im Garten versteckt, um auf sie zu warten. Er hatte sich das Haar blaßgelb gefärbt und trug einen blauen Zweireiher. Er sah aus wie ein gewöhnlicher Bankangestellter, aber Alba erkannte ihn sofort und konnte einen Jubelschrei aus tiefstem Herzen nicht unterdrücken. Im Garten fielen sie sich in die Arme, vor den Blicken der Passanten und eines jeden, der sie sehen wollte, bis sie wieder Verstand annahmen und die Gefahr erkannten. Alba zog ihn ins Haus, in ihr Schlafzimmer. Sie fielen aufs Bett in einem Knoten von Armen und Beinen, sich rufend bei den geheimen Namen, die sie in Kellerzeiten benutzt hatten, sie liebten sich verzweifelt, bis sie das Leben aus sich entweichen und ihre Seelen zerspringen fühlten und stilliegen mußten, horchend auf die wilden Schläge ihrer Herzen, um sich ein wenig zu beruhigen. Da schaute ihn Alba zum erstenmal an und sah, daß sie mit einem völlig Unbekannten geschlafen hatte, der nicht nur Haare hatte wie ein Wikinger, der auch weder Miguels Bart noch seine kleine runde Lehrerbrille trug und viel dünner aussah. „Gräßlich siehst du aus!" flüsterte sie ihm ins Ohr. Miguel war einer der Chefs der Guerilla geworden, er hatte das Schicksal erfüllt, auf das er seit seinen jungen Jahren zugesteuert war. Die Polizei hatte viele Männer und Frauen verhört, um seinen Schlupfwinkel aufzuspüren, was Alba wie ein Mühlstein auf der Seele lag, für ihn jedoch nur ein Teil der Schrecken des Krieges war, zumal er bereit war, dasselbe Los auf sich zu nehmen, wenn es darum ging, andere zu decken. Bis dahin kämpfte er im Untergrund, treu seiner Theorie, daß man der Gewalt der Reichen die Gewalt des Volks entgegensetzen mußte. Alba, die sich tausendmal vorgestellt hatte, er sei verhaftet worden oder sie hätten ihn auf fürchterliche Weise umgebracht, weinte vor Freude, während sie seinen Geruch, seine Haut, seine Stimme, seine Wärme, die Berührung seiner Hände schmeckte, die schwielig waren vom Gebrauch der Waffen und der Gewohnheit zu kriechen, sie betete und fluchte, sie küßte ihn und haßte ihn wegen der vielen ausgestandenen Leiden und wollte auf der Stelle sterben, um nicht noch einmal seine Abwesenheit auszuhalten.

„Du hast recht gehabt, Miguel. Alles ist so gekommen, wie du gesagt hast", gab Alba, an seiner Schulter schluchzend, zu.

Dann erzählte sie ihm von den Waffen, die sie dem Großvater gestohlen und mit ihrem Onkel vergraben hatte, und erbot sich, ihn an die Stelle hinzuführen und sie zu suchen. Sie hätte ihm gern auch die gegeben, die sie nicht hatte stehlen können und die im Haus zurückgeblieben waren, aber wenige Tage nach dem Militärputsch war der Zivilbevölkerung befohlen worden, alles, was als Waffe betrachtet werden konnte, einschließlich Fahrtenmessern und Federmessern für Kinder, abzuliefern. Die Leute legten ihre in Zeitungspapier gewickelten Pakete an den Kirchentüren ab, weil sie nicht wagten, sie in die Kasernen zu bringen, aber Senator Trueba, der Kriegswaffen im Haus hatte, brauchte nichts zu befürchten, da die seinen ja dazu bestimmt gewesen waren, Kommunisten zu töten, wie jeder wußte. Er rief seinen Freund, General Hurtado, an, und dieser schickte einen Militärlastwagen, um sie abzuholen. Trueba führte die Soldaten in das Zimmer mit den Waffen und mußte, sprachlos vor Staunen, feststellen, daß die Hälfte der Kisten mit Steinen und Stroh gefüllt waren, aber er begriff, daß er jemanden aus seiner eigenen Familie verdächtigen oder selbst Scherereien bekommen würde, wenn er den Verlust zugab. Er erging sich in Entschuldigungen, die niemand von ihm verlangte, da die Soldaten die Anzahl der Waffen, die er gekauft hatte, nicht kennen konnten. Er verdächtigte Blanca und Pedro Tercero, doch auch die hochroten Wangen seiner Enkelin gaben ihm zu denken. Nachdem die Soldaten die Kisten mitgenommen und eine Quittung ausgestellt hatten, packte er Alba am Arm und schüttelte sie, wie er es nie getan hatte, damit sie bekannte, ob sie etwas mit den fehlenden Maschinengewehren und Flinten zu tun hatte.

„Frag nicht Antworten aus mir heraus, die du nicht hören willst, Großvater", antwortete Alba, ihm fest in die Augen sehend. Sie sprachen nicht wieder über das Thema.

„Dein Großvater ist ein Schuft, Alba. Irgend jemand wird ihn umbringen, wie er es verdient", sagte Miguel.

„Er wird in seinem Bett sterben, er ist schon sehr alt", sagte Alba.

„Wer mit dem Eisen tötet, kann nicht an Hüteschwenken sterben. Vielleicht bringe ich ihn eines Tages selber um."

„Das verhüte Gott, dadurch würdest du mich zwingen, dasselbe mit dir zu tun", erwiderte Alba entschlossen.

Miguel erklärte ihr, daß sie sich lange Zeit nicht mehr würden sehen können. Er versuchte ihr klarzumachen, wie gefährlich es war, die Freundin eines Guerillero zu sein, auch wenn sie durch den Namen ihres Großvaters geschützt war, aber sie weinte so sehr und schlang mit solcher Angst die Arme um ihn, daß er ihr versprach, sie würden nach Gelegenheiten suchen, sich hin und wieder zu sehen, und sei es unter Lebensgefahr. Miguel willige auch ein, mit ihr zusammen die auf den Bergen vergrabenen Waffen und Munition zu suchen, denn was er bei seinem tollkühnen Kampf am meisten brauchte, waren Waffen.

„Ich hoffe, daß sie nicht verrostet sind", murmelte Alba. „Und daß ich mich noch an die Stelle erinnere, denn es ist schon über ein Jahr her."

Zwei Wochen später veranstaltete Alba einen Ausflug

mit den Kindern aus den Kantinen in einem Lastwagen, den ihr die Gemeindepfarrer liehen. Sie nahmen Körbe voll Vesperbrot, eine Tüte Orangen, Bälle und eine Gitarre mit. Keines der Kinder fand es verdächtig, daß sie unterwegs einen blonden Mann zusteigen ließ. Alba fuhr den schweren Lastwagen mit seiner Fracht Kinder denselben Weg in die Berge hoch, den sie mit ihrem Onkel Jaime gefahren war. Zwei Patrouillen hielten sie unterwegs an, sie mußte die Brotkörbe aufmachen, aber die ansteckende Lustigkeit der Kinder und der unschuldige Inhalt der Tüten zerstreuten jeden Verdacht der Soldaten. Ungeschoren kamen sie an den Ort, an dem die Waffen versteckt lagen. Die Kinder spielten Räuber und Gendarm und Verstekken. Miguel veranstaltete eine Partie Fußball mit ihnen, er setzte sie im Kreis um sich und erzählte ihnen Märchen, und dann sangen alle, was die Lungen hergaben. Danach zeichnete er einen Plan von der Stelle, um später im Schutz der Nacht mit seinen Kameraden wiederzukommen. Es war ein glücklicher Tag in der freien Natur, in der sie für einige Stunden die Spannungen des Kriegszustandes vergessen und unter dem fröhlichen Geschrei der Kinder, die zwischen den Steinen herumsprangen, zum erstenmal seit vielen Monaten mit vollem Magen, die laue Gebirgssonne genießen konnten.

„Ich habe Angst, Miguel“, sagte Alba. „Werden wir nie ein normales Leben führen können? Warum gehen wir nicht ins Ausland? Warum verschwinden wir nicht jetzt, wo es noch Zeit ist?“

Miguel deutete auf die Kinder, und Alba verstand.

„Dann laß mich mit dir gehen“, bat sie ihn, wie schon so oft.

„Wir können in diesem Augenblick keinen bei uns haben, der nicht trainiert ist. Erst recht nicht eine verliebte Frau“, meinte Miguel lächelnd. „Es ist besser, du bleibst bei der Aufgabe, die du übernommen hast. Man muß diesen armen Kindern helfen, bis bessere Zeiten kommen.“

„Sag mir wenigstens, wo ich dich finden kann.“

„Wenn du der Polizei in die Klauen fällst, ist es besser, du weißt nichts“, antwortete Miguel.

Sie erschrak.

In den folgenden Monaten begann Alba die Einrichtung des Hauses zu verscherbeln. Anfangs wagte sie nur Dinge aus den aufgegebenen Zimmern und dem Keller herauszuholen, aber als das verkauft war, fing sie an, Stück um Stück die alten Stühle im Salon, die barocken Schemel, die Kolonialtruhen, die geschnitzten Wandschirme aus dem Eßzimmer und sogar die Tischwäsche zu verkaufen. Trueba merkte es, sagte aber nichts. Er vermutete, daß seine Enkelin das Geld einem verbotenen Zweck zuführte, wie sie es vermutlich auch mit den Waffen getan hatte, aber er wollte es lieber nicht wissen, um sich weiterhin auf einer Welt, die ihm in Trümmer fiel, sein prekäres Gleichgewicht zu bewahren. Er fühlte, daß die Ereignisse seiner Kontrolle entglitten, und begriff, daß seine Enkelin nicht zu verlieren das einzige war, woran ihm wirklich lag, weil sie das letzte Band war, das ihn noch mit dem Leben verknüpfte. Deshalb sagte er auch dann noch nichts, als sie nach und nach die Bilder von den Wänden und die Teppiche von den Böden nahm, um sie an die neuen Reichen zu verkaufen. Er fühlte sich sehr alt und sehr müde, er hatte keine Kraft mehr zu kämpfen. Auch seine Ideen waren nicht mehr so klar wie früher, die Grenze zwischen dem, was er für gut hielt, und dem, was er als schlecht betrachtete, verwischte sich allmählich. Nachts, wenn ihn der Schlaf überraschte, hatte er Alpträume von den Ziegelhäuschen. Er dachte, daß er es nicht verhindern könnte, wenn seine einzige Erbin beschloß, das Haus zum Fenster hinauszuwerfen, weil es nicht mehr lange dauern würde, bis er im Grab lag, und ins Grab würde er nur das Leichentuch mitnehmen. Alba wollte mit ihm sprechen, ihm die Sache erklären, aber der alte Mann weigerte sich, das Märchen von den hungrigen Kindern anzuhören, die von dem Erlös aus seinen Aubusson-Gobelins einen Almosenteller voll Essen bekamen, oder von den Arbeitslosen, die dank seinem chinesischen Drachen aus Hartstein eine Woche länger überleben konnten. Das alles, behauptete er nach wie vor, sei ein ungeheurer Schwindel des internationalen Kommunismus, und gesetzt den äußerst unwahrscheinlichen Fall, daß es zuträfe, wäre es nicht an Alba, sich die Verantwortung dafür aufzuhalsen, sondern an der Regierung oder, in letzter Instanz, an der Kirche. An dem Tag aber, an dem er nach Hause kam und das Bild von Clara nicht mehr in der Eingangshalle hängen sah, fand er, daß damit die Grenze seiner Geduld überschritten sei, und knöpfte sich seine Enkelin vor.

„Wo, zum Teufel, ist das Bild deiner Großmutter?" brüllte er.

„Ich habe es an den englischen Konsul verkauft, Großvater. Er sagte mir, er würde es in ein Londoner Museum hängen."

„Ich verbiete dir, daß du noch einmal etwas aus diesem Haus wegnimmst. Von morgen an hast du ein eigenes Bankkonto für dein Nadelgeld", antwortete er.

Bald sah Esteban Trueba, daß Alba die teuerste Frau seines Lebens war und ein Harem von Hofdamen weniger kostspielig gewesen wäre als diese Enkelin mit dem grünen Haar. Er machte ihr keine Vorwürfe, weil die Zeiten des blühenden Vermögens wiedergekehrt waren und er um so mehr besaß, je mehr er ausgab. Seit politische Betätigungen verboten waren, hatte er viel Zeit für seine Geschäfte, und er rechnete sich aus, daß er, entgegen seinen Vorhersagen, als reicher Mann sterben werde. Er legte sein Geld bei den neuen Finanzierungsinstituten an, die sich erboten, das Geld der Investitionswilligen auf wunderbare Weise von einem Tag auf den andern zu vervielfachen. Er entdeckte, daß ihn der Reichtum unendlich langweilte, weil es ihm so leichtfiel, ihn zu erwerben, er aber keinen echten Anreiz hatte, ihn wieder auszugeben, und es nicht einmal dem ungeheuren Verschwendungstalent seiner Enkelin gelang, seinen Beutel schlaff zu machen. Voll Begeisterung baute er die Drei Marien wieder auf und verbesserte sie, aber danach verlor er jedes Interesse an anderen Geschäften, weil er bemerkte, daß es dank dem neuen Wirtschaftssystem nicht mehr nötig war, sich anzustrengen und zu produzieren, da das Geld von allein neues Geld anzog und seine Bankkonten täglich dicker wurden, ohne daß er einen Finger rührte. So tat er, als er Bilanz zog, einen Schritt, von dem er nicht geglaubt hätte, daß er ihn je in seinem Leben tun würde: er schickte jeden Monat einen Scheck an Pedro Tercero García, der mit Blanca im kanadischen Exil lebte. Dort fühlten sich beide im Frieden gestillter Liebe voll verwirklicht. Er schrieb revolutionäre Lieder für Arbeiter und Studenten und, vor allem, für das Großbürgertum, bei dem sie in Mode gekommen waren, so daß sie mit großem Erfolg ins Englische und Französische übersetzt wurden, obwohl Hennen und Füchse unterentwickelte Geschöpfe sind und längst nicht das zoologische Prestige besitzen wie die Adler und Wölfe dieser nördlichen Länder. Blanca, friedlich und glücklich, erfreute sich zum erstenmal in ihrem Leben einer eisernen Gesundheit. Sie installierte einen großen Brennofen in ihrem Haus, um ihre Krippenmonster darin zu brennen, die sich bestens verkauften, weil es sich ja um indianisches Kunsthandwerk handelte, wie Jean de Satigny das schon vor fünfundzwanzig Jahren vorausgesagt hatte, als er sie exportieren wollte. Mit diesen Geschäften, den Schecks des Vaters und kanadischer Unterstützung hatten sie genug, und vorsichtshalber versteckte Blanca den Wollstrumpf mit den unerschöpflichen Schmuckstücken Claras im hintersten Winkel des Hauses, darauf bauend, daß sie nie gezwungen sein würde, sie zu verkaufen, und eines Tages Alba sie tragen würde.

Senator Trueba wußte nicht, daß die Geheimpolizei sein Haus überwachte, bis zu der Nacht, als sie Alba holten. Alle im Haus schliefen, und zufällig war niemand im Labyrinth der leerstehenden Zimmer versteckt. Gewehrkolbenhiebe gegen die Tür rissen den alten Mann aus dem Schlaf und gaben ihm ein deutliches Vorgefühl des Verhängnisses. Doch Alba war vor ihm aufgewacht, als sie das Bremsen der Autos, die Schritte, die halblaut erteilten Befehle hörte, und begann sich anzuziehen, weil sie nicht daran zweifelte, daß ihre Stunde gekommen war.

In diesen Monaten hatte der Senator gelernt, daß nicht einmal seine lupenreine Laufbahn als Putschist eine Garantie gegen den Terror war. Aber nie hätte er gedacht, daß er ein Dutzend nicht uniformierter, aber bis an die Zähne bewaffneter Männer im Schutz der Sperrstunde in sein Haus würde kommen sehen, die ihn ohne jede Rücksicht aus seinem Bett holten, ihn am Arm packten und in den Salon führten, ohne ihm auch nur zu erlauben, sich die Pantoffeln anzuziehen oder einen Schal umzuwerfen. Er sah andere Männer mit einem Fußtritt die Tür zu Albas Schlafzimmer aufstoßen und mit dem Maschinengewehr im Anschlag hineingehen, er sah seine Enkelin vollständig angezogen, bleich, aber gefaßt sie stehend erwarten, er sah, wie sie sie aus dem Zimmer stießen und sie vor ihren Waffen her in den Salon trieben, wo sie ihr befahlen, bei dem alten Mann zu bleiben und nicht die geringste Bewegung zu machen. Sie gehorchte, ohne ein Wort zu sagen, fern der Wut ihres Großvaters und der Gewalttätigkeit der Männer, die auf der Suche nach versteckten Guerilleros, verbotenen Waffen und anderen handgreiflichen Beweisen das Haus durchliefen, Türen einschlugen, mit den Gewehrkolben Schränke ausräumten, Möbel umwarfen, Matratzen aufschlitzten, den Inhalt der Schränke umdrehten, mit Füßen gegen die Wand traten und Befehle brüllten. Sie holten die Angestellten aus ihren Betten und schlossen sie unter der Bewachung eines anderen Bewaffneten in einem anderen Zimmer ein. Sie kippten die Regale in der Bibliothek um, und die Nippsachen und Kunstwerke des Senators prasselten auf den Boden. Die Bücher aus Jaimes Tunnel landeten auf dem Patio, wurden dort auf einen Haufen geworfen, mit Benzin übergossen und verbrannt, ein infamer Scheiterhaufen, den die Männer fütterten mit den magischen Büchern aus den verwunschenen Koffern des Onkels Marcos, der Auflage von Nicolás esoterischem Werk, der in Leder gebundenen Marx-Ausgabe und selbst den Opernpartituren des Großvaters, ein skandalöser Scheiterhaufen, der das ganze Viertel mit Rauch füllte und in normalen Zeiten die Feuerwehr herbeigerufen hätte.

„Geben Sie alle Notizbücher, Adreßbücher, Scheckhefte, alle persönlichen Dokumente heraus, die Sie besitzen“, befahl der Mann, der der Chef zu sein schien.

„Ich bin Senator Trueba! Kennen Sie mich denn nicht, Mann, um Gottes willen! Mit mir können Sie das doch nicht machen. Das ist ein Überfall! Ich bin ein Freund von General Hurtado."

„Halt's Maul, alter Scheißer! Du hast kein Recht, den Mund aufzumachen, solange ich es nicht erlaube!" antwortete der andere brutal.

Sie zwangen ihn, den Inhalt seines Schreibtisches herauszugeben, und steckten alles, was ihnen interessant erschien, in Tüten. Während die eine Gruppe noch das Haus durchsuchte, warf eine andere immer noch Bücher durchs Fenster. Im Salon saßen vier lachende, spottende, drohende Männer, die ihre Füße auf die Möbel legten, schottischen Whisky aus der Flasche tranken und eine nach der anderen die Platten aus Senator Truebas Sammlung klassischer Musik zerbrachen. Alba überschlug, daß mindestens schon zwei Stunden vergangen waren. Sie zitterte, aber nicht vor Kälte, sondern aus Angst. Sie hatte damit gerechnet, daß dieser Moment eines Tages kommen würde, aber immer noch hatte sie wider alle Vernunft gehofft, daß der Einfluß ihres Großvaters sie schützen würde. Als sie ihn nun, klein und kläglich wie einen schwachen Greis, auf dem Sofa sitzen sah, begriff sie, daß sie nicht auf Hilfe zählen konnte.

„Unterschreib das!" befahl der Chef, während er Trueba ein Papier unter die Nase hielt. „Das ist eine Erklärung, daß wir uns vor dir ausgewiesen haben, daß alles vorschriftsmäßig verlaufen ist, daß wir rücksichtsvoll und höflich vorgegangen sind und daß du keine Klagen vorzubringen hast. Unterschreib!"

„Nie werde ich das unterschreiben", rief Trueba wütend.

Der Mann drehte sich rasch um die eigene Achse und versetzte Alba einen Schlag ins Gesicht, der sie zu Boden schleuderte. Senator Trueba war wie gelähmt vor Staunen und Entsetzen und begriff, daß endlich, nachdem er fast neunzig Jahre lang nach seinem eigenen Gesetz gelebt hatte, die Stunde der Wahrheit gekommen war.

„Wußtest du, daß deine Enkelin die Hure eines Guerillero ist?" sagte der Mann.

Niedergeschlagen unterzeichnete Senator Trueba das Papier. Dann ging er unter Mühen zu seiner Enkelin, schloß sie in die Arme und strich ihr mit nie gekannter Zärtlichkeit über das Haar.

„Mach dir keine Sorgen, Kleines. Alles wird in Ordnung kommen. Sie können dir nichts tun, das ist ein Irrtum, sei nur ruhig", murmelte er.

Aber der Mann schob ihn brutal beiseite und schrie den anderen zu, daß sie gehen müßten. Zwei Totschlägertypen packten Alba an den Armen und rissen sie mit sich fort. Das letzte, was sie sah, war die pathetische Gestalt des Großvaters, wachsbleich, zitternd, im Nachthemd und barfuß, der ihr von der Schwelle aus versicherte, daß er sie morgen herausholen werde, er werde mit General Hurtado sprechen, und mit seinen Rechtsanwälten werde er sie finden, wo immer sie sei, und sie wieder nach Hause bringen.

Sie hoben sie auf einen Lieferwagen und setzten sie zwischen den Mann, der sie geschlagen hatte, und einen anderen, der pfeifend am Steuer saß. Ehe sie ihr die Klebestreifen über die Wimpern klebten, blickte sie ein letztes Mal auf die leere, stille Straße, erstaunt, daß trotz des Aufruhrs und der verbrannten Bücher kein Nachbar herausgekommen war, um nachzusehen. Sie nahm an, daß sie durch die Ritzen der Jalousien und die Spalten in den Vorhängen hinausspähten, wie sie selbst es oft getan hatte, oder daß sie die Köpfe unter die Kopfkissen gesteckt hatten, um nichts zu erfahren. Der Lieferwagen fuhr los, und sie, zum erstenmal blind, verlor die Vorstellung von Raum und Zeit. Sie fühlte eine große feuchte Hand reibend, zwickend, aufsteigend, erkundend auf ihren Schenkeln, einen schweren Atem in ihrem Gesicht, flüsternd, ich werde dir einheizen, Hure, du wirst schon sehen, und hörte andere Stimmen und Gelächter, während das Fahrzeug auf einer Fahrt, die ihr endlos erschien, eine Straßenbiegung nach der anderen nahm. Sie wußte nicht, wohin sie gebracht wurde, bis sie Wasser rauschen und die Räder des Lieferwagens über Holz fahren hörte. Da ahnte sie, was ihr bevorstand. Sie beschwor die Geister aus den Zeiten des dreibeinigen Tisches und des wandersüchtigen Salzfasses ihrer Großmutter, die Gespenster, die imstande waren, den Gang der Dinge zu verändern, aber sie schienen sie verlassen zu haben, denn der Lieferwagen setzte seinen Weg fort. Sie hörte das Bremsen, hörte, wie sich die schweren Flügel eines Tors öffneten und sich hinter ihr wieder schlossen. Da betrat Alba den Alptraum, den ihre Großmutter bei ihrer Geburt in der Sternkarte gesehen und Luisa Mora in einer warnenden Vorahnung vorausgesagt hatten. Die Männer halfen ihr aus dem Wagen. Sie kam keine zwei Schritte weit. Der erste Schlag traf sie in die Rippen, sie fiel auf die Knie und bekam keine Luft mehr. Zu zweit packten sie sie unter den Achseln und schleppten sie eine lange Strecke weit. Sie spürte Erde unter den Füßen, dann die rauhe Oberfläche eines Zementbodens. Die Männer blieben stehen.

„Das ist die Enkelin von Senator Trueba, Oberst", hörte sie sagen.

„Ich seh's", antwortete eine andere Stimme.

Alba erkannte die Stimme Esteban Garcías sofort und begriff in diesem Augenblick, daß er seit jenem fernen Tag auf sie gewartet hatte, an dem er sie, die damals noch ein Kind gewesen war, auf seine Knie gesetzt hatte.

Vierzehntes Kapitel
Die Stunde der Wahrheit

Alba war in sich verkrochen im Dunkeln. Sie hatten ihr mit einem Ruck die Klebestreifen von den Augen gerissen und ihr statt dessen eine straff sitzende Binde umgebunden. Sie hatte Angst. Sie dachte an das Training bei ihrem Onkel Nicolás, der sie gegen die Gefahr hatte wappnen wollen, Angst vor der Angst zu haben, und konzentrierte sich darauf, das Zittern ihrer Glieder zu beherrschen und die Ohren zu verschließen gegen die grauenhaften Geräusche, die von draußen zu ihr drangen. Sie versuchte sich die glücklichen Stunden mit Miguel ins Gedächtnis zu rufen, etwas, was ihr half, die Zeit zu täuschen und Kräfte zu sammeln für das, was ihr bevorstand, sie sagte sich, daß sie ein paar Stunden würde durchhalten müssen, ohne die Nerven zu verlieren, bis ihr Großvater die umständliche Maschinerie seiner Macht und seines Einflusses in Gang gesetzt hatte, um sie herauszuholen. Sie suchte in ihrem Gedächtnis einen Spaziergang mit Miguel an der Küste, im Herbst, lange bevor der Wirbelsturm der Ereignisse das Unterste zuoberst gekehrt hatte, in einer Epoche, in der die Wörter noch eine einzige Bedeutung gehabt hatten, in der Volk, Freiheit, Compañero nur das gewesen waren, Volk, Freiheit, Compañero, und noch nicht geheimes Erkennungszeichen. Sie versuchte diesen Moment noch einmal zu durchleben, die feuchte rote Erde, den intensiven Geruch der Kiefern- und Eukalyptuswälder mit dem nach einem langen, warmen Sommer gärenden Teppich dürrer Nadeln, das durch die Bäume einfallende kupferne Licht der Sonne. Sie versuchte, sich der Kühle zu erinnern, der Stille und dieses herrlichen Gefühls, Herren der Erde zu sein, zwanzig Jahre alt zu sein und das Leben vor sich zu haben, sich in aller Ruhe zu lieben, trunken vom Waldgeruch und von Liebe, ohne Angst vor der Zukunft, mit dem einzigen, unglaublichen Reichtum dieses gegenwärtigen Augenblicks, in dem sie sich anschauten, rochen, küßten, erkundeten, eingehüllt in das Säuseln des Winds in den Bäumen und das nahe Rauschen der Wellen, die am Fuß der Steilküste in einem Getöse duftenden Schaums gegen die Felsen schlugen, und sie, umschlungen unter einem Poncho, wie siamesische Zwillinge unter einer Haut, lachend, schwörend, es sei für immer, überzeugt, daß sie auf der ganzen Welt die einzigen waren, die die Liebe entdeckt hatten.

Alba hörte Schreie, lang anhaltendes Stöhnen und ein auf höchste Lautstärke gedrehtes Radio. Der Wald, Miguel, die Liebe versanken im tiefen Tunnel ihrer Angst, und sie fügte sich darein, daß sie ihrem Los ohne Ausflüchte ins Auge sehen mußte.

Ihrer Berechnung nach mußte die ganze Nacht und ein guter Teil des folgenden Tages vergangen sein, als zum erstenmal die Tür aufging und zwei Männer sie aus der Zelle holten.

Sie führten sie unter Beschimpfungen und Drohungen vor Oberst García, den sie blind erkennen konnte, am Habitus seiner Bosheit, noch ehe sie seine Stimme hörte. Sie spürte seine Hände auf ihrem Gesicht, seine dicken Finger an ihrem Hals, an ihren Ohren.

„Du wirst mir jetzt sagen, wo dein Freund ist“, sagte er. „Das wird uns beiden eine Menge Unannehmlichkeiten ersparen.“

Alba atmete erleichtert auf. Also hatten sie Miguel nicht verhaftet.

„Ich will auf die Toilette“, antwortete sie, so fest sie ihre Stimme artikulieren konnte.

„Aha, du willst nicht kooperieren, Alba. Das ist schade“, seufzte García. „Die Burschen werden ihre Pflicht tun müssen, ich kann es nicht verhindern.“

Eine kurze Stille entstand um sie herum. Sie strengte sich maßlos an, an den Kiefernwald und die Liebe zu Miguel zu denken, aber ihre Gedanken liefen ihr durcheinander, und sie wußte schon nicht mehr, ob sie träumte und woher dieser pestilenzialische Gestank von Schweiß und Kot und Urin kam und zwischen anderem, nahem, deutlichem Brüllen die Stimme dieses Fußballreporters, der finnische Tore verkündete, die mit ihr nichts zu tun hatten. Ein brutaler Schlag warf sie zu Boden, gewalttätige Hände stellten sie wieder auf die Füße, grausame Finger gruben sich in ihre Brüste, quetschten ihre Brustwarzen, und die Angst nahm von ihr Besitz. Unbekannte Stimmen hämmerten auf sie ein, sie hörte den Namen Miguel, wußte aber nicht, was man sie fragte, und wiederholte nur immer wieder ein monumentales Nein, während sie auf sie einschlugen, sie befummelten, ihr die Bluse herunterrissen, und sie konnte nicht denken, nur nein und nein und nein wiederholen, überschlagend, wie lange sie durchhalten würde, ehe sich ihre Kräfte erschöpften, nicht ahnend, daß dies erst der Anfang war, bis sie ihre Sinne schwinden fühlte und die Männer sie in Ruhe, sie für eine Zeit, die ihr sehr kurz erschien, auf dem Boden liegenließen.

Plötzlich hörte sie wieder die Stimme Garcías, und sie erriet, daß es seine Hände waren, die ihr aufstehen halfen, sie zu einem Stuhl führten, ihre Kleider ordneten, ihr die Bluse anzogen.

„Ach Gott“, sagte er. „Schau her, wie sie dich zugerichtet haben. Ich habe dich gewarnt, Alba. Jetzt versuch dich zu beruhigen, ich gebe dir eine Tasse Kaffee.“

Alba brach in Weinen aus. Die lauwarme Flüssigkeit belebte sie wieder, aber sie schmeckte sie nicht, weil sie mit ihr zusammen Blut schluckte. García hielt die Tasse, die er aufmerksam wie ein Krankenwärter an ihren Mund führte.

„Möchtest du rauchen?“

„Ich will auf die Toilette“, sagte sie, mit geschwollenen Lippen mühsam jede Silbe artikulierend.

„Selbstverständlich, Alba. Sie werden dich auf die Toilette führen, und danach kannst du ausruhen. Ich bin dein Freund, ich verstehe deine Lage vollkommen. Du bist verliebt, und deshalb schützt du ihn. Ich weiß, daß du mit der Guerilla nichts zu tun hast. Aber meine Burschen glauben mir das nicht, wenn ich es ihnen sage, sie geben sich erst zufrieden, wenn du ihnen sagst, wo Miguel ist. In Wirklichkeit haben sie ihn schon eingekreist, sie wissen, wo er ist, sie werden ihn auch so kriegen, aber sie wollen sicher sein, daß du mit der Guerilla nichts zu tun hast, verstehst du? Wenn du ihn schützt, wenn du dich weigerst zu sprechen, werden sie dich weiter verdächtigen. Sag ihnen, was sie wissen wollen, und ich selbst bringe dich nach Hause. Du wirst es ihnen sagen, nicht wahr?"

„Ich will auf die Toilette", sagte Alba.

„Ich seh schon, daß du genauso stur bist wie dein Großvater. Gut, geh auf die Toilette. Ich werde dir Gelegenheit geben, ein wenig nachzudenken", sagte García.

Sie führten sie in eine Toilette, und sie mußte dulden, daß ein Mann neben ihr stand und sie am Arm hielt. Dann brachten sie sie in ihre Zelle. In dem kleinen, einsamen Würfel, der ihr Gefängnis war, versuchte sie, ihre Gedanken zu sammeln, aber der Schmerz von den Schlägen, der Durst, die auf die Schläfen drückende Augenbinde, der ohrenbetäubende Lärm aus dem Radio, die panische Angst vor Schritten, die sich näherten, und die Erleichterung, wenn sie sich wieder entfernten, die Schreie und die Befehle marterten sie. Sie legte sich auf den Boden, eingerollt wie ein Fötus, und überließ sich ihren vielfältigen Leiden.

So lag sie mehrere Stunden, vielleicht Tage. Zweimal holte ein Mann sie heraus und führte sie zu einer stinkenden Latrine, wo sie sich nicht waschen konnte, weil es kein Wasser gab. Er gab ihr eine Minute Zeit und setzte sie zusammen mit einem anderen, wie sie stillschweigenden Menschen auf die Schüssel. Sie konnte nicht erraten, ob es eine Frau oder ein Mann war. Zuerst weinte sie, bedauernd, daß ihr Onkel Nicolás ihr nicht ein Sondertraining gegeben hatte, um die Demütigungen zu ertragen, die ihr schlimmer erschienen als der Schmerz, aber schließlich fand sie sich mit ihrem Schmutz ab und dachte nicht mehr an das unerträgliche Bedürfnis, sich zu waschen. Sie brachten ihr jungen Mais zu essen, ein kleines Stück Huhn und ein bißchen Eis, das sie am Geschmack, am Geruch und an der Temperatur erkannte und eilig mit der Hand aß, erstaunt über das luxuriöse Mahl, das sie an diesem Ort nicht erwartet hatte. Später erfuhr sie, daß das Essen für die Gefangenen in der Folterabteilung von dem neuen Sitz der Regierung kam, die sich provisorisch in einem anderen Gebäude installiert hatte, weil der alte Präsidentenpalast nur noch ein Trümmerhaufen war.

Sie versuchte nachzurechnen, wie viele Tage seit ihrer Festnahme vergangen waren, aber die Einsamkeit, die Finsternis und die Angst verstörten ihr die Zeit und verwirrten ihr den Raum, sie glaubte Höhlen voller Ungeheuer zu sehen, sie bildete sich ein, sie hätten ihr Drogen gegeben und das sei der Grund, weshalb sie das Gefühl hatte, ihre Knochen seien weich geworden und ihre Ideen verrückt, sie nahm sich vor, weder zu essen noch zu trinken, aber Hunger und Durst waren stärker als ihr Vorsatz. Sie fragte sich, warum ihr Großvater sie noch nicht herausgeholt hatte. In klaren Momenten konnte sie begreifen, daß es kein böser Traum war und sie sich nicht irrtümlicherweise hier befand. Sie nahm sich vor, selbst den Namen Miguels zu vergessen.

Als sie zum drittenmal vor Esteban García gebracht wurde, war Alba besser vorbereitet, weil sie durch die Zellenwand gehört hatte, was in dem Raum nebenan geschah, wo andere Gefangene verhört wurden, und sie sich keinen Illusionen mehr hingab. Sie versuchte auch nicht mehr, die Wälder ihrer Liebe heraufzubeschwören.

„Du hast Zeit gehabt nachzudenken, Alba. Jetzt werden wir ruhig miteinander sprechen, und du wirst mir sagen, wo Miguel ist, dann haben wir es bald hinter uns“, sagte García.

„Ich will auf die Toilette“, antwortete Alba.

„Ich sehe schon, du machst dich über mich lustig, Alba“, sagte er. „Ich bedaure sehr, aber wir haben hier keine Zeit zu verlieren.“

Alba gab keine Antwort.

„Zieh die Kleider aus“, befahl García mit veränderter Stimme.

Sie gehorchte nicht. Sie zogen sie gewaltsam aus, rissen ihr die Hose herunter trotz ihrer Fußtritte. Die deutliche Erinnerung an ihre frühe Jugend und an den Kuß, den ihr García im Garten gegeben hatte, gaben ihr die Kraft des

Hasses. Sie kämpfte gegen ihn, seinetwegen schrie, weinte, pißte, kotzte sie, bis sie es müde waren, sie zu schlagen, und ihr eine kurze Verschnaufpause gaben, die sie dazu nutzte, die verständnisvollen Geister ihrer Großmutter anzurufen, damit sie ihr sterben halfen. Aber niemand kam ihr zu Hilfe, zwei Hände hoben sie auf, vier legten sie auf eine eisige, harte Metallpritsche, deren Sprungfedern sich ihr in den Rücken bohrten, und banden ihr die Fußgelenke und Handgelenke mit Lederriemen fest.

„Zum letztenmal, Alba. Wo ist Miguel?" fragte García.

Sie verneinte durch Schweigen. Sie hatten ihr mit einem weiteren Riemen den Kopf festgebunden.

„Wenn du bereit bist zu sprechen, dann heb einen Finger", sagte er.

Alba hörte eine andere Stimme.

„Ich bediene die Maschine."

Und dann fühlte sie jenen fürchterlichen Schmerz, der ihren ganzen Körper durchlief und sie vollständig ausfüllte und den sie in allen Tagen ihres Lebens nie mehr würde vergessen können. Sie versank in Dunkelheit.

„Ich hab euch gesagt, ihr sollt aufpassen bei ihr, Blödköpfe", hörte sie aus großer Ferne die Stimme Esteban Garcías, sie spürte, daß sie ihr die Wimpern hochzogen, sah aber nicht mehr als einen undeutlichen Schimmer, dann spürte sie einen Stich im Arm und sank wieder in Bewußtlosigkeit.

Ein Jahrhundert später erwachte sie, naß und nackt. Sie wußte nicht, ob das Nasse Schweiß, Wasser oder Urin war, sie konnte sich nicht bewegen, sie erinnerte sich an nichts, sie wußte nicht, wo sie war noch woher diese intensive Übelkeit kam, die sie zum Wrack gemacht hatte. Sie fühlte den Durst der ganzen Sahara und rief nach Wasser.

„Halt es aus, Compañera", sagte jemand neben ihr. „Halt es aus bis morgen. Wenn du Wasser trinkst, bekommst du Krämpfe, und daran kannst du sterben."

Sie schlug die Augen auf. Sie waren nicht verbunden. Ein vage vertrautes Gesicht war über sie gebeugt, Hände breiteten eine Decke über sie.

„Erinnerst du dich an mich? Ich bin Ana Díaz. Wir

waren zusammen an der Universität. Erkennst du mich nicht?"

Alba schüttelte den Kopf, schloß die Augen und überließ sich der sanften Illusion des Todes. Aber ein paar Stunden später wachte sie auf, und als sie sich bewegte, spürte sie, daß ihr Körper sie bis in die letzte Fiber schmerzte.

„Bald wirst du dich besser fühlen", sagte die Frau, die ihr Gesicht streichelte und ihr einige Strähnen feuchten Haars aus den Augen strich. „Rühr dich nicht und versuche dich zu entspannen. Ich bleibe neben dir. Ruh dich aus."

„Was ist geschehen?" lallte Alba.

„Sie haben's dir schlimm gegeben, Compañera", sagte die andere traurig.

„Wer bist du?" fragte Alba.

„Ana Díaz. Ich bin seit einer Woche hier. Meinen Compañero haben sie auch erwischt, aber er lebt noch. Einmal am Tag sehe ich ihn, wenn alle auf den Abort geführt werden."

„Ana Díaz?" murmelte Alba.

„Genau. Wir waren nicht gerade Freundinnen in der Universität, aber besser spät als nie. Ehrlich gesagt, bist du die letzte, die ich hier erwartet hätte, Gräfin", sagte die Frau sanft. „Sprich nicht, versuche zu schlafen, damit dir die Zeit nicht so lang wird. Nach und nach kommt dir das Gedächtnis zurück, mach dir keine Sorgen. Das kommt vom elektrischen Strom."

Aber Alba konnte nicht schlafen, weil die Tür aufging und ein Mann hereinkam.

„Leg ihr die Binde an", befahl er Ana Díaz.

„Bitte . . .! Sehen Sie nicht, wie schwach sie ist? Lassen Sie ihr ein bißchen Ruhe."

„Tu, was ich dir sage."

Ana beugte sich über die Pritsche und legte ihr die Binde über die Augen. Dann nahm sie die Decke ab und versuchte Alba anzuziehen, aber der Wärter stieß sie fort, zog die Gefangene an den Armen hoch, bis sie saß. Ein zweiter Mann kam herein, um ihm zu helfen, und zu zweit schleiften sie sie fort, weil sie nicht gehen konnte. Alba war sicher, daß sie dabei war zu sterben, falls sie nicht schon tot war.

Sie hörte, daß sie durch einen Gang gebracht wurde, auf dem die Schritte hallten. Sie fühlte eine Hand an ihrem Gesicht, die ihren Kopf hob.

„Ihr könnt ihr Wasser geben. Wascht sie und gebt ihr noch eine Spritze. Seht zu, daß sie einen Schluck Kaffee trinken kann, und bringt sie mir."

„Ziehen wir sie an, Oberst?"

„Nein."

Alba war lange Zeit in den Händen Garcías. Binnen weniger Tage war ihm klar, daß sie ihn erkannt hatte, dennoch verzichtete er nicht auf die Vorsichtsmaßnahme, ihr die Augen zu verbinden, auch dann wenn sie nur zu zweit waren.

Täglich wurden neue Gefangene gebracht und wieder fortgeschafft. Alba hörte die Fahrzeuge, die Schreie, das Schließen des Tors und versuchte, sich die Zahlen der Festgenommenen zu merken, aber es war fast unmöglich. Ana Díaz kalkulierte, daß es ungefähr zweihundert waren. García war sehr beschäftigt, ließ aber keinen Tag vergehen, ohne Alba zu sehen, wobei er zwischen hemmungsloser Gewalttätigkeit und der Komödie des guten Freundes abwechselte. Manchmal schien er aufrichtig gerührt zu sein und löffelte ihr eigenhändig Suppe in den Mund, aber an dem Tag, an dem er ihr den Kopf in eine Schüssel voll Exkremente hielt, bis sie vor Ekel ohnmächtig wurde, begriff Alba, daß es ihm gar nicht darum zu tun war, den Aufenthalt von Miguel herauszubringen, sondern darum, Rache zu nehmen für das Unrecht, das ihm seit seiner Geburt angetan worden war, und daß sich ihr Los als Privatgefangene von Oberst García nicht ändern würde, was immer sie sagte. Dadurch konnte sie nach und nach den privaten Umkreis ihrer Angst durchbrechen, ihre Furcht ließ nach, und sie konnte Mitleid mit den anderen empfinden, mit denen, die an den Armen aufgehängt waren, mit den neu Angekommenen, mit jenem Mann, dem sie mit einem Lieferwagen über die gefesselten Füße fuhren. Im Morgengrauen holten sie alle Gefangenen auf den Hof und zwangen sie zuzusehen, denn auch das war eine persönliche Angelegenheit zwischen dem Oberst und seinem Gefangenen.

Es war das erste Mal, daß Alba die Augen außerhalb ihrer Zelle aufschlug, und der sanfte Glanz des frühen Morgens und der Rauhreif, der an den Pflastersteinen schimmerte, wo sich in der Nacht Pfützen gebildet hatten, schienen ihr unerträglich hell. Sie schleppten den Mann herbei, der keinen Widerstand leistete, sich aber auch nicht auf den Füßen halten konnte, und ließen ihn in der Mitte des Hofs fallen. Die Polizisten hatten sich Taschentücher über die Gesichter gebunden, damit niemand sie wiedererkennen konnte, für den unwahrscheinlichen Fall, daß sich das Blatt wendete. Alba schloß die Augen, als sie den Motor des Lieferwagens anspringen hörte, aber sie konnte die Ohren nicht verschließen vor dem Aufheulen, das für immer in ihrem Gedächtnis nachhallte.

Ana Díaz half ihr durchhalten, solange sie zusammen waren. Sie war eine Frau, die sich nicht unterkriegen ließ. Sie hatte alle Brutalitäten ertragen, sie hatten sie vor ihrem Freund vergewaltigt, sie hatten beide zusammen gefoltert, aber sie hatte die Fähigkeit zu einem Lächeln oder zur Hoffnung nicht verloren. Sie verlor sie auch nicht, als sie in eine Klinik der Geheimpolizei gebracht wurde, weil auf Grund der Schläge, die sie erhalten hatte, das Kind abging, das sie erwartete, und sie zu verbluten begann.

„Es macht nichts, eines Tages werde ich ein anderes haben", sagte sie zu Alba, als sie in ihre Zelle zurückkam.

In dieser Nacht hörte Alba sie zum erstenmal weinen, die Decke übers Gesicht gezogen, um ihren Kummer nicht laut werden zu lassen. Alba ging zu ihr, umarmte sie, wiegte sie, wischte ihr die Tränen ab, sagte ihr alle zärtlichen Worte, an die sie sich erinnern konnte, aber es gab in dieser Nacht keinen Trost für Ana Díaz, so daß Alba sich damit begnügte, sie in ihren Armen zu wiegen und sie wie ein kleines Kind einzulullen, und am liebsten selbst diesen schrecklichen Schmerz auf sich genommen hätte, um ihr

Erleichterung zu verschaffen. Am Morgen schliefen beide, aneinandergeschmiegt wie kleine Tiere. Tagsüber warteten sie sehnlichst auf den Moment, in welchem die lange Reihe der Männer Richtung Abort an ihnen vorbeizog. Unter der Aufsicht bewaffneter Wärter gingen sie mit verbundenen Augen, und um die Richtung nicht zu verlieren, hatte jeder die Hand auf die Schulter des Vordermannes gelegt. Andrés war unter ihnen. Durch das winzige Gitterfensterchen in ihrer Zelle sahen sie die Männer so nahe, daß sie sie hätten berühren können, wenn es ihnen möglich gewesen wäre, die Hand aus dem Fenster zu strecken. Sooft die Männer vorübergingen, sangen Ana und Alba mit der Kraft ihrer Verzweiflung, und auch aus anderen Zellen stiegen weibliche Stimmen auf. Da richteten sich die Männer auf, hoben die Schultern, drehten die Köpfe in ihre Richtung, und Andrés lächelte. Sein Hemd war zerfetzt und fleckig von getrocknetem Blut.

Ein Wärter ließ sich von dem Gesang der Frauen rühren. Eines Nachts brachte er ihnen drei Nelken in einem Glas Wasser, damit sie ihr Fenster schmücken konnten. Ein anderes Mal sagte er zu Ana Díaz, er brauche eine Freiwillige, um die Kleider eines Gefangenen zu waschen und seine Zelle sauberzumachen. Er brachte sie zu Andrés und ließ die beiden ein paar Minuten allein. Als Ana Díaz zurückkam, war sie verklärt, und Alba wagte nicht mit ihr zu sprechen, um ihre Glückseligkeit nicht zu stören.

Eines Tages ertappte sich Oberst García dabei, daß er Alba wie ein Verliebter streichelte und ihr von seiner Kindheit auf dem Land erzählte, als er sie von fern in ihrer gestärkten Schürze und im grünen Schimmer ihrer Zöpfe an der Hand ihres Großvaters spazierengehen sah, während er, barfuß im Schmutz, sich schwor, daß er ihr eines Tages ihre Arroganz heimzahlen und sich rächen werde für sein verdammtes Schicksal als Bastard. Starr und abwesend, nackt, zitternd vor Ekel und Kälte, hörte Alba ihn nicht und fühlte ihn nicht, aber für den Oberst war dieser Riß in seinem Wunsch, sie zu quälen, so etwas wie eine Alarmglocke. Er befahl, Alba in den Hundestall zu bringen, und schickte sich wütend an, sie zu vergessen.

Der Hundestall war eine kleine, hermetisch abgeschlossene Zelle, ohne Luft, dunkel und eisig wie ein Grab. Es gab ihrer sechs im ganzen. Sie waren als Straforte in einem leeren Wassertank angelegt worden und wurden nur für mehr oder weniger kurze Zeit belegt, weil es niemand lange in ihnen aushielt, höchstens ein paar Tage, dann fingen die Eingeschlossenen an, irre zu reden, die Vorstellung von den Dingen, die Bedeutung der Wörter und den Zeitsinn zu verlieren oder einfach zu sterben. In ihr Grab gekauert, in dem sie sich trotz ihrer geringen Größe weder setzen noch ausstrecken konnte, wehrte sich Alba zuerst gegen den Wahnsinn. In der Einsamkeit begriff sie, wie sehr sie auf Ana Díaz angewiesen war. Sie glaubte, aus der Ferne kleine, unmerkliche Schläge zu hören, als wollte ihr jemand aus einer anderen Zelle verschlüsselte Botschaften zukommen lassen, aber bald achtete sie nicht mehr darauf, weil ihr klar wurde, daß jede Art von Verständigung nutzlos war. Sie gab sich auf, entschlossen, ein für allemal ihrer Qual ein Ende zu setzen, sie aß nicht mehr, und nur wenn ihre Schwäche sie überwältigte, trank sie einen Schluck Wasser. Sie versuchte, nicht zu atmen, sich nicht zu bewegen, sie wartete schließlich ungeduldig auf den Tod. So verging eine lange Zeit. Als sie ihre Absicht beinahe erreicht hatte, erschien ihre Großmutter Clara, die sie so oft angerufen hatte, damit sie ihr sterben helfe, und sagte ihr, daß nicht sterben die Gnade sei, denn sterben würde sie auf alle Fälle, sondern überleben, das wäre das Wunder. Alba sah sie, wie sie sie in ihrer Kindheit immer gesehen hatte, mit ihrem weißen Leinenschlafrock, ihren Winterhandschuhen, ihrem sanften, zahnlosen Lächeln und den schalkhaft blitzenden Mandelaugen. Clara brachte sie auf die rettende Idee, ohne Bleistift und Papier in Gedanken zu schreiben, um ihren Kopf zu beschäftigen, aus dem Hundestall herauszukommen und zu leben. Sie regte sie auch an, einen Bericht zu verfassen, der eines Tages als Zeugnis dazu dienen könnte, das fürchterliche Geheimnis dessen, was sie erlebte, zu lüften. Es sei gut, wenn die Welt erführe, welche Greuel parallel zu dem friedlichen und geordneten Dasein anderer geschahen, derer, die nicht wissen wollten, derer, die es fertigbrachten, sich die Illusion von einem normalen Leben zu bewahren, derer, die leugnen konnten, daß sie auf einem Floß über ein Meer von Klagen fuhren, und die gegen alle Evidenz nicht sahen, daß ein paar Häuser neben ihrer glücklichen Welt die anderen waren, die, die auf der dunklen Seite überlebten oder starben.

„Du hast viel zu tun, also hör auf, dich zu bemitleiden, trink Wasser und fang an zu schreiben", sagte Clara zu ihrer Enkelin, ehe sie verschwand, wie sie gekommen war.

Alba versuchte ihrer Großmutter zu gehorchen, aber sobald sie in Gedanken aufzuzeichnen begann, füllte sich der Hundestall mit den Gestalten aus ihrer Geschichte, die hereindrängten und sie in ihre Anekdoten, Laster und Tugenden einwickelten, die sie, ihre dokumentarischen Absichten niedertrampelnd und ihren Zeugenbericht über den Haufen rennend, belagerten, bedrängten, zur Eile trieben, und sie schrieb und schrieb, verzweifelt, weil jede fertig geschriebene Seite erlosch, sobald sie die neue begann. Das Schreiben beschäftigte sie. Anfangs verlor sie leicht den Faden und vergaß in gleichem Maße, in welchem sie sich neuer Tatsachen erinnerte. Bei der geringsten Ablenkung, einem winzigen Mehr an Angst oder Schmerz, verwirrte sich ihre Geschichte. Aber dann erfand sie einen Schlüssel, um sich der Reihenfolge zu erinnern, und konnte sich damit so in ihren Bericht vertiefen, daß sie aufhörte zu essen, sich zu kratzen, sich zu beriechen, zu jammern, und es ihr gelang, ihre unzähligen Schmerzen einen nach dem andern zu überwinden.

Es hieß, sie liege im Sterben. Die Wärter öffneten die Falltür zum Hundestall und holten sie ohne jede Anstrengung heraus, weil sie sehr leicht wog. Sie brachten sie wieder zu Oberst García, dessen Haß sich in diesen Tagen erneuert hatte, aber Alba erkannte ihn nicht. Sie stand jenseits seiner Macht.

Von außen wirkte das Cristóbal Colón noch genauso banal, wie ich es im Gedächtnis hatte: wie eine Elementarschule. Ich wußte nicht mehr, wie viele Jahre vergangen waren, seit ich das letztemal dort gewesen war, und ich versuchte, mich der Illusion hinzugeben, daß mir derselbe Mustafa wie ehedem entgegenkäme, um mich in Empfang zu nehmen, jener blaue, wie eine Erscheinung aus dem Orient gekleidete Neger mit seinen zwei Reihen Bleizähnen im Mund und der Höflichkeit eines Wesirs, der einzige echte Neger in Chile, alle anderen waren bloß angestrichen, wie mir Tránsito Soto versichert hatte.

Aber so kam es nicht. Ein Portier führte mich in ein sehr kleines Zimmer, deutete auf eine Sitzgelegenheit und hieß mich warten. Kurz darauf erschien statt des aufsehenerregenden Mustafa eine Señora in blauer Uniform mit gestärktem weißem Kragen, piekfein und traurig wie eine Tante aus der Provinz, die leicht zusammenfuhr, als sie mich so alt und so schwach sah. Sie hielt eine rote Rose in der Hand.

„Der Herr kommt allein?" fragte sie.

„Natürlich komme ich allein", rief ich.

Die Frau reichte mir die Rose und fragte mich, welches Zimmer ich bevorzugte.

„Das ist mir gleich", antwortete ich überrascht.

„Der Stall, der Tempel und Tausendundeine Nacht sind noch frei. Welches möchten Sie?"

„Tausendundeine Nacht", sagte ich auf gut Glück.

Sie führte mich durch einen langen, mit grünen Lichtern und roten Pfeilen markierten Gang. Auf meinen Stock gestützt, die Füße nachziehend, hatte ich Mühe, ihr zu folgen. Wir kamen in einen Patio, in dem eine Miniaturmoschee mit aberwitzigen Spitzbogenfenstern und bunten Scheiben stand.

„Hier ist es. Wenn Sie etwas zu trinken wünschen, bestellen Sie es telefonisch", wies sie mich an.

„Ich möchte Tránsito Soto sprechen. Dazu bin ich hergekommen", sagte ich.

„Tut mir leid, aber die Señora empfängt keine Privatbesuche. Nur Lieferanten."

„Ich muß mit ihr sprechen! Sagen Sie ihr, daß ich Senator Trueba bin. Sie kennt mich."

„Sie empfängt niemanden, ich sagte es Ihnen schon",

antwortete die Frau, die Arme auf der Brust verschränkend.

Ich hob den Stock und kündigte ihr an, daß, wenn Tránsito Soto nicht binnen zehn Minuten in Person hier erschiene, ich die Fensterscheiben und alles andere in dieser Büchse der Pandora kurz und klein schlagen würde. Die Uniformierte wich erschrocken zurück. Ich öffnete die Tür zur Moschee und stand in einer kitschigen Alhambra. Eine kurze Treppe, gekachelt und mit falschen Perserteppichen belegt, führte in einen sechseckigen Raum, der oben in einer Kuppel endete und in den jemand, der nie in Arabien gewesen war, alles hineingestopft hatte, was seiner Ansicht nach zu einem arabischen Harem gehörte: Damastkissen, gläserne Räucherpfannen, Glocken und jede Menge Basarramsch. Zwischen den Säulen, durch eine kluge Anordnung der Spiegel ins Unendliche vervielfältigt, sah ich ein blau gekacheltes Bad, das größer war als das Schlafzimmer, mit einer gewaltigen Badewanne, in der meiner Schätzung nach eine Kuh hätte baden können und erst recht zwei Liebende ihre Spiele spielen konnten. Das glich in nichts mehr dem Cristóbal Colón, das ich gekannt hatte. Umständlich ließ ich mich auf dem runden Bett nieder und fühlte mich plötzlich sehr müde. Meine alten Knochen taten mir weh. Ich blickte auf, und ein Spiegel an der Decke warf mir mein Bild zurück: einen armen, klein gewordenen Körper, das traurige, von bitteren Falten durchfurchte Gesicht eines biblischen Patriarchen und die Reste einer weißen Löwenmähne. „Wie die Zeit vergangen ist", seufzte ich.

Tránsito Soto trat ein, ohne anzuklopfen.

„Ich freue mich, Sie zu sehen, Patron", begrüßte sie mich wie immer. Sie war eine alte Dame geworden. Schlank, einen strengen Knoten im Nacken, im schwarzen Wollkleid und zwei Reihen herrlicher Perlen um den Hals, gebieterisch und gelassen, glich sie in ihrer äußeren Erscheinung eher einer Konzertpianistin als einer Bordellbesitzerin. Ich hatte Mühe, sie mit der Frau von einst in Verbindung zu bringen, der mit der rund um den Nabel eintätowierten Schlange. Ich stand auf, um sie zu begrüßen, und konnte sie nicht mehr wie früher duzen.

„Sie sehen gut aus, Tránsito“, sagte ich, während ich überschlug, daß sie über fünfundsechzig sein mußte.

„Es ist mir gut gegangen, Patron. Wissen Sie noch? Als wir uns kennenlernten, sagte ich Ihnen, eines Tages würde ich reich sein“, lächelte sie.

„Ich freue mich, daß Sie es erreicht haben.“

Wir setzten uns Seite an Seite auf das runde Bett. Tránsito goß jedem einen Kognak ein und erzählte mir. Zehn lange Jahre sei die Huren- und Schwulenkooperative ein fabelhaftes Geschäft gewesen, aber die Zeiten hätten sich geändert, sie hätten dem Haus einen anderen Zuschnitt geben müssen, denn wegen der Freizügigkeit der Sitten, der freien Liebe, der Pille und anderer Neuerungen habe außer alten Männern und Matrosen niemand mehr Prostituierte gebraucht. „Anständige Mädchen, die sich gratis hinlegen, stellen Sie sich diese Konkurrenz vor!“ sagte sie. Mit der Kooperative sei es bergab gegangen, erklärte sie mir, die Mitarbeiter hätten in andere, besser bezahlte Berufe abwandern müssen, selbst Mustafa sei in seine Heimat zurückgekehrt. Da sei ihr die Idee gekommen, daß jetzt ein Liebesnest das Richtige sei, ein angenehmer Ort, an dem sich Pärchen heimlich treffen konnten und ein Mann seine Braut mitnehmen konnte, ohne sich schämen zu müssen. „Keine Frauen im Haus, die bringen die Gäste mit.“ Sie selbst habe das Haus eingerichtet, nach ihren eigenen Vorstellungen und mit Rücksicht auf den Geschmack der Kunden, und so, dank ihrem kaufmännischen Weitblick, der sie veranlaßt habe, jedem verfügbaren Winkel ein anderes Ambiente zu geben, sei das Hotel Cristóbal Colón das Paradies der verirrten Seelen und der heimlich Liebenden geworden. Tránsito Soto hatte Salons mit französischen Polstermöbeln eingerichtet, Futterkrippen mit frischem Heu und Pferden aus Pappmaché, die aus starren Glasaugen die Liebenden beobachteten, prähistorische Höhlen mit Stalaktiten und pumafellverkleideten Telefonen.

„Da Sie nicht der Liebe wegen gekommen sind, Patron,

lassen Sie uns lieber in meinem Büro weiterreden, um das Zimmer der Kundschaft zu überlassen", sagte Tránsito Soto.

Unterwegs erzählte sie mir, daß das Hotel nach dem Putsch mehrmals von der Geheimpolizei durchsucht worden sei, aber jedesmal, wenn sie die Paare aus den Betten geholt und mit vorgehaltener Pistole in den Hauptsalon getrieben hätten, wären ein oder zwei Generäle darunter gewesen, und so hätten sie aufgehört, sie weiter zu belästigen. Sie hätte zu der neuen Regierung ebenso gute Beziehungen wie zu allen vorangegangenen. Das Cristóbal Colón, sagte sie, sei ein florierendes Geschäft, und jedes Jahr erneuere sie einige Einrichtungen, tausche, ganz nach der Mode, einen Schiffbruch auf den polynesischen Inseln gegen ein strenges Mönchskloster und barocke Schaukeln gegen eine Folterbank aus, und das alles ließe sich in einem Haus von relativ normalen Ausmaßen unterbringen durch den Trick mit den Spiegeln und Lichtern, die den Raum vervielfältigen, das Klima verändern, das Unendliche hervorbringen und die Zeit außer Kraft setzen könnten.

Wir kamen in ihr Büro, das wie das Cockpit eines Flugzeugs eingerichtet war und von dem aus sie ihren unglaublichen Betrieb mit der Effizienz eines Bankiers steuerte. Hier konnte sie mir sagen, wie viele Bettücher gewaschen, wieviel Klopapier verbraucht, wieviel Likör konsumiert, wie viele Wachteleier – ein Aphrodisiakum – gekocht wurden, wieviel Personal benötigt wurde und wie hoch sich die Kosten für Licht, Wasser und Telefon beliefen, um diesen riesigen Flugzeugträger der verbotenen Liebe flottzuhalten.

„Und jetzt sagen Sie mir, Patron, was ich für Sie tun kann", sagte Tránsito Soto, die sich auf ihren Flugpilotensessel mit verstellbarer Rückenlehne gesetzt hatte und mit ihrer Halskette spielte. „Ich nehme an, Sie sind gekommen, damit ich Ihnen die Gefälligkeit zurückgebe, die ich Ihnen seit einem halben Jahrhundert schuldig bin, stimmt's?"

Und ich, der ich nur darauf gewartet hatte, daß sie mich

danach fragte, begann die Schleusen meiner Angst zu öffnen und ihr alles zu erzählen, rückhaltlos und ohne eine Pause, von Anfang bis Ende. Ich sagte ihr, daß Alba meine einzige Enkelin sei, daß ich allein auf dieser Welt zurückgeblieben sei, daß mein Körper und meine Seele geschrumpft seien, wie Férula prophezeit hatte, als sie mich verfluchte, und jetzt nur noch fehle, daß ich wie ein Hund sterbe, daß diese Enkelin mit dem grünen Haar das einzige sei, was mir noch bleibe, der einzige Mensch, der mir wirklich wichtig sei, daß sie unglücklicherweise eine Idealistin geworden sei, ein Familienübel, eine von denen, die sich anderer Leute Probleme aufladen und dafür uns, die wir ihnen nahestehen, leiden lassen, daß sie sich in den Kopf gesetzt habe, Flüchtlingen in verschiedenen Botschaften Asyl zu verschaffen, daß sie es getan habe, ohne sich klarzumachen, daß sich das Land im Kriegszustand befand, in einem Krieg gegen den internationalen Kommunismus oder gegen das Volk, so genau wisse man das nicht, aber doch in einem Krieg, und daß solche Dinge vom Gesetz bestraft würden, aber Alba habe schon immer den Kopf in den Wolken gehabt und sich die Gefahr nicht klargemacht, sie habe es ja nicht aus Bosheit getan, ganz im Gegenteil, sie habe es getan, weil sie ihr Herz nicht bezähmen könne, genau wie ihre Großmutter, die noch heute hinter meinem Rücken in den leerstehenden Zimmern meines Hauses arme Leute durchfüttere, meine hellsichtige Clara, und für jeden Kerl, der zu Alba gekommen sei und ihr das Märchen aufgebunden habe, daß er verfolgt werde, habe sie Kopf und Kragen riskiert, um ihm zu helfen, auch wenn sie ihn gar nicht gekannt habe, ich hätte es ihr gesagt, viele Male hätte ich sie gewarnt, daß ihr jemand eine Falle stellen könnte und sich eines Tages herausstellen würde, daß der angebliche Marxist ein Agent der Geheimpolizei war, aber sie habe nicht auf mich gehört, nie in ihrem Leben habe sie auf mich gehört, sie sei noch halsstarriger als ich, aber wenn schon, hin und wieder einem armen Teufel zu einem Asyl zu verhelfen sei doch kein Verbrechen, kein so schweres Vergehen, daß man sie deshalb verhaften müsse, ohne jede Rücksicht darauf, daß sie meine Enkelin ist, die

Enkelin eines Senators der Republik, eines angesehenen Mitglieds der Konservativen Partei, das könnten sie doch nicht machen mit einem aus meiner Familie, in meinem eigenen Haus, denn was, zum Teufel, bliebe für die anderen übrig, wenn Leute wie wir festgenommen würden, das würde ja bedeuten, daß niemand mehr sicher sein könne, daß zwanzig Jahre im Kongreß und alle meine Beziehungen umsonst gewesen wären, ich kenne in diesem Land Gott und die Welt, zumindest alle wichtigen Leute, sogar den General Hurtado, der mein persönlicher Freund sei, obgleich er mir in diesem Fall auch nicht habe helfen können, nicht einmal der Kardinal habe mir helfen können, herauszufinden, wo sie ist, es sei doch nicht möglich, daß sie wie durch Zauber verschwindet, einfach weg ist, daß sie sie eines Nachts mitnehmen, und ich höre nichts mehr von ihr, einen Monat lang hätte ich nach ihr gesucht, dieser Zustand mache mich ganz verrückt, das seien doch genau die Dinge, die dem Ansehen der Militärs im Ausland schadeten und die dazu geführt hätten, daß uns die Vereinten Nationen nun mit den Menschenrechten auf den Hals kommen, anfangs hätte ich von Toten, Gefolterten und Verschwundenen auch nichts hören wollen, aber jetzt könne ich nicht mehr glauben, daß alles nur Kommunistenschwindel sei, wo sogar die Gringos, die als erste die Militärs unterstützt und ihre Luftwaffenpiloten geschickt hätten, um den Präsidentenpalast zu bombardieren, jetzt von dem Gemetzel schockiert seien, und es sei ja nicht so, daß ich gegen Repressalien wäre, ich sähe ja ein, daß man am Anfang mit Festigkeit durchgreifen müsse, um Ordnung zu schaffen, aber dann sei ihnen die Hand ausgerutscht, sie hätten die Dinge zu weit getrieben, und mit dem Märchen von der inneren Sicherheit und daß die ideologischen Feinde eliminiert werden müßten, brächten sie jetzt alle Welt um, damit könne niemand mehr einverstanden sein, nicht einmal ich, der ich als erster den Kadetten Hühnerfedern vor die Füße gestreut und den Putsch befürwortet hätte, ehe andere auch nur daran gedacht hätten, ich, der ich als erster Beifall geklatscht hätte und zum Tedeum in die Kathedrale gegangen sei, und ebendeshalb könne ich nicht akzeptieren, daß in meinem Vaterland solche Dinge geschehen, daß Leute verschwinden, daß sie meine Enkelin gewaltsam aus dem Haus holen, ohne daß ich es verhindern kann, solche Dinge seien hier doch noch nie passiert, und deshalb, genau deshalb „mußte ich kommen und mit Ihnen, Tránsito, sprechen, nie hätte ich mir vor fünfzig Jahren, als Sie noch ein rachitisches kleines Mädchen im Farolito Rojo waren, träumen lassen, daß ich eines Tages kommen und Sie kniefällig bitten würde, mir diesen Gefallen zu tun und mir zu helfen, meine Enkelin wiederzufinden, ich wage es, Sie darum zu bitten, weil ich weiß, daß Sie gute Beziehungen zur Regierung haben, man hat mir von Ihnen gesprochen, ich bin sicher, daß niemand die wichtigen Leute bei den Streitkräften besser kennt als Sie, ich weiß, daß Sie ihre Feste organisieren und daß Sie zu Persönlichkeiten Zugang haben, die ich niemals erreichen würde, deshalb bitte ich Sie, daß Sie etwas für meine Enkelin tun, ehe es zu spät ist, denn seit Wochen habe ich nicht mehr geschlafen, durch sämtliche Büros, sämtliche Ministerien, zu allen alten Freunden bin ich gelaufen, und niemand konnte mir helfen, sie wollen mich schon nicht mehr empfangen, stundenlang lassen sie mich in den Vorzimmern warten, mich, der ich diesen selben Leuten so viele Gefälligkeiten erwiesen habe, ich bitte Sie, Tránsito, verlangen Sie von mir, was Sie wollen, ich bin immer noch ein reicher Mann, obwohl die Zeiten des Kommunismus für mich nicht rosig waren, sie haben mir das Land enteignet, sicher haben Sie davon gehört, im Fernsehen und in den Zeitungen müssen Sie es gesehen haben, es war ein Skandal, diese unwissenden Bauern haben meine Zuchtstiere aufgegessen und meine Rennpferde vor die Pflüge gespannt, und nicht mal ein Jahr hat es gedauert, bis die Drei Marien ruiniert waren, aber jetzt habe ich Traktoren auf dem Gut und baue es wieder auf, so wie ich es früher als junger Mann schon einmal getan habe, so mache ich es als alter Mann jetzt wieder, während diese Unseligen, die zu Besitzern meines Eigentums geworden waren, jetzt halb verhungert wie eine Herde räudiger Schafe herumlaufen und nach einer kleinen miserablen Arbeit suchen, um zu überleben, arme Leute, es ist nicht ihre Schuld, sie haben sich von der verfluchten Agrarreform täuschen lassen, im Grunde habe ich ihnen verziehen und wäre froh, wenn sie wieder auf die Drei Marien kämen, ich habe sogar Anzeigen in die Zeitung gesetzt, um sie zurückzuholen, eines Tages werden sie kommen, und dann werde ich nicht anders können, als ihnen die Hand entgegenzustrecken, sie sind wie Kinder, schön, aber nicht deshalb bin ich gekommen, Tránsito, ich will Ihnen nicht die Zeit stehlen, fest steht, daß meine Lage nicht schlecht ist und meine Geschäfte gut gehen, daß ich Ihnen also geben kann, was Sie wollen, was immer es sei, wenn Sie mir nur meine Enkelin Alba finden, bevor mir so ein Wahnsinniger noch mehr abgeschnittene Finger schickt oder anfängt, mir abgeschnittene Ohren zu schicken, und mich endgültig verrückt macht oder mich tötet durch einen Herzinfarkt, entschuldigen Sie, daß ich mich so aufrege, mir zittern die Hände, ich bin schrecklich nervös, aber ich kann mir nicht erklären, was da geschehen ist, ein Postpaket, und darin nichts als drei menschliche Finger, sauber amputiert, ein makabrer Scherz, der mich an etwas erinnert, aber diese Erinnerungen haben nichts mit Alba zu tun, meine Enkelin war damals noch nicht geboren, zweifellos habe ich viele Feinde, wir Politiker haben alle viele Feinde, es wäre denkbar, daß ein perverser Kerl mich damit drangsalieren möchte, daß er mir genau in dem Augenblick, in dem ich verzweifelt bin über die Verhaftung Albas, per Post abgeschnittene Finger schickt, um mir schreckliche Ideen in den Kopf zu setzen, denn wenn ich nicht am Ende meiner Kräfte wäre, nachdem ich alle Möglichkeiten erschöpft habe, wäre ich nicht gekommen, um Sie zu belästigen, ich bitte Sie, Tránsito, im Namen unserer schon alten Freundschaft bitte ich Sie, haben Sie Erbarmen mit mir, ich bin ein armer schwacher Mann, haben Sie Mitleid und suchen Sie meine Enkelin Alba, ehe sie sie mir stückchenweise per Post schicken", schluchzte ich.

Tránsito Soto hat sich die Position, die sie hat, unter anderem dadurch geschaffen, daß sie ihre Schulden zu zahlen versteht. Ich nehme an, sie hat ihre Kenntnis der geheimsten Seiten der jetzigen Machthaber genutzt, um mir die fünfzig Pesos zu vergelten, die ich ihr einmal geliehen habe.

Zwei Tage später rief sie mich an. „Ich bin Tránsito Soto, Patron. Ich habe Ihren Auftrag erfüllt“, sagte sie.

Epilog

Diese Nacht starb mein Großvater. Er starb nicht wie ein Hund, wie er gefürchtet hatte, sondern friedlich in meinen Armen, mich manchmal mit Clara und manchmal mit Rosa verwechselnd, ohne Schmerzen und ohne Angst, bei klarem Bewußtsein, gelassen, hellsichtiger denn je und glücklich. Jetzt liegt er lächelnd und ruhig auf dem Segelschiff im stillen Wasser, während ich an dem hellen Holztisch sitze, der meiner Großmutter gehört hat, und schreibe. Ich habe die blauen Seidenvorhänge zurückgezogen, damit der Morgen hereinkommt und das Zimmer hell macht. Im alten Vogelbauer am Fenster singt ein neuer Kanarienvogel, und aus der Mitte des Raums schauen mich die Glasaugen von Barrabas an. Mein Großvater hat mir erzählt, daß Clara in Ohnmacht fiel, als er das Fell als Teppich ins Zimmer legte, um ihr eine Freude zu machen. Wir haben Tränen gelacht und beschlossen, im Keller die Haut des armen Barrabas zu suchen, der in seiner undefinierbaren biologischen Konstitution trotz der langen Zeit und der Verwahrlosung immer noch prächtig ist, und es auf diese Stelle zu legen, wo mein Großvater es vor einem halben Jahrhundert hingelegt hat, der Frau zu Gefallen, die er in seinem Leben am meisten geliebt hat.

„Lassen wir es hier, wo es immer hätte liegen sollen", sagte er.

Ich kam an einem strahlenden Wintermorgen nach Hause, auf einem Karren, der von einem mageren Pferd gezogen wurde. Die Straße mit ihren zwei Reihen hundertjähriger Kastanien und ihren herrschaftlichen Villen schien eine ungeeignete Szenerie für dieses schlichte Fahrzeug zu sein, aber als es vor dem Haus meines Großvaters hielt, paßte es gut zu dessen Stil. Das große Eckhaus war trauriger und älter, als ich mich erinnern konnte, absurd mit seinen architektonischen Auswüchsen, dem vorgeblich französischen Stil, der von pestkrankem Efeu überwucherten Fassade. Der Garten war eine einzige struppige Wildnis, die meisten Fensterläden hingen schief in den Angeln. Die Einfahrt stand wie immer offen. Ich läutete. Nach einiger Zeit hörte ich Alpargatas näher kommen, ein unbekanntes Dienstmädchen öffnete mir die Tür. Sie sah mich an, ohne mich zu erkennen, und ich spürte in der Nase den wunderbaren Holz- und Modergeruch des Hauses, in dem ich geboren worden war. Ich lief in die Bibliothek, weil ich ahnte, daß der Großvater da auf mich warten würde, wo er immer saß, und da saß er auch, zusammengefallen in seinem Sessel. Ich war überrascht, ihn so greisenhaft, so winzig und zittrig zu sehen, nur durch seine weiße Löwenmähne und den silbernen Stock erinnerte er noch an frühere Zeiten. Eine lange Zeit hielten wir uns umschlungen, Großvater, Alba, Alba, Großvater flüsternd, wir küßten uns, und als er meine Hand sah, brach er in Weinen und Verwünschungen aus und schlug mit dem Stock gegen die Möbel, wie er es früher immer getan hatte, und ich lachte, weil er doch noch nicht so alt und kraftlos war, wie es mir anfangs vorgekommen war. Noch an demselben Tag wollte mein Großvater mit mir außer Landes. Er hatte Angst um mich. Aber ich erklärte ihm, daß ich nicht weggehen könne, weil ich fern von Chile wie einer dieser Bäume sein würde, die zu Weihnachten geschnitten werden, diese armen Fichten ohne Wurzeln, die eine Zeitlang halten, und dann sterben sie.

„Ich bin nicht dumm, Alba", sagte er und sah mich fest an. „Der wahre Grund, weshalb du bleiben möchtest, ist Miguel, stimmt es nicht?"

Ich erschrak. Nie hatte ich zu ihm von Miguel gesprochen.

„Seit ich ihn kennengelernt habe, weiß ich, daß ich dich nicht von hier wegbringen kann, Kleines", sagte er traurig.

„Du hast ihn kennengelernt? Er lebt also, Großvater?" Ich packte ihn an den Kleidern und schüttelte ihn.

„Vergangene Woche, als wir uns das letztemal sahen, war er noch am Leben", sagte er.

Er erzählte mir, daß eines Nachts, nach meiner Verhaftung, Miguel im großen Eckhaus erschienen sei. Beinahe habe ihn vor Schreck der Schlag getroffen, aber nach einigen Minuten habe er begriffen, daß sie ein gemeinsames Ziel hatten: mich zu retten. Danach besuchte ihn Miguel noch oft, er leistete ihm Gesellschaft, und zusammen überlegten sie, wie sie mich ausfindig machen könnten. Miguel war es, der die Idee hatte, zu Tránsito Soto zu gehen, der Großvater wäre nie auf diesen Gedanken gekommen.

„Glauben Sie mir, Señor. Ich weiß, wer in diesem Land die Macht hat. Meine Leute haben sich überall eingeschleust. Wenn es in diesem Augenblick einen Menschen gibt, der Alba helfen kann, dann ist es Tránsito Soto", versicherte er.

„Wenn es uns gelingt, sie den Klauen der Geheimpolizei zu entreißen, mein Lieber, dann muß sie fort von hier. Geht ihr zusammen. Ich kann euch Passierscheine besorgen, und an Geld soll es euch nicht fehlen", bot der Großvater an.

Aber Miguel sah ihn an, als ob er einen schwachsinnigen Greis vor sich hätte, und setzte ihm auseinander, daß er eine Aufgabe zu erfüllen habe und nicht einfach auf und davon gehen könne.

„Ich mußte mich an den Gedanken gewöhnen, daß du trotz allem hierbleiben wirst", sagte der Großvater, mich umarmend.

„Und jetzt erzähl mir. Ich will alles wissen, bis ins letzte Detail."

Also erzählte ich ihm. Ich sagte ihm, daß sich meine Hand infiziert hatte und sie mich deshalb in eine Geheimklinik brachten, in die sie Gefangene schicken, die sie nicht sterben lassen wollen, weil es nicht in ihrem Interesse liegt. Dort behandelte mich ein Arzt, groß und elegant aussehend, der mich ebenso zu hassen schien wie der Oberst García und der sich weigerte, mir schmerzstillende Mittel zu geben. Jede Behandlung benutzte er dazu, mir auseinanderzusetzen, wie man seiner Theorie nach mit dem Kommunismus in Chile und möglichst in der ganzen Welt fertig werden würde. Aber sonst ließ er mich in Ruhe. Zum erstenmal seit Wochen hatte ich saubere Bettücher, ausreichend zu essen und natürliches Licht. Gepflegt hat mich Rojas, ein Krankenwärter, untersetzt, mit einem runden Gesicht, der immer in einem schmutzigen hellblauen Schlafrock herumlief und von großer Güte war. Er fütterte mir das Essen in den Mund, erzählte mir endlose Geschichten von uralten Fußballspielen zwischen Mannschaften, von denen ich nie etwas gehört hatte, und verschaffte sich Beruhigungsmittel, die er mir heimlich spritzte, so lange, bis ich aufhörte zu delirieren. Rojas hatte in dieser Klinik einen endlos langen Zug von Jammergestalten gepflegt. Er hatte festgestellt, daß die meisten von ihnen weder Mörder noch Vaterlandsverräter waren, und hatte deshalb ein Herz für die Gefangenen. Oft hatte er gerade jemanden zusammengeflickt, da holten sie ihn wieder ab. „Es ist wie Sand ins Meer schaufeln", sagte er traurig. Ich wußte, daß mehrere ihn gebeten hatten, er solle ihnen helfen zu sterben, und mindestens in einem Fall hat er es, glaube ich, getan. Rojas führte genau Buch über jeden, der kam, und jeden, der ging, und konnte sich zweifelsfrei an die Namen, Daten und Umstände erinnern. Er schwor mir, daß er nie etwas von Miguel gehört habe, und das gab mir den Mut weiterzuleben, obwohl ich doch noch manchmal in das schwarze Loch der Depression fiel und wieder mit der alten Leier anfing, daß ich sterben wolle. Er erzählte mir auch von Amanda. Sie hatten sie zur selben Zeit wie mich festgenommen. Als sie zu Rojas kam, war schon nichts mehr zu machen. Sie starb, ohne ihren Bruder verraten zu haben, und erfüllte damit ein Versprechen, das sie ihm vor vielen Jahren gegeben hatte, an dem Tag, an dem sie ihn zum erstenmal zur Schule brachte. Der einzige Trost ist, daß es bei ihr sehr viel schneller ging, als die anderen das wünschten, weil ihr Organismus von den Drogen und dem unendlichen Kummer über den Tod Jaimes geschwächt war. Rojas pflegte mich, bis das Fieber sank, die Hand zu vernarben begann und ich wieder bei Verstand war, dann hatte er keinen Vorwand mehr, mich länger zu behalten. Aber ich wurde nicht wieder zu Esteban García gebracht, wie ich gefürchtet hatte. Vermutlich wirkte zu diesem Zeitpunkt schon der Einfluß jener Frau mit dem

Perlenkollier, die ich später mit dem Großvater besuchte, um ihr dafür zu danken, daß sie mir das Leben gerettet hatte. Vier Männer kamen in der Nacht, um mich abzuholen. Rojas weckte mich, half mir, mich anzuziehen, und wünschte mir alles Gute. Ich küßte ihn zum Dank.

„Adiós, Kindchen! Wechseln Sie den Verband und machen Sie ihn nicht naß. Wenn Sie wieder Fieber bekommen, dann hat sich die Wunde noch einmal infiziert", rief er mir von der Tür aus nach.

Sie brachten mich in eine enge Zelle, in der ich den Rest der Nacht auf einem Stuhl verbrachte. Am nächsten Tag fuhren sie mich in ein Konzentrationslager für Frauen. Nie werde ich den Augenblick vergessen, als sie mir die Binde von den Augen nahmen und ich in einem viereckigen hellen Hof stand, umgeben von Frauen, die für mich die Hymne an die Freude sangen. Meine Freundin Ana Díaz war unter ihnen, sie lief zu mir, um mich zu umarmen. Rasch legten sie mich auf eine Bahre und machten mich mit den Regeln der Gemeinschaft und mit meinen Verantwortlichkeiten bekannt.

„Solange du nicht geheilt bist, brauchst du weder zu waschen noch zu nähen, aber du mußt auf die Kinder aufpassen", bestimmten sie.

Ich hatte mit einiger Haltung die Hölle durchgestanden, aber als ich fühlte, daß ich wieder unter Menschen war, zerbrach ich. Das kleinste liebevolle Wort löste bei mir einen Weinkrampf aus, nachts lag ich mit offenen Augen in der Dunkelheit zwischen den anderen Frauen, die abwechselnd bei mir wachten und mich nie allein ließen. Sie halfen mir, als mich die schrecklichen Erinnerungen zu foltern begannen oder mir Oberst García erschien und mich in Panik versetzte oder Miguel mir in einem Schluchzen steckenblieb.

„Denk nicht an Miguel", sagten sie, insistierten sie. An die, die man liebt, und an die Welt jenseits dieser Mauern darf man nicht denken. Das ist die einzige Möglichkeit zu überleben.

Ana Díaz besorgte sich ein Schulheft und schenkte es mir.

„Damit du schreiben kannst. Vielleicht bringst du damit heraus, was in dir vor sich hin fault, und es geht dir besser und du singst mit uns und hilfst uns nähen“, sagte sie.

Ich zeigte ihr meine Hand und schüttelte den Kopf, aber sie drückte mir den Bleistift in die andere und sagte, ich solle mit der linken schreiben. Nach und nach tat ich es. Ich versuchte, die Geschichte zu ordnen, die ich im Hundestall angefangen hatte. Meine Compañeros halfen mir, wenn ich die Geduld verlor und mir der Bleistift in der Hand zitterte. Manchmal warf ich alles weit fort, aber gleich holte ich das Heft wieder und strich es liebevoll glatt, weil ich nicht wußte, wann ich ein neues bekommen würde. Andere Male wachte ich traurig und voller Vorahnung auf, drehte mich zur Wand und wollte mit niemandem sprechen, aber sie ließen mich nicht, sie rüttelten mich auf und zwangen mich zu arbeiten, den Kindern Geschichten zu erzählen. Sie wechselten vorsichtig meinen Verband und legten das Papier vor mich hin.

„Wenn du willst, erzähle ich dir meinen Fall, damit du ihn aufschreiben kannst“, sagten sie zu mir. Sie lachten und spotteten, denn alle Fälle wären gleich, sagten sie, und es sei besser, Liebesgeschichten zu schreiben, weil Liebesgeschichten jedermann gefallen. Sie zwangen mich auch zu essen. Sie verteilten die Portionen streng und gerecht, gaben jedem soviel, wie er unbedingt brauchte, und mir gaben sie ein bißchen mehr, denn ich sei nur noch Haut und Knochen, sagten sie, nicht mal der geilste Mann würde mich anschauen. Ich zuckte zusammen, aber Ana Díaz erinnerte mich daran, daß ich nicht die einzige Frau war, die vergewaltigt worden war, und daß ich das vergessen müßte, wie vieles andere auch. Den ganzen Tag über sangen die Frauen aus vollem Hals. Die Polizisten schlugen an die Wand.

„Aufhören, ihr Huren!“

„Macht uns still, wenn ihr könnt, Schlappschwänze, mal sehen, ob ihr euch traut“, schrien sie zurück, und die Soldaten kamen nicht herein, weil sie gelernt hatten, daß sich das Unvermeidliche nicht vermeiden läßt.

Ich versuchte, die kleinen Ereignisse in der Frauenabteilung aufzuschreiben, daß sie die Schwester des Präsidenten festgenommen hatten, daß sie uns die Zigaretten wegnahmen, daß neue Gefangene eingetroffen waren, daß Adriana wieder einen Anfall hatte und sich auf ihre Kinder stürzte, um sie zu töten, wir mußten sie ihr aus den Händen nehmen, und ich setzte mich hin, in jedem Arm ein Kind, und erzählte ihnen die magischen Geschichten aus den verwunschenen Koffern von Onkel Marcos, bis sie einschliefen und ich an die Schicksale dieser Kinder dachte, die hier neben ihrer wahnsinnig gewordenen Mutter aufwuchsen, versorgt von anderen, unbekannten Müttern, denen noch nicht die Stimme versagte, wenn sie ein Wiegenlied sangen, und die noch trösten konnten, und ich fragte mich, schrieb ich, auf welche Weise die Kinder von Adriana einmal den Kindern oder den Enkeln der Frauen, die sie in den Schlaf wiegten, Lied und Trost vergelten könnten.

Ich war nur wenige Tage im Konzentrationslager. An einem Mittwochabend kamen Militärpolizisten mich abholen. Einen Augenblick lang hatte ich panische Angst, weil ich dachte, sie würden mich zu Esteban García bringen, aber die Kameradinnen sagten mir, wenn sie Uniformen trügen, wären sie nicht von der Geheimpolizei, und das beruhigte mich ein wenig. Ich ließ den Frauen meine Wolljacke, damit sie sie auftrennen und für die Kinder etwas Warmes stricken konnten, und alles Geld, das ich bei mir hatte, als sie mich festnahmen, und das sie mir in dieser für das Militär so typischen Gewissenhaftigkeit im Belanglosen zurückgegeben hatten. Ich steckte mir das Heft in die Hose und umarmte meine Kameradinnen eine nach der andern. Das letzte, was ich im Wegfahren hörte, war der Chor der Frauen, die sangen, um mir Mut zu machen, wie sie das immer taten, wenn eine Gefangene im Lager ankam oder es verließ. Weinend fuhr ich ab. Hier war ich glücklich gewesen.

Ich erzählte dem Großvater, daß sie mich in einem geschlossenen Wagen wegbrachten, mit verbundenen Augen, während der Sperrstunde. Ich zitterte so, daß ich meine Zähne klappern hörte. Einer der Männer, der im hinteren

Teil des Fahrzeugs bei mir war, gab mir ein Bonbon in die Hand und tätschelte mir tröstlich die Schultern.

„Keine Angst, Señorita. Es passiert Ihnen nichts. Wir lassen Sie frei, und in ein paar Stunden sind Sie bei Ihrer Familie", sagte er flüsternd.

Auf einer Müllhalde am Barrio de la Misericordia setzten sie mich ab.

Der Mann, der mir das Bonbon gegeben hatte, half mir aussteigen.

„Vorsicht mit der Sperrstunde", raunte er mir ins Ohr. „Gehen Sie nicht weg, ehe es hell wird."

Ich hörte den Motor anspringen und dachte, sie werden mich überfahren, und dann steht in der Zeitung, ich sei bei einem Autounfall ums Leben gekommen, aber das Fahrzeug fuhr ab, ohne mich zu berühren. Ich wartete eine Zeitlang, gelähmt von der Kälte und vor Angst, bis ich mich endlich entschloß, die Binde abzunehmen und zu sehen, wo ich war. Ich blickte um mich. Ich stand auf freiem Gelände, einer Müllhalde, auf der Ratten zwischen den Abfällen herumliefen. Im schwachen Mondlicht konnte ich in der Ferne eine Siedlung sehen, kümmerliche Behausungen aus Pappkarton, Blech und Brettern. Ich begriff, daß ich den Rat des Polizisten ernst nehmen und hier warten mußte, bis es hell wurde. Ich hätte die Nacht auf der Müllhalde verbracht, wenn nicht, in den Schatten geduckt, ein kleiner Junge gekommen wäre und mir verstohlene Zeichen gemacht hätte. Da ich nicht mehr viel zu verlieren hatte, stolperte ich ihm entgegen. Als ich näher kam, sah ich sein ängstliches kleines Gesicht. Er warf mir einen Umhang über die Schultern, nahm mich an der Hand und führte mich wortlos in die Siedlung. Wir gingen geduckt, mieden die Straße und die wenigen angezündeten Laternen. Ein paar Hunde bellten, aber niemand streckte den Kopf aus dem Fenster, um nachzusehen, was los war. Wir überquerten einen Hof aus gestampfter Erde, wo Wäschestücke wie Anhänger von einem Draht herabhingen, und traten in eine Hütte, die so verfallen war wie alle übrigen. Ich war erschüttert von der extremen Armut: das Mobiliar bestand aus einem Fichtentisch, zwei plumpen Stühlen und einem Bett, in dem mehrere Kinder auf einem Haufen schliefen. Eine Frau kam mir entgegen, klein, dunkelhäutig, mit Krampfadern an den Beinen, die Augen in ein Netz freundlicher Falten eingebettet, die sie nicht alt machten. Sie lächelte, und ich sah, daß ihr ein paar Zähne fehlten. Sie trat auf mich zu und rückte den Umhang auf meinen Schultern zurecht, eine brüske, schüchterne Geste als Ersatz für die Umarmung, die sie mir nicht zu geben wagte.

„Ich werde Ihnen Tee machen. Ich habe keinen Zucker, aber etwas Warmes zu trinken wird Ihnen guttun", sagte sie.

Sie erzählte mir, daß sie den Polizeiwagen gehört und gewußt habe, was ein Fahrzeug, das während der Sperrstunde durch diese Gegend fuhr, bedeutete. Sie hatten gewartet, bis sie sicher waren, daß es weggefahren war, dann war der kleine Junge hinausgelaufen, um nachzusehen, was sie hinterlassen hatten. Sie hatten gedacht, sie würden einen Toten finden.

„Manchmal werfen sie uns einen Erschossenen hin, damit die Leute Respekt vor ihnen haben", erklärte sie mir.

Wir unterhielten uns die ganze restliche Nacht. Sie war eine dieser stoischen und praktischen Frauen unseres Landes, die von jedem Mann, der durch ihr Leben geht, ein Kind haben und die dazu noch von anderen verlassene Kinder, arme Verwandte oder wer sonst eine Mutter, eine Schwester, eine Tante braucht, bei sich aufnehmen, Frauen, die der tragende Pfeiler vieler fremder Leben sind, die Kinder aufziehen, damit sie weggehen, und die ihre Männer weggehen sehen, ohne ihnen einen Vorwurf zu machen, weil es Wichtigeres gibt, worum sie sich kümmern müssen. Sie erinnerte mich an viele andere Frauen, die ich in den Volksküchen kennengelernt hatte, im Krankenhaus meines Onkels Jaime, im Pfarramt, wo sie nach ihren Verschwundenen forschten, im Leichenhaus, wo sie ihre Toten suchten. Ich sagte ihr, daß sie ein großes Risiko auf sich genommen habe, um mir zu helfen, und sie lächelte. Da wußte ich, daß die Tage von Oberst García und anderen Männern seines Schlages gezählt waren, weil sie den Geist dieser Frauen nicht hatten brechen können.

Am Morgen brachte sie mich zu einem Mann, der einen Mietwagen und ein Pferd hatte. Sie bat ihn, mich nach Hause zu fahren, und so kam ich hier an. Unterwegs konnte ich die Stadt in ihrem schrecklichen Gegensatz sehen, die Hütten der Armen, versteckt hinter Plakatwänden, um den Anschein zu erwecken, daß es sie nicht gab, die dicht bebaute, graue Innenstadt und das Barrio Alto mit seinen englischen Gärten, seinen Parks, seinen Wolkenkratzern aus Glas und seinen blonden, auf dem Fahrrad spazierenfahrenden Infanten. Selbst die Hunde sahen hier glücklich aus, alles in Ordnung, alles sauber, alles ruhig, und dieser solide Frieden eines Bewußtseins ohne Gedächtnis. Dieses Viertel ist wie ein anderes Land.

Der Großvater hörte mir traurig zu. Eine Welt, die er für gut gehalten hatte, fiel ihm endgültig in Trümmer.

„Wenn wir schon hierbleiben und auf Miguel warten werden, wollen wir das Haus ein bißchen in Ordnung bringen", sagte er am Ende.

Und das taten wir. Zuerst verbrachten wir die Tage in der Bibliothek, unruhig bei dem Gedanken, daß sie zurückkommen und mich wieder zu García bringen könnten, aber später fanden wir, das schlimmste sei, Angst vor der Angst zu haben, wie mein Onkel Nicolás sagte, und so beschlossen wir, das Haus ganz zu bewohnen und anzufangen, wieder ein normales Leben zu führen. Mein Großvater beauftragte eine Spezialfirma, die sich das Haus vom Dach bis zum Keller vornahm, Reinigungsmaschinen einsetzte, Fenster putzte, Wände strich und Zimmer desinfizierte, bis es wohnlich war. Ein halbes Dutzend Gärtner und ein Traktor rodeten das Unkraut, entrollten Grasnarben wie einen Teppich, eine fabelhafte Erfindung der Gringos, und in weniger als einer Woche hatten wir sogar gewachsene Birken, sprudelte das Wasser wieder in den Brunnen und erhoben sich die olympischen Statuen wieder so arrogant wie früher, endlich gereinigt von so viel Taubenmist und so viel Vergessen. Gemeinsam gingen wir Vögel für die Bauer kaufen, die leer standen seit dem Tag, an dem meine Großmutter im Vorgefühl ihres Todes ihnen die Türen geöffnet hatte. Ich stellte frische Blumen in die Vasen, wie zu Zeiten der Geister, und Schalen voll Obst auf die Tische, und die Luft sättigte sich mit ihrem Aroma. Danach gingen wir, mein Großvater und ich, Arm in Arm durch das Haus, blieben an jeder Stelle stehen, um uns der Vergangenheit zu erinnern und die nicht wahrnehmbaren Gespenster aus anderen Epochen zu grüßen, die ungeachtet aller Wechselfälle noch immer auf dem Posten sind.

Mein Großvater hatte die Idee, wir sollten diese Geschichte aufschreiben.

„Dann kannst du deine Wurzeln mit fortnehmen, wenn du eines Tages hier weg mußt, Kleines", sagte er.

Wir kramten aus versteckten und vergessenen Winkeln die alten Alben hervor, und so habe ich hier auf dem Tisch meiner Großmutter einen Berg von Bildern: die schöne Rosa auf einer verwitterten Schaukel, meine Mutter und Pedro Tercero García als Vierjährige, Hühner fütternd auf dem Hof der Drei Marien, mein Großvater in seinen jungen Jahren, als er noch einen Meter achtzig groß war, ein unwiderleglicher Beweis dafür, daß sich Férulas Fluch erfüllt hatte und sein Körper in gleichem Maße geschrumpft war, in welchem seine Seele kleiner geworden war, meine Onkel Jaime und Nicolás, der eine schweigsam und düster, riesenhaft und verwundbar, der andere hager und spaßig, flatterhaft und lächelnd, auch die Nana und die Urgroßeltern del Valle, ehe sie bei einem Autounfall ums Leben kamen, allesamt und sonders, bis auf den adligen Jean de Satigny, von dem kein wissenschaftlich stichhaltiges Zeugnis geblieben ist und dessen Existenz ich manchmal sogar bezweifle.

Ich begann zu schreiben, mit Hilfe meines Großvaters, dessen Gedächtnis bis zum letzten Augenblick seiner neunzig Jahre intakt blieb. Er selbst schrieb eigenhändig mehrere Seiten, und als er fand, daß er alles gesagt hatte, legte er sich in das Bett von Clara. Ich setzte mich neben ihn und wartete mit ihm, und der Tod stand nicht an, friedlich zu kommen: er überraschte ihn im Schlaf. Vielleicht träumte er, daß seine Frau es war, die ihm die Hand streichelte und ihn auf die Stirn küßte, denn in den letzten Tagen wich sie keinen Augenblick von seiner Seite, sie folgte ihm durchs Haus, sie sah ihm über die Schulter, wenn er in der Bibliothek las, und legte sich nachts mit ihm schlafen, ihren schönen, von Locken gekrönten Kopf an seiner Schulter. Anfangs war sie ein geheimnisvoller Schein, aber in dem Maße, in welchem mein Großvater für immer die Wut verlor, die ihn sein Leben lang gequält hatte, erschien sie so, wie sie in ihren besten Zeiten gewesen war, lachend mit all ihren Zähnen und die Geister aufscheuchend mit ihrem raschen Flug. Sie half uns auch beim Schreiben, und ihrer Anwesenheit war es zu verdanken, daß Esteban Trueba glücklich starb, ihren Namen murmelnd, Clara, clarísima, clarividente.

Im Hundestall schrieb ich, weil ich dachte, daß Oberst García eines Tages als Besiegter vor mir stehen würde und ich alle die Menschen rächen könnte, die gerächt werden müssen. Aber jetzt zweifle ich an meinem Haß. Innerhalb weniger Wochen, seit ich wieder in diesem Haus bin, scheint er sich aufgelöst, seine scharfen Konturen verloren zu haben. Ich vermute, daß alles, was geschehen ist, kein Zufall ist, sondern zu einem Schicksal gehört, das vor meiner Geburt entworfen worden ist, und daß Esteban García ein Teil dieses Entwurfs ist. Er ist ein roher, krummer Strich, aber kein Strich ist nutzlos. An dem Tag, an dem mein Großvater Esteban Garcías Großmutter Pancha in den Büschen am Fluß vergewaltigte, fügte er ein neues Glied an eine Kette von Ereignissen, die eintreffen mußten. Später wiederholte der Enkel der vergewaltigten Frau die Tat an der Enkelin des Vergewaltigers, und vielleicht wird in vierzig Jahren mein Enkel Esteban Garcías Enkelin in die Sträucher am Fluß zerren, und so fort in künftigen Jahrhunderten, in einer endlosen Geschichte von Schmerz, Blut und Liebe. Im Hundestall hatte ich die Vorstellung, ein Puzzle aufzubauen, in welchem jedes Teil seinen genauen Platz haben würde. Solange ich nicht alle untergebracht hatte, erschien es mir unbegreiflich, aber ich war sicher, daß, wenn es mir gelänge, es fertigzustellen, jedes Teil seinen Sinn erhalten und das Ergebnis harmonisch sein würde. Jedes Teil hat, so wie es ist, seine Daseinsberechtigung, selbst Oberst García. Manchmal habe ich das Gefühl, daß ich das alles erlebt und diese Worte schon einmal geschrieben habe, aber ich begreife, daß nicht ich es bin, sondern eine andere Frau, die in ihre Hefte geschrieben hat, damit ich mich ihrer bedienen könne. Ich schreibe, sie schrieb, daß das Gedächtnis schwach und der Lauf eines Lebens kurz ist und alles so rasch geschieht, daß wir den Zusammenhang zwischen den Ereignissen nicht mehr sehen, die Folgen der Taten nicht mehr ermessen können, wir glauben an die Fiktion der Zeit, an Gegenwart, Vergangenheit und Zukunft, aber es kann auch sein, daß alles gleichzeitig geschieht, wie die drei Schwestern Mora sagten, die fähig waren, im Raum die Geister aller Epochen zu sehen. Deshalb schrieb meine Großmutter Clara ihre Hefte voll: Sie wollte die Dinge in ihrer wirklichen Dimension sehen und das schlechte Gedächtnis austricksen. Und jetzt suche ich nach meinem Haß und kann ihn nicht finden. Ich fühle, daß er in dem Maße erlischt, in welchem ich meinen Großvater verstehe und ich durch die Hefte von Clara, die Briefe meiner Mutter, die Verwaltungsbücher der Drei Marien und so viele andere Dokumente, die jetzt in meiner Reichweite auf dem Tisch liegen, erfahre, wie alles gekommen ist. Es wird mir schwer werden, alle zu rächen, die gerächt werden müssen, weil meine Rache ein weiterer Teil des einen, unerbittlichen Ritus sein würde. Ich will denken, daß mein Amt das Leben ist und meine Aufgabe nicht darin besteht, den Haß fortzusetzen, sondern nur, diese Seiten zu füllen, während ich auf die Rückkehr Miguels warte, während ich meinen Großvater zu Grabe trage, der jetzt in diesem Zimmer neben mir liegt, während ich darauf warte, daß bessere Zeiten kommen, und während ich das Geschöpf austrage, das in meinem Bauch lebt, Tochter so vieler Vergewaltigungen oder vielleicht Tochter Miguels, aber vor allem meine Tochter.

Meine Großmutter schrieb fünfzig Jahre lang in ihre Lebensnotizhefte. Von einigen komplizenhaften Geistern versteckt, entgingen sie wunderbarerweise dem infamen Scheiterhaufen, auf dem so viele andere Papiere meiner Familie verbrannt sind. Hier liegen sie zu meinen Füßen, zugebunden mit farbigen Bändern, nach Ereignissen getrennt und nicht nach der chronologischen Ordnung, so wie Clara sie hinterließ, als sie von uns ging. Clara hat sie geschrieben, damit sie mir dazu dienten, die Dinge der Vergangenheit dem Vergessen zu entreißen und mein eigenes Entsetzen zu überleben. Das erste ist ein Schulheft von zwanzig Seiten, beschrieben in der zarten Schönschrift eines Kindes. So fängt es an: „Barrabas kam auf dem Seeweg in die Familie ..."

1. Auflage 1989
Aufbau-Verlag Berlin und Weimar
Ausgabe für die Deutsche Demokratische Republik mit Genehmigung
des Suhrkamp Verlages Frankfurt am Main

Einbandgestaltung Gerhard Medoch
Karl-Marx-Werk, Graphischer Großbetrieb, Pößneck V 15/30
Printed in the German Democratic Republic
Lizenznummer 301. 120/246/89
Bestellnummer 614 042 0
01200

ISBN 3-351-01458-9